WOLFGANG KAES

ENDSTATION

KRIMINALROMAN

Rowohlt POLARIS

Originalausgabe
Veröffentlicht im Rowohlt Taschenbuch Verlag,
Hamburg, September 2019

Covergestaltung HAUPTMANN & KOMPANIE Werbeagentur,
Zürich
Coverabbildung mauritius images/Tiberius Photography/Alamy
Satz aus der Proforma
Gesamtherstellung CPI books GmbH, Leck, Germany
ISBN 978-3-499-27565-4

«... so sind diese Ähnlichkeiten weder beabsichtigt noch zufällig, sondern unvermeidlich ...»
HEINRICH BÖLL: *Die verlorene Ehre der Katharina Blum*

«Wenn Polizei, Justiz und Politik versagt haben, muss es den Geschichtenerzählern erlaubt sein zu sagen: Es ist nur eine Geschichte, aber vielleicht war es so.»
WOLFGANG SCHORLAU: *Die Blaue Liste*

DIE WICHTIGSTEN FIGUREN DIESES ROMANS

Die Opfer
Jonas Frederik Barthold, 19 Jahre, Student
Holger Barthold, der Vater
Adela Lorena Macedo de Barthold, die Mutter

Landeskriminalamt Düsseldorf
Thomas Mohr, Kriminalhauptkommissar, Ex-Leiter Zielfahndung
Dr. Bernd Köstring, LKA-Direktor
Philipp Pretzke, Personalchef
Dr. Vera Voss, Polizeipsychologin
Hans Gollmann, IT-Experte
Klaus Becker, Kriminalkommissar, Zielfahnder

Staatsanwaltschaft Rheinheim
Anita Wiesemann, Staatsanwältin
Wieland Piel, Oberstaatsanwalt

Polizeipräsidium Rheinheim
Dietmar Böck, Kriminalhauptkommissar, Vermisstensachen
Florian Keller, Kriminaloberkommissar, Vermisstensachen
Albert Dreesen, Polizeioberkommissar, Wache Ost

Uwe Ziegler, Polizeihauptkommissar, Wache Ost
Heinz Oestrich, Polizeihauptkommissar, Prävention
Paul Wernscheidt, Kriminalhauptkommissar, KK11

Damaliges Personal der Diskothek «Rheingold» in Bad Hombach
Angelo Schumacher, Geschäftsführer
Birgit Neumann, Kassiererin
Roman Warnke, Türsteher
Aleksandar Stankovic, Chef der Türsteher

Rheingold-Besucher in jener Nacht
Malte, Fabian, Dennis, Toni (Schulfreunde von Jonas Barthold)
Rashid Bassir (Stammgast)
Ottokar Popow (Stammgast)
Jamal Bassir (Rashids Cousin)
Jessica Riske (Bekannte von Rashid und Jamal)
Svenja Schultheiß (Jessicas Begleiterin)

Weitere Personen
Artan Murati, Clan-Chef
Dr. Anne Fischer, Psychiaterin
Tarik Milici, Inhaber der Kneipe «Scheinbar»
Dr. Christoph Emmerich, Anwalt und Strafverteidiger
Willy Nowak, Kölner Ex-Boxer und Ex-Türsteher
Dietrich Eckmann, Pfarrer in Bad Ahrbrunn
Prof. Dr. Alfred Büsch, Rechtsmediziner, Duisburg
Dr. Johannes Hauschild, Justizministerium NRW
Friedhelm Bühler, Leiter des Jugendzentrums in Bad Hombach
Dr. Dietmar Vonderheide, Anwalt der Familie Barthold
Wolf Gossmann, Direktor der JVA Siegburg

FREITAG, 8. NOVEMBER 2013

Und schon geht die Leier wieder von vorne los.

«Hey, Jonas ...»

«Was denn?»

«Jetzt sei doch mal nicht so langweilig.»

«Nee. Ich hab echt kein Bock.»

«Was'n los mit dir?»

«Kein Bock. Ganz einfach.»

«Komm schon! Jonas!»

«Wollt ihr da im Ernst jetzt noch hin?»

«Klar, Mann. Die Nacht ist noch jung.»

«Nee, das wird mir echt zu spät ...»

«Zu spät? Wieso zu spät? Morgen ist doch Samstag. Also keine Uni. Morgen kannste also ausschlafen, oder? Was willste denn sonst jetzt machen ... ins Bett gehn vielleicht? Um elf ins Bett gehen kannste noch, wenn du mal 30 bist.»

«Aber ...»

«Was aber?»

«Was aber was aber was aber. Ich hab meiner Mutter versprochen, ich geh morgen früh mit ihr shoppen.»

«Shoppen?»

«Ja.»

«Mit deiner Mutter?»

«Jahaaa!»

«Heute ist heute, und morgen ist morgen.»

«Außerdem hab ich nicht genug Kohle dabei.»

«Brauchste nicht viel. Wir leihen dir was.»

«Aber das ist doch so'n Edel-Laden.»

«Ein Mega-Laden, sag ich dir. Heute ist da Flatrate-Abend. Eintritt und Vodka-Energy bis zum Abwinken, alles inklusive für nur 15 Euro. Also, was jetzt? Jonas! Biste dabei?»

«Wer von euch kann denn jetzt noch fahren? Ihr habt alle ganz schön getankt.»

«Mann, wir fahren alle mit der Bahn. Die 92, die bringt uns bis vor die Tür. Easy. Guter Laden ist das. Bisschen feiern, bisschen tanzen. Die Mucke da ist nice. Also?»

«Ja ... okay.»

«Mega. Du bist mein Mann.»

Von Bad Ahrbrunn erst mal nach Norden, bis zur U-Bahn-Station unter dem Rheinheimer Hauptbahnhof, die Rolltreppe hoch und kurz rein bei McDonald's, weil sie hier sowieso umsteigen müssen, schnell noch was essen, dann wieder runter und weiter mit der 92, über den Rhein, immer am Ostufer entlang, wieder Richtung Süden, die Nacht ist jung, die Bahn rast durch die Nacht, vorbei an kaum noch beleuchteten Dörfern, sie haben den Wagen fast für sich alleine, kurz vor Mitternacht, abgesehen von den zwei Typen vor ihnen, zwei Latinos, Jonas setzt sich natürlich gleich zu denen, bisschen was wegquatschen, macht er gerne, der Jonas, wildfremde Leute anquatschen, wo kommt ihr denn her und so, auf Spanisch natürlich, muss er ja immer raushängen lassen, dass er perfekt Spanisch spricht, und außerdem noch perfekt Französisch, weil er ein paar Jahre mit seiner Familie in Frankreich gelebt hat, jajaja.

Die Latinos studieren in Aachen Maschinenbau, oje, die Armen, das ist Höchststrafe, Maschinenbau an der RWTH, auf sieben Männer im Hörsaal kommt eine Frau. Ehrlich, wenn ich es dir sage, die Statistik lügt nicht. Die beiden sind im dritten Semester, ziemlich schüchtern, sie kommen aus Ecuador und wollen übers Wochenende Landsleute besuchen, die in Bad Hombach wohnen, und Jonas sagt:

«Ey, was für ein Zufall, ich bin auch im dritten Semester, aber Jura, in Köln. Ich hab ein Stipendium für die Sorbonne, nächstes Jahr gehe ich nach Paris.»

«Wieso sprichst du so gut Spanisch?»

«Meine Mutter ist Mexikanerin. Kommt ihr noch mit uns in den Club? Bisschen feiern? Soll nice sein da.»

Die beiden Schüchternen schütteln die Köpfe. Sie steigen eine Station vorher aus.

«Bueno, amigos. Alles Gute.»

Stipendium für die Sorbonne. Das kriegt jetzt wohl jeder aufs Ohr gedrückt. Und morgen Shoppen mit Mama.

Bei der nächsten Station müssen sie raus. Endstation. Mensch, ist das noch warm. Im November! Kurz vor Mitternacht. Man könnte glatt noch im T-Shirt rumlaufen, wenn das nicht so asimäßig aussähe. Vorbei am verwaisten Berufspendler-Parkplatz, vorbei am Taxistand. Von ferne glüht die Reklame des Ladens verheißungsvoll in die warme Novembernacht:

RHEINGOLD

Gesichtskontrolle am Eingang, Alterskontrolle, du meine Güte, was für Asis, die Türsteher, rasierte Schädel, Stiernacken, aufgepumpte Oberarme, wie im Kino. Komischerweise müssen nur sie die Persos vorzeigen, obwohl sie alle über achtzehn sind, nicht aber die vier fremden Mädels vor ihnen in der Schlange. Die sehen aus wie fünfzehn, sind sie wahrscheinlich auch, kichern nur albern rum, klimpern mit ihren falschen Wimpern und werden einfach durchgewinkt. Drinnen wird's hoffentlich besser, weniger asimäßig.

Weiter zur Kasse, 15 Euro für die Flatrate, Plastikbändchen ums Handgelenk. Garderobe kostet noch mal einen Euro extra, blöd, was soll's, und weiter, durch den langen Gang in Richtung der wummernden Bässe. Die Nacht ist noch jung.

Und Jonas Barthold, neunzehn Jahre alt, Student im dritten Semester an der Rechtswissenschaftlichen Fakultät der Universität zu Köln, das Stipendium für die Pariser Sorbonne in der Tasche, hat noch drei Stunden zu leben.

FÜNF JAHRE SPÄTER – MONTAG, 3. SEPTEMBER 2018

Mohr macht eine Beobachtung: Alles auf diesem Schreibtisch ist exakt im rechten Winkel zueinander angeordnet. Also nicht ungefähr 98 Grad oder 82 Grad. Sondern exakt 90 Grad. Als seien die Abstände zu den Tischkanten mit dem Lineal vermessen worden.

Das Notizpapier. Der Füllfederhalter. Das Telefon. Das Notebook. Die drei Körbchen aus transparentem Plastik. *Eingang Dr. Köstring / Ausgang Intern / Ausgang Poststelle.* Und Mohrs Personalakte. Unübersehbar, mittig auf dem Schreibtisch platziert.

Thomas Mohr. Geboren am 15. Januar 1969. Geburtsort: Köln. Familienstand: ledig. Kriminalhauptkommissar. Dezernat 34, LKA NRW. Letzte Verwendung: Leiter Zielfahndung.

Letzter Einsatz: ein Desaster. *Ein Desaster.*

So sieht es jedenfalls Köstring, weiß Mohr. Weil der Innenminister es so sieht. Und der sieht es so, weil ein Reporter des WDR es so sah, nachdem Muratis Anwalt es ihm in den Block diktiert hatte: *Die übergriffigen Methoden eines Polizeistaates ...*

Mohr kann diese Auffassung nicht teilen. Aber er hält die Schnauze. Weil seine Auffassung nicht relevant ist. Weil es völlig irrelevant ist, was er denkt und meint. Mohr hat keine Ahnung, was da sonst noch so alles drinsteht in seiner Personalakte. Er starrt an dem Mann hinter dem Schreibtisch vorbei durch das Fenster und liest, was jenseits der Völklinger Straße auf der Reklametafel steht:

Mr. Wash. Nur 6 Euro. Gratis saugen! Tägl. bis 20 Uhr.

«Begreifen Sie es bitte als Chance, Herr Mohr», sagt der Mann hinter dem Schreibtisch.

Mohr sagt nichts. Er hat den Job als Leiter der Zielfahndung geliebt.

Der Mann hinter dem Schreibtisch heißt Dr. Bernd Köstring und ist Direktor des Landeskriminalamtes Nordrhein-Westfalen. Das zum Beispiel ist relevant. Köstring rückt seine rechteckige Brille zurecht, beugt sich vor, faltet die Hände, stützt die Ellbogen auf die Tischplatte, beugt sich noch ein Stückchen weiter vor, Richtung Mohr, weiter geht's wirklich nicht, und sagt:

«Um ganz deutlich zu werden: Es ist Ihre einzige Chance.»

«War's das?»

«Von unserer Seite: ja. Es sei denn, Sie hätten noch Fragen ...»

«Ja. Eine noch.»

«Schießen Sie los!»

Schießen Sie los. Köstring gibt sich gern salopp, wenn er mit Untergebenen spricht. Im Grunde ist er kein übler Kerl. Mohr hatte früher nie Probleme mit ihm. Nicht vor dieser Sache. Vor dem *Desaster.* Köstring weiß immer alles, und natürlich weiß er immer alles besser. Aber das haben Führungskräfte so an sich. Naturgesetz. Weil das so ist, machen sie Karriere.

Außerdem steht Köstring wegen der neuen Landesregierung mächtig unter Druck. Die hat ihn zum Direktor gemacht. Und die hat außerdem ihren Wählern mehr Sicherheit versprochen. Und muss jetzt liefern. Sollte das Wahlversprechen nicht einzulösen sein, muss deswegen natürlich kein Politiker zurücktreten. Dafür gibt's schließlich Leute wie Köstring. Die Bauernopfer. Schmerzensgeld statt Gehalt.

Schießen Sie los.

«Nur mal so: Das LKA verfügt über eine Dienststelle OFA mit neun Planstellen. Hocheffiziente Truppe. Neun erfahrene Fallanalytiker. Gute Leute. Wozu also jetzt noch eine neue, zusätzliche Dienststelle?»

«Wo Sie das gerade erwähnen ... das wissen Sie vermutlich noch gar nicht. Nein, das können Sie ja gar nicht wissen. Hat sich nämlich viel getan in dem halben Jahr Ihrer Abwesenheit. Wir benutzen in unserer Außendarstellung neuerdings nicht mehr diesen sperrigen Begriff *Operative Fallanalyse*, wir benutzen nach außen hin auch nicht mehr diese schreckliche Abkürzung *OFA*. Wir sagen jetzt in der Außendarstellung: *LKA-Profiler.*»

«Aha.»

«Klingt einfach besser. Da kann sich auch der Laie draußen im Land gleich was drunter vorstellen. Wir wollen unsere Arbeit künftig nach außen hin offensiver verkaufen. Lebensnaher darstellen. Vor allem das Feld nicht mehr tatenlos diesen selbsternannten Profilern überlassen, die abends im Fernsehen in den Talkshows hocken und mit Hilfe ihres angelesenen Wörterbuchs der Küchenpsychologie über Fälle schwadronieren, die sie überhaupt nicht kennen.»

«Schön. Also?»

«Was also?»

«Meine Frage. Wozu eine weitere Dienststelle?»

«Ganz einfach: Weil unsere Fallanalytiker immer häufiger von den sechzehn Kriminalhauptstellen in NRW um Amtshilfe gebeten werden. Und immer frühzeitiger. Das ist ja insgesamt eine begrüßenswerte Entwicklung, die zeigt, dass die polizeiinterne Akzeptanz unserer OFA wächst und wächst. Das bedeutet aber auch: Wenn die Fallanalytiker immer häufiger und frühzeitiger in noch frische Fälle einsteigen, und Sie wissen, dass die OFA immer in Vierer-Teams arbeitet, also bei neun Kräften brutto zeitgleich maximal an zwei Fällen arbeiten kann, vorausgesetzt, es ist maximal nur ein Mitglied in Urlaub oder krank, dann bleibt zwangsläufig immer weniger Zeit für die Cold Cases. Und da kommen Sie ins Spiel, Herr Mohr.»

Köstring macht eine Pause. Mohr wartet ab.

«Letzter Punkt, Herr Mohr: Wir planen, mittelfristig hier im Hause eine zentrale digitale Datenbank aller ungeklärten NRW-Altfälle von gewisser Deliktschwere aufzubauen. Das geht natürlich nicht von heute auf morgen. Die Kriminalhauptstellen in Nordrhein-Westfalen müssen dafür selbständig die alten Ermittlungsakten digitalisieren und uns dann elektronisch übermitteln. Natürlich nach einem Raster, das wir vorgeben. Sie ahnen, was das an Mehrarbeit für die Kollegen in den Kriminalhauptstellen vor Ort bedeutet.»

«Ich ahne, dass dieses Projekt genau daran scheitern wird.»

«Wieso das?»

«Die Mehrarbeit wird man als Argument vorschieben, aber der wahre Grund ist die Eitelkeit. Wer lässt sich schon gern vom LKA sagen, dass bei den Ermittlungen Fehler gemacht wurden?»

Köstring lehnt sich wieder zurück. Schafft emotionale Distanz durch räumliche Distanz. Hat er wahrscheinlich in einem Seminar für Führungskräfte gelernt. Körpersprache: ganz wichtig.

«Herr Mohr, diese defätistische Haltung gefällt mir nicht. So kenne ich Sie gar nicht. Jedenfalls habe ich Sie früher nie als Bedenkenträger erlebt.»

«Hat sich viel getan in dem halben Jahr ...»

«Ich denke jetzt mal laut in die Zukunft: Mit Hilfe moderner, intelligenter Software könnte der Computer eines Tages zum Ermittlerkollegen werden. Nur damit Sie eine Vorstellung haben: Wir reden von roundabout 900 ungeklärten Mordfällen im Zeitraum siebziger Jahre bis heute.»

«Mit welchem der 900 Mordfälle fange ich am besten an? Im

Ernst: Mir will nicht in den Kopf, warum man eine neue Dienststelle mit nur einer Planstelle startet ...»

«Herr Mohr, das ist doch nur die Testphase. Wir wollen erst mal sehen, ob Sie in der Lage sind, einen Mehrwert zu generieren. Bevor wir das Geld der Steuerzahler zum Fenster rauswerfen. Da müssen Sie auch den Minister verstehen. Im Übrigen: Auch die OFA hat mal klein angefangen ...» Köstring schaut auf die Uhr. «So viel vielleicht mal fürs Erste, Herr Mohr. Meine Tür steht Ihnen selbstverständlich immer offen.»

Mohr steht auf und verlässt das Büro. *Einen Mehrwert generieren.*

Köstring seufzt, lehnt sich wieder zurück und wendet seinen Blick dem Jüngeren zu, der schweigend und mit verschränkten Armen am Sideboard lehnt. «Und, Herr Pretzke? Was ist Ihre Meinung?»

«Die kennen Sie, Herr Direktor: Mohr hat nicht mehr alle Tassen im Schrank. Der Mann ist impulsiv, unberechenbar, er ist ...»

«Das weiß ich selbst», unterbricht Köstring ihn. «Aber als Chef der Zielfahndung hatte er eine spitzenmäßige Erfolgsquote. Schauen Sie sich das Benchmarking an: Die Zielfahndung des LKA NRW war unter Mohr bundesweit die erfolgreichste.»

«Wenn Sie mich fragen: Er hat seine Emotionen nicht im Griff, er neigt zu übergriffigen Aktionen, er überschreitet eindeutig seine polizeilichen Kompetenzen ...»

«Aber danach habe ich Sie nicht gefragt, Herr Pretzke. Ich will lediglich Ihre Meinung hören zu der kleinen Szene von eben.»

«Meine Meinung: Wir sollten ihn unbedingt im Auge behalten, Herr Direktor.»

«Sehr gut. Das sehe ich auch so.»

«Damit wir rechtzeitig ...»

«Und genau das ist nun Ihr Job, Herr Pretzke.»

«Was?»

«Ihn im Auge behalten. Das ist jetzt Ihr Job.»

«Wieso meiner?»

Köstring kann Philipp Pretzke nicht besonders gut leiden. Er hält ihn für unterdurchschnittlich begabt und allenfalls durchschnittlich intelligent und vor allem für viel zu gut gekleidet. Immer Anzüge, immer Krawatte und Einstecktuch, immer wie frisch vom Friseur. Einer, der seine gesamte Energie und Arbeitszeit in die sorgfältige Planung seiner Karriere investiert und konsequent sämtliche Aufgaben delegiert, die auch nur entfernt die Möglichkeit des Scheiterns bergen könnten. Angeblich, so hört man, steht ihm dank der Unterstützung seiner Parteifreunde der Sprung ins Düsseldorfer Innenministerium unmittelbar bevor.

Natürlich ist Köstring bemüht, sich diese persönliche Meinung im Umgang mit Pretzke nicht allzu deutlich anmerken zu lassen. Manchmal gelingt ihm das.

«Sie sind doch Leiter ZA1, oder nicht? Nach meinem Kenntnisstand ist Ihre Abteilung somit für alle Personalangelegenheiten zuständig, oder irre ich mich da?»

«Herr Direktor, wenn Sie mir die Bemerkung gestatten, wir beschäftigen neben Herrn Kriminalhauptkommissar Mohr noch weitere 1300 Bedienstete im Haus, die meiner Aufmerksamkeit bedürfen. Ferner ist die Zentralabteilung 1 neben den Personalangelegenheiten auch noch für die Finanzen und für die Liegenschaften des LKA zuständig. Ich habe also ...»

«Manchmal muss man Prioritäten setzen, Herr Pretzke. Sie erstatten mir bitte regelmäßig Bericht. Schönen Tag noch.»

SAMSTAG, 9. NOVEMBER 2013

Adela Lorena Macedo de Barthold ist auf der Stelle hellwach, als sich ihr stummgeschaltetes Handy auf dem Nachttisch mit einem nervösen Brummen bemerkbar macht. Sie greift danach, richtet sich im Bett auf und registriert im Display zwei Informationen.

Die Uhrzeit.

1.54 Uhr.

Und dass ihr Sohn der Anrufer ist.

Sie drückt die Annahmetaste.

«Jonas?»

Keine Antwort. Stattdessen fremde Stimmen. Ein Mann. Eine Frau. Noch eine Frau. Laut. Dazwischen, hin und wieder, die Stimme ihres Sohnes. Sie versteht kein Wort von dem, was da gesprochen wird. Die Stimmen klingen dumpf, wie in Watte gepackt.

«Jonas? Was ist los? Jonas!»

Jonas redet. Aber nicht mit ihr. Er scheint seine Mutter gar nicht zu hören.

Die Stimmen werden lauter, alle reden durcheinander. Sie versteht immer noch kein Wort.

«Jonas?»

Dann ist die Verbindung unterbrochen. Sie schaut neben sich. Aber ihr Mann schläft tief und fest.

Adela Lorena Macedo de Barthold reibt sich den Schlaf aus den Augen und versucht, einen klaren Gedanken zu fassen. Viel Zeit bleibt ihr nicht fürs Nachdenken. Denn das Display leuchtet erneut auf, das Handy vibriert in ihrer Hand.

2.03 Uhr.

Sie drückt die Taste.

«Jonas?»

«Hallo? Hier ist Jonas Barthold. Ich stehe hier vor der Tür des Rheingold und ...»

«Jonas, qué pasa? Was ist los?»

«Ach so. Entschuldigen Sie bitte.»

«Jonas, ich bin es doch. Deine Mutter. Wo bist du?»

Sie schreit vor Verzweiflung in das Handy. Die Verbindung bricht ab. Holger Barthold ist inzwischen aufgewacht. Er sieht seine Frau fragend an. Sie nickt nur.

«Wo ist er denn?»

«Irgendwas stimmt da nicht, Holger.»

Barthold setzt sich auf, nimmt seiner Frau das Handy aus der Hand und wählt die Nummer seines Sohnes.

Nichts.

Er versucht es noch einmal.

Nichts.

Er tippt eine SMS: *Bitte melde dich!*

«Adela, was hat er denn gesagt?»

«Er steht vor der Tür von ... ich weiß nicht was. Aber die feiern doch Fabians Geburtstag, im Haus von Fabians Eltern. Wo um Himmels willen ist er denn jetzt?»

«Adela, er hat doch gesagt, dass sie von dort aus möglicherweise noch gemeinsam weiterziehen. Die sind doch jetzt garantiert in irgendeiner Disco.»

«Und wieso hat er keinen Empfang? Wieso erreichen wir ihn nicht auf seinem Handy?»

«Ist doch klar! Er ist wieder rein. Diese Discos haben dicke Wände. Außerdem würde er dadrinnen sowieso nicht hören, wenn sein Handy klingelt. Wegen der lauten Musik. Jetzt mach dir keine Sorgen. Irgendwann liest er die SMS und ruft zurück. Schlaf jetzt bitte weiter.»

«Aber wenn ihm etwas passiert ist ...»

«Dann wäre der Anruf von der Polizei oder aus einem Krankenhaus gekommen, und nicht von Jonas.»

«Aber er klang so merkwürdig ...»

«Adela! Er ist doch nicht allein. Er ist mit seinen Kumpels unterwegs. Was soll ihm denn da passieren?»

«Lass uns hinfahren!»

«Wohin denn?»

«In die Diskothek.»

«Welche ist das denn?»

«Rheingold ... oder so ähnlich.»

«Rheingold? Nie gehört. In Bad Ahrbrunn? In Rheinheim? In Köln? Oder irgendwo dazwischen?»

«Wir finden das bestimmt im Computer. Wir können das doch googeln. Irgendwas mit Rhein im Namen.»

«Adela, jetzt beruhig dich bitte. Willst du deinen Sohn vor seinen Freunden dermaßen blamieren?»

«Aber ...»

«Du kannst Jonas doch nicht ein Leben lang bemuttern. Und die sind doch heute Nacht in Fußballmannschaftsstärke unterwegs. Jonas ist ein vernünftiger Junge, er kann selbst auf sich aufpassen. Jonas macht keine Dummheiten.»

Sie liegen nebeneinander, starren stumm an die Decke und hängen ihren Gedanken nah. Nach zwei Minuten schlägt Holger Barthold die Bettdecke zurück und richtet sich auf.

«Okay.»

«Was machst du?»

«Ich werf jetzt den Computer an und versuche, die Adresse rauszufinden. Und dann ziehen wir uns an und fahren hin.»

Sie legt ihre Hand auf seinen Arm.

«Nein. Du hast ja recht. Er ist erwachsen. Ich muss endlich damit aufhören, ihn wie ein Baby zu behandeln.»

Sie sagt das, um ihren Mann zu beruhigen. Und sich selbst. Aber sie findet in dieser Nacht keinen Schlaf mehr.

MITTWOCH, 14. MÄRZ 2018

Kurz nach drei Uhr morgens. Mohr unterdrückt ein Gähnen. Seit fünf Stunden sitzt er bewegungslos hinter dem Lenkrad und starrt in die Nacht. Mal abgesehen von den zwei kurzen Pinkelpausen. Drei Grad. Die Kälte kriecht durch die gefütterte Jacke, selbst durch die dicken Schuhsohlen.

Seit fast einer Woche observieren sie diese verdammte Raststätte. Siegburg-Ost, A3 Köln–Frankfurt, Fahrtrichtung Süden. Rund um die Uhr, in drei Schichten, zwei Teams pro Schicht, zwei Leute pro Team. Der schwarze Audi des zweiten Teams steht am anderen Ende des Parkplatzes. Die Nacht hat ihn verschluckt. So wie den anthrazitfarbenen BMW, in dem Mohr hockt. Genügend Distanz zum nächsten Laternenmast, kein Innenlicht, kein laufender Motor, nicht einmal eine brennende Zigarette.

Klaus tritt aus der Tür der hell erleuchteten Tankstelle. Den Kragen seiner Jacke hochgestellt, die Schultern eingezogen, in jeder Hand einen Kaffeebecher, steuert er durch den Nieselregen auf die Dunkelheit und den BMW zu. Kriminalkommissar Klaus Becker ist der mit Abstand Jüngste in Mohrs Truppe, erst seit knapp zwei Monaten bei der Zielfahndung. Deshalb hat ihn Mohr in seine Schicht genommen, in seinen Wagen. Damit er ihn unter Kontrolle hat.

Becker steigt ein, reicht Mohr den Becher in seiner rechten Hand, schließt die Beifahrertür.

«Danke, Klaus.»

«Was für ein Sauwetter. Pass auf, der Kaffee ist ziemlich heiß. Was machen wir, wenn er wieder nicht kommt?»

«Dann fahren wir gleich nach Schicht zum Informanten.»

«Um sechs Uhr morgens?»

«Sechs Uhr morgens ist die beste Zeit, um Informanten zu besuchen.»

«Was ist das eigentlich für ein Typ?»

«Der Informant?»

«Das Zielobjekt.»

«Artan Murati? 59 Jahre alt. Gebürtiger Albaner. Wird per internationalem Haftbefehl gesucht. Wegen ...»

«Chef! Ich hab den Haftbefehl gelesen!»

«Sorry. Was willst du denn noch wissen? Oberhaupt eines

weitverzweigten Familienclans, der halb Nordrhein-Westfalen kontrolliert. Das komplette Programm: Menschenhandel, Zwangsprostitution, Schutzgeld-Erpressung, Geldwäsche, Spielcasinos, vornehmlich Pokerrunden mit manipulierten Blättern und versteckten Kameras, um die Opfer per Schuldschein in die Abhängigkeit zum Clan zu bringen. Außerdem alles, was knallt: Kokain, Heroin, Crack, Crystal Meth, Ecstasy, Speed und so weiter und so weiter.»

«Und wieso läuft der noch frei rum?»

«Weil unsere Staatsanwaltschaften das nie hingekriegt haben. Aber die Niederländer haben es jetzt hingekriegt.»

«Und einen internationalen Haftbefehl ausgestellt ...»

«Ja. Wegen des dringenden Tatverdachts der Vergewaltigung. Eine Siebzehnjährige in Amsterdam. Artan Murati besitzt seit zwei Jahren die niederländische Staatsangehörigkeit.»

«Amtshilfeersuchen ...»

«So ist es.»

Der Kaffee schmeckt grauenhaft.

«Ich dachte immer, Murati wohnt in Köln?»

«Hat er ja auch. Jedenfalls die meiste Zeit. Er besitzt noch ein paar weitere Wohnsitze in Europa.»

«Gebürtiger Albaner, wohnhaft in Köln. Und wieso hat er dann die niederländische Staatsangehörigkeit?»

«Frag ihn selbst, sobald wir ihn haben. Keine Ahnung, wie und warum er sich die besorgt hat. Jedenfalls: Seit ihn die Niederländer suchen, ist er abgetaucht.»

«Und jetzt hat der Informant ...»

«Genau!»

«Verstehe.»

Sie schweigen eine Weile. Nicht lange. Jedenfalls nicht so lange, wie Mohr es sich gewünscht hätte.

«Chef?»

«Ja?»

«Hast du gewusst, dass wir uns hier sozusagen auf kriminalhistorischem Boden befinden?»

«Nein.»

Mohr findet, dass Klaus Becker auf dem besten Weg ist, ein guter Polizist zu werden. Hat Talent, der Junge. Kann was werden mit ihm. Wenn er nur nicht so viel quasseln würde während der Observationen. Aber Mohr will nett zu ihm sein:

«Nun sag schon.»

«Das Geiseldrama von Gladbeck. August 1988. Erinnerst du dich? Hier war die Zirkusshow zu Ende. Die Polizei hat genau auf diesem Parkplatz hier sämtliche Zündschlüssel der Reporter und Kamerateams einkassiert. Damit das SEK endlich freie Bahn hatte für den Zugriff auf der A 3.»

«Stimmt. Hier war das. Hat ja dann auch prima geklappt.»

«Wie meinst du das?»

«Eine der beiden Geiseln ist dabei draufgegangen. Achtzehn Jahre war sie alt. Wie hieß sie noch mal? Silke Bischoff.»

«Aber das waren ja nicht unsere Kollegen. Das war doch einer der beiden Bankräuber ...»

«Ja. Während deine Kollegen 62 Schüsse auf den Fluchtwagen abgaben, hat er sie erschossen.»

«War ja auch keine einfache Aufgabe, den Wagen auf der Autobahn zu stoppen und ...»

«Sag mal, Klaus ... 1988 ... warst du da überhaupt schon auf der Welt?»

Klaus klingt beleidigt: «Ich bin 1986 geboren.»

«Keine leichte Aufgabe. Also nicht deine Geburt, die zweifellos auch. Ich meine den Zugriff auf der Autobahn. Es war vor allem eine völlig bescheuerte Idee. Nur weil die Idioten im Düsseldorfer Innenministerium die Sache unbedingt auf den letzten Metern beenden wollten, bevor der Fluchtwagen ein paar Kilometer weiter die Landesgrenze passiert hätte. Aus Prestigegründen. Weil man vorher so viel verbockt hatte. Und weil in

Rheinland-Pfalz auf Bitte der Mainzer Landesregierung schon die GSG 9 bereitstand.»

«Hab ich nicht gewusst.»

«Dabei gab es vorher jede Menge guter Gelegenheiten. Die erste verpasste Gelegenheit schon gleich zu Beginn in Gladbeck. Dann wäre auch der vierzehnjährige Junge noch am Leben, der versucht hat, auf dieser Raststätte bei Bremen seine kleine Schwester im Bus zu beschützen. Wie hieß er noch gleich?»

«Emanuele de Giorgi. Raststätte Grundbergsee an der A 1.»

Mohr ist immer wieder verblüfft über Beckers phänomenales Gedächtnis für Fakten.

«Später, in der Kölner Fußgängerzone, wäre es ebenfalls ein Kinderspiel gewesen. Ein Kollege hatte sich unter die Reporter gemischt, er hatte schon seinen Arm durch das offene Fenster um Rösners Nacken gelegt, ihm freundschaftlich die Schulter getätschelt. Ein Griff, und er hätte Rösner erledigt, der wusste, wie man so was macht, er hätte Rösner just in dem Moment erledigt, als sein Buddy lässig am Kofferraum lehnte und durch die Heckscheibe aus nächster Nähe freies Schussfeld auf Degowski hatte. Wenn er denn seine Waffe aus dem Holster unter der Jacke gezogen hätte. Aber nein, die Einsatzleitung im Kölner Präsidium hat den Zugriff verboten. Unter Androhung strafrechtlicher Konsequenzen.»

«Aber ...»

«Nix aber. Das kommt dabei heraus, wenn die wichtigen Entscheidungen am grünen Tisch getroffen werden. Bei der GSG 9 entscheidet übrigens seit ihrer Gründung der Einsatzleiter vor Ort. Anders geht's auch nicht. Jedenfalls könnte Silke Bischoff noch leben. Emanuele de Giorgi könnte noch leben. Was für eine Scheiße. Was für eine gottverdammte Scheiße.»

«Chef?»

«Was denn noch?»

«Ich hab dich noch nie an einem Stück so lange reden gehört.»

«Ist auch jetzt Schluss damit für diese Nacht.»

Sie schweigen. Etwa zwanzig Minuten lang. Dann sagt Mohr ins Funkmikrophon: «Sie kommen.»

Ein 7,5-Tonner mit rumänischem Kennzeichen. Der weiße Kastenwagen stoppt neben einer der Diesel-Zapfsäulen für Laster. Der Fahrer springt aus dem Führerhaus und öffnet den Tank. Der Beifahrer braucht etwas länger, um aus dem Führerhaus des Lastwagens zu klettern. Er streckt sich umständlich, reibt sich die Augen. Vermutlich hat er während der langen Fahrt geschlafen. Dann lupft der Mann den Ärmel der Lederjacke und blickt auf die Uhr an seinem Handgelenk.

Keine zwei Minuten später rollt ein schwarzer S-Klasse-Mercedes mit Kölner Kennzeichen im Schritttempo auf die Tankstelle zu und stoppt neben dem 7,5-Tonner. Der Fahrer steigt aus, schließt die Tür der Limousine und schaut sich aufmerksam um.

Das breite Kreuz eines Schwergewichtsboxers. Der schwarze Anzug spannt um die Schultern. Artan Muratis Chauffeur und Leibwächter. Der Mann umrundet das Heck der Limousine und reißt die jenseitige Tür zum Fond auf. Mohr wundert sich, dass er dabei nicht salutiert.

Artan Murati steigt aus. Die Schuhe glänzen im grellen Licht. Der Anzug sitzt tadellos. Wie aus dem Ei gepellt. Mittelgroß. Kein Gramm zu viel. Kurzgeschnittenes, volles Haar, wenn auch inzwischen ziemlich grau. Das weiß Mohr allerdings nur von den aktuellen Fotos der Amsterdamer Kollegen. Bei der Entfernung zum Zielobjekt ist die Haarfarbe nur zu erahnen.

Murati nickt kurz in Richtung Rückbank. Der Leibwächter greift ins Wageninnere, zieht einen Mantel hervor und legt ihn seinem Chef um die Schultern. Murati geht auf die Besatzung des Lastwagens zu, schüttelt den beiden Männern die Hand, klopft ihnen auf die Schulter. Die beiden lächeln dankbar.

Ein kurzer Wortwechsel, dann beugt sich der Fahrer des Lastwagens wieder über die Tanköffnung und hantiert am Zapfhahn, während der Beifahrer zum Heck marschiert, dort unter den Kasten greift und die elektrische Hebebühne herablässt. Muratis Chauffeur tritt hinter den Mercedes und öffnet den Kofferraum. Und Murati schaut gelassen zu, keine Spur von Nervosität.

Arschloch. Jetzt kriegen wir dich.

Doch dann wirkt Murati mit einem Mal abgelenkt. Er greift in seine Hosentasche, zieht ein winziges, altmodisches Handy hervor, hält es ans Ohr, hört einen Moment aufmerksam zu, steckt das Telefon nach ein paar Sekunden wieder weg, schaut sich hektisch um.

«Zugriff», brüllt Mohr ins Funkmikrophon.

«Aber wir sollen doch nur observieren. Das SEK ...»

«Zugriff», brüllt Mohr erneut ins Mikro. «Murati ist gewarnt worden. Der haut ab.»

Artan Murati bellt Befehle, sein Leibwächter knallt die Klappe des Kofferraums zu, zieht eine riesige Pistole aus dem Holster unter seinem Jackett und dreht sich einmal um die eigene Achse. Murati reißt die Fahrertür auf, springt hinter das Steuer des Mercedes, startet den Motor und gibt Gas. Der Wagen heult auf und schießt über den Parkplatz davon. Nicht Richtung Autobahn, sondern zur Betriebsstraße, die von der Raststätte durch den Wald nach Siegburg führt.

Die Stimme aus dem Funk: «Chef, wir haben aber doch ausdrückliche Order, dass wir ...»

«*Das ist ein Befehl!* Ich folge dem Mercedes, ihr kümmert euch um den Lastwagen und die drei Typen. Zugriff. *Jetzt!*»

Mohr blickt zu Becker: «Raus mit dir. Du unterstützt die beiden Kollegen.» Becker zieht seine Waffe, schlüpft aus dem BMW und geht hinter einem geparkten Sattelschlepper in Deckung. Mohr drückt das Gaspedal durch und folgt den beiden Rücklichtern, die in der Dunkelheit schwächer und schwächer werden.

SAMSTAG, 9. NOVEMBER 2013

Als Adela Lorena Macedo de Barthold die Schritte im Vorgarten hört, hat sie noch keine Sekunde geschlafen. Sie schaltet die Leselampe auf dem Nachttisch ein und wirft einen Blick auf die Anzeige des Radioweckers. 5.30 Uhr. Sie rüttelt kurz an der Schulter ihres schlafenden Mannes, springt aus dem Bett, wirft sich den Bademantel über, und als unten an der Haustür geklingelt wird, ist sie schon an der Treppe.

Ein Mann und eine Frau. Zivilkleidung. Sie zeigen ihre Dienstausweise. Sie nennen ihre Namen, aber Adela Lorena Macedo vergisst sie sofort wieder. *Polizeipräsidium Rheinheim. Kriminalwache. Dürfen wir reinkommen?*

Ihr Mann steht mit einem Mal neben ihr. Ebenfalls im Bademantel. Er legt seine Hand um ihre Schulter.

«Holger ... die Polizei.»

«Sie sind die Eltern von Jonas Frederik Barthold?»

Halb Frage, halb Feststellung. Ein stummes Nicken. Adela spürt, wie sich ihr Hals zuschnürt.

«Ist Ihr Sohn da?»

«Nein, noch nicht. Er ist mit Freunden ...»

«Frau Barthold, Herr Barthold, dürfen wir reinkommen? Ist vielleicht besser, wenn wir drinnen weiterreden ...»

Sie gehen in Wohnzimmer.

«Was ist mit Jonas?»

«Bitte setzen Sie sich, Frau Barthold.»

«Was ist mit ihm?»

Sie setzen sich an den Esstisch. Adela zittert am ganzen Körper. Sie will nicht zittern. Niemand soll sie zittern sehen.

«Wir haben die Geldbörse Ihres Sohnes am Rheinufer gefunden. In Bad Hombach. Ganz in der Nähe einer Diskothek namens Rheingold. Wir haben deshalb Grund zu der Annahme, dass sich Ihr Sohn diese Nacht das Leben genommen hat ...»

«Das Leben genommen?»

«... und zuvor seine Geldbörse am Ufer ablegte, bevor er ins Wasser ging, um Suizid zu begehen.»

Der Beamte kramt den durchsichtigen Plastikbeutel mit der Börse aus seiner Jackentasche und legt ihn auf den Tisch.

«Ist das das Portemonnaie Ihres Sohnes?»

Ein Schrei.

Adela Lorena Macedo hört einen kurzen, heftigen Schrei. Es ist ihr eigener: schrill, laut, fremd. Sie schlägt die Hände vors Gesicht. Sie will nichts mehr sehen. Nichts mehr hören. Keine Träne. Stark sein jetzt.

Holger Barthold greift nach dem Plastikbeutel, bevor die Beamtin dies verhindern kann, er nimmt die Geldbörse heraus und klappt sie auf. Die Beamtin will etwas sagen, lässt es dann aber.

Der Studentenausweis seines Sohnes, die Karte der Kölner Universitätsbibliothek, die Karte für die Mensa. Etwas Hartgeld im Münzfach. Nicht viel. Kein Papiergeld. Und auch sonst nichts.

«Der Personalausweis fehlt. Mein Sohn würde niemals ohne seinen Personalausweis das Haus verlassen.»

«Es war aber keiner in der Börse. Wir haben schon das Rheinufer abgesucht ...»

«Und unser Sohn? Wo ist unser Sohn?»

«Wir haben unverzüglich ein Rettungsboot der Feuerwehr eingesetzt, aber in der Dunkelheit ...»

In diesem Augenblick klingelt es erneut an der Haustür. 5.45 Uhr. Holger Barthold erhebt sich vom Tisch, verlässt das Wohnzimmer, tritt in die Diele und öffnet.

«Frau Barthold, sollen wir einen Seelsorger kommen lassen?»

«Warum sollte mein Sohn sich umbringen? Warum? Ich verstehe das nicht. Ich glaube das nicht.»

Die Kriminalbeamtin steht auf, entfernt sich ein paar Schritte, spricht in ihr Handy. Ihr Kollege starrt auf seine Hände, die auf der Tischplatte liegen. Er ist noch jung.

«Haben Sie mir überhaupt zugehört? Mein Sohn hat keinen Grund, sich das Leben zu nehmen!»

Der Polizist sieht auf, sagt aber nichts. Seine Kollegin spricht weiter in ihr Handy.

Holger kehrt ins Wohnzimmer zurück. Hinter ihm drei der ehemaligen Schulkameraden aus dem Abiturjahrgang. Malte, Fabian, Dennis. Sie lassen die Köpfe hängen. Die Beamtin beendet ihr Telefonat, kehrt zurück an den Tisch, setzt sich und beugt sich zu ihr.

«Der Seelsorger kommt gleich, Frau Barthold. Soll ich Ihnen vielleicht ein Glas Wasser aus der Küche holen?»

Adela Lorena Macedo schüttelt den Kopf. Sie wendet sich den drei Jungs zu. «Wollt ihr euch nicht setzen? Wir können noch ein paar Stühle aus der Küche holen.»

«Geht schon so. Kein Problem, Frau Macedo.»

«Wo ist Jonas? Was ist passiert?» Sie friert. Trotz des Bademantels. Sie hat Angst vor der Antwort.

«Wissen wir nicht», sagt Fabian. «Auf einmal war er weg.»

«Wieso weg? Wohin denn?»

Die Jungs schweigen.

Adela Lorena Macedo wirft ihrem Mann einen flehenden Blick zu. Holger Barthold ahnt, was sie wissen will: «Aber ihr seid doch sicher alle zusammen in die Diskothek ...»

Sie nicken stumm.

«Und wieso ...»

«Wir sind zusammen hingefahren», sagt Fabian. «Mit der Bahn. Im Club war es dann ziemlich voll. Da waren bestimmt 300, 400 Leute, wenn nicht noch mehr. Keine Ahnung, wie das kam. Wir haben uns in dem Trubel irgendwie aus den Augen verloren.»

«Aus den Augen verloren?»

«Ja.»

«Wie seid ihr jetzt hergekommen?»

«Mit dem Taxi.»

«Und die anderen? Wo sind die anderen?»

«Keine Ahnung.» Malte deutet auf die Geldbörse mitten auf dem Esstisch. «Ist das ...»

«Die Geldbörse des Vermissten», sagt der Beamte. «Unsere Kollegen haben sie bei der Suche am Ufer gefunden. Deshalb liegt der Verdacht nahe ...»

«Blödsinn», sagt Dennis.

«Wie bitte?» Der Ton des jungen Kriminalbeamten ist mit einem Mal scharf. Alle sehen ihn überrascht an. Dabei hat er nur Sorge, aufgrund seines Alters könnte jemand seine Autorität in Zweifel ziehen. Was auch zutrifft.

«Das ist absoluter Blödsinn!» Dennis wird lauter. «Seine Geldbörse hat Jonas nirgendwo hingelegt, die hat er auf dem Platz vor dem Rheingold einem Polizisten gegeben. Und der hat sie eingesteckt. In seine Uniformtasche. So war das!»

«Woher wollen Sie das wissen?»

«Da gibt's jede Menge Zeugen für. Haben wir später mitgekriegt, als sich die Leute draußen unterhielten. Als schon nach Jonas gesucht wurde. Jonas hat sein Portemonnaie vorher einem Polizisten gegeben!»

Der Beamte von der Kriminalwache starrt hilfesuchend seine Kollegin an. Die runzelt die Stirn und sagt: «Also, davon wissen wir nichts. Das können wir uns so auch gar nicht vorstellen, um mal ganz ehrlich zu sein. Aber wir werden das auf alle Fälle klären.»

«Da war ein Autounfall auf dem Platz vor der Diskothek. Ein Stück seitlich, Richtung Bahnhaltestelle. Da ist ein Auto gegen einen Laternenpfahl geknallt, und der Fahrer ist abgehauen. In eins der Taxis gestiegen und einfach weggefahren. Deshalb war dann der Streifenwagen da. Zwei Polizisten in Uniform. Und einem von den beiden hat Jonas sein Portemonnaie in die Hand gedrückt, bevor er verschwunden ist. Das haben jede Menge Leute gesehen. Das müssten Sie doch ...»

«Meine Kollegin sagte Ihnen doch gerade, wir werden das prüfen», bellt der junge Beamte mitten in den Satz.

«Ja, tun Sie das», bellt Dennis zurück.

In diesem Moment klingelt es erneut an der Haustür. Holger Barthold steht auf und verlässt das Wohnzimmer. Einen Moment lang muss er sich am Türrahmen abstützen, bevor er die Diele betritt.

Die Kriminalbeamtin legt besorgt ihre Hand auf Adelas Unterarm. Die unerwartete Berührung durchzuckt die Mutter wie ein Stromschlag. «Sie sehen nicht gut aus, Frau Barthold. Soll ich nicht besser einen Arzt rufen?»

Holger Barthold kehrt aus der Diele zurück. Mit dem Seelsorger. Nein, zwei Seelsorgern. Katholisch, evangelisch, sicherheitshalber. Neun Menschen drängeln sich nun im Wohnzimmer des Fachwerkhauses. Adela würde das Zimmer in diesem Augenblick gern mit nur einem einzigen Menschen teilen.

Mit Jonas.

DIENSTAG, 4. SEPTEMBER 2018

«Bitte nehmen Sie Platz, Herr Mohr.»

Also nimmt Mohr Platz.

Dr. Vera Voss setzt sich ihm gegenüber. Zwei bequeme Ledersessel mitten im Büro, vis-à-vis, zwei Meter neutraler Luftraum dazwischen. Sie macht es sich bequem, sie lehnt sich entspannt zurück, stützt die Ellbogen auf die Armlehnen, faltet die Hände und sieht ihn erwartungsvoll an.

«Danke, dass Sie spontan und so spät noch Zeit für mich gefunden haben. Ich denke, wir bleiben beim Dienstag, treffen uns aber künftig schon um 17 Uhr. Einverstanden?»

«Kein Problem.»

«Wie war der zweite Arbeitstag?»

«Sehr erfolgreich. Der Hausmeister hat mir heute ein Telefon und einen Computer besorgt. Einen Schreibtisch hatte er gestern schon irgendwo im Keller aufgetrieben. Den habe ich mit etwas lauwarmem Wasser und ein paar Papierhandtüchern aus dem Herrenklo picobello saubergekriegt. Der Bürostuhl ist dafür nagelneu. Kann man nicht meckern.»

Ein Lächeln. Das Lächeln steht ihr.

«Herr Mohr, Sie wissen, warum Sie hier sitzen.»

«Ist das eine Frage oder eine Feststellung?»

«Pardon. Ich habe den Satz irrtümlich nicht wie eine Frage betont. Werden Sie mich deswegen jetzt verhaften?»

«Festnehmen.»

«Wie bitte?»

«Ich kann Sie nicht verhaften. Das gibt es nur im schlechten Krimi. Einen Haftbefehl kann nur ein Richter auf Antrag der Staatsanwaltschaft erteilen. Ich könnte Sie höchstens festnehmen. Aber wozu sollte ich das tun?»

«Danke für die Belehrung. Sollte nur ein kleiner Scherz sein. Aber vielleicht bleiben wir besser ernst.»

«Gern.»

«Herr Mohr ...»

«Ja?»

«Würden sie jetzt bitte meine Frage beantworten?»

«Welche Frage?»

«Wissen Sie, warum Sie hier sitzen?»

«Ich kann nur raten. Vermutlich, weil der Leiter ZA1 es wünscht, dass ich einmal pro Woche hier sitze.»

Sie öffnet kurz den Mund, sagt dann aber doch nichts.

«Philipp Pretzke. Den kennen Sie doch sicher. War die Antwort falsch, Frau Dr. Voss?»

Draußen auf der Straße hupt jemand wütend. Sie sehen sich in die Augen, studieren einander. Unbewegte Mienen. Unbewegte Körper. Minuten vergehen wie Sekunden. Sie kann das ziemlich gut, findet Mohr. Respekt.

«Das ist kein Verhör, Herr Mohr.»

«Vernehmung.»

«Wie bitte?»

«Es heißt: Vernehmung. Nicht Verhör. Vernehmung. Verhör heißt das nur im Fernsehen. Schauen Sie gern Fernsehkrimis, Frau Dr. Voss? Tatort oder so? Entspannt Sie das nach des Tages Müh? Wie lange arbeiten Sie schon für die Polizei?»

«Die Fragen stelle ich, Herr Mohr, nicht Sie. Auch wenn das für Sie ungewohnt sein mag. Ich spüre deutlich die Verbitterung in Ihrer Stimme, aber ich kann sie nicht einordnen. Habe ich Ihnen irgendwas getan?»

«Sie? Nein! Wie kommen Sie darauf?»

Sie macht sich eine Notiz. Sie lässt sich Zeit mit der Notiz. Mohr kennt das Spiel. Weil die meisten Menschen die Kombination aus Nähe und Stille nicht lange ertragen können, durchbrechen sie die Stille oft schon nach erstaunlich kurzer Zeit. Und reden dann deutlich länger, als sie ursprünglich beabsichtigten.

Mohr kann Stille ganz gut aushalten.

Sie legt Block und Stift wieder auf der breiten Armlehne des Sessels ab und fixiert ihn. Enge, dunkelblaue, schnörkellose Jeans und eine schlichte, weite, weiße Seidenbluse, luftig und betont nachlässig in den Hosenbund gesteckt. Sie trägt kein einziges Schmuckstück. Warum nicht? Mohr schätzt sie auf Mitte vierzig. Und er schätzt, dass sie regelmäßig und diszipliniert Sport treibt, dass sie konsequent auf eine gesunde und ausgewogene Ernährung achtet. Tochter aus gutem Hause. Natürlich raucht sie nicht. Vermutlich verzichtet sie auch auf Alkohol.

«Wenn Sie es so genau wissen wollen: Ich arbeite seit 21 Jahren als Psychologin, aber erst seit acht Monaten für die Polizei.»

«Und Sie sollen nun ...»

«Ich bin nicht Ihre Therapeutin, Herr Mohr. Damit da keine Missverständnisse aufkommen. Ich habe mich sehr früh auf Betriebspsychologie spezialisiert. Ich soll Sie im Auftrag Ihrer Vorgesetzten beim Neuanfang begleiten. Bei Ihrer beruflichen Wiedereingliederung. Und natürlich, da bin ich ganz ehrlich, habe ich regelmäßig über Sie Bericht zu erstatten.»

«An wen?»

«An den Leiter ZA1 des LKA.»

«An Pretzke.»

«Ja, an Herrn Pretzke.»

«Vielen Dank für Ihre Ehrlichkeit. Dann wäre das schon mal geklärt. Glauben Sie mir: Ich will Ihnen den Job nicht unnötig erschweren. Also? Was wollen Sie wissen?»

«Blicken Sie zuversichtlich auf Ihre neue Aufgabe?»

«Nein.»

«Warum nicht?»

«Ich dachte, in Psychologenkreisen seien Warum-Fragen verpönt. Hab ich mal irgendwo gelesen.»

«Oder vielleicht im Fernsehen aufgeschnappt? Also: Was missfällt Ihnen denn an Ihrer neuen Aufgabe?»

«Ich habe nicht gesagt, dass sie mir missfällt.»

«Aber Sie sagten doch gerade ...»

«Ich blicke nur nicht zuversichtlich auf sie. Das war doch Ihre Frage, oder? Blicken Sie zuversichtlich auf Ihre neue Aufgabe? Meine Antwort ist: Nein.»

«Verraten Sie mir den Grund?»

«Da wird eine neue Dienststelle zur Prüfung von Cold Cases aufgemacht ... Sie wissen, was Cold Cases sind?»

«Ich ahne es.»

«Ungeklärte Altfälle. Wahrscheinlich hat sich Pretzke diesen

Anglizismus für die neue Dienststelle ausgedacht. Der mag so was.»

«Herr Mohr? Können wir Herrn Pretzke vielleicht mal einen Moment aus dem Spiel lassen?»

«Verzeihung. Cold Cases. Die Ermittlungen sind nicht offiziell eingestellt, weil es sich unzweifelhaft um ein Verbrechen handelte. Offizielle Einstellungen werden unter Umständen schnell publik und beunruhigen dann die Öffentlichkeit. Das will man natürlich vermeiden. Aber irgendwann tritt man nur noch auf der Stelle, findet keinen neuen Ermittlungsansatz mehr, außerdem stapeln sich inzwischen neue Fälle auf dem Schreibtisch ... auch solche, die bequemer und schneller zu lösen sind und sich als geeigneter erweisen, um die Kriminalstatistik aufzuhübschen.»

«Aber das kann man doch auch positiv sehen.»

«Was denn?»

«Ich meine, wenn diese alten Fälle künftig nicht mehr in der Versenkung verschwinden und nun eigens eine Abteilung gegründet wurde, um sie neu aufzurollen ...»

«Ja. Könnte man auch positiv sehen.»

«Aber?»

«Wenn diese neue Dienststelle nicht aus einem einzigen Ermittler bestünde, der jetzt gerade vor ihnen sitzt. Und wenn es sich nicht um die Cold Cases aus sämtlichen sechzehn Kriminalhauptstellen des mit 18 Millionen Menschen bevölkerungsreichsten Bundeslandes handeln würde. Gestern wurde ein erster Schwung alter Akten in mein Büro gebracht. Ein Bruchteil. Damit ich schon mal was zu tun habe. Nicht auf dumme Gedanken komme. Keine Ahnung, nach welchen Kriterien die ausgewählt wurden. Ein bewaffneter Raub, 6 Vermisstenfälle, 14 Vergewaltigungen, 32 Tötungsdelikte. Womit würden Sie anfangen?»

Vera Voss braucht einen Moment, um die Zahlen zu verdauen.

Und, so schätzt Mohr, um sich eine kluge Frage zu überlegen, die das Gespräch geschmeidig in Gang hält.

«Und wie ... alt sind diese Fälle?»

«Völlig unterschiedlich. Hängt von der Verjährungsfrist des jeweiligen Verbrechens ab.»

«Verstehe.»

«Nur so als Faustregel: Die Frist orientiert sich in etwa an der möglichen Höchststrafe im Strafgesetzbuch. Nur Mord verjährt nie. Manche Fälle sind drei Monate alt, andere zehn Jahre. Verjährte Fälle landen nicht auf meinem Schreibtisch, weil sie strafjuristisch nicht mehr relevant sind. Pech für die Opfer.»

Zum ersten Mal wendet sie den Blick von ihm ab. Sie schaut in Richtung Fenster. Sie schaut tatsächlich aus dem Fenster, das sieht er ihren auf Fernblick justierten Augen an. Mohr folgt ihrem Blick. Die Wolken sind verschwunden. Die Sonne taucht hinter den Bürotürmen ab, der Himmel über Düsseldorf färbt sich rosa.

«Schön, nicht?»

«Wie bitte?»

«Der Himmel, Frau Dr. Voss. Das Farbenspiel der Natur. Sieht schön aus, nicht wahr?»

«Herr Mohr, vielleicht ist das ja nur ein Anfang. Und die neue Abteilung wird alsbald personell aufgestockt.»

Alsbald. Was für ein schönes, altmodisches Wort aus ihrem Mund, der bedauerlicherweise so selten lächelt. Mohr, pass auf. Du beginnst, sie zu mögen. Sehr gefährlich.

«Haben Sie's zufällig gesehen, Frau Doktor? Der Innenminister hat sich gestern vor die Fernsehkameras gestellt und diese neue zentrale Prüfstelle für Cold Cases als weitere Errungenschaft der neuen Landesregierung vorgestellt.»

«Und was ist dagegen einzuwenden?»

«Sie müssen den politischen Kontext betrachten. Man war ja vergangenes Jahr mit dem Thema Innere Sicherheit sehr erfolgreich im Wahlkampf. War ja auch nicht so schwierig, bei all den Steilvorlagen der damaligen Landesregierung. Die Kölner Silvesternacht. Oder der Fall Amri, den Mann hätte man schon in Nordrhein-Westfalen ausbremsen können. Ausbremsen müssen! Bevor er in Berlin den polnischen Lastwagenfahrer erschoss und mit dem Sattelzug in den Weihnachtsmarkt raste und elf Menschen totfuhr. Es gab Warnungen des LKA an den damaligen Landesinnenminister. Wussten Sie, dass Amri zuvor in Italien ein Flüchtlingsheim abgefackelt hat? Wussten Sie, dass er in seiner Heimat Tunesien ein Berufskrimineller war?»

«Wurde das nicht seinerzeit vor der Landtagswahl von der Opposition angeprangert?»

«Ja. Aber jetzt ist die Opposition nicht mehr Opposition, sondern hat die Wahl gewonnen. Und jetzt muss die neue Landesregierung liefern, jetzt muss sie ihre Versprechen einlösen, ihrem Wahlvolk was bieten. Und sei es nur blinder Aktionismus wie die Razzias bei den Clans im Ruhrgebiet. Oder eben ein Placebo wie diese neue Dienststelle.»

«Herr Mohr, ich sage es noch einmal: Ich bin nicht Ihre Therapeutin. Sie dürfen nicht mit meiner Verschwiegenheit rechnen. Alles, was Sie mir hier erzählen, kann bei Ihren Vorgesetzten landen ...»

«Deshalb erzähle ich es Ihnen ja.»

Der Satz macht sie einen Moment sprachlos. Sie schaut angestrengt auf ihren Notizblock.

Innendienst. Schreibtischjob. Ein Pilotprojekt, haben sie ihm gesagt. Von wegen, ein Abstellgleis. Das spürt er. Deutlich. Zwei Fliegen mit einer Klappe geschlagen. Wunderbar. Dort wird der Mohr keinen Schaden mehr anrichten können, dann kann man den vergessen.

Endstation.

«Vielleicht sehen Sie das zu pessimistisch, Herr Mohr.»

«Eigentlich neige ich weder zu Optimismus noch zu Pessimismus. Ich versuche, die Dinge so zu nehmen, wie sie sind. So gut das geht.»

«Und was sagt Ihnen Ihr Realismus?»

«Gestern bin ich zum Direktor bestellt worden. Der teilte mir mit, dass ich bei den Altfällen über keinerlei polizeiliche Befugnisse verfüge. Die örtlichen Ermittlungsbehörden bleiben Herrinnen des Verfahrens. Ich soll lediglich die alten Akten auf Plausibilität prüfen, Mängel und Lücken aufzeigen, neue Ansätze für weitere Ermittlungen anbieten. Ob die dann umgesetzt werden, das entscheiden die Staatsanwaltschaften vor Ort.»

«Wo ist das Problem?»

Mohr lächelt. «Wer lässt sich schon gerne vorführen und darauf hinweisen, dass schlampig gearbeitet wurde? *Vielen Dank, Herr Mohr. Mensch, dass wir aber da nicht selber draufgekommen sind.*»

«Wie viele Leute braucht man denn für eine Ermittlung?»

«Zum Beispiel bei Mord?»

«Zum Beispiel.»

«In den Fernsehkrimis sind das ja normalerweise zwei kluge Leute von der Kripo, die binnen 90 Minuten jeden Fall lösen. In Wahrheit brauchen Sie bei einem Mord ein bis zwei Dutzend Kräfte. Und alle diese Leute von der Kripo sind nur Handlanger und Hilfsarbeiter der Staatsanwaltschaft. Denn dort und nur dort wird entschieden, ob und vor allem mit welcher Intensität in einem Fall ermittelt wird. So ist das.»

«Und warum ist das nicht gut?»

«Auch eine Staatsanwaltschaft ist ein Spiegel der Gesellschaft. Da gibt's tüchtige, engagierte Leute. Da gibt's aber auch Leute, die es gern bequem haben. In den Staatsanwaltschaften sitzen leider auch einige Juristen, deren Staatsexamen nicht gut genug war, um Richter zu werden, die aber auch nicht die Traute hatten, sich als Anwalt selbständig zu machen, und stattdessen lieber die risikofreie Beamtenlaufbahn gewählt haben. Außerdem haben die leider oft nicht den blassesten Schimmer von kriminalistischer Ermittlungsarbeit.»

Sie schlägt die Beine übereinander. «Herr Mohr, ich denke, wir wechseln jetzt mal das Thema.»

Sie meint es ernst. Sie will nichts mehr davon hören.

«Wie Sie wünschen.»

«Kommen wir auf den 14. März zu sprechen.»

«Gerne.»

«Warum haben Sie Artan Murati so übel zugerichtet?»

Warum.

«Er hat sich der Festnahme widersetzt.»

«Bis sein rechter Unterarm gebrochen war, außerdem drei Rippen und das linke Schlüsselbein? Sie hätten ihn beinahe getötet.»

«Wenn ich ihn hätte töten wollen, dann hätte ich ihn getötet. Er war bewaffnet. Und er war nicht allein.»

«Warum haben Sie nicht auf Verstärkung gewartet?»

«Niemand wusste, wo ich war. Ich konnte überhaupt keine Verstärkung anfordern, weil ich keinen Handyempfang hatte. Aber das wissen Sie doch längst. Steht doch alles im Untersuchungsbericht.»

«Sie hätten umkehren müssen. Auf den Zugriff verzichten ...»

«Hat Pretzke Ihnen das erzählt?»

Sie schweigt.

«Frau Dr. Voss: Wissen Sie, wer dieser Artan Murati ist?»

«Sagen Sie es mir.»

«Der Mann lockt fünfzehnjährige Mädchen unter falschen Versprechungen aus den ärmsten Ländern Osteuropas hierher. Ein Job als Kindermädchen, als Kellnerin, als Küchenhilfe, das ist einfach zu verlockend. Das schöne Geld. Die Aussicht auf ein besseres Leben, auch für die Familie daheim. Die will man natürlich nicht enttäuschen. Schon auf der Fahrt nimmt Artan Murati ihnen die Pässe ab, vergewaltigt sie, um ihren Willen zu brechen, und spritzt ihnen Heroin. Er zerstört ihre Seelen, noch bevor sie im Westen ankommen. Er steckt sie in Bordelle der schlimmsten Sorte. Ich verzichte darauf, Ihnen im Detail zu schildern, wie es in einem Bordell der schlimmen Sorte zugeht. Er sagt ihnen, sie müssten jetzt gefälligst ihre Schulden abarbeiten. Die Reisekosten zum Beispiel. Kost und Logis. Und wenn sie nach ein paar Jahren nicht mehr genug Profit abwerfen, weil inzwischen nicht nur ihre Seelen, sondern auch ihre Körper zerstört sind, dann schickt er sie zurück. Er quetscht sie aus, dann wirft er sie weg.»

«Um solche abscheulichen Verbrechen zu ahnden, dafür gibt es Gerichte. Sie können doch nicht ...»

«Er ist nie von einem deutschen Gericht verurteilt worden.»

«Aber nun doch von den Niederländern.»

«Ja. Vor zwei Wochen.»

«Kann es sein, dass Sie den Mann so übel zugerichtet haben, um selbst für Gerechtigkeit zu sorgen?»

«Nein. Selbstjustiz bedeutet das Ende des Rechtsstaates.»

«Was haben Sie sich also dabei gedacht?»

«Nichts. Ich habe in dem Moment gar nicht mehr gedacht. Mein Handeln war nicht mehr von rationalen Gedanken gesteuert; so haben es mir die Leute in der Klinik erklärt. Eine Sache von Sekunden. Dann hat mein Verstand wieder funktioniert, und ich habe augenblicklich von ihm abgelassen.»

«Warum haben Sie sich anschließend selbst angezeigt?»

«Um die Verantwortung für mein Handeln zu übernehmen. Ich wollte das ganz offiziell geklärt wissen. Aber man hat die Anzeige auf Anweisung von ganz oben unter den Teppich gekehrt und mir stattdessen meine Arbeit als Leiter der Zielfahndung entzogen. Ich bin vorübergehend suspendiert, dann ein paar Monate krankgeschrieben und in diese Klinik für seelisch Erkrankte geschickt worden. Seit gestern bin ich zurück im Dienst, und heute sitze ich hier. Aber das wissen Sie doch alles. Und vermutlich wissen Sie noch viel mehr darüber als ich.»

«Fühlen Sie sich wieder gesund?»

«Ich habe mich nie krank gefühlt. Aber wenn ich noch ein paar Wochen länger in dieser Klinik geblieben wäre ...»

«Ich glaube Ihnen nicht.»

«Was glauben Sie mir nicht?»

«Dass der kriminelle Lebenswandel dieses Mannes der einzige Grund für Sie war, ihn halbtot zu prügeln.»

Krimineller Lebenswandel. Diesmal sieht Mohr als Erster aus dem Fenster. Das Rosa ist verschwunden und hat einem bleiernen Grau Platz gemacht.

«Herr Mohr, Ihre Personalakte ...»

«Meine Personalakte?»

«... war bis zu diesem Ereignis ganz in Ordnung.»

«Ganz in Ordnung?»

«Sie haben während Ihrer gesamten Laufbahn vorwiegend gute bis sehr gute Beurteilungen von Ihren Vorgesetzten erhalten.»

Mohr schweigt und wartet ab.

«Sie sind ehrgeizig.»

«Ich war mal ehrgeizig. Jetzt bin ich's nicht mehr.»

«Sie besitzen Meistergrade in Wing Tsun und Krav Maga. Habe ich alles in Ihrer Personalakte gelesen. Spreche ich das richtig aus? Was ist das? Kampfsport?»

«Nein, kein Sport. Eine chinesische und eine israelische Kampfkunst. Keine Sportart.»

«Was ist der Unterschied?»

«In einer Sportart halten sich alle an Regeln.»

«Und in der Kampfkunst?»

«Geht es ausschließlich darum, einen Aggressor, der sich an keine Regeln hält, außer Gefecht zu setzen. Mit welchen Mitteln auch immer. Bevor es dem Aggressor gelingt, Sie zu verletzen oder zu töten. Kampfsport ist was für Turnhallen, Kampfkunst ist für die Straße.»

«Aha. Verstehe. Sie haben insgesamt eine ziemlich steile Karriere hingelegt, sagen Ihre Vorgesetzten.»

«Karriere?»

«Nun ja, wenn ich lese, dass Sie ...»

«Karriere? Haben Sie tatsächlich das Wort Karriere im Zusammenhang mit dem Beruf des Polizisten benutzt?»

«Ja, warum auch nicht?»

«Wissen Sie, was ein Kriminalhauptkommissar im Monat verdient? Deutlich weniger als ein Studienrat. Oder, um den Studienräten nicht zu nahe zu treten: pro Monat etwa so viel, wie bei Artan Murati an guten Tagen pro Stunde reinkommt. Wissen Sie, wie viele Überstunden jeder Kriminalbeamte Monat für Monat schiebt, ohne dass es jemanden interessiert? Das Land Nordrhein-Westfalen schuldet seinen 40 000 Polizeibeamten aktuell den Gegenwert von 5,4 Millionen unbezahlten Überstunden. Das wäre doch zum Beispiel mal eine schöne Aufgabe für den neuen Innenminister.»

«Definieren Sie Karriere ausschließlich über Geld?»

«Ich spreche nicht von Geld, sondern von gestohlener Zeit, die den Kollegen zur körperlichen und seelischen Regeneration fehlt. Zum Auftanken leerer Akkus. Hören Sie doch mal einfach nur zu, Frau Dr. Voss. Hören Sie mir nur einen Moment lang aufmerksam zu, dann sind Sie wieder dran mit Ihren Fragen. Vielleicht stellen Sie anschließend andere.»

«Okay. Bitte schön. Ich höre Ihnen zu, Herr Mohr!»

«Ich kenne Mordermittler, die nach der Tatortbegehung auf der Couch schlafen, weil ihre Frauen den Leichengeruch im Schlafzimmer nicht mehr ertragen. Wenn ein Leiter einer Mordkommission, der einen guten Job macht, sagen wir mal, einen sehr guten Job sogar, wenn der beruflich weiterkommen will, weil er vielleicht ein Häuschen abzubezahlen hat oder zwei Kinder hat, die beide studieren wollen, dann muss er sich schon als Leiter der Motorradstaffel bewerben oder als Wachleiter bei der Schutzpolizei, um ein paar Euro mehr zu verdienen. Er wird unglücklich sein mit seinem neuen Job, die Polizei verliert einen hervorragenden Mordermittler und überlässt diesen wichtigen Aufgabenbereich womöglich dem Mittelmaß. So ist das. Kennen Sie die Scheidungsrate von Polizeibeamten? Das System ist durch und durch faul, Frau Dr. Voss. Das System ist völlig verrottet. Das haben die Politiker prima hingekriegt. Geben Sie das gerne weiter. Schreiben Sie alles in Ihren Bericht.»

Sie schweigen eine Weile.

Dann sagt sie: «Vielleicht sollten wir eine Pause machen.»

Und er sagt: «Ja, vielleicht sollten wir das.»

«Gut. Dann schlage ich vor, wir sehen uns in fünfzehn Minuten in diesem Zimmer wieder.»

Mohr verlässt das Büro, fährt mit dem Fahrstuhl ins Erdgeschoss, durchquert das Foyer, das von einem Künstler gestylt wurde, dessen Namen er längst wieder vergessen hat, weil er sich den Namen nicht merken wollte. Er tritt durch die Tür ins Freie und zündet sich eine Zigarette an. Seine Hände zittern.

MITTWOCH, 14. MÄRZ 2018

Zweimal war Mohr so nah dran gewesen an Artan Murati, dass er dessen Angstschweiß riechen konnte.

Lange her.

Da war Mohr noch bei der Kölner Kripo. Drogenfahndung, anschließend OK. Organisierte Kriminalität. Beim ersten Mal ging es um den Transport von 360 Kilogramm Kokain. Eine Lieferung aus Kolumbien. Verkehrswert in Westeuropa: rund 22 Millionen Euro. Zielhafen: Rotterdam. Der größte Seehafen Europas und einer der größten der Welt. 60 000 Menschen arbeiten in dem gut 100 Quadratkilometer großen Hafen, der sieben Prozent des gesamten niederländischen Bruttoinlandsprodukts erwirtschaftet. 460 Millionen Tonnen Fracht werden hier pro Jahr umgeschlagen. Noch vor Antwerpen und Hamburg ist Rotterdam außerdem der größte Containerhafen Europas.

Unüberschaubar. Unkontrollierbar. Wenn man nicht weiß, wonach man sucht.

Murati ließ stets nur kleinere Mengen von Kolumbien nach Europa transportieren und wechselte ständig die Schiffe und die Zielhäfen, um das Risiko zu minimieren. Das lief auch lange reibungslos. Bis zu jenem Container, der im Beatrix-Becken auf ein 135 Meter langes belgisches Binnenschiff umgeladen wurde, zusammen mit 186 anderen, insgesamt 3000 Tonnen Fracht. Offiziell ein Leercontainer; da fallen 360 Kilo Kokain nicht weiter auf, wegen des hohen Eigengewichts und weil ohnehin ein Drittel aller Container, die weltweit unterwegs sind, leer zu ihrem Startort zurückgefahren werden.

Am späten Abend machte sich das Schiff auf die Reise nach Duisburg, dem größten Binnenhafen Europas. Dort hätte man nach der Ankunft am nächsten Morgen wie schon am Abend zuvor in Rotterdam bequem zugreifen können – aber dann hätte man nicht beweisen können, wer der Auftraggeber der Ware war.

In Duisburg wurde der Container am Terminal im Südhafen gelöscht und von Muratis Soldaten geöffnet. Die Lieferung wurde geviertelt und in Chargen zu je 90 Kilogramm auf vier 38-Tonner verteilt, sorgsam zwischen der amtlich registrierten Ladung versteckt. Dann ging es über die A 3 nach Süden. Schnurstracks in Muratis Lagerhaus in Köln-Dellbrück.

Razzia, Festnahme, U-Haft, Anklage, Prozess.

Am dritten Verhandlungstag wurde überraschend ein Cousin Muratis als Zeuge der Verteidigung aufgeboten. Der nahm alle Schuld auf sich, legte ein umfassendes Geständnis ab, wurde noch im Gerichtssaal festgenommen, später zu viereinhalb Jahren Freiheitsentzug verurteilt. Der Angeklagte Artan Murati verließ den Gerichtssaal als freier Mann.

Freispruch erster Klasse.

Mohr saß in der letzten Reihe. Beim Verlassen des Gerichtssaals warf Murati dem Mann, der ihn festgenommen und im Kölner Präsidium stundenlang vernommen hatte, einen triumphierenden Blick zu. Und vermutlich hatte er Mohr schon wieder vergessen, noch bevor draußen in seinen Mercedes stieg.

Jedes männliche Mitglied der weitverzweigten albanischen Großfamilie wäre jederzeit bereit gewesen, für Artan Murati in den Knast zu gehen. Frau und Kinder des Cousins wurden vom Clan gut versorgt, und als der nicht vorbestrafte und zuvor noch nie polizeilich in Erscheinung getretene Mann nach drei Jahren vorzeitig auf Bewährung aus der Haft entlassen wurde, musste er sich fortan keine materiellen Sorgen mehr machen.

Beim zweiten Mal ging es um Geldwäsche, ziemlich komplizierte Geschichte, und Mohrs Vertrauen in den Rechtsstaat wurde zum ersten, wenn auch nicht zum letzten Mal erschüttert, als die Staatsanwaltschaft die Ermittlungen aus heiterem Himmel einstellte. Aus Mangel an Beweisen, es kam erst gar nicht zur Anklage. Zwei Jahre ihres Lebens hatten Mohr und sein Team geopfert, Tag und Nacht und unzählige Wochenenden daran gearbeitet, die nötigen Beweise zu erbringen, die personellen Verflechtungen unzähliger Matrjoschka-Firmen zu entwirren, Dutzende Schlüsselfiguren rund um die Uhr zu observieren, den Weg des Geldes zurückzuverfolgen. Und der zuständige Staatsanwalt fegte am Ende alles vom Tisch.

Jetzt gibt es ein drittes Mal. Dank der Amsterdamer Kollegen. Die vielleicht letzte Gelegenheit, Murati zu kriegen.

Der BMW fliegt durch die Nacht, über das schmale, schwarze, regennasse Band der Landstraße, folgt dem schwachen Schein der Rücklichter des Mercedes am Horizont und dem stärkeren, aber seltenen Aufflackern der Bremsleuchten. Mohr schließt die Augen zu schmalen Schlitzen, weil die Straße das Licht der Scheinwerfer reflektiert. Aber der Regen hat zum Glück aufgehört.

Dranbleiben. Die einzige Chance. Unter allem Umständen dranbleiben.

Murati meidet Autobahnen, Bundesstraßen, das Lichtermeer der braven, zivilisierten Welt. Der Mercedes rast mit Vollgas durch die Wahner Heide. Links die grellen, neonblauen, in den Boden eingelassenen Begrenzungslichter der Landebahnen des Flughafens Köln. Dicht über das Dach des BMW dröhnt eine Boeing 737 hinweg und setzt schwer und mit kreischenden Bremsen auf der Querwindbahn auf.

Durch den Königsforst, Richtung Bergisches Land, Mohr holt auf, verkürzt die Distanz, Meter für Meter, dank der Serpentinen, der Motor des Mercedes ist zwar stärker, aber in den engen Kurven ist die lange, schwerfällige S-Klasse deutlich im Nachteil. Der kleinere und leichtere BMW hingegen liegt wie ein Gokart auf der Straße. Links und rechts huschen reflektierende Hinweisschilder vorbei: Golfplätze, Wellness-Hotels, für ihre exzellente Küche prämierte Landgasthöfe.

Dann wieder nichts als das von dichtem, schwarzem Wald gesäumte Band aus Asphalt.

Mohr schaltet in den dritten Gang zurück und peitscht den BMW mit Vollgas durch die Kurve.

Als der Wagen aus der Kurve schießt, sind die Rücklichter vor ihm verschwunden. Einfach weg.

Mohr hat zuvor keine Abzweigung nach links oder rechts verpasst, ganz sicher nicht. Wenn der Mercedes nicht vom Erdboden verschluckt wurde, gibt es dafür nur eine Erklärung: Murati fährt jetzt ohne Licht. Und scheint auch aufs Bremsen zu verzichten.

Mohr drückt das Gaspedal durch. Ich krieg dich, du Arschloch. Diesmal krieg ich dich.

Zwei Kilometer weiter teilt sich die Landstraße wie eine Wünschelrute. Mohr tritt auf die Bremse, bringt den Wagen zum Stehen und haut mit der flachen Hand aufs Lenkrad.

Dann öffnet er das Handschuhfach, reißt den Schnellhefter mit dem Dossier heraus und schaltet die Leseleuchte über seinem Kopf ein. Irgendwas war doch da noch. Er blättert hastig die Seiten durch, überfliegt den Inhalt, den er zuletzt vor einer Woche studiert hat, blättert am Ende wieder zurück.

Da! Er hat sich nicht geirrt. Da steht es, schwarz auf weiß. Die Jagdhütte. Murati hat irgendwo in der Nähe eine Jagdhütte. Kann nicht weit weg sein. Mohr aktiviert das GPS-System und tippt die im Dossier verzeichneten Koordinaten ein. Breitengrad. Längengrad. Machschonmachschonmachschon!

Endlich. Das Ding reagiert. Links. Nach links! Mohr tritt das Gaspedal durch.

Nach vier Kilometern zweigt im Scheitelpunkt einer Rechtskurve auf der linken Straßenseite ein Waldweg ab. *Privatweg! Durchfahrt verboten!* Murati, das war ein Fehler. Jetzt sitzt du in der Falle.

Der BMW quält sich jaulend über die holprige, aufgeweichte Piste. Schlaglöcher, armdicke Baumwurzeln. Zweige peitschen gegen die Windschutzscheibe. Noch 200 Meter, meldet das GPS-System. Mohr stoppt den Wagen, schaltet das Licht aus und stellt den Motor ab. Dann macht er sich zu Fuß auf den Weg.

Eine Lichtung. Am anderen Ende die Hütte, dahinter schimmert schwach ein See. Einstöckiges Blockhaus, daneben ein Carport. Darin steht der Benz. Durch das linke Fenster der Jagdhütte dringt Licht.

Mohr zieht sein Handy aus der Tasche. Kein Empfang. Nada. Damit wäre er schon mal der Sorge enthoben, später irgendwelchen Idioten erklären zu müssen, warum er nicht angerufen und auf Verstärkung gewartet hat.

Der Morgen dämmert schon. Zu hell, zu riskant, die Lichtung

auf dem kürzesten Weg zu überqueren. Er muss durch den Wald. Morsche Zweige knacken unter seinen dicken Sohlen. So laut, dass Mohr jedes Mal erstarrt, lauscht, den Atem anhält. Er ist ein Stadtmensch, er hat nicht die geringste Ahnung, wie man sich lautlos bewegt.

Jetzt ist er bis auf schätzungsweise 20 Meter ran. Mohr geht hinter dem dicken Stamm einer Buche in die Hocke. Ein Vorhang dämpft das Licht hinter dem linken Fenster. Kein Schatten, keine Geräusche, nichts.

Mohr legt sich flach auf den Boden und robbt durch das nasse Gras. Meter für Meter, hält immer wieder inne. Nichts. Keine Veränderung. Nur die fremden Geräusche des Waldes.

Erst unter dem Carport, hinter dem Mercedes, richtet er sich auf und späht über das Wagendach in Richtung Blockhaus. Im selben Moment hört er das Klicken. Und spürt eine Zehntelsekunde später das kalte Metallrohr, das sich in seinen Nacken bohrt.

Eine Hand greift an Mohrs Hosengürtel und zieht die SIG Sauer aus dem Holster. Mohr hört den Aufprall seiner Pistole, weit weg, gedämpft vom Waldboden. Der Mann, der ihm den Lauf einer Waffe in den Nacken bohrt, ruft etwas in einer Sprache, die Mohr nicht versteht. Aus der Tür der Blockhütte tritt Artan Murati. Er hat sich umgezogen. Statt Anzug und Mantel trägt er jetzt derbe Arbeitskleidung und Gummistiefel. Wie ein Waldarbeiter. Murati zündet sich eine Zigarette an. Er nimmt einen tiefen Zug, blickt dabei entspannt zum Himmel, dann kommt er näher.

«Mohr! Was für eine Überraschung, Sie wiederzusehen. Nach all den Jahren. Wie lange ist das her?»

Mohr schweigt.

Murati schüttelt mitleidig den Kopf. «Mensch, Mohr: Wie kann man nur so besessen sein. Und zugleich so blind. Eine ungünstige Kombination. Dachten Sie, ich fahre zu dieser Hütte in dem Wissen, Ihnen hier mutterseelenallein ausgeliefert zu sein? Ziehen Sie sich bitte aus.»

Als Mohr nicht augenblicklich reagiert, zischt Murati: «Ich sagte: Runter mit den Klamotten! Jetzt! Sonst schneide ich Ihnen die Sachen mit dem Jagdmesser vom Leib!»

Der Mann hinter Mohr tritt einen Schritt zurück. Mohr zieht sich aus. Jacke. Sweatshirt. T-Shirt. Schuhe. Jeans. Und den Rest. Murati sieht ihm gelangweilt zu. Erst als Mohr nackt vor ihm steht, spricht Murati weiter.

«Ist diese frische Morgenluft nicht wunderbar? Es sind immer die kleinen Momente, die das Leben bereichern.»

Mohr spürt wieder das kreisrunde, kalte Metall in seinem Nacken. Keine Pistole, kein Revolver, keine kurzläufige Maschinenpistole. Sonst würde er die Aura des Schützen in seinem Rücken spüren. Die Körperwärme, den Atem. Also hat der Mann in seinem Rücken ein Gewehr auf ihn angelegt. Vermutlich ein Jagdgewehr. Das ist wahrscheinlich Muratis Jagdaufseher. Der Lauf des Gewehrs drückt fast waagerecht in Mohrs Nacken. Also ist der Mann etwa so groß wie Mohr. Knapp eins neunzig.

Murati nimmt einen letzten, tiefen Zug, lässt die glimmende Kippe zu Boden fallen, zermalmt sie unter seinem Absatz. Dann greift er in seine Jackentasche und zieht eine Handvoll Kabelbinder hervor.

«Mohr, mein lieber Mohr. Warum sind Sie nur so besessen? Ich habe lange darüber nachgedacht. Und dann kam mir eine Idee. Korrigieren Sie mich bitte, wenn ich unrecht habe. Sind Sie möglicherweise so wild darauf, mich zu erledigen, weil ich mein Geld mit Drogen verdiene? Macht Sie das so verrückt, weil Ihre Mutter an der Nadel hing? Weil die Alte den Stoff finanziert hat, indem sie für jeden im Veedel die Beine breitmachte? Und Sie als Kind in die Küche gesperrt wurden, während sie nebenan die Männer bediente? Das erzählt man sich im Kölner Friesenviertel. Echt widerlich, wie die Leute so reden, nicht wahr? Aber das muss ja auch ganz furchtbar sein für einen kleinen Jungen. Der Vater verpisst sich noch vor der Geburt, und die Schlampe lässt sich von jedem ficken, der zwanzig Euro zusammenkriegt. Konnten Sie eigentlich alles mithören durch die Küchentür? Das Stöhnen der Männer, wenn sie ...»

Mohr sackt in die Hocke, reißt den rechten Arm hoch, packt den Gewehrlauf und zieht ihn ruckartig über seinen Kopf hinweg nach vorn. Rammt seinen linken Ellbogen dem Schützen mitten ins Gesicht. Die Nase bricht. Mohr schnellt herum, noch in der Drehung rammt er den Schaft des Gewehrs in den Solarplexus des Kerls. Das Ganze dauert keine drei Sekunden. Der gut 100 Kilo schwere Mann kippt wie ein gefällter Baum.

Dann dreht er sich zu Murati. Der zieht eine Pistole aus der Manteltasche. Mohr schlägt sie ihm aus der Hand.

SONNTAG, 24. NOVEMBER 2013

Am Abend steht die Polizei vor der Tür. Zum vierten Mal, seit Jonas vermisst wird. Nein, nicht die Frau und der junge Mann von der Nachtschicht der Kriminalwache, die an jenem frühen Samstagmorgen vor zwei Wochen an der Tür klingelten. Als dieses nicht greifbare, nicht fassbare Wochenende vorüber war, hatten montags zwei andere Polizisten den Fall ihres Sohnes übernommen; zwei Beamte des für Vermisstensachen zuständigen Kommissariats beim Rheinheimer Polizeipräsidium, der Kriminaloberkommissar Florian Keller und der Kriminalhauptkommissar Dietmar Böck.

Keller ist immer höflich und zeigt mitunter so etwas wie Mitgefühl. Aber Böck hat das Sagen. Und wenn der Ranghöhere in der Nähe ist, schweigt Keller meistens.

So wie jetzt. Keller schweigt, Böck redet.

«Guten Abend, Frau Barthold. Dürfen wir reinkommen?»

Am liebsten würde sie ihnen entgegenschleudern: *Schert euch zum Teufel. Wenn wir euch so sehr auf die Nerven gehen, nur weil wir als Eltern nicht die ganze Zeit tatenlos rumsitzen können, dann schert euch doch einfach zum Teufel.* Aber sie schweigt. Obwohl sie allen Grund dazu hätte, ihnen diese Sätze entgegenzuschleudern.

Fünf Tage nach dem spurlosen Verschwinden ihres Sohnes hatte sie im Präsidium angerufen, sie hatte schließlich den Kriminalhauptkommissar Böck in der Leitung und ihn gefragt, ob es etwas Neues gibt. So wie jeden Tag in den vergangenen zwei Wochen. Weil sie noch immer hofft, ihren Sohn lebend in die Arme schließen zu können. Weil sie fest daran glaubt, dass ihr Sohn noch lebt. Nur hatte sie an diesem fünften Tag am Telefon noch eine zweite Frage gestellt: Ob die Polizei denn überhaupt noch nach Jonas suche, ob die Polizei denn überhaupt noch irgendwelche Anstrengungen unternehme, um herauszufinden, was in der Nacht zum 9. November mit ihrem Sohn geschehen sei. Die Frage war ihr einfach so rausgerutscht. Das sei nicht sehr diplomatisch gewesen, hatte ihr Mann anschließend angemerkt. Nein, das war es nicht. Sie hatte keine Kraft mehr für Diplomatie. Sie war enttäuscht, verwirrt, zutiefst verletzt, unendlich traurig und voller Wut. Sie konnte und wollte ihre Wut nicht mehr verbergen. *Suchen Sie überhaupt noch nach unserem Sohn?* Daraufhin hatte der Herr Böck ihr seelenruhig geantwortet: *Seien Sie froh, wenn wir ihn überhaupt finden. Die meisten Wasserleichen rutschen gleich bis in die Nordsee durch.*

Das hat weh getan. Sehr weh getan. Das Bild geht ihr seither nicht mehr aus dem Kopf, es kriecht jede Nacht in ihre Träume.

Sie will nicht glauben, sie kann einfach nicht glauben, dass Jonas tot sein soll. Und schon gar nicht kann sie begreifen, was dieser Herr Böck in den vergangenen zwei Wochen sonst noch so von sich gab, in einem Tonfall, der ihr deutlich demonstrierte, wie sehr sie ihn offenbar nervt: *Frau Barthold, das hören wir von allen Eltern, dass ihr Kind nicht zu einem Suizid fähig ist. Meine Berufserfahrung sagt mir aber was völlig anderes. Wissen Sie was? Die meisten Eltern kennen ihre Kinder überhaupt nicht. Die kriegen gar nicht mit, wenn ihr Nachwuchs Probleme in der Schule hat, dann fängt das mit den Drogen an, und irgendwann sehen die keinen anderen Ausweg mehr als ...*

Adela Lorena Macedo schleuderte ihm wütend entgegen, dass Jonas keine Schulprobleme haben kann, weil er sein Einserabitur längst in der Tasche hat und mit einem massiven Drogenproblem auch nicht das Stipendium für die Sorbonne bekommen hätte. Dass ihr Sohn ein erklärter Gegner von Drogen ist, dass er außerdem voller Lebensfreude ist, voller Zuversicht in die Zukunft schaut, Pläne schmiedet ... aber dieser Herr Böck hörte ihr da schon gar nicht mehr zu. Was sie zu sagen hatte, interessierte ihn nicht.

Dieser Herr Böck war schon deshalb stocksauer, weil Adela Lorena Macedo und ihr Mann selbst aktiv geworden sind, statt still und brav in ihrem Wohnzimmer zu sitzen und die Wand anzustarren. Sie hatten auf dem Gelände rund um die Diskothek Handzettel verteilt und Plakate geklebt. Sie hatten mögliche Zeugen befragt, noch bevor die Polizei auf die Idee kam. Zum Beispiel die Taxifahrer, die in jener Nacht Schicht hatten. Und weil sie darauf bestanden hatten, gleich am Samstagmorgen schon, dass ein Spürhund eingesetzt werden soll. Und weil sie schließlich damit gedroht hatten, auf eigene Kosten einen zivilen Hundeführer damit zu beauftragen, wenn die Polizei das nicht macht. Erst da wurde endlich ein Polizeihund herbeigeschafft. Erst am Samstagabend. Ein Mantrailer. So heißen diese speziell ausgebildeten Hunde, die Personen suchen können, weiß sie inzwischen. Sie hatte dem Hundeführer ein getragenes T-Shirt von Jonas aus dem Korb für die Schmutzwäsche im Badezimmer gegeben.

Und dann die merkwürdige Sache mit den beiden fremden

Typen, von denen die Taxifahrer erzählten; die Jonas in die Mitte nahmen, vor den Augen der beiden uniformierten Polizisten, die Jonas vergeblich um Schutz gebeten hatte, und dass Jonas plötzlich aus der Nase blutete und diese beiden Typen dann Jonas mitnahmen, einfach so mitnahmen. Was diesem Herrn Böck zufolge garantiert nichts mit dem Tod ihres Sohnes zu tun hatte, obwohl die Kripo bis heute nicht weiß, wer die beiden waren. Die Polizei hat ja auch erst nach zehn Tagen damit begonnen, nach ihnen zu fahnden. Aber dieser Herr Böck kann in seiner grenzenlosen Arroganz einen Zusammenhang mit dem Verschwinden ihres Sohnes kategorisch ausschließen.

Jetzt stehen sie also da, vor ihrer Haustür, und sie schauen ziemlich verlegen, der Kriminalhauptkommissar Böck und der Kriminaloberkommissar Florian Keller, und fragen, ob sie reinkommen dürfen.

So gerne würde sie diesem Herrn Böck und diesem Herrn Keller das jetzt entgegenschreien: *Schert euch doch zum Teufel.* Wut ist besser als Depression. Alles ist besser als diese abgrundtiefe Traurigkeit. Dieses kalte, schwarze Loch, in dem sie seit zwei Wochen kauert. Aber sie sagt nichts. Adela Lorena Macedo spürt deutlich, dass heute Abend alles anders ist. Und nichts mehr so sein wird wie zuvor.

Tagesschau. Ihr Mann schaltet augenblicklich den Fernseher aus, als sie das Wohnzimmer betreten. Sie setzen sich um den Esstisch. Böck räuspert sich, Keller guckt verlegen zur Decke.

«Frau Barthold, Herr Barthold: Wir haben leider keine gute Nachricht mitgebracht.»

«Was ist passiert?»

«Heute wurde im Kölner Norden am Ostufer des Rheins gegenüber dem Niehler Hafen eine männliche Leiche gefunden. Die Leiche wurde zur Obduktion in die Kölner Rechtsmedizin gebracht. Das ist der normale Gang. Wir müssen natürlich erst das Ergebnis abwarten. Aber der Tote war mit einem dunkelblauen Kurzmantel bekleidet. Der Mantel und auch die restliche Kleidung passen zu Ihrer Beschreibung der Kleidung, die Ihr Sohn an jenem Abend getragen hat. Außerdem haben uns die Kölner Kollegen soeben informiert, dass in einer Tasche der Kleidung der Personalausweis Ihres Sohnes gefunden wurde.»

MITTWOCH, 5. SEPTEMBER 2018

Zwei Tage verbringt Mohr damit, sich ein erstes, grobes Bild von den Ermittlungsakten zu verschaffen.

54 Altfälle. Ein bewaffneter Raubüberfall auf einen Juwelier, 6 ungeklärte Vermisstenfälle, 14 Vergewaltigungen, 32 Tötungsdelikte. Und ein Fall, der in keine der Schablonen passt, die das Strafgesetzbuch skizziert. *Fall* ist schon das falsche Wort. Weil die Staatsanwaltschaft Rheinheim die Ermittlungen längst eingestellt hat. Der Fall ist also keiner mehr. Die Akte kann nur versehentlich in dem Stapel auf seinem Schreibtisch gelandet sein. Sie ist fast fünf Jahre alt.

An einem späten Freitagabend im November 2013 besuchen neun ehemalige Schulfreunde im Anschluss an eine kleine, private Geburtstagsfeier im Rheinheimer Stadtteil Bad Ahrbrunn eine Diskothek im benachbarten Bad Hombach. Eine Kleinstadt am Rhein, südlich von Rheinheim. Zwei Wochen später wird die Leiche des neunzehnjährigen Studenten Jonas Frederik Barthold rund 50 Kilometer flussabwärts im Rhein gefunden. Im Norden Kölns, gegenüber der Einfahrt zum Niehler Hafen.

Die Kölner Rechtsmedizin erkennt auf Tod durch Ertrinken. Hinweise auf Fremdverschulden etwa in Form von Frakturen, Schnitt- oder Schusswunden können bei der Obduktion nicht festgestellt werden.

Zunächst überblättert Thomas Mohr die alte Akte eher lustlos. Zu viele Akten. Zu viele Fälle. Lustlos auch deshalb, weil der Fall kein Fall mehr ist. Er will die alte Ermittlungsakte schon zuklappen und zur nächsten Akte greifen. Dann hält er inne.

Stutzt. Denkt nach. Blättert zurück. Liest einzelne Zeugenaussagen erneut. Versucht sich vergeblich einen Reim auf all die Ungereimtheiten in dieser Fallakte zu machen. Zum Beispiel:

Warum war die Rheinheimer Staatsanwaltschaft in den ersten Monaten nach dem mysteriösen Tod des Jungen so eifrig bemüht gewesen, die Ermittlungsakte möglichst rasch und für immer loszuwerden und sie wegen des Fundorts der Leiche mehrmals an die Kölner Staatsanwaltschaft zurückzuschicken, obwohl der mutmaßliche Todesort doch eindeutig in ihrem Zuständigkeitsfeld liegt? Die Zuständigkeit der Ermittlungsbehörden orientiert sich immer am Ort des Todes, nicht am Fundort der Leiche. Spätestens mit der Identifizierung der Leiche war doch klar, dass die Kölner Ermittler mit diesem Fall nichts, aber auch gar nichts zu tun hatten.

Merkwürdig.

Mohr sieht auf die Uhr. Kurz nach sieben. Er hat den ganzen Tag noch nichts gegessen. Weil er keine Lust hat, mittags die Kantine aufzusuchen und dort Kollegen in die Arme zu laufen, die ihn fragen, wie es ihm geht, oder aus reiner Verlegenheit Dinge sagen wie: *Kopf hoch, wird schon wieder, das Leben geht weiter.* Oder ihm ironisch gratulieren: *Glückwunsch, Mohr. Jetzt hast du es geschafft, sitzt den ganzen Tag schön im Warmen und Trockenen, keine nächtlichen Observierungen mehr, wo man sich den Arsch abfriert. So gut möcht ich es auch mal haben ...*

Mohr hatte nicht nur Freunde im LKA, als er noch Leiter der Zielfahndung war. Manche wird es mit Genugtuung erfüllen, dass er jetzt abgemeldet ist.

Er nimmt die Akte Jonas Frederik Barthold, stopft sie in seine Segeltuchtasche, klemmt sich die Tasche unter den Arm und schaltet die Schreibtischlampe aus. Ab nach Hause. In diesem Loch namens Büro kann er heute sowieso keinen klaren Gedanken mehr fassen.

Suizid? Irgendetwas stimmt da nicht. Irgendwas stimmt da ganz und gar nicht.

MITTWOCH, 5. SEPTEMBER 2018. SPÄTER AM ABEND

So lange Thomas Mohr zurückdenken kann, ist der Eigelstein sein Zuhause gewesen. Und die Menschen in diesem merkwürdigen Kölner Stadtviertel so etwas wie seine Familie. Wenn man keine echte Familie hat, ist man nicht so wählerisch.

Mohr würde die Gassen zwischen Hauptbahnhof und Ebertplatz, eingeklemmt zwischen achtgleisiger Bahntrasse und vierspurigen Schnellstraßen, nicht eben als Schönheit im landläufigen Sinne preisen. Die Eigenart der Kölner, ausnahmslos alles in und an ihrer Stadt gefühlsbesoffen schönzureden, konnte er sich nie zu eigen machen. Billige Plastikfassaden in grellen Neonfarben verdecken den schmutzig grauen Stuck der wenigen Häuser, die das Bombeninferno des Krieges und die anschließende Abrisswut der Wirtschaftswunderzeit überlebt haben. Handy-Shops, Import-Export-Shops, Elektronik-Shops, Internet-Shops. Mittendrin Achim Maiwalds kleines Filmstudio, das für den WDR die Sendung mit der Maus produziert. Buchmacher, Pfandhäuser, jede Menge Juweliere, An- und Verkauf. Und ein halbes Dutzend türkische Fachgeschäfte für Brautmoden. Das Glück eines Tages gibt's hier zu kaufen.

In diesem Quartier haben Glück und Elend eng beieinander gewohnt, seit der Eigelstein Teil der römischen Heerstraße war, die von Süden durch Köln nach Xanten führte. Gerber und Schmiede ließen sich entlang dieser Straße nieder, Töpfer und

Glasbläser, Gaukler und Gauner, Bettler und Dirnen. Menschen aus aller Herren Länder, auf der Flucht vor der Vergangenheit, auf der Suche nach einer Zukunft.

Im Mittelalter fand man hier menschliche Knochen in römischen Massengräbern. Die Kirche identifizierte sie mühelos als Überreste frühchristlicher Märtyrer, und so entstand mit der bald florierenden Reliquienindustrie und dem Segen der Kirche die Keimzelle der Kölner Schattenwelt. Das Reliquiengeschäft ist Geschichte. Die Schattenwelt hat eine strahlende Zukunft.

Mohr verlässt den Hauptbahnhof durch den rückwärtigen Nebenausgang, lässt das Meer der wartenden Taxis rechts liegen und biegt nach links ab. 25 Grad, fast schon kühl nach diesem ewig langen Sahara-Sommer. Extrem hohe Luftfeuchtigkeit heute, der Himmel schwarz, elektrische Spannung, Gewitter im Anmarsch. Er schlendert. Er genießt es, zu schlendern und dabei das Leben rundherum aufzusaugen, er verweigert sich heute strikt dem Großstadttempo, trotz des nahenden Gewitters. Er hat es nicht besonders eilig, nach Hause zu kommen. Niemand außer einer Tiefkühlpizza wartet dort auf ihn.

Vor den Kneipen und Stundenhotels warten Prostituierte aus Osteuropa und Lateinamerika auf Kundschaft. Sie senken rasch den Blick, machen sich uninteressant und unsichtbar. Einen Bullen erkennt jede von ihnen auf hundert Meter Entfernung. In den Türen der Friseurläden und Fingernagelstudios werben farbenfrohe Plakate für ein nächtliches Kickbox-Spektakel in der Festhalle Longerich. Die abgebildeten Kämpfer, ein Dutzend mindestens, da wird echt was geboten fürs Geld, haben seltsam blutunterlaufene Augen und fixieren mit stierem Blick den imaginären Gegner. Ihre erhobenen Fäuste sind bandagiert, die meisten der ölglänzenden Oberkörper sind komplett tätowiert. Die Scheren eines Skorpions umklammern die linke Brustwarze eines muskulösen Mannes namens Mahmut, den die Plakate als Top-Attraktion des Abends ausweisen.

Kurz vor dem mittelalterlichen Eigelsteintor biegt Mohr nach links in die Eintrachtstraße ab.

Aus der langen Geschichte des Viertels war den Historikern lediglich der 13. September 1804 wert gewesen, vermerkt und aufgeschrieben zu werden: An jenem Abend zogen Napoleon Bonaparte und seine schöne Josephine unter Glockengeläut und Kanonendonner und im Glanz unzähliger Fackeln durch das Eigelsteintor, um die Stadt offiziell einzunehmen, gefeiert von Tausenden jubelnden Kölnern am Straßenrand, berauscht vom Alkohol und von dieser schönen, neuen Idee: Freiheit, Gleichheit, Brüderlichkeit. Auf den letzten zwanzig Metern bis zum Haus zieht Mohr Bilanz: ein Drittel der Losung geschafft. Zumindest in Westeuropa. Und der große Rest des schönen Traums? Gleichheit und Brüderlichkeit? Irgendwie unter die Räder gekommen.

Mohr kramt nach seinem Schlüssel und öffnet die Haustür. Im Flur kontrolliert er seinen Briefkasten. Nichts außer dem Werbezettel für einen Sushi-Lieferdienst. Mohr steigt die knarzende Holztreppe Stockwerk für Stockwerk hinauf ins Dachgeschoss, schließt die Tür zur Wohnung auf, wirft die Tasche mit der Akte aufs Sofa, holt die Pizza aus dem Tiefkühlfach, schaltet den Backofen ein, nimmt den Weißwein aus dem Kühlschrank, ein Glas aus dem Oberschrank und tritt hinaus auf die Dachterrasse.

Voilà: Köln bei Nacht. Das macht alles wett. Vierter Stock ohne Aufzug, die Wohnung nur knapp 60 Quadratmeter. Die Hausverwaltung: eine einzige Katastrophe. Der Vermieter: ein Halsabschneider und Geizkragen. Die Dachterrasse: unbezahlbar.

Eine richtige Dachterrasse ist es natürlich nicht. Sondern ein Labyrinth aus Schornsteinen und Satellitenschüsseln. Der Boden aus Dachpappe. Kein Geländer. Schön ist eigentlich anders. Ziemlich bald nach dem Einzug hatte Mohr sich sechs ausrangierte Euro-Paletten besorgt, Stück für Stück die Treppe rauf bis ins Dachgeschoss getragen, vor der Terrassentür zusammengenagelt und darauf eine Bank, zwei Stühle und ein Tischchen platziert. Und einen Sonnenschirm.

Seine Insel. Der einzige Ort, der ihn zur Ruhe kommen lässt. Nur schwach dringt der Lärm der Stadt bis nach hier oben. Mohr setzt sich auf die Bank, unter den Sonnenschirm, ignoriert den einsetzenden Regen, die ersten Blitze und das noch ferne Grollen, raucht in Ruhe eine Zigarette, trinkt den Wein und denkt nach.

Was für eine merkwürdige Geschichte.

Er nimmt einen letzten Zug, drückt die Kippe im Aschenbecher aus, geht wieder rein und schließt die Terrassentür, schiebt die Pizza in den Backofen, lässt der Allman Brothers Band freien Lauf, die mit *One Way Out* loslegt. Er greift sich den großen Notizblock und einen Stift vom Schreibtisch, nimmt die Ermittlungsakte aus der Tasche auf dem Sofa, setzt sich damit an den Küchentisch, klappt das Notebook auf, startet den Rechner. Dann stöpselt er die externe Festplatte ein und beginnt mit der Arbeit.

DONNERSTAG, 6. SEPTEMBER 2018

Jemand klopft an die Bürotür und öffnet sie im selben Moment. Kann nur Klaus Becker sein. Ist er auch.

«Morgen, Chef.»

«Morgen. Ich bin nicht mehr dein Chef.»

«Für mich wirst du das immer bleiben. Du siehst irgendwie aus, als hättest du nicht viel Schlaf abbekommen.»

«Kann schon sein.»

«Jedenfalls: Willkommen zurück.»

«Danke, Klaus.»

«Was macht der neue Job?»

«Hat mich diese Nacht wachgehalten.»

«Oh. Da frag ich wohl besser gar nicht weiter nach.»

«Ja. Besser nicht.»

«Wir sollten mal ein Bier trinken gehen.»

«Ja.»

«Mal in Ruhe quatschen.»

«Ja. Machen wir.»

«Wann?»

«Demnächst mal.»

«Schieb's nicht auf die lange Bank.»

«Nein.»

«Sonst alles gut so weit?»

«Ja.»

«Also dann.»

«Ja. Also dann, Klaus. Danke für den Besuch.»

Becker hat schon den Türgriff in der Hand, als er sich noch einmal umdreht: «Chef?»

«Ich bin nicht mehr dein Chef.»

«Beinahe hätte ich vor lauter Wiedersehensfreude die schlechte Nachricht vergessen, wegen der ich gekommen bin: Die haben die Zeugin abgeschoben. Letzte Woche schon.»

«Welche Zeugin?»

«Die in Amsterdam vergewaltigte Siebzehnjährige, die mit ihrer Aussage dafür gesorgt hat, dass Artan Murati für ein paar Jahre im Knast sitzt. Also zum Zeitpunkt der Vergewaltigung war sie noch siebzehn, inzwischen ist sie volljährig. Die Niederländer haben sie unmittelbar nach ihrer Zeugenaussage vor Gericht an die deutschen Behörden weitergereicht. Amtshilfeersuchen, weil sie hier ebenfalls noch als Zeugin aussagen sollte. Das Mädchen hat nämlich, bevor sie als Putze in Muratis Amsterdamer Penthouse-Wohnung anfing, illegal als Spülerin in einem Duisburger Restaurant gearbeitet. Bei der Zeugenaussage ging es um irgendeinen Verstoß gegen das Ausländerrecht, irgendwas mit einer Scheinehe oder so. Tja, und gleich nach ihrer Zeugenaussage in Duisburg hat man sie abgeschoben. In den nächsten

Flieger gesetzt. Die hatte ja keinen Asylantrag laufen oder dergleichen, was erst noch hätte geprüft werden müssen.»

«Sie haben sie abgeschoben?»

«Ja.»

«Zurück nach Albanien? Das ist ihr Todesurteil. Ist dir das klar?»

«Wir haben leider auch erst davon erfahren, als schon alles über die Bühne war.»

Mohr sagt nichts.

«Also dann. Mach's gut, Chef. Ich bin jedenfalls sehr froh, dass du wieder zurück bist. Wollte ich dir nur mal sagen.»

«Klaus?»

«Ja?»

«Jemand hat uns verpfiffen.»

«Wie meinst du das?»

«Im März. Auf der Autobahnraststätte Siegburg.»

«Wie kommst du denn darauf?»

«Murati ist doch angerufen worden, als er an der Tanke bei dem Laster stand. Erinnerst du dich? Hat nur kurz zugehört, das Handy wieder weggesteckt und ist auf der Stelle in seinen Mercedes gesprungen und abgehauen. Dafür gibt es nur eine logische Erklärung: Jemand hat ihn angerufen und ihm gesteckt, dass wir da sind und auf ihn warten, um ihn festzunehmen.»

«Aber doch keiner von uns. Oder?»

«Kommt drauf an, wen du mit *uns* meinst. Keiner von unseren beiden Teams auf der Raststätte. Auch keiner aus den anderen beiden Schichten. Sonst hätte er die Warnung ja nicht erst in dem Moment gekriegt, sondern früher. Und wäre erst gar nicht auf der Raststätte aufgekreuzt. Und der Lastwagen auch nicht.»

«Na also.»

«Aber jemand aus diesem Gebäude, aus dieser Behörde, der es wahrscheinlich selbst erst kurz vorher erfahren hat. Zufällig. Sonst hätte er Murati ja schon früher gewarnt.»

«Hm. Und jetzt?»

«Bring's in Umlauf.»

«Was?»

«Bring den Verdacht in Umlauf. Beiläufig, in der Kantine, wo sich die Gelegenheit bietet.»

«Wieso ich?»

«Meinst du, mir hört noch jemand zu? Kannst aber meinetwegen sagen, der Mohr hat den Verdacht.»

Becker nickt stumm. Mohr wartet, bis sich die Tür hinter ihm geschlossen hat. Dann hämmert er seine Faust mit voller Wucht auf die Tischplatte.

Das darf doch nicht wahr sein! Murati stammt aus Albanien, das Mädchen stammt aus Albanien. Weil sich in deutschen Behörden Dummheit und Arroganz paaren, bleiben Menschen auf der Strecke. Wieso hat die keinen Kronzeugen-Status bekommen? Kein Wunder, dass zum Beispiel die meisten Zwangsprostituierten sich eher einen Finger abschneiden lassen würden, als gegen ihre Peiniger auszusagen: Sie wissen ganz genau, was sie anderenfalls nach der Abschiebung in ihrer Heimat erwartet. Zum Kotzen!

Mohr wendet sich wieder dem Monitor zu. Er hat Mühe, sich zu konzentrieren. Wegen der Sache, die er soeben von Becker erfahren hat. Und weil er diese Nacht nur zwei Stunden geschlafen hat. Denn das – noch arg lückenhafte – Zeittableau hat er nicht nur mit Hilfe der in der Ermittlungsakte vorgefundenen, erstaunlich dünnen Abschriften der Zeugenaussagen erstellt, sondern zusätzlich mit Hilfe der Videoaufnahmen aus vier Überwachungskameras der Diskothek. Drei Innenkameras, eine Außenkamera. Jeweils fast dreieinhalb Stunden Aufnahmezeit. Mal vier macht das fast vierzehn Stunden Videomaterial. Natürlich nicht logisch und im Kontext verständlich geschnitten wie in einem Spielfilm, sondern zeitlich parallel in vier verschiedenen Dateien gespeichert, für jede Überwachungskamera eine Datei.

Stumm und schwarz-weiß und in einer unglaublich miesen Bildqualität.

Nach dem stundenlangen nächtlichen Starren auf den Bildschirm und nur zwei Stunden Schlaf tun Mohr noch immer die Augen weh. Wie können in einer der führenden Industrienationen der Welt, im Geburtsland von Carl Zeiss und Ernst Leitz, die Aufnahmen aus Überwachungskameras nur so miserabel sein? Natürlich hat er das Videomaterial in der vergleichsweise kurzen Zeit nur oberflächlich durchschauen können, im Schnelldurchlauf bis zur jeweils am Bildrand angegebenen Uhrzeit, Umschalten auf die nächste Datei, Vorlauf bis zur entsprechenden Uhrzeit. Im Abgleich mit den Videos waren zusätzlich einige der Zeugenaussagen in der Akte auf ihre Plausibilität zu überprüfen.

Kamera 1 zeigt einen schmalen Gang, der vom Tanzsaal zu den Toiletten führt. Kamera 2 das Foyer mit Kassentresen und Garderobe. Kamera 3 im Gegenschuss die beiden Eingangs- und Ausgangstüren von innen. Kamera 4, die Außenkamera, erfasst den Vorplatz vom Eingang bis zur Straße, die breite Treppe, die vom Eingang hinunter zum Vorplatz führt, und einen Imbisswagen, der am rechten Rand des Vorplatzes geparkt ist.

Dieser 9. November muss außergewöhnlich warm gewesen sein, denn da stehen mitten in der Nacht junge Leute im T-Shirt auf dem Vorplatz herum. Nicht mehr im Bild zu erkennen ist aus dieser Perspektive die von Büschen und Bäumen verdeckte Brücke, die jenseits der Straße hinüber zur Rheininsel Fürstenwerth führt.

Offiziell waren in dem Laden zwölf Kameras registriert. Die anderen acht Kameras, heißt es in einer Aktennotiz, seien kaputt oder ausgeschaltet gewesen oder hätten für die Ermittlungen nur Irrelevantes gezeigt. Seltsam. Die Aktennotiz offenbart nicht, wer dies festgestellt hat.

Neben den Videoaufzeichnungen und den schriftlichen Zusammenfassungen der auffällig lückenhaften und oberflächlichen Zeugenvernehmungen findet sich in der Ermittlungsakte, fein säuberlich abgeheftet, eine dritte Quelle, die Mohr für sein provisorisches Zeittableau nutzt: rund ein Dutzend Briefe der Eltern beziehungsweise des Rechtsbeistands der Eltern an die Ermittlungsbehörden. Sorgfältig gelistete und klug formulierte Hinweise. Teilweise reine Mutmaßungen, oft aber auch mehr. Ergebnisse von Zeugenbefragungen auf eigene Faust. Zum Beispiel haben die Eltern schon in den ersten Tagen, lange bevor die Kripo überhaupt in die Gänge kam, sämtliche Taxifahrer befragt, die in jener Nacht die Diskothek anfuhren und am Haltestand auf Kundschaft warteten. Das führte aber keineswegs dazu, dass alle von den Eltern Befragten anschließend auch von der Polizei vernommen wurden.

Mohr kann sich denken, warum: Die Zuständigen bei Kripo und Staatsanwaltschaft fühlten sich tierisch genervt. So ist das immer. Ermittler hassen es, wenn ihnen Amateure einen Schritt voraus sind, ihnen auf die Finger klopfen und auf Versäumnisse hinweisen. Sie begreifen nicht, oder wollen es nicht begreifen, was die engsten Angehörigen durchmachen. Dass sie nicht einfach tatenlos auf der Couch sitzen können, weil sie sonst wahnsinnig werden.

Der Verlust eines Kindes ist schon schmerzhaft genug. Aber nicht zu wissen, was passiert ist, was zum Tod des eigenen Kindes führte, muss unerträglich sein.

Zeittableau / Erste Erkenntnisse aus Zeugenaussagen und Videoaufzeichnungen / Stand: 6.9.18

23.49 Uhr: Jonas Frederik Barthold und seine ehemaligen Bad Ahrbrunner Schulkameraden verlassen die Linie 92 an der Endhaltestelle am Bad Hombacher Rheinufer und betreten wenige Minuten später die Diskothek «Rheingold».

01.53 Uhr bis 02.03 Uhr: Jonas kommt aus dem Saal, lässt sich an der Garderobe seinen Mantel geben und zieht ihn an, dann spricht er im Foyer mit der Kassiererin. Der Gestik nach zu urteilen, scheint er über irgendwas maßlos empört zu sein. Der Geschäftsführer erscheint, man diskutiert aufgeregt weiter. Der Geschäftsführer begleitet ihn zur Tür, Jonas verlässt ruhigen Schrittes die Diskothek, biegt am Ende des Vorplatzes in Richtung Bahnhaltestelle ab und verschwindet aus dem Bild.

02.13 Uhr: Zu dieser Zeit hätte die letzte Bahn für diese Nacht die Endstation Bad Hombach in Richtung Rheinheim und Bad Ahrbrunn verlassen. Jonas hätte diese letzte Bahn problemlos gekriegt, er hat dafür zeitig genug die Diskothek verlassen und sich auf den kurzen Weg zur Haltestelle gemacht. Es fährt aber keine Bahn mehr zurück, wegen nächtlicher Gleisbauarbeiten seit Mitternacht.

Das hat Mohr vor einer Stunde mit einem kurzen Anruf bei den Rheinheimer Stadtwerken klären können. Sehr nett, sehr hilfsbereit, die Dame. *Kein Problem, Herr Mohr. Wir schauen nach. In spätestens einer halben Stunde wissen Sie's.* Nach 20 Minuten rief die Mitarbeiterin der Stadtwerke zurück. In der Ermittlungsakte ist dieser wichtige Umstand, dass Jonas Barthold überraschend ohne Rückfahrgelegenheit war, nicht vermerkt.

02.10 bis 02.42 Uhr: In diesem Zeitfenster verhält sich Jonas augenscheinlich so, als sei er auf der Flucht. Dafür spricht auch die Spur, die der Mantrailer aufnimmt. Der Hund folgt zunächst einem regelrechten Zickzack-Kurs über das Außengelände, mal nach links, mal nach rechts, er verschwindet abrupt hinter Büschen, Hecken und Müllcontainern, er umrundet die in der Nacht verwaiste Eisdiele auf dem Nach-

bargrundstück der Diskothek. Der Mantrailer macht wieder kehrt, läuft schließlich hinauf zur Brücke, die zur Rheininsel führt, bleibt aber auf halbem Wege abrupt stehen, stemmt in der ersten balkonartigen Ausbuchtung die Vorderläufe auf die steinerne Brüstung der Brücke, schlägt an und gibt seinem Herrchen so zu verstehen: Hier endet die Spur.
Jonas wendet sich in diesem 32-minütigen Zeitfenster an einen der Taxifahrer am Wartestand, der Junge steht gekrümmt, hält sich den Bauch, verzieht vor Schmerzen das Gesicht.
(Folgende Zitate stammen aus den Vernehmungen der Taxifahrer sowie aus einer Aktennotiz der Eltern Barthold, die zuvor eigene Befragungen unter den Taxifahrern angestellt hatten):
«Können Sie mir helfen? Ich habe Angst. Die sind hinter mir her. Die wollen mich umbringen. Können Sie mich bitte nach Hause fahren? Ich habe nicht mehr genug Bargeld, aber ich habe eine EC-Karte dabei. Wenn Sie am nächsten Bankomaten halten, kann ich Sie bezahlen.» Der Taxifahrer lehnt ab. Befördert wird nämlich grundsätzlich nur gegen Vorkasse. Zu oft hat man schlechte Erfahrungen mit jungen Discobesuchern gemacht, die an der roten Ampel plötzlich rausspringen und feixend abhauen. Einer der Taxifahrer sagt: «Junge, wenn du Stress hast: Dahinten steht doch die Polizei.»

Jonas läuft daraufhin zu dem etwa zehn Meter entfernten Streifenwagen. Die beiden Beamten nehmen gerade einen Autounfall mit Blechschaden auf. Der Fahrer hat einen Laternenpfahl gerammt, ist ausgestiegen, hat verärgert gegen den vorderen linken Reifen seines Autos getreten, ist dann in eines der wartenden Taxis gestiegen und hat sich aus dem Staub gemacht. Die Taxifahrer beobachten, wie Jonas die beiden Polizisten anspricht, wie einer der Beamten verärgert reagiert und ihn wegschiebt, weil der junge Mann offenbar im Spurenbild steht.

Jonas kehrt zu den Taxifahrern zurück. Angst in den Augen. Ein jüngerer Fahrer erklärt sich bereit, ihn zu fahren. Da schaltet sich der älteste Fahrer ein und spricht ein Machtwort: «Nix da. Nur gegen Vorkasse. Basta.» Der Mann hat offenbar das Sagen am Taxistand, der Jüngere wagt nicht, dagegen aufzubegehren.

Jonas läuft zurück zu den Polizisten und spricht sie erneut an. Die Taxifahrer beobachten, wie der Neunzehnjährige seine Geldbörse zückt, einer der beiden Beamten sie entgegennimmt und einsteckt.

Zwei junge Männer erscheinen am Unfallort. Sie gehören nicht zu Jonas' Clique. Nach Beobachtung der Taxifahrer «ein Südländer und ein Osteuropäer». Sie nehmen Jonas vor den Augen der Polizeibeamten in die Mitte, legen den Arm um seine Schultern und sagen: «Wir kümmern uns jetzt um ihn.» Wenig später sieht einer der Taxifahrer, dass Jonas aus beiden Nasenlöchern blutet und sich die Fremden mit dem Neunzehnjährigen entfernen. Einer von beiden soll ein quergestreiftes T-Shirt getragen haben. Ein Ringelshirt, schwarzweiß oder blau-weiß gestreift. *(Laut Beschreibung der Taxifahrer. Der Unfallort liegt außerhalb der Reichweite der Außenkamera 4.)*

Erst zehn Tage später wird nach den beiden Unbekannten erstmals öffentlich gefahndet. Ohne Erfolg. Den Eltern teilt man – erst auf Nachfrage – mit, eine Verbindung zum Tod ihres Sohnes sei aber ohnehin auszuschließen. Das erwähnte der Vater später in einem langen Brief an die Staatsanwaltschaft. Der Brief wurde fein säuberlich in der Akte abgeheftet. Offenbar unterlagen die Eltern dem Irrglauben, die Rheinheimer Staatsanwaltschaft würde der Kripo nach diesem Brief mal so richtig Dampf machen.

Immer mehr Gäste aus der Diskothek erscheinen auf dem Vorplatz rund um den Unfallort. Die Schaulustigen kommentieren gestenreich und lautstark das Geschehen, als handele es sich um einen eigens für sie inszenierten großen Jux. Der zweiköpfigen Streifenwagenbesatzung ist der plötzliche Menschenauflauf offenbar nicht geheuer, sie fordert Verstärkung an. Die trifft dann in Gestalt eines zweiten Streifenwagens um **02.44 Uhr** ein. Später wird dann für die Ermittlungsakte zu Protokoll gegeben, die Verstärkung sei gerufen worden, um bei der Aufnahme des Verkehrsunfalls behilflich zu sein.

02.42 bis 02.44 Uhr: Jonas taucht plötzlich aus dem Dunkel der Nacht auf und stürmt durch den Eingang zurück in das Innere der Diskothek. Sein Mantel ist nun arg verschmutzt, wie Zeugen später in den Vernehmungen schildern, auf dem Video erkennt man das nicht. Jonas kommt nicht weit: Zwei Türsteher ergreifen ihn am Fuß der Treppe, die hinauf zur Galerie führt, gleich neben dem Gang zu den Toilettenräumen. Sie packen ihn an Arm und Nacken. Jonas wehrt sich mit Händen und Füßen, er klammert sich verzweifelt an den Türrahmen des Eingangs. Keine Chance. Die beiden breitschultrigen Türsteher werfen ihn raus, Jonas rennt davon, über den Vorplatz, dann biegt er in vollem Lauftempo nach links ab und verschwindet aus dem Blickfeld der Kamera 4.
Das ist das letzte sichtbare und dokumentierte Lebenszeichen von Jonas Barthold. Keine Viertelstunde später ist er tot.

02.52 Uhr: Der zweite Streifenwagen, die acht Minuten zuvor eingetroffene Verstärkung, rast vom Unfallort zur Brückenauffahrt. Alarmiert von den grellen Schreien einer Frau, heißt es in der Ermittlungsakte. Am Anfang der Brücke kommen den Beamten zwei junge Männer und eine junge Frau entgegen. Sie schildern, ein Mensch sei im Wasser unter der Brücke hindurch getrieben, er habe dabei wild mit den Armen gerudert und um Hilfe gerufen.

03.15 Uhr: Ein Rettungsfahrzeug der Feuerwehr mit einem Boot auf dem Anhänger fährt über den Vorplatz zum Rheinufer.

Der Rhein führte in jener Nacht Hochwasser. Laut telefonischer Auskunft der netten und hilfsbereiten Kollegen der Wache Rheinheim der Wasserschutzpolizei Duisburg, die Mohr heute Morgen angerufen hat, beträgt die Fließgeschwindigkeit des Rheins bei Hochwasser mindestens 10 km/h, an manchen Stellen je nach Strömung sogar 12 km/h.

Was in den Toilettenräumen der Diskothek abläuft, ist Mohr nach Sichtung der Bänder ebenfalls klar. Da betreten im Laufe der Nacht immer wieder Leute den Laden, zahlen den normalen Eintritt, also nicht die Getränke-Flatrate für 15 Euro, für die es das Plastikarmband gibt, gehen gleich durch bis aufs Klo, kommen nach ein paar Minuten wieder raus und marschieren schnurstracks wieder zum Ausgang. Die zahlen doch nicht vier Euro Eintritt, nur um mal kurz zu pinkeln.

In der Ermittlungsakte wird die Rolle der Diskothek als Drogenumschlagplatz mit keiner Silbe erwähnt. Die Staatsanwaltschaft scheint sich bei den Ermittlungen grundsätzlich nicht für das Vorgeschehen in dem Lokal interessiert zu haben. Warum nicht? Arroganz gepaart mit Inkompetenz? Keine seltene Mischung. Mit welcher Intensität wurden die Videobänder analysiert? Und ganz unabhängig von den Bändern müsste die örtliche Polizei doch wissen, was da vor sich geht.

Wer verkauft in dem Laden? Und wer entscheidet, wer dort verkaufen darf? Meistens entscheiden das die Türsteher. Wer stellt die Türsteher ein? Nach Mohrs Erfahrung gibt es grundsätzlich drei Varianten. Variante Nummer eins: Die Geschäftsführung eines Ladens wählt die Bewerber für den Job einzeln aus. Variante Nummer zwei: Die Geschäftsführung übergibt das ganze Paket an ein zertifiziertes Security-Unternehmen, um nichts mehr damit an der Mütze zu haben. Variante Nummer drei, und die kommt zunehmend in Mode: Eine Gang, ein organisierter Trupp von Schlägern, sucht sich die für sie geeignet erscheinende Diskothek aus, schaut mal vorbei, sagt freundlich guten Tag, übernimmt den Job und erklärt der Geschäftsführung beziehungsweise den Eigentümern des Ladens, wo's künftig langgeht.

Wer die Tür hat, der hat die Macht. Es geht nicht um die paar Euro Stundenlohn. Es geht um die lukrativen Folgegeschäfte. Drogenverkauf und Anwerbung zur Prostitution.

Mohr weiß, dass er die Videoaufnahmen zwar diese Nacht zum ersten, aber nicht zum letzten Mal angeschaut hat. Und dass noch eine ganze Menge zu erledigen ist, bevor er sich die Bänder ein zweites Mal anschauen wird.

MONTAG, 25. NOVEMBER 2013

Neuwieder Straße 496. Im Erdgeschoss des Präsidiums ist die Polizeiwache Ost untergebracht, zuständig für die Rheinheimer Stadtteile östlich des Flusses. Und für das ebenfalls am östlichen Rheinufer, aber weiter südlich gelegene Bad Hombach. Früher verfügte die Kurstadt über eine eigene, rund um die Uhr besetzte Wache. Lange her. Als dafür noch Geld in der Landeskasse übrig und Nordrhein-Westfalen noch nicht dem Zentralisierungswahn verfallen war. Jetzt ist eine Funkstreife vom nördlichsten zum südlichsten Zipfel des Einsatzraums dieses Wachbezirks mehr als 30 Kilometer unterwegs. Mindestens eine Dreiviertelstunde, solange der Berufsverkehr einem keinen Strich durch die Rechnung macht.

All das weiß Adela Lorena Macedo natürlich nicht. Seit sie in Deutschland lebt, hatte sie noch keinen nennenswerten Kontakt zur Polizei. Und auch keinen besonderen Wert auf einen Kontakt gelegt. Denn Adela Lorena Macedo hat von ihrer Geburt bis zu ihrem 22. Lebensjahr, bis sie ihren deutschen Mann kennenlernte, in Mexiko gelebt, in Guadalajara, mit anderthalb Millionen Einwohnern die zweitgrößte Stadt des Landes. Allein das Wort *Polizei* löst bei ihr diffuses Unwohlsein aus. *Policía*, das bedeutet Korruption, Willkür, Gewalt, bestenfalls Unberechenbarkeit.

Um 12.32 Uhr betritt die Frau, die seit gestern Abend weiß, dass ihr Sohn tot ist, die Lobby des Präsidiums und schaut sich unsicher um. Hinter einem Tresen weibliche Zivilangestellte. Links und rechts der Rezeption je eine gläserne Flügeltür. *Zu den Kommissariaten.* Gleich neben ihr, nahe dem Haupteingang, Sitzgelegenheiten für Wartende. Wie beim Zahnarzt. Nur dass da nicht «Spiegel», «Stern» oder «Gala» ausliegen, sondern Hefte mit Titeln wie «So schützen Sie Ihr Zuhause vor unbefugtem Zutritt».

In die rechte Wand der Halle ist ein großes Fenster aus grün schimmerndem Panzerglas eingelassen, wie ein Schaufenster. Daneben befindet sich eine Tür. Die Wache, vermutet sie. Denn dort herrscht ein ständiges, ein geschäftiges Kommen und Gehen Uniformierter. Zweier-Teams, manchmal auch einzelne Polizisten in Motorrad-Montur.

Adela Lorena Macedo setzt sich. Sie fühlt sich unwohl, so alleine hier. Sie greift nach einer der Broschüren und legt sie gleich wieder weg. Ihr Mann hat ihr vorhin eine SMS geschickt, dass er sich vermutlich ein paar Minuten verspäten wird, wegen des Verkehrs. Sie ist mit der Bahn von Bad Ahrbrunn gekommen, er kommt mit dem Auto aus seinem Büro im Bundesamt in Koblenz.

Sie schaut auf die Uhr. 12.34 Uhr. Sie versucht, nachzudenken. Ihre Gedanken drehen sich hilflos im Kreis.

Ihr Handy brummt. Eine SMS: *Bin da. Suche nur noch einen*

Parkplatz. Sie kann nicht mehr stillsitzen. Sie steht auf und geht zu dem Fenster aus Panzerglas. Der uniformierte Beamte hinter der Scheibe hebt den Kopf und drückt einen Knopf. Die Gegensprechanlage.

«Bitte sehr?»

Fast hätte sie sich mit dem Namen Barthold vorgestellt. Der Name ihres Mannes. Und ihres Sohnes. Aber dann nennt sie ihren spanischen Nachnamen.

In diesem Moment betritt Holger Barthold die Lobby, schaut sich kurz um, sieht seine Frau, winkt und kommt auf sie zu.

«Mein Name ist Adela Lorena Macedo. Das ist mein Mann. Wir möchten mit Polizeioberkommissar Albert Dreesen sprechen.»

«Massedo war ihr Name?»

«Ja.»

«Moment. Ich drücke Ihnen auf.»

Das Summen signalisiert ihr, gegen den Knauf zu drücken. Sie wartet und hält ihrem Mann die Tür auf. Dann stehen sie im Vorraum der Wache, vor einer Theke.

«Moment bitte, ich wähle den Kollegen an.»

«Danke.»

«Um was geht es denn?»

«Um unseren Sohn.»

Der Beamte spricht kurz ins Telefon und legt wieder auf.

«Kollege kommt sofort.»

Sie warten keine zwei Minuten. Dann nähert sich federnden Schrittes ein Uniformierter über den langen, schmalen Flur, groß, schlank, athletisch, Mitte vierzig vielleicht. Er scheint bester Laune zu sein, gelegentlich nickt und lächelt er zum Gruß nach links und nach rechts in offene Türen hinein.

Er ist noch etwa zehn, zwölf Meter entfernt, als er die beiden Gestalten wahrnimmt, die da am Ende des Flurs auf ihn warten. Schlagartig weicht die Farbe aus seinem Gesicht, der Mund ist mit einem Mal ein schmaler, waagerechter Strich. Er verlangsamt seinen Schritt. Dann dreht er sich auf dem Absatz um und eilt davon.

Die Eltern des vor 24 Stunden tot am Kölner Rheinufer aufgefundenen Studenten Jonas Barthold sehen dem davonhastenden Polizeioberkommissar Albert Dreesen nach, bis der am Ende des Gangs um die Ecke biegt und aus ihrem Blickfeld verschwindet. Adela hält sich am Arm ihres Mannes fest. Dann richtet sie ihre Augen stumm auf den Uniformierten hinter dem Tresen.

Der Beamte räuspert sich verlegen. «Frau Massedo, ich versuche mal, den Herrn Ziegler zu erreichen. Bitte haben Sie einen Augenblick Geduld.»

Er wählt eine Nummer. Spricht kurz. Hört zu. Nickt und legt auf.

«Herr Ziegler kommt sofort.»

Drei Minuten später erscheint ein kleiner, korpulenter, bärtiger Mittfünfziger in Uniform, reicht den Eltern die Hand und stellt sich als Polizeihauptkommissar Uwe Ziegler vor.

«Vielleicht sollten wir besser in mein Büro gehen, um alles in Ruhe zu besprechen.»

Vor dem Schreibtisch stehen zwei Stühle.

«Bitte nehmen Sie doch Platz.»

Sie setzen sich.

«Kann ich Ihnen etwas anbieten? Kaffee? Oder ein Wasser?»

«Weshalb läuft dieser Mann vor uns weg?»

«Zunächst möchte ich Ihnen auch im Namen meines Kollegen mein aufrichtiges Beileid aussprechen. Ich bin selbst Familienvater. Ich ahne, wie Sie sich fühlen müssen.»

«Weshalb läuft dieser Mann vor uns weg?» Holger Barthold wiederholt seine Frage. Lauter. Er will kein Mitgefühl von diesem wildfremden Menschen hinter dem Schreibtisch. Er will eine Antwort.

«Wenn Sie sich nicht unter falschem Namen, sondern korrekt unter dem Namen Barthold angemeldet hätten, wäre es erst gar nicht zu dieser für alle Beteiligten unangenehmen Begegnung gekommen. Ich selbst habe meinem Kollegen ...»

«Was heißt hier korrekt? Was heißt hier falscher Name?» Adela schreit dem Uniformierten hinter dem Schreibtisch ihre Wut entgegen. «Was werfen Sie mir vor? Mein Name ist Macedo.» Sie fingert ihren mexikanischen Pass aus der Handtasche und klatscht ihn auf den Schreibtisch. «Hier. Sehen Sie ruhig nach, wie ich heiße. Ihr Kollege ist einer der letzten Menschen, von dem wir sicher wissen, dass er mit unserem Sohn gesprochen hat. Sie haben selbst Kinder, sagen Sie? Dann müssten Sie doch verstehen, warum wir mit diesem Mann sprechen wollen.»

«Ich verstehe Ihr Anliegen sehr wohl. Aber wie ich schon zu sagen versuchte, bevor Sie mich unterbrachen: Ich selbst habe dem POK Dreesen schon aus kollegialer Fürsorgepflicht geraten, vorerst keinen Kontakt zu Ihnen aufzunehmen, bevor nicht behördenintern geklärt ist, was ...»

«Was gibt es denn da behördenintern zu klären?» Holger Barthold kann seine Empörung zwar besser als seine Frau, aber auch nur unter größter Anstrengung zügeln.

«Herr Barthold: Wir haben unsere Dienstvorschriften. Sie sind ja selbst Beamter. Sie müssten das doch wissen.»

«Sind Sie der Leiter der Wache?»

«Die Planstelle ist derzeit vakant. Ich bin hier der dienstälteste Beamte.» Ziegler lächelt schief. «Also so etwas wie die graue Eminenz des Ladens, wenn Sie so wollen.»

«Warum hat dieser Herr Dreesen in der Nacht vor der Diskothek die Geldbörse unseres Sohnes eingesteckt? Und warum hat uns die Polizei am nächsten Morgen erzählt, man habe die Geldbörse am Rheinufer gefunden?»

«All dies gilt es noch zu klären, Herr Barthold.»

«Das war vor zwei Wochen. Wie lange wollen Sie denn noch dafür brauchen, um das zu klären?»

«Herr Barthold, bei uns allen liegen augenblicklich die Nerven blank. Bei Ihnen natürlich und verständlicherweise ganz besonders, das habe ich ja bereits zum Ausdruck gebracht. Aber glauben Sie etwa, wir stecken das immer so einfach weg? Der Tod Ihres Sohnes geht auch uns an die Nieren. Wir werden das gründlich aufarbeiten, und Sie werden natürlich umgehend informiert, sobald das Ergebnis vorliegt. Ich möchte Ihnen außerdem anbieten, dass Sie die Unterstützung unserer Dienststelle Opferschutz in Anspruch nehmen. Das sind speziell ausgebildete Polizeibeamte, die proaktiv den Kontakt zu Ihnen pflegen, Sie bei allem unterstützen, was nun zu tun ist, und Ihnen auch professionelle Hilfe vermitteln können. Therapeutische Hilfe, die es Ihnen ermöglicht, seelisch zu verarbeiten, was geschehen ist.»

Adela Lorena Macedo fühlt sich mit einem Mal kraftlos und müde. Sie hat nur noch ein Bedürfnis: sofort raus hier.

FREITAG, 7. SEPTEMBER 2018

«Und was soll ich damit?»

Mohr kennt diesen angewiderten Gesichtsausdruck. Und die chronisch genervt klingende Stimme. Die permanent schlechte Laune. Das unentwegte Augenverdrehen. Und den Rest.

Und er kennt das Risiko, auf all das auch nur mit einer einzigen Silbe einzugehen. Deshalb ignoriert Mohr das bekannte Ritual, so gut es eben geht. Denn wer sich auch nur für einen einzigen unbedachten Augenblick auf Gollmanns Psychospielchen einlässt, der hat schon verloren.

«Das ist eine Liste mit Namen.»

«Das sehe ich. Bin ja nicht blind.»

«Die habe ich aus einer Ermittlungsakte. Das sind alle damals von der Polizei Vernommenen. Ich möchte, dass du für mich checkst, wer mit wem in Verbindung stand oder heute noch steht. Facebook, Twitter, Instagram, WhatsApp, Snapchat und wie das ganze Zeugs heißt.»

«Aha. Sind ja zum Glück nur ein paar Dutzend Namen. Und wie lange habe ich Zeit dafür? Bis ich in Rente gehe?»

Hans Gollmann ist Zivilangestellter, kein Polizeibeamter. Und erst Anfang fünfzig. Bis zur Rente hat er also noch zehn, fünfzehn Jahre. Gäbe es dieses Biotop namens Landeskriminalamt nicht, wäre Gollmann vermutlich längst Hartz-IV-Empfänger. Schätzt Mohr. Denn mit seinem Sozialverhalten ist Gollmann eigentlich niemandem als Kollege zuzumuten. Aber er ist der beste IT-Spezialist, dem Mohr je begegnet ist. Eigentlich viel zu alt für eine Branche, in der Mittzwanziger den Ton angeben. Allerdings befehligt Gollmann eine Truppe blutjunger Leute, die überwiegend so aussehen, als hätten sie ihren ersten Geschlechtsverkehr noch vor sich. Kindsköpfe, die ihn anhimmeln, als sei er ihr Gott. Was er vermutlich ist.

«Hans, du bist meine letzte Rettung.»

«Das behaupten viele.»

«Es geht um eine ziemlich schreckliche Geschichte ...»

«Hier geht's immer nur um schreckliche Geschichten. Ich sollte einmal pro Monat die Top Ten der schrecklichsten Geschichten im Intranet des LKA veröffentlichen.»

«Gute Idee. Die hat was.»

«Also: Um was geht es konkret?»

«Hab ich dir aufgeschrieben. Hier hast du eine kurze Zusammenfassung des Falls.»

Mohr legt Gollmann ein Din-A4-Blatt mit den wichtigsten Fakten oben auf die Namensliste und geht. Bevor er die Bürotür schließt, hört er Gollmann hysterisch aufschreien: «Aber das ist ja schon fünf Jahre her. Glaubst du vielleicht, ich könnte zaubern?»

Ja, das glaubt Mohr.

Mohr verlässt den Kölner Hauptbahnhof durch den rückwärtigen Ausgang, biegt fünf Minuten später in den Stavenhof ab, öffnet das Rolltor, holt seinen alten Alfa aus der verwaisten Halle der ehemaligen Spedition. Er nimmt das USB-Kabel aus dem Handschuhfach, verbindet sein iPhone mit dem nagelneuen Radio, das er erst kürzlich hat einbauen lassen, samt der sechs Boxen. Mit der Investition in die Unterhaltungselektronik des Wagens hat sich der Materialwert des Alfa schätzungsweise verdoppelt. Nächstes Jahr muss die Mühle zum TÜV. Mohr verdrängt den deprimierenden Gedanken sofort wieder, wirft das iPhone auf den Beifahrersitz und dreht den Lautstärkeknopf auf.

Vicente Amigo. *Ciudad de las Ideas.*

Er verlässt die Stadt in Richtung Süden.

Lulo Reinhardt. *Desert Inspiration.*

Mittagszeit.

Paco de Lucía. *Zyryab.*

Der Verkehr hält sich zum Glück in Grenzen.

50 Minuten später passiert Mohr die gelbe Tafel mit der schwarzen Umrandung und der Aufschrift: *Bad Hombach.* Die neben Meerbusch bei Düsseldorf einkommensstärkste Stadt in ganz Nordrhein-Westfalen, hat Mohr heute Morgen im Internet gelesen.

Die Stadt der Millionäre empfängt Besucher gleich nach Verlassen der vierspurigen Bundesstraße erst einmal als ländliches Idyll. Mitten auf der von Weinbergen gesäumten Dorfstraße steht eine katholische Kapelle mit Türmchen und Glöckchen und allem Drum und Dran. Zum Stadtzentrum führt von dort eine fast schnurgerade Allee. Prächtige Gründerzeit-Villen stehen Spalier. Gekieste Auffahrten. Frisch getünchter Stuck. Altes Geld. Die Rasenflächen vor den Villen sehen so makellos grün aus, als hätte der Dürresommer einen großen Bogen um die Stadt gemacht. Nur das frühzeitig gelb und braun verfärbte Laub der Bäume entlang der Allee lässt erkennen, dass dem nicht so ist.

Mohr stellt den Wagen auf einem gebührenpflichtigen Parkplatz gleich neben der Sparkasse ab, steckt 50 Cent in den Automaten und legt das Ticket aufs Armaturenbrett. Eigentlich zu wenig. Aber er findet keine weitere Münze in seinen Taschen. Außerdem will er ja nicht ewig bleiben, sondern sich nur rasch ein Bild von dem 25 000-Einwohner-Dorf machen.

Im Zentrum gibt es einen aufwendig restaurierten Jugendstil-Kursaal, einen hübschen Marktplatz, eine Miniatur-Fußgängerzone und jede Menge teure Geschäfte. Kein Ramsch wie zu Hause am Eigelstein. Restaurants und Cafés, Tische und Stühle draußen, Menschen draußen. Sie trinken Latte macchiato, sind gut gekleidet und tragen fast allesamt Sonnenbrillen, auch wenn die Sonne immer wieder hinter dicken Wolken verschwindet. Alles sauber, alles gut, heile Kleinstadt-Welt der gehobenen Sorte.

Mohr hat genug gesehen, macht kehrt, schlendert zurück zum Parkplatz. Ganz schön fix sind die hier: An der Windschutzscheibe klemmt unter dem Scheibenwischer eine Knolle.

Vorbei am Campus einer privaten Hochschule. Rechts ab, bergab, dann im hohen Bogen über die Bundesstraße und die Trasse der Deutschen Bahn, dann hinunter zum Rheinufer. Nach links geht es zur Autofähre, die zum Westufer des Flusses übersetzt, nach rechts geht's zum Ziel. Ein Flachdach-Kasten aus Beton. Rechts der Eingang zu einem Bowling-Center. In der Mitte eine schick gestylte Burger-Braterei. Retro-Look, Route-66-Nostalgie. Darüber, im ersten Stock, ein Fitnessstudio der besseren Sorte. Links der Eingang zum *Rheingold*. Nur sind die goldenen Buchstaben der Leuchtreklame, die Mohr vom Foto in der Ermittlungsakte kennt, inzwischen verschwunden. Und den Eingang versperrt ein Bauzaun.

Zutritt verboten!

Mohr hebt die rechte Begrenzungsstange des Bauzauns aus dem Loch in dem Zementklotz am Boden und quetscht sich durch die Lücke. Eine der beiden Eingangstüren steht offen.

Die Lobby mit der Garderobe im Hintergrund und mittendrin der Kassentresen. Er kennt das alles aus den Videos, und doch wirkt alles anders. Bei Tag und verlassen.

Dicke Staubschicht auf dem Tresen. Ein halbes Dutzend Farbeimer. Eine Leiter. Werkzeugkästen. Ein fahrbares Gerüst. Rechts ein Gang. Dunkel. Am Ende etwas Licht. Der Saal.

An der linken Seite der riesigen Tanzfläche eine Bar, der Tresen gut zehn Meter lang, wenn nicht länger. Noch vor dem Beginn der Theke geht's links in den Gang zu den Toiletten und zu der Treppe, die hinauf zur Galerie führt. Das also war mal der Hotspot der Jeunesse dorée des Rheinheimer Speckgürtels.

«Was machen Sie hier?»

Ein Mann in graublauem Kittel. Er trägt eine Schiebermütze aus hellbraunem Cord und guckt misstrauisch.

«Ich sehe mich nur ein bisschen um.»

«Sie sind nicht befugt, sich hier aufzuhalten.» Er sächselt. Unverkennbar.

«Sie wissen doch: Die Polizei darf alles.» Mohr streckt ihm seinen Ausweis entgegen.

Der Mann strafft augenblicklich das Rückgrat und senkt den Kopf. Nur ja kein Blickkontakt. Vielleicht hat er das so gelernt, dort, wo er herkommt, vor langer Zeit.

«Und wer sind Sie?»

«Der Hausmeister.»

«Und was passiert hier gerade?»

«Keine Ahnung. Wird wieder mal ein bisschen umgebaut. Irgendwas mit Events. So heißt das doch heute. Geschlossene Gesellschaften. Kann man dann mieten.»

«Mieten? Wofür denn?»

«Für was auch immer. Geburtstage, Betriebsfeiern, Produktpräsentationen, Firmenjubiläen ...»

«Also keine Disco mehr?»

«Schon lange nicht mehr.»

«Seit wann denn nicht mehr?»

«Schön länger.»

«Aha.»

Keine neue Frage. Mohr lässt den Mann zappeln. Das alte Spiel: Kaum jemand hält Schweigen längere Zeit aus. Auch der Mann mit der Cordmütze nicht:

«Das war hier früher mal das städtische Hallenbad», sagt er nach einer halben Minute Stille. «Hier haben früher die Kinder schwimmen gelernt. Und die Rentner frühmorgens ihre Runden gedreht. Wurde der Stadt aber zu teuer. Jetzt gibt's nur noch das Freibad auf der Insel. Dadrüben können Sie sehen, wo das Becken mal war.»

Der Hausmeister deutet mit dem ausgestreckten Arm vage in die Mitte des Saals. Das Schwimmbecken ist verfüllt und liegt nur noch etwa einen halben Meter unter dem Niveau der Bar und der umliegenden Sitzgruppen. Ein Geländer aus poliertem Edelstahl umfasst die Tanzfläche im ehemaligen Becken. Am Kopf hat man originellerweise den Sprungturm stehen lassen. An dessen Fuß steht ein massives Podest, vermutlich war das mal für den DJ und sein Equipment gebaut worden.

«Sind Sie beim Eigentümer angestellt?»

«Nö. Bei einer Hausverwaltungsfirma. Weiß gar nicht, wer gerade Eigentümer ist. Wechselt wohl auch schon mal, je nachdem. Interessiert mich aber auch nicht.»

«Und wer war damals der Eigentümer, als das hier noch als Diskothek in Betrieb war?»

Der Hausmeister schaut ausdruckslos und zuckt mit den Schultern.

«Wenn gerade umgebaut wird ... wo sind denn die Arbeiter?»

«Mittagspause.»

«Haben Sie hier schon als Hausmeister gearbeitet, als die Diskothek noch in Betrieb war?»

Der Mann nickt.

«Von Anfang an?»

«Nö.»

Die Wortkargheit geht Mohr allmählich auf die Nerven.

«Können Sie sich an den Tod des Studenten erinnern?»

Keine Antwort.

«Jonas Barthold hieß er. Neunzehn Jahre alt. Der war hier an einem Freitag Gast in der Disco, und kurz danach ist er im Rhein ertrunken. November 2013 war das.»

«Nur vom Hörensagen. Ich hatte erst ein paar Monate vorher hier angefangen. Nur vom Hörensagen.»

«Und was hörte man so vom Hörensagen?»

Der Hausmeister schiebt die Mütze in den Nacken und kratzt sich am Hals. Offenbar ein heikles Thema.

«Ich bin ja nur tagsüber hier. Repariere dies und das. Was so anfällt. Hauptsächlich Elektro, Heizung, Sanitär. Manchmal waren die Klos verstopft, weil Leute Sachen reinwerfen, die da nicht reingehören. Was hier nachts passiert ist, hab ich ja nie mitgekriegt, da lag ich immer längst in der Koje, das ging hier meistens erst um Mitternacht richtig los. Warn ja alles junge Leute.»

«Klar. Da liegen Sie ja längst in der Koje. Deshalb sagten Sie ja eben auch: vom Hörensagen.»

«Genau.»

«Also?»

«Was ... also?»

«Was hörte man denn so vom Hörensagen?»

Schweigen. Der Hausmeister weicht Mohrs bohrendem Blick aus.

«War immer viel los hier.»

«Was genau war denn so los hier?»

«Schlägereien und so.»

«Aha. Drinnen oder draußen?»

«Manchmal drinnen. Meistens draußen. Auf dem Platz davor.

Oder auf dem Parkplatz dahinter. Auf dem großen Gästeparkplatz hinterm Haus. Ist ziemlich dunkel da.»

«Randalierende Gäste?»

«Auch.»

«Wer denn noch?»

«Die Türsteher waren schnell dabei, wenn jemand ein paar aufs Maul gehauen brauchte. Ruckzuck ging das.»

«Kannten Sie die Türsteher?»

«Nein!» Die Antwort kam viel zu schnell.

Schweigen. Okay. Mohr legt den Schalter um, zieht Notizblock und Kuli aus der Tasche, klappt den Notizblock auf.

«Wie heißen Sie?»

«Wieso?»

«Weil ich mir jetzt Ihren Namen aufschreiben will. Für später.»

«Wieso für später?»

Mohr seufzt hörbar. «Ganz einfach. Sie haben jetzt genau zwei Möglichkeiten. Sie können sich eine aussuchen. Eine dritte gibt es nicht. Möglichkeit Nummer eins: Sie erzählen mir jetzt alles, was Sie wissen, und ich vergesse sofort wieder, dass ich überhaupt hier war. Möglichkeit Nummer zwei: Sie erhalten eine schriftliche Vorladung zur Vernehmung. Alles, was Sie in dieser Vernehmung sagen, wird auf Band aufgenommen, das schriftliche Protokoll mit Ihrem Namen, Ihrer Adresse und Ihrer Unterschrift kommt in die Akte, damit es später vor Gericht Beweiskraft hat und Sie als Zeuge im Prozess geladen werden können.»

Schweigen.

«So weit verstanden?»

Schweigen. Der Hausmeister kratzt sich erneut am Hals. Mohr kann ihm beim Denken zuschauen.

«Okay. Ihr Name?»

«So viel weiß ich doch gar nicht.»

«Erzählen Sie mir einfach, was Sie wissen. Und ich sage Ihnen dann, ob es genug ist.»

«Also ... es heißt ... der Junge hat irgendwas gesehen, was er nicht sehen sollte.»

«Was denn?»

Der Mann will schon wieder die Schultern hochziehen, überlegt es sich aber dann anders. «Drogen, das war hier ein lukratives Geschäft. Was meinen Sie, was ich da außer Tampons noch alles aus den Kloschüsseln rausgepumpt habe. Glauben Sie gar nicht. Zellophantüten, zerknüllte Alufolie ... sogar leere Arzneifläschchen und so Ampullen, wie vom Arzt ... haben die alles einfach in die Klos geschmissen. Auf den Herrentoiletten, aber auf den Damen auch. Dann waren die natürlich immer ruckzuck verstopft. Und ich durfte wieder ran.»

«Haben Sie mal was auf den Etiketten entziffern können?»

«Etiketten?»

«Auf den Ampullen und so: Stand da was drauf?»

«Da waren keine Etiketten drauf. Entweder waren da nie welche drauf gewesen oder die sind über Nacht vom Wasser aufgeweicht und ab durch die Kanalisation.»

«Schlägereien, Drogen ... was gab's sonst noch?»

«Na ja ...»

«Na ja was?»

«K.-o.-Tropfen.»

«Verstehe.»

«Hier hieß das Zeug nur Schenkelspreizer.»

«Wer hat das Zeug denn so genannt?»

«Die Türsteher ... zum Beispiel.»

«Sie sagten doch eben, Sie kannten die Türsteher nicht.»

«Hat mir die Klofrau erzählt. Die war auch über die Hausverwaltungsfirma hier beschäftigt. Da ist man sich schon mal begegnet. Im Büro der Hausverwaltung. Die war ja nachts hier und hatte deshalb Kontakt zu denen. Mich haben sie nur aus dem

Bett geklingelt, wenn es einen technischen Notfall gab. Kam aber selten vor, zum Glück.»

Schenkelspreizer. Mohr geht das widerwärtige Wort nicht mehr aus dem Kopf. Er kennt das Zeug seit seiner Zeit bei der Kölner Drogenfahndung. Manchmal verwenden sie Rohypnol. Meistens aber Gammahydroxybuttersäure. Ist billiger. Abgekürzt GHB. In Szenekreisen auch Liquid Ecstasy oder Liquid X genannt.

Schenkelspreizer.

Wurde in den 60er Jahren von der Pharmaindustrie für die Anästhesie entwickelt, erwies sich aber als untauglich und verschwand wieder von Markt. In den 90ern tauchte es erstmals wieder in amerikanischen Zuhälterkreisen auf. Dann schwappte es irgendwann nach Europa. Wie so vieles. GHB ist farblos, geruchlos, annähernd geschmacksneutral, lässt sich also jedem Getränk untermischen. Ein paar Tropfen genügen. Wirkt bereits wenige Minuten nach der Einnahme angstlösend, euphorisierend, sexuell enthemmend. GHB bewirkt zugleich eine temporäre Amnesie für die Dauer der etwa vierstündigen Wirkkraft der Substanz im Körper.

Schenkelspreizer.

Die Gefahr der Überdosierung ist extrem groß. Hängt vom Körpergewicht des Opfers ab. Ein paar Tropfen zu viel, und die Substanz führt zu Schwindel, Muskelkrämpfen, epileptischen Anfällen. Noch ein paar Tropfen mehr können Atemlähmung, Koma, Herzstillstand, mitunter den Tod bedeuten.

Schenkelspreizer.

GHB ist spottbillig, die chemischen Grundsubstanzen können problemlos übers Internet bestellt werden. Und es ist schon nach wenigen Stunden nicht mehr im Körper des Opfers nachweisbar. Vergewaltigungsopfern wird so die Möglichkeit genommen, sich später als Opfer zu fühlen. Sie können sich nicht mehr an die Tat erinnern, und auch nicht an die Täter, es bleibt nur dieses diffuse Gefühl, dass etwas nicht in Ordnung war, und weil die

Substanz nicht mehr im Blut oder Urin nachweisbar ist, glaubt ihnen oft auch niemand. Den Opfern fehlt die für die Heilung der Seele notwendige Sicherheit, dass ihnen unrecht geschah.

Schenkelspreizer.

Sie können das Unrecht nicht fühlen. Sie fühlen sich möglicherweise mitschuldig, empfinden nichts als Scham. Weil die Chemie in ihrem Körper sie vier Stunden lang gleichgültig gegenüber der Tat und gleichgültig gegenüber dem Täter machte ...

«Hallo? Alles in Ordnung mit Ihnen?»

«Entschuldigung. Was sagten Sie?»

«Ob Sie mich noch brauchen, habe ich gefragt.»

«Was könnte Jonas Barthold gesehen haben?»

«Ist nur so eine Vermutung. Wenn da diese Flatrate-Aktionsabende waren, hat das Thekenpersonal die Vodka-Energy-Drinks massenhaft vorproduziert. Mussten die ja, weil ... die waren chronisch unterbesetzt. Selbst wenn der Laden brummte, standen manchmal nur zwei Leute hinter der Theke. Also haben die vorproduziert, für den großen Andrang so ab Mitternacht, da stand dann die ganze Theke voll mit Gläsern. Und Sie sehen ja, wie lang die ist. Kamen später nur noch Eiswürfel rein, wenn jemand bestellt hat, fertig. Das war ein Kinderspiel, still und heimlich ein Fläschchen aus der Tasche zu ziehen und ein paar Tropfen in ein Glas zu träufeln. Vielleicht hat der junge Mann so was beobachtet. Vielleicht hat er auch gesehen, was danach mit einem der Mädels in der Toilette gemacht wurde. Oder oben auf der Galerie. Er wollte sich wohl bei der Geschäftsführung beschweren, als er ging. Und da ist ihm dann Hausverbot erteilt worden, hieß es.»

«Wer durfte denn hier Drogen verticken?»

«Keine Ahnung. Das war zwar hier ein todschicker Laden, mit dem richtigen Publikum, wenn Sie verstehen, was ich meine, Söhnchen und Töchterchen aus der besseren Gesellschaft. Die kamen von überall her. Von Köln bis Koblenz. Und natürlich die Studenten von dieser privaten Hochschule hier oben in der Stadt. Aber die kommen ja auch alle aus besserem Hause. Müssen sie ja wohl auch.»

«Wieso?»

«Na, da kosten alleine die Gebühren für das Studium ungefähr 10000 Euro pro Jahr, hab ich mir sagen lassen. Der ganze Unterricht da ist auf Englisch.»

«Was Sie alles wissen!»

«Aber dazwischen gab es hier immer wieder auch ein paar echt schräge Gestalten, um es mal ganz vorsichtig auszudrücken. Da fragt man sich doch: Wie sind die durch die Gesichtskontrolle am Eingang gekommen?»

«Indem sich die Türsteher was dabei gedacht haben.»

Schweigen.

«Kommen Sie! Gleich sind Sie mich für immer und ewig los. Ist doch eh kein Geheimnis ...»

«Sie lassen mich echt raus aus der Sache?»

«Ich weiß ja nicht mal Ihren Namen.»

«Als ob das schwierig wäre für Sie, das rauszukriegen.»

«Wovor haben Sie eigentlich solche Angst?»

«Wo waren wir stehengeblieben? Also das war noch vor meiner Zeit hier ... kaum, dass die den Laden aufgemacht hatten. Da gab es ein halbes Jahr lang einen richtigen Krieg um die Tür. Zwischen so Clans und Rockerbanden. Da fuhren hier nachts die Rollkommandos vor. Mit Baseballschlägern.»

«Lassen Sie mich raten: Am Ende hat einer gewonnen.»

Der Hausmeister nickt nur stumm.

«Also: Wer hat damals die Tür gewonnen?»

Schweigen. Der Mund des Mannes ist ein schmaler Strich.

«Jetzt sagen Sie schon! Hells Angels? Bandidos? Mongols? Outlaws? United Tribuns? Black Jackets?»

«Night Riders.»

«Wer?»

«Die Night Riders.»

«Noch nie gehört.»

«Ist auch eher so eine lokale Truppe. Gibt es wohl nur im Rheinheimer Raum, hab ich mir sagen lassen. Die firmierten offiziell als Boxverein. Ungefähr zwei Dutzend Mitglieder. Die waren fast alle hier als Türsteher zugange. Die Night Riders wurden von den Hells Angels geduldet, hieß es. Supporters nennt man das wohl in diesen Kreisen. Supporters der Hells Angels. Dafür passen die Night Riders im Auftrag der Hells Angels auf, dass sich niemand sonst in Rheinheim und Umgebung breitmacht. Eine Hand wäscht die andere, Sie verstehen. So, das ist wirklich alles, was ich weiß. Lassen Sie mich jetzt bitte in Ruhe. Ich muss nämlich meine Arbeit machen.»

FREITAG, 29. NOVEMBER 2013

Leverkusener Straße 502. Rheinheim-Nordend. Anteil der Zuwanderer unter den Bewohnern des Viertels: 42,5 Prozent. Kein offizieller sozialer Brennpunkt. Offizielle soziale Brennpunkte hat man im Rheinheimer Rathaus nämlich nicht so gerne. Und im Rheinheimer Polizeipräsidium auch nicht.

Die Kneipe unmittelbar an der Bundesstraße trägt den Namen *Scheinbar*. Dass sich die Eltern des toten neunzehnjährigen Studenten Jonas Barthold an diesem Freitagabend auf den Weg hierhin machen, hat eine Vorgeschichte:

Die Polizei hatte ihnen eine Ärztin empfohlen und auch gleich einen ersten Beratungstermin für sie ausgemacht. Bei Frau Dr. Anne Fischer. Psychiaterin mit psychotherapeutischer Zusatzausbildung in der Rheinischen Landesklinik. Vor zwei Tagen, am Mittwoch, 27. November, waren sie am späten Nachmittag zu der angegebenen Adresse gefahren. Die Ambulanz der psychiatrischen LVR-Klinik an der Leverkusener Straße 54. Sie mussten nicht lange warten.

Anne Fischer war eine groß gewachsene, dunkelblonde und gertenschlanke Frau mittleren Alters. Der blütenweiße Kittel stand ihr gut. Sie sah aus wie eine attraktive Schauspielerin in der Rolle der sympathischen, vertrauenerweckenden Ärztin in einer Fernsehreklame für ein neues Wundermittel der pharmazeutischen Industrie. Selbst das demonstrativ zur Schau gestellte Mitgefühl wirkte gespielt. Fand jedenfalls Holger Barthold.

Der Dackelblick und der leicht schiefgelegte Kopf, wenn sie zuhörte, die sanfte Stimme, wenn sie sprach. Als sie sich die Hand gaben, legte sie zusätzlich ihre linke Hand über seine und ihre rechte Hand. Alles an dieser Frau wirkte auf Holger Barthold unecht.

Was seine Frau wohl in diesem Zimmer empfand? Adela Lorena wirkte geistesabwesend, apathisch, als befände sie sich nicht in dieser Klinik, sondern an einem fremden, fernen Ort.

Die Ärztin dozierte eine Weile über verwaiste Eltern und deren schweres Schicksal und fragte schließlich, ob sie denn beide gewillt seien, eine Therapie anzugehen, um das Geschehene aufzuarbeiten. Adela Lorena Macedo nickte, Holger Barthold schüttelte den Kopf. Er hatte sich das schon vorher reiflich überlegt und sich dagegen entschieden. *Später einmal, vielleicht. Solange wir nicht wissen, was tatsächlich geschehen ist, weiß ich nicht, was ich aufarbeiten soll.*

Die Ärztin vereinbarte also die ersten drei Termine mit seiner Frau. *Kennenlern-Termine* nannte sie das. *Testen, ob die Chemie zwischen uns stimmt.* Sie lächelte, während sie sagte: *Ob wir auch miteinander können.* Dann wurde sie wieder ernst: *Wenn ich das richtig einschätze, dann ist für Sie im Augenblick das Wichtigste, zu erfahren, was mit Ihrem Sohn passiert ist. Da wüsste ich jemanden, der Ihnen in diesem Punkt besser helfen kann als ich.*

Dr. Anne Fischer griff nach ihrem Notizblock und notierte

darauf einen Namen, eine Adresse und eine Handynummer. Und den Namen dieser Kneipe: *Scheinbar.*

Deshalb sind sie nun auf dem Weg zur Leverkusener Straße 502. Triste Wohnblocks, achtstöckig. Eine triste Ladenzeile aus einstöckigen Flachbauten, ein Getränkemarkt, ein leerstehendes Ladenlokal, das wohl mal ein Supermarkt war, die Filiale einer Großbäckerei, ein Friseur, ein Nagelstudio.

Und die Kneipe.

Die Geschäfte sind alle schon zu. 19.58 Uhr. An der Eingangstür der Kneipe hängt ein winziges, mit einer schlichten Gravur versehenes Schild aus billigem Blech.

Scheinbar. Gaststätte. Inhaber: Tarik Milici.

Keine Öffnungszeiten, kein Ruhetag. Holger Barthold drückt die Klinke nach unten. Zu. Seine Frau deutet stumm auf den unscheinbaren Klingelknopf im Türrahmen. Er nickt und drückt den Knopf. Nichts. Barthold und seine Frau sehen sich ratlos an.

In diesem Moment wird innen ein Schlüssel im Schloss gedreht. Die Tür schwingt nach außen auf. Wie alle Kneipentüren. Nur der Wirt sieht nicht aus, wie Gastwirte in einer Universitätsstadt gewöhnlich aussehen. Im Rahmen steht ein Mann, dessen Anblick Adela Lorena Macedo das Blut in den Adern gefrieren lässt.

FREITAG, 7. SEPTEMBER 2018

Alexander von Humboldt, der zu seiner Zeit und für seine Zeit ungewöhnlich viel von der Welt gesehen hatte, soll Bad Hombach mal als *das deutsche Nizza am Rhein* beschrieben haben. Hat Mohr am Morgen im Internet gelesen. Wegen des für mitteleuropäische Verhältnisse ausgesprochen milden Mikroklimas. Im 19. Jahrhundert, als deutsche Großindustrielle aus Köln und dem

Ruhrgebiet, englische Dichter und Maler, der halbe europäische Hochadel und der weitgereiste Universalgelehrte aus Berlin die Sommerfrische im romantischen Rheintal verbrachten, mag Bad Hombach ja noch am Rhein gelegen haben. Aber inzwischen ist die Stadt völlig vom Fluss abgeschnitten. Durch die Stadtbahn, die Bad Hombach mit Rheinheim, dem Flughafen und Köln verbindet, durch die vierspurige, autobahnähnliche Bundesstraße und außerdem durch die Trasse, auf der schier unentwegt endlos lange Güterzüge in ohrenbetäubender Lautstärke zwischen den Seehäfen Rotterdam und Genua pendeln.

Das deutsche Nizza am Rhein.

Eine schmucklose Fußgängerbrücke aus grauem Spannbeton führt von der Alexander-von-Humboldt-Straße im ehemaligen Kurviertel über die Trasse der Deutschen Bahn und die Bundesstraße hinweg und mündet schließlich in die historische Brücke, die seit mehr als hundert Jahren das Festlandufer mit der Nordspitze der Rheininsel Fürstenwerth verbindet. Unmittelbar davor zweigt von der Spannbetonbrücke eine schmale Treppe ab und windet sich hinunter zum Eingang der Diskothek.

Mohr registriert beim Verlassen des Gebäudes die in drei Metern Höhe an die Betonwand geschraubte Überwachungskamera. Die Kamera 4. Er überquert den Vorplatz. Hier hat wohl in der Nacht der Imbisswagen gestanden.

Am Bordstein der menschenleeren Uferstraße stoppt er, hält einen Moment inne, schaut nach links und nach rechts.

Wie von der Tarantel gestochen rennt der Student um 2.44 Uhr über den Vorplatz davon, biegt in vollem Lauftempo nach links ab und verschwindet aus dem Blickfeld der Kamera. Das letzte Bild von Jonas Barthold. Keine Viertelstunde später ist er tot.

Nach links führt die Straße parallel zu der schmalen, ellipsenförmigen Insel bis zu deren etwa einen Kilometer entferntem südlichem Ende, wo die Autofähre ablegt. Auf halber Strecke kann man nach links abbiegen und über eine Autobrücke zur

Bundesstraße und weiter zur Bad Hombacher Innenstadt gelangen. Die Route, die Mohr vor einer halben Stunde in umgekehrter Richtung genommen hat. Zuvor aber, vom Vorplatz der Diskothek nur 20 Meter entfernt, kann man scharf rechts abbiegen und über eine asphaltierte Rampe auch mit dem Auto auf die historische Brücke gelangen. So wie in jener Nacht der zweite Streifenwagen, die angeforderte Verstärkung, alarmiert von dem grellen Schrei einer Frau.

Ein Schild weist darauf hin, dass die Durchfahrt mit Kraftfahrzeugen ausdrücklich nur den gewerblichen Zulieferern des Inselcafés, des Freibades und des Tennisclubs Rot-Weiß Bad Hombach e. V. gestattet ist.

Jonas Barthold verlässt um 2.03 Uhr ruhigen Schrittes die Diskothek, biegt am Ende des Vorplatzes nach rechts in Richtung Bahnhaltestelle ab und verschwindet aus dem Bild. Zehn Minuten später hätte die letzte Bahn die Endhaltestelle in Richtung Rheinheim verlassen. Es fährt aber keine Bahn mehr. Wegen nächtlicher Gleisbauarbeiten seit Mitternacht.

Mohr blickt nach rechts. Dort endet die Straße in Sichtweite, dort kommt nur noch die Endhaltestelle der Stadtbahn, außerdem der Taxistand, an dem jetzt kein Taxi steht, ferner ein Parkplatz für Berufspendler und das Clubhaus des Wassersportvereins.

Eine Sackgasse. Endstation.

Er überquert die Straße in Richtung Rhein und folgt einer ausgetretenen Steintreppe die Böschung hinauf. Die trutzige, denkmalgeschützte Brücke zur Insel ist 130 Meter lang und acht Meter breit. Die Maße hat Mohr ebenfalls aus dem Internet. Mächtige Pfeiler auf mächtigen Fundamenten, die jetzt deutlich aus dem seit Monaten währenden Niedrigwasser ragen. Steinerne Brüstungen zu beiden Seiten der Brücke. Erker in den Brüstungen, halbkreisförmige, balkonartige Ausbuchtungen von vielleicht zwei Metern Durchmesser, zwei pro Brückenseite.

Der Mantrailer stoppt im ersten Erker rechts, stellt die Vorderläufe auf die steinerne Brüstung, schlägt an und gibt seinem Herrchen damit zu verstehen: Hier endet die Spur.

Mohr stemmt die Fäuste auf die Brüstung. Der Blick geht nach Norden, in Fließrichtung des Rheins. Die perfekte Postkartenidylle.

Wie um das Idyll zu vervollständigen, reißt in diesem Augenblick die Wolkendecke auf, die Herbstsonne taucht die Landschaft in warme Pastellfarben. Im Hintergrund der Postkarte erhebt sich malerisch eine Burgruine, davor kämpft sich ein schneeweißes Fahrgastschiff der Köln-Düsseldorfer stromaufwärts. Die Bugwelle schäumt, das Wasser glitzert wie tausend Diamanten im gleißenden Licht.

Rechts unten, am Festlandufer, vor dem Clubhaus, dümpeln die schmalen Stege des Wassersportvereins. Etwa ein Dutzend offene Motorboote, ein halbes Dutzend Kajütboote und ein paar Segeljollen liegen dort vertäut. Links unten, knapp vor dem Inselufer, liegt die *Arabella*, ein restaurierter Aalschokker, dauerhaft vor Anker. Oder schon auf Grund, bei dem Niedrigwasserstand. Die Arabella wird nicht mehr gefahren, sie dient nur noch als hübsches Requisit inmitten dieser perfekten Postkartenidylle. Ein schwimmendes Denkmal, das an die Blütezeit der ehemaligen Rheinfischerei erinnert, als der Lachs aus dem Fluss im Rheinland billiger war als Kartoffeln.

Mohr blickt nach links, zum Ende der alten Brücke, über die von mächtigen Bäumen gesäumte Lichtung auf der schmalen Insel hinweg, bis zum gegenüberliegenden Inselufer, zum offenen Rhein, zur Fahrrinne, wo in diesem Moment ein niederländisches Containerschiff auf Talfahrt vorbeigleitet. Maersk. Hyundai. Hapag-Lloyd. China Shipping. Hamburg Süd. Yang Ming. Die Schriftzüge auf den bunten Containern kann er selbst aus dieser Entfernung mühelos entziffern. Jeweils vier Container übereinandergeschichtet, jeweils vier in einer Reihe. Der Schubverband scheint kein Ende zu nehmen. Fast 200 Millionen Tonnen Güter werden pro Jahr auf dem Rhein transportiert. Mehr als auf der Elbe zwischen Hamburg und Nordsee. Mohr hat in den vergangenen zwei Tagen viel über den Rhein gelesen.

Er nimmt den faustgroßen Gummiball aus der Jackentasche, beugt sich im Erker über die Brüstung und lässt den Ball fallen. Der Ball taucht kurz unter, taucht wieder auf, rührt sich fortan nicht mehr von der Stelle. Null Strömung bei Niedrigwasser. Durch den künstlich aufgeschütteten Damm an der flussaufwärts gelegenen Südspitze der Insel.

In der Nacht vom 8. zum 9. November 2013 führte der Rhein Hochwasser. Der Damm war längst überflutet, die Strömung unter der Brücke also dieselbe wie in der Strommitte jenseits der Insel: bei Hochwasser 10 bis 12 Stundenkilometer, so die Auskunft der Kollegen von der Wasserschutzpolizei.

Die Wassertemperatur lag in jener Nacht bei etwa 8 Grad. Bei solchen Temperaturen machen augenblicklich die Muskeln zu, schalten auf halbe Kraft. Jonas Barthold trug zudem Schuhe und Mantel. Neumond. Im Wasser umgeben von völliger Dunkelheit. Allein. Panik. Todesangst. Selbst ein trainierter Hochleistungsschwimmer hätte unter diesen Bedingungen nicht die geringste Überlebenschance. Sagen die Kollegen von der Wasserschutzpolizei.

Eine junge Joggerin mit hochgestecktem Haar trabt in Richtung Insel vorbei. Sie macht einen großen Bogen um Mohr. Ein alter Mann mit einem Labrador an der Leine verlässt die Insel Richtung Festland. Das Fell des Hundes ist patschnass. Der Mann guckt misstrauisch, der Hund guckt misstrauisch.

Mohr geht zurück zum Wagen. Er weiß, dass er noch einmal wiederkommen muss. Nachts.

FREITAG, 29. NOVEMBER 2013

«Haben Sie eine Ahnung, nur eine ungefähre Vorstellung, was die Night Riders mit Leuten anstellen, die unvorsichtigerweise im falschen Moment den Mund aufmachen?»

Er lächelt süß. Seine Augen bleiben kalt.

«Aber was rede ich denn da? Natürlich können Sie das nicht wissen. Woher auch. Das erfährt ja niemand. Weil keiner ein zweites Mal den Mund aufmacht.»

Sie sitzen zu dritt an dem kleinen, quadratischen Tisch mitten in der Kneipe namens *Scheinbar.* Die anderen fünf Tische sind unbesetzt. Auch an der Theke steht oder sitzt niemand. Sie sind allein mit diesem Mann, von dem sie nicht wissen, ob er tatsächlich der auf dem Türschild ausgewiesene Inhaber namens Tarik Milici ist, der ihnen von der Ärztin in der Landesklinik empfohlen wurde, die ihnen wiederum von der Polizei empfohlen wurde. Der Mann, der ihnen nun gegenübersitzt, hat sich ihnen nicht vorgestellt, er hat ihnen nicht die Hand gegeben, sie nur mit einer stummen Bewegung seines mächtigen, kahlgeschorenen Schädels angewiesen, an diesem Tisch Platz zu nehmen.

Von der Decke hängt an einem langen Kabel eine trichterförmige Lampe, deren Lichtkegel nicht viel mehr als die Tischplatte erfasst. Der restliche Raum liegt im Halbdunkel.

«Letzten Herbst zum Beispiel, ich erinnere mich noch genau, da gab es einen, der hatte zu viel geredet. Kommt nicht oft vor, dass einer zu viel redet. Weil alle wissen, was dann passiert. Jedenfalls: Die haben ihn abgeholt und sind mit ihm in den Wald gefahren. Sie haben ihm mit Baseballschlägern die Kniescheiben zertrümmert und ihn einfach mitten im Wald liegengelassen. Zwei Tage hat der arme Teufel gebraucht, um bis zum nächsten Weg zu kriechen. Am Morgen des dritten Tages hat ihn ein Mountainbiker gefunden und mit dem Handy den Notarzt und den Rettungswagen alarmiert. Wäre um ein Haar verdurstet, der arme

Kerl. Völlig dehydriert. Dabei hat er noch Glück gehabt, dass ihn in den zwei Tagen die Wildschweine nicht erwischt haben. Ob der wohl je wieder richtig laufen kann? Die Polizei wollte natürlich wissen, was passiert ist. Haben ihn richtig in die Mangel genommen, weil er selbst kein unbeschriebenes Blatt war. Dealer. Keine große Nummer. Kleiner Verteiler am Ende der Nahrungskette, braver Laufbursche, wie so viele. Aber der hält jetzt die Schnauze. Auch gegenüber der Polizei. Der wird nie wieder den Mund zu voll nehmen. Weil die Night Riders ihm erzählt haben, was sie mit ihm machen, wenn er noch einmal zu viel redet.»

Der Mann beobachtet interessiert die Wirkung seiner Worte. Anfang sechzig vielleicht. Vielleicht sieht er aber auch deutlich älter aus, als er in Wahrheit ist. Zerknautschtes Gesicht, tiefe Falten, Narben, die Haut wie faltiges, gegerbtes Dickleder. Ein schwarzes T-Shirt umspannt den muskulösen Oberkörper. Aus dem Halsausschnitt klettern Tätowierungen wie lodernde Flammen. Bis zum Kehlkopf, bis zu den Ohren. Hände wie knorrige Äste. Die Unterarme sind nicht tätowiert, stattdessen dicht behaart. Und braun gebrannt. So wie der sehnige Hals, so wie der rasierte, im Lichtschein der Lampe glänzende Schädel, den man sieht, sobald er sich über den Tisch vorbeugt, um seinen Worten Nachdruck zu verleihen.

«Vielleicht haben Sie aber auch verdammtes Glück, und die nehmen sich zunächst nur mal das Grab Ihres Sohnes auf dem Friedhof vor. Nur so als kleine Warnung.»

Adela Lorena Macedo hält dem Blick nicht mehr stand und schaut an dem Mann vorbei zur Theke. Und zu dem Vorhang hinter der Theke, von dem sie den Eindruck hat, dass er sich hin und wieder bewegt. So wie jetzt. Für einen kurzen Moment. Sie könnte es nicht beschwören, weil die Theke weitgehend im Dunkel liegt. Aber ihr Instinkt sagt ihr: Da ist noch jemand.

Da ist jemand in dem unsichtbaren Raum hinter dem Vorhang und hört ihnen aufmerksam zu.

Weil Adela Lorena Macedo an ihm vorbeischaut, fixiert der Mann am Tisch nun Holger Barthold.

«Aber vielleicht kommen die auch auf die Idee und knöpfen sich ohne langes Drumherum gleich mal Ihre Frau vor. Man weiß das nie so genau. Die haben die verrücktesten Ideen. Kommen einfach mal morgens vorbei, wenn Sie auf der Arbeit sind. Klingeln an der Tür, so wie der Postbote. Die sagen aber nicht lange Hallo und Guten Morgen zur Begrüßung, nein, die kommen rein und legen gleich los.»

Adela Lorena Macedo löst ihren Blick von der Theke und dem Vorhang und funkelt ihn aus ihren schwarzen Augen böse an.

«Ich habe keine Angst.»

«Hoh, hoh, hoh. Lady, Sie können ja streng gucken. Das wird die Jungs aber auf der Stelle in die Flucht schlagen.»

Der Mann lacht schallend. Dann wird er schlagartig wieder ernst.

«Lady, was wollen Sie? Rache? Wollen Sie Rache für Ihren Sohn? Das macht ihn auch nicht wieder lebendig.»

«Ich will wissen, was passiert ist. Ich will die Wahrheit wissen. Ich will wissen, warum mein Sohn sterben musste.»

«Soso, die Wahrheit ...»

«Ja. Die Wahrheit.»

«Lady, soll ich Ihnen den kleinen Wichser, der Ihren Sohn umgebracht hat, auf dem Silbertablett servieren? Kein Problem. Wir machen den Deal perfekt, dann schicke ich Ihnen eine SMS, wo Sie hinkommen sollen. Eine verlassene Fabrikhalle vielleicht. So was macht sich immer gut. Sie kommen rein, und er sitzt mitten in der Halle auf einem Stuhl. Gefesselt und geknebelt. Er kann sich nicht rühren, nur ein bisschen mit dem Kopf wackeln und ein bisschen durch den Knebel stammeln und um Gnade winseln. Vielleicht hat er sich auch schon längst eingepisst vor lauter Angst, wenn Sie die Halle betreten. Die kleine Ratte ist Ihnen völlig ausgeliefert. Wie gefällt Ihnen das?»

Mit einem Ruck öffnet er die Schublade unter dem Tisch.

«Hier!» Er zieht einen Revolver aus der Schublade und schiebt ihn über die Tischplatte auf sie zu. Metall schabt über Holz. «Den Rest müssen Sie dann allerdings schon selber erledigen. Kein großes Ding, glauben Sie mir. Geht ganz schnell. Einfach abdrücken, und die Sache ist erledigt. Nehmen Sie ihn doch mal in die Hand. Na los! Nehmen Sie schon!»

Holger Barthold steht auf, fasst seiner Frau unter den Arm und zieht sie vom Stuhl hoch.

«Haben Sie vielen Dank. Wir lassen uns das alles jetzt mal in Ruhe durch den Kopf gehen. Gute Nacht.»

Sie treten hinaus in die Dunkelheit. Hinter ihnen dreht sich der Schlüssel im Schloss.

MONTAG, 10. SEPTEMBER 2018

Als Treffpunkt hatte Heinz einen Billig-Italiener vorgeschlagen, ganz in der Nähe des Präsidiums, keine zehn Fußminuten entfernt. Wenn Heinz geahnt hätte, um was es Mohr geht, nämlich keineswegs um ein wehmütiges Aufwärmen alter Zeiten, hätte er vermutlich ebenfalls einen Billig-Italiener vorgeschlagen, weil Heinz aufs Geld achten muss. Aber einen am entgegengesetzten Ende der Stadt.

Polizeihauptkommissar Heinz Oestrich, 49 Jahre alt, ist Leiter des Kommissariats Prävention im Rheinheimer Präsidium. Oestrich hat zusammen mit Mohr vor gefühlten 100 Jahren die Ausbildung zum Polizisten absolviert. Die gemeinsame Zeit in der Einsatzhundertschaft. Sich an den Heimspieltagen des FC mit den Hooligans rumprügeln. Oder den Wald nach einem vermissten Kind absuchen. Und es finden ...

Den wahren Wert einer Freundschaft erkennt man erst in

Ausnahmesituationen. Findet Mohr. Freundschaft ist für Mohr etwas Heiliges. Im Gegensatz zu Kameradschaft.

Später waren sie zur selben Zeit bei der Drogenfahndung, Mohr bei der Kripo in Köln, Oestrich in Rheinheim. Auch in dieser Zeit hatten sie zwangsläufig beruflich miteinander zu tun. Mohr hatte nie einen echten Freund bei der Polizei. Außer Heinz Oestrich.

Dann ging Mohr zum LKA, und Oestrich zog eines Tages wieder die Uniform an und übernahm die Leitung der Prävention des PP Rheinheim. Hauseigentümern erklären, wie sie ihre Terrassentüren vor Einbrechern sichern können, Grundschulkindern beibringen, wie man die Straße überquert und warum es wichtig ist, beim Radfahren einen Helm zu tragen.

Thomas Mohr hatte das zunächst nicht verstanden, weil Heinz Oestrich ein phantastischer Ermittler gewesen war. Bis Heinz es ihm dann erklärte. Bei seiner Frau hatte man einen golfballgroßen Tumor im Kopf festgestellt, der sich operativ nur teilweise entfernen ließ. Wegen der epileptischen Anfälle musste sie ihren Job aufgeben, das Häuschen ist noch nicht abbezahlt, und als wären das noch nicht genug Probleme, hatte sich seine Tochter, die als wissenschaftliche Hilfskraft an der Uni jobbt und seit Jahren an ihrer Doktorarbeit rumdoktert, in einen sudanesischen Studenten verliebt und von ihm schwängern lassen. Der Spross einer wohlhabenden Oberschicht-Familie aus Khartum zog es allerdings vor, auf Nimmerwiedersehen zurück nach Afrika zu entschwinden, als sie im fünften Monat war. Denn die sudanesische Familie des Kindsvaters hätte die Ehe mit einer Weißen niemals geduldet.

Der Job als Leiter der Prävention verschafft Heinz etwas mehr Geld und vor allem geregelte Arbeitszeiten, sodass ihm mehr Zeit für die Familie bleibt. Für die Pflege seiner Frau, und für das Hüten des Enkelkindes, während seine Tochter weiter an ihrer Doktorarbeit rumdoktert.

Mohr sieht auf die Uhr. Zwei Minuten nach zwölf.

Als er wieder aufschaut, betritt Heinz das Lokal, nimmt die Dienstmütze ab, grinst breit und steuert auf den Tisch in der hintersten Ecke zu, den Mohr ausgewählt hat. Die Haare sind grau geworden. Heinz hat auch deutlich an Gewicht zugelegt, seit ihrer letzten Begegnung. Mohr steht auf, sie umarmen sich.

«Tom, altes Haus.»

«Schön, dich zu sehen, Heinz. Schicke Uniform. Gab's die nicht in deiner Größe?»

«Altes Schandmaul. Glaubst du etwa, du wärst während der letzten Jahre in einen Jungbrunnen gefallen? Der Lack ist ab, mein Junge. Damit werden wir uns abfinden müssen.»

Sie setzen sich. Der Kellner bringt die Karten.

«Wie geht's dir, Heinz?»

«Alles gut, so weit.»

«Und das Enkelkind?»

«Gedeiht prächtig. Kann man beim Wachsen regelrecht zugucken. Schon dreieinhalb Jahre alt, die süße Maus. Ist auch eine schöne Ablenkung für meine Frau. Und bei dir? Hab gehört, du bist wieder auf Posten. Und hast was Neues.»

«Jau. Seit exakt einer Woche.»

«Nagelneue Dienststelle. Cold Cases.»

«Jau.»

«Klingt doch gar nicht so schlecht.»

«Deshalb bin ich hier, Heinz.»

«Aha.»

«Ich brauche deine Einschätzung.»

«Kein Problem. Um was geht's?»

«Der Fall Jonas Barthold.»

«Sagt mir nichts.»

Der Kellner tritt an den Tisch. Oestrich bestellt eine Cola und eine Pizza Margherita, die billigste Pizza auf der Karte. Mohr entscheidet sich für ein Glas Weißweinschorle und die Penne mit Oliven, Kapern und Sardellen.

«Das ist jetzt hier kein Nobel-Italiener, aber der Kerl hat echt faire Preise, und das Essen ist so weit okay.»

«Alles gut, Heinz.»

«Außerdem ist man vom Präsidium ruckzuck zu Fuß hier und muss nicht extra einen Parkplatz suchen. Einige Kollegen kommen gern mittags her, wenn sie mal die Nase voll haben von unserer Kantine. Obwohl die gar nicht mal so schlecht ist. Und vor allem preiswert. Mir reicht ja meine Stulle. Wir kochen und essen dann immer abends zu Hause zusammen, ordentlich warm. Aber manchmal braucht der Mensch ja auch mal Tapetenwechsel ...»

«Jonas Barthold. Der Junge, der nach dem Besuch einer Diskothek in Bad Hombach ums Leben kam und dessen Leiche man zwei Wochen später in Köln im Rhein fand.»

«Ja. Jetzt kommt's wieder. Der Name war mir entfallen. Ist auch schon eine Weile her, oder?»

«Ziemlich genau fünf Jahre.»

«Und wieso ist das jetzt dein Fall? Soweit ich mich erinnere, hat man damals kein Fremdverschulden festgestellt.»

«Man hat damals überhaupt nichts festgestellt, Heinz.»

«Wie meinst du das?»

«Wenn man die Akte liest, muss man zu dem Schluss gelangen, dass die Ermittlungen mit einem eher unterdurchschnittlichen Engagement betrieben wurden.»

«Ach, Tom. Vielleicht sind die Maßstäbe, die wir beide früher an unsere Arbeit ...»

«Ich rede nicht von unseren ganz persönlichen Maßstäben, Heinz. Ich rede von ein paar Grundprinzipien, die jedem angehenden Polizeibeamten während der Ausbildung eingebläut werden.»

«Was ist denn deiner Meinung nach schiefgelaufen?»

«So ziemlich alles. Es fängt schon damit an, dass man sich noch in der Nacht, als der Junge ins Wasser geriet, auf Suizid festgelegt hat. Und das gleich schon am nächsten Tag an die Medien rausposaunt hat, sodass sich die Öffentlichkeit gar nicht mehr bemüßigt sah, sachdienliche Hinweise ...»

Der Kellner bringt die Getränke. Mohr unterbricht sich mitten im Satz und wartet, bis der Mann wieder geht. Dann erzählt er Oestrich, was sonst noch alles schiefgelaufen ist.

Der hört aufmerksam zu, Heinz ist ein aufmerksamer Zuhörer. Hin und wieder stellt er eine Verständnisfrage, nicht besonders oft, es gibt nicht viel, was missverstanden werden könnte. Dafür kennen sie sich zu lange und zu gut.

Der Kellner bringt das Essen. Oestrich sagt: «Guten Appetit.»

Mohr sagt nichts.

Sie essen eine Weile schweigend. Hin und wieder grüßt Oestrich mit einem verlegenen Lächeln und einem Nicken seine Kollegen, die den Raum betreten und sich an den Nachbartischen niederlassen. Der denkbar ungünstigste Ort für dieses Gespräch. Heinz wirkt gehemmt und spricht betont leise.

«Tom, die Sache mit der Geldbörse des Opfers in der Uniformtasche des Kollegen ... dafür kann es eine Menge plausibler Erklärungen geben.»

«Klar. Nur: Bislang ist keine einzige bekannt.»

«Du weißt doch, wie das ist.»

«Klar weiß ich, wie das ist. Völlig egal, ob es sich nur um eine peinliche Panne, um schlichtes menschliches Versagen oder aber um ein schweres, grob fahrlässiges oder gar vorsätzliches Dienstvergehen handelt: Es wird in jedem Fall der Deckel draufgemacht. Nach dem Motto: Das geht niemanden außerhalb der Polizei was an. Korrekt?»

Oestrich verzieht keine Miene. Also redet Mohr weiter:

«Heinz, dass die beiden Verkehrspolizisten dem jungen Mann jegliche Hilfe verweigerten und ihn stattdessen anschnauzten, weil er sie bei der Arbeit störte, können wir meinetwegen ebenfalls noch als menschliches Versagen werten.»

«Wenn er ständig durchs Spurenbild gelaufen ist ...»

«Klar doch, Heinz, wenn einer bei der Aufnahme eines Blechschadens ins Spurenbild läuft, weil er Todesangst hat und Hilfe braucht, dann kann man schon mal genervt sein von so einem jungen Schnösel, der wirres Zeug redet und schicke Markenklamotten trägt und deshalb wahrscheinlich aus besserem Hause stammt und einen doch nur davon abhalten will, möglichst schnell wieder zurück in die warme Wache zu kommen, zu der abgebrochenen Skatrunde oder zu der Pizza, die jetzt natürlich längst kalt ist ...»

«Tom, ich kann ja verstehen, dass du dich in diese Geschichte verbeißt, in deine neue Aufgabe; nach all dem, was du in den vergangenen Monaten durchgemacht hast ...»

«Och, Heinz, komm mir jetzt bitte nicht auf die Tour. Dafür kennen wir uns zu lange. Ich hab schon eine Psychologin am Hals, die sich an mir abarbeiten will.»

«Okay, okay. Sorry. Betrachten wir die Sache mal ganz nüchtern und logisch. Es gibt einen Erkenntnisstand nach dem Auffinden der Leiche. Der ist zwangsläufig ein anderer als der Kenntnisstand zwei Wochen zuvor. Unmittelbar vor dem Tod des Jungen. Die Gewissheit des Todes verändert alles. Auch den nachträglichen Blick auf das Geschehen unmittelbar vor seinem Tod. Ich bin mir nicht sicher, ob ich in dieser Nacht als Mitglied der Streifenwagenbesatzung die Situation richtig eingeschätzt hätte, wenn ich dadraußen gestanden und den Autounfall aufgenommen hätte. Nach Mitternacht tummeln sich vor so einer Diskothek eine Menge angetrunkener Idioten herum, die es witzig finden, uns das Leben schwerzumachen. Das komplette Programm: Beleidigungen, Demütigungen ...»

«Geschenkt, Heinz. Geschenkt. Aber während der Junge bei deinen beiden Kollegen steht, tauchen plötzlich zwei Kerle auf, nehmen ihn in die Mitte, legen den Arm um ihn und sagen der Polizei, dass sie sich jetzt um ihn kümmern. Wenig später sieht einer der Taxifahrer, dass der Junge aus beiden Nasenlöchern blutet, während die beiden Fremden ihn mitnehmen. Die Taxifahrer haben das beobachtet, deine beiden Kollegen nicht.»

«Kann alles passieren. Taxifahrer am Wartestand starren doch aus Langeweile Löcher in die Luft. Polizeibeamte bei einer Unfallaufnahme haben dafür eine Menge zu tun. Das ist ein Unterschied.»

«Dann erklär mir Folgendes: Erst zehn Tage später wird erstmals öffentlich nach den beiden Unbekannten gefahndet. Ohne Erfolg. Die Eltern hören auf Nachfrage, eine Verbindung zum Tod ihres Sohnes sei ohnehin auszuschließen.»

«Sorry, kann ich dir nicht erklären. Außer vielleicht mit dem Hinweis, wer in solchen Fällen Herrin des Verfahrens ist. Das weißt du doch selbst am besten, wer in Wahrheit entscheidet, ob und wie intensiv ermittelt wird.»

«Ja. Die Staatsanwaltschaft. Aber in der Regel doch auf der Grundlage dessen, was die Kriminalpolizei als Verdachtsmomente anbietet, oder nicht?»

«Mein Lieber, weißt du noch, wie wir die Heroinfuhre aus Antwerpen auf der A 61 bewusst erst gestoppt haben, als der Laster schon die Landesgrenze zu Rheinland-Pfalz passiert hatte? Damit auch wirklich die Koblenzer Staatsanwaltschaft zuständig ist?»

«Ja, Heinz. Weiß ich noch. Lange her.»

«Du hast mir doch eben selbst geschildert, dass die Rheinheimer Staatsanwaltschaft monatelang eifrig bemüht gewesen ist, die Ermittlungsakte loszuwerden, und sie wegen des Fundorts der Leiche immer wieder zurück an die Kölner Staatsanwaltschaft geschickt hat ...»

«Obwohl der mutmaßliche Tatort eindeutig in ihrem Zuständigkeitsfeld lag. Spätestens mit der Identifizierung der Leiche war doch sonnenklar, dass die Kölner damit nichts, aber auch gar nichts zu tun haben.»

«Dann würde ich doch mal die Rheinheimer Staatsanwaltschaft aufsuchen und peinlichst dazu befragen.»

«Der Tag wird kommen, Heinz. Aber noch bin ich ein Ritter ohne Rüstung und ohne Schwert.»

«Was heißt das?»

«Das heißt, dass ich bei den Altfällen, die ich auf dem Schreibtisch liegen habe, über keinerlei Entscheidungsbefugnisse verfüge. Bleibt alles bei den örtlichen Ermittlungsbehörden. Ich darf nur die Ermittlungsakten auf Plausibilität überprüfen, Mängel und Lücken aufzeigen, neue Ansätze für weitere Ermittlungen anbieten und so weiter.»

«Verstehe. Ob das dann auch umgesetzt wird, entscheiden die Staatsanwaltschaften vor Ort.»

«So ist es. Glaubst du etwa, die bedanken sich artig dafür, wenn ich sie wie dumme Schuljungen vorführe und darauf hinweise, dass sie schlampig gearbeitet haben?»

«Also kannst du erst auf die zugehen, wenn du schon handfeste Beweise in der Hand hast, die sie nicht mehr ignorieren können. Und so lange musst du selbst so diskret ermitteln, dass du dabei keine schlafenden Hunde weckst.»

«Du sagst es.»

«Große Scheiße.»

«Besser hätte ich es nicht formulieren können.»

«Und wer hat sich diese Konstruktion ausgedacht?»

«Keine Ahnung. Vielleicht Leute, die keinen Schimmer von Ermittlungsarbeit haben? Oder Leute, die mich gern scheitern sehen würden? Oder beide zusammen in schöner, unheiliger Allianz? Kommen wir zurück zum Thema.»

«Einverstanden. Auch wenn ich wirklich nichts über diesen Fall weiß. Ich kann dir also kaum ...»

«In der Akte wird mit keiner Silbe erwähnt, dass in der Diskothek im großen Stil Drogen vertickt wurden. Muss nichts bedeuten, kann etwas bedeuten. Hat das niemand bei euch gewusst? Außerdem war massive körperliche Gewalt in dem Laden an der Tagesordnung. Regelrechte Exzesse. Aber die Staatsanwaltschaft scheint sich überhaupt nicht für das Vorgeschehen an dem Abend in der Diskothek interessiert zu haben ...»

Der Kellner räumt die Teller ab. Mohr sieht Oestrich fragend an, aber der schüttelt den Kopf. Also bestellt Mohr nur für sich selbst einen Espresso. Und die Rechnung.

«Noch was, Heinz. Im Frühjahr 2015 wurde das Rheingold geschlossen. Jedenfalls als Diskothekenbetrieb. Nur viereinhalb Jahre nach der Eröffnung. Angeblich nur vorübergehend bis zum Herbst, hieß es auf der Website der Diskothek. Weil sich die Sommermonate angeblich nicht lohnen. Aber im Herbst wurde nicht wieder aufgemacht. Die Investitionskosten in Millionenhöhe für den Kauf und den Umbau können sich in dieser kurzen Zeit unmöglich amortisiert haben; das war ja vorher ein Hallenbad. Ein Reporter der Bad Hombacher Lokalredaktion der Rheinheimer Rundschau hat im Frühjahr 2015 über die Schließung geschrieben und dazu unter anderem auch einen Beamten der Wache Ost befragt. Einen Polizeihauptkommissar Ziegler ...»

«Den Uwe?»

«Steht ihr euch nahe? Bringe ich dich in die Bredouille mit dem, was ich dir jetzt erzählen will? Dann lass ich es lieber, und wir plaudern noch ein bisschen über die alten Zeiten. Als noch die Maßstäbe galten, die wir früher ...»

Heinz schüttelt den Kopf. «Ist halt ein Kollege gewesen. Nichts weiter. Man hat sich natürlich geduzt ...»

«Was heißt denn Kollege *gewesen*?»

«Pensioniert. Seit ein paar Monaten. Könntest du bitte etwas leiser sprechen?»

«Pardon. Jedenfalls sagte dein ehemaliger Kollege Ziegler damals dem Lokalreporter, man habe noch nie Probleme mit dem

Rheingold gehabt. Höchstens mal eine kleine Rangelei vor der Tür oder Sachbeschädigungen.»

«Das ist natürlich im Hinblick auf den Tod des Jungen anderthalb Jahre zuvor etwas unüberlegt.»

«Unüberlegt? Interessante Formulierung. Vor drei Tagen, also am Freitagabend, hatte ich ein aufschlussreiches Gespräch mit einer Nachtschwester im Bad Hombacher Krankenhaus. Sie übernimmt gern die Nachtschichten an den Wochenenden, weil sie zwei schulpflichtige Kinder hat und ihr Exmann sich da um die Kinder kümmert. Und die hat mir erzählt, dass sie bis zum Frühjahr 2015, als der Laden dichtmachte, an den Nächten von Freitag auf Samstag und von Samstag auf Sonntag regelmäßig die Bude voll hatten mit Besuchern aus dem Rheingold. Platzwunden, Schnittverletzungen, gebrochene Rippen, eingeschlagene Nasen, das komplette Programm. Und dass wohl nicht selten die Türsteher zugelangt haben. Die meisten Opfer wollten aber keine Anzeige wegen Körperverletzung erstatten, trotz Ermunterung durch das Krankenhauspersonal. In einigen Fällen hat die Krankenschwester später gehört, dass die Anzeigen ruckzuck im Sande verlaufen waren. Einstellung des Verfahrens. Auch ein grundsätzlicher Hinweis der Krankenhausleitung an das Präsidium stieß dort wohl auf wenig Interesse. Viele der Gewaltopfer haben erzählt, dass sich vor dem Rheingold so gut wie nie ein Streifenwagen blicken ließ ...»

«Tom ...»

«Ja?»

«Es hat sich viel verändert.»

«Viel verändert. Soso. Was denn zum Beispiel?»

«Die Gesellschaft hat sich verändert. Und damit automatisch auch die Polizei. So ein Polizeiapparat ist doch auch nur ein Spiegel der Gesellschaft.»

«Gehen wir jetzt zum philosophischen Teil unseres Gespräches über? Was hat sich denn verändert?»

«Muss ich das ausgerechnet dir erzählen? Die Narzissten und Hedonisten gewinnen die Oberhand. In unserer Gesellschaft allgemein, also auch bei der Polizei. Engagiert wird sich nur, wenn es der Karriere nützt. Die Rücksichtslosigkeit nimmt allerorten zu, die Empathie für Opfer und deren Angehörige bleibt auf der Strecke. Sind Polizeibeamte automatisch bessere Menschen? Blödsinn.»

«Aber ...»

«Wird die charakterliche Eignung eines künftigen Polizisten bei der Ausbildung überprüft? Nein. Ich kann mich jedenfalls nicht entsinnen. Das ist das Problem, Tom. Außerdem ...»

Ein weiterer Uniformierter betritt das Restaurant. Er setzt sich an einen Tisch, an dem schon drei Polizisten hocken. Fröhliches Gelächter. Oestrich senkt die Stimme:

«Der Fisch stinkt bekanntlich vom Kopfe. Verwaltungsjuristen als Polizeipräsidenten. Von Politikern mit demselben Parteibuch ins Amt gehoben. Vor allem um die nächste jährliche Kriminalitätsstatistik besorgt. Mit einer möglichst hohen Aufklärungsquote gut dastehen beim Innenminister und bei der Landtagsfraktion. Mord oder Totschlag muss man lästigerweise beweisen. Suizid oder Unfall nicht, wie praktisch.»

«Heinz, ich ...»

«Dasselbe gilt für die Staatsanwaltschaft. Dort herrscht doch inzwischen das Motto: Nur ein schnell abzuhandelnder Fall ist ein guter Fall. Und nach einer gewissen Schamfrist einstellen, dann war's nämlich nie ein Fall. Saubere Sache. Machen die auch intern gar kein Geheimnis draus. Und dann gibt es noch ein ganz wundervolles Mittel, vor allem für den geschmeidigen Umgang mit prominenten Wirtschaftskriminellen: Paragraph 153a der Strafprozessordnung. Einstellung gegen Geldauflage. Kein Freispruch, aber auch keine Verurteilung. Sondern einfach Schwamm drüber. Kommt seit einigen Jahren so richtig in Mode. Wird inzwischen geradezu inflationär eingesetzt. Je komplizierter der Fall, also je höher die kriminell erwirtschaftete Rendite, desto häufiger passiert das. Spart der Justiz viel Zeit und der Politik manche Peinlichkeit, wenn der prominente Beschuldigte dasselbe Parteibuch besitzt. So passiert es dann, dass jemand wegen Bestechung verurteilt wird, aber niemand wegen Bestechlichkeit. Habe ich da was verpasst in den letzten Jahren? Ich dachte immer, zu einer erfolgreichen Bestechung gehören immer mindestens zwei. Will man so etwa die fortschreitende Korruption bekämpfen? Na bravo. Ich bin begeistert.»

«Heinz, wenn wir ...»

«Es hat sich viel verändert, Tom. Glaub mir: Es wird sich noch mehr verändern. Und die bittere Wahrheit ist: Wir beide werden das nicht aufhalten.» Oestrich sieht auf die Uhr. «Meine Mittagspause ist leider zu Ende. War schön, dich gesehen zu haben. Ich melde mich.»

Er greift nach seiner Dienstmütze, setzt sie auf, nickt Mohr zu und erhebt sich vom Tisch.

«Heinz?»

«Ich sagte doch, ich melde mich.» Fast flüstert er die nächsten beiden Sätze: «Ich höre mich ein bisschen um und melde mich dann bei dir. Ruf mich nicht an!»

SAMSTAG, 30. NOVEMBER 2013

Es gibt an diesem Nachmittag Selbstgebackenes. Obstkuchen und Streuselkuchen. Es gibt wahlweise Kaffee oder Tee. Sie sitzen um den Tisch und reden eine Weile über Gott und die Welt. Die Jungs erzählen vom Studium, von den Kommilitonen, von den Professoren, von ihren Zukunftsplänen.

Fast ist es wie früher.

Es ist nicht wie früher.

Jonas sitzt nicht dabei.

Jonas ist tot.

Malte, Fabian und Dennis sind gekommen. Und sie haben Toni mitgebracht. Holger Barthold weiß gar nicht mehr, ob Toni wirklich Toni heißt oder ob das nur ein Spitzname ist. Alle nennen ihn Toni. Er selbst nennt sich auch Toni. Also sprechen ihn auch Holger Barthold und seine Frau so an. Die vier Jungs waren die engsten Freunde ihres Sohnes während der Schulzeit.

Vor allem Toni. Obwohl er anders war als die anderen. Nicht ganz so helle. Toni tat sich schwer in der Schule. Jonas hatte ihm oft geholfen, damit er heil durchs Abi kam. Dafür war Toni ihm immer dankbar gewesen.

Toni war eine Sportskanone gewesen. Und handwerklich begabt. Er ist auch der Einzige, der trotz des Abiturs nicht studiert, sondern eine Lehre als Tontechniker macht. Holger Barthold hatte eine Zeitlang gezweifelt, ob Toni der richtige Umgang für seinen Sohn sei. Damals, als die Familie nach den Jahren in Fontainebleau ins Rheinland umgezogen war, weil er als Zivilbeamter der Bundeswehr ins Bundesamt für Ausrüstung und Informationstechnik nach Koblenz versetzt worden war. Die Familie hatte sich aber gegen den Wohnort Koblenz entschieden und in Bad Ahrbrunn ein Haus gesucht, weil das dortige Willy-Brandt-Gymnasium einen bilingualen deutsch-französischen Unterricht anbot.

Es dauerte eine Weile. Aber dann begriff Holger Barthold, dass Toni das Herz am rechten Fleck hatte. Und nur das bei einer Freundschaft zählt.

Die drei anderen hatten Toni am frühen Morgen des 9. November nicht mit zu den Bartholds gebracht, sondern vorher in Bad Hombach in ein Taxi gesetzt und nach Hause geschickt. Weil er einen Filmriss hatte. Und sich schon vorher, im Rheingold, ganz merkwürdig benommen, ständig wirres Zeug geredet hatte, als stünde er unter Drogen. Toni nimmt aber keine Drogen. Vielleicht hatte man ihm ja was ins Glas gekippt. Toni kann sich an nichts mehr erinnern.

Nachdem er am nächsten Tag aus seinem komatösen Schlaf erwacht und wieder bei Sinnen war, hatte er sofort die Polizei angerufen und auf einer amtsärztlichen Untersuchung bestanden. Die hat man dann irgendwann auch gemacht. Viel zu spät. Dementsprechend lautete das Ergebnis: negativ.

Adela Lorena Macedo weiß: Wenn Toni bei Sinnen gewesen wäre, wenn Toni nicht durch irgendetwas außer Gefecht gesetzt worden wäre, dann hätte er auf Jonas aufgepasst. Dann wäre Jonas nichts passiert.

«Die Polizei hat uns vernommen.» Sagt Dennis.

Genug erzählt vom Studium, von den Kommilitonen, von den Professoren, von den Zukunftsplänen.

«Wann?»

«Vorletzte Woche war das. Also uns vier haben sie vernommen. Nicht zusammen, sondern einzeln.» Antwortet Dennis.

«Also, das war schon merkwürdig. Viel gefragt haben die nicht. Wenn ich mir vorstelle, die haben da einen Tatverdächtigen sitzen und fragen dann auch so oberflächlich, haken nicht nach, suchen nicht nach Widersprüchen ... dann aber gute Nacht.» Sagt Malte.

«Mir kam das vor, als wäre diese Zeugenvernehmung für die Polizei nur eine lästige Pflichtübung. Vor allem der Ältere sah die ganze Zeit ziemlich gelangweilt aus. Hat auch nicht lange gedauert.» Sagt Fabian.

«Die haben mir bei der Vernehmung was von vier Überwachungskameras erzählt. Von denen haben sie die Videos. Aber da waren doch viel mehr, hab ich denen auch gesagt. Ich war nämlich noch mal da, also im Rheingold, um mich für die Vernehmung besser an alles erinnern zu können, da hab ich die Kameras gezählt, zwölf Stück waren das. Ich hab denen gesagt, da könnte doch vielleicht was drauf zu sehen sein, was bei der Aufklärung helfen kann. Aber die meinten nur, die Videoaufzeichnungen von den anderen acht Kameras wären irrelevant für die Ermittlungen. Irrelevant. Ich frage mich, wie die das so schnell festgestellt haben wollen. Haben die etwa Tag und Nacht nur Videos geguckt?» Sagt Dennis.

Holger Barthold schluckt, sagt aber nichts. Ihm und seiner Frau hatte man gesagt, die anderen acht Kameras seien leider kaputt gewesen. Außer Betrieb.

«Das mit meinem Filmriss hat die auch nicht interessiert. Der Drogentest wär ja negativ gewesen, deshalb. Ich hab denen immer wieder gesagt, dass K.-o.-Tropfen nur kurze Zeit nachweisbar sind. Aber da sind die gar nicht drauf eingegangen. Die wollten nur wissen, ob ich betrunken war. Dabei hatte ich mir ja gerade erst mein zweites Glas Vodka Energy von der Theke geholt und ein, zwei Schlucke getrunken, als mir schon schummrig wurde. Aber die Bullen grinsten nur blöd. Ich geh mal davon aus, die haben mir das nicht geglaubt. Die haben mir kein Wort geglaubt.» Sagt Toni.

«Die ganze Zeit haben sie gefragt, ob Jonas an dem Abend betrunken gewesen war. Das war irgendwie das Einzige, was die wirklich interessiert hat. Wahrscheinlich sind sie selbst nicht mehr so hundertprozentig überzeugt von ihrer dämlichen Suizidtheorie und wollen jetzt unbedingt beweisen, dass es ein Unfall war. Dass Jonas von der Brücke gestürzt ist, weil er total betrunken war.» Sagt Dennis.

«Und dann fragten sie mich noch, ob wir nicht mitbekommen hätten, als Jonas ging. Und warum nicht. Aber das hat ja wirklich niemand von uns mitbekommen. Weil da so viel los war in dem Laden. Rappelvoll war es. Und der Jonas hat sich auch nicht von uns verabschiedet.» Sagt Fabian.

«Dann wollten sie wissen, ob ich auch nicht mitbekommen hätte, dass Jonas danach noch mal zurückgekommen ist und von den Türstehern rausgeworfen wurde. Aber da hatte ich ja schon den Filmriss. Alles weg.» Sagt Toni.

«Und ihr? Wurdet ihr das auch gefragt?»

Dennis, Fabian und Malte nicken.

«Und? Was habt ihr geantwortet?»

Dennis, Fabian und Malte schauen betreten unter sich.

«Was ist los?»

«Ich hab das mitgekriegt.» Sagt schließlich Fabian. Alle sehen ihn an. Auch Dennis und Malte, die bis dahin angestrengt auf die Tischplatte gestarrt haben.

«Ich kam gerade von der Toilette, als zwei von den Türstehern den Jonas an mir vorbei Richtung Kassenraum gezerrt haben. Der Jonas sah ganz merkwürdig aus. Er hatte so einen starren, gehetzten Blick. Und sein Mantel war ganz schmutzig. Das passte so gar nicht zu Jonas, der hat ja immer so auf seine Kleidung geachtet. Außerdem hab ich mich gefragt: Wieso hat der Jonas denn überhaupt hier drinnen seinen Mantel an? Ich wusste ja nicht, dass er vorher schon mal draußen war. Und dann bin ich hinterher, durch den langen Gang in den Kassenraum, und da hab ich nur noch gesehen, wie diese beiden Typen ihn durch die Tür nach draußen gezerrt haben.»

«Und dann?»

«Ich hab mich nicht getraut, mich mit den Türstehern anzulegen. So wie die aussehen. Vor denen kannst du richtig Angst kriegen. Deshalb bin ich sofort zurück, um es den anderen zu erzählen. Im Saal habe ich den Fabian und den Malte und den Dennis getroffen, und wir haben drüber geredet, was wir jetzt machen.»

«Und?»

Fabian sieht die anderen nur hilflos an. Stattdessen antwortet Malte:

«Also das Blöde war: Wenn wir rausgegangen wären, dann wäre unsere Flatrate verfallen und wir hätten die 15 Euro Eintrittsgeld neu bezahlen müssen. Und da haben wir uns gedacht:

Wird wohl nicht so schlimm sein. Wir rufen ihn jetzt einfach mal auf seinem Handy an und fragen, was los ist.»

«Und? Was war los?»

«Er ist nicht drangegangen.» Sagt Dennis. «Die Leitung war wie tot. Aber das konnte doch keiner von uns ahnen, was dann passiert ist. Wir dachten, vielleicht sitzt er längst in der Bahn und hat deshalb keine Verbindung.»

Sie schweigen.

Adela Lorena Macedo hält das Schweigen nicht mehr aus. Sie steht vom Tisch auf. Alle schauen sie an.

«Ich mache noch Kaffee.»

Sie kann nicht mehr an diesem Tisch sitzen. Sie muss jetzt einen Moment alleine sein mit ihrer Verzweiflung und mit ihrer Wut. Sie geht in die Küche, stützt sich da mit beiden Händen an der Kante der Spüle ab, atmet tief durch, hebt den Kopf, schaut über das Spülbecken hinweg aus dem Fenster.

Draußen hat ein Motorrad angehalten. Mitten auf der Straße, direkt vor ihrem Küchenfenster. Eine große Maschine mit einem unglaublich voluminösen Hinterrad. Der Fahrer wendet den Kopf und schaut ihr ins Gesicht. Sie kann sein Gesicht nicht erkennen, wegen des schwarzen Helms, und wegen des schwarzen Mundschutzes, der bis über die Nase gezogen ist. Er starrt sie an. Vielleicht kann er sie gar nicht sehen, hinter dem Fenster, vielleicht starrt er auch nur das Haus an. Sie weiß es nicht. Sie hält dem Blick stand. Er dreht im Leerlauf den Gasgriff und lässt die Maschine aufheulen, ohne den Blick abzuwenden. Sekunden dehnen sich zur Ewigkeit.

Schließlich lässt er die Kupplung fliegen, und die Maschine jagt mit einem ohrenbetäubenden Brüllen davon. Bevor der Fahrer aus ihrem Blickfeld verschwindet, kann sie den Schriftzug auf seinem Rücken entziffern: NIGHT RIDERS.

DIENSTAG, 11. SEPTEMBER 2018

«Wie war die erste Woche?»

«Alles okay. Und wie war Ihre Woche?»

«Mein persönliches Befinden ist hier nicht von Interesse, Herr Mohr. In unseren wöchentlichen Sitzungen geht es ausschließlich um Sie. Also: Wollen Sie darüber reden?»

«Worüber?»

«Über Ihre erste Arbeitswoche.»

«Wie ich schon sagte. Alles okay.»

«Das reicht mir nicht als Antwort.»

Obacht, Mohr! Sie ist heute auf Krawall gebürstet. Irgendwas muss vorgefallen sein. Wahrscheinlich hat Pretzke sie beim Rapport nach der ersten Sitzung in die Mangel genommen.

«Frau Dr. Voss, wozu sollen wir beide über meine Arbeit reden? Warum fragt mich Pretzke denn nicht gleich selbst?»

Sie schweigt.

«Frau Dr. Voss: Fühlen Sie sich nicht missbraucht?»

Vera Voss ist für einen kurzen Moment irritiert. Das sieht er ihren Augen an. Aber sie fängt sich schnell.

«Sie werden es vielleicht nicht glauben: Es hat mich wirklich interessiert, wie es Ihnen ergangen ist.»

Sie schweigen sich ein bisschen an. Er sieht in ihren Augen, dass sie es ernst meint.

«Okay. Tut mir leid. Ich lasse an Ihnen aus, was ich an Pretzke nicht auslassen kann. Das ist nicht fair. Also?»

«Also, was?»

«Also, was wollen Sie wissen?»

«Womit beschäftigen Sie sich gerade?»

«Mit einem fünf Jahre alten Fall, der eigentlich kein Fall mehr ist. Ein junger Mann ist nach dem Besuch einer Diskothek ums Leben gekommen. Neunzehn Jahre. Student. Zwei Wochen später hat man seine Leiche im Rhein gefunden.»

«Und warum ist das kein Fall mehr?»
«Weil die Staatsanwaltschaft in Windeseile eingestellt hat.»
«Vielleicht hatte sie ihre Gründe.»
«Ja. Mit Sicherheit sogar.»
«Und warum wurde eingestellt?»
«Da müssen Sie die Staatsanwaltschaft fragen.»
«Haben Sie die Staatsanwaltschaft denn noch nicht gefragt?»
«Nein. Noch nicht.»
«Und wann wollen Sie die Staatsanwaltschaft fragen?»
«Sobald ich genug über den Fall weiß.»
«Was glauben Sie denn, wie der Junge ums Leben kam?»
«Es gibt einen kriminalistischen Grundsatz, der hört sich zwar ziemlich banal an, aber es ist wichtig, sich den bei Todesermittlungen immer wieder klarzumachen: Wenn ein natürlicher Tod – also etwa durch eine Erkrankung – auszuschließen ist, gibt es grundsätzlich nur drei Möglichkeiten: Suizid, Unfall oder ein Tötungsdelikt.»
«Also Mord.»
«So einfach ist das nicht, Frau Dr. Voss. Das Strafgesetzbuch unterscheidet zwischen Mord, Totschlag, Körperverletzung mit Todesfolge, fahrlässiger Tötung ... ich hoffe, ich habe keine juristische Variante vergessen.»
«Und Sie glauben, dass es ein Tötungsdelikt war.»
«Ich glaube zunächst mal gar nichts. Das ist der größte Fehler, den man als Ermittler machen kann. Zu früh an etwas zu glauben. Das Dilemma der falschen Grundannahme, so nennt man das in der Kriminalistik. Wenn Sie sich zu früh festlegen, rennen Sie mit Scheuklappen in eine bestimmte Richtung und übersehen alle Spuren, die in eine andere Richtung weisen.»
«Verstehe. Das passiert wahrscheinlich ganz unbewusst.»
Mohr studiert ihre Mimik, bevor er antwortet. Er ist sich nicht ganz sicher, was in ihrem Gesicht zu lesen ist. Also legt er jedes einzelne Wort seines nächsten Satzes zuvor gedanklich auf die

Goldwaage, bevor er ihn ausspricht: «Ja, meistens passiert das unbewusst.»

Sie schlägt die Beine übereinander. Also steht nun ein Themenwechsel an. Sie schlägt immer die Beine übereinander, wenn sie das Thema wechselt. Sie greift nach ihrem Spiralblock, wirft kurz einen Blick auf das, was sie sich vorab als Programm für die Sitzung notiert hat.

«Ich möchte noch mal über Artan Murati sprechen.»

Mohr sagt nichts.

«Und über Ihren Gewaltausbruch.»

«Wie ich Ihnen schon vergangene Woche sagte: Er hat sich der Festnahme widersetzt. Er war bewaffnet, und er hatte unzweifelhaft vor, mich zu töten.»

«Aber Sie sind offenbar weit über das hinausgegangen, was nötig gewesen wäre, um ihn ...»

«Frau Dr. Voss: Waren Sie schon mal in einer solchen Situation? Wollte Sie schon mal jemand töten? Nein? Wie wollen Sie dann beurteilen, was nötig ist und was nicht?»

«Es steht so in meinen Unterlagen.»

«Aha. Die von denselben Leuten verfasst wurden, die meine Selbstanzeige unter den Teppich gekehrt haben.»

«Warum haben Sie sich selbst angezeigt?»

«Auch das habe ich Ihnen beim letzten Mal schon zu erklären versucht. Damit die Sache geklärt wird. Grundsätzlich und ganz offiziell. Damit ganz deutlich und vor allem öffentlich wird, wie der Staat und seine Politiker zum organisierten Verbrechen stehen. Ich war bereit, die Konsequenzen zu tragen. Die Entfernung aus dem Polizeidienst. Eine Verurteilung wegen Körperverletzung. Ich wollte es wissen. Aber das war nicht erwünscht. Man wollte das Thema so schnell wie möglich und so geräuschlos wie möglich beenden. Um einen öffentlichen Wirbel und noch mehr schlechte Presse zu vermeiden. Murati, der niederländische Staatsbürger, auf deutschem Boden misshandelt. Murati, der bis dahin unbescholtene, bis dahin noch nie verurteilte Mensch mit Migrationshintergrund. Deutschland, ein Polizeistaat ...»

«Neigen Sie zur Gewalt, Herr Mohr?»

«Neigen? Mit dem Wort kann ich in diesem Zusammenhang nicht viel anfangen. Ich bin kein Pazifist, wenn Sie das meinen. Nein, ich halte nicht auch noch die andere Wange hin, so wie es in der Bibel empfohlen wird.»

«Was ist Ihnen wichtig, Herr Mohr?»

«Gerechtigkeit.»

«Okay. Sonst nichts?»

«Reicht Ihnen das nicht? Über den Rest müsste ich erst nachdenken. Was wollen Sie hören, um mir eine günstige Sozialprognose bescheinigen zu können? Natürlich der Weltfrieden. Und dass ich jeden Monat meine Miete bezahlen kann. Und dass mein alter, tapferer Alfa noch mal über den TÜV kommt. Was noch? Bevorzugte Sexualpraktiken? Warme Füße im Winter?»

«Glauben Sie an das Gute im Menschen?»

Mit der Frage bringt sie ihn völlig aus dem Konzept. Er verspürt das dringende Bedürfnis, eine Zigarette zu rauchen.

«Meine Güte. Vielleicht müsste ich mir dafür einen anderen Beruf aussuchen. Einen Beruf, der mich seltener vom Gegenteil überzeugt. Okay. Ich sage Ihnen, was ich glaube: Nur schätzungsweise zehn Prozent der Menschen sind durch und durch böse. Aber dieser nur scheinbar geringe Teil reicht völlig aus, um die restlichen 90 Prozent, die guten Willens sind, die nichts weiter wollen als ein friedliches Leben führen, permanent zu manipulieren und zu terrorisieren. Ich meine damit nicht, dass diese zehn Prozent alles Kriminelle im juristischen Sinne sind. Das können auch Nachbarn sein, die ihrer Umgebung das Leben zur Hölle machen, das können mobbende Arbeitskollegen sein oder sogenannte Topmanager, die über keinen Funken Empathie verfügen, Politiker, die ihre Wähler belügen, Investmentbanker, die auf Getreidepreise spekulieren, oder Anlageberater, die Kleinsparer um ihre Altersversorgung bringen. Hauptsache, sie haben vorher ihre Provision kassiert. Das sind ja alles keine Kriminellen im strafjuristischen Sinne. Umgekehrt gibt es auch Kriminelle, die nicht durch und durch böse sind. Einfacher kann ich's nicht ausdrücken. Weil die Welt nun mal nicht schwarzweiß und rechtwinklig ist. Verstehen Sie so in etwa, was ich damit meine, Frau Dr. Voss?»

«Ich denke schon. Welche Rolle spielte es für Ihre Gefühlslage, dass Murati ein Drogenboss war?»

«War? Er ist es immer noch.»

«Ich verstehe nicht.»

«Glauben Sie etwa, er lässt die Geschäfte schleifen, nur weil er in einem niederländischen Gefängnis sitzt?»

«Herr Mohr, ich denke, Sie haben meine Frage trotz meiner falschen Tempuswahl durchaus verstanden. Also noch mal von vorne: Welche Rolle spielte es für Ihre damalige Gefühlslage, dass Murati ein Drogenboss war und ist?»

«Es spielte überhaupt keine Rolle. Es gab einen Haftbefehl wegen des dringenden Verdachts der Vergewaltigung. Dieser Haftbefehl war die Grundlage für die Festnahme. Natürlich mag ich keine Leute, die Heroin oder Crack oder Crystal Meth oder sonst was verkaufen. Sie etwa? Aber ich mag auch keine Menschenhändler, ich mag keine Typen, die Frauen gegen ihren Willen in Bordelle sperren, ich mag keine Schutzgeld-Erpresser, ich mag keine Steuerhinterzieher ... Sie vermutlich auch nicht. All das trifft auf Murati zu, spielte aber in dem Moment gar keine Rolle. Grundlage für die Festnahme war der Haftbefehl wegen Vergewaltigung einer damals minderjährigen Albanerin in Amsterdam. Basta.»

Mohr ahnt, worauf Vera Voss hinauswill.

«Ihre Mutter war drogensüchtig?»

«Ja.»

«Und sie ist an ihrer Drogensucht gestorben?»

«Ja. Wenn Sie nun vermuten, dass ich sie deshalb vor allem als Opfer sehe, irren Sie sich gewaltig.»

«Wie meinen Sie das?»

«So wie ich es sage. Ja, sie war ein Junkie. Aber es hat sie niemand dazu gezwungen, an der Nadel zu hängen. Es hat sie auch niemand dazu gezwungen, ihr Geld als Gelegenheitsprostituierte zu verdienen. Es hat sie auch niemand dazu gezwungen, schwanger zu werden. Soweit ich weiß, hatte sie keine besonders schöne Kindheit. Ja, und? Hatte ich auch nicht. Muss ich zwangsläufig ein schlechter Mensch werden, weil ich eine miese Kindheit hatte? Vielleicht denken Sie ja grundsätzlich anders darüber. Ich jedenfalls sage: nein!»

«Sie haben sich offenbar mit der Biographie Ihrer Mutter beschäftigt.»

«Ja, ein wenig. Später, als sie schon längst tot war und ich schon fast erwachsen. Sechzehn, siebzehn vielleicht.»

«Warum?»

«Interesse.»

«Ihre Eltern waren getrennt, noch bevor Sie geboren wurden. Und ein Jahr später haben sie sich scheiden lassen.»

«Das waren keine Eltern. Sie hat sich mit einer Überdosis davongemacht, als ich fünf war. War ihre Entscheidung. Zu dem Zeitpunkt habe ich übrigens noch kein einziges Wort gesprochen. Erzählte man mir später. Ein stummes Kind. Ich kam dann erst mal eine Weile in die Kinderklinik. Wegen der jahrelangen Mangelernährung. Für das Jugendamt war das damals alles total überraschend. Die hatten bis zum Tod meiner Mutter ja nicht die geringste Ahnung, was sich tagtäglich hinter den vier Wänden abgespielt hatte. Nachdem sie mich in der Klinik so weit wieder aufgepäppelt hatten und ich dank der wunderbaren Krankenschwestern das Sprechen gelernt hatte, kam ich dann mit Genehmigung des Jugendrichters und ausdrücklicher

Befürwortung desselben Kölner Jugendamtes zu Rudi, dem Sklaventreiber. Zu Rudi, dem Sadisten.»

«Rudi Mohr. Ihr Vater.»

«Ja.»

«Ihr Vater hatte eine Autowerkstatt in Köln.»

«Ja. Der war immer scharf auf billige Arbeitskräfte. Und ich kostete ihn ja fast nichts. Arbeit gegen Kost und Logis. War zweifellos ein Supergeschäft.»

«Und was haben Sie da als Kind gearbeitet?»

«Alles Mögliche. Was man so macht als ungelernte Kraft. Schonende Wagenwäsche per Hand, außen und innen, den Lack schön aufpolieren, Reifenwechsel, Ölwechsel, solche Sachen. Das schätzten Rudi Mohrs Kunden. Ohne lange Wartezeiten und Termine, ordentlich und preiswert. *Hausaufgaben? Dafür ist abends nach Feierabend noch genug Zeit. Mit Freunden treffen? Firlefanz.* Das waren seine Worte.»

«Das war offenbar keine besonders schöne Kindheit.»

«Ich will nicht klagen. Wenigstens bekam ich bei ihm genug zu essen. Damit ich groß und stark wurde. Und nach der Schule noch härter arbeiten konnte. Was er allerdings nicht bedacht hatte: Ich wurde so groß und so stark, dass er sich irgendwann nicht mehr getraut hat, mich zu verprügeln.»

«Was ist denn da passiert?»

«Weil ich ihn eines Tages in der Werkstatt, als er mir gerade wieder eine Ohrfeige verpasst hatte, vor den Augen der Belegschaft windelweich geprügelt habe, so wie er mich immer vor der Belegschaft windelweich geprügelt hatte. Von da an hatte ich meine Ruhe vor ihm.»

Vera Voss sog die Luft tief und hörbar durch die Nase ein. Ihre Wangen röteten sich leicht.

«Habe ich Sie schockiert, Frau Dr. Voss?»

«Ich denke, wir machen Schluss für heute, Herr Mohr. Die Zeit ist um. Wir sehen uns dann nächste Woche wieder.»

DONNERSTAG, 16. JANUAR 2014

Am Morgen sitzt Adela Lorena Macedo de Barthold in der Küche, trinkt ihren Kaffee und hängt ihren unablässig kreisenden Gedanken nach, als sie draußen im Vorgarten das vertraute Klappern am Briefkasten hört. Die Post. Wie immer auf die Minute pünktlich. 9 Uhr. Man könnte die Uhr danach stellen.

Jeden Morgen wartet sie noch den Postboten ab, bevor sie sich auf den Weg zu ihren Spanisch-Schülern macht. Jeden Morgen hofft sie auf einen Brief ihres Anwalts, oder auf eine Nachricht der Polizei, oder eine Nachricht der Staatsanwaltschaft, jeden Morgen seit fast zwei Monaten öffnet sie den Briefkasten in der Hoffnung auf eine Erklärung, warum ihr Sohn sterben musste.

Von der Rheinheimer Polizei hat sie seit fast zwei Monaten nichts mehr gehört. Von der Staatsanwaltschaft hat sie persönlich noch nie etwas gehört. Kein Anruf, kein Besuch, kein Termin, nichts.

Sie trinkt ihren Kaffee aus, dann öffnet sie die Haustür und schließt den Briefkasten auf.

Ein Brief. Keine Werbung, ein richtiger Brief. Ein Brief der Stadt Köln. Die Feuerwehr der Stadt Köln. Was will die Kölner Feuerwehr von ihr und ihrem Mann? Noch während sie zurück ins Haus geht, reißt sie das Kuvert auf und zieht das Schreiben heraus.

ZAHLUNGSAUFFORDERUNG

Hastig überfliegt sie, was da steht:

Jonas Frederik Barthold ... geb. 19. Dez. 1993 ... Krankenkasse: unbekannt ... Einsatz ... Rettungsdienst ... **24. November 2013** ... 12.50 Uhr ... Rheinufer Köln-Stammheim ... Notarzt ... Diagnose: **Exitus** ... aufgrund der Gebührensatzung der Stadt Köln werden folgende Gebühren festgesetzt: **325,– Euro**.

Rettungsdienst. Notarzt. Diagnose.

Adela Lorena Macedos Sohn war am 24. November 2013 um 12.50 Uhr nicht mehr zu retten, ihr Sohn hatte da schon zwei Wochen tot im Wasser gelegen.

Der Rechnung aus Köln angehängt ist ein maschinell ausgefülltes Zahlungsformular. Keine Anrede, kein Ausdruck des Bedauerns oder der Anteilnahme. Dieses Stück Papier liest sich wie eine schriftliche Verwarnung wegen Falschparkens, ist so nüchtern formuliert wie eine Zahnarztrechnung.

Sie überfliegt das für sie nach so vielen Jahren in Deutschland immer noch so fremd klingende Behördendeutsch ein zweites Mal, da reißt es ihr mitten im Lesen die Beine weg. Sie lässt den Brief fallen und hält sich am Türrahmen zur Küche fest, sie atmet tief durch, bis die Schwindelgefühle allmählich verfliegen, dann macht sie zwei zaghafte Schritte bis zum Küchentisch, stützt sich auf die Tischplatte, lässt sich auf den Stuhl fallen. Sie greift zum Telefon, das auf dem Küchentisch liegt, legt es wieder weg, sie will ihren Mann nicht stören, nicht schon wieder, er hat es schon schwer genug in der Behörde, weil er sich trotz seiner Trauer und seines Schmerzes auf seine Arbeit konzentrieren muss, Tag für Tag wie ein Uhrwerk funktionieren muss, sie will ihm das nicht noch schwerer machen. Sie bleibt also sitzen, auf ihrem Stuhl, in der Küche, während der Brief vor ihr auf dem Boden liegt.

Als ihr Mann abends nach Hause kommt, hebt er den Brief auf, liest ihn mit versteinerter Miene, dann geht er die Treppe hinauf in sein Arbeitszimmer, startet den Computer, geht ins Internet und überweist die 325 Euro. Nur um das Bild aus dem Kopf zu kriegen. So schnell wie möglich aus dem Kopf zu kriegen.

Als die Tagesschau zum Wetter kommt, schaltet Mohr den Fernseher aus und verlässt die Wohnung. Fünfzehn Minuten Fußweg sind es vom Eigelstein bis zum Friesenviertel. Vertrautes Terrain. Früher. Fremdes Terrain. Heute.

Am Nachmittag waren es noch sommerliche 25 Grad. Aber mit Einbruch der Dämmerung kühlt es empfindlich ab. Mohr zieht den Reißverschluss der dünnen Jacke bis unters Kinn, stopft die Hände in die Taschen und zieht los. Sobald die letzten Geschäfte schließen und die schweren, metallenen Rollläden und Fallgitter herabrasseln, um die Schaufenster zu schützen, verändert sich schlagartig das Gesicht des Viertels. Herbst liegt in der Luft. Und Ärger.

Vier Halbwüchsige schlendern auf ihn zu. Zwei tragen Baseballkappen, die beiden anderen nachtschwarze Hoodies, die Kapuzen tief in die Stirn gezogen. Sie feixen und grinsen und beanspruchen wortlos die gesamte Breite des Bürgersteigs, sie mustern Mohr mit provozierendem Blick, machen ihre Rechnung auf, ziehen blitzschnell Bilanz, wägen im Bruchteil einer Sekunde Rendite und Risiko ab.

Mohr starrt ausdruckslos zurück. Er hält sein Tempo und unbeirrt Kurs. Noch drei Meter. Noch zwei.

Die menschliche Mauer teilt sich kurz und schließt sich wieder hinter ihm, wie das Rote Meer in der Bibel. Die Kapuzen und Baseballkappen ertränken ihre Niederlage in Gelächter.

Tagsüber hat es gar keinen Zweck, Willy anzusprechen. Willy ist ein Nachtmensch. Immer noch. Trotz seines hohen Alters. Vor acht, neun Uhr abends ist Willy Nowak, von den Älteren im Friesenviertel, die noch sein glorreiche berufliche Vergangenheit als Boxer erlebt haben, nur «Willy die Axt» genannt, noch nicht auf Betriebstemperatur. Anders gesagt: Tagsüber ist Willy ein cholerischer Kotzbrocken. *Jungchen, da ist nur der Zucker dran schuld.* Versichert der gebürtige Pole ein ums andere Mal, mit diesem ihm eigenen harten Akzent, der bis heute seine Herkunft verrät. Willy Nowak hat nie den Versuch unternommen, sich den weichen Singsang seiner Wahlheimat anzueignen, obwohl er seit ewigen Zeiten in Köln lebt. *Tagsüber lässt der Zucker bei mir die Hormone Tango tanzen.* Fest steht: Solange Willy Tango tanzt, geht man ihm besser aus dem Weg.

Seit er unter Diabetes leidet, sieht er auch von Jahr zu Jahr schlechter. Irgendwann war deshalb auch Schluss mit der zweiten beruflichen Karriere als Leibwächter und Türsteher. Und Schluss mit dem Lesen. Zeit seines Erwachsenenlebens hat Willi nämlich nachzuholen versucht, was er als Kind und Jugendlicher in den wenigen Jahren Volksschule verpasst hat. Alles gelesen, was er in die Finger bekam. Hegel. Nietzsche. Machiavelli. Kant. Sich mit seiner Steher-Mentalität und seiner eisernen Disziplin tapfer durch die Standardwerke der Philosophie gequält, Seite für Seite, Zeile für Zeile. Nicht, weil es ihm Spaß gemacht hätte. Wie soll das Spaß machen, wenn man nur die Hälfte versteht? Sondern weil er unbedingt wissen wollte, was andere wussten. *Tom, Jungchen, ich will nicht so doof sterben, wie ich geboren wurde.*

Später begnügte er sich dann mit jenem Ausschnitt der Weltliteratur, der ihm wirklich Spaß machte. Ernest Hemingway. Mark Twain. Jack London. John Steinbeck. Vorzugsweise Amerikaner. Willy belegte sogar mal einen Englisch-Kursus für Anfänger an der Volkshochschule, weil er damit die stille Hoffnung verband, seine Lieblingsschriftsteller eines Tages im Original lesen zu können.

Inzwischen muss Willy die achtzig überschritten haben. Aber er drischt immer noch jeden Tag ein bisschen auf den Sandsack ein, der in der Küche von der Decke baumelt. In seiner besten Zeit wäre Willy als Halbschwergewichtler fast mal Deutscher Meister geworden. Manche behaupten, Willy die Axt wäre damals problemlos Deutscher Meister geworden, wenn er sich nicht vorher von der Wettmafia hätte überzeugen lassen, in der vierten Runde freiwillig auf die Bretter zu gehen. Das Schmiergeld sei deutlich höher gewesen als die Siegprämie.

Als junger Kerl betätigte sich Willy kurzzeitig auch mal als gelegentlicher Aufpasser und Leibwächter der Schauspielerin Romy Schneider bei Empfängen und Partys. Nachdem deren Mutter Magda Schneider 1953 den Kölner Großgastronomen Hans Herbert «Daddy» Blatzheim geheiratet hatte, den Wanderer zwischen den Welten, der wiederum mit dem Kölner Ex-Boxer «Dummse Tünn» gut bekannt war, der aber nicht immer Zeit und Lust hatte, auf Daddy Blatzheims prominente Stieftochter aufzupassen, wenn sie auf Partys ging. So kam das. Der zweite Teil der Sissi-Trilogie war gerade abgedreht, Romy war zwanzig, nach damaligem Recht also noch minderjährig, Willy war zwar nur wenig älter, aber soeben volljährig und schon eine ziemlich stattliche, respekteinflößende Erscheinung.

Als Blatzheim zu sehen glaubte, dass da zwischen Romy und Willy mehr war als nur eine Arbeitsbeziehung, zog Dummse Tünn seine Aushilfe auf Blatzheims Geheiß wieder ab. Lange her.

Willy die Axt. Es gab eine Zeit, da lag Köln auf Platz 1 der bundesweiten Kriminalitätsstatistik, noch vor Hamburg und Berlin. Thomas Mohr hatte während seiner Kindheit und Jugend so ziemlich alle kennengelernt, die in Köln was zu sagen hatten. Denn aus dem *Miljö* des Friesenviertels stammte ein Großteil der Kundschaft seines Vaters. In Rudi Mohrs Hinterhofwerkstatt wurden Fahrwerke tiefergelegt, Auspuffanlagen auf bedrohlich klingende Lautstärken getrimmt, Ford Capris in obszön schrillen Farben lackiert und für den Verkauf Kilometerzähler zurückgedreht. Solche Sachen eben. Für Rotlicht-Größen wie Theodor Hoewer, im Veedel nur «Düres» genannt. Oder «Dummse Tünn». Mit bürgerlichem Namen Anton Dumm. Über dessen im Personalausweis verzeichneten echten Nachnamen machten sich Unvorsichtige nur ein Mal und nie wieder lustig. Wenn Dummse Tünn gut aufgelegt war, forderte er zu vorgerückter Stunde gerne zum Liegestütz-Vergleich heraus. Einarmig natürlich. Den gewann Dummse Tünn immer. Weil er das besser konnte als die meisten anderen. Und die wenigen anderen, die das noch besser konnten als Dummse Tünn, zum Beispiel Willy die Axt, waren so klug und ließen ihn trotzdem gewinnen.

Ein weiterer Stammkunde in Rudi Mohrs Werkstatt war Heinrich Schäfer, im Veedel nur «Schäfers Nas» genannt, wegen der riesigen Nase. Viele wussten gar nicht, dass er Heinrich mit Vornamen hieß. Einmal hatte Rudi Mohr der «Nas» eine neue Klampe geschweißt und verzinkt, zur Belegung der Vorspring seiner Yacht, die vertäut im Rheinhafen lag und eher selten bewegt wurde. Thomas Mohr war vielleicht vierzehn, als er von Rudi Mohr losgeschickt wurde, die neue Klampe abzuliefern und vor Ort gleich festzuschrauben. Die MS Colorado. *Dat einzije Scheff wat ussüht wie e Kreechscheff, dat is ming*, lautete Schäfers knappe Beschreibung am Telefon.

Die 22-Meter-Yacht war nicht zu verfehlen. Sie sah nämlich tatsächlich aus wie ein Kriegsschiff. Inklusive der Original-Lackierung in Marinegrau. Anfang 1945 als Schnellboot für Hitlers Kriegsmarine gebaut, aber nicht mehr zum Einsatz gekommen. Schäfer hatte das ausgemusterte Schiff während des Wirtschaftswunders preiswert ersteigert und für viel Geld umrüsten lassen. Vergoldete Wasserhähne, ein falscher offener Kamin vor dem mit echtem Leopardenfell bezogenen Kingsize-Bett. Solche Sachen eben. Breitbeinig stand die Nas an Deck und hielt schon ungeduldig Ausschau nach Rudi Mohrs Junior. Minipli, goldfarben changierender Bademantel, blau-weiß gestreifte Badeschlappen, Rolex am Handgelenk, Goldkettchen um den Hals, gewaltiger Brustkorb, gewaltiger Bierbauch, gewaltiges Kinn und eine gewaltige Nase, mehrfach gebrochen und deshalb so tief nach unten gebogen, dass sie das Oberlippenbärtchen optisch in zwei Hälften teilte. Heinrich Schäfer besaß das Talent, sämtliche Klischees Realität werden zu lassen. Die Nas ließ Rudi Mohrs Junior nicht aus den Augen, bis der die Klampe am Rumpf unter der Bugreling ordentlich festgeschraubt hatte. Dann drückte er ihm 20 Mark Trinkgeld in die Hand. Viel Geld für einen Vierzehnjährigen. Keine zwei Stunden lang währte das schöne Gefühl, unglaublich reich zu sein. Dann fragte Rudi Mohr seinen Sohn, was die Nas an Trinkgeld rausgerückt habe.

Damals, als Thomas Mohr vierzehn war, da war Schäfers Nas längst schon die Nummer eins in Köln. Seit der legendären Nacht zum 20. September 1975. Da hatte er sich mit Dummse Tünn zum Faustkampf auf dem breiten Gehweg des Kölner Rings verabredet, mit seinen Spielcasinos und Striptease-Bars die Flanier- und Vergnügungsmeile im Zentrum der Stadt. Eine Sache unter zwei Männern. Keine Messer, keine Schlagringe, keine Schlagstöcke, nur die bloßen Fäuste. Die beiden Bosse schlugen sich die Köpfe ein, um ein paar offene Rechnungen zu begleichen und ein für alle Mal zu klären, wer die Nummer eins sein sollte in der Stadt. Die Nas gewann überraschend schnell und mit etwas Glück per K. o. Dummse Tünn analysierte das Ereignis später so: *Dä hät mer ene vör de Kopp jehaue, un do wor isch fott!*

Lange her. Vertrautes Terrain. Eine alte Frau, klein und mager, durchwühlt einen am Laternenpfahl montierten Abfallbehälter, als hänge ihr Leben davon ab. Ihr rechter Arm steckt bis zur Achsel in dem engen Schlitz. Schließlich zieht sie den Arm wieder raus und stopft das Gefundene gierig in ihren Mund. Als Mohr vorbeigeht, hört sie mit dem Kauen auf und schaut angestrengt zu Boden, als schäme sie sich für ihr Tun.

1996 wurde am helllichten Tag aus der Schatzkammer des Kölner Doms ein Vortragekreuz gestohlen. Ausgerechnet Kardinal Meisners Lieblingskreuz. Großes Thema in der Boulevardpresse. Und die Polizei hatte keine Spur. Da ließ Schäfer verbreiten, dass er noch darüber nachdenke, was er mit dem Dieb zu tun gedenke, sobald er ihn in die Finger bekäme. Es vergingen daraufhin nur wenige Tage, da fand das Kreuz unbeschädigt den Weg zurück in die Schatzkammer.

Die Nas lehnte die vom Erzbistum ausgelobte Belohnung selbstverständlich ab. Aber der Dompropst ließ eine Messe für Heinrich Schäfer lesen. Ein Jahr später war die Nas tot. 61 Jahre. Herzversagen. Da war Heinrich Schäfer schon längst fester Bestandteil der Kölner Folklore. Das Millowitsch-Theater führte sogar mal einen Schwank über ihn auf: *Der König vom Friesenplatz.* Mehr Ehre geht in Köln nicht.

Thomas Mohr hat nie kapiert, warum die bessere Gesellschaft Kölns immer so erpicht darauf war, mit dem kriminellen Milieu dieser Stadt ins Bett zu steigen. «Halbseiden» nannte man diese Welt damals. Was für ein Euphemismus. Heinrich Schäfer war zweifellos ein schräger Paradiesvogel und passte deshalb zu dieser Stadt wie der Karneval oder der Christopher Street Day. Aber in erster Linie war Schäfers Nas nun mal ein brutaler und menschenverachtender Zuhälter gewesen. Basta. Möge er trotz der im Dom gelesenen Messe in der Hölle schmoren. Aber was soll man schon von einer Stadt erwarten, die Korruption verniedlichend «Klüngel» nennt, als gehe es um ein Kavaliersdelikt wie Falschparken.

Seit die Nas tot ist, haben die Russen und Serben und Albaner in Köln das Sagen. Und auf der Skala der Brutalität existiert nach oben keine Grenze mehr. Einer wie Murati würde sich auch nicht wie die Nas mit einem Konkurrenten auf der Straße prügeln. Murati würde ihn nachts von seinen Schergen abholen und spurlos verschwinden lassen.

Friesenwall, Ecke Palmstraße. Was man so alles wegdenken kann in zwölf Minuten Fußweg. Thomas Mohr zieht die Tür der Gaststätte «Grön Eck» auf. Früher war Willy Nowak eher in der «Nachtgaststätte Klein Köln» an der Friesenstraße anzutreffen. Das Wiegelokal, wenn gegenüber im Sartory geboxt wurde. René Weller kam früher nicht nur zum Wiegen her, der Frankfurter

Box-Promoter Ebby Thust war regelmäßig zu Gast, natürlich FC-Star Heinz Flohe, auch Kölschrock-Sänger Jürgen Zeltinger. Seit die Fernsehleute von WDR und RTL den 1926 eröffneten Laden für sich entdeckt haben und es schick finden, den Feierabend im *Miljö* zu verbringen, kehrt Willy lieber im weniger spektakulären «Grön Eck» ein.

Mohr sieht sich um. Die üblichen Gestalten. Kleinkriminelle, die immer noch vom ganz großen Ding träumen. Verbitterte Gelegenheitshuren jenseits der fünfzig, die ihre Träume längst aufgegeben haben. Vor Selbstmitleid zerfließende Säufer, denen niemand zuhört. Gescheiterte Künstler und gescheiterte Revolutionäre, ernst, grimmig und stumm in ihre leeren Gläser stierend. Vertrautes Terrain. Nur Willy ist nicht da.

Mohr sieht den Wirt fragend an. Der deutet auf das halbvolle Kölschglas, das am Ende der Theke steht, und dann zu der schmalen Tür neben dem Flipper-Automaten. Die Tür zum Klo. Mohr setzt sich auf den Hocker neben dem Kölschglas. Er muss nicht lange warten.

«Tom!» Die Pranke donnert auf Mohrs Schulter. «Mensch, Jungchen. Lange her!»

«Ja, Willy. Lange her.»

Willy Nowak trägt seinen alten Dienstanzug. Ein nachtblauer Dreiteiler, schon etwas speckig an den Ellbogen. Dazu schwarze, sorgsam auf Hochglanz gewienerte Lederschuhe und ein blütenweißes Oberhemd. Der Knoten der burgunderroten Krawatte, der aus dem Ausschnitt der Weste lugt, ist natürlich ein doppelter Windsor. Wennschon, dennschon.

«Siehst gut aus, Willy. In Topform, alle Achtung. Der Anzug sitzt immer noch wie angegossen.»

Willy macht eine wegwerfende Handbewegung. Das Kompliment scheint ihm peinlich zu sein. «Jungchen, was willst du trinken?» Er wartet Mohrs Antwort nicht ab, sondern ordert beim Wirt zwei Kölsch. Dann greift er nach seinem halb leeren

Glas und deutet auf die Nische mit der Eckbank auf dem Podest am Ende der Kneipe. «Komm, lass uns ins Séparée setzen. Da haben wir mehr Ruhe zum Quatschen.»

Nachdem der Wirt die frisch gefüllten Gläser vor ihnen abgestellt hat, schaut Willy einmal kurz und ernst in die Runde, und alle Neugierigen im Raum drehen ihre Köpfe augenblicklich in die entgegengesetzte Richtung. Willy die Axt ist trotz seines Alters immer noch eine Autoritätsperson im Friesenviertel.

«Du hast also den Murati eingebuchtet.»

«Also, um genau zu sein: Ein holländisches Gericht hat ihn eingebuchtet. Wegen ...»

«Komm mir jetzt nicht mit Spitzfindigkeiten.»

«Ist aber so.»

«Warst schon als Panz ein verdammter Klugscheißer. Nur damit du's weißt: Der Rudi hätte dich ruhig noch öfter verdreschen sollen. Hätte nichts geschadet.»

«Reden wir von was anderem.»

«Ich rede, wovon ich will.»

Offenbar ist es noch nicht spät genug. Offenbar tanzen Willys Hormone immer noch Tango.

Mohr erhebt sich vom Tisch. «Tschö, Willi. Mach's gut.» Er deutet auf die Kölschgläser. «Fühl dich eingeladen.»

«Tom!»

«Ja?»

«Jetzt setz dich wieder hin, verdammt.»

Mohr setzt sich. Die Gäste gucken wieder höchst interessiert. Willy Nowak sorgt mit einem kurzen Blick in die Runde dafür, dass sie blitzartig überall hingucken, nur nicht mehr zu Nowaks Tisch.

«Jungchen, du weißt doch, wie ich bin.»

«Klar weiß ich das. Manchmal ungenießbar. Manchmal bist du ein richtiges Arschloch.»

Willy wartet erst mal ab.

«Aber alles in allem bist du ja eigentlich 'ne ehrliche Haut, Willy. Hast das Herz am rechten Fleck.»

Willy Nowak nickt gerührt.

«Und einmal, weißt du noch, als ich mal wieder zu dir kam, um mich in deiner Küche zu verkriechen und bei dir auszuheulen, wegen dem Alten, da hast du mir einen Eisbeutel gemacht und dann hast du gesagt: Jungchen, so geht das nicht weiter. Jetzt bring ich dir das Boxen bei. Damit du dich endlich wehren kannst.»

«Stimmt. Wärst du mal besser bei geblieben, statt mit diesem neumodischen Zeugs anzufangen. Diesem Schlitzaugen-Kram. Hätte echt was werden können aus dir. Der Ebby hatte schon ein Auge auf dich geworfen. Einen richtig guten Profi-Boxer hätte ich aus dir gemacht. Mein Wort.»

«Ich glaub's dir. Aufs Wort.»

«Also: Warum bist du gekommen?»

«Hast du noch deine Ohren überall, Willy?»

«Mit den Augen klappt's zwar nicht mehr so, aber die Ohren funktionieren noch tadellos.»

«Die Türsteher-Szene ...»

«Hat sich viel verändert, Tom.»

«Das höre ich in letzter Zeit öfter.»

«Ist leider so. Seit die Nas tot ist.»

«Was hat sich denn verändert?»

«Um die ganz großen Geschäfte kümmern sich jetzt die Russen und die Serben und die Albaner. Aber die Türen, die waren die letzten Jahre fest in der Hand der Rocker-Gangs. Die sind dann bei den Läden vorgefahren, natürlich immer im Rudel, und dann haben sie den Eigentümern oder den Geschäftsführern mal kurz klargemacht, wer jetzt für die Tür zuständig ist.»

«Du redest dauernd in der Vergangenheitsform.»

«Was rede ich, Klugscheißer?»

«Ich meine: Ist das denn heute nicht mehr so?»

«Vielleicht ja, vielleicht nein. Ich bin schon zu lange raus, das dauert immer eine Weile, bis die neuesten Nachrichten bei mir ankommen, um drei Ecken. Ich hab nur gehört, dass die Rocker zwischendurch ein neues Geschäftsmodell aufgetan haben, das noch viel mehr abwirft als die Türen.»

«Was denn?»

«Flüchtlingslager.»

«Flüchtlingslager?»

«Flüchtlingslager, Flüchtlingsheime, ja doch.»

«Und wie funktioniert das?»

Willy Nowak sucht den Blickkontakt zum Wirt hinter der Theke, dann hebt er die Hand und spreizt zwei Finger. Mohr hat sein erstes Glas noch nicht mal halb leer.

«Quasi öffentlicher Dienst, nur ohne Pensionsberechtigung, der Staat als Melkkuh, besser geht's gar nicht. Als die Merkel 2015 die Grenzen aufgemacht hat und für die vielen Flüchtlinge ganz schnell diese Auffanglager eingerichtet werden mussten, da hat man natürlich Wachpersonal gebraucht, und zwar nicht zu knapp. Hier im Rheinland und im Ruhrgebiet und überall. Einmal um die Flüchtlinge vor diesen irren Neonazis zu beschützen, damit die denen nicht die Bude abfackeln, wenn die Idioten mal wieder Langeweile haben oder sich abgehängt fühlen. Wenn ich den Scheiß schon höre: abgehängt fühlen. Und natürlich auch, um die Leute in den Lagern vor sich selber zu beschützen. Wenn die nämlich den Lagerkoller kriegen, dann gehen sie sich natürlich schnell mal an die Gurgel. Oder wenn verschiedene Stämme oder so in einem Schlafraum untergebracht sind, da gibt's natürlich auch ein Mordstheater, wie bei den Hottentotten. Also hat man Wachpersonal in rauen Mengen gebraucht. Verstanden?»

«Verstanden, Willy.»

«Die Rocker haben natürlich gleich kapiert, dass man in den Flüchtlingsheimen dieselben Geschäfte tätigen kann wie in den Diskotheken, nur in noch größerem Stil. Mehr Masse, mehr Umsatz, verstehst du, Jungchen? Drogen, Anwerbung zur Prostitution, alles wie gehabt.»

«Aber wer um Himmels willen stellt denn ausgerechnet Rocker für diesen Job ein?»

«Na, der Staat natürlich. Bist du tatsächlich so naiv geworden, seit du selber ein Staatsdiener bist?»

«Und wie funktioniert das?»

«Ganz einfach. Die Rocker beziehungsweise deren Anführer natürlich, die ja meistens über ein paar Gramm mehr Hirn verfügen als der Rest der Truppe, die ziehen für einen Moment mal die Kutten aus und was Anständiges an, so wie ich heute Abend zum Beispiel, vielleicht melden sie auch noch extra ein Kleingewerbe an, irgendwas mit *Security* im Namen, lassen sich ein paar schicke Visitenkarten machen, und dann kreuzen sie bei dem zuständigen Beamten auf ...»

«Aber die sind doch auch nicht doof.»

«Doof nicht. Jedenfalls nicht alle. Nur vielleicht bestechlich. Da reicht ja schon einer in so einer Behörde. Die Leute hier denken immer, nur die Italiener oder die Burschen mit den Operettenuniformen in den Bananenrepubliken sind bestechlich. Aber doch kein deutscher Beamter. So ein Quatsch. Der Mensch ist ein Mensch, und die Menschen sind nun mal so, nämlich grenzenlos gierig, die einen so, die anderen anders, und zwar überall auf der Welt. Wo war ich stehen geblieben?»

«Die Rocker. Die Flüchtlingsheime.»

«Genau. Also: Die Rocker gucken vorher ganz genau hin. Wofür ist der zuständige Beamte empfänglich? Wo ist sein schwacher Punkt? Hat er vielleicht Schulden, die ihm über den Kopf wachsen? Ist er vielleicht spielsüchtig? Hat er ein kostspieliges Hobby? Eine frustrierte Fregatte als Frau? Steht er auf irgendwelche Perversitäten, die man leicht befriedigen kann? Und schon haben sie den Burschen an der Angel. Zuerst ganz schmusig, da wird erst mal schön angefüttert, und später, wenn's sein muss, wenn er nicht mehr so richtig spurt, auch mal auf die härtere Tour. Dann haben die Jungs freie Bahn, dann machen sie in den Flüchtlingslagern, was sie wollen, und schicken dem zuständigen Amt zum Beispiel jeden Monat eine schöne Rechnung über zehn Arbeitskräfte pro Tag, ins Lager schicken sie aber nur drei oder vier ihrer Leute, was in der Regel auch völlig ausreicht, so wie die aussehen und sich aufführen. Habe ich mich klar genug ausgedrückt?»

«Vollkommen klar, Willy. Alles verstanden. War nicht so schwer. Aber das mit den Massenlagern für Flüchtlinge ist doch momentan schon wieder ...»

«Stimmt. Wo du es sagst. Dann haben sie vielleicht schon wieder ein neues Geschäftsmodell, von dem ich noch nichts weiß. Die sind sehr erfinderisch. Haben 'ne Nase dafür. Du hast mich gefragt, was ich weiß, und ich erzähle dir, was ich weiß.»

«Schon okay, Willy.»

«Aber das Prinzip ist immer dasselbe. Das Prinzip, wie sie ihre Geschäfte machen, ist immer ...»

Der Wirt bringt die frischen Kölschgläser und malt zwei neue Striche auf Mohrs Bierdeckel. Erst als er wieder hinter seiner Theke Aufstellung nimmt, redet Willy weiter:

«Tom, wenn die braven Leute *Organisiertes Verbrechen* hören, dann fallen ihnen gleich all die Mafia-Filme ein, die sie mal im Kino gesehen haben, und denken: gibt's doch nur in Palermo oder Chicago. Aber doch nicht hier! Das denken sie, weil der Staat will, dass sie genau das denken. Weil der Staat nicht will, dass die braven Bürger in Köln oder anderswo sich Sorgen machen und meinen könnten: Hoppla, das gibt's ja auch bei uns. Wenn die Leute begreifen würden, dass der Staat so gut wie nichts tut gegen das organisierte Verbrechen, weil seine Staatsdiener entweder blind sind oder naiv oder ohnmächtig oder faul oder korrupt oder alles zusammen, das würde doch nur jede Menge Unruhe erzeugen und Wählerstimmen kosten. Da hätte die AfD aber mal ein schönes, neues Thema. Deshalb redet niemand darüber. Alle spielen mit. Die Macher, die Mitläufer, die Opfer, der Staat. Das System der Angst vereint sie alle. Die Angst vor Schmerzen. Die Angst, dass der Familie was zustößt. Der Frau. Den Kindern. Omertà. Das ist simpel und funktioniert, solange alle brav die Schnauze halten. Und alle halten die Schnauze, verlass dich drauf. Das Geschäft mit der Angst ist die bequemste Art, sehr schnell sehr viel Geld zu verdienen. Die Rocker haben das begriffen. Omertà.»

«Schon mal was von den Night Riders gehört?»

«Gehört. Ja. Hier in Köln sind die nicht. Hier sind andere zu stark. Die Osmanen Germania zum Beispiel, die sind momentan schwer im Aufwind, die wachsen gerade wie Schaum. 2000 Mitglieder sollen die schon haben. Also bundesweit natürlich. Türken, stramme Erdoğan-Anhänger.»

«Aber die hat der Seehofer doch gerade verboten?»

«Ja und? Das juckt die doch überhaupt nicht. Dann benennen die sich eben um, und schon laufen die Geschäfte weiter.»

«Aber die nennen sich doch Boxclub?»

«... und nicht Motorradclub. BC statt MC. Ja und? Motorräder werden doch bei denen allen immer unwichtiger. Die fahren heute lieber mit 'nem dicken Benz vor als mit der Harley. Nix mehr Easy Rider und der ganze romantische Scheiß. Es geht um Geschäfte.»

«Und die Night Riders?»

«Nennen sich ebenfalls Boxclub, ja. Und Bruderschaft nennen die sich. Klingt so schön nach Geheimbund: Bruderschaft. Aber die waren immer nur in Rheinheim und Umgebung zugange, soweit ich weiß. Von den Hells Angels geduldet. Sogenannte Supporters. Aber ich habe gehört, bei den Night Riders gibt's inzwischen gewisse Auflösungserscheinungen.»

«Was heißt das?»

«Nix mehr mit Bruderschaft und ewiger Treue und all der Zinnober. Ist zu viel passiert. Manche der Brüder haben privatisiert, machen jetzt einen auf Familienvater oder so, manche machen jetzt auch beruflich ihr eigenes Ding. Manche sind auch zu anderen Gangs abgewandert. Aber wer weiß: Vielleicht stehen sie auch eines Tages wieder auf wie Phönix aus der Asche. Mit neuen Mitgliedern. Mit einer neuen Geschäftsidee.»

«Kennst du welche von denen?»

«Kennen ist zu viel gesagt. Ihr Präsident ist oder war Aleksandar Stankovic, genannt der schöne Sascha. Macht gern einen auf dicke Hose. So hab ich ihn jedenfalls mal hier in Köln erlebt, live, in einem dieser neumodischen Läden am Ring, wo man nur Cocktails kriegt und so Zeugs. Ich sag dir, wie der so ist: Lässt sich fotografieren, wie er mit seinem nagelneuen Porsche zum Termin beim Arbeitsamt vorfährt. Aber das heißt jetzt anders, oder? Heißt das nicht jetzt Arbeitsagentur oder so?»

Mohr nickt nur.

«Jedenfalls: Auf dem Foto macht der schöne Sascha Faxen hinterm Steuer, lacht sich kaputt über den bescheuerten Staat, der ihm auch noch Geld fürs Nichtstun bezahlt und ihn Kunden nennt. Scheibe runter, streckt den Mittelfinger raus, im Hintergrund sieht man den Eingang und das Emblem vom Arbeitsamt. Stellt das Foto dann ins Internet, auf seine Facebook-Seite.»

«Wie lustig.»

«Ja, das findet der sehr lustig. Und seine Jünger finden das auch sehr lustig. Aber das heißt nicht, dass man ihn unterschätzen darf. Seine Brutalität ist berüchtigt in der Szene. Der schöne Sascha hat außerdem einen Schlag bei Frauen, heißt es. Manche Mädels stehen ja darauf, wenn ihnen so einer sagt, wo es langgeht im Leben, und ihnen so richtig den schönen Arsch versohlt. Tatsache ist: Erst ging der Sascha wegen Zuhälterei und Menschenhandel für eine Weile in den Bau, weil er eine Minderjährige auf den Strich geschickt hat. Dann hatte er in Rheinheim mächtig Ärger mit den Kölner Bandidos, aber da zeigten die Kölner Hells

Angels noch mal Flagge als Beschützer, nicht unbedingt wegen der Night Riders, sondern wegen der Bandidos. Das Problem scheint sich aber inzwischen sowieso erledigt zu haben.»

«Wieso?»

«Vor einem halben Jahr hat jemand den Präsidenten der Bandidos in Köln-Kalk niedergemäht. Überlebt hat er's, aber die Bandidos sind seither deutlich geschwächt.»

«Also haben die Night Riders in Rheinheim und Umgebung dank der Hells Angels freie Bahn?»

«So einfach ist das nun auch wieder nicht. In Rheinheim hatten die Night Riders nämlich nach der gescheiterten Machtprobe der Bandidos plötzlich Ärger mit den Libanesen von den United Tribuns, da hielten sich die Hells Angels aber diesmal fein raus, vielleicht hatten sie da schon die Schnauze voll von den Night Riders und ihrer Unberechenbarkeit.»

«Was ist passiert?»

«Was passiert ist? Es gab eine wilde Schießerei mitten in der Rheinheimer Innenstadt, mit den Libanesen, dabei wurde Aleksandar Stankovic angeschossen, Oberschenkel, aber keine Arterie getroffen, Fleischwunde, halb so wild, hat er verdammtes Glück gehabt, der schöne Sascha, hätte auch anders ausgehen können. Nur ein paar Tage nach der Schießerei hat er sich selbst aus dem Krankenhaus entlassen und ließ sich exklusiv von Bild oder Express ablichten, weiß nicht mehr so genau, wo ich das Foto gesehen habe, jedenfalls im Fitnessstudio, beim Eisenstemmen, zusammen mit so einer durchtrainierten magersüchtigen Maus im hautengen Dress und angeschraubten Brüsten, die Maus klebte regelrecht an ihm dran und himmelte ihn an. Außerdem gab er gleich danach noch eine Pressekonferenz.»

«Eine Pressekonferenz?»

«Kein Witz, wenn ich es dir sage, eine richtige Pressekonferenz, in diesem Rheinland-Center, kurz bevor der Kasten weggesprengt wurde, kennst du bestimmt noch vom Sehen, dieses weiße Hochhaus mit dem Mercedes-Stern obendrauf, wo früher das Steigenberger drin war und im Keller das Casino. Sah aus wie die Kopie des Europa-Centers in Berlin, neben der Gedächtniskirche. Jedenfalls: In dem schon weitgehend geräumten Rheinland-Center hatten die Night Riders extra für die Pressekonferenz einen Raum angemietet. Es gab sogar Limonade und Gebäck.»

«Eine Pressekonferenz. Ich fass es nicht.»

«Mit allem Zipp und Zapp. Inklusive Security-Check vor den Aufzügen im Foyer. Vielleicht hatten sie ja Sorge, die geladenen Journalisten könnten auf die Idee kommen, 'ne Knarre reinzuschmuggeln und im Auftrag der Libanesen den Präsidenten der Night Riders doch noch umzulegen.»

«Wann war das denn?»

«So vor drei, vier Jahren müsste das gewesen sein. Wieso weißt du nichts davon? Liest du denn keine Zeitung, Jungchen?»

«In welcher Zeitung stand das denn?»

«In allen. Bild. Express. Mit Foto. Als Hintergrund fürs Foto hatten sie dekorativ die Fahne ihrer Bruderschaft aufgehängt. Ein Totenschädel, der einen Stahlhelm trägt. Davor saß der Stankovic an einem Tisch, jede Menge Mikrophone vor sich aufgebaut, und neben ihm sein Vize, ich komm gerade nicht mehr auf den Namen, aber wenn du den mal gesehen hast, vergisst du ihn nicht mehr. Der schöne Sascha ist schon 'ne Kante, aber gegen seinen Vize bin ich ein Zwerg.»

Mohr lässt seinen Blick einmal auf und ab wandern. Trotz des hohen Alters immer noch ein Schrank von einem Mann. Sich Willy die Axt als Zwerg vorzustellen, fällt ihm schwer.

«Und was wurde so gesagt bei der Pressekonferenz?»

«Was wohl? Nichts! Dass dies natürlich kein Bandenkrieg ist, und dass man nur in Ruhe beim geselligen Beisammensein mit den Kameraden ein Bierchen trinken wollte, als man überfallen wurde, und dass man die Angreifer natürlich nicht kannte, vorher noch nie gesehen hatte, und dass man natürlich keine

Ahnung hätte, wer dem Stankovic eine Kugel verpasst hat. Und dass man natürlich null Ahnung hatte, dass die Libanesen zu den United Tribuns gehören. Obwohl, die United Tribuns wurden ursprünglich von Balkan-Flüchtlingen gegründet, Bosnier oder so. Jungchen: Wozu habe ich dir eben einen Vortrag über die Omertà gehalten? Diese Pressekonferenz hatte nur einen einzigen Zweck. Dem Libanesen-Clan und den United Tribuns und der gesamten Szene und aller Welt öffentlich und in aller Deutlichkeit zu signalisieren: Wir halten brav die Schnauze. Dabei ist es dann auch eine Weile geblieben. Die Polizei hat Aleksandar Stankovic dreimal schriftlich als Zeugen vorgeladen, und dreimal ist der schöne Sascha einfach nicht erschienen, erzählt man sich.»

«Und dann?»

«Dann hat ihm das Gericht Beugehaft angedroht, falls er nicht aussagt. Das hat dann doch gewirkt. Der schöne Sascha weiß ja, wie sich Knast von innen anfühlt. Die Schönheit leidet immens im Knast. Also hat er im Frühsommer dann doch vor Gericht ausgesagt. Gegen zwei Angeklagte. Mehr weiß ich nicht. Außer: Im Gerichtssaal hat er damals mehrfach kundgetan, dass er inzwischen nicht mehr Präsident der Night Riders ist. Und dass er jetzt geächtet wird. Der arme Kerl. Aber gewöhnlich legt sich die Polizei nicht mit der Rockerszene an. Solange die Polizei nicht zum Beispiel durch eine Schießerei in aller Öffentlichkeit dazu gezwungen ist, irgendwie tätig zu werden. Das ist doch bekannt, Jungchen. Das weiß doch jeder.»

Sie schweigen eine Weile. Einer der Thekensteher singt und brummt die Moritat von Mackie Messer vor sich hin. Aus Brechts Dreigroschenoper. Laut und falsch. Niemand hört ihm zu. Aber er gibt nicht auf.

Willy Nowak hebt den Arm und spreizt Zeigefinger und Mittelfinger, um zwei weitere Kölsch zu ordern.

«Lass mal, Willy. Ich hab genug. Außerdem muss ich morgen früh raus. Wo finde ich diesen Stankovic?»

«Jungchen, mein Großvater hat immer gesagt: Wer in den Krieg ziehen will, der sollte zuerst seine Soldaten zählen.»

«Ich bin allein, Willy.»

«Schlecht. Ganz schlecht, Jungchen. Wenn du meinen Rat hören willst: Lass die Finger davon, wenn dir deine Finger lieb sind. Und der Rest deines Lebens.»

DONNERSTAG, 24. NOVEMBER 2016

Pfarrer Dietrich Eckmann setzt sich in die erste Reihe der Krypta unter der Christuskirche und schließt die Augen. Er ist allein, mit sich und seinen Gedanken. Alles ist getan.

17.30 Uhr. Draußen tobt der Feierabendverkehr durch das Rheinheimer Stadtzentrum. Aber hier unten herrscht Stille. Himmlische Stille. Grabesstille. Noch eine Stunde bis zum Beginn des Gottesdienstes. In einer halben Stunde wird Marcus kommen und sein Keyboard aufbauen. Sie haben sich auf Mussorgskys Klaviersatz «Catacombae» als erstes Stück geeinigt.

Nur wenig später werden die ersten Besucher eintrudeln, die üblichen Zufrühkommer, sich verlegen umschauen und sich dann still in die hinteren Bankreihen setzen. Alles ist vorbereitet. Nichts ist mehr zu tun. Gut so. Denn Pfarrer Dietrich Eckmann möchte noch einen Moment alleine mit Gott verbringen.

Aber der Dialog mit Gott will heute nicht gelingen. Zu viel geht ihm durch den Kopf. Vor einem Jahr, zwei Jahre nach dem Tod des Jungen, hielt er in Absprache mit den Eltern zum ersten Mal einen öffentlichen, von ihm zuvor über die lokalen Medien angekündigten öffentlichen Gedenkgottesdienst in der Krypta der Christuskirche. Ein Gottesdienst als Signal. Die Krypta war damals proppenvoll. Darauf hofft der Pfarrer auch heute.

Vor einem Jahr hatte er die Besucher aufgefordert, Fürbitten aufzuschreiben, die dann später während des Gottesdienstes verlesen wurden. *Wir beten um Mut, der alltäglichen Brutalität entgegenzutreten*, hieß es da unter anderem. Während des Gottesdienstes war es zur Gründung einer Bürgerinitiative gekommen: *Initiative Jonas Barthold – Rheinheimer Bürger fordern Klarheit.* Zwei Teilnehmer, eine pensionierte Rechtsanwältin und ein pensionierter Ingenieur, hatten den Anstoß dazu gegeben und einen Brief an den Justizminister des Landes verfasst, den sie während des Gottesdienstes verlasen: *Es liegen so viele nicht nachvollziehbare Handlungen und Unterlassungen der zuständigen Polizei- und Justizstellen vor, dass sich der Eindruck aufdrängt, dass sich hinter dem Todesfall des Studenten Grundsätzlicheres verbirgt.* Nahezu alle Besucher des Gottesdienstes hatten den Brief unterzeichnet.

Drei Monate nach Abschicken des Briefes erhielt die Bürgerinitiative eine Antwort aus Düsseldorf. Verfasst von einer subalternen Kraft des Justizministeriums: Man habe inzwischen im Rechtsausschuss des Landtages dazu umfangreich Stellung bezogen, stand da zu lesen, mehr gebe es dazu derzeit nicht zu sagen. *Eine Kopie dieser schriftlichen Stellungnahme des Justizministers des Landes Nordrhein-Westfalen im Rechtsausschuss des Landtages zum Todesfall Jonas Frederik Barthold haben wir zu Ihrer Kenntnis diesem Schreiben beigefügt.*

Die Opposition in Gestalt der FDP-Fraktion hatte tatsächlich Ende Februar eine entsprechende Anfrage im Rechtsausschuss gestellt; auf Initiative eines Abgeordneten, zu dessen Wahlkreis die Stadt Bad Hombach gehört. Nachdem die Staatsanwaltschaft die Ermittlungen soeben erneut eingestellt hatte. Die vom Justizminister unterzeichnete Stellungnahme, die der Minister vermutlich nicht einmal gelesen, geschweige denn geschrieben hatte, umfasste zwar siebzehn Seiten. Aber die Eltern Barthold berichteten dem Pfarrer entsetzt und empört, dass in dem Papier geschönt und geglättet und vernebelt werde, dass es einem die Zornesröte ins Gesicht treibe.

Deshalb will Pfarrer Dietrich Eckmann heute einen Schritt weitergehen. Den Druck der Öffentlichkeit erhöhen. Er hat in der Ankündigung des Gottesdienstes in den lokalen Medien jeden Besucher ermuntert, einen Stein mitzubringen: *Steine der Erinnerung – in Anlehnung an die jüdische Tradition, einen Stein auf dem Grabmal abzulegen.* Am Ende des Gottesdienstes will er die Besucher animieren, ihn noch am Abend nach Bad Hombach zu begleiten, um die Steine auf der Brücke abzulegen, auf der Brüstung des Erkers. Der WDR hat Eckmann zugesagt, ein Kamerateam vorbeizuschicken, für einen kleinen Beitrag in der regionalen Nachrichtensendung.

Der Pfarrer weiß außerdem, dass die Bürgerinitiative heute während des Gottesdienstes einen öffentlichen Spendenaufruf starten will, mit dem Ziel, möglichst bald eine stattliche Summe ausloben zu können, für sachdienliche Hinweise, die zur Klärung der Umstände des Todes beitragen.

Er schließt die Augen, faltet die Hände zum Gebet und hofft, einen Moment zur Ruhe zu kommen und die kreisenden Gedanken vertreiben zu können.

Schritte auf der Treppe zur Krypta. Marcus vermutlich. Ganz schön früh.

Die Schritte kommen näher. Hallen durch die Krypta. Sie verstummen erst unmittelbar hinter seinem Rücken. Schweigen. Stille. Also doch nicht Marcus. Sondern der erste Zufrühkommer, dem es draußen zu kalt oder angesichts des lärmenden Feierabendverkehrs und des bereits aufkeimenden alljährlichen vorweihnachtlichen Kaufrauschs zu hektisch wurde.

Eckmann empfängt gewöhnlich seine Gottesdienstbesucher persönlich am Eingang. Aber doch nicht schon eine Stunde vor Beginn.

Hinter ihm scharren Füße, dann quietschen vier Stuhlbeine über den steinernen Boden. Geräusche, die den Dialog mit Gott nicht eben erleichtern.

Warum nimmt dieser Mensch in der menschenleeren Krypta exakt hinter ihm Platz und stört ihn so beim Gebet? Warum besitzen manche Menschen so wenig Feingefühl?

Böse Gedanken über Mitmenschen beflügeln nicht eben den Dialog mit Gott. Also gibt sich Eckmann geschlagen, öffnet die Augen und sieht sich neugierig um. Schräg hinter ihm, gleich in der nächsten Stuhlreihe, sitzt ein kleiner, korpulenter, bärtiger Mann. Mitte fünfzig vielleicht, schätzt Eckmann. Der Mann trägt Jeans und einen dieser modernen, gesteppten, aufgeplusterten Daunen-Anoraks.

Eckmann lächelt freundlich zur Begrüßung. Aber das Lächeln wird nicht erwidert.

«Guten Abend, Herr Pfarrer.»

«Guten Abend. Herzlich willkommen. Sie sind früh. Der Gottesdienst beginnt erst um 18.30 Uhr.»

«Ich weiß.»

«Aha. Und was ...»

«Ich wollte die Gelegenheit nutzen, Sie vorab noch kurz alleine zu sprechen.»

«Kennen wir uns?»

«Nein.»

«Was kann ich für Sie tun?»

«Für mich persönlich können Sie gar nichts tun. Aber für unser Gemeinwesen könnten Sie eine ganze Menge tun.»

«Wie meinen Sie das?»

«Können Sie sich vorstellen, was aus einer Gesellschaft wird, wenn die Bürger nicht mehr ihrer Polizei vertrauen?»

«Ehrlich gesagt: Ich stelle mir das ganz grauenhaft vor. Aber ist es nicht in erster Linie die Aufgabe der Polizei, das Vertrauen der Bürger zu gewinnen?»

«Natürlich. Aber Sie tragen mit solchen Aktionen wie dieser hier dazu bei, dass sich die Bürger unserer Stadt ein falsches Bild von ihrer Polizei machen. Ich zitiere nur mal aus Ihrem Gedenkgottesdienst vor einem Jahr: *Wir beten für all jene, die Jonas nicht geholfen haben.* Was wollen Sie denn der Polizei damit unterstellen? Unterlassene Hilfeleistung?»

«Ich unterstelle gar nichts. Das war eine der Fürbitten, formuliert von einem Besucher des Gottesdienstes ...»

«... nachdem Sie die Besucher aufgefordert haben, so etwas für diesen Gottesdienst selbst zu formulieren. Regelrecht dazu ermuntert haben. Misstrauen haben Sie gesät.»

Der Mann kramt einen Zettel aus der Tasche seines Anoraks. «Ich zitiere weiter: *Es liegen so viele nicht nachvollziehbare Handlungen und Unterlassungen der zuständigen Polizei- und Justizstellen vor, dass sich der Eindruck aufdrängt, dass sich hinter dem Todesfall des Studenten Grundsätzlicheres verbirgt ...*»

«Wenn ich mich recht entsinne, war dies eine Formulierung in einem Brief an den Landesjustizminister, den die Bürgerinitiative verlesen hatte.»

«Ja. Aber Sie haben diesem hysterischen Theater eine Bühne geboten. Sie haben es zugelassen, dass in Ihrer Kirche solche fragwürdigen Sätze verlesen werden. In einem Haus Gottes.»

«Fragwürdig? Ich zitiere aus dem Buch des Predigers: *Weinen hat seine Zeit, Klagen hat seine Zeit.* Was um Himmels willen soll daran fragwürdig sein?»

«Ich fordere Sie auf, dies künftig zu unterlassen. Solche öffentlichen Äußerungen und Veranstaltungen untergraben das Vertrauen in den Staat. Dabei müssen Kirche und Staat in diesen schwierigen Zeiten als Fundamente der Gesellschaft zusammenstehen. Wenn Kirche und Staat nicht ...»

«Wer sind Sie?»

«Pardon, ich habe mich nicht vorgestellt. Wie unhöflich. Mein Name ist Ziegler. Polizeihauptkommissar Uwe Ziegler.»

«Die Amtskirchen und der Staat haben im Nationalsozialismus zusammengestanden. Ein Pakt mit dem Teufel. Hätten Kirche und Staat 1989 in der DDR zusammengestanden, dann hätte es die Versammlungen in der Leipziger Nikolaikirche nicht gegeben, dann stünde die Mauer womöglich heute noch.»

«Sie wollen unseren Staat doch wohl nicht mit dem NS-Regime oder dem SED-Regime vergleichen?»

«Jesus sagt im Lukas-Evangelium: *Wenn diese schweigen werden, so werden die Steine schreien.* Er hat mit den Schweigern die Pharisäer gemeint. Nein, wir schweigen nicht, wenn Unrecht zum Himmel schreit. Sind Sie Protestant?»

«Ich bin Katholik. Aber ...»

«*Christ sein heißt politisch sein.* Dieser Satz stammt von einem Katholiken. Diesen Satz hat der katholische Mainzer Bischof Wilhelm Emmanuel von Ketteler schon im 19. Jahrhundert gesagt. Und Reinhard Kardinal Marx, ebenfalls ein Katholik, hat genau diesen Satz kürzlich noch einmal öffentlich wiederholt. Die Aufgabe der Kirchen ist es nämlich keineswegs, die ...»

«Haben Sie gewusst, dass Jonas Barthold sturzbetrunken war, als er in den Rhein geriet? Mehr als zwei Promille.»

«Wer behauptet das?»

«Die Kölner Rechtsmedizin in ihrem schriftlichen Befund nach der Obduktion der Leiche. 2,06 Promille. Haben Sie gewusst, dass er sich zuvor in der Diskothek so sehr danebenbenommen hat, dass man ihm Hausverbot erteilen musste?»

«Alles, was ich über Jonas weiß, zeichnet ein völlig anderes Bild von ihm. Ein junger Mann mit einem ausgeprägten Gerechtigkeitsempfinden und großem sozialem Engagement ...»

«So kann man sich täuschen.»

«Herr Ziegler, ich fürchte, nicht ich, sondern Sie unterliegen einer Täuschung. Warum auch immer.»

Pfarrer Dietrich Eckmann fühlt sich extrem unwohl. Er wünscht sich nichts sehnlicher, als nicht länger alleine zu sein mit diesem Menschen in der noch verwaisten Krypta. Er sehnt den Beginn des Gedenkgottesdienstes herbei, zumindest die Ankunft der ersten Besucher.

«Stör ich?»

Der Dialog mit Gott scheint also doch noch zu funktionieren. Marcus steht am Fuß der Treppe, sein Keyboard unter dem Arm. Pfarrer Eckmann hat ihn gar nicht kommen gehört.

«Wenn ich störe, komme ich etwas später wieder.»

«Nein, Marcus. Du störst überhaupt nicht. Im Gegenteil. Ich freue mich, dass du da bist. Herzlich willkommen.»

Aber der Polizeihauptkommissar fühlt sich gestört. Er erhebt sich von seinem Stuhl und zieht den Reißverschluss seines Anoraks zu.

«Sie wollen schon gehen, Herr Ziegler? Auch wenn Ihnen nicht passt, was hier heute Abend während des Gedenkgottesdienstes beklagt wird ... die Musik sollten Sie sich auf keinen Fall entgehen lassen. Marcus Schiefer ist einer der besten Jazzpianisten Deutschlands. Interessieren Sie sich für Jazz? Marcus hat bei Herbolzheimer gelernt, mit Charlie Mariano gearbeitet ...»

«Sie machen einen großen Fehler, Herr Pfarrer.»

«Wir alle machen Fehler, Herr Kommissar. Das ist die menschliche Natur. Aber das Tröstliche ist: Gott hört uns zu, wenn wir bereit sind, unsere Fehler zu bekennen.»

FREITAG, 14. SEPTEMBER 2018

«Das ist doch Blödsinn! Stopp! Ich korrigiere mich: Das ist ausgemachter Schwachsinn!»

Nicht gerade das Vokabular eines Wissenschaftlers. Aber Professor Dr. Alfred Büsch, bis zu seiner Pensionierung vor zwei Jahren Leiter des Rechtsmedizinischen Instituts in Duisburg, hat sich nie an Erwartungen gehalten. Büsch ist als viertes von fünf Kindern eines Hafenarbeiters in Duisburg-Ruhrort aufgewachsen. Er besitzt das Schiffsführer-Patent für den Rheinabschnitt

Köln bis niederländische Grenze, hat er Mohr mal vor Jahren nach dem dritten Bier in einem Tonfall erzählt, als wäre ihm dieses Patent wichtiger als sein Professorentitel.

Büsch hat während seines Berufslebens vermutlich mehr Wasserleichen obduziert als jeder andere Rechtsmediziner in Nordrhein-Westfalen. Deshalb hat Mohr ihn angerufen. Und ihm zuvor die wichtigsten Dokumente aus der Akte Jonas Barthold eingescannt und als PDF-Dateien gemailt. Weil Mohr niemanden kennt, der über mehr Erfahrung verfügt. Vor allem aber, weil Mohr ihm bedingungslos vertraut.

«Aber die Obduktion hat 2,06 Promille ...»

«Ich will den Kölner Kollegen keineswegs zu nahetreten. Aber Sie wissen doch, wie das läuft. Da wird eine unbekannte Leiche angeliefert. Eine von vielen. Meistens haben wir Rechtsmediziner null Ahnung, worum es geht, wir kennen die Zusammenhänge nicht. Wir wollen es auch gar nicht so genau wissen, damit wir nicht voreingenommen sind. Und wenn die zuständigen Ermittler keine konkreten Fragen mit der Obduktion verbinden, dann geht es zuvorderst um zwei Dinge ...»

«Erstens: die Identität.»

«Exakt. Was hilft, die Identität des Toten zu klären? Geschlecht, ungefähres Alter, ungefähre Liegezeit, Zahnbild, alte OP-Narben, solche Dinge. War aber wohl in Ihrem Fall nicht das große Thema, weil in der Kleidung des Toten der Personalausweis gefunden wurde, wenn ich das richtig lese. Also geht es nur noch darum, die vermutete Identität zu bestätigen. Keine große Sache. Kommen wir also zum zweiten Punkt ...»

«Die Todesursache.»

«Korrekt. Alles wird wertungsfrei und vorurteilsfrei im Sinne der Wissenschaft untersucht und aufgeschrieben und dann an die staatlichen Ermittlungsbehörden weitergereicht. Wir sind Wissenschaftler, keine Ermittler. Das Ergebnis lautete in diesem Fall: Tod durch Ertrinken. Ist übrigens relativ einfach und unzweifelhaft festzustellen. Aber es sagt natürlich noch nichts darüber aus, wie der Mensch ins Wasser geraten ist. Wie die Ermittlungsbehörden das Ergebnis der Obduktion anschließend interpretieren, ist deren Sache. Und wenn 2,06 Promille Ethanol im Blut gemessen wurden, dann steht das eben wertungsfrei so im Obduktionsbericht.»

«Das heißt ...»

«Das heißt zunächst mal gar nichts. Mensch, Mohr, ich erzähle Ihnen doch nichts Neues. Im Obduktionsbericht steht ja auch: *Keine Fremdeinwirkung festzustellen.* Weil keine frischen Frakturen oder dergleichen gefunden wurden. Sie glauben gar nicht, in wie vielen Obduktionsberichten dieser Satz steht: *Keine Fremdeinwirkung festzustellen.* Und in der Zeitung steht dann: *Fremdeinwirkung ausgeschlossen.* Dabei würde kein Rechtsmediziner dieser Welt einen Mord kategorisch ausschließen wollen, nur weil dem Toten nicht sämtliche Knochen gebrochen wurden. Aber das passiert nun mal, wenn wissenschaftliche Erkenntnisse von Laien aus Dummheit oder aus Eigennutz freizügig interpretiert werden.»

«Herr Büsch, helfen Sie mir bitte auf die Sprünge: Wie lassen sich 2,06 Promille anders interpretieren?»

«Ganz einfach, Herr Mohr: Der im Blut eines Toten festgestellte Ethanolanteil rührt nicht alleine vom Trinkalkohol her. Bei fortschreitender Verwesung entsteht postmortal Fäulnisalkohol, der sich von prämortal konsumiertem Trinkalkohol nicht unterscheiden lässt. Es gibt dazu übrigens eine interessante Studie der Berliner Charité zur Ethanolneogenese ... warten Sie, ich habe das extra für Sie rausgesucht ... wo hab ich's denn ... hier: Die Studie fußt auf der Obduktion von 493 Leichen im Zeitraum September 2005 bis Juli 2006 ... Tote, über deren letzte Lebensstunden man zufällig sehr genau Bescheid wusste. Man wusste also auch, ob sie vor ihrem Tod Alkohol konsumiert hatten oder nicht. Aber die Mediziner, die dann speziell für diese empirische Studie die Obduktionen vornahmen, die ließ man bewusst darüber im Unklaren, im Interesse der wissenschaftlichen Forschung. Wundert mich übrigens, dass die das mitgemacht haben, so eitel, wie manche meiner Kollegen sind. Das Ergebnis der Studie können Sie sich denken.»

«Aber ...»

«Aber, aber, aber! Sie wissen doch, wie diese Halbgötter in den weißen Kitteln so ticken. Die machen keine Fehler. Und vor allem wissen sie alles besser.»

«Heißt das, der junge Mann hat möglicherweise gar keinen Alkohol getrunken?»

«Vorsicht, Herr Mohr. Sie neigen wie die meisten Menschen dazu, monokausal zu denken. Eine Wirkung, also eine Ursache. Das ist natürlich ein großer Mumpitz. Denn die Natur demonstriert uns doch immer wieder eindrucksvoll, dass eine Wirkung in der Regel mehrere Ursachen hat, manchmal gar ein ganzes Bündel.»

«Das bedeutet im konkreten Fall?»

Mohr spürt, wie er ungeduldig wird. Und hofft zugleich, dass der Professor es nicht bemerkt. Eine vergebliche Hoffnung:

«Nicht so ungeduldig, junger Freund. Ich will, dass Sie alles richtig verstehen. Zwei Wochen reichen nicht zur Bildung einer solch großen Menge Fäulnisalkohol. Hinzu kommt die Lagerung der Leiche im Wasser. Ich tippe mal auf ein Promille. Ohne jetzt das Körpergewicht des Toten zu kennen.»

«Das heißt ...»

«Das heißt, dass er sich ein Promille selbst einverleibt hat. Sind Sie jetzt enttäuscht? Müssen Sie aber nicht. Denken Sie daran, dass man Ihnen mit bis zu 0,8 Promille zum Beispiel in Großbritannien oder in Luxemburg zutraut, ein Auto gefahrlos zu steuern. So wie in Deutschland ja früher auch. Laut Strafgesetzbuch wird Ihnen erst ab zwei Promille eine mögliche Einschränkung der Schuldfähigkeit wegen verminderter Steuerungsfähigkeit zugebilligt. Und erst ab drei Promille der Wegfall der Schuldfähigkeit wegen des vollständigen Verlustes der Steuerungsfähigkeit. Was da im Strafgesetzbuch steht, gilt wohlgemerkt für Straftäter. Wenn der Junge aber Opfer einer Straftat wurde, gibt es für die Ermittler überhaupt keinen nachvollziehbaren Grund, auf dem vorherigen Alkoholgenuss herumzutrampeln. Im Gegenteil: Ich hielte es moralisch für höchst bedenklich. Ja wo leben wir denn? Das erinnert mich an Zeiten, als man Vergewaltigungsopfern nachsagte: Selbst schuld, hätte sie mal besser keinen Minirock getragen.»

«Und warum tun sie es?»

«Wer?»

«Warum wird der Alkoholwert in der Ermittlungsakte immer wieder hervorgehoben?»

«Fragen Sie die damals zuständigen Ermittlungsbehörden. Vermutlich haben die nicht mehr alle Tassen im Schrank. Können Sie sich daran erinnern, als junger Mensch eine private Geburtstagsfeier unter Freunden oder den Besuch einer Diskothek ohne einen Tropfen Alkohol bestritten zu haben?»

Mohr konnte sich an ganz andere Dinge erinnern.

«Inwieweit ist denn bei einem Promille die motorische Steuerungsfähigkeit eingeschränkt? Reicht das, um versehentlich über die Brüstung einer Brücke zu stürzen?»

«Lieber Herr Mohr: Vertrauen Sie Ihren Augen. Vertrauen Sie darauf, was Sie sehen. Wenn Sie mir schildern, dass sich der Junge auf den Videos der Überwachungskameras ganz normal bewegt hat, also flüssig, zügig und kontrolliert, dann gibt es keinen Grund, eine signifikante Einschränkung seiner Sinneswahrnehmung und seiner Bewegungsmotorik zu vermuten.»

«Was könnte denn Ihrer Meinung nach die Rheinheimer Staatsanwaltschaft dazu verleiten, daran zu glauben?»

«Pardon, aber ich bin Mediziner. Schuster, bleib bei deinen Leisten, sagt man doch. Ich habe keine Ahnung, was manchmal in den Köpfen dieser Juristen vorgeht. Das müssen Sie schon selber rausfinden. Viel Glück dabei.»

«Danke!»

«Gerne. Viel Glück werden Sie wohl brauchen.»

Das Telefonat ist beendet. Thomas Mohr lehnt sich zurück, streckt die Beine unter dem Schreibtisch aus und massiert die Schläfen.

Jonas Frederik Barthold. Geboren am 19. Dezember 1993 als Sohn der in Rheinheim wohnhaften mexikanischen Staatsbürgerin und freiberuflichen Spanischlehrerin Adela Lorena Macedo und des deutschen Staatsangehörigen und Bundesbeamten Holger Barthold. Gestorben in der Nacht zum 9. November 2013. Das Bild, das in der Akte von dem jungen Mann gezeichnet wurde, stimmt hinten und vorne nicht.

Es genügte nicht, dass der Neunzehnjährige sterben musste. Es musste unbedingt noch ein Rufmord nachgeschoben werden. Warum war den Ermittlern so sehr daran gelegen, den Studenten als depressiv und suizidgefährdet darzustellen? Und später dann als sturzbetrunkenen Querulanten und Randalierer, dem man in der Diskothek Hausverbot erteilen musste und der dann durch eigenes Verschulden in den Rhein stürzte und ertrank.

Mohr hat in den vergangenen drei Tagen mit fast einem Dutzend Menschen aus dem Umfeld des Jungen gesprochen. Leumundszeugen nennt man das. Ganz wichtige Sache bei kriminalistischen Ermittlungen, um den Charakter des Opfers und damit die mögliche Motivlage der Beteiligten zu erhellen. Merkwürdigerweise war keiner dieser Leumundszeugen, mit denen Mohr gesprochen hat, jemals von der Polizei kontaktiert worden. Das aus völlig unterschiedlichen Quellen gespeiste Bild passt so gar nicht zu jenem Bild, das Polizei und Staatsanwaltschaft in der Akte vermitteln. Mohr überfliegt noch einmal die erste Seite seiner Notizen:

Edeltraud Wolber, Französischlehrerin am städtischen bilingualen (deutsch-französisch) Willy-Brandt-Gymnasium:

«Jonas war höflich, strebsam und immer aufmerksam bei der Sache. Ich konnte ihn nicht nur im Leistungskurs Französisch, sondern auch bei zwei Studienreisen intensiv beobachten. Suizid schließe ich definitiv aus. Das passt überhaupt nicht.»

Eva Ginzler, bis zu ihrer Pensionierung im vergangenen Sommer Jahrgangsstufenleiterin am Willy-Brandt-Gymnasium:

«Unter keinen Umständen habe ich verstanden, was damals über Jonas Barthold in die Öffentlichkeit getragen wurde. Wer ihn so beschreibt, hat ihn nicht gekannt. Er war so freundlich und lebensbejahend.»

Professorin Sabine Dornkemper, Inhaberin des Lehrstuhls für Bürgerliches Recht an der Universität zu Köln und Programmbeauftragte des Deutsch-Französischen Studiengangs Rechtswissenschaften der Universitäten Köln und Paris-Sorbonne:

«Als Programmbeauftragte kenne ich die Studierenden dieser Gruppe genauer, als das gewöhnlich an einer großen Universität möglich ist. Jonas wurde allseits als sehr besonnen geschildert, er galt eben nicht als Freund heftiger Partys. Was immer in der Öffentlichkeit spekuliert wurde, passt überhaupt nicht zu ihm. Das hat auch die bewegende Trauerfeier deutlich gemacht. Er fehlt uns. Er fehlt uns sehr.»

Jean Marie Rojer, Kommilitone und WG-Mitbewohner in Köln:

«Jonas war ein optimistischer Mensch. Und er hatte Pläne: Er wollte später unbedingt in den Diplomatischen Dienst. Er war so stolz, als einer der 30 Auserwählten dem Studiengang Deutsch-Französisches Recht an der Kölner Universität anzugehören, und er freute sich darauf, bald in Paris studieren zu dürfen. Er hatte sich schon einen neuen Schreibtisch für Paris gekauft.»

Lukas Schmelzer, stellvertretender Vorsitzender der Rheinheimer Jusos:

«Jonas Barthold engagierte sich in den Monaten vor der Landtagswahl NRW 2012 als Wahlkampfhelfer für Ministerpräsidentin Hannelore Kraft sowie die beiden hiesigen Landtagskandidaten der Sozialdemokraten. Ein netter und sehr angenehmer Typ, klug und aufgeschlossen, stets hilfsbereit, sehr aufrichtig. Er besaß ein stark ausgeprägtes Gerechtigkeitsempfinden. Er hat sich nie verbogen, er hat immer klar und deutlich seine Meinung gesagt, er hat nie anderen Leuten nach dem Mund geredet.»

Vielleicht war dies der Schlüssel: *Er besaß ein stark ausgeprägtes Gerechtigkeitsempfinden. Er hat sich nie verbogen, er hat immer klar und deutlich seine Meinung gesagt …*

Worüber beschwerte sich Jonas Barthold in jener Nacht bei der Kassiererin und beim Geschäftsführer der Diskothek? Was lief möglicherweise seinem ausgeprägten Gerechtigkeitsempfinden zuwider? Wozu hatte er im Rheingold klar und deutlich seine Meinung gesagt, wie es seine Art war? Was hat in jener Nacht tatsächlich zu seinem Rauswurf geführt, durch Türsteher, die der Rheinheimer Bruderschaft Night Riders angehören und der Unterstützer-Szene der Hells Angels zugerechnet werden?

In der Ermittlungsakte bleibt der wahre Grund für den Rauswurf reichlich nebulös. Das Studium der Vernehmungsprotokolle lässt keinen anderen Schluss zu, als dass man bei den vernommenen Zeugen auch nicht allzu intensiv nachgehakt hatte.

Der Geschäftsführer des Rheingold, der damals 32-jährige Angelo Schumacher, sagte im Dezember 2013 auf Anfrage der Rheinheimer Rundschau:

«Wir haben ihm Hausverbot erteilt, weil er auffällig gewesen war. An den genauen Grund kann ich mich allerdings nicht mehr erinnern. Die beiden Türsteher sind inzwischen nicht mehr für uns tätig. Manche Eltern würden übrigens ihre lieben Kleinen hier nicht mehr wiedererkennen, so benehmen die sich regelmäßig daneben.» Und noch etwas sagte er: *«Nein, Flatrate-Saufen, also freies Trinken gegen eine höhere Eintrittspauschale, das gibt es nicht bei uns. Das hat es hier auch noch nie gegeben. Auch nicht am 8. oder 9. November 2013. Das würde schon unser Kassensystem nicht mitmachen.»*

Eine glatte Lüge. Als man Jonas Barthold zwei Wochen später tot im Rhein fand, trug er immer noch das Armbändchen am Handgelenk, das jeder Besucher am Eingang erhielt, der die 15 Euro Pauschale entrichtet hatte. Und gestern schneite überraschend Hans Gollmann in Mohrs Büro. Der IT-Experte riss die Tür auf, legte mit missmutiger Miene einen Ausdruck auf Mohrs Schreibtisch und ging wieder. Ohne ein Wort. Als machte er Mohr persönlich dafür verantwortlich, dass er den weiten, beschwerlichen Weg von seinem Büro zu Mohrs Büro und zurück antreten musste.

Der Screenshot einer alten Facebook-Seite der Diskothek Rheingold vom 8. November 2013:

22–02 Uhr: All you can drink!
Wir rufen die Trinkflat wieder ins Leben!
Heute 4 h Rundumversorgung mit Vodka-Energy.

Ladys zahlen 12 Euro und Gents 15 Euro (inkl. Eintritt).
Einlass ab 22 Uhr.
Eintritt ohne Trinkflat: 4 Euro

Der Geschäftsführer hat also definitiv gelogen. Warum?

Thomas Mohr wirft einen Blick auf seine Armbanduhr und schaltet den Computer aus. 21.28 Uhr. Freitagabend. Höchste Zeit, ins Wochenende zu starten.

Ausspannen. Zwei Tage lang nichts tun. Vor allem an nichts denken. Schön wär's. Am Montag wird er aus dem Schatten treten müssen.

FREITAG, 22. NOVEMBER 2013

Eins, zwei, drei, vier, fünf, sechs, sieben,
eine alte Frau kocht Rüben.
Eine alte Frau kocht Speck
und du bist weg!

«Polizeipräsidium Rheinheim, einen schönen guten Tag. Wie kann ich Ihnen helfen?»

Und du bist weg!

«Polizei Rheinheim, hallo? Bitte sprechen Sie!»

«Ja ... hallo. Sie suchen doch diese beiden ...»

«Können Sie bitte etwas lauter reden? Sie sind leider nur ganz schlecht zu verstehen.»

«Sie suchen doch die zwei jungen Männer ...»

«Könnten Sie bitte etwas konkreter werden? Welche jungen Männer meinen Sie?»

«Die vor dem Rheingold ...»

«Meinen Sie die Öffentlichkeitsfahndung im Zusammenhang mit der Vermisstensache in Bad Hombach?»

«Ja. Ich hab das gelesen. Auf Facebook. Zwei junge Männer, einer im quergestreiften T-Shirt. Die werden doch jetzt von der Polizei gesucht, oder?»

«Das ist korrekt. Das sind mögliche Zeugen. Weil sie in der Nacht zum 9. November auf dem Vorplatz der Diskothek angeblich mit dem Vermissten gesprochen haben. Und Sie glauben zu wissen, wer die beiden sind?»

«Ja. Der heißt Rashid Bassir. Also der mit dem T-Shirt, der heißt so. Der andere, der heißt Ottokar Popow.»

«Ottokar ... Popoff ?»

«Ja.»

«Und der erste Name ... Können Sie den bitte noch mal sagen? Am besten buchstabieren!»

«Rashid Bassir.»

«Wie schreibt man das?»

«Keine Ahnung.»

«Aha. Aber Sie sind sich Ihrer Sache sicher?»

Und du bist weg!

«Hallo? Sind Sie noch dran?»

«Weiß nicht. Vielleicht sind die das gewesen. Kann sein.»

«Können Sie mir bitte sagen, in welchem Verhältnis Sie zu den beiden Genannten stehen?»

Verhältnis. Verhältnis, Verhältnis, Verhältnis. Sie schweigt.

«Hallo? Wie ist denn Ihr Name?»

Und du bist weg! Jessica Riske klickt die Verbindung weg und lässt das Smartphone auf den Tisch fallen. Scheiße. Scheiße, Scheiße, Scheiße! Sie greift nach der Nagelschere. Sie muss sich jetzt ritzen. In den Unterarm. Sie will das nicht. Sie muss das tun. Jetzt. Bis Blut fließt. *Eins, zwei, drei, vier, fünf, sechs, sieben!*

MONTAG, 17. SEPTEMBER 2018

Da war die Welt noch in Ordnung. Sauber in Kasten aufgeteilt, jedem war sein Platz in der Gesellschaft qua Geburt zugewiesen. Ende des 18. Jahrhunderts ließ der Kölner Kurfürst in Ahrbrunn die mineralische Heilquelle sprudeln und einen schönen Kurpark anlegen. 1792 wurde ein prächtiges Ballhaus mitten in Bad Ahrbrunn eröffnet. Ein nicht minder prachtvolles Villenviertel zeugt heute noch von jener goldenen Zeit, als die Reichen und Schönen nicht zum Segeln oder Golfen auf die Seychellen oder in die Karibik jetteten, sondern zum Wassertreten und Lustwandeln ins romantische Rheintal reisten – mit Kutschen und seit 1844 gern auch mit der Eisenbahn.

Die Bartholds wohnen natürlich nicht im prächtigen Villenviertel, sondern in einer von geduckten Fachwerkhäuschen gesäumten Gasse, die erahnen lässt, dass die Geschichte Ahrbrunns deutlich ältere Wurzeln hat als jene der mondänen Kurstadt. Mohr parkt den Alfa und durchquert den kleinen, hübschen Garten vor dem Haus. Noch bevor er den Klingelknopf drücken kann, wird die Haustür von innen geöffnet.

«Ja, bitte?»

«Guten Abend, Herr Barthold. Mein Name ist Thomas Mohr. Pfarrer Eckmann war so freundlich und hat den Termin ...»

«Kommen Sie rein.»

SAMSTAG, 23. NOVEMBER 2013

Das Geschäft läuft ausgesprochen schlecht heute Abend. Das Geschäft läuft schon seit zwei Wochen schlecht. Seit er sich nicht mehr im Rheingold blickenlässt. Nicht mehr blickenlassen darf.

Das Rheingold war eine Goldgrube. Jetzt machen dort andere

das Geschäft. Und er guckt in die Röhre. Verdammte Scheiße. Wie spät ist es? Rashid Bassir zückt sein Handy. Kurz vor Mitternacht.

Seit zweieinhalb Stunden schon steht er sich unter den Bäumen im weitläufigen Kurfürstenpark hinter dem Universitätsgebäude die Beine in den Bauch. Ein einziges, winziges Tütchen hat er an einen von den Strichern, die sich hier abends rumtreiben und auf Kundschaft warten, loswerden können. Sonst nichts.

Nichts los hier heute Abend. Keine Freier, also auch keine Stricher. Ist eben zu kalt zum Ficken im Freien.

Rashid Bassir gibt auf und macht sich auf den Weg in Richtung Hauptbahnhof. Vielleicht lässt sich da noch was absetzen. Am Karlsplatz quert er die Straße, ohne sich großartig um den Autoverkehr zu kümmern. Wie das so seine Art ist. Die blonde Schnecke hinter dem Steuer des Kleinwagens legt notgedrungen eine Vollbremsung hin und hupt dann ganz wild, aber die Hupe der Schlitzaugenkarre klingt eher wie ein schwindsüchtiges, nervöses Krächzen.

Fick dich, du Schlampe! Rashid hebt die Faust und fährt den Mittelfinger aus, er sieht nicht mal hin, während er die Straße überquert, er sieht nie hin, wenn er die Straße überquert und den Mittelfinger zeigt, ist nämlich wirkungsvoller so. Weil das unmissverständlich mitteilt: Dein armseliges Gehupe geht mir so was von am Arsch vorbei! Rashid mag große Gesten.

Dann sieht er aber doch kurz hin, nur so aus Neugier, nur um die blonde Schnecke kurz mal in Augenschein zu nehmen. Geile Titten, soweit er das sehen kann. Er ist versucht, seine Faust im Vorbeigehen kurz mal auf die Kühlerhaube der Reisschüssel zu donnern, mit aller Kraft, nur so zum Spaß, nur um zu sehen, wie die blonde Schnecke wohl darauf reagiert, wie sie einen mittleren Herzkasper kriegt, als in diesem Moment hinter dem Kleinwagen, der die Straße blockiert, ein großer, weißer Mercedes zum

Stehen kommt. Rashid sieht schnell wieder weg, er beschleunigt seinen Schritt, er passiert den abgeschalteten Springbrunnen am oberen Ende des Platzes und tut dabei angestrengt so, als hätte er nichts gesehen.

Er weiß nämlich, wem der weiße Mercedes gehört.

Aleksandar Stankovic. Der schöne Sascha. Kann natürlich Zufall sein. Im selben Moment heult der Achtzylinder nervös im Leerlauf auf. Also doch kein Zufall.

Der Karlsplatz ist für Autos gesperrt, der Mercedes muss daher einen Umweg fahren, außerdem steht die Japanerkarre immer noch im Weg. Rashid sprintet los, nimmt die Abkürzung über den Rasen, hält sich dicht im Schatten der Bäume, greift im Laufen in die rechte Jackentasche, reißt die Tütchen raus und schleudert sie ins Gebüsch, rennt weiter, am Ende des Platzes schlägt ihm das Herz schon bis zum Hals. Er quert im Laufschritt die angrenzende Ludwigstraße, vorbei am Busbahnhof, einen Moment durchzuckt ihn die Idee, nach rechts abzubiegen und in einen der Linienbusse zu springen, egal in welchen, aber er entscheidet sich für die schmale Tunnelröhre geradeaus, die Bahnunterführung zur Pappelallee, reserviert für Fußgänger und Radfahrer, massives Metall versperrt Autofahrern den Weg.

Seine Schritte hallen durch die enge Betonröhre. Noch zwanzig Meter. Noch zehn Meter. Noch ...

Aus dem Schatten am Ende des Tunnels löst sich ein Riese, fast zwei Meter groß und fast genauso breit. Im Neonlicht blitzt der kahlrasierte Schädel.

Roman Warnke. Stankovics Vize. Stankovics Vollstrecker. Am Ende der Unterführung steht Warnkes Mercedes quer, im Halteverbot. Rashid Bassir stoppt im vollen Lauf, macht auf dem Absatz kehrt, um wieder zurück in Richtung Karlsplatz zu rennen. Aber dort taucht in diesem Moment der schöne Sascha auf. Er grinst. Und noch zwei weitere aus seiner Truppe. Die grinsen nicht. Die gucken nur. Neugierig, was gleich passiert.

«Bassir! Wohin denn so eilig?»

«Nach Hause. Ist ja schon spät. Kein Geschäft heute. Nix zu machen. Ist manchmal so. Zu kalt.»

«Verstehe. Kein Tag ist wie der andere. Aber das hier ist doch gar nicht der richtige Weg zu dir nach Hause.»

Stankovic baut sich vor ihm auf, Rashid Bassir tritt unwillkürlich einen Schritt zurück. Und noch einen. Und noch einen. Bis er den kalten, harten Beton der Röhre in seinem Rücken spürt. Stankovic rückt ihm so dicht auf die Pelle, dass er den Atem riechen kann. Der Atem riecht nach Zitrone. Stankovic kaut immer Kaugummis mit Zitronengeschmack, Rashid kennt das. Die beiden Bodyguards tasten Rashid nun sorgfältig ab, einer links, einer rechts, leeren seine Taschen, finden nur das Zeug, das er von Stankovic zum Verkauf bekommen hat, was ein Glück, dass er den Rest vorhin in die Büsche geworfen hat.

«Ich denke, wir müssen mal reden, Bassir.»

«Klar. Gerne. Was gibt's denn? Wie kann ich helfen?»

«Du würdest mich doch nie hintergehen, oder?»

«Hintergehen? Wie meinst du das?»

«Ich meine das so: Du würdest doch nie fremden Stoff verkaufen und mich um meine Provision betrügen, oder?»

«Nie! Würde ich nie tun! Ehrenwort. Du kennst mich doch.»

Aleksandar Stankovic nagelt Rashid Bassir mit seinem Blick an die Wand. Er blinzelt nicht einmal. Stankovic legt die Stirn in Sorgenfalten. Bassir schwitzt wie ein Schwein.

«Noch was.»

«Ja?»

«Die kleine Schlampe. Du hast sie nicht im Griff.»

«Jessica? Blödsinn. Die ist ...»

Rashid sieht die Faust nicht kommen, die sich in seine Magengrube bohrt. Er sackt auf die Knie. Er reißt die Augen auf und schnappt nach Luft wie ein Fisch auf dem Trockenen. Er würgt, er würde am liebsten kotzen.

«Wehe, du kotzt mir auf die Schuhe. Jetzt pass mal gut auf, du kleiner marokkanischer Kameltreiber: Sag nie wieder, dass ich Blödsinn rede! Kapiert? Nie wieder! Steh auf und sieh mich gefälligst an, wenn ich mit dir spreche.»

Rashid rappelt sich hoch und unterdrückt mit Mühe den Würgereiz. Stankovics Hand umschließt seinen Hals wie ein Schraubstock, Rashids Hinterkopf knallt gegen den Beton.

«Ich habe dir gesagt, du sollst dafür sorgen, dass die kleine Nutte die Schnauze hält.»

«Kannst dich drauf verlassen», keucht Rashid. «Die redet nicht.»

«Die Schlampe hat gestern bei den Bullen angerufen. Ihren Namen hat sie nicht genannt, ist noch mal gutgegangen. Du sorgst dafür, dass sie ab sofort die Schnauze hält.»

«Klar. Geht klar.»

«Bassir! Hast du etwa vergessen, wem du den schönen Job im Rheingold zu verdanken hattest?»

«Nein, nein, hab ich nicht. Dir natürlich. Dir!»

«Genau. Mir. Nur mir! Den hast du dir selber vermasselt, du kleiner Idiot. Ist dir das klar? Ist-dir-das-klar?»

«Ja, ja, ist mir klar.»

«Okay. Ich kann jetzt nämlich keine Unruhe gebrauchen. Unruhe ist ganz schlecht fürs Geschäft. Wenn der Laden ins Gerede kommt, bleibt die Kundschaft weg. Ich will jetzt Ruhe. Nichts als Ruhe. Ist doch nicht zu viel verlangt, oder?»

«Nein, ist nicht zu viel verlangt.»

«Genau. Und du sorgst dafür, dass ich Ruhe bekomme. Wenn erst mal Gras über die Sache gewachsen ist, mal sehen, Bassir, dann finden wir vielleicht wieder was Schönes für dich. Nicht im Rheingold. Das geht nicht mehr. Aber vielleicht woanders. Wo es netter und wärmer ist als hier draußen.»

«Das wäre echt fair. Ich bin dir sehr dankbar, für alles.»

«Braver Junge. Kümmere dich um die Schlampe. Sonst

müssen wir uns um sie kümmern. Und wie geht's deinem Freund?»

«Welcher Freund?»

«Stell dich nicht so doof. Der Russe.»

«Ottokar? Der redet nicht. Kannst dich drauf verlassen.»

«Ist etwas hitzköpfig, oder?»

«Mach dir keine Sorgen, Sascha. Den hab ich im Griff.»

«Und dein Cousin? Wie heißt er noch gleich?»

«Jamal ...»

«Jamal, genau. Wie geht's dem?»

«Aber der hat doch gar nichts damit zu tun ...»

«Weiß ich doch, Bassir. Weiß ich doch. Wollte mich ja auch nur nach seinem Wohlbefinden erkundigen. Hat immer einen guten Job gemacht. Hübscher Junge, die Weiber stehen auf ihn. Die kleine, geile Sau. Hat immer gute Arbeit geliefert. Den hast du ebenfalls mit in die Scheiße geritten, du Pfeife. Also?»

«Also, was?»

Stankovic verpasst ihm eine Ohrfeige. «Also, was? Also, was? Ich hab dich was gefragt. Und wenn ich dich was frage, dann will ich gefälligst eine Antwort. Wie es deinem Cousin geht, will ich wissen!»

«Jamal geht's gut. Jamal geht's prima.»

«Schön zu hören, mein Lieber. Dann wollen wir mal hoffen, dass das auch so bleibt. Dass deine Familie in Frieden leben kann. Dass niemandem was passiert. Aber das hängt ganz alleine von dir ab. Ist dir doch klar, oder?»

«Ja, ja, das ist mir klar.»

«Und streng dich jetzt mal schön an. Ich will mehr Umsatz sehen. Auch wenn es scheißkalt hier draußen ist und so weiter: Ich brauche jetzt mehr Umsatz! Klar?»

«Ja, ich streng mich an. Du wirst zufrieden sein.»

«Gut, sehr gut. Das wär's dann so weit. Oder fällt dir noch was ein? Sag schon: Fällt dir noch was ein, Bassir?»

Rashid schüttelt stumm den Kopf. Heilfroh, dass es vorbei ist.

«Prima. Dann wäre ja alles geklärt.»

Stankovic lässt Rashids Hals los und wendet sich schon zum Gehen. Dann tippt er sich an die Stirn, als sei ihm just in diesem Moment doch noch etwas eingefallen:

«Ach, eine Sache noch! Hätte ich beinahe vergessen.»

«Ja?»

«Ich muss dich natürlich noch dafür bestrafen, dass du eben vor mir weggelaufen bist. Dich vor mir verstecken wolltest. Das verstehst du doch, oder?»

«Ich tu's nie wieder. Versprochen.»

«Das ist gut, Bassir. Sehr gut.»

Stankovic lächelt freundlich, tätschelt Rashids Wange. Dann knipst er das Lächeln aus, so wie man am Kippschalter das Licht ausknipst. Zack und weg. Stankovic tritt einen Schritt zurück und nickt Roman Warnke zu. Der packt Rashids rechte Hand und bricht ihm den Mittelfinger. Rashid hört das hässliche Knacken, dann überflutet ihn der heiße Schmerz.

MITTWOCH, 19. SEPTEMBER 2018

Der Alfa rollt über die Kölner Ringe in Richtung Süden, als das Handy klingelt. Mohr kennt die Nummer. Und ihm fällt siedend heiß ein, was er gestern verpasst hat.

«Ja? Mohr?»

«Ich habe hier gestern auf Sie gewartet.»

«Frau Dr. Voss, es tut mir ausgesprochen leid.»

«Herr Mohr, wir hatten einen Termin! Wie jeden Dienstag! Schon vergessen?»

«Ich weiß. Ich hab's tatsächlich vergessen. Ich kann Sie nur um Verzeihung bitten. Ich hab's echt verschwitzt ...»

«Herr Mohr, ich habe mehrmals versucht, Sie über Ihre Dienstnummer zu erreichen. Aber Sie sind nicht drangegangen.»

«Ich war gestern gar nicht im Büro ...»

«Ich habe außerdem mehrmals versucht, Sie über Ihre Mobilnummer zu erreichen. Ohne Erfolg.»

«Ich hatte mich in meiner Wohnung vergraben.»

«Sie sind aber laut Dienstplan nicht krankgemeldet.»

«Ich bin auch nicht krank. Ich musste nur in Ruhe arbeiten. Mich konzentrieren. Und deshalb hatte ich das Handy abgeschaltet. Blöd von mir.»

«Ich kann dieses Verhalten nicht dulden.»

«Natürlich nicht. Versteh ich vollkommen. Es tut mir wirklich ausgesprochen leid. Und bei unserem nächsten Termin am kommenden Dienstag hoffe ich, Ihnen das alles erklären zu können.»

«Warum nicht jetzt?»

«Weil ich im Auto unterwegs bin. Und die Verbindung so miserabel ist. Jetzt fahre ich in den Kölner Rheinufertunnel ein ... Frau Dr. Voss? Sind Sie noch da? Hallo?»

Mohr drückt die Aus-Taste, nimmt das Kabel aus dem Handschuhfach, verbindet das iPhone mit dem Radio, wirft das iPhone auf den Beifahrersitz und dreht den Lautstärkeknopf des Radios bis zum Anschlag auf.

Sting. *The Last Ship.*

Er kann ihren Ärger ja verstehen. Mohr hasst Unpünktlichkeit und Unzuverlässigkeit. Und er hasst Lügen. Aber er hat den Termin wirklich vergessen.

Sting erzählt von der Tristesse der sterbenden Stadt, in der er geboren wurde und aufgewachsen ist. Die Werftarbeiterstadt seiner Kindheit, die nun keine Werftarbeiter mehr benötigt. Das Stück, das klingt, als hätte Sting es an einem trüben Novembertag geschrieben passt nicht so recht zum aktuellen Wetter, denn der Sommer ist mit Macht zurückgekehrt. Die Sonne lässt die Landschaft leuchten. Bis zu 31 Grad sollen es heute werden, haben sie heute Morgen im Radio gesagt. Nein, zum Wetter passt die Musik überhaupt nicht. Aber zu Mohrs aktueller emotionaler Verfassung.

Den gestrigen Tag hat Mohr in seiner Wohnung vom frühen Morgen bis zum späten Abend damit verbracht, ein 26-seitiges Papier für die Rheinheimer Staatsanwaltschaft zu erstellen:

Empfehlung zur Wiederaufnahme des Ermittlungsverfahrens im Todesfall Jonas Frederik Barthold unter Einbeziehung des Landeskriminalamtes.

Nachdem er den Abend davor bei den Eltern zugebracht hatte, um sich deren Okay zu holen.

Erst nach vier Stunden hatte Mohr das Haus der Bartholds wieder verlassen. Mit dem Okay. Vier Stunden, die er so schnell nicht vergessen wird.

Bitte nehmen Sie doch Platz.

Nicht irgendwo an dem rechteckigen, insgesamt sechs Personen Platz bietenden Esstisch. Der Stuhl, auf dem er zu sitzen hatte, wurde ihm mit freundlicher, aber unmissverständlicher Geste zugewiesen. Am Kopf des Tisches.

Der Vater setzte sich links von Mohr hin, die Mutter rechts, sodass Mohr nie beide Elternteile zugleich im Blick hatte, während sich die beiden mit in jahrzehntelanger Ehe eingeübtem kurzem Augenkontakt jederzeit still verständigen konnten.

Beide waren erkennbar misstrauisch. Holger Barthold: höflich. Distanziert. Reserviert. Adela Lorena Macedo de Barthold: verschlossen. Versteinert. Verbittert.

Frau Macedo, Herr Barthold: Ich beschäftige mich seit etwa anderthalb Wochen mit der Ermittlungsakte …

Sie lachte auf. *Ermittlungsakte?* Verachtung in der Stimme. *Ermittlungsakte nennen Sie das?*

Mohr fuhr fort, ohne auf die Bemerkung einzugehen: *Ich bin nach dieser vergleichsweise kurzen Zeit, die ich mich mit dem Fall beschäftigen konnte, zu der Überzeugung gelangt, dass Ihr Sohn sich vermutlich nicht das Leben genommen hat. Es spricht auch vieles dagegen, dass er durch einen selbstverschuldeten Unfall zu Tode gekommen ist. Vielmehr spricht manches dafür, dass er durch Fremdverschulden starb.*

Mohr versuchte, sich so vage wie möglich auszudrücken. Das Dilemma der falschen Grundannahme. Holger Barthold antwortete. *Fremdverschulden. Aha. Fünf Jahre hat die Polizei also gebraucht, um zu dieser Erkenntnis zu gelangen?*

Ich war die vergangenen fünf Jahre mit anderen Aufgaben befasst und kenne den Fall erst seit anderthalb Wochen. Ich war ...

Und was ist in diesen fünf Jahren davor unternommen worden, um den Tod unseres Sohnes aufzuklären?

Ich habe keine Ahnung. Ich weiß auch nicht, ob ich die Zeit und die Energie erübrigen will, es herauszufinden. Die nutze ich lieber, um herauszufinden, was mit Ihrem Sohn geschehen ist.

Sah er einen Anflug von Enttäuschung in ihren Gesichtern? Mohr sprach unbeirrt weiter: *Als ich den Pfarrer Eckmann anrief und ihn darum bat, dieses Treffen zu arrangieren, habe ich ihm erzählt, dass beim Landeskriminalamt in Düsseldorf eine neue Abteilung aufgebaut wird, die sich mit unaufgeklärten Altfällen beschäftigt. Ich nehme an, das hat er Ihnen so weitergegeben. Ich will nur auf keinen Fall übertriebene Hoffnungen wecken: Derzeit besteht diese neue Abteilung nämlich aus einer einzigen Person, und die sitzt jetzt vor Ihnen.*

Mohr spürte ihren prüfenden Blick, der sich keine Sekunde lang von ihm abwandte. Wenn er zum Beispiel ihrem Mann zuhörte. Oder wenn er, um sich ein Bild von der Familie zu machen, seinen Blick für den Bruchteil einer Sekunde durch den Raum schweifen ließ, vom Foto ihres Sohnes auf dem Klavier zum *Diccionario esencial de la lengua española*, dem voluminösen Wörterbuch der Königlichen Akademie zu Madrid, auf dem Sofa und zu Antoine de Saint-Exupérys *Le Petit Prince* auf dem Tischchen neben dem Ohrensessel. Ihre Augen durchbohrten ihn, als wollte sie lesen, was in seinem Kopf vorging: Ob er dachte, was er sagte; und sagte, was er dachte.

Bedauerlicherweise verfüge ich über keine originären polizeilichen Befugnisse. Die örtlichen Ermittlungsbehörden bleiben Herrinnen des Verfahrens. Konkret also die Rheinheimer Staatsanwaltschaft. Offiziell darf ich lediglich die Ermittlungsakten auf Plausibilität prüfen, Mängel und Lücken aufzeigen, neue Ansätze für weitere Ermittlungen anbieten. Wohlgemerkt nicht anordnen, sondern anbieten. Ob das dann umgesetzt wird, entscheiden die Staatsanwaltschaften vor Ort. In diesem Fall also die Staatsanwaltschaft Rheinheim.

Diese Frau war ein Lügendetektor aus Fleisch und Blut. Mohr hatte aber ohnehin nicht vor, auch nur einen Millimeter von der Wahrheit abzuweichen:

Ich will und kann Ihnen nichts versprechen. Ich habe keine Ahnung, ob es möglich sein wird, den Fall nach so vielen Jahren noch aufzuklären. Im Gegenteil: Es ist nach meiner Erfahrung wahrscheinlicher, dass es nach so vielen Jahren und aufgrund der zahlreichen Versäumnisse und Ermittlungspannen in den ersten Tagen, Wochen und Monaten jetzt nicht mehr gelingt.

Holger Barthold nickte. Adela Lorena Macedo de Barthold nicht:

Pannen?

Ermittlungspannen, ja.

Das waren keine Pannen. Das war Absicht. Vielleicht sollte das ja alles wie eine Panne aussehen. Vielleicht war das die Strategie. Die Wahrheit ist: Man will nicht, dass der Tod unseres Sohnes aufgeklärt wird.

Mohr schwieg. Alles andere wäre eine Lüge gewesen.

Holger Barthold schaltete sich ein. *Und was haben Sie nun konkret vor? Was werden Sie jetzt in der Sache unternehmen?*

Wenn ich von Ihnen heute Abend das Okay erhalte, werde ich mich morgen hinsetzen und eine Empfehlung zur Wiederaufnahme der Ermittlungen schreiben und diese übermorgen der Staatsanwaltschaft überreichen.

Adela Lorena Macedo runzelte die Stirn.

Das Okay? Wozu brauchen Sie von uns ein Okay?

Mohr blieb ganz ruhig. *Ich muss wissen, ob Sie noch die Kraft haben, nach all den Jahren. Denn ich werde Ihre Unterstützung brauchen. Sonst hat es keinen Sinn. Wenn Sie mir sagen würden, Sie wollen das alles nicht noch einmal durchmachen, stattdessen Ihren Frieden finden, zur Ruhe kommen, dann hätte ich dafür großes Verständnis.*

Herr Mohr, können Sie sich vorstellen, wie uns die Polizei und die Staatsanwaltschaft fünf Jahre lang behandelt haben?

Mohr wartete schweigend auf die Antwort.

Wie lästige Schmeißfliegen. Wie Aussätzige. Und wie zwei unverbesserliche Idioten, die nicht begreifen wollen, was für ein Früchtchen ihr Sohn war. Seit man uns an diesem Tisch mitgeteilt hat, dass die Leiche unseres Sohnes gefunden wurde, ist bis zum heutigen Tag kein Ermittler mehr aufgetaucht. Sie beugte sich zu ihm vor. *Wissen Sie, als ich Mexiko verließ und nach Deutschland kam, da dachte ich, dies hier sei ein Rechtsstaat. Mit einer Polizei und einer Justiz, der man nicht misstrauen muss. Von diesem Glauben ist nichts mehr übriggeblieben. Mein Mann hatte vergangenes Jahr ein Angebot seiner Behörde, ins Ausland zu gehen. In die USA. Am liebsten hätte ich auf der Stelle die Koffer gepackt und wäre nie wieder nach Deutschland zurückgekehrt. Aber das konnten wir nicht. Wir konnten ja nicht unseren toten Sohn im Stich lassen. Herr Mohr, wir werden erst dann zur Ruhe kommen, wie Sie das eben formuliert haben, wenn wir endlich wissen, was Jonas zugestoßen ist. Können Sie das vielleicht verstehen?*

Ihre Stimme zitterte. Sie atmete schwer.

Mohr nickte. *Frau Barthold, Herr Barthold: Ich habe es ausprobiert. Vor wenigen Tagen. Die Rheinfähren verkehren nach Mitternacht nicht mehr. Sie hätten also den Riesenumweg über die Heussbrücke nehmen müssen. Selbst wenn Sie nach dem zweiten Anruf Ihres*

Sohnes sofort aus dem Bett gesprungen wären, den Computer angeworfen hätten, um zu googeln, wo sich dieser Laden namens Rheingold befindet, und dann gleich mit dem Auto losgefahren wären und im Laufschritt in die Diskothek gestürmt wären: Sie wären auf alle Fälle zu spät gekommen. Sie hatten nicht die geringste Chance, den Tod Ihres Sohnes zu verhindern.

Schweigen. Dann sagte Holger Barthold:

Sie haben unser Okay, Herr Mohr. Mehr noch: Sie haben unsere volle Unterstützung. Und wir sind Ihnen sehr dankbar.

Mohr atmete tief durch. *Gut. Ich danke Ihnen für Ihr Vertrauen. Wenn es Ihre Zeit noch erlaubt, erzähle ich Ihnen jetzt, was ich in der kurzen Zeit in Erfahrung bringen konnte. Und dann erzählen Sie mir, was Sie in den fünf Jahren erlebt haben. Sind Sie damit einverstanden? Oder sollen wir den Austausch lieber auf einen anderen Tag verschieben?*

Nein, die Bartholds wollten nichts verschieben. Die Bartholds hatten keine Zeit zu verlieren. Was er in den nächsten Stunden zu hören bekam, ließ Mohr die Haare zu Berge stehen.

Konrad-Adenauer-Straße im Rheinheimer Osten. Ein nüchterner, vierstöckiger Zweckbau, leidlich angehübscht. Der Mitteltrakt verputzt und weiß gestrichen, die beiden Querriegel links und rechts verklinkert, rostbraun. Dazwischen ein ordentlich gepflegter Rasen und ein Gehweg aus Verbundpflaster.

8.58 Uhr. Strahlend blauer Himmel. Er hätte sein Papier auch mit der Post schicken können. Aber er will sich ein Bild machen.

Der Pförtner hinter der Panzerglasscheibe hebt den Kopf.

«Guten Morgen. Mein Name ist Thomas Mohr. Ich habe um neun einen Termin bei Herrn ...»

«Landeskriminalamt?»

«Genau.»

Der Pförtner weiß also schon Bescheid. «Moment.» Er greift

zum Telefonhörer. «Der Herr vom LKA ist da.» Er nickt und legt wieder auf. «Ich drücke jetzt auf. Dann nehmen Sie bitte dort drüben einen Moment Platz. Sie werden abgeholt.»

Also nimmt Mohr Platz. Schaut sich ein bisschen um, bis es nichts mehr zu schauen gibt. Checkt seine Mails, bis es nichts mehr zu checken gibt. Schaut auf die Uhr. 9.07 Uhr.

«Herr Mohr?»

«Ja.»

Eine Frau in den frühen Vierzigern. Strenger Pagenschnitt, künstliches Honigblond, schwarze Hornbrille, zu enger Hosenanzug, schmale Lippen.

«Anita Wiesemann. Ich bin ... ich war die zuständige Staatsanwältin in dem Fall. Wenn Sie mir bitte folgen.»

Der Eindruck, den das Gebäude von außen macht, wird innen nicht enttäuscht. Sie fahren schweigend Aufzug. Die Staatsanwältin weicht seinem Blick aus.

Nachdem sie den Aufzug verlassen haben, legt Frau Wiesemann ein ordentliches Tempo durch die Flure vor. Bis sie vor einer Tür stoppt, anklopft und im selben Moment die Klinke niederdrückt.

Das Büro ist kaum größer als Mohrs winziger Verschlag in Düsseldorf. Hinter dem Schreibtisch, auf dem sich links und rechts Aktenberge stapeln, als sei alles eigens für Fernsehfilmaufnahmen arrangiert worden, um die permanente Überlastung dieser Behörde zu visualisieren, sitzt ein großer, spindeldürrer Anzugträger mit grauem Schnäuzer, nuckelt an seinem Verdampfer und stößt in dem Moment, in dem Mohr das Büro betritt, eine gewaltige weiße Wolke aus, die für einen Augenblick sein Gesicht verhüllt.

«Thomas Mohr, guten Morgen.»

«Nehmen Sie Platz.»

Auch wenn der Mann es offenbar für überflüssig hält, sich vorzustellen, weiß Mohr, wen er vor sich hat: Wieland Piel, Oberstaatsanwalt. Piel hält es für ebenso überflüssig, sich zu erheben und dem Besucher die Hand zu schütteln.

Vor seinem Schreibtisch stehen zwei Besucherstühle. Mohr lässt sich auf dem nächstbesten nieder, Staatsanwältin Anita Wiesemann nimmt den anderen, schlägt die Beine übereinander und faltet die Hände wie zum Gebet. Piel legt das monströse Gerät, mit dem er die weiße Dampfwolke erzeugt hat, vor sich auf den Tisch und faltet ebenfalls die Hände.

«Wir haben zwar immer mal wieder mit dem LKA zu tun. Aber Ihr Name sagt mir jetzt überhaupt nichts.»

«So geht es mir umgekehrt auch. Ich hatte früher gelegentlich mit Herrn Jünger zu tun. Als ich noch bei der Kölner Kripo war. Da ging es aber vornehmlich um OK-Delikte. Jünger war ...»

«Jünger ist längst in Pension.»

«Ach. So verfliegt die Zeit, nicht wahr? Und ich bin inzwischen nicht mehr im Kölner Präsidium tätig und habe auch nicht mehr vornehmlich mit Organisierter Kriminalität zu tun.»

«Sondern womit?»

«Cold Cases.»

«Aha. Cold Cases. Klingt aufregend. Ich fürchte nur, da werden Sie bei uns nicht sonderlich fündig werden.»

«Ich habe auch nicht den Ehrgeiz, speziell bei Ihnen hier in Rheinheim fündig zu werden. Meine Aufgabe ist es vielmehr, mich landesweit um die unaufgeklärten Altfälle zu kümmern. Sie sind doch sicher bereits von Ihrer Generalstaatsanwaltschaft in Köln unterrichtet worden, dass es jetzt diese neue Dienststelle beim Düsseldorfer LKA gibt.»

«Ja, natürlich. Und wie ich hörte, auf besonderen Wunsch des neuen Innenministers ...»

«So ist es. Wenn man so will: auf besonderen Wunsch der neuen Landesregierung, der auch der neue Justizminister, also Ihr neuer oberster Dienstherr, angehört. Obwohl: So neu ist diese Regierung gar nicht mehr. Die Landtagswahl ist ja jetzt auch schon anderthalb Jahre her. Wie die Zeit vergeht ...»

«Und wie kommen Sie ausgerechnet auf ... diese Sache?»

«Zufall. Es hätte ebenso gut ein Fall aus Bochum oder aus Bielefeld sein können. Die Akte Jonas Barthold lag nur eben ganz oben auf dem Stapel.»

«Und da haben Sie sich gleich mit Feuereifer reingestürzt.»

«Wie das so meine Art ist.»

«Die Akte ist geschlossen. Das Ermittlungsverfahren in der Sache ist längst eingestellt.»

«Genau deshalb bin ich ja hier.» Mohr legt den mitgebrachten Umschlag mitten in die Schlucht zwischen den beiden Aktenbergen auf Piels Schreibtisch.

«Was ist das?»

«Das ist die schriftliche Empfehlung des Landeskriminalamtes, das Ermittlungsverfahren im Todesfall Jonas Barthold wieder in Gang zu setzen. Und die entsprechende Begründung natürlich. Ferner die Empfehlung, das LKA in die neuen Ermittlungen einzubeziehen. Genauer gesagt: mich.»

Mohr setzt sein unschuldigstes Gesicht auf.

Piel öffnet den Umschlag. Er zieht den Schnellhefter heraus, wiegt die 26 Seiten einen Moment in der Hand, als bemesse er deren Bedeutung nach Gewicht, schiebt dann alles zurück in den Umschlag, lässt ihn mit gekräuselten Lippen auf den Tisch fallen.

«Sie erwarten doch nicht, dass ich das auf der Stelle lese?»

«Keineswegs.»

«Ich fürchte, Sie verrennen sich da in was.»

«Das fürchten Sie, bevor Sie die Empfehlung des LKA gelesen haben? Möglich, dass ich mich da in was verrenne. Ebenso möglich, dass Ihre Leute das eine oder andere übersehen haben. Ich schlage vor, Sie lesen in Ruhe, und dann sprechen wir uns wieder.»

Staatsanwältin Wiesemann räuspert sich, dann sagt sie: «Es wurde damals alles getan, was man tun konnte.» Ihr erster Satz, seit sie Mohr an der Pforte abgeholt hat.

«Das bezweifle ich.»

Jetzt ist es raus.

Wiesemann sieht Piel fragend an. Nein, nicht fragend, eher flehend. Der vermeidet sichtlich jeglichen Augenkontakt mit ihr, konzentriert sich ganz auf Mohr, greift schließlich zu seinem Verdampfer, zieht gierig daran. Als sich die Dampfwolke wieder verzogen hat, sagt Piel: «Wir melden uns.»

Mohr steht auf, zwingt sich zu einem Lächeln und antwortet: «Ich freue mich auf die Zusammenarbeit. Schönen Tag noch.»

Er verlässt das Büro. Kein Händeschütteln. Der Krieg hat begonnen.

SAMSTAG, 22. SEPTEMBER 2018

Seit drei Tagen hat Mohr seine Wohnung nicht mehr verlassen. Vier Laptops und einen Drucker hat er sich am Mittwochabend im LKA von Gollmann aushändigen lassen, zu sich nach Hause geschafft und dicht nebeneinander auf dem Esstisch platziert. Hochleistungsfähige Geräte, hochauflösende Bildschirme.

Anschließend hat Mohr einen Blick in den Kühlschrank geworfen und ist noch mal los, um im Rewe einzukaufen. Tiefkühlpizza, Weißwein, Mineralwasser, Espressobohnen, Zucker, Zigaretten. Was man so braucht, um ein paar Tage abzutauchen.

Am Donnerstagmorgen um sieben hat er sich den ersten Kaffee gemacht, das Festnetztelefon stumm geschaltet, das Handy ausgeschaltet und mit der Arbeit begonnen.

Jetzt ist es Samstagabend. 22.53 Uhr.

Gollmann hat Mohr auf jedem der Rechner jeweils eine der

Videoaufzeichnungen der vier Überwachungskameras aus dem Rheingold installiert und die Laptops so miteinander vernetzt, dass die Videos über ein spezielles, von Gollmann entwickeltes Steuerungsprogramm synchron laufen und mit einer einzigen Maus zu bedienen sind. Natürlich hat sich Gollmann die Ausleihe der Rechner und des Druckers von Mohr quittieren lassen. *Damit du nicht auf die Idee kommst, das Zeug bei Ebay zu verscherbeln.* Und schließlich, als sei dies so nebensächlich, dass es ihm beinahe durchgegangen wäre, drückte Gollmann ihm wortlos einen dicken DIN-A4-Umschlag in die Hand.

Das Ergebnis der Internetrecherchen, um die ihn Mohr vor zwei Wochen gebeten hatte. Auf Papier ausgedruckt und zusätzlich auf einem USB-Stick gespeichert. Hat also doch nicht bis zu Gollmanns Rente gedauert.

Der Inhalt des Umschlags ist eine Goldgrube. Gollmann hat nicht nur sämtliche seinerzeit von der Rheinheimer Kripo Vernommenen aus Mohrs Liste gecheckt. Facebook, Twitter, Instagram, WhatsApp, Snapchat. Wer damals mit wem in Verbindung stand, wer heute noch regelmäßig miteinander Kontakt hält. Gollmann hat zudem jede Menge Fotos aus dem Netz gezogen. Aus der bizarren Parallelwelt der Selbstdarsteller. Selfies und all dieses Zeug.

Er hat außerdem gecheckt, wer von Mohrs Liste in den Videos zu sehen ist. Das hat er allerdings nicht selbst erledigt, da hat er sich von Scotland Yard helfen lassen. London ist nämlich nicht nur Großbritanniens Hauptstadt und eines der wichtigsten Finanzzentren der Welt, sondern auch Welthauptstadt der elektronischen Überwachung des öffentlichen Raums. In London kommen auf acht Millionen Menschen schätzungsweise eine Million Überwachungskameras. Keiner kennt die Zahl so ganz genau. Aber Experten schätzen, dass jeder Bewohner pro Tag von durchschnittlich 300 Kameras gefilmt wird.

Die Kollegen Eliot Porritt und Andy Eyles arbeiten als sogenannte Recognizer in einer Spezialabteilung des Yard zur Identifizierung von Personen auf Videos, deren Qualität auf der Insel offenbar auch nicht besser ist. Für den Job als Recognizer benötigt man nicht nur eine spezielle Ausbildung und sehr viel Training, sondern zunächst einmal eine ganz besondere, von der Natur höchst selten verliehene Begabung: So wie einige wenige Menschen ein absolutes Gehör haben, besitzen einige wenige Menschen ein absolutes Sehvermögen. Sie begegnen zum Beispiel in der überfüllten Fußgängerzone einem wildfremden Menschen, sehen dessen Gesicht nur wenige Augenblicke – und vergessen es nie wieder. Auch nicht, an welchem Ort sie dieses Gesicht gesehen haben. Eliot Porritt und Andy Eyles besitzen diese Begabung. Und waren schon einmal für deutsche Behörden tätig: Nach der Kölner Silvesternacht hatten die beiden Detective Sergeants binnen zwei Wochen aus 313 Videos und Handyfotos einige Dutzend Opfer und Tatverdächtige identifiziert. Daran hatte sich Gollmann erinnert, beim Yard um Amtshilfe gebeten, die vier Video-Dateien sowie die gesammelten Screenshots nach London gemailt und vergangenen Dienstag das Ergebnis erhalten.

Drei Tage lang, vom frühen Donnerstagmorgen bis zum späten Samstagabend, hat Mohr die Videoaufzeichnungen gesichtet. Diesmal allerdings unter einem veränderten Blickwinkel: Nicht alleine Jonas Frederik Bartholds Bewegungsprofil interessierte ihn, sondern das Bewegungsprofil aller Personen, die sich in jener Nacht im Rheingold aufhielten.

Mohr schaut auf die Uhr. Mitternacht. Er macht sich einen doppelten Espresso, startet Herbie Hancocks *Possibilities*, zündet sich eine Zigarette an und öffnet auf seinem privaten Notebook die Datei mit dem Zeittableau, das er vor zwei Wochen erstellt hat. Er fettet nun die **Aktualisierungen** und stellt seine *persönlichen Anmerkungen* kursiv:

Zeittableau / Erkenntnisse aus alten Zeugenaussagen, neuen Ermittlungen und Videoaufzeichnungen / Stand: 22.9.18

23.49 Uhr: Jonas Frederik Barthold und seine ehemaligen Bad Ahrbrunner Schulkameraden verlassen die Stadtbahn der Linie 92 an der Endhaltestelle am Bad Hombacher Rheinufer und betreten wenige Minuten später die Diskothek «Rheingold».

01.08: *Das ist mir bei der ersten oberflächlichen Sichtung durchgegangen:* **Jonas verlässt die Herrentoilette. Nur zwei Sekunden später stürmt ein junger Mann in einem quergestreiften T-Shirt aus der Herrentoilette, rempelt Jonas an, stößt ihn von hinten gegen die Wand des Gangs. Jonas scheint dies ignorieren zu wollen und geht einfach weiter. Richtung Saal. Er verschwindet aus dem Blickfeld der Kamera. Der Mann im quergestreiften T-Shirt folgt ihm. Sein Gesicht ist kaum zu erkennen. Auch nicht für die Kollegen von Scotland Yard. Aber ein quergestreiftes T-Shirt findet sich in den weiteren Videoaufzeichnungen nur bei einer einzigen Person, die von den Kollegen in London identifiziert wurde: Rashid Bassir (s. 02.08 Uhr).**

01.53 Uhr bis 02.03 Uhr: Jonas verlässt den Saal. Allein. Ohne seine Freunde. Im Foyer lässt er sich an der Garderobe seinen Mantel geben und zieht ihn an. Dann redet er mit der Kassiererin **Birgit Neumann** (damals 49), die im Foyer hinter dem Kassentresen sitzt. Jonas ist sehr erregt, Mimik und Gestik nach zu urteilen. Die Kassiererin schreit ihn an und dreht schließlich den Kopf weg, sie scheint völlig überfordert mit der Situation zu sein. Der Geschäftsführer **Angelo Schuma-**

cher (damals 32) taucht aus dem Hintergrund auf und redet jetzt auf Jonas ein. Der Student reagiert sichtlich empört. Der Geschäftsführer entgegnet etwas, die Kassiererin schaltet sich wieder ein, alle reden nun wild durcheinander.

Auch das habe ich bei der ersten oberflächlichen Durchsicht des Videomaterials übersehen:
Zwei junge Männer, die erst um 01.46 Uhr das Rheingold betreten haben, den normalen Eintritt von vier Euro an der Kasse bezahlt haben *(also nicht die Getränke-Flatrate, denn sie bekommen kein Bändchen)* **und gleich in die Herrentoilette geeilt sind, kehren nur 14 Minuten später, um 02.00 Uhr, ins Foyer zurück, um die Diskothek wieder zu verlassen. Der eine ist groß und mager, hat vermutlich blondes Haar, der andere ist mindestens zwei Köpfe kleiner, ebenfalls schlank, aber gedrungen und dunkelhaarig. Wegen des auffälligen Größenunterschieds und Körperbaus erinnert das Gespann an Pat und Patachon, die beiden dänischen Stummfilm-Komiker. Der Große mit den schlaksigen Bewegungen hat die Hände die ganze Zeit tief in den Jeanstaschen vergraben, als wisse er nicht, was er sonst mit seinen Händen anstellen soll. Er ist schon fast durch die Tür, als der Kleine ihn am Arm fasst und mit einem Kopfnicken in Richtung Jonas weist, der aufgeregt mit der Kassiererin und dem Geschäftsführer diskutiert. Pat und Patachon bleiben augenblicklich stehen und beobachten eine Weile die Diskussion mit sichtbarem Interesse. Dann drehen sie sich um, grinsen und feixen und verlassen die Diskothek rund anderthalb Minuten vor Jonas.**
Warum betreten zwei junge Männer am frühen Morgen eine Diskothek und bezahlen den Eintritt, um sie nur 14 Minuten später wieder zu verlassen? Selbst wenn sie nicht die Flatrate für 15 Euro

genommen haben, sondern die normale Eintrittskarte ohne Getränke für vier Euro ... nur um mal rasch zu pinkeln? Das hätten sie auch draußen am nächsten Baum erledigen können. Und was fanden sie an dem Gespräch von Jonas mit dem Personal so spannend? Und: Ist das niemandem bei der Sichtung der Videos aufgefallen? In der Akte steht nichts.

Der Geschäftsführer begleitet Jonas zum Ausgang, kein Körperkontakt, kein Widerstand, auf dem Weg dorthin redet Jonas unentwegt weiter, gestikuliert mit den Händen, verhält sich aber ansonsten vollkommen unauffällig, auf keinen Fall in irgendeiner Form aggressiv. *Wie passen diese Bilder zu der Zeugenaussage des Geschäftsführers, er habe Jonas Hausverbot erteilen müssen, weil der sich schwer danebenbenommen habe? Jonas war doch offensichtlich im Begriff zu gehen; sonst hätte er sich doch nicht an der Garderobe seinen Mantel aushändigen lassen. Der offensichtliche Widerspruch wird während der Zeugenvernehmung einfach so hingenommen, obwohl es überhaupt nicht zum Video passt. Einen Grund für das angeblich ausgesprochene Hausverbot nannte der Geschäftsführer nicht, es wurde während der Vernehmung aber auch nicht nachgefragt. Angelo Schumacher erklärte lediglich, der Gast habe angekündigt, das Rheingold verklagen zu wollen. Er könne sich aber nicht mehr erinnern, weshalb er das tun wollte.*

Der Geschäftsführer begleitet Jonas hinaus.
Wechsel von Kamera 3 auf Kamera 4. Weder Jonas Barthold noch Angelo Schumacher erscheinen auf dem Vorplatz. Das kann nur bedeuten: Sie müssen beide draußen unmittelbar vor der Tür stehen. Das Plateau vor der Treppe, die hinunter zum Vorplatz und der Imbissbude führt, erfasst die Kamera nicht. Zu diesem Zeitpunkt ruft Jonas mit seinem Handy bei seiner Mutter an. Adela

Lorena Macedo de Barthold hat Mohr davon erzählt. Um 02.03 klingelte es bei ihr. Auf ihre Frage, was los sei, habe er gesagt, er stehe vor dem Rheingold, dann aber unvermittelt «Entschuldigen Sie» gesagt, dann sei die Verbindung abgebrochen.

Merkwürdig. Warum hat er sie gesiezt und sich außerdem ganz förmlich mit «Hier ist Jonas Barthold» gemeldet? Und warum das Telefonat abgebrochen? Weil er merkte, dass der Geschäftsführer nicht wieder zurück ins Rheingold geht, sondern neugierig neben ihm stehen bleibt? Höchst interessiert, wen Jonas da anruft? Möglich.

Neun Minuten zuvor, um 01.54 Uhr, hatte das Handy der Mutter zum ersten Mal geklingelt. Hatte die Mutter aus dem Schlaf geklingelt. Und wie beim zweiten Mal sah Adela Lorena Macedo de Barthold im Display, dass es das Handy ihres Sohnes war. Zu hören war aber nur Stimmengewirr, als hätte er aus Versehen ihre Nummer gewählt. Zwei verschiedene Frauen. Vermutlich die Garderobenfrau und die Kassiererin. Dazwischen, hin und wieder, die Stimme ihres Sohnes. Kein Wort war zu verstehen, die Stimmen dumpf, wie in Watte gepackt. Jonas antwortete auch nicht auf ihre Fragen, sie hörte ihn nur reden, als würde er sie gar nicht hören. Dann war die Verbindung unterbrochen.

Auf dem entsprechenden Video der Kamera 2 ist nicht zu erkennen, dass Jonas schon im Foyer telefoniert. Jonas geht zur Garderobe, er lässt sich seinen Mantel aushändigen, er zieht ihn an, er geht zur Kasse, er diskutiert gestenreich und aufgebracht mit der Kassiererin und schließlich mit dem Geschäftsführer. Jonas hatte kein Smartphone, sondern ein konventionelles Nokia-Handy. Und das steckte noch in der

Manteltasche, als man zwei Wochen später in Köln die Leiche aus dem Rhein zog.
Vielleicht ist er, als er an der Garderobe den Mantel überzog, versehentlich an eine Kurzwahltaste geraten, die den ersten Anruf bei seiner Mutter auslöste.
Möglich.

Geschäftsführer Angelo Schumacher kommt wieder zurück ins Foyer, wie Kamera 3 und Kamera 2 zeigen. Jonas biegt zeitgleich am Ende des Vorplatzes in Richtung Bahnhaltestelle ab und verschwindet aus dem Bildwinkel der Kamera 4.
Eine weitere Beobachtung, die mir bei der ersten Durchsicht entgangen war, weil ich mich nur auf das Opfer konzentriert hatte: **Kaum sind Jonas und der Geschäftsführer gemeinsam nach draußen vor die Tür getreten, greift Kassiererin Birgit Neumann um 02.03 Uhr hastig nach ihrem Handy und tippt eine SMS, die offenbar so wichtig ist, dass sie die Kundschaft vor der Kasse warten lässt. Da bildet sich eine richtige Schlange. Diese Beobachtung hat zuvor offenbar noch niemand gemacht. Jedenfalls steht nichts dazu in der Ermittlungsakte, und die Kassiererin wurde in ihrer Vernehmung auch nicht dazu befragt.**

02.08 Uhr: Drei Gäste der Diskothek – zwei junge Männer namens **Rashid Bassir** und **Ottokar Popow** sowie eine noch jüngere Frau namens **Jessica Riske** – kommen aus dem Hauptsaal, durchqueren schnellen Schrittes den Kassenraum (kurzer Augenkontakt mit der Kassiererin) und verlassen exakt fünf Minuten nach Jonas die Diskothek. *Die Frau in Begleitung der beiden Männer ist zu diesem Zeitpunkt erst siebzehn Jahre alt und hätte als Minderjährige laut Gesetz gar nicht reingelassen werden dürfen.* Ihr Haar ist platinblond gefärbt, sozusagen schneeweiß, und außerdem raspelkurz geschnitten.

Sie ist deshalb auf sämtlichen Videos immer gut zu erkennen. Rashid Bassir trägt ein quergestreiftes T-Shirt. Auch das ist im Sichtfeld der Außenkamera gut zu erkennen. Sie tragen alle drei keine Jacken, man hat also offensichtlich nicht vor, schon endgültig nach Hause zu gehen. **Die drei werden eine Dreiviertelstunde später als jene Zeugen in Erscheinung treten, die auf der Brücke zur Insel Fürstenwerth gesehen haben wollen, wie ein ihnen angeblich unbekannter Mensch im Rhein trieb und dabei um Hilfe schrie** *(vergleiche 02.52 Uhr).*
Ich spulte die Aufzeichnung der Kamera 1 noch einmal 20 Minuten zurück. Kein Zweifel: **Pat und Patachon sowie Rashid Bassir waren zuvor zur selben Zeit in der Herrentoilette.**

02.13 Uhr: Zu diesem Zeitpunkt hätte die letzte Bahn die Endhaltestelle in Richtung Rheinheim und Bad Ahrbrunn verlassen. Jonas hätte sie problemlos gekriegt, er hat dafür zeitig genug die Diskothek verlassen und sich auf den kurzen Weg zur Haltestelle gemacht. Es fährt aber keine Bahn mehr zurück, wegen nächtlicher Gleisbauarbeiten seit Mitternacht.
Jonas war also, ohne dies zu wissen, mit der letzten noch fahrenden Bahn nach Bad Hombach gekommen. In der Ermittlungsakte ist dieser wichtige Umstand, dass er nun überraschend ohne Rückfahrgelegenheit war, ebenfalls nicht vermerkt.

02.10 bis 02.42 Uhr: In diesem Zeitfenster verhält sich Jonas augenscheinlich so, als sei er auf der Flucht. Vor wem auch immer. Dafür spricht unter anderem die Spur des am nächsten Abend eingesetzten Mantrailers. *(Das hatte ich mich die ganze Zeit schon gefragt: Wieso erst am Abend des Folgetages? Antwort: Der Mantrailer der Polizei kam überhaupt nur zum Einsatz,*

weil die Eltern den ganzen Tag über massiven Druck ausübten und damit drohten, einen privaten Hundeführer zu engagieren.)
Der Hund folgt zunächst einem regelrechten Zickzack-Kurs über das Außengelände, mal nach links, mal nach rechts, er verschwindet abrupt hinter Büschen, Hecken, Müllcontainern, er umrundet die verwaiste, nur im Sommer geöffnete Eisdiele auf dem Nachbargrundstück. *(Zu wem passt ein solches Bewegungsmuster? Doch nur zu jemandem, der sich verstecken will, warum auch immer.)* Der Mantrailer macht anschließend wieder kehrt, läuft dann hinauf zur Brücke, die zur Rheininsel Fürstenwerth führt, auf der Brücke bleibt er auf halbem Wege abrupt stehen, stemmt in einer der balkonartigen Ausbuchtungen, der ersten auf der rechten Seite, die Vorderläufe auf die steinerne Brüstung der Brücke und gibt seinem Herrchen damit zu verstehen: Hier endet die Spur.

In dem anschließenden Zeitfenster **bis 02.42 Uhr** wendet sich Jonas außerhalb des Blickfeldes der Kamera 4 an einen der Taxifahrer am Wartestand, der Junge steht gekrümmt, hält sich den Bauch, verzieht vor Schmerzen das Gesicht.
(Folgende Zitate stammen aus den Protokollen der polizeilichen Vernehmungen der Taxifahrer sowie aus einer Aktennotiz der Eltern Barthold, die zuvor schon eigene Befragungen unter den Taxifahrern angestellt hatten:) «Können Sie mir helfen? Ich habe Angst. Die sind hinter mir her. Die wollen mich umbringen. Können Sie mich bitte nach Hause fahren? Ich habe nicht mehr genug Bargeld dabei, aber ich habe eine EC-Karte. Wenn Sie kurz am nächsten Bankautomaten halten, kann ich Sie bezahlen.» Der Taxifahrer lehnt ab. Gefahren wird hier grundsätzlich nur gegen Vorkasse. Zu oft hat man schlechte Erfahrungen mit jungen Gästen gemacht, die an der roten Ampel plötzlich rausspringen und feixend abhauen, ohne zu bezahlen. «Junge, wenn du Stress hast: Dahinten ist die Polizei.»

Jonas läuft daraufhin zu dem etwa zehn Meter entfernt geparkten Streifenwagen. Die beiden Beamten der Wache Ost, Polizeioberkommissar **Albert Dreesen** und die frischgebackene Polizeikommissarin **Manuela Müller**, nehmen gerade einen Autounfall mit Blechschaden auf. Der Fahrer hat einen Laternenpfahl gerammt, ist in eines der wartenden Taxis gestiegen und hat sich aus dem Staub gemacht.
Die Taxifahrer beobachten, wie Jonas die beiden Polizisten anspricht, wie der ältere Beamte verärgert reagiert und ihn wegschiebt, weil der verstörte junge Mann im Spurenbild steht. Jonas kehrt schließlich zu den Taxifahrern zurück. Angst in den Augen. Ein jüngerer Fahrer erklärt sich bereit, ihn zu fahren. Da schaltet sich einer der älteren Fahrer ein. «Nix da. Keine Ausnahme. Nur gegen Vorkasse. Basta.» Was er sagt, ist offenbar Gesetz unter den Fahrern.
Jonas läuft zurück zu den Polizisten und spricht sie erneut an. Die Taxifahrer beobachten, wie der Neunzehnjährige seine Geldbörse zückt, der ältere Beamte sie entgegennimmt und einsteckt.
Zwei junge Männer erscheinen am Unfallort, der ebenfalls außerhalb des Blickfeldes der Außenkamera 4 liegt. Sie gehören offenbar nicht zu Jonas' Clique. Nach Beobachtung und Beschreibung der Taxifahrer «ein Südländer und ein Osteuropäer». Sie nehmen Jonas vor den Augen der Polizeibeamten in die Mitte, legen den Arm um seine Schultern und sagen zu den Polizisten: «Wir kümmern uns um ihn.» Wenig später sieht einer der Taxifahrer, dass Jonas aus beiden Nasenlöchern blutet und sich die beiden Fremden mit dem Neunzehnjährigen entfernen. Einer von ihnen soll ein quergestreiftes T-Shirt getragen haben, sagen die Taxifahrer. So ein Ringelshirt, schwarz-weiß oder blau-weiß gestreift. Erst zehn Tage später wird nach diesen beiden Unbekannten erstmals öffentlich gefahndet, indem man die Medien einschaltet. Ohne Erfolg.

(Zehn Tage später! Das ist nicht zu fassen!) Den Eltern wird auf Nachfrage bei der Kripo mitgeteilt, eine Verbindung zum Tod ihres Sohnes sei aber ohnehin auszuschließen. *(Was für ein Satz! Unfassbar!)*

Immer mehr Schaulustige aus der Diskothek erscheinen auf dem Vorplatz und kommentieren das Geschehen, als handele es sich um einen eigens für die Gäste des «Rheingold» inszenierten großen Jux. Der zweiköpfigen Streifenwagenbesatzung ist der Menschenauflauf am Unfallort offenbar nicht geheuer, denn sie fordert vorsichtshalber Verstärkung an.
Die trifft dann in Gestalt eines **zweiten Streifenwagens um 02.44 Uhr** ein. Später wird dann für die Ermittlungsakte zu Protokoll gegeben, die Verstärkung sei gerufen worden, um bei der Aufnahme des Verkehrsunfalls zu helfen. *Zwei Streifenwagenbesatzungen der chronisch unterbesetzten Nachtschicht für die Aufnahme eines Blechschadens? Nicht die erste und nicht die letzte Lüge in dieser Akte.*

02.42 bis 02.44 Uhr: Plötzlich taucht Jonas aus dem Dunkel der Nacht auf, überquert im vollen Lauf die Straße in Richtung Vorplatz, schlägt geistesgegenwärtig einen Haken, als ein Taxi vorbeifährt, hechtet die Treppe hinauf und stürmt durch den offenen Eingang zurück in das Innere der Diskothek. **Seine geschmeidige und kontrollierte Bewegungsmotorik passt überhaupt nicht zu dem zwei Wochen danach im Blut der Leiche gemessenen Alkoholgehalt von mehr als zwei Promille**.
Später wird die Staatsanwaltschaft, als die Suizid-Theorie offenbar nicht mehr aufrechtzuerhalten ist, nicht müde, die zwei Promille immer wieder als Beleg für einen selbstverschuldeten Unfall zu bemühen und die Ermittlungen deshalb einzustellen. *(So ein Unsinn: s. Telefonat vom 14.09.18 mit dem*

Prof. Dr. Alfred Büsch zum Thema Trinkalkohol und Fäulnisalkohol.)

Als Jonas zurück in die Diskothek rennt, ist sein Mantel verschmutzt, schildern mehrere Zeugen später. Kamera 2 zeigt, wie er im Eiltempo das Foyer in Richtung Saal durchquert. **Exakt zu dieser Zeit zeigt die Außenkamera 4, wie hoch oben über dem Vorplatz der Diskothek, auf der Fußgängerbrücke aus Spannbeton, die vom ehemaligen Kurviertel über die Trasse der Deutschen Bahn, die Bundesstraße und die Diskothek hinweg in die historische Brücke zur Rheininsel Fürstenwerth mündet, schemenhaft zwei Gestalten hin und her hetzen, zwei junge Männer, einer von ihnen trägt ein quergestreiftes T-Shirt. Immer wieder beugen sie sich über das Metallgeländer, blicken angestrengt nach unten, scannen den Vorplatz der Diskothek. Sie suchen jemanden. Unverkennbar. Dann verschwinden sie aus dem Blickfeld der Kamera.**
Jonas kommt nicht weit: Im Saal ergreifen ihn zwei Türsteher am Fuß der Treppe, die hinauf zur Galerie führt, gleich neben dem Gang zu den Toilettenräumen. Sie packen ihn an Arm und Nacken, zerren ihn aus dem Saal, durch das Foyer, in Richtung Ausgang. Jonas wehrt sich mit Händen und Füßen, er klammert sich verzweifelt an den Türrahmen des Eingangs. Vergeblich. Den körperlichen Kräften der beiden Türsteher hat er nichts entgegenzusetzen. Sie werfen ihn raus. Jonas rennt die Außentreppe hinab, über den Vorplatz, dann biegt er in vollem Lauftempo nach links ab und verschwindet aus dem Blickfeld der Kamera.
Das ist das letzte sichtbare und dokumentierte Lebenszeichen von Jonas Barthold. Zehn Minuten später ist er tot.

02.52 Uhr: Der zweite Streifenwagen, die acht Minuten zuvor eingetroffene Verstärkung, rast vom Unfallort zur Brückenauffahrt. Alarmiert von den grellen Schreien einer Frau, heißt es später in der Ermittlungsakte. Auf der Brücke kommen den Beamten **Rashid Bassir, Ottokar Popow** und **Jessica Riske** entgegen *(vergleiche 02.08 Uhr)*. Die beiden Männer schildern den Polizeibeamten, ein Mann sei im Hochwasser unter der Brücke hindurch getrieben, habe wild mit den Armen gerudert, um Hilfe geschrien und sei schließlich im Dunkel verschwunden.

02.55 Uhr: Die Zeugin **Jessica Riske**, die junge Frau mit der platinblonden Igelfrisur, sucht die Damentoilette der Diskothek auf. Die beiden Polizeibeamten der Verstärkung haben versäumt, sie auf der Brücke zu befragen oder dort wenigstens ihre Personalien aufzunehmen. Und ihre beiden männlichen Begleiter auf der Brücke behaupten nun, sie gar nicht zu kennen. Nicht mal ihren Namen. **Wenig später zeigt die Kamera 4, wie einer der beiden Polizeibeamten auf dem Vorplatz herumläuft, offenbar auf der (vergeblichen) Suche nach der spurlos verschwundenen Brückenzeugin**.

02.57 Uhr: Ein junger Mann verlässt die Damentoilette (!) und wartet im Gang. **Jamal Bassir. Rashids Cousin**. Zwei Minuten später verlässt auch die Brücken-Zeugin **Jessica Riske** die Damentoilette, redet im Gang aufgebracht mit **Jamal**, verschwindet dann mit ihm wieder in der Damentoilette.

03.15 Uhr: Ein Rettungsfahrzeug mit einem Boot auf dem Anhänger fährt über den Vorplatz zum Rheinufer.

Mohr lehnt sich zurück, reibt sich die schmerzenden Augen. Die Konzentration lässt rapide nach.

Nicht gut.

Schluss für heute.

Morgen ist auch noch ein Tag.

Am Montag muss er wieder ins Büro. Länger kann er nicht wegbleiben. Außerdem braucht Gollmann sein Equipment zurück. Bis morgen Abend muss er mit allem durch sein. Mohr fährt die Programme runter und schaltet die Geräte aus. Und jetzt? Wenn er jetzt ins Bett geht, wird er vermutlich wieder keinen Schlaf finden. Also zieht er sich die Jacke über, steckt Schlüssel, Handy, Zigaretten und etwas Geld ein und verlässt die Wohnung.

Es regnet in Strömen. Mohr drückt sich dicht an die Hausfassaden, während er die Torburg Richtung Ebertplatz ansteuert.

Alle stehen sie noch in Kontakt miteinander, geben sich auf Facebook gegenseitig als Freunde an, obwohl der Laden doch längst geschlossen ist: der Geschäftsführer, die Kassiererin, das Thekenpersonal, die Türsteher, einige der Stammgäste. Einer von Gollmanns ausgedruckten Screenshots zeigt tatsächlich den schönen Sascha, wie er mit breitem Grinsen im Gesicht den Mittelfinger aus dem heruntergelassenen Fenster seines Porsche streckt, während man im Hintergrund das Logo der Arbeitsagentur sieht. Ganz so, wie es Willy die Axt beschrieben hat. Das Foto hat Gollmann auf der alten Facebook-Seite der Night Riders gefunden. Das Internet vergisst nichts. Das Bild erzählt im Grunde alles über Aleksandar Stankovic, es beschreibt seine Lebenseinstellung perfekt.

Mohr passiert die Torburg, wendet sich nach rechts, öffnet die Tür zu der Bar namens *Kattwinkel*, stellt sich an die Theke, zieht die nasse Jacke aus und bestellt ein Kölsch. Der Laden ist brechend voll. Wie immer um diese Zeit. Männer, Frauen und einige, deren Geschlecht nicht so eindeutig benennbar ist. Ältere und Jüngere, Reiche und Arme, Akademiker und Schulverweigerer, Schwule, Lesben, Heteros. Das typische Publikum im Kattwinkel nach Mitternacht. Mohr lässt seinen Blick schweifen.

Alle scheinen sie gleichermaßen auf der Suche zu sein. Nach Zuneigung, nach Bestätigung, nach Wertschätzung, nach Anerkennung, nach Aufmerksamkeit, nach Zerstreuung, nach etwas Glück, nach etwas Liebe.

«Ich suche noch ein warmes Bett für diese Nacht.»

Sagt die Frau, die sich vor nicht mal einer Minute neben ihn an die Theke gestellt und einen Gin Tonic bestellt hat. Etwa in seinem Alter. Makelloses, absolut ebenmäßiges, von was auch immer lahmgelegtes Gesicht.

«Du gefällst mir.»

Sie nimmt ihre voluminöse Hermès-Tasche aus Krokodilleder von der Schulter und wuchtet sie auf die Theke. Dann wirft sie mit einer routinierten Drehung ihres Kopfes ihr Haar zurück. Die rostbraune Mähne sieht aus, als hätte die Frau das warme Bett, das sie sucht, erst vor fünf Minuten verlassen. So was kriegen nur gute und teure Friseure hin.

«So, so.» Was man so sagt in einer solchen Situation.

Lässig, aber teuer gekleidet. Blickdichte schwarze Strümpfe, schwarzer Minirock, rote Lederjacke, rote Pumps. Und knallrote Lippen. Nutten-Look ist gerade en vogue in den besseren Kölner Kreisen, stellt Mohr nicht zum ersten Mal fest.

«Also?» Die Frau strahlt ein ungesundes Maß an Selbstbewusstsein aus. Das haben gewöhnlich nur Leute, die schon als Kind alles bekamen.

«Was also?»

«Was also!» Allein schon die Frage strapaziert ihre Geduld. «Das warme Bett! Was jetzt?»

«Ich habe kein warmes Bett. Mein Bett friert gerade vor sich hin. Hast du keine Freundin, die du fragen könntest?»

«Wenn ich eine Freundin hätte fragen wollen, dann hätte ich es schon getan, oder? Also?»

«Nichts also.» Die Frau geht Mohr allmählich auf die Nerven. «Ich hab zu tun.»

Sie lacht spöttisch. Die Antwort irritiert sie. «Was hast du denn Wichtiges zu tun, jetzt, um diese Zeit?»

Mohr mag es außerdem überhaupt nicht, von wildfremden Menschen geduzt zu werden.

«Kölsch trinken und nachdenken.»

«Arschloch.»

Was für ein hässliches Wort aus diesem makellosen Mund. Sie schleudert Mohr einen hasserfüllten Blick ins Gesicht, um ihn zu bestrafen. Darin hat sie offenbar Routine. Nur funktioniert das mit der Bestrafung bei Mohr nicht. Sie greift nach ihrer Hermès-Tasche und ihrem Gin Tonic und verschwindet in der Menschenmenge.

Mohr atmet einmal tief durch, trinkt aus, hebt die Hand. Der Barmann grinst, als er das frische Kölsch vor ihm abstellt. Offenbar hat er die Szene mit Interesse beobachtet.

«Normalerweise kriegt sie immer, was sie will.»

«Den Eindruck hatte ich auch.»

«Attraktive Frau. Schöne Beine.»

«Zweifellos.»

«Ihr Mann ist ein ziemlich hohes Tier bei Bayer in Leverkusen. Und ab und zu auf Dienstreise. Mit seiner Geliebten. Dann kommt sie immer her, um sich zu rächen. So nennt sie das. Sagt immer, dass sie ihn verlassen wird. Na ja.»

«Das erklärt so manches. Ich mache mir keine Sorgen um sie. Wer es in Leverkusen schafft, der schafft es überall.»

Der Barmann lacht. «Das ist aber geklaut. So was Ähnliches sagt doch Jack Nicholson in *Besser geht's nicht.* Wo er den zwangsgestörten Schriftsteller in New York spielt und diese Fußhupe in den Müllschlucker wirft. Den Hund von seinem schwulen Nachbarn.»

«Ich gebe es zu. Aber der Satz ist einfach zu gut.»

«In Wahrheit spielen wir doch alle nur eine Rolle in dieser absurden Theaterinszenierung namens Leben.»

«Das haben Sie jetzt aber schön gesagt.»

Der Barmann grinst und wendet sich einem neuen Gast zu.

Eine Rolle. Mohr greift nach seinem Glas.

Eine Rolle in einer absurden Theaterinszenierung. Er stellt das Glas wieder ab, ohne einen Schluck getrunken zu haben. *Eine Rolle in einer absurden Theaterinszenierung, deren bizarre Dramaturgie in einer Ermittlungsakte niedergeschrieben wurde.*

Hektisch kramt er einen Schein aus der Hosentasche, einen Zehneuroschein, wirft ihn auf die Theke, nickt dem Barmann zu, verlässt das Kattwinkel und macht sich auf den Heimweg. Sattes Trinkgeld für zwei kleine Kölsch, von denen er nur eins getrunken hat. Mohr hat noch nie ein besonders inniges Verhältnis zu Geld besessen. Und im Moment interessiert ihn ohnehin etwas anderes. Da wohnt man in Köln und arbeitet in Düsseldorf, kennt die Rheinheimer Szene nur vom Hörensagen, beschäftigt sich gerade mal seit siebzehn Tagen mit einem fünf Jahre alten Fall und kannte vorher keine einzige der handelnden Personen. Und weiß nun mehr darüber als der gesamte Ermittlungsapparat vor Ort.

«Warum ist da keiner in Rheinheim draufgekommen?» Mohr brüllt die Frage in die Nacht. Unablässig prasselt der Regen auf den Asphalt. Er beschleunigt seinen Schritt, schließlich läuft er nach Hause, er rennt, so schnell er kann, nicht wegen des Regens, sondern weil er es wissen will, er will es auf der Stelle wissen, er öffnet die Haustür, hastet die Treppe hinauf, immer zwei Stufen auf einmal, reißt sich in der Wohnung die nasse Jacke vom Leib und lässt sie zu Boden fallen, startet sämtliche Laptops, durchwühlt die von Gollmann ausgedruckten Fotos, bis er findet, was er sucht. Die Sanduhr auf den Bildschirmen zeigt an, dass Gollmanns Programme mit den riesigen Datenmengen auf den vernetzten Laptops noch nicht so weit sind. Mohr springt auf, geht zum Kühlschrank, gießt sich ein Glas Weißwein ein, zündet eine Zigarette an, blättert hastig die Ermittlungsakte durch, die er auswendig zu kennen glaubte.

Die Vernehmungsprotokolle. Die Zeugenaussagen der beiden Türsteher, die merkwürdigerweise erst Monate nach dem Todesfall zur Vernehmung ins Präsidium geladen wurden. Unmittelbar nachdem die Eltern über ihren Rechtsanwalt Akteneinsicht beantragt hatten.

Unmittelbar bevor der Anwalt der Eltern die Ermittlungsakte schließlich zur Einsicht erhielt.

ZEUGENVERNEHMUNG:

Gerd Forsbach, Jahrgang 1974, Geschlecht: männlich, Staatsangehörigkeit: deutsch, Geburtsort: Mönchengladbach, Familienstand: geschieden, ausgeübter Beruf: Türsteher, Wohnort: Köln.

«An dem Abend wurde uns mitgeteilt, der junge Mann dürfe nicht mehr reingelassen werden, der hätte jetzt Hausverbot. Weshalb, wurde uns, glaube ich, nicht gesagt, jedenfalls kann ich mich nicht erinnern ... Dass er dann später einfach so reingelaufen ist, hatten wir dummerweise nicht sofort mitbekommen. War ziemlich viel los an dem Abend. Wir sind ihm hinterher und haben ihn dann vor den Toiletten abgefischt und nach draußen begleitet. Ich habe ihm dann das erteilte Hausverbot ausgesprochen. Das muss man so machen, sonst ist das rechtlich nicht gültig. Dann ist der junge Mann wie von der Tarantel gestochen weggerannt ... Der schien mir sehr verwirrt. Er wusste vermutlich nicht so recht, was er jetzt tun soll ... Nein, einen betrunkenen Eindruck hat der nicht auf mich gemacht ...»

ZEUGENVERNEHMUNG:

> Marco Uhlen, Jahrgang 1971, Geschlecht: männlich, Staatsangehörigkeit: deutsch, Geburtsort: Eschweiler, Familienstand: geschieden, ausgeübter Beruf: Türsteher, Wohnort: Köln.
>
> «Ich stand zu dem Zeitpunkt zufällig vor der Tür und rauchte eine, als der rausgebracht wurde. Er ist dann wie von der Tarantel gestochen draußen die Treppe runter und über die Straße nach links weggelaufen, also Richtung Auffahrt zur Brücke ... Nein, der war nicht betrunken. Wissen Sie, ich mache das jetzt schon ein paar Jahre, ich weiß, wie Leute drauf sind, die betrunken sind ...»

Beide benutzen sie exakt dieselbe Formulierung:

Wie von der Tarantel gestochen.

Muss nichts heißen. Kann Zufall sein. Kann was heißen. Muss kein Zufall sein. Sondern ein Hinweis auf eine zuvor sorgsam abgesprochene Zeugenaussage.

Mit keinem Satz seiner Aussage behauptet Marco Uhlen, am Rauswurf aktiv beteiligt gewesen zu sein. Er sagt, dass er lediglich Beobachter war, er in diesem Moment zufällig draußen vor der Tür stand, als Jonas Barthold rausgeworfen wurde. Gerd Forsbach hingegen beschreibt seine aktive Beteiligung, spricht mehrmals von «wir», erwähnt aber nicht, wer denn der zweite am Rauswurf beteiligte Türsteher war. Muss er ja auch nicht. Denn weder er noch Uhlen werden danach gefragt.

Man gab sich damit zufrieden, nur einen der beiden an dem Rauswurf beteiligten Türsteher befragt zu haben, und interessierte sich offenbar nicht einmal für den Namen des anderen. Ein Phantom. Der zweite beteiligte Türsteher wird in der gesamten Ermittlungsakte mit keinem einzigen Satz erwähnt, geschweige denn thematisiert. Dummheit oder Faulheit?

Oder Absicht. Aber zu welchem Zweck?

Mohr schaut sich erneut Gollmanns Screenshots an. Dann lässt er alle vier Videos auf 02.42 Uhr vorlaufen.

Kein Zweifel. Gerd Forsbach ist einer der beiden Security-Leute, die Jonas Frederik Barthold vor dem Gang zu den Toilettenräumen und der Treppe zur Galerie «abfischen», wie er es in seiner Zeugenaussage formuliert hat, und ihn Richtung Ausgang zerren. Und der andere ist tatsächlich nicht Marco Uhlen. Sondern ein Riese, gegen den der Student wie ein kleiner Junge wirkt. Mohr weiß nicht mehr, wie oft er sich diesen Ausschnitt der Videoaufzeichnungen schon angesehen hat. Dass Jonas da nur noch zehn Minuten zu leben hatte, lässt ihm jedes Mal den Atem stocken:

Jonas wehrt sich mit Händen und Füßen, im Foyer klammert er sich verzweifelt an den Türrahmen. Da reißt ihn der Riese vom Rahmen weg, packt ihn mit seiner rechten Pranke im Nacken, klappt ihn ruckartig wie einen Faltkarton zusammen und schiebt ihn, als sei dies die leichteste Übung der Welt, durch die offene Tür nach draußen.

Army-Jacke, gigantischer, kahlrasierter Schädel, gigantischer Brustkorb, gigantisch breites Kreuz. Der Typ hat Oberarme wie andere Leute Oberschenkel. Unverkennbar. Unverwechselbar. Irrtum ausgeschlossen.

Gollmann hat im Netz ein Foto von der Pressekonferenz der Night Riders gefunden und ausgedruckt. Dieses absurde Schauspiel im inzwischen abgerissenen Rheinland-Center, von dem Willy die Axt erzählt hat. Nach der Schießerei mit den Libanesen in der Rheinheimer City.

Der Mann, der Jonas Frederik Barthold durch die Tür des Rheingold dem Tod entgegenschiebt. Der Mann, der den Rheinheimer Ermittlungsbehörden hinreichend bekannt sein muss und so leicht wie kein Zweiter in den Videos der Kameras zu identifizieren ist. Der Mann, dessen Name aber in keinem einzigen Satz, in keinem einzigen Vermerk der Ermittlungsakte auftaucht, deshalb nicht auf Mohrs Liste für Gollmann stand und deshalb auch nicht bei den Spezialisten von Scotland Yard landete.

Das ist aber nicht das Problem. Denn um diesen Mann zu identifizieren, benötigt man nicht die besondere Gabe der Kollegen aus London.

Der Mann heißt Roman Warnke. Vizepräsident der Night Riders. Die rechte Hand des Präsidenten Aleksandar Stankovic.

MONTAG, 24. SEPTEMBER 2018

Philipp Pretzke wirft die Tür zu Mohrs Büro hinter sich ins Schloss und brüllt auf der Stelle los: «Sind Sie jetzt völlig übergeschnappt?»

«Guten Morgen. Was meinen Sie?»

«Was ich meine? Was ich meine?»

Mohr hatte noch nie besonders viel Achtung für den Leiter ZA1 übrig. Aber jetzt ist es nur noch Verachtung.

«Ja, Herr Pretzke. Ich wüsste gerne, auf welchen Erkenntnissen ihre Annahme beruht, ich sei völlig übergeschnappt.»

«Wo waren Sie letzte Woche?»

Das Einstecktuch ist heute himmelblau. So wie die Krawatte.

«Lassen Sie mich überlegen: Montag, Dienstag und Mittwoch war ich die meiste Zeit in diesem Büro, teilweise aber auch außer Haus. Donnerstag und Freitag war ich komplett außer Haus.»

«Sie waren letzte Woche nicht erreichbar.»

«Das stimmt so nicht ganz. Montag, Dienstag und Mittwoch war ich sogar relativ gut erreichbar. Nur am Donnerstag und am Freitag nicht. Was wollten Sie denn von mir?»

«Ihr Handy war abgeschaltet.»

«Stimmt teilweise. Am Donnerstag und am Freitag. Außerdem am Samstag und am Sonntag.»

«Sie schalten einfach Ihr Handy aus?»

«Ja.»

«Wieso?»

«Ganz einfach, Herr Pretzke. Um vier Tage ungestört arbeiten zu können. Ich musste mich konzentrieren.»

«Wissen Sie, was hier los war?»

«Nein. Keine Ahnung.»

«Keine Ahnung? Keine Ahnung? Der Leiter der Rheinheimer Staatsanwaltschaft hat sich massiv über Sie beschwert. Beim Direktor persönlich. Am vergangenen Donnerstag.»

«Ja, und?»

Pretzke reißt den Mund auf, aber ihm fehlen für einen Moment die Worte. Dann fängt er sich wieder: «Glauben Sie, das wird dem Innenminister gefallen, der diese neue Abteilung auf Schiene gesetzt hat?»

Auf Schiene gesetzt. Pretzke lässt sich gern solche hübschen Formulierungen einfallen. Damit niemand merkt, wie inhaltsleer das ist, was gewöhnlich aus seinem Gehirn nach außen dringt. Vermutet jedenfalls Mohr. Aber er sagt es natürlich nicht. Stattdessen sagt er: «Ich habe nicht die geringste Ahnung, was dem Innenminister gefällt oder nicht gefällt. Ich kenne den Herrn Minister nur aus der Zeitung. Wir sind uns noch nie begegnet.»

Ganz im Gegensatz zu Pretzke, der dasselbe Parteibuch wie der Innenminister besitzt und sich seit der Landtagswahl im vergangenen Jahr allerhand Hoffnungen macht. Pretzke ist kein gelernter Bulle, sondern Verwaltungsjurist und ganz scharf darauf, möglichst bald ins Ministerium abberufen zu werden. Das weiß so ziemlich jeder im LKA. Sogar Mohr, obwohl der für den täglichen Flurfunk in der Behörde kein gesteigertes Interesse aufbringt.

«Die Einrichtung der neuen Dienststelle Cold Cases war dem Minister eine Herzensangelegenheit.»

Eine Herzensangelegenheit. Du meine Güte. Noch so eine Pretzke-Formulierung. Mohr versucht, sich einen Berufspolitiker mit Herzensangelegenheiten vorzustellen. Spontan fällt ihm da nur die Kardiologie ein.

«Und deshalb verfügt diese neue Dienststelle auch nur über eine einzige Planstelle. Weil sie eine Herzensangelegenheit ...»

«Jetzt machen Sie mal halblang, Mohr. Das ist doch wohl hinreichend kommuniziert worden. Das hier ist ein Pilotprojekt. Natürlich wird die neue Dienststelle zu gegebener Zeit personell aufgerüstet, das steht doch außer Frage. Sobald man sieht, ob die Idee auch tatsächlich funktioniert. Ob sich ein Mehrwert erzielen lässt. Wir wollen ja nicht das Geld der Steuerzahler zum Fenster rauswerfen.»

Ob sich ein Mehrwert erzielen lässt.

«Da habe ich eine frohe Botschaft für den Minister. Es lässt sich tatsächlich ein Mehrwert erzielen. Wenn Sie ihm die Botschaft vielleicht persönlich überbringen möchten: Es funktioniert tatsächlich. Der Rheinheimer Fall ...»

«Herrgott noch mal, Mohr: Der Rheinheimer Fall ist kein Altfall. Er ist überhaupt kein Fall. Weil die Ermittlungen schon vor Jahren eingestellt wurden. Und genau deshalb bin ich hier.»

«Die Fallakte Jonas Barthold lag aber an meinem ersten Arbeitstag auf meinem Schreibtisch ...»

«Betrachten Sie das als ein Versehen.»

«Was? Die Akte?»

«Dass sie auf Ihrem Schreibtisch gelandet ist.»

«Wäre es Ihnen lieber, Sie hätten jetzt Ärger mit der Duisburger Staatsanwaltschaft? Oder mit Bielefeld? Oder Aachen?»

«Ich verstehe die Frage nicht.»

«Aber das ist doch gar nicht so schwer, Herr Pretzke. Bei jedem Cold Case, der auf meinem Schreibtisch landet, gibt es zwei Möglichkeiten. Erste Möglichkeit: Ich finde keinen neuen Ansatzpunkt für Ermittlungen. Macht übrigens viel weniger Arbeit, glauben Sie mir. Den Aktendeckel aufklappen, eine Weile reinstarren, den Aktendeckel wieder zuklappen. Allerdings steht der Innenminister eines Tages ganz schön doof da.»

«Wieso das?»

«Wollen Sie sich nicht setzen? Ich kriege noch einen steifen Hals, wenn ich dauernd zu Ihnen aufschauen muss.»

Pretzke nimmt brav Platz. Mohr hat ihn am Haken. Für den Moment jedenfalls.

«Weil nämlich garantiert eines nicht allzu fernen Tages der WDR oder die Rheinische Post oder wer auch immer fragen wird, welche Erfolge diese neue LKA-Dienststelle, die der Minister der Öffentlichkeit als neues, schlagkräftiges Instrument im Kampf gegen das Verbrechen angepriesen hat, denn inzwischen vorzuweisen hat. Dann müsste er antworten: gar keine; war leider nur so eine Schnapsidee der neuen Landesregierung.»

Mohr legt eine Kunstpause ein. Pretzke spielt an seinen Manschettenknöpfen rum.

«Zweite Möglichkeit: Ich finde Ansatzpunkte für weitere Ermittlungen. Wenn die fundiert sind, bedeutet das in der Regel: Es wurde vorher schlampig gearbeitet. Nennen Sie mir eine Staatsanwaltschaft in NRW, die sich dafür artig bedankt. Egal, welche Akte ich mir vornehme: Es wird immer Ärger geben. Wenn nicht mit Rheinheim, dann eben mit einer der anderen achtzehn Staatsanwaltschaften.»

Pretzke legt nachdenklich die Stirn in Falten. Schließlich steht er auf, öffnet die Bürotür, dreht sich im Türrahmen noch einmal um und sagt: «Da ist was dran, muss ich zugeben. Ich werde den Gedanken an höherer Stelle vorbringen. Da müssen wir uns für die Zukunft grundsätzlich was einfallen lassen.»

«Ja. Müssen Sie wohl.»

«Aber der Rheinheimer Fall ist ab sofort für Sie gestorben.»

«Aber ...»
«Kein Aber. Basta!»
Die Tür fällt mit einem Knall ins Schloss.

DIENSTAG, 25. SEPTEMBER 2018

Ehrliche Frage, ehrliche Antwort.
«Augenblicklich nicht so grell.»
«Wollen Sie mir vielleicht erzählen, warum es Ihnen nicht so gut geht, Herr Mohr?»
«Wissen Sie, Frau Dr. Voss, ich mag Sie. Ehrlich. Ich hab Sie inzwischen in mein Herz geschlossen. Ja, ja, Sie gucken jetzt ganz skeptisch, kann ich gut verstehen, wo ich Sie doch letzte Woche draufgesetzt habe. Tut mir echt leid. Ich hab's verschwitzt. Ich weiß auch, dass ich in den ersten beiden Sitzungen ziemlich grantig zu Ihnen war ...»
«Grantig? Das haben Sie aber schön gesagt.»
«War jedenfalls nicht nett von mir. Das hatte aber nichts mit Ihnen als Person zu tun ...»
«Aha. Sondern?»
«Sondern mit diesem Konfliktbewältigungs- und Deeskalations- und Wiedereingliederungsprogramm für charakterlich unreife Schlägertypen wie mich, inklusive Verarbeitung der schweren Kindheit und so weiter ...»
«Herr Mohr ...»
«Ja, ich ahne es, Frau Dr. Voss: Sie wollen, dass ich allmählich zur Sache komme, wir haben ja nur 50 Minuten Zeit.»
«So ist es.»
«Okay. Übrigens: Mir ist aufgefallen, dass ich bei Ihnen so viel quassel wie sonst nie. Merkwürdig, finden Sie nicht? Woran liegt das?»

«Herr Mohr, ich ...»

«Okay, okay. Ich komm ja schon zur Sache. Dass ich im Moment etwas durch den Wind bin, hat dummerweise mit Ihrem Chef zu tun.»

«Mit Herrn Pretzke?»

«Genau. Und deshalb bin ich auch ein wenig gehemmt, mit Ihnen darüber zu sprechen. Verstehen Sie das, Frau Dr. Voss?»

«Ja. Ich denke, ja.»

«Schwierige Sache.»

«Ja ...»

«Eigentlich nicht zu lösen, das Problem ...»

Sie studiert ihn. Dann wandert ihr Blick für einen Moment zur Decke, als fände sich dort eine Lösung. Schließlich sieht sie ihm direkt in die Augen und sagt: «Herr Mohr! Ich mache Ihnen ein Angebot: Was Sie mir heute hier erzählen, verlässt diesen Raum nicht, das verspreche ich.»

«Meinen Sie das ernst?»

«Sonst würde ich es nicht sagen.»

«Ich nehme Sie beim Wort. Ich vertraue Ihnen. Ist das nicht merkwürdig? Wir kennen uns so gut wie gar nicht ...»

«Legen Sie endlich los, Herr Mohr. Oder ich ziehe mein großzügiges Angebot zurück.»

Also erzählt er ihr, was er in den vergangenen 20 Tagen erlebt und erfahren hat. Die Ungereimtheiten. Die Merkwürdigkeiten. Die durchsichtigen Vertuschungsversuche in der Akte. Die kryptischen Andeutungen des Hausmeisters im seit Jahren geschlossenen Rheingold. *Hier hieß das Zeug nur Schenkelspreizer.* Die denkwürdige Mittagspause mit seinem außergewöhnlich wortkargen Kollegen Heinz Oestrich. *Es hat sich viel verändert, Tom. Und wir beide werden das nicht ändern.* Das Treffen mit Willy Nowak, seinem Ersatzvater aus Kindheitstagen, und dessen Einschätzung der Rockerszene. *Omertà. Das System ist simpel und funktioniert, solange alle brav die Schnauze halten. Und alle halten die*

Schnauze, verlass dich drauf. Das Telefonat mit dem Duisburger Rechtsmediziner. *Das ist doch Blödsinn! Stopp! Ich korrigiere mich: Das ist ausgemachter Schwachsinn!* Was die Eltern des toten Jungen von ihren zermürbenden Erlebnissen mit den Ermittlungsbehörden berichteten. *Die meisten Wasserleichen rutschen gleich bis in die Nordsee durch.* Die vier Tage und Nächte, die Mohr mit den Videos der Überwachungskameras zugebracht hat. Der Besuch bei der Rheinheimer Staatsanwaltschaft. *Ich fürchte, Sie verrennen sich da in was.* Und die gestrige Begegnung mit Philipp Pretzke, der ihm den Fall entzogen hat.

«Herr Mohr?»

«Ja?»

«Ich fürchte, ich habe Sie völlig falsch eingeschätzt.»

Mohr richtet sich in seinem Sessel auf.

«Wie meinen Sie das?»

Vera Voss lächelt. Er findet ihr Lächeln hinreißend. Er findet inzwischen einiges an ihr hinreißend.

«Ich habe mich wohl in Ihnen getäuscht. Ich dachte bislang, Sie seien ein Kerl, der nicht so schnell den Schwanz einzieht.»

«Könnte es vielleicht sein, dass Sie mich ein bisschen provozieren wollen, Frau Doktor?»

«Könnte sein.» Sie sieht auf die Uhr.

«Wenn Sie mich einen kleinen Augenblick. Bin sofort wieder zurück.»

Mohr starrt eine Weile die Tür an, hinter der sie verschwunden ist. Dieser unglaublich elegante Gang. Wie sie sich bewegt. Wie sie sich aus dem Sessel erhebt. Wie sie sich im Sessel niederlässt. Wie sie die Beine übereinanderschlägt. Mohr sieht ebenfalls auf die Uhr. Die Zeit ist fast um. Was macht sie? Wo ist sie hin?

Zwei Minuten später kehrt sie zurück, lässt sich in ihrem Sessel nieder, schlägt die Beine übereinander und lächelt. «Verzeihen Sie. Ich habe nur schnell im Sekretariat nebenan den Folgetermin abgesagt.»

«Oh. Ein Bedürftiger, der nun vergebens auf Hilfe ...»

«Ein völlig überflüssiges Meeting, das genauso gut ohne mich oder morgen oder nächste Woche stattfinden kann. Oder meinetwegen auch nie. Allmählich gewöhne ich mich an Ihren Zynismus, Herr Mohr. Obwohl ich inzwischen davon überzeugt bin, dass Sie gar kein Zyniker sind. Alles nur Fassade. Wo waren wir stehengeblieben?»

«Vor wem ziehe ich denn Ihrer Meinung nach meinen ...»

«Vor diesem Weichei Pretzke.»

«Vor Pretzke? Sie irren sich, Frau Dr. Voss.»

«Dann klären Sie mich auf.»

«Es ist ... wie soll ich das beschreiben?»

«Versuchen Sie es doch einfach mal.»

«Die Membran bekommt gerade Risse und Löcher. Und das macht mich fassungslos. Allein die Vorstellung lähmt mich, saugt mir den Saft aus den Knochen.»

«Die Membran?»

«Die Membran, die meine Seele schützt ... die Membran, das ist der Glaube an das System: Wir sind die Guten, die im Auftrag der Gesellschaft aufpassen, dass all das existierende Böse auf dieser Welt nicht überhandnimmt oder gar den Sieg davonträgt. Denn das wäre das Ende von allem, wofür so viele Menschen die letzten Jahrhunderte gekämpft haben.»

«Freiheit, Gleichheit, Brüderlichkeit?»

«Ich meine Gerechtigkeit. Ich meine die Abschaffung der Willkür, die Abschaffung des Rechts des Stärkeren. Das ist der wahre Wert von Demokratie: die Abwesenheit von Willkür.»

«Und Sie glauben, dass die Institutionen, die für die Verteidigung des Guten stehen, vom Bösen infiziert sind?»

«Ich will es nicht glauben!»

«Dann kämpfen Sie doch für Ihren Glauben!»

«Im konkreten Fall? Das ist so lange schwierig, wie ich das Motiv noch nicht erkenne.»

«Das Motiv wofür?»

«Das Motiv dafür, warum der Todesfall Jonas Barthold unter keinen Umständen zur Aufklärung gebracht werden soll.»

«Herr Mohr, haben Sie mal an die Möglichkeit gedacht, dass es *das* Motiv vielleicht gar nicht gibt?»

«Jetzt stehe ich auf der Leitung, Frau Doktor.»

«Okay. Ich nenne mal ein Beispiel aus der Wissenschaft. Wir Menschen neigen zu monokausalem Denken. Ziemlich primitiv. Aber so sind wir nun mal gestrickt: primitiv in unserer Denkstruktur. Wir glauben, dass *eine* sichtbare Wirkung exakt *eine* einzige, zunächst noch unsichtbare Ursache haben muss. Deshalb tun wir uns so schwer, Naturphänomene zu begreifen. Weil die Natur nicht so funktioniert, wie wir uns das denken. Nehmen Sie nur mal den Klimawandel. Für den gibt es nicht die eine, sondern ein ganzes Bündel von Ursachen, die sich auch noch gegenseitig bedingen und verstärken. Verstehen Sie so ungefähr, was ich meine?»

«Ich denke schon. Aber was hat der Klimawandel mit meinem Problem zu tun?»

«Dann nehmen wir eben ein Beispiel aus der kriminologischen Forschung. Viele Sexualverbrecher hatten traumatische Erlebnisse in der Kindheit. Gilt deshalb der Umkehrschluss? Werden aus allen traumatisierten Kindern später Sexualverbrecher?»

«Gottlob nicht.»

«Ich habe mir für die Sache mal ein anschauliches Beispiel ausgedacht. Großbrand in einem Luxushotel im Schwarzwald. Die Polizei befragt Gäste und Personal. Warum nur sind alle so wortkarg? Gehören sie allesamt einer Verschwörung an? Einem Komplott?»

«Vermutlich nicht.»

«Genau! Es wirkt nur so! Warum ist zum Beispiel der Hoteldirektor so wortkarg? Vielleicht, weil der Brandschutz in dem hübschen, aber in die Jahre gekommenen Gründerzeitgebäude längst nicht mehr auf dem aktuellen Stand war. Er wollte die teure Investition noch ein bisschen hinausschieben, wegen der Bilanz. Schön und gut, aber warum ist der Küchenchef so wortkarg? Vielleicht ahnt er, dass die konkrete Brandursache in seiner Küche zu suchen ist. Ein kleiner technischer Mangel, den er schon längst hätte beheben müssen. Wenn das rauskommt, ist er seinen Job los. Schön und gut, aber warum ist die Dame aus Zimmer 28 so wortkarg? Weil sie den Hoteldirektor schützen will? Oder den Küchenchef? Nein. Das Personal des Hotels interessiert die Frau überhaupt nicht. Und die Brandursache ebenfalls nicht. Aber sie hat sich mit ihrem Liebhaber in dem abgelegenen Hotel einquartiert, und ihr Ehemann, ein prominenter Politiker, glaubt, sie wäre bei einer Fortbildung. Das Liebespaar war gerade in der Sauna, als das Hotel evakuiert wurde. Jetzt steht die Frau im weißen Bademantel auf dem Rasen, und überall auf dem Gelände haben schon Fernsehteams Stellung bezogen.»

«Verstehe.»

«Was ich damit sagen will: Wir glauben, unser Leben im Griff zu haben, wir glauben, unsere Gegenwart und unsere nahe Zukunft perfekt geplant zu haben. Und dann wirft uns ein außergewöhnliches Ereignis völlig aus der Bahn. Und plötzlich haben wir alle einen Grund, die Unwahrheit zu sagen. Oder nur die halbe Wahrheit. Wir müssen improvisieren. Darin sind wir nicht geübt. Nur das Schweigen eint uns. Aber unsere Motive sind völlig unterschiedlicher Natur.»

«Sie meinen, die Nacht zum 9. November 2013 ...»

«... war vielleicht so ein nicht planbares, unvorhersehbares Ereignis. Und alle haben anschließend nach dem Motto *Rette sich, wer kann* gehandelt.»

«Sie glauben also ...»

«Haben Sie mir nicht beigebracht, nichts zu glauben? Ich halte es zumindest für möglich, dass es in diesem Fall eine Fülle unterschiedlicher Motive dafür gibt, nur die halbe Wahrheit oder gar die Unwahrheit zu sagen. Die ehemaligen Schulkameraden, die Taxifahrer, die beiden Polizisten am Unfallort, die Türsteher, die junge Frau, die beiden Typen auf der Brücke, der Wachleiter, die ermittelnden Kriminalbeamten, die Staatsanwaltschaft. Oder nehmen sie zum Beispiel Philipp Pretzke. Dessen Motiv kann ich Ihnen jetzt schon nennen. Den interessiert der Tod des Jungen überhaupt nicht. Der will nur Ruhe im Laden, der will keinen unnötigen Ärger mit der Staatsanwaltschaft, der will auf keinen Fall anecken, weil er glaubt, das könne seine Berufung ins Ministerium gefährden. Die Motive der anderen Beteiligten werden Sie schon selber herausfinden müssen. Das können Sie viel besser als ich.»

Ein Satz bahnt sich mit einem Mal den Weg in sein Bewusstsein. Ein Satz, den vor elf Tagen Professor Büsch am Telefon sagte: *Vorsicht, Herr Mohr. Sie neigen wie die meisten Menschen dazu, monokausal zu denken.*

Vera Voss sieht auf die Uhr. «Den nächsten Termin darf ich aber nun wirklich nicht versäumen. Haben Sie noch Fragen?»

«Ja, eine Frage habe ich noch, Frau Doktor.»

«Bitte sehr, Herr Mohr.»

«Könnten Sie sich eventuell vorstellen, gelegentlich mal mit mir essen zu gehen?»

Sie lächelt. Meine Güte. Sie lächelt.

«Sobald Sie sich entschließen können, ein für alle Mal und bis in alle Ewigkeit auf dieses dämliche *Frau Doktor* zu verzichten, fange ich an, darüber nachzudenken.»

MITTWOCH, 26. SEPTEMBER 2018

«Frau Riske?»

Der Typ muss schon auf sie gewartet haben, draußen neben der Ladentür. Er zieht etwas aus seiner Jackentasche und hält es ihr vor die Nase. Sie nimmt den Ausweis in die Hand und liest, was draufsteht:

Thomas Mohr

Kriminalhauptkommissar

Landeskriminalamt Nordrhein-Westfalen

«Und was wollen Sie von mir?»

«Mit Ihnen reden.»

«Worüber denn?»

«Über die Nacht vom 8. zum 9. November 2013.»

Sie beißt sich auf die Lippe.

«Sie erinnern sich? Bad Hombach. Das Rheingold. Die Brücke zur Insel. Der tote Junge. Jonas hieß er. Neunzehn Jahre.»

Sie gibt ihm den Ausweis zurück. Einen Moment hofft sie, auch ihn los zu sein, sobald sie ihm den Ausweis zurückgibt. Sorry, kein Bedarf. Schönen Tag noch. Aber der Typ denkt nicht dran, einfach so zu verschwinden.

Stattdessen wartet er auf ihre Antwort. Also sagt sie besser was.

«Ziemlich lange her.»

«Ja. Fast genau fünf Jahre.»

«Ich hab damals der Polizei schon alles gesagt.»

«Ich weiß, Frau Riske. Ich weiß, was Sie damals der Polizei gesagt haben. Aber wir untersuchen den Fall jetzt noch mal neu. Wir fangen noch mal ganz von vorne an.»

«Ich hab nur eine halbe Stunde Mittagspause.»

«Machen Sie sich keine Sorgen. Hab ich vorhin alles schon telefonisch mit Ihrer Chefin geklärt. Die weiß Bescheid. Die Zeit müssen Sie auch nicht nacharbeiten, hat sie mir versprochen. Dadrüben steht mein Wagen. Gehen wir?»

Er startet den Motor, und dann fahren sie los. Er fährt und schweigt. Sie sitzt daneben und schweigt.

Sie sind schon eine ganze Weile unterwegs, bestimmt schon eine Viertelstunde oder so, als sie es nicht mehr aushält und sich zu fragen traut: «Wo fahren wir eigentlich hin?»

«Nach Bad Hombach. Ist nicht mehr weit. Ist einfacher, alles gleich vor Ort zu besprechen.»

Ist tatsächlich nicht mehr weit. Der Typ stoppt den Wagen direkt vor dem Rheingold, also dem ehemaligen Rheingold. Gleich rechts neben dem einzigen Auto, das um diese Zeit auf dem Personalparkplatz steht. Die goldenen Buchstaben an dem Gebäude sind weg. Sie war seither nicht mehr hier gewesen.

Sie ist froh, endlich aussteigen zu können. Der Typ hat fast die gesamte Fahrt über geschwiegen. Nur geguckt, manchmal. Und einmal gefragt, ob ihr der Job Spaß mache. Sie hat nur mit den Schultern gezuckt. Spaß? Was soll denn daran Spaß machen, Kartons auszupacken und Regale zu befüllen? Aber das geht den nichts an. Job ist Job. Hauptsache, es gibt ein bisschen Kohle. Besser als die Zeit davor. Ohne Job. Ohne alles.

Als sie aussteigen, steht da schon ein anderer Typ. Muss in dem Auto da gewartet haben. Viel jünger als der Typ, mit dem sie gekommen ist.

«Frau Riske, das ist mein Kollege Klaus Becker. Er wird uns begleiten und das Gespräch aufzeichnen.»

Der jüngere Typ zeigt ihr keinen Ausweis, aber er gibt ihr die Hand und guckt freundlich. Freundlicher als der Alte. Dann erzählt er ihr was von ihren Rechten, sie hat das alles schon mal gehört, damals bei der Polizei, bei der kurzen Vernehmung im Präsidium. Sie versteht auch diesmal kein Wort, weil ihre Gedanken vorauseilen, zu den Erinnerungen an jene Nacht. Sie nickt und hofft, dass es bald vorbei ist.

«Frau Riske? Haben Sie auch wirklich alles verstanden, was ich Ihnen gerade erklärt habe?»

Sie nickt noch mal.

«Frau Riske, können Sie bitte laut und deutlich sagen, dass Sie alles verstanden haben, was ich Ihnen gerade erklärt habe, damit ich Ihre Bestätigung hier auf dem Band habe?»

«Ja. Klar. Alles verstanden.»

Dann redet der Jüngere so gut wie nichts mehr, nur noch der Ältere. Alles sieht so anders aus. Bei Tag. Nach so vielen Jahren.

«Frau Riske, Sie wohnen hier in Bad Hombach.»

«Ja. Oben im Berg. Wieder.»

«Was heißt: wieder?»

«Nichts.»

«Frau Riske, so geht das nicht. So kommen wir nicht weiter. Sie müssen die Fragen schon beantworten.»

«Ich war zwischendurch eben mal weg.»

«Wo waren Sie?»

«In Köln.»

«Längere Zeit?»

«Ja.»

«In Köln waren Sie aber nicht gemeldet.»

«Nein.»

«Wo haben Sie dort gewohnt?»

«Mal hier, mal da.»

«Hatten Sie in Köln einen Job?»

«Nein.»

«Und was haben Sie all die Zeit in Köln gemacht?»

«Nix.»

«Was heißt: nix?»

«Nix heißt nix.»

«Frau Riske, wenn ich Ihnen jeden Satz aus der Nase ziehen muss und Sie die ganze Zeit so einsilbig antworten, dann stehen wir morgen früh noch hier.»

«Was wollen Sie denn hören? Ich hab damals, als das hier passiert ist, gerade ein freiwilliges soziales Jahr gemacht, im Jugendzentrum hier in Bad Hombach, ich wusste nach der Schule nicht, was ich machen soll, keine Ahnung. Der Leiter von dem Jugendzentrum, der Friedhelm, der hat mich irgendwann angequatscht, weil ich in dem Laden ziemlich viel abhing damals, was machste denn jetzt so, wo du mit der Schule fertig bist, und ich hab gesagt, keine Ahnung, was ich machen soll, und da hat er gesagt, dann mach doch ein freiwilliges soziales Jahr bei uns, wenn du sowieso die ganze Zeit hier rumhängst. Kommste auf andere Gedanken, und dann fällt dir irgendwann was ein. Hab ich dann ja auch gemacht, also das mit dem freiwilligen sozialen Jahr im Jugendzentrum, und weil das ganz gut lief und der Chef immer nett zu mir war und ich mir auch echt Mühe gegeben habe, immer pünktlich war und so, da dachte ich, die behalten mich vielleicht, die geben mir einen Job danach. Ja, Scheiße! Irgendwann hab ich das kapiert. Alles für'n Arsch. Keine Chance, wenn man nur Hauptschulabschluss hat.»

«Und da sind Sie ein bisschen aus der Bahn ...»

«Ein bisschen!» Sie lacht. Das Lachen klingt bitter. «Ein bisschen, ja. Ich hab das auch zu Hause nicht mehr ausgehalten. Wenn Sie es genau wissen wollen: Ich hab in Köln auch auf der Straße geschlafen. Am Bahnhof, in Einkaufspassagen. Und bei Typen geschlafen, das wollen Sie jetzt gar nicht so genau wissen. So, ich möchte nicht mehr darüber reden.»

«Einverstanden. Sie haben jetzt einen Job ...»

«Ja. Als Aushilfe. Auf Abruf. Also wenn einer krank wird oder Urlaub hat oder sonst wie Engpass ist.»

«Und wie oft passiert das?»

«Keine Ahnung. Eigentlich dauernd. So drei-, viermal in der Woche. Manchmal auch weniger.»

«... und Sie wohnen wieder hier in Bad Hombach.»

«Ja. Kann mir keine eigene Wohnung leisten.»

«So wie damals, als das hier passiert ist.»

«Was, wie damals?»

«Sie wohnen wieder in Bad Hombach, so wie damals, als das hier im Rheingold passiert ist.»

Sie nickt. Sie ist auf der Hut. Sie ist schon ein Leben lang auf der Hut. Ständig auf der Hut. Besser so.

«Bei Ihrem Vater.»

«Ja.»

«Mit Ihrer zwei Jahre jüngeren Schwester.»

«Damals ja. Aber jetzt nicht mehr. Jetzt wohne ich da nur mit meinem Vater. Meine kleine Schwester wohnt jetzt wieder bei meiner Mutter. Zuerst hat sie bei meinem Onkel gewohnt, vorübergehend, dann bei unserer Mutter. Der Onkel, das ist der Bruder von meiner Mutter. Meine kleine Schwester und ich, wir sind schon ziemlich viel rumgekommen im Leben.»

«Wie sind Sie denn an jenem Abend vom Berg hier runter ins Rheingold gekommen? Mit dem Bus?»

«Mit dem Auto.»

«Bitte etwas genauer, wenn's geht.»

«Ja, Mann. Wir sind zuerst mit dem Auto in eine Kneipe, irgendwo auf der Strecke, weiß nicht mehr, wo. Stinknormale Kneipe. Wo einen die alten, geilen Säcke dauernd anglotzen. Was getrunken. Dann sind wir weiter zum Rheingold.»

«Wer hat das Auto gefahren?»

«Also ich nicht.»

«Klar. Sie waren ja auch erst siebzehn. Wer ist gefahren?»

«Eine Freundin von der Svenja. Kannte ich nicht. Weiß auch gar nicht mehr, wie die hieß. Die hatte uns zu Hause abgeholt mit ihrem Auto. Die ist aber früh wieder weg aus dem Rheingold.»

«Die Freundin von der Svenja ...»

«Ja.»

«Wie früh denn?»

«Vielleicht so nach zwei Stunden.»

«So früh schon? Da hat sich der teure Eintritt ja gar nicht rentiert. Meine Güte, 15 Euro für nur zwei Stunden ...»

«Was kann ich denn dafür? Die hatte wahrscheinlich keinen Bock mehr. Kann ja mal passieren, dass man auf einmal keine Lust mehr hat, oder? Außerdem waren das nur 13 Euro. Für Jungs 15, für Mädels 13. Vielleicht hat sie ja auch gar nicht die Flatrate genommen, dann waren's nur vier Euro Eintritt, Getränke gingen dann extra. Keine Ahnung.»

«Hat sich das denn überhaupt gelohnt mit der Flatrate?»

«Klar. Die Getränke waren nämlich schweineteuer in dem Laden.»

«Und Sie sind noch geblieben. Mit der Svenja.»

«Ja. Also, die Svenja hab ich zwischendurch aus den Augen verloren. Waren ja ziemlich viele Leute da.»

«Die Svenja ... ist das ihre jüngere Schwester?»

«Nein! Meine kleine Schwester heißt Vanessa.»

«Stimmt. Die Svenja, die war ja schon älter. Älter als Sie. Svenja Schultheiß, nicht wahr?»

«Ja. 23 oder so war die damals. Glaub ich.»

«Und wohnte damals ebenfalls bei Ihnen im Haus. Mit Ihnen, mit Ihrer kleinen Schwester, mit Ihrem Vater.»

«Ja. Beziehungsweise: Mein Vater war zu der Zeit für ein paar Monate gar nicht da. Halbes Jahr oder so. Deshalb hat er die Svenja gebeten, für die Zeit auf uns aufzupassen, also auf die Vanessa und mich. Wo sie doch sowieso bei uns gewohnt hat. Die Svenja sollte auf uns aufpassen, weil wir noch minderjährig waren und damit das Jugendamt keinen Stress macht.»

«Eine 23-Jährige soll monatelang auf eine Siebzehn- und auf eine Fünfzehnjährige aufpassen?»

«Hab ich doch grad gesagt.»

«Stand Ihr Vater in einer engeren Beziehung zu Svenja?»

«Na, die waren zusammen.»

«Zusammen? Ein Paar?»

«Ja-ha! Tut das was zur Sache?»

«Keine Ahnung. Sagen Sie's mir.»

«Nein. Tut es nicht. Die waren verlobt, sozusagen. Die waren ja da schon eine ganze Weile zusammen.»

«Sind die immer noch zusammen, also die Svenja Schultheiß und Ihr Vater?»

«Schon lang nicht mehr.»

«Okay. Weshalb war Ihr Vater denn für Monate weg?»

«Gefängnis. Mehr möchte ich dazu nicht sagen.»

«Müssen Sie auch nicht. Und Ihre Mutter?»

«Keine Ahnung. Die waren ja geschieden.»

«Hatten Sie keinen Kontakt zu Ihrer Mutter?»

«Manchmal ja, manchmal nein.»

«Kommen wir zurück zu dem Abend. Hatten Sie vorher in der Kneipe schon was getrunken?»

«Ja.»

«Viel?»

«Ich nicht. Ein Bier. Ich trinke nie viel.»

«Und die Svenja?»

«Weiß nicht mehr. Die verträgt ja nix.»

«Die Svenja wurde also schnell betrunken ...»

«Ja. Die war ja irgendwann auch weg.»

«Die war weg? Wohin?»

«Also nicht weggegangen. Weggetreten. Sagt man doch so, oder? Die lag irgendwann bewusstlos auf dem Klo. Also später, im Rheingold. Die wurde ja vom Rettungswagen ins Krankenhaus gebracht.»

«War das, bevor ...»

«Nein. Danach. Ziemlich bald danach.»

«Alkohol?»

«Was weiß ich. Sie hat am nächsten Tag was von K.-o.-Tropfen gefaselt. Aber der darf man eh nicht alles glauben. Ich hab gar nicht hingehört. Kein Bock. Ich hab sie rausgeworfen.»

«Rausgeworfen?»

«Ja. Aus unserer Wohnung. Die haben ihr in der Nacht im Bad

Hombacher Krankenhaus den Magen ausgepumpt, und dann wurde sie am Morgen nach Rheinheim in die Klapse gebracht, wegen Suizidgefahr, haben die gesagt.»

«In die Psychiatrie? In die LVR-Klinik?»

«Ja. So ein Quatsch. Die Svenja und Selbstmord! Jedenfalls ist die da einfach abgehauen und zu uns gekommen. So am Nachmittag. Aber ich hab ihr sofort gesagt, pack deinen Scheiß und hau ab. Auf der Stelle. Sonst erzähl ich dem Alten, mit wem du die ganze Nacht rumgemacht hast. Das hat gewirkt. Der Alte kann nämlich ziemlich ausrasten, wenn er sauer ist. Da hat sie auch brav ihre Sachen gepackt und ist abgehauen. Seitdem hab ich sie nicht mehr gesehen.»

«Mit wem hat sie denn an dem Abend rumgemacht?»

«Sind wir deswegen hier?»

«Was hat denn das Jugendamt dazu gesagt, dass es auf einmal keine Betreuungsperson mehr gab?»

«Die haben das akzeptiert. Die haben das nämlich schnell gecheckt, dass wir ohne die Svenja besser dran sind als mit der Svenja. Aber dann haben die unsere Mutter alarmiert, die kam dann und hat die Vanessa zu meinem Onkel gebracht und da einquartiert, weiß gar nicht, wo der wohnt. Ich durfte dann alleine im Haus bleiben, weil ich ja schon fast achtzehn war. Später ist meine Schwester dann zu meiner Mutter gezogen.»

Der Polizist zeigt auf den grauen Betonbau, der mal das Rheingold gewesen ist. «Wann sind Sie denn an dem Abend hier angekommen?»

«Weiß ich nicht mehr.»

«Nur so ungefähr. Am frühen Abend? Am späten Abend? Vor Mitternacht? Nach Mitternacht?»

«Vor Mitternacht. Aber nicht viel früher. Am frühen Abend war ja hier noch nix los. Alle kamen immer erst später.»

«Sie waren damals erst siebzehn. Haben die Türsteher denn nicht die Ausweise kontrolliert?»

«Bei den Jungs schon. Da haben die immer kontrolliert. Bei den Mädels nicht. Die haben auch die vierzehn- oder fünfzehnjährigen Mädchen reingelassen, also, wenn die allein da waren und hübsch und nett angezogen. Nett angezogen, damit mein ich: nuttig angezogen. Wenn zum Beispiel so hinten die Arschbacken aus den abgeschnittenen Jeans rausgucken. Die Türsteher kannten auch von vielen Mädchen die Vornamen, da hatten die ein gutes Gedächtnis für, und dann machten sie am Eingang gern Scherze mit denen. Haben so rumgeflirtet.» Jessica verdreht die Augen. «Als hätten sie da 'nen Filmstar vor sich oder so. Manche von den Tussen fühlten sich davon geschmeichelt.»

«Verstehe. Sie auch?»

«Was? Ich? Nä! Mit mir haben die aber auch keine so Scherze gemacht.»

Sie schaut an sich hinab. Die Docs mit den dicken Sohlen. Die weite Army-Hose. Schwarzes Sweatshirt. Niemand flirtet mit einem Mädchen, das sich wie ein Kerl anzieht. Gut so. Sie kratzt sich am Unterarm. Weil es juckt. Ganz doll juckt. Und nicht mehr aufhört. Der frische Schorf. Vom Ritzen. Der-Schorf-muss-weg. Durch den dicken Stoff des Sweatshirts geht das nicht so gut. Aber sie traut sich nicht, den Ärmel hochzuschieben.

«Haben Sie denn an dem Abend im Rheingold zufällig auch Leute getroffen, die Sie kannten?»

«Klar kennt man eine Menge Leute vom Sehen.»

«Wen denn zum Beispiel?»

«Mann, wie soll ich das denn jetzt noch wissen, wer an dem Abend alles da war? Nä!»

«Zum Beispiel der Jonas Barthold?»

«Den kannte ich ja überhaupt nicht. Und vorher hab ich den auch noch nie im Rheingold gesehen.»

«Vorher?»

«Vor dem Abend.»

«Ich verstehe. Wann und wo haben Sie an dem Abend den Jonas denn zum ersten Mal gesehen?»

Halt ja die Schnauze, du Fotze.

«Keine Ahnung. Ist ja echt lange her.»

«Frau Riske, mein Kollege will Ihnen etwas zeigen. Ein Video von damals. Schauen Sie mal.»

Der jüngere Polizist hält ihr ein Tablet hin. Meine Fresse, ein nagelneues iPad Pro, superdünn, superteuer.

«Gucken Sie mal. Da sind Sie in Begleitung zweier junger Männer. Die Frisur steht Ihnen übrigens echt gut. Auch die Farbe. An dem Weißblond kann man sie auch immer gut erkennen in den Videos. Schauen Sie mal: Da sieht man, wie Sie gemeinsam mit den beiden Männern das Rheingold durch den Kassenraum verlassen und nach draußen gehen. Man könnte meinen, Sie haben es ziemlich eilig.»

«Ja und?» Das Jucken wird stärker. Sie muss sich jetzt beherrschen. Sonst verliert sie die Kontrolle.

«Wir wollen Ihnen nur helfen, sich zu erinnern, welche Freunde Sie an dem Abend im Rheingold getroffen haben.»

Der jüngere Polizist lässt die Szene immer wieder vor und zurück laufen. Vor und zurück. Vor und zurück. Ihr wird schwindlig. Aber sie kann den Blick nicht abwenden.

«Freunde!» Sie spuckt das Wort aus, als hätte es einen ganz üblen Beigeschmack. «Freunde ist echt zu viel gesagt. Der eine, der mit dem gestreiften Shirt, das ist der Rashid Bassir. Marokkaner. Den kenn ich aber auch nur, weil die Svenja mit dem seinem Cousin befreundet war.»

«Name?»

«Der Cousin vom Rashid?»

«Ja.»

«Jamal.»

«Jamal Bassir?»

«Ja.»

«Was heißt befreundet?»

Sie verdreht die Augen.

«Und der andere?»

«Kannte ich vorher gar nicht. Der war an dem Abend mit dem Rashid unterwegs.»

«Name?»

«Otto.»

«Und weiter?»

«Also richtig heißt der wohl Ottokar. Die Eltern sind aus Russland nach Deutschland ausgewandert, oder so. Deutschrussen. Oder Russlanddeutsche. Keine Ahnung. Die haben ja oft so altmodische Vornamen. Ja, jetzt weiß ich es wieder: Ottokar Popow hieß der.»

«Sehr schön, Frau Riske. Da sind wir ja jetzt schon ein gutes Stück vorangekommen.»

«Schön für Sie.»

«Weshalb hatten Sie es denn so eilig?»

«Wann?»

«Hier auf dem Video.»

«Die wollten unbedingt draußen was rauchen und haben mich gefragt, ob ich mitkomme. Hatte ich nix dagegen, weil die Svenja ja eh die ganze Zeit mit dem Jamal zugange war ...»

«Zugange?»

Sie verdreht erneut die Augen.

«Verstehe. Und da haben Sie sich gelangweilt, weil die Svenja mit dem Jamal rumgemacht hat. Und das wollten Sie also Ihrem Vater erzählen, falls die Svenja nicht ...»

«Toll. Das haben Sie ja jetzt super ermittelt. Können Sie echt stolz drauf sein. Natürlich hätte ich dem Alten nix erzählt. Ich bin doch nicht bescheuert. Ich wollte nur, dass die Svenja endlich aus unserer Wohnung abhaut. Ich wollte die blöde Kuh nicht mehr sehen. Ich wollte gar keinen mehr sehen von denen.»

«Gar keinen? Wen wollten Sie denn nicht mehr sehen?»

«Gar keinen!»

«Jamal Bassir hat also mit der Verlobten Ihres Vaters, die auf Sie und Ihre kleine Schwester aufpassen sollte, rumgemacht, während euer Vater im Gefängnis saß ...»

«Kann ich da was für?»

«Natürlich nicht. Mit geht nur durch den Kopf, wie belastend das alles für Sie gewesen sein muss.»

Sie zuckt mit den Schultern. Sie kratzt sich. Kurz. Schnell. Tut gut. Tut so gut. Schluss!

«Und Rashid? In welchem Verhältnis standen Sie zu dem?»

«Kein Verhältnis.»

«Das heißt ...»

«Okay, er hat gefragt, ob wir in Kontakt bleiben, er will mich gerne wiedersehen, also so affärenmäßig meinte der das.»

«Und Sie?»

«Bin ich denn bescheuert? Der ist verheiratet.»

«Kinder?»

«Damals nicht. Inzwischen hat er ein Kind mir der, hat mir jemand erzählt. Aber die wohnt wohl in Marokko, mit dem Kind, bei ihrer Familie. Weiß nicht mehr, wer mir das erzählt hat.»

«Wann hat er Sie denn gefragt, ob Sie was mit ihm anfangen möchten? Vorher?»

«Also am 9. November.»

«Bevor der Jonas ...?»

«Nein. Danach. Irgendwann danach. Als wir schon wieder alle im Rheingold waren. Am frühen Morgen.»

«Finden Sie das nicht merkwürdig? Da stirbt jemand kurz vorher, und der Rashid hat Gedanken für so was?»

«Das ist so ein Spast. Was soll ich machen?»

«Haben Sie noch Kontakt zu ihm?»

«Nein. Zu niemandem hab ich Kontakt. Zu Rashid nicht, zur Svenja nicht. Ich war auch nie mehr im Rheingold ...»

«Warum nicht?»

«Wegen dem ganzen Scheiß.»

«Wenn man rausgegangen ist aus dem Rheingold ... musste man da nicht anschließend den Eintritt neu bezahlen?»

«Eigentlich ja. Aber wenn man das Personal gut kannte, die Leute an der Kasse und so ...»

«Verstehe. Tauschen Sie deshalb Blicke aus mit der Kassiererin, als Sie den Kassenraum durchqueren?»

«Was für Blicke?»

«Mein Kollege zeigt es Ihnen noch mal. Schauen Sie genau hin. Da! Jetzt. Sehen Sie? Sieht man doch ganz deutlich.»

«Ja. Kann sein.»

«Die Kassiererin. Birgit Neumann. So hieß die doch, oder?»

«Kann sein, ja.»

«Kannten Sie die näher? Waren Sie befreundet?»

«Pff. Die alte Kuh ...»

«Haben Sie Freunde? Richtig gute Freunde?»

Sie lacht.

«Haben Sie einen Freund?»

«Geht Sie das was an?»

«Frau Riske, mein Kollege spult das Video jetzt um genau fünf Minuten zurück. Sehen Sie genau hin! Da! Jonas verlässt die Diskothek. Und in diesem Moment ...»

«Diskothek?» Sie lacht. «Sie sagen dauernd: Diskothek. Man sagt nicht mehr Diskothek. Niemand sagt Diskothek.»

«Okay. Wie sagt man denn heute dazu?»

«Keine Ahnung. Club. Oder einfach Rheingold.»

Der jüngere Polizist schaltet sich ein: «Da hat die Frau Riske aber recht, Tom. Diskothek sagt man längst nicht mehr.» Er lächelt sie freundlich an. Sie kann sich gerade noch verkneifen, das Lächeln zu erwidern.

«Okay. Wieder was gelernt. Frau Riske, Sie werden es vielleicht nicht für möglich halten, aber ich war mal genauso jung wie Sie und der Jonas. Ich habe dieselben Fehler und Dummheiten gemacht wie Sie und der Jonas, ich hielt mich für genauso unverwundbar wie Sie und der Jonas ...»

«Warum sagen Sie das dauernd?»

«Was denn?»

«Sie sagen dauernd: ich und der. Ich hab mit dem Typen nichts zu tun!» Sie schreit es heraus. Sie reißt sich den Ärmel des Sweatshirts hoch, um besser kratzen zu können.

«Aber ich habe mit dem Jonas zu tun, Frau Riske. Wissen Sie, warum? Ich sage es Ihnen. Weil er tot ist. Und ich wissen will, warum er sterben musste. Und Sie? Wollen auch Sie vielleicht wissen, warum er sterben musste?»

«Nein.»

«Nein? Finden Sie es okay, dass ein Neunzehnjähriger sein Leben verliert, und niemand interessiert sich dafür?»

Sie presst die Lippen aufeinander. Sie schaut weg. In den Himmel. Weil dort nichts ist.

«Frau Riske, gibt es jemanden auf dieser Welt, der sich dafür interessiert, dass Sie leben? Der sich darüber freut, dass Sie leben, und darüber freut, wenn es Ihnen gutgeht ...»

Tränen schießen ihr in die Augen. «Keine Ahnung. Jeden Tag verrecken Menschen, irgendwo, aber das interessiert euch doch einen Scheiß.»

Sie wischt die Tränen mit dem Ärmel des Sweatshirts weg. Sie verschmiert die dicke Schminke um ihre Augen.

«Sollen wir eine Pause machen?»

Sie schüttelt den Kopf.

«Okay. Frau Riske ...»

«Sagen Sie nicht dauernd Frau Riske. Niemand sagt Frau Riske zu mir.»

«Wie soll ich Sie dann nennen?»

«Jessica. So heiß ich. So nennen mich alle.»

«Okay, Jessica. Einverstanden. Dann duzen wir uns jetzt. Ich bin der Tom. Das ist der Klaus.»

Sie nickt. Sie hat wieder nicht richtig zugehört. Klaus. Der Nette. Der Jüngere. Und der andere, der Ältere?

«Können wir weitermachen?»

«Ja. Klar.»

«Jessica, bitte konzentrier dich jetzt noch mal auf das Video. Hier: Die Kassiererin, die Birgit, die schaut Jonas sehr aufmerksam hinterher, wie er Richtung Ausgang geht, wie er nach draußen geht. Dann nimmt sie ganz schnell ihr Handy und tippt eine SMS-Nachricht oder so was.»

«WhatsApp!»

«Von mir aus auch eine WhatsApp-Nachricht. Kannst du das etwa auf dem Video erkennen?»

«Jeder benutzt WhatsApp für so was.»

«Für so was? Für was denn?»

«Für Nachrichten und so.»

«Okay. Kommen wir noch mal zurück zu dem Video. Die Birgit scheint tatsächlich sehr aufgeregt zu sein. Denn die Nachricht, die sie tippt, ist ihr so wichtig, dass sie sogar die ganze Kundschaft am Kassentresen warten lässt. Siehst du das? Da bildet sich schon eine richtige Warteschlange, aber sie tippt einfach weiter. So wichtig ist ihr diese Botschaft. Und keine fünf Minuten später laufen du und der Rashid Bassir und der Ottokar Popow durch den Ausgang und dem Jonas hinterher.»

Er sieht sie an. Sie schweigt.

«Weißt du, was ich glaube?»

«Was denn?»

«Die SMS oder die WhatsApp-Nachricht, die sie tippt, die ist an dich gegangen oder an den Rashid Bassir oder an den Ottokar Popow. Und ich ahne, was drinstand in der Nachricht der Kassiererin: Der Typ ist gerade raus, stand da!»

«An mich nicht.»

«Also an ...»

«Was weiß denn ich? Die haben doch dauernd Nachrichten

gekriegt. Alle zehn Minuten so ungefähr. Die brauchen das. Ist so 'ne Art Statussymbol für die. Vor allem für Rashid. Damit alle anderen von ihm denken, er kennt tausend Leute, er ist so ein wichtiger Typ und gut im Geschäft.»

«Gut im Geschäft? In welchem Geschäft denn?»

«Keine Ahnung.»

«Ihr kommt also raus, seht euch um, aber der Jonas ist weg.»

«Wir wollten nur was rauchen.»

«Wo denn?»

«Dahinten.»

«Wo dahinten?»

«Da!» Sie deutet auf die gegenüberliegende Straßenseite. «Neben der Treppe zu der Brücke. Musste ja nicht unbedingt jeder sehen.»

«Dann gehen wir doch jetzt mal dahin, und dann zeigst du uns die Stelle, wo ihr was geraucht habt.»

«Ich nicht. Nur der Rashid und der Otto.»

«Okay. Gehen wir!»

Sie folgt dem Älteren über die Straße. Der Jüngere ist dicht hinter ihnen. Klaus. Sie kann ihn spüren. Vor allem riechen kann sie ihn. Sein Rasierwasser. Riecht gut.

«So, Jessica. Wo war das?»

«Hier war das. Hier unter den Bäumen am Ufer.»

«Idealer Platz. Die Bäume schirmen das Licht der Straßenlaternen ab, man wird also nicht sofort gesehen, kann gemütlich was rauchen und gleichzeitig in Ruhe die Gegend beobachten, ja? Und dann taucht der Jonas plötzlich wieder auf. Er kommt zurück von der Endstation, weil nämlich keine Bahn mehr zurück nach Rheinheim fährt, wegen der Gleisbauarbeiten in der Nacht. Das hat der Jonas nicht gewusst. Er kommt also zurück und läuft euch hier direkt in die Arme. Was ist dann passiert?»

«Weiß nicht mehr.»

«Denk bitte nach, Jessica.»

«Irgendwas mit Drogen hat der gesagt.»

«Wollte er Drogen kaufen?»

«Nein! Er hat rumgeschimpft. Er hat sich beschwert. Warum sie das machen und so.»

«Was denn?»

«Das mit den Drogen.»

«Was denn mit Drogen?»

«Drogen verkaufen!»

«Im Rheingold?»

«Nein. Ja. Keine Ahnung. Er war jedenfalls irgendwie sauer deswegen. Da wurden die beiden Jungs auch sauer, ist doch klar, dass die da sauer wurden.»

«Um was ging es denn konkret?»

«Keine Ahnung. Ich hab nicht genau hingehört. Ist manchmal besser, nicht zuzuhören. Außerdem hat er ja nicht mit mir geredet, sondern nur mit den beiden ...»

«Und was ist dann passiert?»

«Keine Ahnung. Hab nicht so genau hingesehen. Ist manchmal besser. Irgendwann war der dann weg.»

«Der Jonas ...»

«Ja.»

«Und ihr? Was habt ihr dann gemacht?»

«Oder wir sind weg und haben ihn stehenlassen, weiß nicht mehr so genau. Wir sind jedenfalls die Treppe hier rauf, zu der alten Brücke rauf, die zu der Insel führt. Die Jungs wollten da oben auf der Brücke noch in Ruhe 'ne Line ziehen. Sich abreagieren. Wieder runterkommen.»

«Aha. Der Jonas ist also weggegangen, oder ihr seid weggegangen, und ihr seid dann zu dritt die Treppe rauf, um euch auf der Brücke in Ruhe noch eine Line reinzuziehen.»

«Hab ich doch gesagt.»

«Was denn? Koks? Speed?»

«Keine Ahnung. Ich hab ja nix genommen. Ist mir auch egal. Ich bin einfach nur so mitgegangen.»

«Okay. Fassen wir noch mal deine Version zusammen, Jessica. Ihr habt also hier unter den Bäumen am Ufer gestanden, weil die Jungs kiffen wollten. Dann kam plötzlich der Jonas dazu, er hat sich mit den Jungs gestritten, weil die Drogen verkaufen im Rheingold und ihm das nicht gefiel, dann bist du mit den beiden Jungs die Treppe hoch auf die Rheinbrücke, weil die Jungs in Ruhe und unbeobachtet koksen wollten. Ist das so richtig?»

«Ja.»

«Und warum hast du das damals im November 2013 bei der Vernehmung im Rheinheimer Präsidium nicht erzählt, dass du dem Jonas an dem Abend begegnet bist?»

«Die haben nicht danach gefragt.»

«Du warst also, seit du um 2.08 Uhr aus dem Rheingold raus bist, ununterbrochen mit Rashid und Otto zusammen ... bis 2.52 Uhr, als die beiden Polizisten der zweiten Streifenwagenbesatzung auf die Brücke kamen, weil du so laut geschrien hast, weil da der Jonas ... damals in der Vernehmung hast du noch gesagt: ein Unbekannter ... im Wasser unter der Brücke hergetrieben war.»

«Ja.»

«Eine Dreiviertelstunde also. Nur um was zu rauchen und sich ein Näschen reinzuziehen. Ganz schön lange.»

«Ja und?»

«Im November. Wurde dir nicht kalt? Die ganze Zeit nur rumstehen und den anderen beim ...»

«Das war total warm in der Nacht. Ehrlich. Ich hatte ja auch nur ein T-Shirt an. Das war zum Beispiel wärmer als jetzt, obwohl jetzt erst September ist und tagsüber.»

«Stimmt. War wirklich außergewöhnlich mild gewesen für November. Da hast du völlig recht, Jessica. Als ihr das Rheingold verlassen und die Straße überquert habt, um unter den Bäumen am Ufer was zu rauchen, hast du da zufällig die Polizei gesehen, dadrüben, Richtung Endhaltestelle? Die haben da einen Verkehrsunfall aufgenommen.»

«Ein Streifenwagen stand da, ja. Hat mich aber nicht interessiert, was da los war.»

«Die beiden Jungs auch nicht?»

Sie schüttelt den Kopf.

Der jüngere Polizist schaltet sich ein: «Jessica, damit ich das alles auch auf Band habe ... Könntest du deine Antwort bitte in Worte fassen, statt nur mit dem Kopf zu schütteln?»

«Nein, die hat das auch nicht interessiert. Gut so? Haben Sie jetzt alles drauf auf Ihrem Band? Wir sind einfach weitergegangen, geradeaus, über die Straße, dann zu den Bäumen. Meinen Sie vielleicht, die hätten Bock gehabt, sich von den Bullen erwischen zu lassen, wenn die sich was reinziehen?»

Der ältere Polizist übernimmt wieder: «Jessica, jetzt musst du mir bitte helfen. Damit ich das alles richtig verstehe. Du warst die ganze Zeit mit den beiden Jungs zusammen. Die sind nicht zum Unfallort gegangen, hast du eben gesagt ...»

«Ja ...»

«... aber du hast am 22. November 2013 anonym bei der Polizei angerufen und gesagt, die beiden Typen, nach denen die Polizei öffentlich als Zeugen suchte, nämlich die beiden Typen, die am Unfallort den Jonas in die Mitte nahmen und mit sich fortzogen und ihm die Nase blutig schlugen, das seien der Rashid Bassir und der Ottokar Popow gewesen.»

Verdammt. Wie können die das wissen? Sie hat damals ihren Namen nicht genannt. Und das war ein Prepaidhandy. Die können das nicht wissen. Die bluffen. Die tun nur so, als wüssten sie, wer die anonyme Anruferin war. Die bluffen nur ...

Halt ja die Schnauze, du Fotze.

«Das war ich nicht.»

Er sieht ihr in die Augen. Sie kann in seinen Augen lesen, was er denkt. Egal. Scheißegal. Sie sieht wieder weg. Sie zieht den Ärmel des Sweatshirts hoch und kratzt, bis es blutet. Endlich. Sie zieht den Ärmel schnell wieder drüber. Sie blickt wieder auf. Der Polizist schaut ihr in die Augen. Wie zuvor. Als wäre nichts geschehen. Tut so, als hätte er nichts gesehen.

«Jessica, sollen wir jetzt vielleicht eine Pause machen?»

«Nein.»

«Wenn du vielleicht Hilfe haben willst, einen Psychologen, einen guten Psychotherapeuten, wir haben da Möglichkeiten, wir können ...»

«Mir kann keiner helfen. Außerdem hab ich keinen Bock, irgendwem zu erzählen, was mit meinem Leben ist. Machen Sie einfach weiter, ich muss wieder zurück!»

«Okay. Jessica, der Klaus zeigt dir jetzt eine andere Stelle aus dem Videomaterial. Das ist jetzt die Außenkamera. Es ist jetzt 2.42 Uhr. Da: Siehst du das? Der Jonas rennt zurück in die Diskothek. Sieht ganz so aus, als will er sich vor jemandem verstecken. Sich in der Diskothek in Sicherheit bringen. Oder? Was meinst du, Jessica?»

«Keine Ahnung.»

«Und jetzt kommt eine andere Stelle. Achte mal auf den oberen Bildrand. Schau bitte genau hin! Da kann man gerade noch so die Spannbetonbrücke sehen, die in die eine Richtung in die alte Rheinbrücke mündet und in der anderen Richtung über die Trasse der Bundesbahn und die Bundesstraße hinüber ins Bad Hombacher Kurviertel führt. Siehst du da oben auf der Spannbetonbrücke die zwei Gestalten hin- und herlaufen? Schau genau hin! Der eine trägt ein quergestreiftes T-Shirt. So ein Ringelshirt, schwarz-weiß oder blau-weiß gestreift. Siehst du das, Jessica? Die beugen sich immer wieder über das Metallgeländer und gucken nach unten. Auf den Vorplatz der Diskothek. Ach herrje, jetzt habe ich schon wieder Diskothek gesagt. Die suchen jemanden. Siehst du das? Die suchen den Jonas. Die wissen noch nicht, dass der Jonas vor ihnen ins Rheingold geflohen ist. Und jetzt verschwinden sie aus dem Bild. Rashid Bassir und Ottokar Popow.»

«So gute Augen haben Sie? Ich hab nur zwei Schatten gesehen. Und gestreifte T-Shirts haben viele. Nicht nur Rashid.»

«So, und jetzt ist es 2.44 Uhr auf dem Video. Da erkennt man, wie die zwei Türsteher den Jonas rauswerfen. Und wie der sich mit Händen und Füßen wehrt. Jessica, siehst du, wie er sich wehrt? Er hält sich am Türrahmen fest. Weil er Angst hat, wieder rauszumüssen. Große Angst. Todesangst. Und jetzt hat der Jonas auch wirklich nur noch zehn Minuten zu leben.»

Das Display wird schwarz, der jüngere Polizist packt das iPad in seine Umhängetasche.

Vorbei. Vielleicht ist es gleich vorbei. Alles. Sie schweigen eine Weile. In der Ferne hupt ein Auto. Der ältere Polizist zündet sich eine Zigarette an. Dann hält er ihr die Schachtel hin. «Möchtest du auch eine?»

Sie nickt dankbar.

«Nur noch zehn Minuten hatte er da zu leben. Jessica: Was ist in den zehn Minuten passiert?»

Als er ihr Feuer gibt, formt sie automatisch mit ihren Händen einen Windschutz über der flackernden Flamme. Ihre Fingerspitzen berühren für einen Sekundenbruchteil seine Hand. Die Berührung durchzuckt sie wie ein Stromschlag.

«Kanntest du die Türsteher? War ja nicht jeden Abend dieselbe Besatzung, aber alles in allem ein überschaubarer Kreis von vielleicht einem Dutzend Leuten. Kanntest du die beiden Türsteher, die den Jonas rausgeworfen haben? Oder soll der Klaus noch mal das Video anwerfen?»

Sie schüttelt den Kopf. Sie zieht gierig an der Zigarette.

«Jessica? Hörst du mir zu? Der eine, das ist doch der Gerd Forsbach, oder? Klar doch, das ist der Forsbach.»

«Keine Ahnung, ob der Forsbach heißt. Gerd heißt der, ja, ich kannte nur die Vornamen von denen.»

«Und der andere? Der den Jonas im Nacken packt. Der Riese. Wie heißt der noch mal?»

Sie sagt nichts.

«Moment, der Name stand doch in der Ermittlungsakte. Den Namen habe ich mir doch irgendwo notiert.»

Der ältere Polizist zieht ein winziges Notizbuch aus seiner Jackentasche und blättert darin rum. «Gleich haben wir's.»

Er blättert noch mal zurück. «Wo hab ich's denn? Hier!»

Er blickt von seinem Notizblock auf und ihr direkt ins Gesicht. «Marco Uhlen.»

Sie verzieht keine Miene. Totenmaske. Sie weiß, dass sie das ziemlich gut kann.

«Furchtbar, wenn man sich alles aufschreiben muss. Du musst das vermutlich nicht. Aber in meinem Alter ...»

Sie versucht zu nicken und dabei freundlich zu gucken. Sie weiß, dass sie das nicht so gut kann.

«Wo waren wir stehengeblieben? Ach ja. Der Marco Uhlen. Der Marco, der zusammen mit dem Gerd den Jonas rausgeworfen hat. Den Marco kanntest du also auch?»

«Vom Sehen. Klar.»

«Klar. Scherze mit den jungen Frauen ...»

«Ich sagte doch: Mit mir hat niemand Scherze gemacht.»

Weil ich hässlich bin. Weil ich zu fett bin. Vor allem mein Arsch. Weil ich die falschen Klamotten trage. Weil ich die falsche Frisur habe. Weil ich wie ein Junge aussehe. Weil ich nichts auf die Reihe kriege. Weil ich nicht freundlich gucke. Weil ich nicht nett reden kann. Weil ich ein Nichts bin. Unsichtbar.

«Jessica, du sagtest eben, du bist dann irgendwann mit Rashid und Otto die Treppe rauf, auf die Brücke ...»

«Ja.»

«Dann schlage ich vor, wir gehen jetzt auch mal die Treppe rauf auf die Brücke.»

Er lässt sie dabei keine Sekunde aus den Augen. Der jüngere Polizist folgt ihnen. Bei Tag hat sie die Brücke noch nie gesehen. Alles sieht so friedlich aus. So scheißfriedlich.

Er lenkt sie zur Brüstung an der linken Seite der Brücke, in den ersten Erker. Die falsche Seite. «Da haben wir aber einen schönen Tag erwischt für unseren kleinen Ausflug. Sogar die Sonne lässt sich ab und zu sehen. Was für eine traumhafte Aussicht.»

Sie sagt nichts. Das ist das Beste: So wenig sagen wie möglich.

«So. Wie war das jetzt mit dem Jonas?»

«Hab ich doch gesagt. Die Jungs haben da unten am Ufer was geraucht, und da kam er ...»

«Jetzt sind wir hier oben. Und von hier oben hast du gesehen, wie der Jonas im Wasser davontreibt, wild mit den Armen rudert, um Hilfe schreit, bis er flussabwärts in der Dunkelheit verschwindet. Und du hast geschrien. Ganz laut. So laut, dass der zweite Streifenwagen angerast kommt.»

Sie nickt. Sie schluckt.

«Jessica: Bitte etwas lauter! War es so?»

«Ja. So war es.»

«Warum hast du geschrien?»

«Weil ... weil der im Wasser war.»

«Deine beiden Freunde haben der Polizei gesagt, ein ihnen Unbekannter sei da im Wasser getrieben ...»

«Das sind nicht meine Freunde!»

«Und du hast es später, als du dann bei der Polizei vernommen wurdest, ebenfalls so formuliert: ein Unbekannter. Jessica, warum hast du gelogen?»

«Weiß nicht mehr.»

«Damals hast du der Polizei auch nichts davon erzählt, dass du dem Jonas vorher schon unten am Ufer unter den Bäumen begegnet bist.»

Sie schweigt.

«Neunzehn Jahre. Tod durch Ertrinken. Man sagt, es gibt keinen grausameren Tod. Warum musste Jonas sterben? Zwei Wochen später hat man seine Leiche ...»

«Hören Sie auf! Ich will das nicht hören!»

«Was willst du nicht hören, Jessica?»

Die Schreie. Die Schreie des Jungen im Wasser.

«Was willst du nicht hören, Jessica?»

«Ich will gar nichts mehr hören.»

Halt ja die Schnauze, du Fotze.

«Jessica. Jetzt liegt es nur an dir, ob das hier ganz schnell vorbei ist. Erzähl mir einfach, was passiert ist.»

«Okay. Wir standen also hier oben, auf der Brücke, und Rashid und Otto ... Sie wissen schon.»

«Haben gekokst. Wo standet ihr genau?»

«Dadrüben. Gleich gegenüber in dem Erker. Auf der anderen Seite. Auf der rechten Seite.»

«Okay. Und dann kam der Jonas auf die Brücke ...»

«Ja. Aber der ist einfach an uns vorbeigegangen.»

«Der ist diesmal nicht stehen geblieben? Er hat nicht wieder mit euch geredet? Auf die Drogen geschimpft oder so?»

«Nein. Das wüsste ich ja wohl noch.»

«Natürlich. Und die Jungs? Waren die denn nicht furchtbar erschrocken, dass da plötzlich jemand auftaucht, ausgerechnet der Jonas, wo sie hier oben doch unbeobachtet ...»

«Wahrscheinlich haben die das gar nicht mitbekommen. Die waren so sehr mit ihrer Line beschäftigt.»

«Aber du hast es mitbekommen.»

«Hab ich doch gesagt.»

«Und dann?»

«Was und dann?»

«Was passierte dann?»

«Der ist einfach an uns vorbei, ohne was zu sagen.»

«Wer?»

«Der ...»

Sie bringt den Namen nicht über die Lippen.

«Wer? Jessica?»

«Der ... dieser Jonas. Ist einfach über die Brücke marschiert, ohne anzuhalten, ohne was zu sagen.»

«Wohin ist er denn marschiert?»

«Na, auf die Insel dahinten.» Der Typ nervt so. Warum fragt er dauernd dasselbe, warum gibt er sich nicht mit irgendeiner Antwort zufrieden, so wie damals die Polizei? Warum lässt er sie nicht einfach in Ruhe?

«Also rüber auf die Rheininsel Fürstenwerth.»

«Hab ich doch gesagt.»

«Auch das haben Sie damals der Polizei nicht gesagt.»

«Die haben ja auch nicht danach gefragt, ob ich den vorher schon mal gesehen hab. Das hat die gar nicht interessiert. Die haben ja fast gar nichts gefragt. Und die beiden Polizisten in Uniform, in der Nacht, die haben mich ja sogar einfach von der Brücke gehen lassen, zurück ins Rheingold, und nur mit dem Rashid und dem Otto geredet, als wär ich Luft. Als der Streifenwagen hier über die Rampe auf uns zukam, da hat der Rashid gesagt, geh du mal schon zurück, wir regeln das hier. Kannst ruhig schon vor. Und da bin ich an den beiden Polizisten vorbei, das hat die gar nicht interessiert. Ein paar Tage später hat mich der Rashid dann noch mal angerufen und gesagt, ist alles erledigt, wir waren schon bei denen und haben alles gesagt, Zeugenvernehmung und so, du musst jetzt gar nichts mehr machen, alles in Ordnung. Aber wenn die doch noch mal kommen, dann sagst du nur, was du gefragt wirst.»

Die beiden Bullen gucken mit einem Mal ziemlich dämlich aus der Wäsche.

«Jessica, du hast doch eben noch gesagt, du hättest nach dieser Nacht nie wieder Kontakt zu Rashid gehabt.»

«Hab ich mich vertan. Also nicht mehr Party oder so was. Und irgendwie sexuell auch nicht. Aber angerufen hat er mich eben. Und irgendwann hat er noch mal angerufen, kann sein. Ist ja auch alles ewig her. Da kann man sich mal vertun.»

«Übrigens haben Rashid und Otto in der Nacht hier auf der Brücke den beiden Polizeibeamten gesagt, sie würden dich gar nicht kennen. Nicht mal deinen Namen.»

Sie zuckt mit den Schultern.

«Warum haben die das behauptet?»

«Müssen Sie die fragen.»

«Wir duzen uns doch, oder? Sonst sage ich wieder Frau Riske, kein Problem. Du hast eben erzählt, der Jonas ist an euch vorbei über die Brücke zur Insel gegangen. Und dann?»

«Was und dann?»

«Irgendwann hast du ganz laut geschrien, weil der Jonas im Wasser davontrieb. Also muss ja wohl noch was passiert sein in der Zwischenzeit.»

«Der ist bis zum Ende der Brücke, dann ist er auf der Insel nach links ab, dann seh ich ihn nicht mehr, da sind ja jede Menge Bäume und so was, und dann seh ich plötzlich, wie er dahinten auf der Mauer steht.»

Sie macht einen Schritt nach vorne, bis ihre Knie an die steinerne Brüstung des Erkers stoßen, streckt den Arm aus und zeigt übers Wasser, flussaufwärts, zum Ufer der Insel.

«Meinst du den Kai da unten am Ufer?»

«Ja.»

«Und dann?»

«Dann ist er ins Wasser.»

«Ist er gesprungen? Ist er gefallen?»

«Gesprungen, gefallen, was weiß denn ich. Jedenfalls war er plötzlich im Wasser und ist unter der Brücke hergetrieben. Ziemlich schnell. Können wir jetzt vielleicht endlich gehen?»

«Ja, wir sind gleich fertig. Dauert nicht mehr lange. Und während du das alles beobachtet hast, hast du mit Rashid und Otto in dem Erker dadrüben auf der rechten Brückenseite gestanden. Da gegenüber. Stimmt das?»

«Jahaa! Wie oft soll ich das denn noch sagen?»

«Gut. Dann gehen wir doch jetzt mal auf die andere Seite zu dem Erker. Dem richtigen Erker.»

Sie wechseln die Brückenseite.

«So. Und hier trieb der Jonas dann also zwischen den beiden Brückenpfeilern durch und immer weiter flussabwärts und ruderte mit den Armen und schrie um sein Leben ...»

Sie schluckt. Ihr ist übel.

«Jessica? Ist dir nicht gut? Sollen wir nicht doch mal eine Pause machen? Vielleicht da unten in der Eisdiele was trinken?»

«Nein. Sie haben doch gesagt, es dauert nicht mehr lange.»

«Stimmt. Es war doch Nacht. Nicht so wie jetzt. Konntest du das denn alles gut sehen, auf die Entfernung, in der Dunkelheit? Also, wie der Jonas auf der Insel nach links abbiegt, wie er dann plötzlich auf dem Kai am Inselufer steht ...»

«War ziemlich hell. Der Mond schien.»

«So? Der Mond schien?»

«Jahaaa! Sag ich doch.»

«Jessica ...»

«Was?»

«In der Nacht zum 9. November 2013 war Neumond. Weißt du, was Neumond ist? Na? Neumond? Schon mal gehört?»

Sie schweigt.

«Ihr standet hier im Erker im Licht, genau unter der Straßenlaterne. Ich habe mir das extra mal gestern Abend angeguckt. Im Dunkeln. Die Brücke ist tatsächlich ganz gut beleuchtet von den Laternen in den Erkern. Aber dadrüben, am Inselufer, da steht keine einzige Laterne. Und jetzt dreh dich bitte mal um. Einfach um 180 Grad drehen. Ist doch nicht so schwer. Gut. Sehr gut. Und jetzt sag mir: Kannst du die Kaimauer noch sehen, auf der Jonas stand?»

Sie beißt sich auf die Lippen.

«Jessica?»

«Nein.»

«Richtig. Sogar ich kann den Kai jetzt nicht mehr sehen, obwohl ich größer bin als du. Weil uns jetzt, aus dieser Position, die gegenüberliegende Brüstung die Sicht nimmt. Jessica?»

«Hab ich mich eben vertan. Ich bin zwischendurch mal rüber auf die linke Seite. Weil mir langweilig war. Als die Jungs mit ihrer Line beschäftigt waren, bin ich mal kurz rüber in den anderen Erker. Und da habe ich das gesehen, wie er ins Wasser ... und dann bin wieder rüber, um den Jungs ...»

«Okay. Gehen wir noch mal zurück. Komm!»

Sie gehen wieder auf die andere Seite.

«Ja, von hier aus kann man den Kai tatsächlich gut sehen. Wenn nicht gerade Nacht und Neumond ist. Und wenn Normalwasser ist, oder sogar Niedrigwasser, so wie heute.»

Was hat der vor? Normalwasser. Niedrigwasser. Was bedeutet das? Sie schwitzt. Sie stinkt schon unter den Achseln. Warum stinkt sie nur immer so schnell? Vor Angst. Angstschweiß. Warum ist immer alles falsch mit ihr?

«Ja, jetzt ist nämlich sogar extremes Niedrigwasser, Jessica. Weil es schon seit Monaten so gut wie nicht mehr geregnet hat. Den ganzen heißen Sommer lang nicht mehr.»

Sie sagt nichts.

«Vor fünf Jahren, in der Nacht zum 9. November, da war aber Hochwasser. Die Kaimauer ist kein Schwimmsteg, sondern aus Beton, fest am Ufer der Insel befestigt. Weißt du, was das bedeutet, Jessica? Die war weg. Einfach weg. Die Kaimauer war überflutet. Gut einen Meter unter Wasser. Wir haben das nämlich nachgemessen. Jonas kann also dort unmöglich ins Wasser gefallen sein. Auch der komplette Ufersaum der Insel stand unter Wasser. Ich sage dir, wo Jonas ins Wasser gefallen ist. Genau hier gegenüber! Wo wir eben standen. Im Erker. Wo die Jungs gekokst haben. Komm! Wir gehen noch mal rüber. Na los, komm, sind ja nur ein paar Schritte. So! Hier war das! Das hat auch der Spürhund der Polizei am nächsten Tag festgestellt. Genau hier endet die Spur! Hier ist der Jonas von der Brücke gestürzt, nicht wahr?»

Sie beißt sich auf die Lippen. Sie zittert.

«Jessica: Warum lügst du? Vor wem hast du Angst?»

Halt ja die Schnauze, du Fotze.

«Ich hab Ihnen alles gesagt, was ich weiß. Ich sag jetzt gar nichts mehr! Mir doch egal, wenn Sie mir nicht glauben. Ich will jetzt sofort zurück zu meiner Arbeit.»

Der ältere Polizist schaut den jüngeren an. Der schüttelt den Kopf.

«Okay. Ich fahr dich jetzt zurück.»

Sie gehen schweigend zu den Autos. Auf dem Parkplatz verabschiedet sich der jüngere Polizist, schüttelt ihr die Hand und guckt wieder freundlich. Dann gibt er ihr seine Visitenkarte. Fast hätte sie sich bei ihm bedankt. Weil er so nett war die ganze Zeit. Zu ihr. Sie nicht so bedrängt hat die ganze Zeit. Sie in Frieden gelassen hat.

Sie steigt in das Auto des älteren Polizisten. Der hat schon den Motor gestartet. Noch bevor sie sich angeschnallt hat, ist er aus der Parklücke raus. Er fährt ziemlich schnell. Sie ist heilfroh, endlich wegzukommen.

Der Polizist schweigt die ganze Zeit. Bis sie die Rheinheimer Stadtgrenze erreicht haben. Dann legt er plötzlich los: «Weißt du eigentlich, dass es eine Belohnung gibt?»

«Für was?»

«Eine Bürgerinitiative hat vor zwei Jahren Spenden gesammelt. Für sachdienliche Hinweise, die zur Klärung des Todesfalls Jonas Barthold führen. Das Geld ist immer noch da. 17 000 Euro. Das ist eine ganz schöne Menge ...»

«Wird ja seine Gründe haben, warum sich noch niemand gemeldet hat.»

Das grässliche Jucken ist wieder da. Sie kratzt sich nicht. Jetzt nicht. Er fährt schweigend weiter. Bis er vor dem Laden stoppt. Seit sie losgefahren sind, hat er sie kein einziges Mal angesehen. Er sieht sie auch jetzt nicht an, sondern starrt über das Lenkrad durch die Windschutzscheibe.

«Strafvereitelung», sagt er. «Kannste nachgucken. Steht im Strafgesetzbuch. Paragraph 258. Für Strafvereitelung gibt es bis zu fünf Jahre Knast. Eine lange Zeit. Dein Vater hat ja nur ein halbes Jahr gesessen. Fünf Jahre ... du meine Güte, für einen so jungen Menschen wie dich. Knast macht schnell alt. 17 000 Euro. Das ist eine Menge Geld. 17 000 Euro. Jeder muss im Leben Entscheidungen treffen. Jeder hat die Wahl.»

Sie presst die Lippen aufeinander.

«Du gehst jetzt wieder deiner Arbeit nach, und ich meiner. Und ich sage dir, was ab sofort meine Arbeit ist, Tag für Tag, von morgens bis abends, bis ich am Ziel bin: Ich werde beweisen, dass du gelogen hast, um die beiden Typen zu schützen, die Jonas umgebracht haben. Und wenn ich das beweisen kann, bevor du freiwillig ausgesagt hast, dann gehst du in den Knast. Für lange Zeit. Steig jetzt bitte aus. Alles Gute, Jessica. Ich muss zu meiner Arbeit.»

DONNERSTAG, 27. SEPTEMBER 2018

Hans Gollmann wird Thomas Mohr ein ewiges Rätsel bleiben. Vor zweieinhalb Wochen hat der Mann noch so einen Zirkus veranstaltet, aber inzwischen entwickelt er bei der Arbeit an dem Fall ein solches Engagement, dass Mohr seit schon drei Tagen das schlechte Gewissen plagt, ihn noch nicht darüber aufgeklärt zu haben, dass der Fall Jonas Barthold offiziell kein LKA-Fall mehr ist. Und wenn man es genau nimmt: nie war.

Als er gestern aus Bad Hombach zurückkehrte, fand Mohr auf seinem Schreibtisch einen Stapel Papier vor, obenauf ein weißes Blatt mit einer handschriftlichen, eilig hingeschmierten Notiz.

Vielleicht kannst du was damit anfangen. Etwa die Hälfte habe ich eigenmächtig aussortiert und gar nicht erst ausgedruckt, sondern gleich gelöscht. Spinner, Wichtigtuer, Vollidioten, Geisteskranke. Also die prozentuale Normalverteilung in unserer Gesellschaft. Aber der Rest ist immer noch beeindruckend. Mohr: Dass man dir immer alles ausdrucken muss! Du bist echt von vorgestern. Viel Vergnügen. G.

Gollmann hat unter einem weiblichen Phantasienamen eine Facebook-Seite geschaltet. *STRESS IM RHEINGOLD.* Den Fall Jonas Barthold skizziert. Facebook-Nutzer aufgefordert, ihre persönlichen Erfahrungen mit dem Laden zu schildern. Manche der Einträge bestätigen, was Mohr vermutete:

Ich war zusammen mit meinem Freund einige Male im Rheingold, zum endgültig letzten Mal am 31. Oktober 2013. Also eine Woche vor Jonas Bartholds Tod. Halloween. Da lag auf dem Parkplatz hinter dem Gebäude ein Junge, der war voller Blut, der konnte sich nicht mehr rühren. Wir haben sofort die 112 gewählt. Der Notarzt kam, der Rettungswagen. Danach sind wir da nie mehr hingegangen. Drinnen und draußen – das waren zwei verschiedene Welten. Drinnen Friede, Freude, Eierkuchen. Draußen war die Hölle.

Eine 25-jährige Studentin namens Sandra Rudolph schreibt auf Gollmanns Facebook-Seite: *Immer wieder gab es dort Ärger mit K.-o.-Tropfen. Einmal fand ich meine Freundin auf der Toilette. Sie lag völlig apathisch in ihrem Erbrochenen. Dabei hatte sie nur einen einzigen Cocktail getrunken. Den hatte ihr ein fremder Mann in die Hand gedrückt.*

Eine Polizeibeamtin aus Bochum schreibt aus nachvollziehbarem Grund anonym: *Während meiner Ausbildung war ich ein halbes Jahr bei der Wache Ost der Polizei Rheinheim eingesetzt. Wenn ich als Azubi dann als drittes Besatzungsmitglied nachts mit auf Streife war und wir durch Bad Hombach fuhren, fiel mir wiederholt auf, dass wir immer einen großen Bogen um das Rheingold machten. Als wäre der Laden für die Polizei nicht existent. Einmal fragte ich meine beiden Kollegen danach. Eisernes Schweigen auf den Vordersitzen. Ich wusste, was das bedeutet: Halt die Klappe, stell die Frage nie wieder!*

Andere Eintragungen lassen ein Ausmaß an Brutalität auch innerhalb der Diskothek erkennen, mit dem Mohr nicht unbedingt gerechnet hatte. Sabine Schütz aus Rheinheim schildert eine Begebenheit im Oktober 2012 – ein Jahr vor Jonas Bartholds Tod. Ihr Sohn Tobias, damals 22 Jahre alt, besuchte mit vier Freunden den Club. Zum ersten und zum letzten Mal. Spätestens mit der letzten Bahn wolle er den Heimweg antreten, hatte er seiner Mutter versprochen. Schon den ganzen Abend war Sabine Schütz von großer Unruhe erfasst. *Ich gebe zu, ich bin eine überängstliche Mutter. Aber dieses Gefühl war anders.* Zwei Stunden nach Mitternacht gibt sie ihrer Sorge nach und wählt die Handynummer ihres Sohnes. Eine Frauenstimme meldet sich: *Ich bin Ärztin im Bad Hombacher Krankenhaus. Ihr Sohn liegt hier. Er ist nicht bei Bewusstsein.*

Die Eltern fahren augenblicklich nach Bad Hombach. *Tobias war in einem fürchterlichen Zustand. Wir hatten große Sorge, dass er sein Augenlicht verliert. Einer seiner Freunde, der Markus, war ebenfalls per Rettungswagen ins Krankenhaus gebracht worden. Nasenbeinbruch. Die ursprüngliche Fünfergruppe hatte sich im Trubel aus den Augen verloren. Tobias und Markus hockten in einer Sitzgruppe abseits der Tanzfläche, hörten der Musik zu, tranken etwas – als sie plötzlich von Türstehern gepackt, nach draußen gezerrt und vor der Eingangstür brutal zusammengeschlagen wurden. Tobias lag längst am Boden, als ihm noch mehrfach ins Gesicht getreten wurde. Bis zur Bewusstlosigkeit.* Dann gab es zufällig einen Feuer-Fehlalarm in der Diskothek, Polizei und Rettungskräfte rasten herbei. *Vielleicht hat der Fehlalarm meinem Sohn das Leben gerettet. Denn dadurch ließen die Schläger von ihm und seinem Freund ab. Die Ärztin sagte uns damals, fast jedes Wochenende würden Besucher der Diskothek eingeliefert.*

Krankenhäuser melden solche Vorfälle automatisch der Polizei. Also muss auch Polizeihauptkommissar Uwe Ziegler davon gewusst haben. Mohr erinnert sich, was Ziegler nach der Schließung der Diskothek der Lokalpresse in die Notizblöcke diktiert hatte. Die Polizei habe nie Probleme mit dem Rheingold gehabt: *«Höchstens mal eine kleine Rangelei vor der Tür oder Sachbeschädigungen.»*

Die Eltern wurden später von der Polizei zur Zeugenvernehmung geladen. *Der vernehmende Beamte sagte uns, an jenem Abend habe es im Rheingold ein Aufeinandertreffen der Hells Angels mit den Bandidos gegeben. Das klang fast so, als sei das eine ausreichende Rechtfertigung, meinen Sohn zusammenzuschlagen.*

Sabine Schütz hörte nie wieder etwas von Polizei oder Staatsanwaltschaft. *Mein Sohn hat zwar keine bleibenden Schäden physischer Art davongetragen. Aber die seelische Wunde sitzt tief. Ein Jahr lang ist er nicht mehr ausgegangen.*

Nach dem Besuch bei ihrem schwerverletzten Sohn im Krankenhaus fuhren die Eltern noch in derselben Nacht zum Rheingold. Der empörte Vater wollte die Türsteher zur Rede stellen. Die Situation drohte zu eskalieren, als *plötzlich ein Herr auftauchte, der sich als «Sascha» vorstellte, sich als «Hausmeister» der Diskothek ausgab und charmant lächelnd versicherte, die Türsteher hätten rein gar nichts mit der Sache zu tun.* Sabine Schütz zog ihren Mann weg: *Mir reichte einer unserer Familie im Krankenhaus. Vermutlich war es auch gesünder, sich nicht mit einem «Hausmeister» anzulegen, der das Privileg genoss, seine Luxuskarosse auf dem für die Geschäftsführung der Diskothek reservierten Parkplatz abzustellen.*

Der nächste Eintrag, der Mohrs Interesse weckt, stammt von Siegfried Wagner, Vorsitzender der CDU-Fraktion im Bad Hombacher Stadtrat. Der war im Februar 2010 wie viele andere Kommunalpolitiker zur feierlichen Eröffnung der Diskothek geladen. *Wir waren ja damals heilfroh, dass unser ehemaliges städtisches Hallenbad doch noch eine sinnvolle Nutzung erfuhr und dass es nun auch für die Studenten an unserer Fachhochschule ein Freizeitangebot vor Ort gab, damit die jungen Leute an den Wochenenden nicht immer nach Rheinheim oder Köln flüchten müssen und dort ihr Geld lassen.* Ein paar Monate später ging Wagner ganz privat mit zwei alten Bekannten, die den Kommunalpolitiker in Bad Hombach besuchten, ein zweites Mal ins Rheingold: *Aus einer Laune heraus; kommt, lasst uns doch da noch einen Absacker nehmen; damit ihr mal seht, was es in Bad Hombach inzwischen so alles gibt und dass wir hier nicht hinterm Mond leben – auch wenn wir ja eigentlich schon viel zu alt sind für die Disco.* Kaum hatten sie ihre Mäntel an der Garderobe abgegeben, wurden sie Augenzeugen eines Gewalt-Exzesses im Kassenvorraum: *Mehrere Türsteher prügelten mit Teleskop-Schlagstöcken, die man meines Wissens auch Totschläger nennt, auf zwei junge, schon blutüberströmte Gäste ein. Die Opfer riefen uns zu: Bleibt bitte bei uns, die schlagen uns sonst tot.* Später wurde Wagner als Zeuge ins Polizeipräsidium geladen. *Man zeigte mir Ausschnitte aus einer Videoaufzeichnung einer Überwachungskamera, da waren zwar vereinzelt Türsteher zu sehen, aber nicht das eigentliche Gemetzel. Man fragte mich, wer von den Türstehern im Video denn beteiligt gewesen war. Das konnte ich beim besten Willen nicht sagen. Die Bildqualität war miserabel. Alles ging damals so schnell und war in dem Moment emotional so aufwühlend, außerdem sehen diese Türsteher ja alle gleich aus. Ich frage mich: Warum hatte die Polizei keine Aufzeichnung vom Zeitpunkt des brutalen Übergriffs?*

Von einem Gerichtsverfahren hat Wagner nichts erfahren. Und die Diskothek hat er nie wieder besucht. Aber er sah sich als Kommunalpolitiker in der Pflicht, den Geschäftsführer des Ladens anzurufen. *Ich unterlag dem Irrglauben, die Geschäftsführung würde sich dafür interessieren, was dort passiert, und hätte Einfluss auf die Türsteher.*

Ein traumatisches Erlebnis schildert Anna Hoffmann in ihrem Facebook-Eintrag. Die Studentin besuchte das Rheingold, um dort den Geburtstag einer Freundin zu feiern. Sie lehnt auf der Galerie an einem Geländer und betrachtet von oben das Treiben auf der Tanzfläche, als eine ihr *fremde und ziemlich aufgetakelte junge Frau* neben sie tritt und sie anraunzt: *Ich gebe dir noch zwei Minuten, dann bist du hier weg, sonst gibt's Ärger.* Anna Hoffmann glaubt, eine Eskalation vermeiden zu können, indem sie die fremde Frau einfach ignoriert. *Plötzlich verspürte ich einen Schlag auf meinen Hinterkopf, vermutlich mit der flachen Hand. Ich reagierte wieder nicht. Dann ging die Frau zwar weg, kam aber wenig später mit einem Türsteher zurück.* Der Mann mit dem kahlgeschorenen Schädel trägt einen in Plastik verschweißten Ausweis an einem Band um den Hals. Die fremde Frau zeigt auf Anna, und der Türsteher schnauzt sie an: *Raus hier!* Er packt Anna am Arm, aber sie reißt sich los und erwidert: *Wieso das denn? Ich habe doch gar nichts gemacht.* Daraufhin schlägt ihr der Mann ohne weitere Diskussion mit der Faust mitten ins Gesicht. Anna geht zu Boden und ist augenblicklich bewusstlos. Sie bekommt also gar nicht mehr mit, wie ein junger Gast dazwischengeht, um sie zu schützen, wie dieser dann von dem breitschultrigen Mann so heftig gewürgt wird, dass Hämatome den Hals puterrot verfärben, wie schließlich ihre Freundinnen die Polizei alarmieren. Erst da lässt der Mann ab und verschwindet.

Anna wird von einem Rettungswagen ins Bad Hombacher Krankenhaus gebracht. Diagnose: Schädelprellung und Schürfwunden im Gesicht. Ein anderer Türsteher geht auf die eintreffenden Polizeibeamten zu und erklärt, der Gesuchte sei gar nicht als Türsteher im Rheingold tätig, sondern nur ein normaler Gast und außerdem schon längst nach Hause gegangen. In diesem Moment huscht der Gesuchte vorbei und versucht, unerkannt nach draußen zu entkommen. Doch Annas Freundin erkennt ihn: *Das ist er!* Und sie sieht, wie er den Ausweis, den er an einem Band um den Hals trägt, blitzschnell unter seinem Polohemd verschwinden lässt. Die Streifenbeamten stellen den Mann, fotografieren ihn klugerweise und nehmen die Personalien auf. Türkischer Staatsbürger. Wohnhaft in Rheinheim. Für die Polizei kein unbeschriebenes Blatt, gegen ihn wurde in der Vergangenheit wegen Körperverletzung, Verdachts der Zuhälterei und der Freiheitsberaubung ermittelt. Es gibt ein halbes Dutzend Zeugen. Auch Anna wird nach der Entlassung aus dem Krankenhaus vernommen und besitzt den Mut, den Täter auf den Fotos zu identifizieren – und unterschreibt bei der Zeugenvernehmung ein Formular, dass sie im Falle einer Verurteilung zivilrechtliche Ansprüche geltend machen möchte. Allerdings hört sie anschließend nie wieder etwas von den Behörden. Sie erfährt auch nicht, was Mohr binnen weniger Minuten seinem Computer entlocken kann:

Der Mann wurde tatsächlich verurteilt. Wegen Körperverletzung zu 1200 Euro Geldstrafe. Ohne öffentliche Verhandlung, per schriftlichem Strafbefehl, den der Mann zwar akzeptierte, aber dann nicht zahlte. Schließlich wurde eine Ratenzahlung von 15 Euro pro Monat vereinbart, weil der Verurteilte angab, erwerbslos zu sein. Als auch die übersichtlichen Ratenzahlungen später ausblieben, wirkte im Sommer 2013 ein Schreiben der Justizvollzugsanstalt Euskirchen motivierend: Der Staat drohte darin mit 85-tägiger *«Ersatzfreiheitsstrafe»* und lud zum *«Strafantritt binnen 3 Wochen»*. Wenn der Staat noch Geld zu kriegen hat, versteht er keinen Spaß. Auch das Ausländeramt der Stadt Rheinheim schaltete sich zwischenzeitlich ein und bat die Staatsanwaltschaft um Informationen über den Ausgang des Verfahrens gegen den türkischen Staatsbürger. Was daraus wurde, ist nicht bekannt und unterliegt dem Datenschutz. Ebenso unbekannt blieb die eigentliche Provokateurin der Tat, die fremde, *ziemlich aufgetakelte* junge Frau.

Auch die Frage, ob der Verurteilte tatsächlich kein Türsteher war, wurde offenbar nie geklärt. Der andere Türsteher, der das am Tatabend gegenüber den Polizeibeamten behauptet hatte, wurde zwar schriftlich zur Vernehmung ins Präsidium geladen, erschien aber einfach nicht zum Ladungstermin und war anschließend «*telefonisch nicht erreichbar*». Kein weiteres Nachhaken. Keine erneute Ladung. Und auf der von der Geschäftsleitung der Diskothek auf Anforderung der Polizei angefertigten CD mit Videosequenzen aus den Überwachungskameras waren nur irrelevante Szenen zu falschen Uhrzeiten abgebildet. Auch das wurde von der Polizei stillschweigend toleriert. Mit dem Nachweis, dass der Mann tatsächlich als Türsteher im Rheingold arbeitete, auch in jener Nacht, wäre die vom Gericht verhängte Strafe zwangsläufig deutlich höher ausgefallen.

Mohr lehnt sich in seinem Bürostuhl zurück, verschränkt die Hände im Nacken, schließt die Augen und atmet tief durch.

Dem Recht wurde mit dem Strafbefehl Genüge getan – nicht aber der Wahrheitsfindung, der Sühne im Interesse der Opfer und dem Schutz möglicher künftiger Opfer. Auch acht Jahre nach der traumatischen Geburtstagsfeier ist Anna Hoffmann empört. Die körperlichen Verletzungen sind längst verheilt – die seelische Verwundung nicht. *Als ich im November 2013 in der Rheinheimer Rundschau von dem Tod des Studenten Jonas Barthold las, sind mir die Tränen in die Augen geschossen.*

Wer Türsteher werden darf, regelt Paragraph 34a der Gewerbeordnung. Wer kein sauberes polizeiliches Führungszeugnis vorlegen kann, weil er Minderjährige auf den Strich geschickt hat und dafür verurteilt wurde, so wie Aleksandar Stankovic, der kriegt keinen Türsteher-Schein. Und muss vielleicht deshalb behaupten, er sei nur der Hausmeister in dem Laden.

Ferner steht in der Gewerbeordnung, dass Türsteher und andere im Bewachungsgewerbe *«nur die Rechte, die jedermann im Falle einer Notwehr, eines Notstandes oder einer Selbsthilfe zustehen, eigenverantwortlich ausüben»* dürfen. *«In den Fällen der Inanspruchnahme dieser Rechte ist der Grundsatz der Erforderlichkeit zu beachten.»* Zwingend erforderlich ist seit 2005 eine bestandene Sachkundeprüfung bei der Industrie- und Handelskammer. Die Nachfrage scheint groß zu sein: Allein die auch für Bad Hombach zuständige Rheinheimer IHK hat fürs kommende Jahr schon zwölf solcher Prüfungstage für die Berufsausübung im Bewachungsgewerbe terminiert.

«Die charakterliche Eignung kann diese Prüfung allerdings nicht erfassen», bestätigte ihm eine IHK-Mitarbeiterin am Telefon. Natürlich nicht. Die Teilnahme an diesem Multiple-Choice-Test kostet übrigens 150 Euro. Schneller und bequemer kann man wohl nicht an eine Berufsausbildung kommen. Ein vorausgehender 40-stündiger Unterricht wird von der IHK zwar angeboten, ist aber nicht verpflichtend. Schließlich kann man sich die Testfragen inklusive der Antworten auch im Internet besorgen und auswendig lernen. Oder man spart sich das anstrengende Büffeln und das Geld für den Test, arbeitet ohne Lizenz als Türsteher und behauptet im Notfall, man sei nur ein normaler Gast gewesen.

Das Internet vergisst nichts. Selbst was inzwischen bewusst gelöscht wurde, hat Gollmann teilweise rekonstruieren können. Zum Beispiel die Website der im Mai 2015 geschlossenen Diskothek. Da finden sich bergeweise Fotos von den Party-Wochenenden. Darunter auch ein Foto, das die Freundin der Studentin Sandra Rudolph zeigt, wie ihr gerade jemand den Cocktail mit den K.-o.-Tropfen in die Hand drückt. Der Spender ist nicht zu erkennen, man sieht nur den Arm des Mannes mit dem Glas ins Bild ragen, das überraschte Gesicht der jungen Frau, die den spendierten, manipulierten Cocktail annimmt, und hinter ihr so ein feixendes, Grimassen schneidendes Arschloch. Der Typ weiß offenbar, was gleich mit der jungen Frau passieren wird. Nur aus der Nacht vom 8. zum 9. November existiert auf der alten Website der Diskothek kein einziges Foto.

Dafür hat Gollmann ein anderes Foto aus dem Internet gefischt. Ein Gruppenfoto. Acht Türsteher vor dem Eingang zum Rheingold. Alle lachen in die Kamera, alle sind bester Laune. Rechts im Bild der Mann, der Anna Hoffmann die Faust ins Gesicht gerammt hat. Er trägt seinen Türsteher-Ausweis um den Hals. Und in der Mitte, etwas vorgerückt, damit gleich jeder weiß, wer hier das Sagen hat, steht der Mann, der sich Sabine Schütz und ihrem Mann als «Hausmeister Sascha» vorgestellt hat. Aleksandar Stankovic. Der Präsident der Night Riders.

Mohr schießt spontan der Satz durch den Kopf, den er in einem der alten Zeitungsausschnitte gelesen hat. Der Satz stammt von Oberstaatsanwalt Wieland Piel: *«Uns interessieren ausschließlich Zeugen, die das unmittelbare Geschehen auf der Brücke beobachtet haben.»*

Zwei Leute haben sich bislang leider nicht auf Gollmanns Facebook-Seite gemeldet: Pat und Patachon.

FREITAG, 28. SEPTEMBER 2018

Mohr unterdrückt ein Ächzen, als er sich in der Umkleidekabine des Dojo aus seinen durchgeschwitzten Sportklamotten schält. Die deprimierende Bilanz nach anderthalb Stunden Bodenkampf-Training: Er spürt jeden einzelnen Knochen seines Körpers. Vor allem das rechte Kniegelenk. Eigentlich müsste er sich dringend am Meniskus operieren lassen. Aber gegen die Arthrose im untersten Lendenwirbel ist noch kein Kraut gewachsen. Außer Schmerzmitteln, die er verabscheut. Er hat sich auf der Matte den linken Ellbogen übel aufgescheuert. Außerdem scheint gerade jeder einzelne Muskel vom Nacken bis zu den Oberschenkeln lichterloh in Flammen zu stehen.

Mohr hasst das Bodenkampf-Training. Er beendet einen Kampf lieber, bevor er Gefahr läuft, zu Boden zu gehen. Außerdem ist sein Sparringspartner sieben Jahre jünger. Und so verdammt ehrgeizig.

Hannes ist in etwa doppelter Geschwindigkeit aus den Sportklamotten und pfeift dabei fröhlich. Mohr registriert aus dem Augenwinkel, wie er für einen Moment seinen perfekten nackten Körper in dem riesigen Wandspiegel betrachtet und dann mit Shampoo und Duschgel nach nebenan verschwindet. Der Junge ist also nicht nur schrecklich ehrgeizig, sondern auch noch eitel. Frauen machen sich zum Glück überhaupt keine Vorstellung davon, was manche Männer in der Herrenumkleide vor dem Spiegel veranstalten.

Mohr kennt keinen Menschen, der so viel Angst vor dem Altwerden hat wie Hannes. Zweimal die Woche trainieren sie zusammen. Jede Wette, dass Hannes außerdem noch zweimal, dreimal wöchentlich mindestens eine Stunde lang Eisen stemmt. Dass Hannes penibel auf seine ausgewogene Ernährung achtet, sich niemals so wie Mohr mal eben eine Currywurst mit Fritten und Majo reinziehen würde, natürlich nicht raucht, jeden Tag die sechs Kilometer von seiner Wohnung in Köln-Sülz zum Kölner Hauptbahnhof mit dem Fahrrad erledigt, um anschließend, nach der Zugfahrt, die anderthalb Kilometer vom Düsseldorfer Hauptbahnhof zum Landesjustizministerium im Eiltempo zu Fuß zurückzulegen, das weiß Mohr ohnehin. Hannes ist in sämtlichen Lebensbereichen, beruflich wie privat, unglaublich ehrgeizig. Zum Beispiel hat er mehr als ein Jahr lang geackert und gebaggert, bis die seiner Meinung nach schönste Frau Kölns ihn schließlich geheiratet hat.

Hannes ist zweifellos ein prima Kerl; nur eben für Mohrs Geschmack geradezu erschreckend karrieregeil. Heute nennt man das allerdings nicht mehr karrieregeil, sondern leistungsbereit, hat Mohr irgendwo gelesen. Jedenfalls wäre Dr. Johannes Hauschild nicht schon so weit nach oben vorgerückt im Justizministerium des Landes Nordrhein-Westfalen, wenn er nicht so wäre, wie er ist. Anders als Philipp Pretzke nicht via Parteibuch, sondern mit sehr viel Fleiß und einer herausragenden Intelligenz. Mohr hat keine Ahnung, welchen Dienstgrad Hannes inzwischen auf seine Visitenkarten drucken lässt. Aber er weiß, dass Hannes' Schreibtisch im richtigen, wichtigen Flügel des Justizministeriums steht. Und dass Hannes ihm noch einen Gefallen schuldet.

Mohr war noch bei der Kölner Kripo, als er den in Polizeiangelegenheiten noch reichlich unerfahrenen Dr. Johannes Hauschild von der Kölner Staatsanwaltschaft vor einer riesengroßen Dummheit bewahrte, die dessen steile Karriere jäh beendet hätte. *Tom, ich schulde dir was. Blödsinn, Hannes. Doch, doch. Tom, du bist ein großes persönliches Risiko eingegangen, nur um mir den Arsch zu retten. Das hätte auch dich den Job gekostet, wenn das schiefgegangen wäre. Merk's dir also: Ich schulde dir was!*

Okay, Tom. Heute ist Zahltag.

Hannes hat das Training sieben Minuten vor der Zeit abgebrochen. Er habe noch eine wichtige private Verpflichtung, er habe seiner Frau nämlich hoch und heilig versprochen, mit ihr heute Abend ins Kino zu gehen, ins Odeon, in die Spätvorstellung, er wolle auf gar keinen Fall zu spät kommen. Also hat auch Mohr das Dojo sieben Minuten vor der Zeit verlassen.

War ihm ganz recht so.

Bevor die anderen die Umkleide bevölkern.

Mohr folgt Hannes nach nebenan in den Duschraum. Er lässt

das heiße Wasser auf Nacken und Schultern prasseln, senkt den Kopf und schließt die Augen. Was für eine Wohltat.

«Und, Tom? Was macht der neue Job?»

«Wie man's nimmt.»

«Superantwort. Muss ich mir merken.»

«Okay, Hannes. Mir würde es im neuen Job bessergehen, wenn ich wüsste, ob du noch zu deinem Wort stehst.»

Sie schweigen einen Moment vor sich hin. Nichts ist mehr zu hören außer dem prasselnden heißen Wasser, das aus den beiden Duschköpfen schießt.

«Du meinst ... die OK-Sache ... damals in Köln?»

«Jau.»

«Klar stehe ich zu meinem Wort. Ich werde nie vergessen, was du für mich getan hast.»

«Ich hätte nicht für möglich gehalten, dass ich diese Karte mal ziehen müsste. Aber ich bin in einer echten Notlage.»

«Schieß los.»

«Du weißt, dass ich dich niemals um etwas Illegales oder gar etwas Unmoralisches bitten würde.»

«Ja. Davon gehe ich aus.»

«Und ich würde dich nie um etwas bitten, wenn es nicht um ein höheres Gut ginge, Hannes.»

«Um welches Gut geht's denn?»

«Um die Gerechtigkeit.»

«Das ist doch schon mal was. Nun mach's nicht so spannend, Tom. Raus mit der Sprache.»

«Wenn wir gleich zurück in der Umkleide sind, stellen wir unsere Sporttaschen dicht nebeneinander auf die Bank. Ich will nicht, dass jemand sieht, wie ich dir einen Umschlag gebe. Den lässt du bitte augenblicklich in deiner Sporttasche verschwinden und öffnest ihn erst zu Hause. In dem Umschlag findest du alles, was wichtig ist.»

«Tom, bist du inzwischen ein bisschen paranoid?»

«Glaub mir: Ich habe meine Gründe. Um es kurz zu machen, Hannes: Ich möchte, dass du möglichst bald zu deinen Freunden bei der Generalstaatsanwaltschaft Köln gehst und sie mit all deinem Charme und guten Argumenten ermunterst, dass sie die Rheinheimer Staatsanwaltschaft anweisen, ein bereits eingestelltes Ermittlungsverfahren wiederaufzunehmen.»

Hannes zeigt keine Reaktion.

«Außerdem sollen sie der Rheinheimer Staatsanwaltschaft dringend empfehlen, das Landeskriminalamt hinzuzuziehen. Konkret gesagt: mich.»

«Aha. Wen auch sonst.»

«Es gibt noch eine Alternative. Du kannst besser beurteilen, welcher Weg effektiver ist. Du könntest alternativ im Justizministerium den Aufzug hinauf zu deinem Staatssekretär nehmen. Der hatte nämlich vor der Landtagswahl, damals noch als FDP-Oppositioneller, eine entsprechende Anfrage seiner Fraktion im Rechtsausschuss des Landtages eingebracht.»

«Zu dem Fall?»

«Ja. Zu dem Fall. Ein FDP-Landtagsabgeordneter, in dessen Wahlkreis der Tatort lag, hatte den Anstoß dazu gegeben und seinen Parteifreund im Rechtsausschuss darum gebeten.»

«Aha. Ein bisschen Wahlkampf an der Heimatfront ...»

«Seh ich anders. Lies mein Dossier im Umschlag und bilde dir dann erst eine Meinung.»

«Okay, Tom.»

«Der damalige SPD-Justizminister hat dann zu der Anfrage der FDP-Fraktion im Rechtsausschuss des Landtages eine 17-seitige Stellungnahme abgegeben, deren Inhalt schlichtweg zum Himmel schreit. Du weißt besser als ich, wie das gemeinhin läuft. So ein Minister ist auf Gedeih und Verderb davon abhängig, was ihm nachgeordnete Beamte und Behörden verklickern. Aber das Ding trug nun mal seine Unterschrift.»

«17 Seiten! Sehr ungewöhnlich, wenn ich annehmen darf,

dass es bei dem Tagesordnungspunkt nicht um die wirtschaftliche Zukunft des bevölkerungsreichsten Bundeslandes oder um irgendwelche milliardenschweren Investitionen ging.»

«Nein. Es ging auch nicht um die Flüchtlingskrise oder die Kölner Silvesternacht oder sonst ein spektakuläres Reizthema.»

«Sondern?»

«Es geht nach wie vor um den seit fünf Jahren ungeklärten Tod eines Neunzehnjährigen, für dessen Aufklärung sich niemand zu interessieren scheint.»

«Außer dir.»

«Außer mir. Und den Eltern. Ihr Sohn war Jura-Student in Köln, wie du mal einer warst. Wie alt ist dein Sohn jetzt?»

«Du musst jetzt nicht verzweifelt Empathie in mir wecken. Aber mal ganz nüchtern betrachtet: Für ungeklärte Todesfälle sind doch vernünftigerweise in der Regel die örtlichen Ermittlungsbehörden zuständig. Und nicht der Justizminister.»

«Gewöhnlich ja. Aber an diesem Fall ist nichts gewöhnlich. Dieser Fall ist ein einziges Mysterium. Und außerdem ein Armutszeugnis für unser Rechtssystem.»

«Wenn ein Minister eine 17-seitige Antwort verfassen lässt, die seine Unterschrift trägt, könnte dies sowohl für eine gewisse Brisanz des Falles als auch für den Willen nach größtmöglicher Transparenz sprechen.»

«Zu deiner ersten Vermutung: ja, ganz offensichtlich. Fragt sich nur, warum der Fall so brisant ist, wenn doch die Ermittlungen längst eingestellt wurden? Zu deiner zweiten Vermutung: Wahrscheinlich sollte mit der umfangreichen Stellungnahme zumindest der Anschein von Transparenz erweckt werden. In Wahrheit aber wurde in dem Papier geglättet und weggelassen, was das Zeug hält.»

«Das sind schwere Vorwürfe, die du da erhebst.»

«Ja und? Die Regierung, der man das anlasten könnte, ist doch seit anderthalb Jahren abgewählt.»

«Tom, ich sage dir das jetzt nur so aus dem Bauch, ohne den genauen Sachverhalt zu kennen. Ob du es glaubst oder nicht: Manchmal geht es gar nicht um die jeweilige Regierung. Und manchmal geht es auch überhaupt nicht um Parteipolitik.»

«Sondern?»

Hannes spült sich den Schaum aus den Haaren, bevor er antwortet. Weil er Mohr dabei in die Augen sehen will:

«Manchmal gibt es im politischen System eine bemerkenswerte Kontinuität. Auf Bundes- wie auf Länderebene. Die wirkt völlig unabhängig von wechselnden Regierungen. Nämlich immer dann, wenn es um die Staatsräson geht.»

Artur betritt den Duschraum, gefolgt von Richy, dann taucht Max auf, schließlich Gino, wie immer einen dummen Spruch auf den Lippen: «Na, ihr beiden Turteltäubchen, wie lange wollt ihr denn noch gemeinsam duschen?» Bald ist der Raum erfüllt vom Rauschen des Wassers und vom kehligen Gelächter der Kerle, die sich schon aufs gemeinsame Bier in der Kneipe um die Ecke freuen.

Die Staatsräson.

«Hannes?»

«Ja?»

«Ich verlass mich auf dich.»

SAMSTAG, 29. SEPTEMBER 2018

Sie hat *ja* gesagt. Hat heute Morgen angerufen, als Mohr mit dem ersten Espresso, der ersten Zigarette und der Samstagsausgabe der Süddeutschen im dicken Pullover in der kraftlosen Herbstsonne auf seiner Dachterrasse saß. *Ich weiß, das ist jetzt sehr kurzfristig, Herr Mohr. War nur so eine spontane Idee. Wirklich? Sind Sie auch ganz ehrlich? Okay. Ich freue mich. Um acht? Aber wirklich nur, wenn's Ihnen zufällig passt und Sie nichts Besseres vorhaben, Herr Mohr.*

Natürlich passt es ihm zufällig, natürlich hat er nichts Besseres vor, der Herr Mohr. Was soll man als Single auch schon vorhaben an einem Samstagabend? Drei Anrufe, und die Skat-Truppe, die um acht in seiner Bude aufgelaufen wäre, ist ausgeladen. Die Jungs sind stinksauer, aber manchmal muss man Prioritäten setzen.

Anschließend ruft er Pablo an und erwischt ihn auf dem Tennisplatz. Pablo hat gerade verloren, Pablo verliert meistens, weil er ein miserabler Tennisspieler ist. Pablo ist ein schlechter Verlierer, dementsprechend ist seine Laune. Außerdem hat Pablo fast immer schlechte Laune, wenn es um berufliche Angelegenheiten geht, denn Pablo ist Gastronom, aber der Spanier an und für sich sei nun mal nicht zum Dienen geboren, davon ist Pablo überzeugt und hadert deshalb unentwegt mit seinem schweren Schicksal, im Dienstleistungsgewerbe tätig zu sein. Aber der Mann aus Jerez de la Frontera besitzt nun mal das schönste und netteste und beste andalusische Restaurant in der Stadt, und das liegt praktischerweise auch noch gleich um die Ecke, keine zehn Fußminuten von Mohrs Wohnung entfernt.

«Pablito, qué tal?»

«Wenn du dich so ranschleimst, führst du gewöhnlich nichts Gutes im Schilde. Also: Qué quieres?»

«Nur einen Tisch für zwei Personen. Nichts weiter.»

«Wann?»

«Esta noche.»

«Dir ist schon klar, dass heute Samstag ist?»

«Pablito, lass mich jetzt nicht hängen! Ich habe soeben erst davon erfahren, ich konnte dich also keine Sekunde früher anrufen.»

Schweigen in der Leitung.

«Pablo? Bist du noch dran?»

«Ja.»

«Und?»

«Vielleicht lässt sich was machen.»

«Pablo, du bist ein Engel.»

«Ich weiß. Bin sehr gespannt, wen du da anschleppst.»

«Bitte benimm dich. Frau Doktor ist eine Kollegin und vor allem eine richtige Dame. Und leg um Gottes willen nicht wieder diesen synthetischen Billig-Jazz auf. Lass doch mal zur Abwechslung was Nettes laufen. Gipsy Kings zum Beispiel.»

«Ich dachte, du findest die Gipsy Kings ganz furchtbar! Ich hab's noch deutlich im Ohr: kitschiger Flamenco-Pop, Mainstream für halbdebile Benidorm-Pauschalurlauber ...»

«Menschen ändern sich, Pablito. Menschen ändern sich. Gracias por todo. Ich liebe dich. Hasta luego.»

Sodann schrubbt Mohr das Badezimmer, nur für alle Fälle, wienert das Klo und die Dusche und das Waschbecken, bezieht das Bett frisch, nur für alle Fälle, räumt die Küche auf, räumt das Wohnzimmer auf, stopft alles Überflüssige in die untersten Schubladen des Küchenschranks, wischt Staub, wischt den Holzfußboden ausnahmsweise feucht, stellt die Spülmaschine an, öffnet den Kleiderschrank, kontrolliert den einzigen Anzug, den er besitzt und schon ewig nicht mehr getragen hat. Aber dann entscheidet er sich doch für Jeans und Sakko und hängt den Bügel mit dem Sakko schon mal außen an den Schrank. Zum Entknittern und Lüften.

Sonst noch was? Ja.

Mohr greift nach Schlüssel und Geldbörse, rennt die Treppen runter und quer über die Straße zum Kiosk. Er nimmt zwei Flaschen von dem Crémant de Loire aus dem Regal und stellt sie auf die Theke. «Und den Strauß Blumen dahinten, nein, nicht den, sondern den da, links daneben, genau. Ach ja, und eine Packung Kondome bitte. Stimmt so.»

Der syrische Kioskbesitzer verzieht keine Miene.

Mohr rennt zurück, die Treppen hinauf zu seiner Wohnung, er stopft die beiden Flaschen Crémant in den Kühlschrank, er kontrolliert, ob die Gläser im Schrank halbwegs sauber sind, er poliert vorsichtshalber zwei der vorderen Gläser mit dem Küchenhandtuch nach, dann stopft er die Blumen mangels Vase in einen Weinkühler, füllt Wasser ein, drapiert das Ganze mittig auf dem Esstisch, tritt einen Schritt zurück, tritt wieder einen Schritt vor, schiebt das Arrangement ein wenig nach links und betrachtet kritisch das Ergebnis. Schön ist anders.

Sie klingelt nicht, sondern ruft an. Um acht, auf die Sekunde.

«Ich bin da.»

«Wollen Sie nicht raufkommen?»

«Nein.»

«Bin in 30 Sekunden unten.»

Sie lächelt. Sie trägt einen Mantel und darunter offensichtlich ein Kleid. Er hat sie noch nie im Kleid gesehen. Mit den Acht-Zentimeter-Absätzen ist sie fast so groß wie er.

«Sie sehen toll aus.»

«Danke. Sie aber auch.»

«Ich hoffe, Sie mögen andalusische Küche.»

«Ich lasse mich gerne überraschen. Außerdem habe ich so einen Bärenhunger, ich würde jetzt auch Leberwurstbrote essen.»

Sie hakt sich bei ihm unter. Er weiß gar nicht, was er sagen soll. Also schweigen sie, bis Pablo sie am Eingang überschwänglich begrüßt und zum Tisch führt. Mohr hilft ihr aus dem Mantel, Pablo verschwindet mit dem Mantel.

Das Kleid steht ihr zauberhaft.

Er schiebt ihr den Stuhl zurecht.

«Das Kleid steht Ihnen zauberhaft.»

«Danke.»

«Wie war die Fahrt von Düsseldorf hierher?»

«Mal kein Stau. Ich bin nämlich mit dem Zug gekommen.»

«Mit dem Zug!»

«Ja. Mit dem Zug. Das sind die Verkehrsmittel, die an Bahnhöfen halten. Damit ich was trinken kann.»

«Aber dann hätte ich Sie doch vom Bahnhof abholen können!»

«Alles gut.» Sie lächelt. Er könnte baden in diesem Lächeln.

Pablo bringt Wein und Wasser. Sie stoßen an.

«Schön, dass Sie so spontan Zeit gefunden haben, Herr Mohr. Ich habe mich schon den ganzen Tag gefreut auf diesen Abend.»

«Mir ging es ebenso.»

«Aber Sie erinnern sich an die Abmachung ...»

«Welche Abmachung?»

«Sie sagen einmal Frau Doktor zu mir, und ich bin weg.»

«Wie soll ich Sie nennen?»

«Vera.»

«Vera, ich bin Tom.»

«Nett, Sie kennenzulernen, Tom.»

«Aber sie kennen mich doch schon.»

«Nein. Ich kenne nur die Rolle, die Sie spielen, seit wir uns das erste Mal begegnet sind. Ich bin sehr gespannt, ob es mir heute Abend gelingt, hinter die Fassade zu schauen.»

«Und Sie? Haben Sie kein Problem mit Ihrer beruflichen Rolle, wenn Sie sich privat mit mir treffen?»

Sie zwinkert ihm zu. «Jetzt nicht mehr.»

«Was ist passiert?»

«Ich habe gestern Abend eine Entscheidung getroffen. Und ohne diese Entscheidung hätte ich Sie heute Morgen nicht angerufen. Ich habe mich entschieden, am Montag zu Philipp Pretzke zu gehen und ihm mitzuteilen, dass es keine Dienstags-Sitzungen mehr geben wird und ich ihm die schriftliche Expertise noch nachreichen werde. Ich werde ihm sagen, dass Sie vollkommen gesund sind und völlig normal in der Birne und dass mit den Dienstags-Sitzungen sowohl der Polizeipsychologin Vera

Voss als auch dem Kriminalhauptkommissar Thomas Mohr nur wertvolle Arbeitszeit geraubt wird.»

Mohr kann sich ein Grinsen nicht verkneifen. «Das wird dem Herrn Pretzke aber gar nicht gefallen.»

«Was ihm gefällt oder nicht gefällt, interessiert mich überhaupt nicht. Ich werde ihm bei Bedarf noch was über verschwendete Steuergelder erzählen, dann wird er schon kuschen. Und wenn das immer noch nicht genügt, werde ich ihn fragen, ob er meine Fachkompetenz als Psychologin in Zweifel zieht und ob wir vielleicht in einem gemeinsamen Gespräch mit dem Direktor klären wollen, inwieweit der Personalchef des LKA mich missbrauchen und meinen Ruf gefährden darf, um die eigenen Mitarbeiter ausspionieren zu lassen.»

Sie bläst sich eine Haarsträhne aus der Stirn. Ihre Wangen sind leicht gerötet.

«Vera, wo haben Sie das gelernt?»

«Was?»

«So cool zu sein.»

«Das lernen Sie, wenn Sie als Einzelkind im Haushalt eines früh verwitweten, alleinerziehenden evangelischen Theologieprofessors aufwachsen. Das lernen Sie dann, oder Sie gehen unter. Ich habe früh lernen müssen, mich für alles ständig zu rechtfertigen. Was das für ein Kind und vor allem für ein Mädchen bedeutet, davon habt ihr rheinischen Katholiken nicht die geringste Ahnung. Es gab keinen lieben Gott, keinen gemütlichen alten Herrn mit weißem Rauschebart und gütigen Augen da oben im Himmel, der milde lächelt, mit dem man verhandeln kann, dem man vertrauensvoll seine Sünden beichtet, zur Strafe zehn Vaterunser betet, und dann ist die Sache erledigt.»

«Sondern?»

«Vergeben und vergessen? Schwamm drüber? Von wegen! Mein Herr Vater hat nie vergeben und nie vergessen. Er war mein persönlicher Gott. Die oberste moralische Instanz in meinem kleinen Kinderleben. Selbstgerecht. Unfehlbar. Makellos. Und ein Vorbild an Tugendhaftigkeit.»

Pablo persönlich schleppt die Tellerchen, Schälchen und Pfännchen heran, bis der Tisch überquillt. Mit einer überschäumenden Freundlichkeit, die Mohr an ihm nicht kennt. Sie legt Messer und Gabel beiseite, isst mit den Händen weiter, leckt sich zwischendurch genüsslich die Finger, als müsste sie auch mit ihren Tischmanieren dokumentieren, dass sie sich von ihrem Vater erfolgreich befreit hat. Sie könnte auch mit den Füßen im Essen rummatschen, und Mohr fände es hinreißend.

«Das ist wirklich nett hier.»

«Freut mich, dass es Ihnen gefällt.»

«Und das Essen ist großartig.»

«Dann habe ich zum Glück nicht zu viel versprochen.»

«Nur bei der Musik könnte sich der Wirt mal was Neues einfallen lassen. Das ist jetzt schon die dritte Platte der Gipsy Kings. Wie lange ist das her, dass die en vogue waren? Dreißig Jahre?»

«Ja, da ist er etwas altmodisch, der Pablo. Bitte entschuldigen Sie mich einen kleinen Moment.»

Mohr steht auf und geht zur Theke. «Pablo, jetzt könntest du mal was anderes auflegen. Vielleicht Vicente Amigo. Oder besser noch Tomatito. Die erste der beiden Platten, die er mit Michel Camilo gemacht hat.»

«Hab ich nicht hier. Hab ich zu Hause.»

«Oder Diego el Cigala. Hast du die wunderbare Platte, die er mit Bebo Valdés aufgenommen hat?»

«Auch zu Hause.» Pablo gibt sich ganz schön bockig.

«Okay. Dann eben Vicente Amigo.»

Mohr kehrt zurück an den Tisch. «Wo waren wir stehengeblieben?»

Sie sieht ihn lange an. Ernst und forschend. Während sich Vicente Amigo mit *Mezquita* ins Zeug legt.

Mohr hält ihrem Blick stand. Und sie beginnt zu erzählen.

Kein Wort zu viel. Kein Wort zu wenig. Von ihrer Kindheit. Von der Freudlosigkeit ihres Elternhauses. Vom frühen, qualvollen Tod der alkoholkranken Mutter. Von ihren ersten, zaghaften, allesamt gescheiterten Versuchen der Rebellion gegen den omnipotenten, selbstherrlichen Vater. Von ihrer vergeblichen Suche nach Anerkennung, Zuneigung, Liebe. Und von ihrer gescheiterten Ehe.

Sie sind die letzten Gäste, die das Restaurant verlassen. Wieder hakt sie sich bei ihm unter. Und doch ganz anders als auf dem Hinweg.

«Jetzt haben Sie mich dazu gebracht, den ganzen Abend nur von mir zu erzählen. Und ich habe wieder nichts über Sie erfahren. Wie machen Sie das? Vielleicht sollte ich Nachhilfestunden bei Ihnen nehmen.» Sie legt ihren Kopf an seine Schulter.

«Ich bringe Sie noch zum Bahnhof, ja?»

«Nein.»

«Keine Widerrede!»

«Ich meinte: später vielleicht.»

«Möchten Sie vielleicht noch irgendwo was trinken? Es gibt hier um die Ecke eine kleine, nette Bar ...»

«Oder noch besser vielleicht bei Ihnen zu Hause?»

Schweigend lenkt er ihrer beider Schritte zum Eigelstein. Er schließt die Haustür auf, tastet nach dem Lichtschalter, schaltet die Treppenhausbeleuchtung ein. Als er sich wieder ihr zuwendet, reicht sie ihm ihren Mantel und lächelt.

Er lässt ihr den Vortritt. Und sie schreitet vor ihm die Stufen hinauf wie eine Königin.

In der Wohnung schaut sie sich schweigend und konzentriert um, während er Paco de Lucía auflegt und eine der beiden Crémant-Flaschen aus dem Kühlschrank nimmt. Sie inspiziert die Blumen auf dem Esstisch, sie wirft einen Blick durch die Terrassentür auf die unwirklich strahlende Silhouette der Stadt mit dem Dom und dem Lichtermeer des Hauptbahnhofs, sie studiert die gerahmten Fotografien an den Wänden und die Buchrücken in den Regalen.

«Tom, kann ich mal ganz kurz verschwinden?»

«Bitte schön. Rechts um die Ecke.»

Mohr öffnet die Flasche, nimmt die beiden frisch polierten Gläser aus dem Oberschrank, füllt sie und reicht ihr eines davon, als sie aus dem Bad zurückkehrt.

«Salud.»

Sie lächelt. Ihr Lächeln ist so warm. Sie trinkt einen Schluck, betrachtet versonnen das Glas, sie trinkt noch einen Schluck, dann stellt sie das Glas auf dem Tisch ab.

Den Reißverschluss muss sie schon im Bad geöffnet haben. Während das Kleid in einer einzigen fließenden Bewegung an ihrem Körper hinab zu Boden gleitet, lässt sie Mohr nicht aus den Augen. Sie steigt mit ihren Acht-Zentimeter-Absätzen elegant darüber hinweg und nimmt das Glas wieder zur Hand.

«Salud, Tom. Auf diesen Abend.»

MONTAG, 1. OKTOBER 2018

Jacke? Blödsinn. Mohr verlässt sein Büro, ohne abzuschließen, und nickt im Vorbeigehen dem Pförtner in seiner gepanzerten Loge freundlich zu. Der starrt ihn an, als käme Mohr von einem anderen Stern. Mohr durchquert die Lobby, zündet sich draußen auf dem Vorplatz eine Zigarette an und lehnt sich mit dem Rücken gegen den kalten, weiß getünchten Beton, gleich neben der schlanken, hüfthohen Säule aus Edelstahl, die erst auf den zweiten Blick als Aschenbecher zu identifizieren ist.

Während er den ersten tiefen Zug nimmt, blickt er hinüber zu dem Klotz, der sich gleich links neben dem langgestreckten Gebäude des Landeskriminalamtes erhebt. 37 Millionen Euro hat die «Außenstelle des Oberlandesgerichts Düsseldorf» gekostet. Der modernste Hochsicherheits-Gerichtssaal Deutschlands. Von allen nur «der Bunker» genannt. Erdacht und geplant gleich nach dem 11. September 2001. Weil Stuttgart-Stammheim in die Jahre gekommen und nicht mehr brauchbar war für das, was bald anstand.

In nur achtzehn Monaten hochgezogen. Für ein Bauvorhaben der öffentlichen Hand echt Rekordzeit. Das Areal ist umgeben von hohen, bombensicheren Betonmauern und reichlich Stacheldraht. Geheime Zufahrten. Auf dem Dach des Bunkers ein Landeplatz für Hubschrauber. Selbst der Name des Architekten ist streng geheim, damit ihn niemand nötigen kann, die Baupläne rauszurücken. Panzerglas trennt die Angeklagten vom Rest der Prozessbeteiligten. Zwei fensterlose Verhandlungssäle, der eine 580, der andere 250 Quadratmeter groß. 19 speziell gesicherte Einzelzellen im Untergeschoss. Die Stühle in und vor den beiden Sälen sind fest am Boden verschraubt, damit sie nicht als Werkzeug oder Waffe missbraucht werden können. Auf dem Klo gibt's weder Brillen noch Deckel. Aber Becken für rituelle Fußwaschungen. Denn die meisten Prozesse hier laufen gegen islamistische Terroristen. Die wenigsten Prozesse gegen hochrangige Mitglieder des organisierten Verbrechens.

Ganz schön kalt draußen. Jetzt weiß er, warum der Pförtner ihn so merkwürdig angeguckt hat. Jacke wäre keine schlechte Idee gewesen.

Jessica Riske. 22 Jahre alt, bislang ein Leben zum Abhaken. Nur gibt es im echten Leben keinen Reset-Knopf. Ihre Mutter hat fünf Kinder von drei verschiedenen Männern. Zeit seines Lebens ist das Mädchen rumgeschubst worden, weil sie im Weg stand. Mal hat sie bei der Mutter gewohnt, mal beim Vater, mal wieder bei der Mutter, wechselnde Stiefväter von wechselnder Dauer und wechselnder Qualität, Jessica hat zweifellos die Arschkarte gezogen, als billiges Kindermädchen für die kleinen Stiefgeschwister, immer das fünfte Rad am Wagen. Fast ein Dutzend verschiedene Wohnorte in den achtzehn Lebensjahren bis zur Volljährigkeit. Ein halbes Dutzend verschiedene Schulen, das Kind hatte nie eine Chance, dauerhaft Freundschaften aufzubauen. Vertrauen zu anderen Menschen zu fassen. So was wie ein Heimatgefühl zu entwickeln. Wie auch? Weshalb auch?

Merkwürdiges Mädchen. Die Jungs-Frisur. Die Haarfarbe. Platinweiß. Das halbe Dutzend Piercings im Gesicht. Die klobigen Docs an den Füßen. Die weite, drei Nummern zu große Army-Hose mit den ausgebeulten Seitentaschen. Tarnfarbe. Sie scheint unbedingt verstecken zu wollen, dass sie eine Frau ist.

Kein Zweifel. Sie ist der Schlüssel. Der Schlüssel zur Lösung dieses Falls. Die entscheidende Zeugin. Und wieder nur Mittel zum Zweck. Wieder mal geht es nicht um sie, wieder mal geht es um andere. Um das Opfer. Um die Täter. Nicht um sie. Ein weiterer Missbrauch, staatlich legitimiert.

Sie hat sich nicht gemeldet. Kein Wunder. Warum sollte sie ausgerechnet ihm trauen? Einem wildfremden Bullen?

Während der Vernehmung ist ihm ein unverzeihlicher Fehler unterlaufen: Er hat vergessen, sie nach Pat und Patachon zu fragen. Vergessen, ihr die entsprechende Videoszene zu zeigen.

Jetzt fängt es auch noch an zu regnen. Mohr drückt die nur halb gerauchte Zigarette aus und geht zurück in sein Büro. Dort sitzt Klaus Becker und starrt die Decke an.

«Hallo, Klaus. Was gibt's?»

«Das wollte ich dich gerade fragen.»

«Gar nichts gibt's.»

«Sie hat sich also nicht gemeldet?»

«Nein. Hast du damit gerechnet?»

«Du warst richtig gut. Das hab ich schon immer an dir bewundert, wie du so was machst. Ich glaube, das bekäme ich nie hin. Beinahe hattest du sie.»

«Beinahe, ja. Beinahe. Aber beinahe reicht nicht.»

«Sie ist eine ganz schön harte Nuss.»

«Sie ist vor allem ein in ihrer Kindheit schwer verletzter Mensch. Und sie hat Angst, das macht es nicht unbedingt leichter. Große Angst. Hätte ich auch. Armes Mädchen. Vera meint übrigens, es könnte gut sein, dass sie sich eher bei dir als bei mir meldet.»

«Vera? Wer ist Vera?»

«Frau Dr. Voss.»

«Oh. Man duzt sich schon. Dann sind die Therapiesitzungen also alles in allem erfolgreich verlaufen, nehme ich an.»

«Sie war nicht meine Therapeutin. Sie war Philipp Pretzkes Spitzel. Das hat sie immer offen kommuniziert. Dafür bin ich ihr sehr dankbar. Außerdem gibt es keine weiteren Sitzungen mehr. Ich gelte jetzt als geheilt. Ich bin jetzt wieder ein vollwertiges Mitglied der Gesellschaft.»

«Da wird sich Pretzke aber freuen. Herzlich willkommen in der Welt der Normalos. Und was machen wir jetzt?»

«Gar nichts können wir im Augenblick machen. Solange das Ermittlungsverfahren nicht wieder offiziell aufgenommen wird, drehen die mir aus jedem weiteren Schritt, den ich eigenmächtig unternehme, augenblicklich einen Strick. Jessica Riskes Vernehmung war schon ein riskantes Manöver. Und du als Mitglied der Zielfahndung hast offiziell erst recht nichts mit der Sache zu tun. Du würdest dich nur in Teufels Küche bringen.»

«Tom, das lass mal gefälligst meine Sorge sein. Melde dich bitte, sobald du Hilfe brauchst.»

«Mach ich. Danke, Klaus.»

Becker steht auf und schickt sich an, das Büro zu verlassen. Im Türrahmen dreht er sich noch einmal um. «Tom?»

«Ja?»

«Geduld ist ja nicht so deine Stärke. Was machst du denn jetzt? Däumchen drehen?»

Mohr deutet auf den Aktenberg, der sich neben dem Schreibtisch auf dem Sideboard stapelt. «Ich hab noch genügend andere Cold Cases.»

Becker nickt und schließt die Tür. Mohr lehnt sich in seinem Bürostuhl zurück und verschränkt die Hände im Nacken. *Oh. Man duzt sich schon.* Wie konnte ihm nur ein so dämlicher Fehler unterlaufen? Aber Klaus wird die Klappe halten. Auf Klaus ist Verlass. Manche in der Zielfahndung waren fühlbar auf Distanz gegangen zu ihrem ehemaligen Chef. Nach dem Vorfall. Nach der Sache mir Murati. Vermutlich, um der eigenen Karriere nicht zu schaden. Klaus nicht.

Vera. Mohr versucht, die Erinnerung an jene Nacht aus seinem Kopf zu verbannen. Es gelingt ihm nicht. Also beugt er sich zum Sideboard vor und greift nach der nächstbesten Akte.

MITTWOCH, 24. OKTOBER 2018

Ein kompletter Monat ist vergangen, seit Philipp Pretzke, der Leiter ZA1 des Landeskriminalamtes Nordrhein-Westfalen, dem Kriminalhauptkommissar Thomas Mohr, vor sieben Monaten seines Amtes als Chef der Zielfahndung enthoben und seit siebeneinhalb Wochen zuständig für die neue Ein-Mann-Dienststelle Cold Cases, weitere Ermittlungen im vor fünf Jahren eingestellten Verfahren Jonas Barthold verboten hat. Kostbare Zeit. Verschwendete Zeit.

Ende nächster Woche, am 2. November, wird Philipp Pretzke seinen neuen Job als Referatsleiter im Düsseldorfer Innenministerium übernehmen. Mohr hat schon wieder vergessen, welche wichtigen Themen in diesem Referat angesiedelt sind. Und wenn sie bislang nicht so wichtig gewesen sein sollten, werden sie mit Pretzke unglaublich wichtig werden, darauf würde Mohr ohne Bedenken seinen geliebten Alfa verwetten.

Weil es vor dem Dienstantritt im Ministerium noch ein wenig alten Resturlaub abzufeiern gilt, fand die Abschiedsfeier für Pretzke schon am vergangenen Freitagnachmittag statt. In der Kantine. Es gab Sekt und Häppchen und natürlich auch eine schöne Rede des Direktors, die mit höflichem Applaus bedacht wurde, berichtete Vera später Mohr, der der Veranstaltung natürlich ferngeblieben war.

In den vergangenen Wochen hat er drei umfangreiche Gutachten erstellt und mit dem Vorschlag, die Ermittlungen wiederaufzunehmen, an die Staatsanwaltschaften in Aachen, Bochum und Mönchengladbach geschickt. Aachen hat sich ein paar Tage später höflich bedankt und mitgeteilt, man werde nach intensiver Prüfung des Gutachtens auf ihn zurückkommen. Bochum und Mönchengladbach haben sich gar nicht gemeldet. Jetzt müsste Mohr eigentlich mal nachhaken. Aber Mohr wird einen Teufel tun.

Auch drei unaufgeklärte Altfälle aus dem Zuständigkeitsbereich der Staatsanwaltschaft Rheinheim und des Polizeipräsidiums Rheinheim liegen auf dem Sideboard in Mohrs Büro. Einer entpuppte sich beim Studium der Akte als besonders mysteriös, obwohl die Lösung so greifbar nah erscheint:

Hahnberg am Stadtrand. Ein kleines, aber feines Naturschutzgebiet in unmittelbarer Nachbarschaft, hübsche, freistehende Häuser, umgeben von gepflegtem Rasen, sorgsam gestutzten Hecken und üppigem, sattem Grün. Akademiker wohnen hier, Anwälte, Unternehmensberater, Professoren der 200 Jahre alten Rheinheimer Universität, man grüßt sich, man hält einen Plausch über den Gartenzaun und achtet die Privatsphäre, die hier mehr Raum einnimmt als in anderen Rheinheimer Quartieren. Himmlische Ruhe. Nur die auf den nahen Tennisplätzen geschlagenen Bälle geben der Zeit den Takt vor.

Hahnberg ist eines dieser wenigen Fleckchen dieser Erde, die wirken, als seien alle Schrecken der Welt ausgesperrt.

Am Nachmittag des 13. Juli 1994 verschwinden der Unternehmer Walther Kloppmann, seine Frau Dagmar sowie der Hund der Familie, Cockerspaniel Benny, aus Hahnberg. Ohne jede Spur. Am Morgen jenes Sommertages nahm der damals 49-jährige Maschinenbau-Ingenieur noch einen Geschäftstermin wahr, seine zwei Jahre jüngere Frau Dagmar erledigte Einkäufe, besorgte Proviant für die lange geplante Urlaubsreise zu der im Yachthafen von Workum am niederländischen IJsselmeer vertäuten Motoryacht des Ehepaars. Dort sind die Kloppmanns aber nie eingetroffen. Ob sie überhaupt zu dieser Reise aufgebrochen sind, scheint fraglich, denn die drei Autos (ein Audi, ein Mercedes sowie ein VW Bus) stehen unangerührt in der Garage. Niemand in der Nachbarschaft vermisst das Paar zunächst. Denn die Kloppmanns gingen häufiger auf Reisen, seit dem Verkauf des familieneigenen Großunternehmens namens *Carbon Industries* an einen US-amerikanischen Konzern besaß man nicht nur viel flüssiges Geld, sondern auch Zeit im Überfluss und neben dem 14-Meter-Kajütboot in den Niederlanden auch noch ein stattliches hübsches Ferienhaus in Garmisch.

Nur der damals 29-jährige Sohn, der einzige Nachkomme, leibliches Kind von Dagmar, nach der Hochzeit adoptiert von Walther Kloppmann, hätte das Paar vermissen können. Schließlich wohnt der BWL-Student mit seinen Eltern in der hübschen Villa in Hahnberg unter einem Dach. Doch der Sohn erstattet erst am 16. August, mehr als einen Monat später, Vermisstenanzeige bei der Polizei.

Und hat dafür eine Erklärung parat: Am Nachmittag des 13. Juli sei sein Freund zu Besuch gekommen, man habe gemeinsam mit den Eltern gemütlich Kaffee getrunken, er sei dann mit dem Freund in die Stadt gefahren. Als man am Abend zurückkehrte, war das Haus verlassen, der Sohn wähnte die Eltern auf dem Weg nach Workum. Am nächsten Morgen sei er mit dem Freund zu einer einwöchigen Reise nach Südfrankreich aufgebrochen und nach seiner Rückkehr gleich mit seiner in Köln wohnenden Freundin zum Urlaub in die Türkei geflogen. Erst am 8. August sei er in das verwaiste Haus in Hahnberg zurückgekehrt.

Wiederum eine Woche später, am 16. August, erstattet der Sohn Vermisstenanzeige, teilt der Polizei mit, dass im Haus zwei Reisetaschen, ein Schminkkoffer, Reisepässe und Kreditkarten fehlen – und wendet sich wenige Tage darauf an die Lokalpresse: «Ich bin sehr beunruhigt. Ich klammere mich an jeden Strohhalm.» Ein Polizeisprecher erklärt der Rheinheimer Rundschau da zwar noch auf Anfrage, Hinweise auf ein Gewaltverbrechen lägen nicht vor. Aber am 2. September stellt ein Großaufgebot der Polizei das Anwesen der Kloppmanns am Rande des Naturschutzgebietes auf den Kopf, auch die Kollegen in den Niederlanden und im Allgäu werden aktiv, setzen Suchhunde ein. Ohne Erfolg. In Garmisch versichert ein Nachbar, der sich regelmäßig um das Ferienhaus der Kloppmanns kümmert, das Paar an Ostern zum letzten Mal gesehen zu haben.

Am 6. September klingt die Stellungnahme des Polizeisprechers schon deutlich anders als noch im Monat zuvor: «Die Ermittlungsergebnisse geben keinerlei Hinweise darauf, dass die Eheleute Kloppmann freiwillig ihren gewohnten Lebensbereich verlassen haben könnten.» Der Audi und der Mercedes sind inzwischen spurlos verschwunden. Die Polizei schaltet die Öffentlichkeit ein, verteilt 500 Flugblätter, die Staatsanwaltschaft lobt – anders als im Fall Jonas Barthold – immerhin 3000 Mark Belohnung für sachdienliche Hinweise aus, Verwandte und Freunde des Paars weitere 12 000 Mark. Das Ergebnis ist enttäuschend. Auch vom Sohn ist nun keine Hilfe mehr zu erwarten: «Er ist seit kurzem nicht mehr kooperationsbereit», sagt damals ein Kriminalbeamter. «Er spricht nicht mehr mit uns.»

Inzwischen sind die Ermittler davon überzeugt, dass im Haus bewusst falsche Spuren ausgelegt wurden, die auf eine Abreise nach Workum deuten sollten, aber wichtige persönliche Gegenstände, die das Ehepaar nach Aussage von Freunden stets mit auf Reisen nahm, im Haus geblieben sind. Zum Beispiel ein nagelneuer Koffer, den sich die Kloppmanns nach Aussage der Putzfrau eigens für die nächste Urlaubsreise gekauft hatten.

Der Audi, der noch im Juli unangerührt in Hahnberg stand, wird im Oktober in der ungarischen Hauptstadt Budapest als gestohlen gemeldet. Verwandte und Freunde des verschwundenen Ehepaars erhöhen die Belohnung auf 100 000 Mark und schalten einen Privatdetektiv ein. Beides führt nicht zum Erfolg.

Befürchtungen, die osteuropäische Mafia könne mit dem spurlosen Verschwinden des Paars zu tun haben, werden laut: Walther Kloppmann tätigte Immobiliengeschäfte in Polen, der Junior handelte dort mit Autos. Ein Riss geht inzwischen durch die Kloppmann-Sippe. Der Sohn besitzt eine Generalvollmacht seiner Eltern für alle finanziellen Angelegenheiten (von einem zweistelligen Millionenvermögen ist die Rede), doch die Geschwister des Vaters erwirken im Dezember 1994 beim Rheinheimer Amtsgericht die Einsetzung eines Abwesenheitspflegers. Ergebnis: Der Sohn darf zwar im Haus wohnen bleiben, muss aber nun Miete zahlen, er verliert die Generalvollmacht, hat keinen Zugriff mehr auf die Konten und darf auch das letzte noch verbliebene Auto der Eltern, den VW Bus, nicht mehr benutzen.

Der von den Geschwistern des verschwundenen Vaters beauftragte Abwesenheitspfleger setzt aus dem Vermögen des Paares eine Belohnung von einer Million Mark aus. Dagegen geht der Sohn juristisch vor. Schließlich handele es sich um sein Erbe, das da feilgeboten werde. Das Amtsgericht Rheinheim gibt dem Sohn recht, doch die 4. Zivilkammer des Rheinheimer Landgerichts kippt die Entscheidung des Amtsgerichts im August 1996: Auch der Kammer dränge sich der Verdacht eines Gewaltverbrechens auf. Sollte in dem Vermisstenfall tatsächlich eine Beziehung zur osteuropäischen Mafia bestehen, dann könne nur eine derart hohe Summe die Mauer des Schweigens im berufskriminellen Milieu durchbrechen. Somit hat die bislang höchste in der deutschen Kriminalgeschichte ausgelobte Belohnung Bestand. Aber auch sie führt zu keinem Erfolg.

Lange hält sich die Kripo im Interesse der Ermittlungen bedeckt. Erst zwei Jahre nach dem Verschwinden gibt sie Einblick in eine Reihe von Merkwürdigkeiten im Rahmen der Ermittlungen vom Sommer 1994: So hinterließ eine unbekannte Frau mit stark osteuropäischem Akzent am 2. September 1994 eine Nachricht auf dem Anrufbeantworter des Sohnes im Haus. Sie sprach von nicht eingehaltenen Vereinbarungen gegenüber einer russischen Firma, deren Leute vergeblich in Warschau gewartet hätten, und forderte finanzielle Wiedergutmachung. Wenige Tage später, am 8. September, ging in Leverkusen der Rolls-Royce des Sohnes in Flammen auf.

Im April 2001, fast sieben Jahre nach dem Verschwinden des Ehepaars, scheitert der Sohn als Alleinerbe auch in der dritten gerichtlichen Instanz vor dem Oberlandesgericht Köln mit dem Versuch, an das zweistellige Millionenvermögen zu kommen. Das gelingt ihm erst vier Jahre später, als er seine Eltern nach Ablauf der im Verschollenheitsgesetz vorgeschriebenen Frist offiziell für tot erklären lässt. Am 4. November 2005 veröffentlicht das Amtsgericht Rheinheim den entsprechenden Beschluss. Seither sind Walther und Dagmar Kloppmann, deren Leichen nie gefunden wurden, auch nach den Buchstaben des Gesetzes tot. Und der Sohn ein reicher Mann.

Mohr liest die Akte mit größter Aufmerksamkeit. Aber da ist kein Ermittlungsfehler zu erkennen. Die Kollegen der Rheinheimer Kripo haben überaus sorgfältig gearbeitet. Bei dieser Ermittlungsqualität und bei diesem Personaleinsatz wird ein schweres Verbrechen eigentlich fast immer aufgeklärt. Denn Straftäter machen fast immer Fehler.

Doch der Fall Kloppmann scheint einer jener höchst seltenen

Fälle zu sein, die gern mit dem furchtbaren Begriff *«Das perfekte Verbrechen»* bezeichnet werden und wie kaum ein anderes kriminalistisches Phänomen die Phantasie der Medien und der Filmindustrie beflügeln. Ja, es gibt sie, die nicht aufzuklärenden Verbrechen – auch wenn das von den Pressesprechern der Ermittlungsbehörden und der Ministerien des Innern und der Justiz gebetsmühlenartig abgestritten wird, weil es das Vertrauen der Bürger in die Allmacht des Staates untergräbt. Morde ohne Leiche. Morde ohne Spuren.

Aber der Fall Jonas Barthold gehört nicht in diese Kategorie. Der Fall Jonas Barthold ist kein perfektes Verbrechen. Es gibt eine Leiche. Und es gibt jede Menge Spuren.

Der Fall Jonas Barthold ist noch nicht aufgeklärt, weil er nicht aufgeklärt werden soll. Warum auch immer.

Mohr legt den Fall Kloppmann beiseite. Ebenso, nach kurzer Prüfung des Inhalts, die beiden anderen Ermittlungsakten. Er hat kein Interesse, in Rheinheim eine weitere Front aufzubauen.

DONNERSTAG, 25. OKTOBER 2018

Adela Lorena Macedo de Barthold macht sich gerade einen Kaffee in der Küche, als sie draußen, im Vorgarten, das vertraute Klappern am Briefkasten hört. Der Postbote. Wie immer auf die Minute pünktlich.

Sie öffnet die Haustür. Kalter Nieselregen. Bleigraue Wolken, tief am Himmel. Der Wind zerrt an den Sträuchern und Bäumchen im Vorgarten. Sie schließt den Briefkasten auf. Rechnungen. Werbung. Und ein Brief ihres Anwalts.

Noch auf dem Rückweg zur Küche reißt sie den Umschlag mit zittrigen Fingern auf. Sie sucht Halt an der Stuhllehne, sie muss sich setzen, während sie liest:

Sehr geehrte Familie Barthold,

ich freue mich, Ihnen mitteilen zu können, dass die Generalstaatsanwaltschaft in Köln als die unter anderem für den Landgerichtsbezirk Rheinheim zuständige Dienstaufsichtsbehörde die Staatsanwaltschaft Rheinheim angewiesen hat, die Ermittlungen im Fall Ihres Sohnes wiederaufzunehmen. Eine Kopie des entsprechenden Schreibens habe ich beigefügt.

Mit freundlichen Grüßen
Dr. Dietmar Vonderheide
Rechtsanwalt

Wiederaufnahme! Adela Lorena Macedo de Barthold schießen die Tränen in die Augen. Sie haben so lange gekämpft. Wiederaufnahme! Weder sie noch ihr Mann haben damit gerechnet, dass dies noch geschehen könnte. Sie haben nicht gewagt, darauf zu hoffen. Nach so vielen Jahren! Also war die Beharrlichkeit ihres Anwalts doch von Erfolg gekrönt.

Sie will ihre Freude teilen. Es ist einfach zu viel für sie alleine. Sie trocknet ihre Tränen mit einem Zipfel des Küchenhandtuchs, dann greift sie zum Telefon und wählt die Büronummer ihres Mannes. Er geht nicht ran. Nach viermaligem Läuten gibt sie auf. Dann wird er in einer Besprechung sein.

Wiederaufnahme der Ermittlungen! Sie wählt die Büronummer des Anwalts. Die Mitarbeiterin der Kanzlei sagt, Herr Dr. Vonderheide sei den ganzen Tag dienstlich unterwegs, sie erwarte ihn erst morgen im Büro zurück.

Sie weiß nicht, wen sie stattdessen anrufen könnte, wer die Freude mit ihr teilen könnte. Auf dem Küchentisch liegt noch immer die Visitenkarte des Mannes vom Landeskriminalamt.

Sie wählt die Nummer.

«Mohr?»

«Guten Morgen, Herr Mohr. Hier spricht Frau Macedo de ...»

«Guten Morgen, Frau Macedo. Was kann ich für Sie tun?»

«Haben Sie schon gehört?»

«Was meinen Sie?»

«Die Wiederaufnahme!»

«Ich weiß leider nicht, was Sie ...»

«Wir haben Post von unserem Anwalt bekommen. Ich habe den Brief gerade aus dem Briefkasten geholt.»

«Aha. Was steht denn drin?»

«Hier steht: Die Staatsanwaltschaft Rheinheim muss die Ermittlungen wiederaufnehmen! Die Generalstaatsanwaltschaft in Köln hat das jetzt angeordnet, schreibt unser Anwalt ...»

«Oh. Die Nachricht hat mich noch gar nicht erreicht.»

«Wieso nicht? Aber Sie müssen doch jetzt ermitteln!»

«Ich weiß doch noch gar nichts davon.»

«Aber jetzt wissen Sie es doch.»

«Frau Macedo, so einfach ist das nicht. Ich dachte, ich hätte Ihnen das bei unserem Treffen in Bad Ahrbrunn erklärt. In Deutschland sind die Staatsanwaltschaften grundsätzlich Herrinnen eines Ermittlungsverfahrens. Ich muss also erst von der Rheinheimer Staatsanwaltschaft um Hilfe gebeten werden.»

«Aber wieso? Hier steht doch ...»

Sie hört zwar seine Worte. Aber sie versteht seine Worte nicht. Er klingt so sachlich. So kühl. Sie möchte doch nichts weiter als ihre Freude teilen. Warum ist das mit ihm nicht möglich? Hat sie sich schon wieder in einem Menschen getäuscht? Hat sich inzwischen die ganze Welt gegen sie und ihre Familie verschworen?

DONNERSTAG, 25. OKTOBER 2018

Mohr hat seit jenem merkwürdigen Treffen in der Pizzeria vor fast sieben Wochen nichts mehr von seinem alten Freund und ehemaligen Kollegen Heinz Oestrich gehört. *Ich höre mich ein bisschen um und melde mich bei dir. Ruf mich nicht an!* Mohr hat nicht angerufen. Oestrich aber eben auch nicht.

Heute Morgen fand Mohr eine Mail vor.

Von Oestrichs privatem Account:

Vielleicht interessiert dich das. Ist zwar schon ein paar Jahre her, aber immer noch hochaktuell. An der Sache hat sich nichts geändert. Ich melde mich wieder.

Angehängt ist eine pdf-Datei, 583 Seiten. Eine vom Bundeskriminalamt in Wiesbaden bei fünf wissenschaftlichen Experten für Korruption und Organisierte Kriminalität in Auftrag gegebene Studie aus dem Jahr 2000 mit dem Titel «Einschätzungen zur Korruption in Polizei, Justiz und Zoll». Nur für den internen Dienstgebrauch. Das Vorwort stammt vom damaligen BKA-Präsidenten Dr. Klaus-Ulrich Wagner:

> Die Aktualität des Untersuchungsgegenstandes ist nach wie vor ungebrochen. Korruptionsskandale innerhalb der Polizei, der Justiz oder des Zolls führen zu einem erheblichen Vertrauensverlust der Bevölkerung in diese Institutionen. Deshalb gehörte neben einer rechtlichen und ethischen Auseinandersetzung mit dem Thema das Aufzeigen präventiver und repressiver Bekämpfungsansätze zum vordringlichen Anliegen dieser Studie …

Mohr weiß, dass der Mann in seiner Amtszeit Gutes geleistet hat. Zum Beispiel die dringend überfällige Intensivierung der internationalen Zusammenarbeit nationaler Ermittlungsbehörden. Ein logischer Schritt, denn das organisierte Verbrechen machte da schon längst nicht mehr an den Staatsgrenzen halt. Wer weiß, ob Artan Murati ohne Wagners Initiative heute in einem niederländischen Gefängnis sitzen würde.

Wagner war allerdings nicht gerade spitzenmäßig beliebt bei den rund 5000 BKA-Beschäftigten. Ihm fehle der Stallgeruch, hieß es. Mohr kann ihn inzwischen nicht mehr ab, diesen allseits geschätzten Stallgeruch, dessen Fehlen den Mann am Ende sein Amt kosten sollte. Und Mohr beschleicht der Verdacht, dass ebendiese Studie der Anfang vom Ende war. Er liest weiter im Vorwort:

> Es gilt zu akzeptieren, dass es auch in den staatlichen Kontroll- und Strafverfolgungsorganen zu korruptivem Fehlverhalten kommen kann ...

Korruptives Fehlverhalten. Die wissenschaftliche Übersetzung von Stallgeruch? Weiter kommt Mohr nicht. Weil das Telefon klingelt. Es ist Frau Macedo.

«Haben Sie schon gehört?»

«Was meinen Sie?»

Wenn sie aufgeregt ist, dringt ihr spanischer Akzent stärker durch als gewöhnlich, formt die deutschen Worte hart wie Hammerschläge. Daran erinnert sich Mohr noch aus ihrer ersten persönlichen Begegnung. Im Wohnzimmer der Bartholds, vor fünf Wochen. Am Telefon ist es deutlich schwieriger. Weil er ihr Gesicht, ihren Mund, ihre Lippen nicht sieht, während sie spricht. Außerdem ist er abgelenkt. Von dem Text auf seinem Monitor, mit dessen Lektüre er soeben erst begonnen hat.

«Die Wiederaufnahme!»

«Ich weiß leider nicht, was Sie ...»

«Wir haben Post von unserem Anwalt bekommen. Ich habe den Brief gerade aus dem Briefkasten geholt.»

«Aha. Was steht denn drin?»

«Hier steht: Die Staatsanwaltschaft Rheinheim muss die Ermittlungen wiederaufnehmen! Die Generalstaatsanwaltschaft in Köln hat das jetzt angeordnet, schreibt unser Anwalt ...»

«Oh. Die Nachricht hat mich noch nicht erreicht.»

«Wieso nicht? Aber Sie müssen doch jetzt ermitteln!»

«Ich weiß doch noch gar nichts davon.»

«Aber jetzt wissen Sie es doch.»

Die gute Nachricht: Hannes hat's geschafft. Mohr ballt stumm die Faust. Aber er muss jetzt die Euphorie der Mutter bremsen. Die betrachtet ihn verständlicherweise als Rettungsanker. Wenn er sich emotional zu sehr einlässt, leidet darunter die Qualität seiner Ermittlungsarbeit.

«Frau Macedo, so einfach ist das nicht. Ich dachte, ich hätte Ihnen das bei unserem Treffen in Bad Ahrbrunn erklärt. In Deutschland sind die Staatsanwaltschaften grundsätzlich Herrinnen eines Ermittlungsverfahrens. Ich muss also erst von der Rheinheimer Staatsanwaltschaft um Hilfe gebeten werden.»

«Aber wieso? Hier steht doch ...» Er kann ihre Enttäuschung durchs Telefon spüren.

«Frau Macedo, ich schlage vor, wir machen in den nächsten Tagen mal einen Termin aus und reden in Ruhe über alles. Einverstanden? Sprechen Sie mit Ihrem Mann, wann es am besten passt, dann rufen Sie mich wieder an. Okay? Bis bald.»

Mohr legt auf.

Für die empirische Untersuchung wurden bundesweit insgesamt 765 erfahrene Beamte (neun Zehntel von ihnen hatten zu diesem Zeitpunkt mehr als fünfzehn Dienstjahre hinter sich) aus den Bereichen uniformierte Schutzpolizei, Kriminalpolizei, Staatsanwaltschaft, Gericht, Zoll sowie Justizvollzug in Haftanstalten von den Wissenschaftlern anonym befragt. Ergebnis: 59,4 Prozent der Befragten halten Justizvollzugsbeamte in Strafanstalten für «eher stark» oder «sehr stark» von Korruption betroffen. Auf Platz zwei des Rankings folgt der Zoll, auf Platz drei die uniformierte Schutzpolizei mit 32,4 Prozent, auf Platz vier die Kriminalpolizei mit 28,7 Prozent.

Das heißt: Jeder dritte der in der BKA-Studie befragten Beamten hält die uniformierte Schutzpolizei für «eher stark» oder «sehr stark» von Korruption betroffen, mehr als jeder vierte die Kripo. Und zwar «fühlbar» oder «erheblich» bis hin zur kompletten «Fremdsteuerung» der korrumpierbaren Beamten. Schuld daran seien ein «allgemeiner Werteverfall in der Gesellschaft» sowie die «fehlende Vorbildfunktion» der gesellschaftlichen Eliten und der Politiker. Aber auch persönliche Motive wie beispielsweise finanzielle Probleme (Schulden), private und/oder berufliche Überforderung, permanente Frustration im Dienst spielten eine Rolle, und das Gefühl, immer häufiger der «Prügelknabe der Nation» zu sein und vorwiegend für den Papierkorb zu arbeiten, eine subjektiv empfundene Unterbezahlung, persönliche Erpressbarkeit, Steigerung des Selbstwertgefühls durch die Zuwendungen im Rahmen der Korruption sowie ein falsch verstandener Corpsgeist in der eigenen Abteilung.

Die massive und erfolgreiche Einflussnahme der Organisierten Kriminalität auf Vertreter staatlicher Organe der Strafverfolgung und der Rechtspflege bezeichnen die Experten als «existenzielle Bedrohung der Gesellschaft»; am Ende stehe der Vertrauensverlust der Bürger.

Mohr schließt die Datei und schließt die Augen. Die Membran. Die schützende Membran. Risse. Klaffende Löcher. Die Membran besteht nur noch aus Fetzen.

Die Studie ist schon achtzehn Jahre alt, aber Mohr hat noch nie etwas von ihr gehört oder gelesen. Woher soll er den Glauben nehmen, dass sich inzwischen etwas zum Positiven gewandelt hätte? Wo hat Heinz Oestrich das her? Und was will er ihm damit sagen? *Ich höre mich ein bisschen um und melde mich bei dir. Ruf mich nicht an!*

Halb zwölf. Noch nichts los. Zerschlissene Sofas, bunt bemalte Wände, Fantasy-Motive. Hinter der Theke steht so ein Schlaks mit grün gefärbten Haaren und dünnem Flaum rund ums Kinn und spült hingebungsvoll Kaffeebecher.

«Tach!»

«Tach!»

«Ich suche den Herrn Bühler.»

«Sind Sie der Herr Mohr?»

«Ja.»

«Der Friedhelm sitzt in seinem Büro, soll ich Ihnen sagen. Wollen Sie'n Kaffee?»

«Gerne.»

«Hab ich gerade frisch gemacht. Zucker? Milch?»

Mohr nickt nur. Er will was Witziges entgegnen. Aber ihm fällt nichts ein. Der Schlaks stellt zwei der frisch gespülten Kaffeebecher auf die Theke, außerdem eine Thermoskanne, eine Dose mit Zuckerwürfeln und eine Tüte H-Milch. Er öffnet eine Schublade und nimmt einen Löffel heraus. Er hält ihn gegen das Licht, prüft ihn mit Kennerblick auf Sauberkeit, reibt ein bisschen mit dem karierten Küchenhandtuch, das über seiner Schulter hängt, an dem Löffel herum und legt ihn schließlich neben die Becher.

«Das Büro ist am Ende vom Flur. Die linke Tür. Bringen Sie dem Friedhelm einen mit? Der trinkt immer schwarz, ohne alles.»

Friedhelm Bühler ist etwa in Mohrs Alter. Zwischen Mitte und Ende vierzig. Etwas kleiner als Mohr. Aber ein Bulle von Mann. Jede Wette, dass der regelmäßig Eisen stemmt. Mohr weiß nicht, ob das regelmäßige Eisenstemmen heutzutage möglicherweise zur Arbeitsplatzbeschreibung eines Sozialarbeiters dazugehört. Turnschuhe, Jeans, Sweatshirt, feuerroter Lockenkopf. Fester Händedruck. Auf den ersten Blick sympathisch.

Sie setzen sich an einen quietschgelb lackierten Tisch, der von bunt zusammengewürfelten Stühlen umstellt ist. Bühler hat freundliche Augen. Am Telefon klang er noch etwas reserviert. Kein Wunder. Sozialarbeiter leben davon, dass die Kundschaft ihnen vertraut. Das ist nicht mehr unbedingt gewährleistet, wenn sich herumspricht, dass der Friedhelm sich mit Bullen trifft. Aber Bühler scheint zu wissen, was er tut.

«Wie kann ich Ihnen helfen?»

«Netter Kerl.»

«Wer?»

«Der junge Mann hinter der Theke.»

«Der Maik? Der Maik ist ein Schatz. Der ist wie der Jackpot im Lotto. Der Maik macht ein freiwilliges soziales Jahr hier bei uns. So wie damals die Jessica.»

«Und wie lange machen Sie das schon hier?»

«Ich? Hier arbeiten? Oje. Ewig schon.»

«Macht's noch Spaß, nach so langer Zeit?»

«Überraschenderweise immer noch.»

«Ich habe Ihnen ja schon am Telefon gesagt: Nichts, was wir hier besprechen, dringt über meine Lippen oder findet Eingang in die Akten. Ich will mir mit Ihrer Hilfe einfach nur ein Bild von der jungen Frau machen. Um besser zu verstehen, was ich bei der Vernehmung erlebt habe.»

Bühler nickt.

«Die Jessica hat also damals hier im Jugendzentrum ein freiwilliges soziales Jahr absolviert.»

«Ja. Beziehungsweise: Am Ende war's dann doch kein ganzes. Aber ich erzähle vielleicht besser von vorne. Also: Die Jessica hing schon während ihrer Schulzeit viel hier ab. Fast jeden Tag. Dann war's mit der Hauptschule vorbei, aber sie hing immer noch jeden Nachmittag hier ab, und da hab ich sie gefragt: Was hast du denn jetzt vor? Sie sagte: keine Ahnung. Das hat sie oft gesagt: keine Ahnung. Ist bei vielen hier so. Schon echt traurig.

Also schlug ich ihr vor: Jessica, wenn du doch sowieso jeden Tag hier abhängst und noch nicht weißt, was du mit deinem Leben anfangen willst, dann mach doch ein freiwilliges soziales Jahr bei uns. Tust du was Sinnvolles, und danach bist du vielleicht schlauer.»

«Und das hat sie dann gemacht ...»

«Ja. Sie war jetzt nicht eben die Musterkandidatin, aber irgendwie mochte ich sie und wollte ihr helfen. Armes Menschenkind. Sehr verschlossen, sehr misstrauisch, immer auf der Hut, hat offensichtlich schon einiges mitgemacht in ihrem Leben. Nie was erzählt über ihre Kindheit, aber das ist nichts Ungewöhnliches hier. Und ich erzwinge grundsätzlich nichts. Wer reden will, der findet hier immer ein offenes Ohr. Wer nicht reden will, der wird in Ruhe gelassen. Anders geht's nicht.»

«Und wie hat sie sich hier gemacht?»

«Zunächst überraschend gut. Hat sich echt Mühe gegeben, die Jessica. Erschien pünktlich zur Arbeit, meistens jedenfalls, hat aufmerksam zugehört, wenn man ihr was erklärte. Das ist schon was. Das ist schon viel. Manche hier können sich keine fünf Minuten konzentrieren. Außer auf ihr Handy.»

«Wenn man sich das Städtchen so anschaut, könnte man meinen, hier leben nur wohlhabende Leute ...»

«Bad Hombach ist nicht Berlin-Neukölln. Aber der erste Eindruck täuscht. Man muss schon etwas genauer hingucken. Armut und Elend und soziale Probleme finden Sie überall. In Bad Hombach verstecken sie sich.»

«Die erste Zeit funktionierte es also gut.»

«Bis diese Sache passierte ...»

«Diese Sache.»

«Na, der Junge, der nach dem Besuch der Diskothek im Rhein ertrunken ist. Ich las das morgens, montags war das wohl, dann habe ich die Zeitung mit zur Arbeit gebracht und nachmittags, als die Bude so richtig voll war, gesagt: Kommt mal eben alle zusammen, ich muss euch mal was vorlesen, das ist gleich hier um die Ecke passiert, und ihr kennt doch sicher den Laden. Dann habe ich den Artikel vorgelesen, anders geht's nicht, einfach kopieren und ans Schwarze Brett hängen funktioniert nicht, die lesen ja überhaupt keine längeren Texte mehr. Alle waren jedenfalls mucksmäuschenstill, interessierte sie offenbar. Manche wussten auch schon davon, Bad Hombach ist klein. Und plötzlich sagte die Jessica in der letzten Reihe: *Das stimmt ja so alles gar nicht!* Ich war ziemlich perplex und fragte sie: Was stimmt denn nicht? Sie, ziemlich trotzig: *Alles!* Ich glaube, in dem Moment hatte sie das auch schon bereut. Alle glotzten sie an, manche machten blöde Witze.»

«Und wie ging's weiter?»

«Ich brach das bewusst ab in der Runde und hab sie später noch mal in mein Büro gerufen, ohne dass die anderen das mitkriegten. Da saß sie, wo Sie jetzt gerade sitzen. Ich sagte: Jessica, warst du an dem Abend da, als das passiert ist? Sie nickte nur und starrte auf die Tischplatte. Ich sagte: Jessica, wenn du irgendwas weißt, dann musst du das unbedingt der Polizei erzählen. Sie nickte wieder und nuschelte: *Ja, mach ich noch.*»

«Und dann?»

«Zwei Wochen später stand in der Zeitung, dass man die Leiche des Jungen in Köln im Rhein gefunden hat. Ich erzählte ihr das und fragte: Jessica, warst du inzwischen bei der Polizei gewesen? *Nee*, antwortete sie. Warum nicht? *Ich hab Angst*, sagte sie. Wovor? Vor wem? Sie hat aber immer nur den Kopf geschüttelt. Zieh deine Jacke an, hab ich da gesagt, wir fahren jetzt zusammen zur Polizei. Die können dir helfen. Das war vielleicht ein bisschen naiv von mir gedacht. Jedenfalls hat sie sich dann apathisch zu mir ins Auto gesetzt. Die ganze Zeit geschwiegen während der Fahrt. Aber das wurde mir erst später, in der Rückschau, so richtig bewusst. Wir sind also dann zur Wache Ost im Rheinheimer Polizeipräsidium. Hier in Bad Hombach gibt's ja gar keine Polizei mehr. Ich habe denen auf der Wache erklärt, um was es geht, und dass ich gern warte, um die Jessica wieder mit zurück zu nehmen. Draußen in der Eingangshalle sollte ich warten, das würde nicht lange dauern. Ich weiß nicht mehr, wie lange es tatsächlich war. Ich wunderte mich nur, dass die gleich schon gesagt haben, es dauert nicht lange. Also bevor die überhaupt wussten, was die Jessica ihnen zu sagen hat.»

«Wissen Sie, was sie der Polizei gesagt hat?»

«Nein. Während der Rückfahrt hat die Jessica kein Wort mehr mit mir gesprochen. Und ich wollte auch nicht aufdringlich sein. Wissen Sie: Wenn Sie den Jugendlichen auf die Nerven gehen, dann haben Sie augenblicklich verloren.»

Friedhelm Bühler nimmt einen Schluck aus seinem Kaffeebecher. Mohr spürt, dass ihn die Geschichte immer noch mitnimmt.

«Sorry, ich habe den Faden verloren. Wo waren wir?»

«Die Rückfahrt ...»

«Ja. Von dem Tag an war die Jessica wie verwandelt. Sie wurde immer verschlossener. Machte ihren Job nicht mehr ordentlich. Schluderte bei der Arbeit. Und wurde ziemlich ungenießbar, schnell pampig und so, aggressiv, wenn man sie ansprach. Ich spürte auch, dass sie mir nicht mehr über den Weg traute. Sie hatte jedes Vertrauen zu mir verloren. Das ist der Horror für einen Sozialarbeiter. Verstehen Sie, was ich meine?»

«Ja.»

«Dann kam sie eines Tages und sagte, sie will das freiwillige soziale Jahr vorzeitig abbrechen. Angeblich, weil sie in Köln die Chance hätte, den Realschulabschluss nachzuholen. Natürlich wollten wir da nicht im Weg stehen. Ehrlich gesagt ... und das sage ich nur Ihnen: Ich war am Ende froh, dass sie ging.»

«Haben Sie anschließend noch mal was von ihr gehört?»

«Nur gerüchteweise. Dass sie in Köln ziemlich unter die Räder geraten ist, aber inzwischen wieder in Bad Hombach bei ihrem

Vater wohnt, oben im Berg, und irgendwo in Rheinheim einen Teilzeitjob haben soll.»

«Hatte sie Freunde, Freundinnen, einen festen Freund?»

«Während der Zeit hier? Nein. Nicht, dass ich wüsste. Sie kam allein, sie ging allein. Ich wüsste auch nicht, dass sie mal abgeholt worden wäre. Die Jessica war immer ein ziemlicher Einzelgänger gewesen. Die Jungs hier betrachteten sie bestenfalls als jemanden, den man brauchen kann, wenn der vierte Mann zum Kickerspielen fehlt. Sie haben die Jessica ja gesehen. Die Frisur und die Klamotten, in denen sie immer aussah, als würde sie jeden Moment in den Krieg ziehen. Die tat ja alles dafür, um nicht als Frau wahrgenommen zu werden.»

Bühler sieht auf die Uhr. Für Mohr das Zeichen zum Aufbruch.

«Sie haben mir wirklich sehr geholfen, Herr Bühler. Ich danke Ihnen für Ihr Vertrauen.»

«Ich bringe Sie noch raus.»

Im Vorbeigehen winkt Mohr dem Schlaks hinter der Theke zu. «Danke für den Kaffee, Maik.»

Der Schlaks grinst.

Draußen ist Herbst. Der Sturm peitscht Mohr den Nieselregen waagerecht ins Gesicht. Er stellt den Kragen seiner Jacke auf und zieht die Schultern hoch.

«Ist echt kalt geworden. Herr Bühler, gehen Sie bitte wieder rein, Sie holen sich ja sonst noch den Pips!»

Mohr streckt die Hand zum Abschied aus. Bühler ergreift sie, hält sie fest und sieht Mohr tief in die Augen. Er scheint den Sturm und den Regen und die Kälte gar nicht wahrzunehmen.

«Wissen Sie: Wir geben uns hier ziemlich viel Mühe, diesen jungen Leuten eine vage Vorstellung von Moral zu vermitteln. Ein paar Grundwerte zu vermitteln, die sie daheim von ihren Eltern nie gelernt haben. Manchmal gelingt uns das sogar ansatzweise. Aber wenn offenbar keinen in dieser Gesellschaft und in diesem Rechtssystem interessiert, warum gleich hier um die

Ecke so ein junger Mensch sterben musste ... das untergräbt alles. Dann können wir hier einpacken. Dann können wir den Laden hier gleich dichtmachen. Dann war alles umsonst.»

SONNTAG, 28. OKTOBER 2018

Sie greift nach der Visitenkarte.

Klaus Becker.

Kriminalkommissar.

Landeskriminalamt Nordrhein-Westfalen.

Der war irgendwie nett. Anders als der andere. Echt nett war der zu ihr.

Blöder Name. Oder? Klaus. Klingt irgendwie altmodisch, oder?

Hat so freundlich gelächelt. Nur für sie gelächelt. Sah jedenfalls so aus. Klaus Becker mag Jessica Riske. Wie sich das anhört. Klaus Becker ist verliebt in Jessica Riske. Jaja, ganz bestimmt.

Auf der Visitenkarte stehen Telefonnummer und Mailadresse.

Und wenn das Anlächeln und das freundliche Getue wieder nur so eine Scheißnummer war, um sie rumzukriegen? Was soll es denn sonst gewesen sein?

Halt ja die Schnauze, du Fotze.

Jessica Riske legt die Visitenkarte zurück in die unterste Schublade der Kommode, schiebt sie unter die Socken. Ganz tief.

Unten randaliert der Alte rum. Ist deutlich zu hören, bis hier oben. Der ist schon wieder betrunken. Dann geht man ihm besser aus dem Weg. Dann bleibt sie besser auf ihrem Zimmer und schließt ab. Sie greift nach der Nagelschere auf dem Tisch und schiebt den Ärmel des Sweatshirts hoch.

MONTAG, 29. OKTOBER 2018

Jemand klopft an die Bürotür und öffnet sie im selben Moment. Kann nur Klaus Becker sein. Ist er auch.

«Morgen, Chef. Schönes Wochenende gehabt?»

«Morgen, Klaus. Ich bin nicht mehr dein Chef. Schon seit sieben Monaten nicht mehr.»

«Doch. Jetzt wieder.»

«Was?»

«Ich komme gerade vom Direktor. Ich wurde heute Morgen kurzfristig einbestellt. Für die Dauer der wiederaufgenommenen Ermittlungen im Todesfall Jonas Barthold gehöre ich jetzt offiziell und mit sofortiger Wirkung zu deinem Team.»

«Was hat er sonst noch gesagt?»

«Nicht viel. Die Audienz währte nur acht Minuten. Echt, ich hab auf die Uhr gesehen. Er sagte, er habe heute Morgen auch schon mit dir gesprochen, und du koordinierst die Ermittlungen, und die Generalstaatsanwaltschaft Köln als Dienstaufsichtsbehörde habe die Staatsanwaltschaft Rheinheim angewiesen bla, bla, bla und die Staatsanwaltschaft Rheinheim habe das LKA auftragsgemäß um Amtshilfe gebeten bla, bla, bla und ich gehöre nun für die Dauer der Ermittlungen deinem Team an.»

«Team ist gut.»

«Wieso?»

«Das Team sind wir beide. Und mir hat er noch gar nichts davon gesagt, dass du dazugehörst.»

«Dann ist ihm zwischen deiner und meiner Audienz vermutlich ein Geistesblitz gekommen. Etwa so: Wer ist im gesamten LKA der mit Abstand beste Mann, um den Mohr zu unterstützen? Der Becker natürlich. Sieh es mal positiv: Die Personalstärke der neuen Dienststelle hat sich soeben verdoppelt.»

«Was hat er noch gesagt?»

«Wir dürften natürlich jederzeit zur Unterstützung auch auf Kräfte der Rheinheimer Polizei zurückgreifen.»

«Großartige Idee.»

«Außerdem in begründeten Fällen auf unsere eigenen Truppen, also auf die Zielfahnder, die Forensiker, Gollmann ...»

«In begründeten Fällen. Wie generös.»

«... vielleicht ja auch, wenn du den Direktor mal nett fragst, auf die Dienste unserer hauseigenen Psychologin!»

«Halt die Klappe, Becker. Du spielst mit deiner Gesundheit.»

«Und was hat er dir gesagt?»

«Meine Audienz währte schätzungsweise zwei Minuten. Nicht in seinem Büro, sondern unten im Foyer. Wir sind uns dort zufällig über den Weg gelaufen. Das muss wirklich unmittelbar vor deiner Audienz gewesen sein. Ich soll es diesmal nicht wieder vermasseln, hat er gesagt ...»

«Das ist frech.»

«Außerdem hätten wir die Rheinheimer Staatsanwaltschaft über jeden unserer Ermittlungsschritte in Kenntnis zu setzen.»

«Herzlichen Glückwunsch!»

«Ich habe ihm gesagt, das kann er vergessen.»

«Was? Das hast du gesagt?»

«Ich hab gesagt, ich erstatte ihm persönlich einmal im Monat per Mail Bericht, und dann kann er das anschließend weiterleiten, an wen er will. Und dann habe ich gesagt: Wenn ihm das nicht passt, soll er sich einen anderen Idioten suchen.»

«Ich glaub's nicht. Und wie hat er reagiert?»

«Sichtlich um Fassung bemüht. Am liebsten hätte er mich in der Luft zerrissen. Aber er hat's wohl geschluckt. Denn sonst hätte er während deiner Audienz wieder davon angefangen.»

«Tom, du bist mein Held. Was machen wir jetzt?»

«Wir machen uns an die Arbeit. Hast du alles gelesen?»

«Klar.»

«Okay. Versuch doch mal, diesen Imbissbudenbetreiber von damals aufzutreiben.»

«Mach ich.»

«Danke.»

Becker steht auf, um das Büro zu verlassen.

«Klaus ...»

«Ja?»

«Eine Frage noch: Auf welche Kollegen hier im Haus würdest du dich hundertprozentig verlassen?»

«Auf mehr Leute, als du denkst.»

«Ich meine solche mit einem moralischen Kompass. Kollegen, die genug Rückgrat haben, Entscheidungen zu treffen ...»

«Jaja, ich hab dich schon richtig verstanden. Ich sagte doch: auf wesentlich mehr Leute, als du denkst. Und wenn du jetzt behaupten willst, deine alten Kollegen seien seit der Sache im März oder seit deiner Rückkehr in die Firma kurz angebunden, dann fass dich mal an die eigene Nase. Du als ihr alter Chef bist ihnen seit deiner Rückkehr konsequent aus dem Weg gegangen! So wird ein Schuh draus. Jedenfalls beklagen die von der Zielfahndung genau das. Alles nur eine Frage des Blickwinkels. Geh mal wieder mittags in die Kantine, wenn du dich traust!»

MITTWOCH, 31. OKTOBER 2018

Werner Sobotka ist so einer, auf den man sich hundertprozentig verlassen kann. 54 Jahre alt, Kriminalhauptkommissar, ledig, keine Kinder, kam vor zwölf Jahren von der Kripo Dortmund zum LKA NRW. Nicht etwa, dass er sich in Düsseldorf beworben hätte. Sein spezielles Können wurde auch in Dortmund wertgeschätzt. Und das reichte ihm eigentlich voll und ganz. Aber das Landeskriminalamt wollte ihn unbedingt haben. Als *Füßler.*

Das kann Sobotka nämlich so gut wie kein anderer: Observationen zu Fuß, auf kurze Distanz. Hohes Risiko, je nachdem, wen man observiert. Werner Sobotka besitzt die seltene Gabe, sich vollkommen unsichtbar zu machen. Selbst wenn er nicht gerade observiert, sondern zum Beispiel mittags die Kantine in der LKA-Zentrale an der Völklinger Straße aufsucht, sieht der Kollege so aus, als hätten ihn die Strategen einer Marktforschungsagentur während einer feuchtfröhlichen Weihnachtsfeier als Prototyp des deutschen Verbrauchers am Computer entworfen. Manche Kollegen im LKA machen sich einen Spaß daraus, ihren Schreibtischnachbarn im Laufe des Nachmittags zu fragen: *War der Werner heute Mittag in der Kantine?*

So durchschnittlich, so langweilig und so vollkommen uninteressant wie Werner auszusehen, da kann kein Mensch was dafür. Das ist noch keine besondere Leistung. Werners außergewöhnliches Talent offenbart sich erst im Einsatz: Er passt sich jeder Umgebung, jedem sozialen Milieu wie ein Chamäleon an. Er studiert vor jedem Einsatz gewissenhaft den Schauplatz, er wählt seine Kleidung sorgfältig aus, wie ein Schauspieler probt er zuvor Mimik und Gestik und Gangart vor dem Spiegel.

Aber nicht alles ist planbar. Zum Beispiel, dass eine richterliche Vernehmung unter Eid schon nach einer Viertelstunde beendet ist.

Beginn: 10 Uhr, Saal 2.05 des Landgerichts Rheinheim. Also betritt Sobotka um 9.15 Uhr die Sicherheitsschleuse. Er legt seinen Personalausweis vor, nicht seinen Dienstausweis. Dann durchquert er die Halle, lässt den Schwurgerichtssaal rechts liegen, holt eine graue Mütze aus der Innentasche seiner Jacke, zieht den Schirm der Mütze tief in die Stirn, sodass seine Augen nicht mehr sichtbar sind, sobald er den Kopf ein wenig neigt. Er nimmt die breite Freitreppe statt des Aufzugs, um anderen nicht unnötig nahezukommen, und setzt sich auf die Bank vor dem benachbarten Saal 2.03. Wie ein Zeuge, der darauf wartet, jeden Moment aufgerufen zu werden. Er hat sich natürlich vorab erkundigt, was in 2.03 verhandelt wird. Und wie lange das voraussichtlich dauern wird. Sobotka hat von seinem Platz perfekte Sicht auf 2.05.

Um 9.32 Uhr erscheint Sobotkas Zielperson. Platinblonde, raspelkurz geschnittene Haare, olivgrüne Bomberjacke, Army-Hose aus Camouflage-Stoff, klobige schwarze Docs. Sie geht zu der Termintafel neben der noch verschlossenen Tür und vergewissert sich, am richtigen Ort zu sein. Sie zieht die Bomberjacke aus, sie trägt darunter ein orangefarbenes Sweatshirt mit Kapuze.

Sie setzt sich. Sie steht wieder auf. Sie ist nervös. Sie weiß nicht, wohin mit ihren Händen.

Um 9.44 Uhr erscheint Staatsanwältin Anita Wiesemann. Mausgraues Kostüm, Vier-Zentimeter-Absätze, strenger Pagenschnitt, die Haare honigblond gefärbt, schwarze Hornbrille, die schwarze Robe über dem linken Arm, in der rechten Hand eine lederne Aktentasche.

Zwei Minuten später sprintet KHK Dietmar Böck die Treppe hinauf, Lederjacke, Laptop unter dem Arm, vermutlich um Videosequenzen aus den Überwachungskameras vorzuführen. Und fast zeitgleich steigt aus dem Aufzug ein älterer Herr, der wie ein englischer Landadliger beim sonntäglichen Kirchgang gekleidet ist. Auch er trägt eine schwarze Robe in der Armbeuge, ist aber nicht der Richter, sondern der Zeugenbeistand.

Außer dem Gentleman kennt Sobotka sie alle. Auch den noch nicht anwesenden Richter. Weil er sich zuvor Fotos besorgt und die Gesichter eingeprägt hat. Fröhliches Hallo und Gelächter, man kennt sich. Nur die Zielperson steht etwas verloren abseits. Ihr Zeugenbeistand scheint sie noch nicht einmal wahrgenommen zu haben, so sehr nimmt ihn die Aufgabe in Beschlag, mit der Staatsanwältin zu flirten.

Schließlich erscheint mit dreiminütiger Verspätung der

Richter, ebenfalls ein älterer Herr, begrüßt freundlich die Staatsanwältin, den Zeugenbeistand und den Kriminalbeamten mit Handschlag und schließt die Saaltür auf.

Nur die Zielperson und der Gentleman müssen noch draußen bleiben. Der Zeugenbeistand spricht nun zum ersten Mal mit seiner Mandantin und wirkt dabei so fröhlich und entspannt, als würde er mit ihr übers Wetter plaudern. Die Zielperson hingegen schaut ernst und nickt ab und zu.

Dann werden auch sie in den Saal gebeten. 9.08 Uhr. Sobotka wartet noch fünf Minuten. Nur um sicherzugehen, dass hier nichts Unerwartetes mehr geschieht. Dann nimmt er die Treppe ins Erdgeschoss, verlässt das Gerichtsgebäude und tritt auf den Bürgersteig. Er muss außerhalb des Gebäudes auf die Zielperson warten, man darf nie zweimal am selben Standort gesehen werden. Alte Regel. Außerdem will Sobotka überprüfen, ob draußen noch jemand anderes auf die Zielperson wartet.

Neun Grad. Feiner Nieselregen. Regen macht Sobotka nichts aus, er ist immer dem Wetter entsprechend gekleidet, das gehört zu seinem Job. Sobotka liebt den Regen. Weil der Regen die Menschen ablenkt. Sie achten nicht mehr auf ihre Umgebung, nicht mehr auf andere Passanten, sie sind bei Regen vorwiegend mit sich selbst beschäftigt und starren die meiste Zeit angestrengt zu Boden, wenn sie unterwegs sind.

Schräg gegenüber gibt's neuerdings eine Shisha-Bar. Vorher war da ein gutbürgerliches Restaurant. Die messingfarbenen Lettern in Frakturschrift hängen immer noch über dem Eingang: *Rheinheimer Stuben.* Von hier aus hat Sobotka schon mal observiert. Und das Lokal deshalb ausgewählt. Idealer Standort. Seit das Rheinheimer Landgericht im obersten Stock über eine Edel-Kantine mit Dachterrasse verfügt, war es mit den Rheinheimer Stuben stetig abwärtsgegangen.

Drinnen sieht es jetzt nicht mehr gutbürgerlich aus, sondern wie im Harem des Sultans. Sobotka steckt die Mütze in die Jackentasche, bestellt einen Espresso und observiert durch die Butzenscheiben, die so gar nicht zu einer Shisha-Bar passen, den von Säulen gesäumten Eingang des Justizgebäudes.

Sobotka ist der einzige Gast. Das hat Vor- und Nachteile. Er starrt durch die Butzenscheiben hinaus. Niemand wartet draußen auf der Straße auf die Zielperson.

Um 9.28 Uhr passieren zwei Dinge gleichzeitig: Der Kellner kommt mit einem Silbertablett. Die Zielperson kommt aus dem Gerichtsgebäude.

Sobotka bedankt sich mit einem stummen Nicken, drückt dem Kellner drei Euro in die Hand, kippt den Espresso runter und verlässt die Bar. Der Kellner schaut ihm verdutzt hinterher. Das weiß Sobotka, ohne es sehen zu müssen. Fehler. Der Kellner wird sich an ihn erinnern. Nicht mehr zu ändern. Der Regen hat bedauerlicherweise aufgehört. Ebenfalls nicht zu ändern. Sobotkas Job bedeutet permanentes Improvisieren.

Die Zielperson steht an der vierspurigen Cambridgestraße. Die Fußgängerampel zeigt Rot. Sie ist mit ihrem Handy beschäftigt. Die Ampel springt auf Grün. Sie überquert die Straße, den Kopf leicht geneigt, sie starrt unentwegt in ihr Handy, während sie die Straße überquert. Handys sind mindestens so gut wie Nieselregen. Um die Handy-Generation zu observieren, benötigt man eigentlich keine Spezialisten mehr. Denkt Sobotka.

Er muss schleunigst aufschließen, bevor die Ampel wieder auf Rot springt. Auf der anderen Straßenseite verlangsamt die Zielperson ihr Tempo und betritt eine schmale Ladenpassage. Die mündet am Ende in den Friedrichplatz, weiß Sobotka. Der Ausschnitt des Stadtplans ist in seinem Gehirn abgespeichert. Ladenpassagen sind grundsätzlich riskant. Weniger Menschen, weniger Raum, weniger Lärm, mehr Wahrnehmung, weniger Ablenkung, kein natürlicher Sichtschutz.

Er muss die Distanz vergrößern. Sobotka betrachtet die Auslage im Schaufenster eines Krawattenladens und zählt bis zehn.

Wie lange mag der Laden sich noch halten, wo Krawatten doch aus der Mode gekommen sind? Sobotka trägt seither keine Krawatten mehr. Er sieht müde aus, weil er müde aussehen will. Aber seine Augen und Ohren sind überall.

Weiter.

Sie steht am Busbahnhof, der den rechten Rand des großen Platzes einnimmt. Der Rest ist Fußgängerzone. Sie hat das Handy weggesteckt, die Hände in den Außentaschen der Bomberjacke vergraben, die Schultern hochgezogen. Sie scheint zu warten. Auf einen Bus? Oder auf jemanden, der sie hier einsammeln soll? Über ihr hängt eine Tafel mit den Bussen, die an dieser Stelle halten. Passt alles nicht. Alles Ziele im Norden Rheinheims. Passt überhaupt nicht. Die Wohnadresse der Zielperson liegt südlich von Rheinheim, die Arbeitsstelle auch.

Sobotka setzt eine SMS an Mohr ab:

Z ist raus. Stopp Busbahnhof Friedrichplatz

Er weiß, dass Mohr nicht antworten wird.

Andere Füßler lassen sich gern vor dem Einsatz verdrahten. Knopf im Ohr, winziges Mikro im zweitobersten Knopfloch des Hemdes. Ständiger Funkkontakt. Aber Sobotka mag das nicht. Es lenkt ihn ab.

Sobotka sucht sich einen Platz in einer Hausnische am linken Rand des Platzes, setzt sich auf eine der Stufen, macht sich klein, macht sich unsichtbar.

Die Linien sind um diese Tageszeit eng getaktet. Unentwegt halten Busse vor der Zielperson, mit einem Zischen öffnen sich die pneumatischen Türen. Aber sie steigt in keinen der Busse.

Sobotka schaut auf die Uhr. Seit 16 Minuten steht sie schon da. Sobotka passt das gar nicht. Bewegung ist gut. Stillstand ist überhaupt nicht gut. Sobotka weiß, wie viele Menschen auf einem solchen Platz mitten in der Stadt darauf geeicht sind, ständig ihre Umgebung zu checken, Gefahr zu wittern, Bullen zu wittern: Obdachlose, Junkies, Kleindealer, Taschendiebe.

Plötzlich dreht sie sich um und kommt geradewegs auf ihn zu. Zum Glück starrt sie dabei in ihr Handy. Sobotka stülpt sich blitzschnell die Schirmmütze über, in einer einzigen fließenden Bewegung, und starrt ebenfalls in sein Handy.

Als sie vorbei ist, schreibt er: *Bewegung / Vermutl zurück Cambridge.* Dann folgt er ihr.

Sie ändert plötzlich die Richtung, macht einen Bogen, biegt in die Friedensstraße ab, die parallel zur Cambridgestraße verläuft, Fußgängerzone, schicke, teure Geschäfte, aber sie starrt unentwegt in ihr Handy.

Sobotka begreift, was los ist: Sie wird von irgendwem gelotst.

Dann biegt sie plötzlich nach links in die Löffelgasse ab, kurze Stichstraße, die an der Cambridgestraße endet, 100 Meter unterhalb des Eingangs zur Ladenpassage. In der Löffelgasse gibt es kaum Geschäfte, die Löffelgasse ist fast menschenleer. Ein mitten in der Gasse geparkter DHL-Lieferwagen bietet ihm halbwegs Sichtschutz. Sobotka tippt in sein Handy:

Cambridge / Löffelgasse

Vermutl Aufn Cambridge

Und jagt sofort eine weitere SMS hinterher:

Jetzt !!!

Ein viertüriger Golf GTI älteren Baujahrs stoppt jäh auf der vielbefahrenen Cambridgestraße. Exakt vor der Einmündung Löffelgasse. Augenblicklich wildes Gehupe der nachfolgenden, zum Bremsen gezwungenen Autos. Jemand streckt den Arm aus dem Fenster der Beifahrertür des GTI und zeigt den nachfolgenden Autos den Mittelfinger. Sobotka kann die Person nicht identifizieren. Jetzt öffnet die Zielperson die hintere rechte Tür des Wagens und steigt ein. Der Motor heult auf, der in einem matten Olivgrün lackierte Golf GTI jagt davon.

Sobotka schickt eine SMS mit dem Kfz-Kennzeichen. Aber da sieht er im nachfolgenden Pulk auch schon den anthrazitfarbenen BMW mit dem Düsseldorfer Kennzeichen. Und kriegt prompt eine Antwort: *Danke Werner.* Mohr ist dran.

Für Sobotka ist der Einsatz beendet. Zurück nach Düsseldorf. Er macht sich auf den Weg zur Tiefgarage.

MITTWOCH, 31. OKTOBER 2018

Jamal tritt das Gaspedal durch und hetzt den GTI in Richtung Rosa-Luxemburg-Platz. Rashid, der vorne neben seinem Cousin sitzt, dreht sich zu ihr um und grinst.

«Jessica-Mäuschen! Alles gut?»

«Ja. Klar. Wieso nicht?»

«Ging ja schnell.» Das Dauergrinsen kann das Misstrauen nicht verbergen.

«Ja. Ging schnell.»

«Und was haben die so gefragt?»

«Nix.»

«Nix?»

«Vorname, Nachname, Alter, Beruf, Wohnort.»

«Sonst gar nix?»

«Sonst gar nix. Der Anwalt hat danach sofort gesagt, die Zeugin macht jetzt von ihrem Verweigerungsrecht Gebrauch. Oder Schweigerecht. Oder so ähnlich.»

«Super. Und dann?»

«Nix und dann. Der Richter hat nur gesagt: okay. Die anderen haben gar nichts gesagt. Und dann konnte ich gehen.»

«Echt jetzt?»

«Wenn ich es dir doch sage. Sonst wär ich ja nicht hier.»

Rashid klatscht sich grinsend auf die Schenkel. «Perfekt. Hast du das gehört, Jamal?»

Rashids Cousin sagt nichts, nickt nur.

«Jamal, machma bisschen Mucke.»

Reggaeton-Scheiße. Da stehen die total drauf. Gangsta-Zeug. Ich mach dich kalt, ich bin der Größte, ich fick euch alle. Dann Kollegah. Der Boss. Das Alphatier. Ich kriege jede Pussy, die ich haben will. Die Weiber stehen schon Schlange vor meiner Tür. Zuhälter-Rap. Noch bescheuerter. Weil man die deutschen Texte nämlich versteht. Echt krank.

Rashid dreht den Lautstärkeknopf bis zum Anschlag auf.

«Geile Mucke, oder? Jessica-Mäuschen: Sag was! Sprich mit mir! Sei ein braves Mäuschen!»

Schrilles, hysterisches Lachen. Jessica kennt das. So lacht er immer, wenn er zugedröhnt ist. Jamal sagt nichts. Starrt auf die Straße. Seine Droge ist diese Karre.

«Ich hab mein Versprechen gehalten, also haltet jetzt gefälligst auch euer Versprechen.»

«Versprechen? Was für ein Versprechen denn?»

«Ihr habt versprochen, dass ihr mich nach Hause fahrt, sobald das hier vorbei ist.»

«Machen wir doch auch, Jessica-Mäuschen. Aber zuerst wird noch ein bisschen gefeiert.»

MITTWOCH, 31. OKTOBER 2018

Becker fährt. Mohr denkt.

Wenn die Show nach nur einer Viertelstunde vorüber war, kann das nur eines bedeuten: Die Zeugin hat von ihrem Auskunftsverweigerungsrecht Gebrauch gemacht, und der Richter hat das auf der Stelle akzeptiert. Vielen Dank, auf Wiedersehen, der Nächste bitte. Das spart eine Menge Arbeit. Und die Staatsanwaltschaft hatte offenbar auch nichts einzuwenden. Alles paletti. Sonst wäre Jessica Riske nicht nach nur 15 Minuten wieder aus dem Saal marschiert. Schönen Tag noch. Was für eine Farce.

Paragraph 55 der Strafprozessordnung. Mohr würde zu gerne wissen: Wer hat Jessica Riske geraten, von ihrem Auskunftsverweigerungsrecht Gebrauch zu machen? Da ist sie doch nie und nimmer von allein draufgekommen.

Der Anwalt der Eltern Barthold hatte die richterliche Vernehmung unter Eid erwirkt. Schöne Idee. Dr. Dietmar Vonderheide ist ein hervorragender Jurist und ausgewiesener Experte auf dem Gebiet des Strafrechts. Aber nun mal ein Jurist. Dr. Vonderheide erhoffte sich von einer richterlichen Vernehmung unter Eid den Durchbruch. Weil er eine vage Chance sah, dass die Zeugin endlich mit der Wahrheit herausrücken würde, sobald ein Richter in Robe vor ihr sitzt und sie belehrt, welche strafrechtlichen Konsequenzen eine Falschaussage nach sich zieht. Ein Meineid.

Zwei Dinge hat Dr. Vonderheide als Jurist unterschätzt. Erstens: Die Autoritätsnummer funktioniert in der Regel nur bei Mittelschichtskindern. Zweitens: Es gibt jenseits des deutschen Rechtssystems Sanktionsandrohungen, die deutlich wirksamer sind.

Außerdem kennt Mohr im gesamten Bundesland Nordrhein-Westfalen allenfalls ein halbes Dutzend Richter, die es auch nur halbwegs draufhaben, eine solche richterliche Vernehmung erfolgreich zu führen. Aber welcher Amtsrichter in Rheinheim die Vernehmung führt, entscheidet nicht das individuelle Können, sondern der Geschäftsverteilungsplan des Gerichts.

Dass die eigentlich gut gemeinte Idee des Anwalts allerdings zu einer 15-minütigen Farce verkommen würde, das konnten weder Dr. Vonderheide noch Mohr ahnen.

«Wie kann man ein Auto nur dermaßen verschandeln?»

«Sorry. Ich war in Gedanken. Was hast du gesagt, Klaus?»

«Sieh dir mal die Lackierung an.»

«Der Golf? Dieses matte Olivgrün? Momentan schwer angesagt unter Luden und Dealern. In Köln sind die überall so unterwegs. Die lassen ihre nagelneuen Luxuskarossen lackieren, als seien die Karren für einen Kriegseinsatz bestimmt.»

«Und wenn das hart verdiente Geld als Nachwuchsgangster leider nur für einen gebrauchten Golf GTI reicht, dann soll wenigstens die Optik stimmen.»

«An der Lackierung kannst du jedenfalls die mittelfristigen Karrierepläne der Bassirs ablesen.»

Vor der Heussbrücke biegt der GTI scharf nach rechts ab, nach Süden, jagt mit 80 Sachen durchs Kurfürstentor, beschleunigt auf 100, vorbei am Kurfürstenpark, linke Spur, rechte Spur, linke Spur, im Zickzackkurs vorbei an den Autos, die sich an Tempo 50 halten, mit Vollgas in den vierspurigen Kreisverkehr.

«Der fährt wie ein Geisteskranker. Wird jetzt schwierig, Tom. Wenn ich aufpasse, dass er mich nicht bemerkt, verliere ich ihn. Oder aber ich bleibe dran, dann kapiert er über kurz oder lang, dass er verfolgt wird. Was tun?»

«Mach einfach den Proll. Ganz frech. Hupe, Lichthupe, Blinker, damit er endlich Platz macht. Das volle Programm. Keine Sorge, er wird dich nicht vorbeilassen. Vor allem aber kapiert er dann nicht, dass die Polizei hinter ihm her ist.»

Klaus liefert das volle Programm. Es funktioniert.

Rashid streckt den Arm aus dem Fenster der Beifahrertür, hebt siegesgewiss die Faust und zeigt ihnen den Mittelfinger.

«Was für ein Idiot.»

Die graue Wolkendecke reißt mit einem Mal auf. Die Herbstsonne lässt den nassen Asphalt glitzern. Der GTI biegt mit Vollgas auf die sechsspurige Söderbrücke ab, die über den Rhein führt. Schnurgerade. Wenig Verkehr. Freie Sicht. Geht gar nicht.

Mohr beugt sich vor und sagt ins Funkmikrophon: «Ihr seid dran.»

«Alles klar», antwortet Günther.

Klaus Becker nimmt das Gas leicht zurück, verringert zunächst nur geringfügig das Tempo, damit es nicht auffällt, ein schwarzer Audi fliegt auf der linken Spur an ihnen vorbei. Günther Noebel und Rolf Lenerz übernehmen. Erfahrene Zielfahnder. Stellten keine Fragen, als Mohr sie ansprach.

Klaus reduziert das Tempo des BMW, bis der Golf GTI und der Audi nicht mehr zu sehen sind.

«Jetzt werden sie jubilieren, dass sie uns abgehängt haben.»

Mohr nickt. Ihn interessiert nur, wer am Ende jubiliert.

«Wahnsinn! Schau dir das an: Der Rhein ist echt nur noch eine Pfütze. Der niedrigste Pegelstand aller Zeiten seit Beginn der Aufzeichnungen, hab ich die Tage im Radio gehört. Die Frachtschiffe dürfen nur noch mit halber Ladung fahren. Wir werden alle noch unser blaues Wunder erleben mit dem Klimawandel.»

Manchmal wünscht sich Mohr, Klaus wäre in der Lage, während eines Einsatzes einfach mal die Klappe zu halten.

Auf dem Tablet kann Mohr das Signal des Audi auf der digitalen Landkarte verfolgen. Gleich endet die Söderbrücke. Dann gibt es drei Möglichkeiten: Der Golf folgt der rechten Spur, die in die Bundesstraße in Richtung Süden mündet und nach Bad Hombach führt. Oder sie folgen der linken Spur, die mündet in die Autobahn in Richtung Norden. Richtung Köln. Oder aber sie fahren einfach geradeaus weiter, dort verjüngt sich die Fahrbahn zu einer schmalen, kurvenreichen Landstraße, die sich den Berg hinauf durch ein dichtbewaldetes Naturschutzgebiet schlängelt.

MITTWOCH, 31. OKTOBER 2018

«Das ist nicht der Weg zu mir nach Hause!»

«Jessica-Mäuschen. Jetzt hab dich nicht so. Bist doch sonst nicht so eine Zicke wie all die anderen. Echt: Du bist was ganz Besonderes. Weißt du das?»

«Das ist aber nicht der Weg zu mir nach Hause!»

«Klar fahren wir dich nachher noch nach Hause. Versprochen ist versprochen.»

«Dann tut es gefälligst auch. Und zwar jetzt.»

«Aber das hab ich dir doch eben schon erklärt: Zuerst wird noch ein bisschen gefeiert. Weil du sie heute alle gefickt hast vor Gericht. Jessica-Mäuschen: Wir sind so stolz auf dich. Aber du musst mir immer schön zuhören. Damit ich nicht immer alles zweimal sagen muss.»

Wieder dieses hysterische Lachen. Rashid ist voll auf Speed. Im Gegensatz zu Jamal. Der guckt nur verbissen, manchmal kann sie seine kalten, lauernden Augen im Rückspiegel sehen. Während der gesamten Fahrt hat er noch kein Wort gesprochen. Jamal starrt auf die Straße. Er fährt immer schneller. Jessica fliegt auf dem Rücksitz hin und her. Sie ist nicht angeschnallt. Es gibt keine Gurte auf dem Rücksitz. Die Kiste ist wahrscheinlich zu alt, da war das noch nicht Vorschrift. Ihr ist schlecht. Sie könnte kotzen. Außerdem hat sie Angst.

Aber nicht nur, weil Jamal so schnell fährt.

«Guck mal, was ich hier habe!» Rashid greift unter den Beifahrersitz und zieht eine Flasche hervor. Er dreht sich wieder auf seinem Sitz um, so gut es geht, zu ihr, er grinst und zeigt ihr die Flasche.

«Jessica-Mäuschen. Heute ist doch Halloween. Muss man doch feiern. Wodka-Energy hast du doch immer gemocht, oder? Also Red Bull zum Mixen haben wir jetzt leider nicht dabei. Aber der Jamal und ich, wir haben gerade Energy für zehn.»

Wieder dieses hysterische Lachen. Das Lachen macht ihr Angst. Rashid schlägt sich vor Freude auf die Schenkel.

«Wenn ich's dir sage: Energy für zehn!»

MITTWOCH, 31. OKTOBER 2018

«Tom, sie haben die Landstraße soeben verlassen und sind nach rechts in den Wald abgebogen. Auf einen kleinen, asphaltierten Parkplatz für Wanderer. Sackgasse.»

«Und wo seid ihr?»

«Wir stehen kurz vorher auf der linken Seite der Landstraße. In der Einmündung eines Forstwegs. Ziemlich matschig hier. Der Audi sieht jetzt schon wieder aus wie Sau. Der war frisch gewaschen, mein Lieber.»

«Günther, du hast mein tiefstes Mitgefühl. Richte das bitte auch Rolf aus. Ich hab euch auf dem Display. Dann macht mal schön die Parklücke frei für uns. Danke und tschüs.»

«Bist du sicher, dass du uns nicht mehr brauchst?»

«Ich will nicht, dass ihr euch am Ende auch noch die guten Schuhe versaut. Außerdem hat Klaus hoch und heilig versprochen, mich zu beschützen, falls die mich verdreschen wollen.»

«Blödmann!»

«Jetzt mal im Ernst: Ich will nicht, dass man euch in Düsseldorf zu lange vermisst und womöglich unangenehme Fragen stellt. Vielen Dank euch.»

«Okay. Dann mal viel Glück. Und tschüs.»

MITTWOCH, 31. OKTOBER 2018

«Wo ist eigentlich die Svenja abgeblieben?»

Sie stehen oben, ganz nah am Rand der Klippe. Tief unten liegt der Schwarzdornsee. Grün, still, dunkel, tief. Jessica friert. Sie weiß nicht, wo sie hinsehen soll. Sie weiß nicht, was ihr mehr Angst macht. Der Abhang. Oder Rashid.

Svenja. Was wollen die denn jetzt von Svenja? Jessica hat

keine Ahnung, wo die abgeblieben ist. Die interessiert sie nicht. Schon seit fünf Jahren nicht mehr.

«Ey, bist du taub? Ich hab dich was gefragt.»

«Was denn?»

«Wo die Svenja jetzt wohnt! Bei der letzten Adresse ist keiner. Ausgeflogen. Wir müssen die dringend sprechen.»

«Keine Ahnung. Hab sie ewig nicht mehr gesehen.»

«Die hat aber doch ewig bei euch gewohnt, die liebe Svenja, oder nicht?», sagt Jamal. «Hat doch für deinen Alten immer schön die Beine breitgemacht. Musst du doch wissen, wo die jetzt ist.»

«Die hat für dich doch auch schön die Beine breitgemacht, Jamal. Oder?»

Jamal schlägt ihr mit der flachen Hand ins Gesicht. Packt ihren Nacken und reißt ihren Kopf nach hinten. Die andere Hand legt sich wie ein Schraubstock um ihren Hals. Sie spürt seinen warmen Atem in ihrem Ohr. «Und für wen von uns beiden machst du jetzt gleich die Beine breit, du Schlampe? Na?»

Dann steht Rashid vor ihr. Lacht ihr sein hysterisches Lachen ins Gesicht. Stülpt ihr die Wodkaflasche auf die Lippen, hebt die volle Flasche in die Senkrechte.

«Trink, Jessica-Mäuschen. Heute ist Halloween. Muss gefeiert werden. Mach endlich dein verdammtes Maul auf. Trink. Trink! So ist gut. Braves Mäuschen.»

Sie trinkt. Mit langsamen, gleichmäßigen Schlucken. Sie wird so lange trinken, wie Rashid es will. Sie wird keinen Widerstand mehr leisten. Sie hat panische Angst, sich zu verschlucken. Während sie trinkt, spürt sie mit einem Mal Rashids freie Hand unter ihrem Sweatshirt, auf ihrem Bauch.

Der Golf steht verlassen auf dem asphaltierten Parkplatz, der am Ende in einen breiten, unbefestigten Waldweg mündet. Sie können nur den Waldweg genommen haben. Mohr und Becker fallen bald in einen leichten Trab. Die Sorge um das Mädchen treibt sie an.

Nach etwa 100 Metern gabelt sich der Weg. Rechts führt ein Trampelpfad bergab, während der Hauptweg nach links den Berg hinaufführt. Mohr verflucht sich innerlich, dass er Günther und Rolf nach Hause geschickt hat. Und dass er wieder mal völlig falsch angezogen ist.

Becker checkt ihre Position auf dem Smartphone, seine Finger fliegen über das Gerät wie die eines Pianisten über die Klaviertasten. Wahrscheinlich hatte er schon als Kind so ein Ding. Mohr hatte als Kind gar nichts.

«Hier!» Becker hält Mohr das Ding vor die Nase. Das Display zeigt die Satellitenaufnahme eines ovalförmigen Sees. Flaschengrünes Wasser, flaches, dichtbewachsenes Ufer auf der rechten Seite, ein ockerfarbener Steilhang auf der linken Seite.

«Der Schwarzdornsee. Ein ehemaliger Steinbruch, der im Lauf der Jahrzehnte voll Wasser gelaufen ist. Die beiden Wege treffen irgendwann wieder aufeinander. Also, Chef: Welche Richtung gehen wir?»

Niemals allein. Immer zu zweit. Eiserne Regel.

Sie nicken sich zu. Becker sagt: «Alter Mann, nimm du den Weg bergab. Ich nehme den steilen, steinigen Weg bergauf. Bis später.»

Er steckt sein Handy weg und sprintet los. Mohr folgt dem lehmigen, rutschigen Trampelpfad, der sich hinunter zu dem für ihn noch unsichtbaren See schlängelt. Dichtes, undurchdringliches Gestrüpp. Mohr wird bald klar, woher der See seinen Namen hat. Er schrammt sich die Hände an den spitzen Dornen auf. Er springt über Schlammlöcher, er steigert das Tempo, er rutscht weg, stürzt, knallt aufs Steißbein, ausgerechnet, kommt leise fluchend wieder auf die Beine, ignoriert den Schmerz im Lendenwirbel, rennt weiter.

Er hat nicht auf die Uhr gesehen, aber er schätzt, dass er seit etwa zehn Minuten unterwegs ist, als er zum ersten Mal das Flaschengrün des Sees durch das dichte Gestrüpp erahnt. Weiter. Eine Bucht, ein Strand aus gelbem Lehm. Niemand da. Mohr blickt über den See, hinüber zur Steilwand. Oben auf der Klippe, dicht am Abgrund, drei Punkte. Drei Menschen. In der Mitte ein orangefarbener Punkt. Jessicas Sweatshirt.

Mohr rennt weiter, immer am Ufer entlang, der Trampelpfad windet sich am südlichen Ufer des Sees den Hang hinauf. Becker, mach jetzt keinen Scheiß. Spiel nicht den Helden. Warte auf mich. Die aufsteigende Panik macht Mohr kurzatmig. Er keucht, während er den Pfad hinaufrennt. Er bleibt kurz stehen, lehnt sich an einen Baumstamm, der ihm Sichtschutz bietet, pumpt Sauerstoff in seine Lungen. Dann sieht er wieder hinauf zur Klippe, zu den drei Punkten.

Falsch.

Jetzt sind es vier Punkte.

MITTWOCH, 31. OKTOBER 2018

Der. See. Tief. Ganz. Tief. Unten. Da. Unten. Alles. Egal. Wenn. Ich. Springe. Ist alles vorbei. Das Leben. Das ganze Scheißleben. Wenn die Flasche leer ist, wird alles gut. Vorbei. Endlich meine Ruhe. Lasst. Mich. Doch. Alle. In. Ruhe.

«Lasst sie los!»

Fremde Stimme. Anders. Nicht fremd.

«Was willst du hier, du Spanner? Verpiss dich!»

Jamal ist wütend.

«Polizei. Flach auf den Boden legen! Und dann die Arme spreizen! Jetzt, sofort. Auf den Bauch, Hände hinter den Kopf. Jessica, komm bitte her zu mir. Jessica!»

Sie dreht sich um. Da steht der Typ. Der mit der Visitenkarte. Der nett war. Klaus.

Steht keine zwei Meter weg. Pistole. Streckt ihr die andere Hand entgegen. Ist nicht weit. Gar nicht weit. Aber alles dreht sich. Gehen. Einfach gehen, zu ihm, einfach weg. Vom Abgrund. Jetzt.

Geht nicht. Weil Rashid sie am Arm festhält.

«Polizei? Kann ja jeder sagen. Ausweis!»

Jetzt ist Jamal bei Klaus.

Vorsicht. Jamal ist gefährlich.

Rashid legt den Arm um ihre Schultern. Rashid lacht hysterisch. Rashid presst sie an sich. Sie holt aus. Sie schlägt zu.

Dann ist alles schwarz.

MITTWOCH, 31. OKTOBER 2018

Sie schlägt die Augen auf. Der Lärm. Eine Sirene heult. Laut. So laut. Über ihrem Kopf. Kopfschmerzen. Alles wackelt. Alles rüttelt an ihr. Alles soll aufhören. Bitte aufhören.

Wo bin ich?

Sie liegt auf dem Beifahrersitz. Ja. Sie liegt. Die Rückenlehne ist nach hinten gestellt. Jemand hat sie zugedeckt und in eine warme Decke gepackt. Neben ihr. Sitzt der Typ am Steuer. Der sie gerettet hat.

Name wieder vergessen.

Er merkt, dass sie aufgewacht ist. Er dreht, während er fährt, den Kopf zu ihr und lächelt.

«Wie heißt ...?»

«Klaus.»

Ja. Klaus. Er hält ihre Hand, während er fährt. Er hält ihre Hand.

«Alles wird gut, Jessica. Ich bring dich jetzt ins Krankenhaus. Alles wird wieder gut. Versprochen.»

Versprochen.

Sie versucht, das Lächeln zu erwidern. Es gelingt ihr nicht. Alles dreht sich wieder im Kreis.

Schwarz.

MITTWOCH, 31. OKTOBER 2018

Mohr ruft den einzigen Polizeibeamten in Rheinheim an, dem er volles Vertrauen schenkt. Heinz Oestrich.

«Heinz? Hier ist Tom. Ich brauche deine Hilfe. Jetzt. Ja, sofort. Schwarzdornsee, kennst du den? Gut. Oben auf der Klippe. Ja, genau, dieser Steilhang. Zwei Festnahmen. Ich hab leider kein Auto mehr. Frag jetzt nicht. Streifenwagen, Handschellen, was man so braucht. Okay. Danke.»

Mohr steckt das Handy weg und verflucht sich zum zweiten Mal für heute. Wie kann man nur so blöd sein. Nicht mal Handschellen hat er dabei. Er hätte sich Beckers Handschellen geben lassen sollen. Klaus hat immer alles dabei. Natürlich hat Klaus auch immer seine Dienstwaffe dabei. Aber die ist jetzt mit Klaus auf dem Weg ins Krankenhaus. So wie auch Mohrs Dienstwaffe. Denn Mohrs Dienstwaffe liegt im Handschuhfach des Autos, mit dem Klaus auf dem Weg ins Krankenhaus ist. Und Mohrs Handschellen liegen vermutlich in der untersten Schublade seines Schreibtischs in Düsseldorf.

Die beiden Brüder liegen immer noch bäuchlings auf dem Boden, stützen sich aber inzwischen auf die Ellbogen und starren ihn an. Dem Jüngeren, Jamal Bassir, sprüht kalter Hass aus den Augen. Der Ältere, Rashid Bassir, guckt völlig irre.

«Wir sind zu zweit, alter Mann. Du bist allein.»

«Stimmt.»

«Hast nicht mal 'ne Knarre dabei. Hast also ziemlich schlechte Karten. Dauert sicher noch was, bis die Verstärkung kommt.»

«Ja, dauert sicher noch was.»

«Dann lässt du uns also jetzt besser gehen. Sonst ...»

«Was denn sonst?»

Die Brüder wechseln einen Blick, für den Bruchteil einer Sekunde, Jamal nickt ein stummes Kommando, dann stemmen sie sich in beeindruckender Geschwindigkeit hoch und springen auf die Füße. Rashid Bassir lacht wieder hysterisch.

Jamal nicht.

Jamal Bassir holt einen Schlagring aus seiner Jackentasche und streift ihn seelenruhig über die Finger seiner rechten Hand.

MITTWOCH, 31. OKTOBER 2018

Sie wacht auf. Krankenzimmer. Krankenhaus. Alles weiß. Sauber. Stille. Frieden.

Er sitzt an ihrem Bett. Er lächelt. Klaus.

«Hallo, Jessica. Wie geht's?»

Sie bringt nur ein Krächzen zustande.

«Schon deine Stimme, Jessica. Das wird noch eine Weile so bleiben. Das Kratzen im Hals kommt von dem Schlauch, den du schlucken musstest. Die haben dir den Magen ausgepumpt. Du hattest eine Alkoholvergiftung.»

Sie nickt.

«Wir haben die Typen, die dir das angetan haben.»

Sie schüttelt den Kopf. Sie presst den Satz heraus, auch wenn es höllisch weh tut und ihre Stimme sich ganz furchtbar anhört: «Die haben mir nix getan.»

«Was? Jessica!»

«Die haben mir nix getan. Wir haben nur ein bisschen Party gemacht. Ist ja Halloween.»

«So eine Alkoholvergiftung kann einen Menschen töten.»

«Mich nicht.»

«Die hätten dich von der Klippe gestoßen.»

Sie schüttelt den Kopf und krächzt: «Quatsch. War nur Spaß. Alles nur Spaß.»

«Jessica!»

Sie dreht den Kopf weg.

Stille. Minutenlange Stille. Er soll wieder ihre Hand halten. Einfach nur ihre Hand halten und schweigen.

Stattdessen steht er auf. Die Stuhlbeine kreischen kurz und laut über den Fußboden. Tut weh im Kopf. Höllisch weh.

Klar. Jetzt geht er. Was sonst. War alles nur wieder Schau. Händchen halten und so. Ja, geh nur. Hau schon ab!

«Jessica, ich weiß nicht, wer dir geraten hat, als Zeugin vor Gericht die Aussage zu verweigern.»

Sie schweigt. Sie ist auf der Hut.

«Und ich frage mich, ob dir eigentlich klar ist, was das für dich bedeutet. Und ob die Leute, die dir diesen Rat gegeben haben, es tatsächlich gut mit dir meinen.»

Sie presst die Lippen aufeinander.

«Paragraph 55 der Strafprozessordnung. Da steht so in etwa: Vom Auskunftsverweigerungsrecht darf man nur Gebrauch machen, wenn man sich durch eine Zeugenaussage selbst strafrechtlich belasten würde. Wenn man sich mit der Zeugenaussage selbst einer strafrechtlichen Verfolgung aussetzen würde.»

Sie versteht kein Wort von dem, was er ihr damit sagen will. Sie kann niemandem trauen. Niemandem!

«Hast du eine Ahnung, was du damit angerichtet hast?»

Sie schweigt. Nein, sie hat keine Ahnung. Nicht den blassesten Schimmer. Nur Angst.

«Du bist jetzt nicht mehr Zeugin, sondern du gehörst jetzt, seit du heute Morgen die Aussage verweigert hast, automatisch zum Kreis der Tatverdächtigen. Verstehst du, was das für dich bedeutet, Jessica? Verstehst du das? Du gehörst jetzt zu denen, die man verdächtigt, den Jonas Barthold getötet zu haben ...»

Sie stemmt sich mit einem Ruck im Bett hoch. «Ich hab niemanden getötet!»

Sie krächzt den Satz heraus, den sie hinausschreien will. Alles dreht sich wieder im Kreis.

Klaus Becker springt ans Bett. «Bitte leg dich wieder hin.»

Er fasst sie sanft im Nacken, legt ihren Kopf behutsam ab, in die weichen Kissen, er nimmt ihre Hand, um den Puls zu fühlen, dann drückt er den Alarmknopf, der an dem Haltegriff über ihrem Kopf baumelt. Er legt seine Hand auf ihre Stirn.

«Hast du noch meine Visitenkarte?»

Sie nickt und schließt die Augen.

Zwei Minuten später stürzt die vietnamesische Krankenschwester ins Zimmer. Sie guckt Becker streng an.

«Bitte gehen Sie jetzt. Sofort.»

MITTWOCH, 31. OKTOBER 2018

Wenn heute, in diesem Augenblick, in Deutschland sämtliche Investitionen der Cosa Nostra, der Camorra, der ’Ndrangheta, der russischen, albanischen und sonstigen Clans, wenn sämtliche Euros des internationalen organisierten Verbrechens auf einen Schlag dem Wirtschaftskreislauf entzogen und ins Ausland transferiert würden, dann wäre die Bundesrepublik auf der Stelle bankrott.

Experten schätzen, dass in Deutschland pro Jahr 100 Milliarden Euro gewaschen und anschließend in saubere Geschäfte investiert werden. Eine unvorstellbar große Summe, die zuvor durch Verbrechen erworben wurde, wird jedes Jahr in den deutschen Wirtschaftskreislauf gepumpt. Als das Bundeskriminalamt noch für die Ermittlung und Verfolgung von Geldwäsche zuständig war, zählten zu dieser BKA-Truppe zuletzt 300 Kriminalbeamte. Dann entschied die Politik, warum auch immer, die Zuständigkeit für die Ermittlung und Verfolgung von Geldwäsche im Sommer 2017 vom BKA auf das Zollkriminalamt zu übertragen. Dort waren zu diesem Zeitpunkt mit einem Mal nur noch 50 Beamte zuständig. Langfristig will man, so heißt es, in der seither zuständigen Abteilung D des Zollkriminalamtes auf 165 Planstellen kommen. Verdachtsmeldungen sind seit Sommer 2017 ausschließlich an die Generalzolldirektion zu richten.

Im Vorjahr 2016 wurden 40690 Verdachtsmeldungen übermittelt, damals noch an das BKA.

Aus alldem zieht Mohr den Schluss. Vielleicht haben die Finanzminister des Bundes und der Länder gar kein gesteigertes Interesse an einer umfassenden Aufklärung von Geldwäsche. Weil sie ganz genau wissen, was dies für die deutsche Volkswirtschaft bedeuten würde.

Aber auch andere EU-Länder geben Rätsel auf: Als die Europäische Union den Euro als Zahlungsmittel einführte und die entsprechenden Banknoten drucken ließ, wurden dem vergleichsweise armen Mitgliedsland Spanien nach einem zuvor errechneten Verteilungsschlüssel anteilig 13 Millionen Exemplare der nagelneuen 500-Euro-Scheine zugewiesen. Inzwischen kursiert aber mehr als ein Viertel aller damals in der Euro-Zone verteilten Fünfhunderter in Spanien – nach Schätzung der Banco de España rund 112 Millionen Exemplare. Ihre Zahl hat sich also dort in einem überschaubaren Zeitraum verneunfacht. Nun hat sich die Wirtschaftskraft Spaniens seit dem Ende der Franco-

Diktatur zwar insgesamt recht positiv entwickelt, aber das spanische Bruttosozialprodukt steht keineswegs auf Platz 1 im Ranking der Europäischen Union. Die meisten Spanier haben, so wie auch die meisten Deutschen, noch nie eine dieser lilafarbenen 500-Euro-Banknoten in Händen gehalten.

Die explosionsartige Vermehrung dieser Banknote auf der iberischen Halbinsel hat einen anderen Grund: Das internationale organisierte Verbrechen, vor allem die russische Mafia, entdeckte das Euro-Land Spanien als günstigen Stützpunkt in Westeuropa. Bevorzugte Mafia-Reviere sind das einstige andalusische Fischerdorf Marbella an der Costa del Sol sowie der Südwesten der Balearen-Insel Mallorca rund um die Luxus-Yachthäfen Port d'Antratx und Puerto Portals. In angenehmer Entfernung zu den Bettenburgen der Pauschalurlauber.

Puerto Portals. Mohr hat dort mal zwei Wochen als Zielfahnder verbracht. Im mit zwei Michelin-Sternen bedachten Restaurant «Tristan» im Hafen von Puerto Portals kostet allein schon die Dreiviertel-Liter-Flasche Mineralwasser 80 Euro. Dafür ist sie aber auch mit Swarovski-Steinen besetzt.

Bargeld als Zahlungsmittel ist bei bestimmten Geschäften hilfreich; beliebt sind die Fünfhunderter, um Volumen und Gewicht in Grenzen zu halten. Die lilafarbenen Banknoten verwandeln sich in den Händen kommunaler Mandatsträger und Amtsträger blitzschnell in Baugenehmigungen für Feriendomizile mit unverbaubarem Meerblick oder lukrative Konzessionen für Nobeldiscos und Nachtclubs in bester Lage.

Waffenhandel, Drogenhandel, Prostitution, Menschenhandel, Glücksspiel, Schutzgelderpressung, Internet-Kriminalität im großen Stil, etwa mit Hilfe ferngesteuerter Fast-Flux-Botnets: Die Ertragsquellen sind vielfältig. Allein der Weltjahresumsatz mit Drogen hat inzwischen die unvorstellbare Summe von einer Billion Euro überschritten. Die internationalen Kartelle erzielen weltweit mehr Profit als die legale Computer- und Autoindustrie zusammengerechnet. Jährlich werden alleine in Deutschland Drogen zu einem Handelswert von mehr als 20 Milliarden Euro umgesetzt.

Die Kartelle operieren inzwischen wie Großkonzerne, betreiben Fusionen, Beteiligungen, Joint-Ventures und Preisabsprachen wie Großkonzerne, streben nach dem größtmöglichen Profit wie Großkonzerne, beschäftigen Menschenheere wie Großkonzerne und Lobbyisten wie Großkonzerne. Und wenn die schmutzige Rendite des Verbrechens ordentlich gewaschen ist, fließt das Geld in ehrbare, saubere, legale Invests. Im Grunde ist die organisierte Kriminalität die Perfektionierung des Kapitalismus. Das ist jedenfalls Mohrs Meinung, die sich nicht aus der Lektüre des Handelsblattes speist. Ein lupenreiner Kapitalismus ganz ohne staatliche Reglementierungen, ausschließlich den Gesetzen des Marktes unterworfen. Angebot und Nachfrage. Und das Faustrecht des Stärkeren.

Wie in jedem Großkonzern gibt es in jedem Kartell des organisierten Verbrechens eine fein ausgeklügelte und sorgsam gestaffelte Hierarchie: die großen Bosse ganz oben, die unvorstellbar viel Geld verdienen, weit mehr als jeder Topmanager eines DAX-Konzerns, und am Ende der Nahrungskette das Fußvolk, das den x-fach gestreckten Stoff an die Kundschaft vertreibt und auf diese Weise dafür sorgt, dass die Bosse so unvorstellbar viel Geld verdienen.

Rashid Bassir und sein Cousin Jamal gehören zweifellos zum Fußvolk. Kleine Lichter, die davon träumen, eines Tages mal größere Nummern zu werden. Sie haben nicht die geringste Ahnung, wer die Bosse ganz oben sind. Sie kennen keine Namen, wissen nicht, ob die Bosse bevorzugt Porsche oder Maserati oder vielleicht doch eher einen Maybach fahren, auf welche Metropole dieser Welt sie aus den Panoramafenstern ihrer 400-Quadratmeter-Penthouses herabschauen, an welchem feinsandigen Privatstrand dieser Welt ihr abgeschirmtes, von hohen Mauern umgebenes Sommerdomizil steht, in welchem Hafen dieser Welt ihre 60-Meter-Yacht vertäut liegt. Leute aus dem Fußvolk wie Rashid Bassir und sein Cousin Jamal kennen in der komplexen Kartell-Hierarchie nur jene, die eine einzige, eine winzige Stufe über ihnen selbst stehen. Das ist das Prinzip. Und selbst deren Namen würden sie niemals preisgeben. Weil sie genau wissen, dass der Strafkatalog des Staates in keinem Verhältnis steht im Vergleich zu dem, was sie an Bestrafung für einen Verrat zu erwarten haben.

Sie nehmen die beiden Brüder in getrennten Räumen der Kripo des Rheinheimer Polizeipräsidiums in die Mangel. Keine speziellen Vernehmungsräume wie im LKA, sondern ganz normale Büros. Sie drücken auf die Tube. Denn sie wissen: Wenn sie Pech haben, bleibt ihnen nicht mehr viel Zeit.

Klaus Becker kümmert sich nebenan mit einem Rheinheimer Kollegen des KK12 um Jamal Bassir, Mohr kümmert sich um Rashid Bassir, zusammen mit Kriminalhauptkommissar Paul Wernscheidt vom KK11. Ein erfahrener Vernehmer, wie Mohr schnell und beruhigt feststellt.

Rashid Bassir drückt das Papiertaschentuch, das Mohr ihm vor einer halben Stunde gegeben hat, immer noch demonstrativ gegen die Nase. Obwohl sie längst nicht mehr blutet. Rashid Bassir ist so, wie Mohr sich ihn vorgestellt hat: ein Narzisst, der Empathie nur empfindet, wenn es um seinen eigenen Arsch geht.

Abschrift des Audiomitschnitts der Vernehmung des Rashid Bassir am 31. 10. 2018 im PP Rheinheim

Anwesend:
Rashid Bassir (s. u.)
KHK Thomas Mohr, LKA NRW
KHK Paul Wernscheidt, KK 11, PP Rheinheim

Angaben zur Person:

Bassir, Rashid/Geschlecht: männlich/geb. am 22.10.1985 in Bad Hombach/Familienstand: verheiratet (getrennt lebend)/ausgeübter Beruf: arbeitssuchend/wohnhaft in Bad Hombach/Staatsangehörigkeit: marokkanisch

Beginn der Vernehmung:

13:04 Uhr

Herr Bassir, Sie haben sich vorhin einverstanden erklärt, dass wir von dieser Vernehmung eine Audioaufzeichnung anfertigen. Um dies zu bestätigen, sagen Sie jetzt bitte laut und deutlich: ja.
(Bassir: schweigt)

Herr Bassir?
Jaaa!

Bevor wir über den Dornheckensee reden …
Da gibt es nix zu reden. Wir haben da nur'n bisschen gefeiert. Ist ja Halloween heute … (lacht)

… möchten wir mit Ihnen zunächst über die Nacht zum 9. November 2013 sprechen.
2013? Was war denn da?

Da waren Sie im Rheingold und dann auf der …
Haben Sie mal 'ne Zigarette?

… auf der Brücke zur Insel und haben einen Menschen im Wasser unter der Brücke her flussabwärts treiben gesehen. Der Mensch hat dabei laut um Hilfe gerufen, haben Sie damals ausgesagt. So steht es jedenfalls im Protokoll der Ver-

nehmung vom 14. November 2013, das Sie unterschrieben haben. Erinnern sie sich?
Stimmt. Wo Sie es sagen. Hab ich ja damals alles schon der Polizei erzählt. (grinst)

Was gibt es denn zu grinsen, wenn Sie sich daran erinnern, wie ein Mensch in Todesangst um Hilfe schrie?
Nix. Nur so. Ja, schlimm. Echt schlimm.

Jonas hieß er. Neunzehn Jahre alt. Er ist ertrunken.
(Bassir: schweigt)

Was haben Sie denn eingeworfen heute Morgen?
Kriegt ihr doch sowieso raus, durch die Blutprobe und die Pinkelprobe, oder?

Klar kriegen wir das raus. Die Laboranalyse wird jeden Moment eintreffen, kann nicht mehr lange dauern. Wir machen uns nur Sorgen, weil wir sehen, wie die Wirkung nachlässt. Ist Ihnen deutlich anzumerken. Nicht gut, oder? Sie schwitzen. Sie sind nervös. Ihre Hände zittern. Sehen Sie das? Die zittern. Blöd, oder?
(Bassir: schweigt)

Herr Bassir, damals, bei Ihrer Zeugenvernehmung, ging es um eine Vermisstensache. Jetzt geht es aber um eine Todesermittlung. Wir rollen den Fall Jonas Barthold nämlich noch mal ganz neu auf. Alles auf Anfang. Totschlag, vielleicht sogar Mord. Böse Sache. Ahnen Sie, was das bedeutet? Sie waren bei Ihrer Zeugenaussage damals 28 Jahre alt, also schon volljährig. Nix mehr mit Jugendstrafrecht. Wir sagen Ihnen das nur, damit Sie sich der Tragweite Ihrer damaligen Lügengeschichten bewusst sind. Aber wir geben Ihnen jetzt

die einmalige Chance, alles geradezurücken. Dann vergessen wir Ihre Aussage von damals.
Was für Lügengeschichten denn?

Sie waren mit Ihrem Freund Ottokar Popow und einer jungen Frau auf der Brücke. Oh. Ich sehe gerade: Der Otto war ja damals erst 20. Hat der aber auch ein Glück. Dann fällt der nämlich noch unters Jugendstrafrecht. Es ist immer das Alter zur Tatzeit entscheidend. Haben Sie das gewusst? Wenn der Otto freiwillig aussagt, kommt er billig davon. Und Sie haben dann die Arschkarte.
(Bassir: schweigt)

Sie sagten damals der Polizei, Sie kennen die junge Frau gar nicht, die mit Ihnen auf der Brücke war. Nicht mal ihren Namen. Heute haben Sie diese Frau, die Sie gar nicht kennen, in der Rheinheimer Innenstadt abgeholt. Sie waren mit ihr verabredet und sind mit ihr an den Schwarzdornsee gefahren. Zum Feiern, ich weiß, Halloween. Sie wissen auch ganz genau, wie die Frau heißt. Sie haben die Frau am See mehrmals mit Namen gerufen: Jessica.
Wir haben uns quasi erst später richtig kennengelernt.

Später? Was heißt später?
Also erst nach der ... Sache.

Wann genau?
In den letzten Jahren. Keine Ahnung.

Und wo?
Irgendeine Party. Zufällig.

Herr Bassir, wir haben Zeit. Das fällt Ihnen bestimmt noch ein, wann und wo das genau war. Irgendwann diese Nacht fällt Ihnen das bestimmt noch ein. Wenn Sie unten im Keller in der Arrestzelle hocken, während wir gemütlich zu Hause vor dem Fernseher sitzen. Dann können Sie es uns morgen erzählen, wenn wir hier weitermachen. Aber vielleicht weiß es ja auch Ihr Cousin. Der kriegt nebenan gerade genau dieselben Fragen gestellt. Wer von euch beiden als Erster mit der Wahrheit rausrückt, der hat gewonnen, und der andere hat automatisch die Niete gezogen.
(Bassir: schweigt, denkt nach, transpiriert)

Herr Bassir, Sie sehen so blass aus. Alles okay so weit?
(Bassir: nickt, kein Augenkontakt)

Gut. Dann kommen wir jetzt zur nächsten Lügengeschichte. Sie sagten damals in der Vernehmung, als man Ihnen ein Foto des Vermissten zeigte, Sie sind dem Jonas Barthold noch nie in Ihrem Leben begegnet.
Stimmt. (kein Augenkontakt)

Auch nicht in jener Nacht.
(Bassir: nickt, kein Augenkontakt)

Herr Bassir, bitte antworten Sie laut und deutlich.
Nein. Noch nie begegnet.

Wir zeigen Ihnen jetzt einen Ausschnitt aus den Videos der Überwachungskameras im Rheingold. Bevor Sie den Club zusammen mit Otto und der Frau verlassen haben. Schauen Sie hin. Herr Bassir? Sehen Sie bitte hin, und passen Sie jetzt genau auf! Okay. Es ist jetzt ein Uhr acht. Da! Der Jonas kommt aus der Herrentoilette. Und jetzt stürmen Sie aus der Toi-

lette, gleich nach ihm, sehen Sie das? Sie stürmen hinterher und rempeln ihn an und stoßen ihn von hinten gegen die Wand des Gangs. Jonas geht in Richtung Saal, verschwindet aus dem Blickfeld der Kamera. Was war denn da vorher los in der Toilette?
Ich kann mich nicht erinnern. (leise)

Ich habe Sie nicht verstanden. Was sagten Sie?
Ich kann mich nicht erinnern. (schreit)

Jetzt habe ich Sie verstanden. Vielen Dank. Und Sie haben gerade gesehen, dass Sie dem Jonas Barthold also doch schon vorher begegnet sind. Wie lange waren Sie denn anschließend draußen?
Weiß nicht.

So ungefähr. Zwei Minuten? Halbe Stunde? Zwei Stunden?
Fünf Minuten.

Und was haben Sie da gemacht?
Frische Luft geschnappt.

Herr Bassir, Sie lügen ja schon wieder. Sie waren nicht nur fünf Minuten draußen. Sie waren mehr als eine Stunde dadraußen. Ist alles auf den Videos zu sehen. Wann Sie rausgegangen sind, wann Sie wieder reingekommen sind. Mehr als eine Stunde waren Sie draußen.
Ich kann mich nicht erinnern. Ist ja auch schon ziemlich lange her. Da verliert man das Zeitgefühl.

Verstehe. Herr Bassir, hier haben wir ein Foto von der Brücke. Eine Luftaufnahme. Was man mit diesen modernen Drohnen nicht alles anstellen kann. Unglaublich! Gestochen scharf!

Sehen Sie sich das Foto ganz in Ruhe an, und sagen Sie uns dann: Wo standen Sie damals genau?
Hier. (deutet auf den ersten Erker rechts)

Zusammen mit Otto.
Ja.

Und Jessica.
Glaub schon. Weiß nicht. Wie gesagt: Ist lange her.

Wollen Sie eine Zigarette?
Ja.

Wo sind denn Ihre Zigaretten?
Im Auto.

Golf GTI. Nicht schlecht. Ist das Ihrer?
Jamal.

Haben Sie denn kein Auto?
Im Moment nicht.

Warum nicht?
Führerschein weg.

Führerschein weg?
Ja. Sagte ich doch.

Warum?
Kontrolle.

Verstehe. Dumme Sache, nicht wahr?

(KHK Mohr gibt Rashid Bassir eine Zigarette und zündet sie ihm an. Bassir zieht gierig daran. Die Hände zittern.)

Herr Bassir, ich sage Ihnen, was in der Stunde dadraußen passiert ist. Und das Schöne ist: Wir können es auch beweisen. Sie sind um zwei Uhr acht raus, um zu checken, ob der Typ, der Ihnen drinnen Stress gemacht hat, jetzt endlich weg ist. Aber da kommt der überraschend zurück von der Endstation der Bahn, weil nämlich keine Bahn mehr fährt, und Sie machen Jagd auf ihn, Sie und der Otto, Sie verpassen ihm einen ordentlichen Denkzettel, Sie und der Otto. Aber der haut immer noch nicht ab, gibt immer noch nicht klein bei, sondern rennt zu den Polizisten, die den Autounfall aufnehmen, da können Sie ihn aber dann noch mal weglotsen, Sie und der Otto, und dann entwischt er Ihnen erneut und rennt zurück in die Diskothek, was nur Stress mit den Türstehern bedeuten kann, und Sie können keinen Stress mit den Türstehern gebrauchen, das können Sie überhaupt nicht gebrauchen, Stress mit den Night Riders, die dulden nämlich kein öffentliches Aufsehen in ihrem Laden, da verstehen die überhaupt keinen Spaß. Die Türsteher werfen den Jonas raus, und oben auf der Brücke fangen Sie ihn ab, aber der gibt nicht klein bei, der fängt schon wieder an mit dem Thema, droht Ihnen mit juristischen Schritten, da haben Sie aber die Schnauze endgültig voll, da stoßen Sie einfach zu, stoßen ihn vor die Brust, und er kippt über die Brüstung, stürzt in den Rhein, ist einfach so passiert, Sie wollten das eigentlich gar nicht, aber jetzt ist es nun mal passiert, und die Jessica schreit jetzt wie am Spieß, weil der Jonas im Wasser ist und um Hilfe ruft und wegtreibt, und deshalb kommt jetzt der zweite Streifenwagen angerast, wegen der Schreie von der Jessica, blöde Situation, gefährlich für Sie, deshalb schicken Sie die Jessica lieber weg, damit die sich nicht in der Aufregung verplappert. Sie haben gedacht, Sie haben alles im Griff, fünf Jahre lang haben Sie alles super im Griff, aber dann kommen plötzlich wir, und jetzt …

In diesem Augenblick fliegt die Tür des provisorischen Vernehmungszimmers auf. Die Klinke macht ein hässliches Geräusch, als sie gegen die Wand schlägt. Wernscheidt klappt blitzschnell das Notebook mit den Videos zu.

Ein Mann im dunklen Anzug. Um die sechzig. Krawatte. Eine Omega Seamaster am Handgelenk.

Hinter ihm betritt Staatsanwältin Anita Wiesemann das Zimmer und übernimmt das Reden.

«Herr Mohr, ich hoffe sehr, Sie haben Herrn Bassir zuvor hinreichend über seine Rechte belehrt, vor allem über sein Konsultationsrecht. Dass Sie die Staatsanwaltschaft nicht über die Festnahme und die geplante Vernehmung in Kenntnis gesetzt haben, darüber wird noch zu reden sein. Dies ist Herr Dr. Emmerich, der Anwalt von Herrn Bassir. Sein Kollege befindet sich übrigens in diesem Augenblick im Nachbarraum, bei Herrn Bassirs Cousin.»

«Herzlich willkommen. Nehmen Sie doch Platz.»

«Nicht nötig. Es geht nämlich schnell. Herrn Dr. Emmerich liegen fünf eidesstattliche Versicherungen von Zeugen vor, die besagen, dass Herr Jamal Bassir die Diskothek zur fraglichen Zeit in der Nacht zum 9. November 2013 nicht verlassen hat. Ferner liegt Herrn Dr. Emmerich eine schriftliche Erklärung der Frau Jessica Riske vor, dass sie nicht beabsichtigt, Anzeige gegen die Herren Jamal und Rashid Bassir zu erstatten, weil es am Schwarzdornsee ausschließlich zu einvernehmlichen Handlungen gekommen sei. Somit bestand und besteht also keinerlei rechtliche Grundlage, Herrn Jamal Bassir zu vernehmen.»

«Wie Sie meinen, Frau Wiesemann. Dann machen wir jetzt mit der Vernehmung seines Cousins weiter. Also nehmen Sie vielleicht doch besser Platz.»

«Moment! Ich bin noch nicht fertig! Ferner zweifelt Herr Dr. Emmerich die Vernehmungsfähigkeit seines Mandanten Rashid Bassir an, weil sein Mandat unter erheblichem Drogeneinfluss steht, wie die von Ihnen selbst in Auftrag gegebene Laboranalyse inzwischen ergeben hat. Herr Oberstaatsanwalt Piel teilt übrigens Herrn Dr. Emmerichs Rechtsauffassung.»

«Dann beantragen Sie doch bitte schön U-Haft beim Haftrichter. Wegen des dringenden Verdachts der Beteiligung am gewaltsamen Tod des Jonas Frederik Barthold. Bis Herr Bassir Ihrer Ansicht nach wieder in der Lage ist, im Vollbesitz seiner geistigen Kräfte unsere Fragen zu beantworten.»

«Herr Mohr, bislang haben Sie es bedauerlicherweise versäumt, den vorgeschriebenen Dienstweg einzuhalten und der zuständigen Staatsanwaltschaft darzulegen, wie sich denn dieser dringende Tatverdacht herleiten könnte. Ungeachtet der Frage, ob Sie dazu in der Lage wären, ist er dank Ihrer Geheimniskrämerei für die Staatsanwaltschaft nach augenblicklichem Kenntnisstand nicht existent. Oberstaatsanwalt Piel kann zudem derzeit weder eine Fluchtgefahr noch eine Verdunkelungsgefahr noch eine Wiederholungsgefahr erkennen, also sind keine Haftgründe gegeben ...»

«Keine Fluchtgefahr? Bassir ist marokkanischer Staatsbürger ...»

«Mit Lebensmittelpunkt in Deutschland. Seine Eltern leben hier, seine Geschwister, seine Freunde ...»

«Seine Ehefrau und sein Kind leben in Marokko. Und Ihr Chef sieht außerdem keine Verdunkelungsgefahr? Die Zeugin Jessica Riske ist in der Vergangenheit mehrfach ...»

«Herr Mohr, ich verweise auf die schriftliche Erklärung der Frau Jessica Riske, die Herrn Dr. Emmerich und jetzt auch dem Oberstaatsanwalt vorliegt. Ferner wäre ich Ihnen dankbar, wenn Sie mich kein weiteres Mal unterbrechen würden. Wie schon gesagt: Es besteht nach Einschätzung des Herrn Oberstaatsanwalts Piel nach Paragraph 112 und Paragraph 112a Strafprozessordnung derzeit keine zwingende Voraussetzung für eine Untersuchungshaft. Herr Dr. Emmerich wird also jetzt seine beiden Mandanten mitnehmen.»

Der arrogante, selbstgefällige Blick, den der Anwalt bislang für Mohr und Wernscheidt erübrigte, weicht nun einem mitfühlenden Augenaufschlag und einem ermunternden Nicken in Richtung seines Mandanten.

«Kommen Sie, Herr Bassir. Das hier hat jetzt ein Ende. Und möglicherweise noch ein Nachspiel. Wir bringen Sie und Ihren Cousin jetzt erst einmal zum Arzt. Auch um zu klären, ob wir diesen Schlägertypen vom Landeskriminalamt nicht noch wegen Körperverletzung im Amt drankriegen. Herr Mohr scheint ja sein überdurchschnittliches Aggressionspotenzial nicht immer im Griff zu haben, heißt es allgemein.»

Mohr zieht etwas aus seiner Jackentasche. Eine durchsichtige Plastiktüte. Darin befindet sich Jamal Bassirs Schlagring. Mohr wirft die Tüte auf den Tisch.

Dr. Emmerich schaut einen Moment irritiert, dann hat er sich wieder im Griff. Er legt seinen Arm väterlich um Rashid Bassirs Schultern, tätschelt dessen Oberarm.

Staatsanwältin Wiesemann geht voraus, Bassir lässt seinem Anwalt höflich den Vortritt. Dann folgt er ihm. Im Türrahmen hebt er ruckartig die Faust und fährt den Mittelfinger aus. Ohne hinzusehen. Wie immer. Ist nämlich wirkungsvoller so. Dann ist er weg.

Erst jetzt schaltet Wernscheidt das Aufnahmegerät ab, steht auf, schließt die Tür, setzt sich wieder. Eine Weile schweigen sie und hängen ihren Gedanken nach. Dann sagt Wernscheidt: «Der Drecksack war schon ziemlich am Ende mit den Nerven. Noch eine halbe Stunde. Maximal. Dann wäre er umgefallen. Spätestens aber nach der Nacht in der Zelle.»

«Hätte, hätte, Fahrradkette.»

Wernscheidt spult das Band zurück. Wieder etwas vor. Dann wieder ein Stück zurück. Bis er findet, was er sucht:

... wie schon gesagt: Es besteht nach Einschätzung des Herrn Oberstaatsanwalts Piel nach Paragraph 112 und Paragraph 112a Strafprozessordnung derzeit keine zwingende Voraussetzung für eine Untersuchungshaft ...

Wernscheidt drückt die Stopptaste.

«Sie hat kein einziges Mal gesagt: *ich* oder *wir* oder *die Staatsanwaltschaft.* Sondern ständig Piel persönlich zitiert.»

«Interessant. Was schließt du daraus?»

«Dass sie sich von Piels Einschätzung distanziert. Manche hier im Präsidium behaupten ja, die Wiesemann hätte was mit ihrem Chef. Seit eben denke ich, dass das wohl ein Gerücht ist.»

«Oder es ist inzwischen vorbei. Die enttäuschte Geliebte. Aber du kennst sie zweifellos besser. An den Emmerich hat sie sich jedenfalls ziemlich rangewanzt.»

«Ja. Auf Alpha-Männchen steht sie total. Das ist wiederum kein Gerücht. Kennst du den Anwalt?»

«Der schöne Chris? Klar doch. Dr. Christoph Emmerich ist einer der gefragtesten Strafverteidiger Deutschlands. Und Emmerich, Brinkhoff und Partner ist eine der teuersten Kanzleien Deutschlands. Hauptsitz in Köln, Filialen in Rheinheim, Berlin, Brüssel. Der Emmerich wohnt übrigens bei euch in Rheinheim. Hat sich die Residenz eines nach Berlin verzogenen Botschafters hübsch herrichten lassen. Angeblich hat ihn der Spaß inklusive Kauf und Sanierung sieben Millionen gekostet. Würde mich sehr interessieren, wer diesen Auftritt heute bezahlt. Emmerich guckt nicht mal auf die Uhr, ohne das in Rechnung zu stellen.»

«Die Bassirs zahlen die Rechnung garantiert nicht.»

«Sicher nicht. Wie ist denn der Piel so?»

«Ach, der Piel. Früher ging's so einigermaßen. Überarbeitet hat der sich noch nie. Das war schon immer zum Verzweifeln.

Wie lange alles dauert bei ihm. Aber seit ein paar Jahren ist seine Arroganz unerträglich. Und seine Eitelkeit. Wenn wir erfolgreich sind, und das ist übrigens gar nicht so selten, glaub mir, das KK11 hat eine gute Quote, dann ist Showtime, dann lädt er zur Pressekonferenz und macht den Dicken, dass man meinen könnte, er hätte den Mord höchstpersönlich aufgeklärt. Und für die Fernsehsender gibt er dann nach der Pressekonferenz gern noch Einzelinterviews. Bei den Pressekonferenzen sind wir nur noch Staffage.»

«Wer hat bei euch damals den Fall Kloppmann bearbeitet?»

«Das verschwundene Millionärsehepaar?»

«Ja.»

«Ich zum Beispiel. Warum?»

«Gute Arbeit.»

«Und trotzdem für die Katz. Gute Arbeit ist, wenn der Täter vor Gericht kommt. Gute Arbeit ist, wenn sich rumspricht: Verbrechen lohnt sich nicht. Glaub mir: Die Sache lässt mir bis heute keine Ruhe.»

«Wenn euer KK11 unterm Strich so erfolgreich ist, was ist denn dann damals im Fall Jonas Barthold schiefgelaufen?»

Wernscheidt denkt über eine Antwort nach. Dann sagt er: «Da war vielleicht der falsche Mann dran.»

«Der falsche Mann?»

«Da kam vieles zusammen.»

In diesem Moment kommt Becker rein. Hat sogar ausnahmsweise vorher angeklopft. Fremdes Terrain. Setzt sich dazu. Lässt die Schultern hängen. Guckt missmutig. Wernscheidt schweigt.

«Schöne Scheiße.»

«War's denn bis dahin interessant mit Jamal Bassir?»

«Harter Brocken. Cleverer als sein Cousin. Voller Hass auf die Welt. Für alles, was den Staat und seine Gesetze sowie die Spielregeln der Zivilgesellschaft betrifft, hat er nichts als Verachtung übrig.»

Wernscheidt steht auf. «Also ich brauch jetzt einen Kaffee. Sonst noch jemand?»

Becker und Mohr nicken. Wernscheidt geht hinaus. Becker schaut auf die Tür.

«Traust du ihm?»

«Ja. Dass er jetzt Kaffee holt, damit wir hier in Ruhe reden können, ist zum Beispiel ein Vertrauensbeweis.»

«Okay.»

«Und wie war deiner?»

«Der Kollege vom KK12? Gelangweilt. Und sichtbar erleichtert, als es dann überraschend schnell vorbei war.»

«Vielleicht hatte er Wichtigeres zu tun. Die Menschen sind nun mal verschieden, Klaus. Selbst bei der Polizei. Hat Jamal Bassir was zum Rheingold gesagt?»

«Mit dem Fall Barthold hat er unmittelbar wohl nichts zu tun. Da bin ich mir ziemlich sicher. Aber er deckt natürlich seinen Cousin. Familienehre. Keine Chance.»

Becker kratzt sich nachdenklich am Kopf. Mohr spürt deutlich, dass ihn noch etwas beschäftigt.

«Spuck's aus, Klaus.»

«Weiß nicht. Ist nur so ein Bauchgefühl.»

«Spuck's einfach aus!»

«Okay. Auch wenn es mit dem Geschehen auf der Brücke vielleicht gar nichts zu tun hat: Jamal Bassir verbirgt etwas, was ihn selbst betrifft. Und das muss mit dem zu tun haben, was vorher drinnen in der Diskothek passiert ist. Aber vielleicht spielt es ja auch überhaupt keine Rolle ...»

«Vielleicht. Vielleicht war es aber auch der Auslöser für alles, was dann passiert ist.»

Mohr geht ein Satz durch den Kopf, den er in einem der alten Zeitungsausschnitte gelesen hat. Ein Satz, der sich tief in sein Gedächtnis eingebrannt hat und immer mal wieder an die Oberfläche seines Bewusstseins dringt. Der Satz, den Oberstaatsanwalt Wieland Piel damals den Lokalreportern in die Notizblöcke diktiert und in die Mikrophone gesprochen hat:

«Uns interessieren ausschließlich Zeugen, die das unmittelbare Geschehen auf der Brücke in jener Nacht beobachtet haben.»

DONNERSTAG, 1. NOVEMBER 2018

Allerheiligen. Gesetzlicher Feiertag im Bundesland Nordrhein-Westfalen. Der ideale Tag, um ungestört und vor allem unbeobachtet zu arbeiten.

8.57 Uhr. Sie haben sich im kleinen Konferenzraum im Erdgeschoss des Landeskriminalamtes versammelt. Thomas Mohr (Cold Cases), Klaus Becker (Cold Cases), Hans Gollmann (IT-Ermittlungen), Werner Sobotka (Zielfahndung), Günther Noebel (Zielfahndung), Rolf Lenerz (Zielfahndung). Alle warten darauf, dass Mohr was sagt. Der sieht auf die Uhr.

Um 9.04 Uhr öffnet Vera Voss die Tür.

«Guten Morgen. Entschuldigen Sie bitte die Verspätung. Ich war noch kurz in meinem Büro und bin danach im Flur prompt dem Direktor in die Arme gelaufen, der unglücklicherweise in Plauderlaune war.»

«Köstring ist hier? Frühmorgens am Feiertag?»

«Er sagte, am Feiertag habe er endlich mal Ruhe und könne ordentlich was wegarbeiten, ohne dass dauernd das Telefon klingelt oder jemand in sein Büro reinschneit.»

«Wollen wir nur hoffen, dass er nicht gleich versehentlich hier aufkreuzt», sagt Mohr. «Ihr kennt vermutlich alle Frau Dr. Voss. Sie gehört ab heute zum Team.»

Vera Voss setzt sich und schaut lächelnd in die Runde. «Ich nehme an, hier duzen sich alle. Ich heiße Vera.»

«Hallo ,Vera. Willkommen im Team. Ich bin der Klaus.»

«Günther.»
«Rolf.»
«Werner.»
«Hans.»
Vera Voss sieht Mohr an.
«Tom. Hallo, Vera. Und jetzt leg endlich los, Becker.»
Klaus Becker schaltet den Video-Beamer ein.

«Ich habe den damaligen Betreiber der Imbiss-Bude aufgetan und gestern Abend besucht. Netter Kerl. Iraner mit deutschem Pass. Betreibt jetzt zusammen mit seiner deutschen Freundin einen Kiosk in der Kölner Südstadt. Jedenfalls sagte der, er hätte sich all die Jahre gewundert, warum die Polizei nie bei ihm aufgetaucht ist. Obwohl er doch in der Nacht extra einen Polizisten angesprochen und dem seine Mobilnummer gegeben hätte.»

«Wem hat er damals seine Nummer gegeben?»
«Dem, der den Verkehrsunfall aufgenommen hat.»
«Polizeioberkommissar Albert Dreesen?»

«Vermutlich. An den Namen kann er sich natürlich nach so langer Zeit nicht mehr erinnern.»

«Woran kann er sich denn noch erinnern?»

«Er sagt, das muss gewesen sein, kurz nachdem der Feuerwehrwagen mit dem Boot auf dem Hänger an der Disco vorbei zum Rheinufer gerast ist. Und das wiederum war, wie wir aus dem Videomaterial wissen, um 3.15 Uhr. Der Frittenmann kannte den Rashid Bassir nur flüchtig vom Sehen, wusste auch seinen Namen nicht. Jedenfalls tauchte Bassir an der Bude auf und textete ihn und seine Freundin und vor allem die Leute zu, die da an der Theke ihre Currywurst futterten ...»

«Und was hat Bassir gesagt?»

«Er komme gerade von der Brücke, und da sei jemand ins Wasser gesprungen, der habe vorher eine Weile auf der Brüstung gestanden, und unten, auf diesem Aalschokker, ihr wisst schon, dieser Kahn, der da im Seitenarm zwischen Festland und Insel so malerisch vor Anker liegt, da wären jede Menge Menschen drauf gewesen, und die hätten gejohlt und den jungen Mann auf der Brüstung angefeuert, er soll kein Feigling sein und endlich springen, und dann sei der gesprungen.»

Alle starren Becker mit großen Augen an. Mohr findet als Erster die Sprache wieder: «Niemand kann zu dem Zeitpunkt auf der Arabella gewesen sein. Da kommt man nur mit einem Boot hin, es war Nacht, Neumond, Hochwasser, die Fließgeschwindigkeit ...»

«Tom, mir musst du das nicht erzählen. Ich gebe nur wieder, was Bassir in der Nacht gesagt hat.»

«Sorry. Ich habe nur laut gedacht. Ich wollte dich nicht unterbrechen. Was hat der Mann noch erzählt?»

«Nichts. An mehr kann er sich nicht erinnern. Außer dass der Bassir ziemlich zugedröhnt war, außerdem extrem aggressiv und alle Leute vor dem Imbisswagen angepöbelt hat. Das war's. Ist ja auch schon fünf Jahre her. Etwa eine Viertelstunde später ist der Bassir dann verschwunden. Ob er das Gelände verlassen hat oder zurück in die Disco ist, kann mein Zeuge nicht sagen.»

«Und bis zu dieser Uhrzeit reichen ja auch blöderweise die Videosequenzen in der Ermittlungsakte nicht.»

«Tom, mir ist das ein Rätsel, warum die Rheinheimer Kollegen damals nicht darauf bestanden haben, die vollständigen Mitschnitte der kompletten Nacht von der Geschäftsführung der Disco ausgehändigt zu kriegen. Von der Öffnung bis zur Schließung. Und diese Sache, dass angeblich von insgesamt zwölf Kameras acht Stück kaputt gewesen sein sollen ...»

«Das ist uns allen ein Rätsel, Klaus.»

«Aber wie der Rashid Bassir in der Nacht so drauf war, da könnt ihr euch gleich selbst ein Bild von machen. Dem Frittenmann kam der Auftritt vor der Bude nämlich irgendwann so merkwürdig vor, dass er sein Handy aus der Tasche gezogen und heimlich ein bisschen gefilmt hat. So zweieinhalb Minuten lang. Als er auf die Idee kam, war die Märchenstunde mit der Arabella aber leider schon weitgehend vorbei. Ich schlage vor, wir schauen uns das jetzt mal an.»

Becker zieht das Laptop zu sich heran. Sekunden später flammt der Lichtstrahl des Beamers auf und wirft das Videobild gegen die weiße Kopfwand des Konferenzraums.

An der Theke der Imbissbude stehen drei junge Männer über ihre Pappschachteln gebeugt und stochern angestrengt mit ihren Gabeln darin herum. Rashid Bassir springt um sie herum wie ein Derwisch. *«Gewalt ist keine Lösung, sag ich immer. Gewalt ist keine Lösung. Wenn ich es euch sage. Ich war dabei. Ich hab's mit eigenen Augen gesehen. Irre. Einfach gesprungen. Einfach so. Nur weil die da unten auf dem Kahn ihn angefeuert haben. Trau dich. Trau dich endlich, du Feigling. Echt. Das hättet ihr sehen müssen.»* Er gerät ins Stolpern, torkelt, fängt sich wieder. Die anderen beugen sich noch tiefer über ihre Pappschachteln.

Rashid Bassir redet einfach weiter, wird immer lauter. *«Ich sag's euch, Gewalt ist keine Lösung.»* Ottokar Popow tritt hinzu, versucht, seinen Kumpel wegzuziehen. Bassir reißt sich los, plustert sich auf, redet erneut auf das Trio an der Theke ein, jetzt deutlich aggressiver. Unverständliches Zeug, halbe Sätze, genuschelter Ghetto-Slang, Gangsta-Zeug.

Einer hebt nun den Kopf, dreht sich um und murmelt: *«Alter, lass mal gut sein jetzt.»* Als hätte Bassir nur auf diesen Satz gewartet, springt er auf das Trio an der Theke zu: *«Ey, du bist gleich tot, Mann.»* Ottokar Popow geht dazwischen, er muss all seine Kraft einsetzen, um Bassir zu bändigen. Im Hintergrund, etwa drei Meter entfernt, erkennt Mohr in diesem Moment zwei weitere Personen im Halbdunkel: Jamal Bassir. Und Jessica Riske, deutlich an der Farbe ihrer Haare zu erkennen. Sie beobachten Rashid und Otto. Warten ab, was passiert. *«Boah, ist das krank, sind das kranke Leute!*» Gedämpfte Stimme, angewidert, ganz nah am filmenden Handy. Das muss der Imbissbuden-Mann sein. Dann bricht das Video ab.

Becker schaltet den Beamer aus. «Das war's. Treffender letzter Satz, finde ich.»

«Gute Arbeit, Klaus.»

«Danke.»

«Das Handy-Video ist nicht in der Ermittlungsakte.»

«Wie denn auch, Tom. Der Frittenmann ist ja nie vernommen worden. Er hat den Videoschnipsel vor fünf Jahren auf den Rechner seiner Freundin überspielt und irgendwann vergessen. Erst als ich ihn gestern Abend vernommen habe, konnte er sich wieder erinnern.»

Alle hängen ihren Gedanken nach.

Mohr durchbricht das Schweigen: «Vera, was geht dir durch den Kopf?»

«Er steht unter Drogen, kein Zweifel. Pep. Speed. Amphetamine. Ist billiger als Koks. Knallt aber ordentlich. Arme-Leute-Koks. Steigert das Selbstwertgefühl bis zur Euphorie. Ein trügerisches Gefühl der Unbesiegbarkeit. Schaltet das Bedürfnis nach Schlaf und Nahrung aus. Steigert die Risikobereitschaft, schmälert also das Risikobewusstsein, senkt die Aggressionsschwelle, steigert also die Gewaltbereitschaft. Trotz der Wirkung der Droge ist er aber emotional völlig aufgewühlt. So richtig durch den Wind. Das merkt man seiner Mimik und Gestik deutlich an, auch wenn er versucht, es zu verbergen. Also ist etwas passiert. Es muss erst kürzlich etwas emotional Einschneidendes passiert sein. Er hat das dringende Bedürfnis, darüber zu reden, ohne preiszugeben, was wirklich passiert ist. Deshalb muss er in dem Moment improvisieren und diese an den Haaren herbeigezogene Lügengeschichte erfinden. Er hat keine Zeit und keine Gelegenheit, sich etwas Plausibleres zurechtzulegen. Weil er jetzt, auf der Stelle, diesem dringenden Bedürfnis nachkommen muss, das kürzlich

Erlebte zu verbalisieren. Die Wirkung der Droge gestattet der Bedürfnisbefriedigung keinen Aufschub.»

Vera Voss registriert das allgemeine Stirnrunzeln in der Runde. Na klar, hier will man so einen wie Rashid Bassir nicht als Menschen in einer Notlage sehen. Ein natürlicher Schutzmechanismus. Weil sonst der Job nicht zu ertragen wäre. Okay. Da müssen die Jungs jetzt durch:

«Der Typ ist ein Riesenarschloch. Keine Frage. Wer weiß, wen er schon alles abgezogen hat, betrogen hat, beklaut hat, verprügelt hat, wie viele Frauen er schon gedemütigt hat, genötigt hat. Aber einer wie Rashid Bassir ist kein Profikiller. Ich will kein Mitleid für den Typen wecken, sondern euch nur klarmachen, wie er tickt. Weil euch das vielleicht bei den Ermittlungen hilft. Das wird mit an Sicherheit grenzender Wahrscheinlichkeit der erste Tod eines Menschen sein, den er verschuldet hat, und deshalb ist er völlig von der Rolle. Und natürlich hat er panische Angst. Die Angst kann selbst die Droge nicht verhindern. Hätten die Rheinheimer Ermittlungsbehörden in den ersten Tagen und Wochen einen Tod durch Fremdeinwirkung auch nur in Betracht gezogen, und hätte ihn da jemand vernommen, der sein Handwerk versteht, ich garantiere euch: Rashid Bassir hätte gestanden. Oder stehe ich mit dieser Einschätzung alleine da?»

Sie wartet geduldig, bis einer nach dem anderen den Kopf geschüttelt hat.

«Danke, Vera.» Mohr wendet sich Noebel und Lenerz zu. «Günther? Rolf? Wie sieht's bei euch aus?»

Die beiden Zielfahnder verständigen sich binnen eines Sekundenbruchteils per Stirnrunzeln und Augenaufschlag. Sie arbeiten seit Jahren zusammen, verbringen mitunter wochenlang mehr Zeit miteinander als mit ihren Lebenspartnern. Also müssen sie auch keine Worte darauf verschwenden, um sich zu einigen, wer von ihnen Mohr antwortet. Günther natürlich:

«Roman Warnke. Im November 2013 Türsteher im Rheingold. Außerdem Vizepräsident der Night Riders ...»

Mohr unterbricht ihn: «Für die unter euch, denen vielleicht die Namen noch nicht so vertraut sind: Seht euch im Videomaterial den Zeitraum 2.42 Uhr bis 2.44 Uhr an. Roman Warnke ist der Riese, der Jonas Barthold vom Türrahmen losreißt und im Nacken packt. Der Mann, der den Rheinheimer Ermittlungsbehörden hinreichend bekannt sein dürfte und so leicht wie kein Zweiter in den Videos der Überwachungskameras zu identifizieren ist – wenn man es denn will. Jedenfalls braucht man für Warnkes Identifizierung keine Spezialisten von Scotland Yard. Aber ausgerechnet Warnke taucht in keinem Satz, in keinem einzigen Vermerk der gesamten Ermittlungsakte auf ...»

Günther stoppt Mohrs Redefluss:

«Ich denke, außer vielleicht der Kollegin Dr. Voss ist der Name Roman Warnke jedem hier im Raum geläufig. Anfang der Woche waren Rolf und ich mal den ganzen Tag an ihm dran. Er trägt übrigens nicht mehr Glatze, sondern neuerdings so einen Haarschnitt, wie viele Profifußballer ihn gerade haben. So ein bisschen wie Ronaldo. Undercut nennt man das, hab ich mir sagen lassen.»

«Habt ihr euch fünf Tage lang mit dem Studium seiner Frisur beschäftigt?» Mohr lässt sich zu einem Revanchefoul hinreißen. Und ärgert sich schon im selben Moment darüber, dass er Nerven zeigt.

Noebel lässt sich nichts anmerken: «Dass er am ganzen Körper tätowiert ist, sieht man ja schon auf den unzähligen Selfies in Instagram, aus dem Urlaub, auf den Fotos vom Strand oder am Pool und so. Interessant ist aber die fette Zahl im Nacken. Ihr wisst, was die 81 bedeutet. Nach der Position im Alphabet sind das die Buchstaben H und A. Hells Angels.»

«Was hat er denn so den ganzen Tag gemacht?»

«Eins nach dem anderen, Tom. Immer mit der Ruhe. Am späten Vormittag erst mal zwei Stunden Muckibude. Hans, erzähl mal, wie oft er das macht.»

Gollmann schaltet sich ein: «Die haben so ein elektronisches Einlass-System mit Chipkarte. Spart Personal. War also kein großes Problem, mal den Computer an der Rezeption aus der Ferne zu checken. Ergebnis: Er ist fast jeden Morgen da. Und immer so etwa zwei Stunden. Da kann man nicht nur Eisen stemmen, die haben auch eine Boxabteilung. Yoga-Kurse hat er übrigens nicht belegt. Bauch-Beine-Po auch nicht.»

«Danke, Hans. Und der Rest des Tages?»

«Danach hat er sich in Rheinheim mit seiner Tochter zum Mittagessen getroffen. Samt Enkelin. Ich schätze mal, so zwei bis drei Jahre alt. Die Kleine ist sein Sonnenschein. *Meine Prinzessin* nennt er sie dauernd. Zweifellos seine Schwachstelle. Dann ist er zu einer Autowerkstatt und hat sich neue Felgen montieren lassen. Scheint da Stammkunde zu sein, so wie die ihn hofierten. Während der Montage hat er an der Espressobar im Foyer Kaffee getrunken, ein bisschen Bild-Zeitung gelesen. Zwischendurch ist er ständig mit seinem Handy beschäftigt. Also er telefoniert auch damit. Aber vor allem tippt er drauf rum. Wäre sicher hilfreich, wenn wir eine richterliche Genehmigung zur Telekommunikationsüberwachung bekämen.»

«Schwierig im Moment. Aber wir finden vielleicht einen anderen Weg. Was für ein Auto fährt er?»

«Mercedes S 560 Coupé. Achtzylinder, 469 PS. Sieht noch ziemlich neu aus. Jedenfalls ist es das aktuelle Modell. Ich hab mal auf der Website von Mercedes nachgeschaut. Kostet neu schon in der Grundausstattung ohne jegliche Extras 128 000 Euro. Müsste ich lange für sparen.»

«Nur kein Sozialneid, Günther. Der Mann hat sich die Kiste vermutlich durch harte Arbeit verdient. Farbe?»

«Also so ein merkwürdiges mittleres bis dunkles Grau. Und

nicht glänzend, sondern matt. Ganz stumpf, wie bei so Bundeswehrautos.»

Mohr und Becker sehen sich an. Becker lacht auf. Noebel fühlt sich auf den Arm genommen.

«Was gibt's denn da zu lachen?»

«Nur so, Günther. Erinnert mich an was. Jamal Bassir fährt einen alten Golf GTI, der ist so ähnlich lackiert, wenn auch handmade. Unsere Kollegen in Uniform sollten sich bei Verkehrskontrollen mal gezielt die Autos in Matt vornehmen. Scheint in bestimmten Kreisen ganz groß in Mode zu sein.»

«Jedenfalls ist er danach mit der Karre durch die Waschstraße, obwohl die noch picobello sauber aussah. Dann ist er kreuz und quer durch diese tristen Gewerbegebiete zwischen Rheinheim und Köln gecruist. Ab und zu ausgestiegen und in den Gebäuden verschwunden. Also nicht in den großen, modernen Werkshallen, sondern in den älteren Wohngebäuden, Einfamilienhäuser aus den 50er und 60er Jahren, die da manchmal zwischendurch rumstehen, als hätte man vergessen, sie abzureißen. Jeweils so für zwanzig Minuten verschwindet er in jedem der Gebäude. Wir haben das später gecheckt. Nicht registrierte Bordelle. Wir gehen mal davon aus, dass er dort das Bargeld einsammelt. Für wen auch immer. Dann ist er weiter nach Köln, parkt mitten im Feierabendverkehr auf dem Ring in zweiter Reihe, merkwürdigerweise werden ja solche Kisten nie abgeschleppt. Er hat sich dann in einer Shisha-Bar mit ein paar Typen getroffen, die alle so ähnlich aussehen wie er, also dicke Arme und tätowiert bis zum Hals.»

«Habt ihr was mitgekriegt, um was es da ging?»

«Keine Chance, beim besten Willen nicht. Wir sind auf Distanz geblieben, um nicht von ihm wiedererkannt zu werden. Wir waren da ja schon den ganzen Tag an ihm dran. Für das, was dir vorschwebt, bräuchte man mindestens eine Sechser-Truppe, also drei Zweier-Teams, damit das nicht auffällt.»

«Sollte keine Kritik sein. Und dann?»

«Später kamen noch ein paar Frauen dazu. Wir nehmen mal an, nachdem das Geschäftliche bereits erledigt war.»

«Was für Frauen?»

«So der Typ magersüchtig, Zwölf-Zentimeter-Absätze, künstliche Löwenmähne, künstliche Brüste. Die Frauen gehörten aber zu den anderen Typen, nicht zu Warnke. Dann ging man gemeinsam zum Abendessen, also die Herren und die Damen, gleich um die Ecke, in der Nähe vom Rudolfplatz, schicker Laden, ziemlich teuer. Dann verabschiedeten sich die Damen, und so gegen halb elf verabschiedete sich auch Herr Warnke und fuhr schnurstracks zurück nach Rheinheim. In seiner Wohnung lief noch etwa eine Stunde lang der Fernseher, kann man ja von außen gut erkennen. Kurz nach Mitternacht war es dann aber zappenduster.»

«Danke. Bleibt bitte weiter an ihm dran, soweit es eure Zeit erlaubt. Wir brauchen was, womit wir ihn hochnehmen können. Einen Vorwand. Egal was. Damit wir ihn hier dann in die Mangel nehmen können.»

«Und was schreiben wir ins Fahrtenbuch? Ich meine, gestern waren wir ja auch schon unterwegs, wegen der Riske ...»

«Auf keinen Fall den Namen Roman Warnke. Und auf keinen Fall den Namen Jessica Riske. Am besten überhaupt kein Name, der im Zusammenhang mit dem Fall steht.»

«Und wie sollen wir den Kilometerstand im Audi erklären? Da kommt ganz schön was zusammen von Düsseldorf aus ...»

«Lasst euch was einfallen. Machen wir weiter. Hans?»

Gollmann blättert in seinen Papieren. «Aleksandar Stankovic ist abgetaucht.»

«Abgetaucht? Seit wann?»

«Schon ein paar Monate. Unmittelbar nachdem er gegen die Libanesen, die ihn damals in der Rheinheimer Innenstadt angeschossen hatten, vor Gericht ausgesagt hat. Angeklagt waren ja bekanntlich zwei Mitglieder der United Tribuns. Das Rheinheimer Landgericht hatte ihm Beugehaft angedroht, wirkt ja in der Regel motivationsfördernd bei Leuten, die den Knast schon mal für längere Zeit von innen erlebt haben. Und Stankovic hatte offenbar keine große Lust, wieder einzufahren. Im Knast hat er keinen, der ihn beschützt. Also hat er geredet, im Frühsommer war das, und schon im Zeugenstand im Gerichtssaal die ganze Zeit rumgejammert, dass er sein Amt als Präsident der Night Riders deswegen niederlegen musste und dass er nun als geächtet gilt, als vogelfrei, weil Rocker bekanntlich niemals mit dem Staat zusammenarbeiten. Seine Wohnung hatte er vorsorglich schon vor der Aussage gekündigt.»

Werner Sobotka schaltet sich ein: «Kann ich bestätigen. Ich habe mit den Nachbarn gesprochen. Die sagen, er ist seit der Gerichtsverhandlung nicht mehr aufgetaucht. Die können sich noch gut daran erinnern, weil genau an dem Tag ein Vorbericht über den Prozess in der Zeitung stand. Stankovic muss also unmittelbar nach Verlassen des Gerichtssaals abgetaucht sein.»

«Danke, Werner. Hans?»

«Er hat sich nirgendwo in Deutschland neu angemeldet. Ich gehe mal davon aus, er ist ins Ausland. Wohin auch immer. Ich habe übers Auswärtige Amt alle deutschen Botschaften und Konsulate abfragen lassen. Hätte ja sein können, dass er irgendwo seinen deutschen Pass verlängert hat oder aus einem anderen Grund Hilfe benötigte. Fehlanzeige. Er ist auch bei Facebook und Instagram nicht mehr aktiv. Als hätte es den schönen Sascha nie gegeben.»

«Was ist mit den Night Riders?»

«Scheinen ebenfalls nicht mehr zu existieren. Jedenfalls nicht öffentlich. Es gibt kein Clubheim mehr. Funkstille bei Facebook und Instagram. Es heißt, ein Teil der Mitglieder hat privatisiert, der Rest ist bei anderen Gangs untergekrochen. Die nächste schlechte Nachricht: Pat und Patachon. Fehlanzeige. Auch die

Jungs von Scotland Yard haben im Netz keine passenden Vergleichsfotos gefunden. Aber ich weiß auch nicht, wie intensiv die diesmal gesucht haben. Die haben ja auch noch was anderes zu tun als permanent der beschränkten deutschen Polizei auf die Sprünge zu helfen. War echt 'ne Schnapsidee.»

«Falsch. War einfach nur eine Idee.»

«Falsch, Mohr. War echt 'ne Schnapsidee! Ich möchte meinen Kontakt zu London nicht unnötig belasten.»

«Okay. Wem hat das Rheingold damals gehört?»

«Bin ich noch dran. So schnell geht das nicht. Ist nämlich 'ne ziemlich verzwickte Sache. Der Laden hat im Frühjahr 2015 offiziell nur für die Sommerpause zugemacht, so stand es damals auf der Website. Renovierungsarbeiten und so. Aber das Gewerbe wurde schon gleich nach der Schließung abgemeldet, und die Betreiberfirma wurde ebenfalls schon im Frühjahr 2015 aufgelöst. Alleiniger Geschäftsführer war dieser Angelo Schumacher. Aber der war nur das Aushängeschild. Schon bei den diversen Gesellschaftern der Rheingold GmbH wird's kompliziert. Jede Menge Strohmänner und Tarnfirmen. Auf Zypern, auf Malta. Die Beteiligungen waren ungefähr so verschachtelt wie eine russische Matrjoschka-Puppe. Ich suche noch nach den Hintermännern von damals. Den wahren Eigentümern. Aber das geht nicht so schnell.»

«Danke, Hans. Bleib bitte dran.»

«Klar bleib ich dran! Was sonst?» Gollmann klingt leicht eingeschnappt. Mohr registriert es, aber ignoriert es geflissentlich und wartet. Weil er weiß: Da kommt noch was. Gollmann macht es gern spannend. «Willst du auch noch die guten Nachrichten hören? Oder reichen dir schon die schlechten?»

«Klar, Hans. Sehr gerne.»

«Svenja Schultheiß. Die Ex-Geliebte von Jessica Riskes Vater. Die in der Nacht in der Disco mit Jamal Bassir rumgemacht hat, während ihr Sugardaddy im Knast saß ...» Gollmann legt eine

Kunstpause ein. «Ich weiß zwar nicht, warum die Bassirs die Frau so fieberhaft suchen. Aber ich weiß jetzt, warum die Bassirs sie bislang nicht gefunden haben. Obwohl sie nicht umgezogen ist ...»

«Hans! Mach's nicht so spannend.»

«Sie macht einen Entzug. In einer Klinik im Ahrtal.»

«Seit wann?»

«Seit sechs Wochen schon.»

Mohr rechnet zurück, seit wann bei den Rheinheimer Behörden bekannt ist, dass er den Fall Jonas Barthold neu aufrollt. Seit sechs Wochen. Seit seinem Besuch bei der Staatsanwaltschaft. Muss nichts heißen. Kann was heißen.

«Entzug von was?»

«Entzug von so ziemlich allem. Die Adresse der Klinik maile ich dir nachher zusammen mit den anderen.»

«Welche Adressen denn noch?»

«So einige. Zum Beispiel die von Birgit Neumann.»

«Wer war das noch mal?»

«Die Kassiererin. Steht jetzt hinter der Theke einer Kneipe in der Eifel, die sie mit ihrem neuen Freund betreibt. Ein beliebter Treffpunkt für Biker aus nah und fern, weil der Laden ganz in der Nähe des Nürburgrings liegt und über einen Biergarten mit hübscher Aussicht auf das Panorama aus Nürburg und uriger Landschaft rund um die Nordschleife verfügt. Das Geschäft läuft allerdings nur im Sommer halbwegs lukrativ, wenn die Motorradfahrer von Frankfurt bis Düsseldorf zum Nürburgring cruisen und den Biergarten der Kneipe für einen Zwischenstopp nutzen, um ihren Hunger zu stillen. Jägerschnitzel, Pommes, Currywurst, alles deutlich preiswerter als in den Lokalitäten unmittelbar am Ring. Das Paar wohnt in einem Apartment über der Kneipe, sehr praktisch, da hat man es nicht so weit vom Zapfhahn zum Bett und umgekehrt.»

«Wer ist der Liebhaber?»

«Weitgehend unbeschriebenes Blatt aus polizeilicher Sicht. Motorradfreak. Ziemlich jung. Sie ist jetzt 54, ihr Typ 28. Der Winter in der Eifel ist bekanntlich hart und lang. Da kommt schnell Langeweile auf. Und Geldnot. Das Paar bietet sich auf diversen Internet-Portalen gemeinsam gegen ein Taschengeld bisexuellen Freiern an. Taschengeld wird die Entlohnung genannt, damit niemand auf die Idee kommt, es handele sich um Prostitution.»

«Und? Lohnt sich das?»

«So oft, wie das Paar im Netz kontaktiert wird, scheint das 'ne echte Marktlücke zu sein.»

«Hans, du bist ein Genie!»

«Das sagen viele. Vielleicht ist ja was dran.»

«Wir müssen jetzt ganz schnell diesen Ottokar Popow in die Mangel nehmen. Der Typ, der mit Rashid Bassir und Jessica Riske auf der Brücke war, als ...»

Gollmann hebt beschwichtigend die Hand. «Moooment. Ich war noch nicht fertig! Der Popow läuft dir nicht mehr weg. Kennst du seine aktuelle Adresse?»

«Irgendwo hab ich die notiert ...»

«Ich meine nicht seine gemeldete Wohnadresse. Sein Lebensmittelpunkt hat sich nämlich geändert. Der liegt seit vier Tagen gut eine halbe Stunde Autofahrt südöstlich von Köln. Zelle 102 der Justizvollzugsanstalt Siegburg.»

DONNERSTAG, 1. NOVEMBER 2018

Die fünf bisher gemeinsam verbrachten Nächte haben sie stets am Wochenende und stets in Mohrs Wohnung verbracht. Es hat sich so ergeben. Als sie das Gebäude des Landeskriminalamtes verlassen und ihnen vor der Tür das triste, nasskalte Wetter des ersten Novembertages entgegenschlägt, fragt Vera: «Hast du heute noch was vor?»

«Nein», antwortet Mohr wahrheitsgemäß.

«Dann fahr mir jetzt hinterher. Ich hätte ein wunderbares Rezept gegen diesen Allerheiligen-Blues.»

«Ist doch ein katholischer Feiertag. Hast du doch als Tochter eines Protestanten-Professors gar nichts mit an der Mütze.»

«Ebendrum.»

Er folgt ihr in die Weiherstraße. Hübsches Gründerzeithaus, die verspielte Fassade pastellgelb gestrichen. Auch das Treppenhaus sieht aus, als sei es erst gestern renoviert worden. Dritter Stock. Schöne Wohnung. Auf den ersten Blick. Auch auf den zweiten Blick. Doch die Zeit für den zweiten Blick gestattet sie ihm erst gut eine Stunde später, als er nackt und verschwitzt das Bett verlässt und in die Küche wankt, um etwas zu trinken zu holen.

«Da liegt eine Flasche Crémant im Kühlschrank», ist ihre Stimme schwach aus dem Schlafzimmer zu vernehmen. «Nicht von der Loire wie der bei dir, sondern aus dem Elsass. Falls das für dich okay ist. Gläser findest du ...»

«Hab schon», ruft er zurück.

Sie liegt da, völlig entspannt, zwei Kopfkissen im Nacken, ein Bein leicht angewinkelt, sie genießt seinen unbekümmerten Blick auf ihren Körper, und sie genießt seinen Anblick, wie er da vor ihrem Bett steht, mit den beiden gefüllten Gläsern, eines in jeder Hand.

Doch dann schaut sie mit einem Mal ganz ernst. «Tom?»

«Ja?»

«Ich glaube, ich hab mich in dich verliebt.»

«Oh. Das klingt doch wunderbar.»

«Ich meine ... so richtig ernsthaft verliebt. Und nur deshalb traue ich mich, dir das zu sagen: Pass auf dich auf.»

«Klar. Mach ich.»

«Nein, nein, nein. Ich fürchte, du verstehst mich falsch. Ist ja auch kein Wunder, wenn ich mich in meiner Liebestrunkenheit so banal ausdrücke: *Pass auf dich auf.* Dann musst du mich ja falsch verstehen. Was ich damit meine, ist: Du bist groß und stark, du bist klug, du hast wunderbare und kompetente Kollegen, auf die du dich verlassen kannst – und die du manchmal ruhig ein bisschen freundlicher behandeln könntest ...»

«Moment mal ...»

«Doch, doch. Heute zum Beispiel warst du gar nicht nett zu allen. Deine Bemerkungen waren stellenweise nicht gerade fair, fast schon verletzend. Das haben die Jungs nicht verdient. Aber das ist ein anderes Thema. Oder vielleicht ist es doch kein anderes Thema, wer weiß. Vielleicht ist alles dasselbe Thema. Jedenfalls: Du bist groß und stark und hast all diese Dan-Grade in Wing Tsun und Krav Maga und so. Aber das macht dich nicht unbesiegbar. Denn das alles schützt deine Seele nicht. Die ist keineswegs unbesiegbar. Was ich damit sagen will: Bitte mach die Tragödie der Familie Barthold nicht zu deiner eigenen. Sonst nimmt deine Seele schweren Schaden.»

FREITAG, 2. NOVEMBER 2018

Eine 5,60 Meter hohe Betonbarriere umgibt die Stadt in der Stadt. Die Berliner Mauer war nur 3,60 Meter hoch. Asphaltiertes Niemandsland zwischen der mächtigen Außenmauer und dem zweiten, inneren Sicherheitsriegel, einem ebenfalls 5,60 Meter hohen, massiven, mit Stacheldraht bewehrten Zaun. Mehr als 100 Überwachungskameras, Bewegungssensoren, kreuz und quer über die Gefängnishöfe gespannte Stahlseile, die eine Flucht per Hubschrauber verhindern sollen. Bislang hat es noch niemand geschafft, aus der JVA auf dem Siegburger Brückberg zu entkommen.

Die Ampel in der Fußgängerschleuse steht auf Rot. Durch dickes, grün schimmerndes Panzerglas beäugt das uniformierte Wachpersonal schweigend den Besucher aus Düsseldorf.

«Guten Morgen. Thomas Mohr. Landeskriminalamt. Ich bin mit Direktor Gossmann verabredet.»

Dienstausweis, Personalausweis, Handy und Dienstwaffe bleiben hier für die Dauer des Aufenthaltes unter Verschluss. Metalldetektor wie am Flughafen, Abtasten bis hinunter zu Waden und Knöcheln, schließlich erhebt sich der Uniformierte ächzend aus der Hocke und nickt in Richtung Panzerglas-Loge. Erst als die erste Schleusentür wieder fest verriegelt ist, schwingt die nächste Tür per Knopfdruck auf.

Jenseits des Hightech-Entrées beginnt auf dem Vorplatz des Hauses I die architekturhistorische Zeitreise ins 19. Jahrhundert, als das Rheinland zu Preußen gehörte. Der kreuzförmige Backsteinbau wurde 1896 in Betrieb genommen. «Das hier war mal das modernste Gefängnis Deutschlands», sagt der Wachmann, der Mohr über den Hof begleitet, als ahnte er dessen Gedanken. Klein, stämmig, eine rheinische Frohnatur. «Hier gab es erstmals Einzelzellen.»

Sie werden beobachtet, wie sie den Hof durchqueren, der Justizvollzugsbeamte kurz vor der Pensionsgrenze und der Besucher. Sie werden aus den kleinen, dunklen, vergitterten Löchern im Ostflügel des vierstöckigen Kreuzbaus beobachtet. «Ey, Müller, wen hast du uns denn da mitgebracht?» Dann krakeelt einer: «Bulle! Riech ich sofort.»

Der Wachmann rammt einen voluminösen Schlüssel in die Tür und kurbelt das gusseiserne Schloss auf. «Alles noch original.» Mohr möchte sich gar nicht vorstellen, wie Strafvollzug in Deutschland vor 1896 ausgesehen hat. Hier wirkt alles so, als sei vor 122 Jahren für die Ewigkeit gebaut worden: die dicken Mauern, die schweren Zellentüren aus Massivholz. 544 Haftplätze, 300 Beschäftigte. Mohr denkt unwillkürlich an die BKA-Studie,

die ihm Heinz Oestrich gemailt hat: Bei «korruptivem Fehlverhalten» unter den Exekutivkräften liegen die Justizvollzugsbeamten in den bundesdeutschen Gefängnissen im Ranking mit großem Abstand auf Platz 1. Und noch etwas fällt Mohr in diesem Augenblick wieder ein: Das Wochenende im November 2006, als drei jugendliche Inhaftierte ihren Mitgefangenen Hermann H. in Zelle 104 mehr als zwölf Stunden lang folterten, vergewaltigten und schließlich, als seine Persönlichkeit völlig gebrochen war, den erst Zwanzigjährigen zwangen, sich selbst zu erhängen.

Seither ist viel passiert. Das Bundesland ließ ein nagelneues zentrales Gefängnis speziell für jugendliche Straftäter in Wuppertal-Ronsdorf bauen, Siegburg ist heute ein Gefängnis für erwachsene Straftäter, deren vom Gericht verhängte Haftstrafe nicht höher als zwei Jahre liegt. Ottokar Popow ist inzwischen 25.

Die Umwidmung der JVA Siegburg vom Jugendgefängnis zum Erwachsenengefängnis hat Gossmann gemanagt. Dafür holte man ihn eigens aus Werl und machte ihn hier zum Direktor. Gossmann ist nämlich ein Organisationstalent.

Sämtliche Fenster sind vergittert – auch die Fenster im Büro des Anstaltsleiters. Der Direktor registriert Mohrs Blick:

«Glaub mir, da gewöhnt man sich erstaunlich schnell dran. Ich sehe die Stäbe schon gar nicht mehr. Mensch, Tom, wie geht's denn so? Wie haben uns ja ewig nicht mehr gesehen. Bist du immer noch so eine Kaffeetante?»

«Wenn's dir keine Mühe macht.»

«Meine Sekretärin hat zwar einen Brückentag genommen. Aber ich bin neuerdings autark, was die Versorgung betrifft. Schau mal, die ist nagelneu. Eine De'Longhi Magnifica. Feines Teil. Hat sie mir besorgt, die Gute. Zucker?»

«Wenn du welchen hast.»

Während Gossmann sich an dem Espresso-Automaten zu

schaffen macht, schaut Mohr durch die Gitterstäbe hinunter auf den nächsten Hof. Ein verwaister Fußballplatz. Freigang ist erst in zwei Stunden. Eine Krähe hockt auf einem der Tore.

«Setz dich doch. Und, was kann ich für dich tun?»

Sie kennen sich aus der Zeit, als Gossmann noch Personalchef in der JVA Werl war. Das Hochsicherheitsgefängnis Nordrhein-Westfalens, 863 Haftplätze auf zehn Hektar Land im Norden der Stadt. Überdurchschnittlich viele Lebenslange mit vom Gericht festgestellter und ins Urteil geschriebener besonderer Schwere der Schuld. Häftlinge, die nichts mehr zu verlieren haben. Ein spezieller Trakt für Sicherungsverwahrte. Nach 1945 saßen dort die NS-Kriegsverbrecher aus der britischen Zone. Generalfeldmarschall Albert Kesselring. Hohe SS-Offiziere. Und Otto Fritz Harder. 387 Pflichtspieltore für den HSV. Nur Uwe Seeler konnte das später toppen. «Tull» Harder, wie ihn die Fans nannten, machte nach seiner fußballerischen Karriere steile Karriere bei der SS und brachte es bis zum KZ-Kommandanten. 1951 wurde Harder vorzeitig aus der Haft in Werl entlassen. Das wurde von den HSV-Fans gebührend gefeiert. Als er 1956 starb, bildeten Jugendspieler des HSV eine Ehrenwache am Grab. Zur WM 1974 ließ der Hamburger Senat eine Broschüre drucken. In der wurde Harder als Vorbild für die Jugend beschrieben. Dies fiel erst einen Tag vor der Verteilung auf, also ließ man über Nacht die entsprechende Seite aus 100 000 Exemplaren rausschneiden. Das alles weiß Mohr von Gossmann. Die intensive Beschäftigung mit der Historie seines jeweiligen Arbeitsplatzes erde ihn auf angenehme Weise, hat er mal gesagt. Mohr ist es immer ein Rätsel geblieben, warum der Einser-Jurist sich in Gefängnissen wohl fühlt. *Einer muss es ja machen*, hatte Frohnatur Gossmann geantwortet, als Mohr ihn vor langer Zeit danach fragte.

«Ich würde gerne mit einem deiner Inhaftierten sprechen. Und zwar zunächst mal nur als ganz normaler Besucher, wenn's geht. Ich will den Überraschungseffekt nutzen.»

Gossmann führt das Espressotässchen zum Mund. «Sag ehrlich: Duftet der nicht phantastisch? Und diese wunderbare Crema. Um wen geht's denn?»

«Ja, phantastisch. Ottokar Popow.»

Gossmann hustet, stellt die Tasse ab, nimmt ein Stofftaschentuch aus der Hosentasche, tupft sich die Lippen, schnäuzt die Nase.

«'tschuldigung. Ich habe mit allem gerechnet, Mohr. Nur nicht mit diesem Namen.»

«Wieso?»

«Der kam am vergangenen Montag. Ein Häufchen Elend. Meine Güte. Nicht für den Knast gemacht. Aber wer ist schon für den Knast gemacht? BTM-Sache. Kleindealer. Weil er nicht zum ersten Mal erwischt wurde und weil er nicht mit Gras gedealt hat, sondern mit Koks, gab's diesmal keine Bewährungsstrafe mehr. Wir sind hier im Moment voll bis unters Dach, weil zwei geplante vorzeitige Entlassungen kurzfristig verschoben werden mussten, die beiden Idioten haben sich noch auf den letzten Drücker danebenbenommen. Deshalb war klar, wir konnten ihm hier nur vorübergehend Asyl gewähren. Gestern Morgen wurde er nach Köln-Ossendorf verlegt.»

«Schade. Also auf nach Ossendorf. Hast du zufällig einen guten Draht zum Anstaltsleiter?»

«Ja. Wieso?»

«Ich brauche einen Besuchstermin, ohne dass die Rheinheimer Staatsanwaltschaft davon Wind kriegt.»

«Das ist nicht das Problem, Tom.»

«Was ist denn das Problem?»

«Du kannst den Popow nicht sprechen. Er ist tot.»

Der Satz trifft Mohr wie ein Hammerschlag. «Tot? Was ist passiert?»

«Hat sich vergangene Nacht erhängt. Hab eben erst die Mitteilung bekommen. Stell dir das vor: Kriegt nur achtzehn Monate aufgebrummt. Die würden andere Knackis locker auf einer Arschbacke absitzen. Und dann erhängt der sich nach vier Tagen. Willst du noch einen Espresso? Also ich könnte noch einen vertragen. Unter uns gesagt, Mohr: Ich bin heilfroh, dass er sich nicht in den drei Tagen hier in Siegburg erhängt hat ... nach dem, was hier 2006 passiert ist.»

FREITAG, 2. NOVEMBER 2018

Was für eine trostlose Gegend. Die Landschaft duckt sich unter dem bleigrauen, bleischweren Himmel. Nebelschwaden. Die Hocheifel im November: keine Gegend für Leute, die zu Depressionen neigen.

Noch fünf Kilometer bis zum Nürburgring, verrät das einsame Hinweisschild. Zwanzig Meter später verweist eine vermoderte Reklametafel auf das einzige Gebäude weit und breit: *Biker-Treff.*

Der Treff hat geschlossen. Ein dichter Teppich aus verwelktem Laub bedeckt das Pflaster des Biergartens vor dem Haus. Die Motorrad-Saison fängt erst im März wieder an.

Links neben dem Gebäude führt ein schmaler Weg zu einem gepflasterten Hinterhof. Eine offene Scheune, die als Kfz-Werkstatt zu dienen scheint, außerdem zwei Fertiggaragen. Eine an die Seitenwand des Hauses geschraubte Eisentreppe führt hinauf zur Tür der Wohnung im ersten Stock. *Neumann* steht auf dem Klingelschild. Links und rechts ist mit Filzstift jeweils ein rotes Herzchen gemalt. Wie süß.

Der Mann, der die Tür öffnet, ist nackt. Also nicht vollkommen nackt. Er trägt allerhand Metall am Körper. Piercings. Rechter Nasenflügel, Unterlippe, linkes Ohr, rechte Brustwarze. Und außerdem dort, wo man es nicht sehen würde, trüge der Mann Shorts.

«Hallöchen. Bist du der Klaus?»

«Ja», sagt der Klaus.

«Ich bin der Marcel. Hereinspaziert.»

Ein schmaler, dunkler, fensterloser Flur. An den Wänden Poster mit schweren Motorrädern, auf denen sich Frauen in knappen Bikinis räkeln und dabei ein Gesicht machen, als gäbe es nichts Beglückenderes, als sich im Bikini auf schweren Motorrädern zu räkeln. Je zwei Türen links und rechts, geschlossen. Hinter der zweiten Tür links ist das Geräusch von plätscherndem Wasser zu vernehmen. Da duscht also jemand. Nur die Tür am Kopfende der Diele steht offen. Dort scheint es auch eine Lichtquelle zu geben. Marcel lässt Klaus den Vortritt.

Eine Art Schlafzimmer. Nur ohne Kleiderschrank. Durch die Schlitze des schwarzen Rollos vor dem Fenster dringt kaum Licht. Ein kreisrundes Bett, das den Großteil des Raumes einnimmt. Ein schwarzes, seidig glänzendes, aber arg verknittertes Bettlaken. Über dem Bett ein etwa zwei mal zwei Meter großer Spiegel. Am Fußende des Bettes zwei schäbige Sesselchen, Möbel-Discount-Rokoko. Dazu ein winziges, goldfarben lackiertes Tischchen, darauf ein Aschenbecher, eine Schachtel Zigaretten, Streichhölzer. Neben dem rechten Sesselchen eine Stehlampe. Über dem Schirm ist ein Tuch drapiert, das den Raum in rötliches Schummerlicht taucht.

«Nimm doch schon mal Platz. Die Birgit duscht gerade. Danach kannst du dann ins Bad. Was trinken? Wasser? Cola? Kaffee? Oder lieber was Härteres?»

«Gerne ein Wasser, wenn's keine Mühe macht.»

«Kein Problem. Wir machen hier übrigens alles ohne Zeitdruck und vor allem mit Stil. Ist ja schließlich kein Billigpuff hier.»

Marcel verlässt das Zimmer. Becker setzt sich und sieht sich in Ruhe um. Die Möblierung des Zimmers komplettiert ein Nachttischchen, ebenfalls goldfarben lackiert, darauf eine Schale, randvoll mit Kondomen in Bonbonfarben, außerdem eine Riesentube Gleitgel, eine Literflasche Massageöl und ein dekorativer Gummidildo, schwarz, glänzend, XXL. *Ist ja schließlich kein Billigpuff hier.* Becker versucht, anhand des Interieurs den Unterschied zu den Billigpuffs zu erkennen, die er im Laufe seines Berufslebens von innen gesehen hat. Dann kann's wohl nur der Service sein.

«Tach, mein Süßer. Ich bin die Birgit.»

Er hat sie gar nicht kommen hören. Die Frau ist ebenfalls nicht vollkommen nackt, weil sie sich ein Handtuch wie einen Turban um den Kopf geschlungen hat. Sie ist ziemlich groß und trägt wie Marcel einiges an Metall an ihrem Körper, von Größe und Gewicht aber kein Vergleich. Becker will sich höflich aus dem Sessel erheben, aber sie greift ihm an die Schulter und schubst ihn zurück in das durchgesessene Polster. Keine Widerrede. Birgit Neumann baut sich vor Becker auf, ganz nah, sicherer Stand, und wuschelt ihm hingebungsvoll durchs Haar. Becker bleibt so lange gar nichts anderes übrig, als ihr auf die frisch rasierte Scham zu starren. Und die Ringe. Becker zählt. Acht Stück.

«Hübscher Kerl bist du. Kriegen wir hier nicht alle Tage, so junge, hübsche, gut gewachsene Kerle wie dich.»

«Danke.»

«So, jetzt hast du die Qual der Wahl. Willst du uns vielleicht erst mal nur zugucken? Bist du so einer, der vom Zugucken geil wird? Na? Oder willst du gleich mitmachen? Hast du denn schon mal einen Mann angefasst? Oder dich von einem Mann anfassen lassen? Wir können auch was zu viert machen. Dann müssen wir nur schnell die Mona anrufen, so in einer halben Stunde kann die hier sein, schneller geht's nicht. Jünger als ich, aber auch kräftiger. Nicht so ein dünner Hering. Aber geiler Arsch. Dann musst du natürlich noch was drauflegen, obwohl die Mona, die macht's gar nicht in erster Linie wegen des Geldes, wirst schon sehen, die ist naturgeil, sind wir ja alle, oder? Also?»

«Das sind natürlich eine Menge Fragen auf einmal.»

Marcel kommt zurück, stellt ein Glas Wasser auf dem Tischchen neben Becker ab, lässt sich in das freie Sesselchen fallen, zieht Birgit auf seinen Schoß und setzt ein Grinsen auf, das er vermutlich für lüstern hält.

«Süßer, du allein darfst das entscheiden!»

«Okay. Ich allein darf entscheiden. Dann entscheide ich jetzt mal: Wir lassen die Mona, wo sie ist, und der Marcel guckt jetzt erst nur mal zu und hält ansonsten die Klappe.»

Beide halten die Klappe. Weil sie damit beschäftigt sind, Beckers Dienstausweis anzustarren.

«Ist sicher hart, den langen Winter durchzustehen, wenn die Kneipe nur im Sommer brummt.»

Marcel nickt eifrig. Birgit verzieht keine Miene.

«Also: Euer kleiner Nebenerwerb hier interessiert mich nicht. Obwohl: Vielleicht interessiert er mich ja doch! Je nachdem, wie unser Gespräch verläuft.»

Birgit steht auf. «Was dagegen, wenn ich mir meinen Bademantel hole?»

«Ja, was dagegen. Marcel kann ihn dir holen. Ich rate ihm in deinem Interesse, dass er in spätestens 20 Sekunden damit zurück ist und unterwegs nicht auf die Idee kommt zu telefonieren.»

Marcel ist in neun Sekunden zurück. So ein dünnes, kunstseidenes Teil mit Drachen auf der Rückseite. Marcel assistiert, Birgit Neumann schlüpft hinein, setzt sich wieder, schlägt die Beine übereinander und zündet sich eine Zigarette an.

«Marcel, Schätzchen, geh doch mal ein bisschen in die Küche, dich nützlich machen. Erst räumst du die Spülmaschine aus, und dann müssen dringend mal wieder Handtücher gewaschen werden. Und wenn du damit durch bist, könntest du das Bad gründlich sauber machen. Sei ein Schatz!»

Marcel zieht eine Schnute, aber pariert. Als er weg ist, sagt Becker: «Alle Achtung: Sie haben die Männer im Griff.»

«Nicht alle.»

«Stimmt. Aleksandar Stankovic zum Beispiel nicht.»

Die 54-jährige Birgit Neumann besitzt einen bemerkenswert attraktiven Körper, wie Klaus Becker vor wenigen Minuten aus nächster Nähe feststellen konnte. Einen Körper, in dessen Werterhaltung und Perfektionierung sie wahrscheinlich viel Zeit und eiserne Disziplin, vermutlich auch Geld und Schmerzen investiert. Einen Körper, der einen fast drei Jahrzehnte jüngeren Liebhaber bei der Stange hält. Aber ihr Gesicht scheint in diesem Augenblick, als der Name Aleksandar Stankovic fällt, um zehn Jahre zu altern.

«Was wollen Sie?»

«Mit Ihnen reden. Über den schönen Sascha. Und über Ihre Zeit als Kassiererin im Rheingold von November 2010 bis Mai 2015. Und über die Nacht zum 9. November 2013.»

«Dürfen Sie das überhaupt?»

«Was?»

«Hier einfach unter einem Vorwand ...»

«Was für ein Vorwand denn? Ich habe Ihre Nummer angerufen, hatte aber stattdessen den lieben Marcel in der Leitung. Ich habe um einen Termin gebeten, er hat mir einen Termin gegeben und sich meinen Vornamen notiert und gesagt, das reiche völlig, Nachnamen würden ihn nicht interessieren.»

«Aber ich muss doch jetzt hier garantiert nicht aussagen!»

«Nein. Müssen Sie nicht. Ich müsste Sie stattdessen vorladen. Dann müssen Sie extra nach Düsseldorf kommen. Morgens um neun. Vielleicht auch schon um acht, je nachdem. Und dort müssen Sie dann. Ob Sie wollen oder nicht.»

Sie schweigt. Sie denkt nach.

«Also? Was ist Ihnen lieber?»

«Okay.»

«Was ... okay?»

«Was wollen Sie wissen?»

«Alles. Von Anfang an.»

«Von Anfang an? Wie ...»

«Wie sind Sie an den Job gekommen?»

Sie quetscht die Zigarette im Aschenbecher aus. «Lange Geschichte.»

«Ich hab Zeit.»

«Abgebrochenes Studium. Germanistik und Kunstgeschichte, war nicht so mein Ding. Kneipenjobs. Zuerst nebenbei, dann Fulltime. Theke ... das war schon eher mein Ding. Dann hatte ich irgendwann meinen eigenen Laden in der Altstadt. Also der gehörte mir natürlich nicht. Aber ich hab den quasi gemanagt. Einkauf, Schichtpläne, Theke, alles. Der Laden brummte ordentlich. Dann habe ich in dem Laden angefangen mit Veranstaltungen. Konzerte auf kleiner Bühne, unbekannte Bands. Musiker, die noch brannten und sich die Seele aus dem Leib spielten.»

«Schöne Sache. Und dann?»

«Die Leute rannten uns die Bude ein. Ich hatte ständig neue Ideen. Und als der ARD-Tatort bei den jungen Leuten regelrecht Kult wurde, da war dann jeden Sonntagabend Rudelgucken bei uns. Und Fußball haben wir schon als Event zelebriert, da gab's den Begriff Public Viewing noch gar nicht. Ich hatte immer ein Näschen für Trends.»

Sie ist weit weg. In einer anderen Zeit, in einer anderen Welt. Becker holt sie zurück:

«Und wie ging's weiter?»

«Mein Chef, der hatte noch ein paar andere Läden in Rheinheim. Wir hatten auch mal was miteinander, klar. Nicht lange. Das war die Zeit, als in der Szene jeder mit jedem was hatte. Jedenfalls: Mein Chef erzählt mir eines Tages, er ist als kleiner Teilhaber in eine GmbH eingestiegen, die das alte städtische Hallenbad in Bad Hombach gekauft hat und jetzt zu einem Premium -Club umbaut. Große Sache. Eine Millionen-Investition. Die wollten sein Know-how. Seine Erfahrung als Szene-Gastronom. Er selbst könne aber nicht ständig vor Ort sein, sagte mein Chef, zu viel zu tun mit all den anderen Läden, mit dem Wareneinkauf und der Buchführung und so, aber er hätte ein besseres Gefühl bei der Sache, wenn ich als Person seines Vertrauens dort vor Ort arbeiten würde. Theke, vorne an der Kasse, Mädchen für alles eben. Jemand mit Erfahrung, der alles im Blick hat. Aufpasst, dass zum Beispiel hinter der Theke auch immer brav gebongt und nicht in die eigene Tasche gewirtschaftet wird. Aufpasst, dass vorne an der Kasse die Leute nicht reihenweise kostenlos durchgewinkt werden. Ich hätte natürlich seine volle Rückendeckung.»

«Feine Sache.»

«Ich hatte da aber überhaupt keinen Bock drauf.»

«Warum nicht?»

«Drei Gründe. Erstens: meinen geliebten Altstadt-Laden aufgeben. Zweitens: Nicht mehr zu Fuß zur Arbeit laufen können, sondern jeden Tag mit dem Auto in die Provinz fahren. Und mitten in der Nacht wieder zurück. Das heißt: kein Alkohol den ganzen, langen Abend. Macht nicht gerade locker. Außerdem hasse ich Autofahren im Dunkeln. Drittens: Ein Schickimicki-Laden mit Schickimicki-Jungvolk ist nicht so mein Ding. Also sagte ich ihm: Wennschon, dann will ich Geschäftsführerin in dem Laden werden. Aber für den Posten hatten die schon den Angelo Schumacher ausgeguckt, diesen Schnösel, der von nix 'ne Ahnung hatte. Der war doch noch grün hinter den Ohren.»

«Aber Sie haben trotzdem nicht abgelehnt.»

«Die wussten ganz genau, welche Knöpfe sie bei mir drücken müssen. Also mein Chef wusste das natürlich. Weil er mich kannte. Verdoppeltes Grundgehalt, außerdem deutlich höhere Umsatzbeteiligung als vorher. Ich hatte damals private Schulden. Also hab ich ja gesagt.»

«Und? War's so schlimm wie befürchtet?»

«Am Anfang nicht. Okay: viel Arbeit, viel Stress, ungeschultes Personal, damit es billiger war und sich für die Herrschaften rentierte. Hauptsache, die Mädels sahen gut aus und hatten möglichst wenig an. War kein Problem, die aufzutreiben. Die finden das geil, auch für wenig Geld in so einem schicken Laden zu arbeiten. Die DJs waren allerdings Profis, und die Türsteher natürlich auch, die haben wir aus diversen anderen Läden in Rheinheim und Umgebung abgeworben. Alles so weit in Ordnung. Bis dann eines Tages der schöne Sascha aufkreuzte.»

«Was passierte da?»

«Beim ersten Mal kam er allein, im Anzug. Werd ich nie vergessen. Er sagte meinem Chef, der am Anfang natürlich oft selbst da war, um nach dem Rechten zu schauen, er und seine Leute übernehmen jetzt die Tür, das sei für alle Beteiligten nur von Vorteil, keine lästige Suche mehr nach Urlaubs- und Krankheitsvertretungen, alles aus einer Hand, monatlicher Pauschalbetrag und fertig.»

«Und wie hat Ihr Chef reagiert?»

«Er sagte: kein Interesse. Und hat den schönen Sascha weggeschickt. Respekt, muss ich sagen.»

«Und dann?»

«Dann kam Aleksandar Stankovic drei Tage später wieder, kurz nach Mitternacht, und brachte zwölf seiner Leute mit. Die hatten Baseballschläger und Totschläger und Schlagringe dabei. Wir hatten an dem Abend vier Türsteher im Einsatz. Die hatten keine Chance. Wurden ganz übel zugerichtet.»

«Lassen Sie mich raten: Ihre Türsteher waren Sie los.»

«Ja. Stankovic und seine Leute haben schon in der Folgewoche die Tür übernommen. Mit Vertrag und allem. Um Urlaubs- und Krankheitsvertretungen mussten wir uns tatsächlich keine Sorgen mehr machen. Es kam dann noch einmal zu einem Machtkampf. Ein paar Monate später. Da kreuzten die Bandidos vor dem Laden auf. Aber die Night Riders waren vorgewarnt, hatte ich den Eindruck. Denn die waren an dem Abend mit voller Besetzung da, also so etwa zwei Dutzend Leute, bewaffnet bis an die Zähne. Die hatten an dem Abend sogar Kampfhunde dabei.»

«Und die Bandidos zogen ab?»

«Ja. Und bald auch für immer. Denn schon ein paar Tage später kam es in Rheinheim zu einem großen, demonstrativen Freundschaftstreffen der Night Riders mit den Hells Angels. Mitten in der Stadt. Große öffentliche Verbrüderung. Machte natürlich sofort bei Facebook die Runde. Gibt immer noch Videos auf YouTube. Von da an haben sich die Bandidos nie wieder blickenlassen.»

Birgit Neumann steckt sich die nächste Zigarette an. Nebenan in der Küche ist Marcel zu hören, der seiner Verärgerung Luft macht, indem er so laut wie möglich mit dem Geschirr klappert. Becker schweigt.

«Mein Chef hat sich dann bald nach Ibiza verdünnisiert.»

«Wann?»

«Wann? Also vielleicht ein halbes Jahr, nachdem die Night Riders die Tür übernommen haben, tippe ich mal. 2011 muss das gewesen sein. Ja, 2011, ganz sicher sogar. Hatte die Schnauze voll. Hat auf Ibiza eine Strandbar aufgemacht. Hier hat er vorher alles verkauft, auch seinen kleinen Anteil am Rheingold und meinen geliebten alten Laden in der Altstadt. Alles zu Geld gemacht und dann auf und davon. Die Strandbar soll ganz gut laufen, hab ich gehört. Er hat mir irgendwann mal eine Karte geschickt, mit der Bar im Sonnenuntergang drauf.»

«Warum sind Sie damals nicht mitgegangen?»

Sie lacht laut auf. Dieses heisere Thekenlachen. Dann muss sie husten. Hört sich nicht gesund an. Becker gibt ihr sein Glas Wasser. Sie nickt dankbar, sprechen kann sie gerade nicht, sie trinkt das Glas in einem Zug aus. «'tschuldigung. Scheiß Raucherei.»

Becker nimmt ihr das leere Glas ab. Sie greift nach der im Aschenbecher abgelegten Zigarette und nimmt einen tiefen Zug.

«Geht's wieder?»

Sie nickt, während sie den Rauch ausbläst. «Die Antwort ist

schlicht und ergreifend: Da war kein Platz mehr für mich in seinem neuen Leben. Er hat eines unserer Thekenmäuschen mitgenommen. 22 war die damals. Die fand ihn ganz großartig und gab auch sicher nicht so viele Widerworte wie ich. Ideal. So sind die Männer nun mal.»

Sie stößt einen Seufzer aus, der seltsam künstlich klingt. Becker nickt verständnisvoll, obwohl er keinen blassen Schimmer hat, wie die Männer nun mal so sind.

«Was soll's. Alles Schnee von gestern. Hauptsache, ich bekam weiterhin immer pünktlich zum Monatsletzten mein Gehalt aufs Konto überwiesen.»

«Klar. Von wem denn?»

«Von einem Anwalt. Der verwaltete treuhänderisch die Betreiberfirma, die irgendwann als Mehrheitsgesellschafterin der GmbH eingetragen war. Die saß auf Zypern. Oder war's Malta? Wechselte auch schon mal. Eine Briefkastenfirma, wenn Sie mich fragen. Ich weiß bis heute nicht, wem das Rheingold in Wirklichkeit gehört hat. Und wem diese Firma auf Zypern oder Malta in Wahrheit gehört hat. Interessierte mich damals aber auch nicht. Viel wichtiger war: Der schöne Sascha und seine Jungs hatten jetzt im Laden das Sagen. Und die Eigentümer im Hintergrund ließen die Night Riders nach Belieben schalten und walten. Dann hatten sie wohl einen Nutzen von der neuen Situation.»

«Vermutlich.»

«Wie nennt man das heute? Eine Win-win-Situation. Oder haben Sie etwa schon mal einen Kapitalisten erlebt, der irgendwas ohne Eigennutz macht?»

Becker hat noch nicht so viele Kapitalisten aus nächster Nähe erlebt. Gleich nach dem Abitur ging er zur Polizei, seither bezahlt ihn der Staat. Also hält er lieber die Klappe.

«Dann ging das erst richtig los. Mit den Drogen. Koks, Speed, Ecstasy, alles, was nachgefragt wurde. Stankovic und sein Stellvertreter, der Warnke, die beiden entschieden, wer in dem Laden Drogen verkaufen durfte und wer nicht. Dafür kassierten sie Provision von den Dealern im Rheingold. Aber das dauerte nicht lange, und dann haben sie die vor die Tür gesetzt und das Geschäft selbst übernommen.»

«Wo kriegten die den Stoff her?»

«Keine Ahnung. Die Night Riders heuerten so ein paar ganz billige Figuren an, die bekamen die Lizenz, den Stoff, den sie gefälligst exklusiv über die Night Riders zu beziehen hatten, im Rheingold unter die Leute zu bringen. Jetzt lief das Geschäft umgekehrt, jetzt kriegten die Kleindealer für jede verkaufte Ware eine kleine Provision von den Night Riders ab. Die Mäuschen, die bei uns arbeiteten, die kriegten den Stoff zum Eigenverbrauch billiger. Die waren bald so ziemlich alle voll auf Droge. Und machten auch Werbung. Irgendwann pilgerte die Kundschaft regelrecht ins Rheingold, aus nah und fern, nur um Stoff zu kaufen. Rein, einkaufen, wieder raus. Das hat den Laden völlig verändert. So wie die Gewalt den Laden verändert hat.»

«Die Türsteher prügelten sich also gerne.»

«Allerdings.»

«Und warum?»

«Warum?» Sie lacht wieder heiser. Becker hat Sorge, dass sie den nächsten Hustenanfall kriegt. Also funkt er dazwischen:

«Frau Neumann, Sie brauchen nicht jede meiner Fragen zu wiederholen! Sie brauchen auch nicht jedes Mal in Gelächter auszubrechen, wenn ich Ihnen eine Frage stelle. Es reicht völlig, wenn Sie mir eine Antwort geben! Frage, Antwort, fertig, nächste Frage.»

«Weil sie es konnten. Ganz einfach. Sie verprügelten gerne Leute, weil sie es konnten. Weil es ihnen einen Heidenspaß machte, ihre Macht zu demonstrieren, ihre körperliche Überlegenheit, und weil sie das ungestraft konnten. Meinen Sie, die Gäste, die mal was auf die Fresse gekriegt haben in dem Laden, wären so bescheuert gewesen und hätten die angezeigt? Wusste doch jeder, dass sich die Polizei nie im Rheingold blickenließ. Nicht mal in der Nähe. Immer einen großen Bogen um das Rheingold gemacht. Die Night Riders hatten einen Deal mit den Bullen: Wir sorgen hier drin für Ruhe, und dafür lasst ihr uns in Ruhe. So einfach war das.»

«Haben Sie dafür Beweise?»

«Meinen Sie, die hätten darüber mit den Bullen einen schriftlichen Vertrag beim Notar gemacht? Aber ich weiß, dass der Warnke dauernd mit der Polizeiwache telefoniert hat. So nach dem Motto: Hier hat gerade einer Stress gemacht, aber wir haben das schon geregelt. Nur für den Fall, dass der Idiot gleich bei euch vorbeikommt und Anzeige erstatten will. So lief das!»

«Und wie war das in der Nacht zum 9. November 2013?»

«Sie meinen, als der Junge ertrunken ist?»

«Genau das meine ich.»

«Schreckliche Sache.»

«Kann man so sagen.»

Im Flur knallt eine Tür zu. Birgit Neumann springt auf, stampft zur Zimmertür, reißt sie auf und brüllt: «Sag mal, hast du noch alle Tassen im Schrank? Ich will jetzt keinen Mucks mehr von dir hören! Ich muss mich konzentrieren, verdammt noch mal.»

Sie knallt die Zimmertür zu, setzt sich wieder und atmet schwer. Sie scheint nach den richtigen Worten zu suchen. Oder nach den falschen.

«Frau Neumann, ich will die Wahrheit wissen. Nichts als die Wahrheit. Dann bin ich wieder weg. Sollte ich aber den geringsten Verdacht hegen, dass Sie mich belügen, dann mach ich Ihnen so richtig Ärger. Und sollte ich das merkwürdige Gefühl kriegen, dass Sie vielleicht was auslassen oder beschönigen, dann werde ich Sie auffordern, Ihre Zahnbürste einzupacken, und wir fahren zusammen nach Düsseldorf. Klar?»

Sie nickt. Sie scheint es kapiert zu haben.

«Also los!»

«Ich hab ihn ja an dem Abend nur vorher im Rheingold erlebt. Keine Ahnung, was da später auf der Brücke passiert ist.»

«Genau das will ich von Ihnen wissen. Was vorher im Rheingold passiert ist. Nicht mehr und nicht weniger.»

«Ich brauch was zu trinken.»

Sie springt auf. Becker folgt ihr in die Küche. Sie öffnet den Kühlschrank und nimmt eine Flasche aus dem Türfach. Becker sieht derweil aus dem Fenster. Der Hof. Die Scheune. Marcel. Er ist nicht mehr nackt, sondern trägt jetzt einen blauen Overall. Er kniet vor einer Kawasaki und kramt in der Werkzeugkiste, die neben ihm steht.

«Cardenal Mendoza. Was ganz Feines. Spanischer Brandy. Hat mir ein Stammgast geschenkt. Wollen Sie auch einen?»

Becker schüttelt nur den Kopf. Sie kommt näher.

«Was gibt's denn da?»

Er kann ihren warmen Atem in seinem Nacken spüren. Sie legt eine Hand auf seine Schulter. «Ach, der Marcel. Der schraubt in jeder freien Minute an seinen Motorrädern rum. Der Gute.»

«Schön, wenn man ein Hobby hat. Wir beide machen jetzt weiter, Frau Neumann. Bleiben wir doch gleich hier in der Küche.»

Er nimmt ihre Hand von seiner Schulter und setzt sich. Auch auf dem kleinen, quadratischen Esstisch sind ein Aschenbecher, eine Schachtel Zigaretten und Zündhölzer deponiert. Offenbar die Standardausstattung jedes Zimmers in dieser Wohnung. Kein Feuerzeug.

Sie folgt seinem Blick und setzt sich ebenfalls. «Ich finde Streichhölzer irgendwie stilvoller als diese billigen Wegwerffeuerzeuge.»

«Was hat der Junge gesehen, was er nicht sehen sollte?»

Sie stürzt den Brandy runter, als sei es Wasser, und schenkt sich gleich nach. «Der Drogenverkauf im Rheingold ... das war nur eins von zwei Geschäftsmodellen.»

Sie will nach den Zigaretten greifen, doch er ist schneller. Er zieht ihr die Schachtel vor der Nase weg.

«Was soll das denn?»

«Weiter!»

«Stankovics Leute hatten ein Gespür dafür, welche von den Püppis, die abends vor der Tür Schlange standen, private Probleme hatte. Stress mit den Eltern, Stress in der Schule, Liebeskummer, solche Sachen. Dann lief die Charmeoffensive an, unter Stankovics Leuten waren so drei, vier Spezialisten, die wussten, wie das geht, die hatten das perfektioniert, merkten sich die Vornamen, sprachen die Mädels beim nächsten Abend gleich mit Namen an und so weiter. Auch Stankovic selbst war da ein Meister. Die Mädels wurden von den Türstehern mit Komplimenten überhäuft, bis die sich vorkamen wie Hollywoodstars. Das war Stufe eins.»

«Und was war Stufe zwei?»

«Gleich neben dem Gang zu den Toiletten ging eine Treppe rauf zur Galerie. Die war aber nur dann öffentlich zugänglich, wenn der Laden aus allen Nähten platzte. Also völlig aus allen Nähten platzte. Ansonsten hing da eine Kette unten vor der Treppe, und die Galerie war dann für den Abend sozusagen die private VIP-Lounge der Night Riders. Wenn so ein Mädel ansprang auf die Charmeoffensive und schon so richtig abgefüllt war, dann ging es rauf in die VIP-Lounge. Können Sie sich ja wohl denken, was dann da oben passierte.»

«Ja. Der erste Schritt der Anwerbung zur Prostitution.»

«Die wurden erst mal ordentlich eingeritten. Wie doof kann man nur sein? Aber klappt ja seltsamerweise immer wieder.»

«Was?»

«Zuckerbrot und Peitsche. Kleine Geschenke und hohle Versprechungen. Baby, du allein bist meine ganz große Liebe, ich trage dich auf Händen, bald reiten wir dem Sonnenuntergang entgegen. Vielleicht ist ja tatsächlich mal eine Fahrt zum Flughafen drin, aber nur für eine Woche nach Malle, und danach gehst du schön brav für mich auf den Strich, und jeden Cent lieferst du schön brav bei mir ab, denn irgendwo muss die Kohle ja herkommen, die ich für meine Autos und meine Klamotten brauche, oder wie denkst du dir das? Und wenn du nicht parierst, gibt's gleich was auf die Schnauze. Aber vergiss bitte nie: Du allein bist meine ganz große Liebe.»

Becker schiebt ihr die Schachtel zu.

«Danke.»

«Gibt's noch eine Stufe drei?»

Sie zündet sich eine Zigarette an, nimmt einen tiefen Zug, um etwas Zeit zu gewinnen.

«Ja.»

«Wie ging die?»

«Wenn Stankovic eine ausgeguckt hatte, die perfekt dem Beuteschema entsprach, also jung, schön, naiv und frustriert, aber die zickte noch rum, ließ sich vielleicht auch nicht so einfach mit Alkohol abfüllen, aber er wollte sie unbedingt für seinen Stall, dann kamen eben die Schenkelspreizer zum Einsatz.»

«Was sind ...»

«Schenkelspreizer? So nannten Stankovic und seine Jungs die K.-o.-Tropfen. Ein paar ins Glas, und schon war die Sache geritzt. Meist passierte das noch unten an der Theke, weil sich das dort unauffällig bewerkstelligen ließ, die Theke stand ja an den Flatrate-Abenden immer komplett voll mit den schon vorbereiteten Wodka-Energy-Drinks, wo bei Bestellung nur noch ein paar Eiswürfel dazukamen ... und im Bedarfsfall eben ein paar K.-o.-Tropfen. Sie wissen, was das Zeug anrichtet?»

«Ja.»

«Hab ich mir gedacht. Jetzt kommt der Junge ins Spiel. Der beobachtet das nämlich zufällig ...»

«Der Jonas ...»

«Ja. Und dieser Idiot stürzt sich gleich auf eins der Thekenmädels und raunzt die an, er will jetzt auf der Stelle die Geschäftsführung sprechen, er werde dafür sorgen, dass der Laden von den Behörden für immer dichtgemacht wird. Außerdem habe er schon vorher beobachtet, dass in den Toiletten Drogen verkauft werden. Das Thekenmädel rief mich sofort an. Ich war vorne an der Kasse, ich hab dann gleich den Angelo alarmiert, wozu ist der schließlich Geschäftsführer.»

«Angelo Schumacher ...»

«Ja, klar. Wir hatten natürlich keine große Lust auf eine öffentliche Debatte im Saal, vor all den anderen Gästen, deshalb sagte ich dem Thekenmädchen, sie soll ihn nach vorne in den Kassenraum schicken. Durch das ganze entstandene Durcheinander passierte übrigens noch was, das hat der Student wahrscheinlich gar nicht mehr mitbekommen.»

«Was denn?»

«Nämlich, dass eine Frau das Glas mit den K.-o.-Tropfen in die Finger bekam und in einem Zug leer soff. Das war aber gar nicht für die bestimmt gewesen. Und für sie war das Zeug völliges Gift, weil sie schon jede Menge Alkohol getankt und vielleicht außerdem noch sonst was intus hatte. Jedenfalls fand man sie später bewusstlos in einer Kabine der Damentoilette, da kamen noch der Notarzt und der Rettungswagen, die Frau wurde ins Krankenhaus transportiert, Magen ausgepumpt. Aber da war der Junge ja schon tot.»

«Der Junge hatte einen Namen. Jonas hieß er.»

«Meinetwegen. Er kam jedenfalls in den Kassenraum, ließ sich an der Garderobe seinen Mantel geben und trabte dann zu mir an die Kasse und textete mich zu. Aber dann kam zum Glück auch schon der Angelo, der wurde auch gleich zugetextet. Und ich konnte mir den Knaben in Ruhe anschauen. Schicker Kurzmantel, Stoffhose, schickes Hemd, schicke Schuhe. So ein oberschlaues, verwöhntes Söhnchen aus besserem Hause, das zu wissen meint, wo es langgeht im Leben. So was seh ich auf den ersten Blick. Und natürlich legen die ihr Examen dann später mit summa cum laude ab und machen irgendwo Karriere. Wie ich sie hasse.»

«Können wir beim Thema bleiben? Sie reden über einen Menschen, den Sie überhaupt nicht kannten.»

«Ist ja gut. Jedenfalls fing er mit seiner Litanei wieder von vorne an. Er sorgt dafür, dass der Laden dichtgemacht wird und so weiter. Er sei angehender Jurist, er wisse, wie das geht. Angelo redete auf ihn ein, ja, mach du mal, und jetzt fahr mal schön nach Hause zu Mutti und schlaf dich aus. Morgen sieht die Welt schon wieder ganz anders aus. Der Angelo ist dann noch hinterher, bis vor die Tür, vorsichtshalber, wie er mir später erzählt hat. Da steht der Gast also draußen gleich vor der Eingangstür, mit seinem Handy in der Hand, und hat gerade eine Nummer gewählt. Als er den Angelo sieht, ist er ziemlich verlegen, redet wirres Zeug ins Handy und unterbricht die Verbindung. Vielleicht hat er sich ja ertappt gefühlt, vielleicht wollte er nicht, dass der Angelo mitkriegt, mit wem er gerade telefoniert. Dann geht er die Treppe runter, über den Platz, und biegt an der Straße nach rechts ab, in Richtung Bahn. Der Angelo hat noch einen Moment draußen gewartet, vorsichtshalber, dann ist er wieder reingekommen.»

«Und Sie?»

«Wie ... und ich?»

«Sie haben die Zeit genutzt und schnell per Handy eine Nachricht verschickt. An wen?»

«Ich?»

«Kommen Sie! Das haben wir alles auf Video! Wir können jetzt auch nach Düsseldorf fahren, da können Sie sich das gerne in aller Ruhe anschauen.»

Sie fixiert Becker. Wägt ab. «An den Roman Warnke. Stankovics Statthalter im Rheingold. Der wollte über solche Vorkommnisse immer sofort informiert werden. Der konnte sonst sehr unangenehm werden.»

«Was passierte dann?»

«Ein paar Minuten später stürmen der Rashid und der Otto an mir vorbei nach draußen.»

«Rashid Bassir und Ottokar Popow?»

«Ja. Und noch die blöde Jessi im Schlepptau.»

«Jessica Riske?»

«Ja. Immer dankbar, wenn sich mal jemand ein bisschen um sie kümmert. Eigentlich ganz lieb, die Jessi. Nur grenzenlos naiv. Und die gibt sich ausgerechnet mit diesen beiden Typen ab.»

«Welche Rolle hatten die beiden Typen?»

«Rashid und Otto? Jetzt enttäuschen Sie mich aber, Herr Becker. Die durften die Drogen im Rheingold verticken. Im Auftrag der Night Riders. Zusammen mit Jamal. Rashids Cousin. Das waren alles Stankovics Knechte. Normalerweise wären die Türsteher selbst hinterher, um zu checken, dass dieser Jonas auch tatsächlich abhaut. Hätten ihm vermutlich noch eine ordentliche Abreibung verpasst. Aber wie der Zufall es will, sind die Bullen in der Nähe. Unfreiwillig. Dummer Zufall. Die sind über die 110 gerufen worden, weil da jemand mit seiner Luxuskiste gegen einen Laternenpfahl gerauscht ist und sich dann aus dem Staub gemacht hat. Konnten die auf der Wache ja schlecht nein sagen. Die Anrufe bei der 110 werden aufgezeichnet. Kann später Ärger geben. Später stellt sich dann raus, dass die Kiste geklaut war. Der Fahrer wurde natürlich nie ermittelt.»

«Was Sie alles wissen!»

«Ja, da staunen Sie, nicht wahr? Jedenfalls schickt der Warnke deshalb lieber mal seine Knechte los. Nachgucken, ob sich der Jurastudent auch wirklich verpisst hat, notfalls mit einer kleinen Abreibung nachhelfen. Der Jamal kann aber gerade nicht, weil es nämlich dummerweise seine damalige aktuelle Freundin war, die versehentlich das Glas mit den K.-o.-Tropfen gekippt hat, die blöde Kuh. Aber Rashid und Otto sind natürlich gleich zur Stelle. Das war's.»

«Das war was?»

«Mehr weiß ich nicht.»

Becker betrachtet sie lange und schweigend. Sie hält seinem Blick mühelos stand.

«Nichts davon haben Sie vor fünf Jahren der Polizei erzählt.»

«Die wollten ja auch gar nichts von mir wissen. Noch weitere Fragen?»

«Ja, eine noch.»

«Und die wäre?»

«Warum haben Sie mir das jetzt alles erzählt?»

«Weil ich in zwei Stunden noch Kundschaft erwarte und schon deshalb keinen Bock habe, mit Ihnen nach Düsseldorf zu fahren. Und der Stankovic ist inzwischen weg. Über alle Berge. Muss keiner mehr Angst vor dem haben. Der kommt nicht wieder. Und weil das alles doch sowieso längst niemanden mehr interessiert. Das Rheingold gibt's nicht mehr, die Night Riders gibt's nicht mehr. Vielleicht war das alles ja nur ein böser Traum. Und außerdem: Weil ich jederzeit alles abstreiten kann, was ich Ihnen gerade erzählt habe. Sie haben keine Zeugen. Sie haben's ja nicht mal auf Band.»

«So kann man sich irren, Frau Neumann.»

Becker hält sein Handy hoch und drückt die Stopptaste. Birgit Neumann schluckt. Aber sie fängt sich erstaunlich schnell.

«Das dürfen Sie gar nicht verwenden. Ist verboten. Sie hätten mich vorher fragen müssen. Das akzeptiert kein Gericht.»

Becker steht auf. «Frau Neumann, ich habe gar nicht die Absicht, dies einem Gericht vorzuspielen. Ich will es nur mal den Eltern des Jungen vorspielen. Ich finde, die haben ein Recht darauf, endlich zu erfahren, warum ihr Kind sterben musste. Können Sie eigentlich nachts gut schlafen? Bemühen Sie sich nicht. Bleiben Sie sitzen! Ich finde alleine raus.»

Als Becker in den Wagen steigt, hat er das dringende Bedürfnis, sich zu übergeben. Er unterdrückt den Würgereiz. Er startet den Motor und fährt los. Bis er außer Sichtweite ist. Dann stoppt er am Straßenrand und öffnet die Fahrertür.

FREITAG, 2. NOVEMBER 2018

Aus dem Fenster des Zimmers hat man einen schönen Blick auf die ohne Eile dahinfließende Ahr, auf den gepflegten Kurpark, den soeben ein Gärtner mit seiner Schubkarre durchquert, auf die längst abgeernteten Weinberge im Hintergrund, das opulente Jugendstil-Gebäude des Kurhauses, das schneeweiß getünchte Kurhotel, das sich wie die Kulisse eines Märchenfilms aus dem Tal erhebt.

«Schöner Ausblick.»

«Am Anfang stand ich dauernd am Fenster, so wie Sie jetzt. Konnte ich mich gar nicht sattsehen. Aber das gibt sich mit der Zeit. Mit der Zeit wird alles Gewohnheit. Die schönen Dinge, die schlechten Dinge. Sonst würde man die schlechten Dinge im Leben ja auch gar nicht aushalten.»

Vera Voss wendet sich vom Fenster ab und betrachtet die junge Frau, die auf der Bettkante des Patientenzimmers sitzt. «Und was überwiegt derzeit in Ihrem Leben? Die schönen Dinge? Oder die schlechten?»

Svenja Schultheiß antwortet nicht sofort. Sie muss offenbar erst darüber nachdenken. «Weder noch. Weil: Ist ja nicht das echte Leben hier. Ist wie ein Vakuum. Als wäre ich in Watte gepackt. So fühlt sich das an. Der Welt dadraußen ist es egal, was hier drinnen passiert. Vielleicht gucke ich auch deshalb nicht mehr so oft aus dem Fenster.»

Vera Voss setzt sich neben die Frau aufs Bett. «Sollen wir vielleicht einen kleinen Spaziergang unternehmen? Hätten Sie Lust? Und danach lade ich Sie zu einem ...»

«Nein.»

«Okay. Bleiben wir also hier.»

«Was machen Sie eigentlich bei der Polizei? Sie sehen irgendwie nicht so aus wie ...»

«Nicht wie eine echte Polizistin?»

«Ja.»

«Bin ich ja auch nicht. Ich arbeite als Psychologin beim Landeskriminalamt Nordrhein-Westfalen.»

«Hier ist aber Rheinland-Pfalz.»

«Ich weiß.»

«Und da hat Ihr Chef sich gedacht: Schicken wir doch mal besser unsere Psychotante zu der Psychotante.»

«So ähnlich. Nur von Psychotante war keine Rede.»

Svenja Schultheiß dreht und wendet die Visitenkarte in ihren Händen und studiert den sparsamen Text. «Doktor sind Sie?»

«Ja. Ich habe in Psychologie promoviert.»

«Ich dachte, Doktor sind nur Ärzte. Zahnärzte, Augenärzte. Die Psychiater hier sind auch Doktor.»

«Sehen Sie? Da haben Sie jetzt was dazugelernt.»

«Ich lerne hier jeden Tag dazu. Sie hätten mich vor sechs Wochen sehen sollen. Als ich hier eingeliefert wurde.»

«Eingeliefert?»

«Sagt man doch so. Eingeliefert in die Klapse. Ist aber Quatsch. Weil ... ich bin ja freiwillig hier.»

«Und was hätte ich vor sechs Wochen gesehen?»

«Ein Wrack. Wie ein Zombie hab ich ausgesehen. Wissen Sie, was ein Zombie ist?»

«Ja.»

«Gucken Sie manchmal Zombie-Filme?»

«Nein. Geht's Ihnen denn inzwischen besser?»

Sie lacht und kratzt sich am Knie. Das T-Shirt hat in Bauchhöhe einen faustgroßen Kaffeefleck. Sie trägt weder Schuhe noch Strümpfe. Der schwarze Nagellack auf den Fußnägeln ist teilweise abgeblättert. Der Nagellack auf den Fingernägeln ebenfalls. Sie streicht sich die fettigen, strähnigen Haare aus dem Gesicht. Svenja Schultheiß gehört zu jenen Frauen, die je nach Gemütsverfassung aussehen wie frisch aus einer Modezeitschrift entsprungen oder wie soeben aus der Gosse gezogen. Es gibt nichts dazwischen.

«Haben Sie eine Ahnung, was Vollentzug bedeutet?»

«Nur in der Theorie. Drogen, Alkohol, Medikamente, Nikotin, alles auf einmal. Ich bin keine Therapeutin. Aber das ist ja wohl der Therapieansatz in dieser Klinik, habe ich vorhin unten im Empfang in einer Broschüre gelesen.»

«Es ist die Hölle. Das gönne ich meinem ärgsten Feind nicht. Aber ich hab's ja so gewollt. Selber schuld.»

«Wie lange werden Sie noch hierbleiben?»

«Weiß nicht. Das muss von den Ärzten immer wieder neu beantragt werden. Also die Verlängerungen. Zum Glück hab ich so 'ne private Zusatzversicherung. Hab ich mich irgendwann mal bequatschen lassen, im besoffenen Kopp, von 'nem Typen, der war echt nett, der war Versicherungsvertreter, hab ich zufällig mal inner Kneipe kennengelernt. Sah gar nicht aus wie so ein Versicherungsvertreter. Wollte ich immer mal kündigen. Also nicht den Typen, den hätt ich schon noch eine Weile behalten, aber der hat sich irgendwann vom Acker gemacht. Sondern die Versicherung. Zum Glück hab ich's nicht gemacht. Sonst könnt ich das hier gar nicht bezahlen.»

«Frau Schultheiß, ich würde gerne mit Ihnen über die Nacht reden, als der Junge ums Leben kam.»

«Ja, das hab ich mir schon gedacht. Aber da kann ich Ihnen nichts zu sagen. Nämlich als das passiert ist draußen, da war ich drinnen und schon weggeschossen.»

«Weggeschossen?»

«Ich hatte vorher schon ganz ordentlich was geballert, also Alkohol, und noch was anderes eingeworfen, hab schon wieder vergessen, was das war, und dann hab ich mein Glas verwechselt, also aus Versehen nach dem Glas danebengegriffen, ex und hopp, aber in dem anderen Glas, da war was drin gewesen, hat mir der Jamal in dem Moment gesagt, der war echt erschrocken, der guckte mich mit großen Augen an, und ab dem Moment weiß ich nichts mehr. Ich bin erst wieder wach geworden, da hatten sie mir im Krankenhaus schon den Magen ausgepumpt. Stunden später.»

«Im Bad Hombacher Krankenhaus.»

«Ja. Und die haben mich dann am nächsten Tag in die LVR-Klinik nach Rheinheim eingewiesen. Geschlossene. Weil ich im Tran irgendwas gelallt haben soll, dass ich nicht mehr leben will oder so. Da hatten die wohl Angst, ich tu mir was an.»

«Und? War das so? Wollten Sie nicht mehr leben?»

«Blödsinn!»

«Wenn das ein Versehen war: Wissen Sie denn, für wen das Glas mit den K.-o.-Tropfen bestimmt war?»

Sie lacht. Das Lachen klingt verächtlich. «Frau Doktor, Sie haben wahrscheinlich noch nicht so viel mitgemacht in Ihrem Leben, denk ich mir mal. Sonst würden Sie nicht so naive Fragen stellen.»

«Ehrlich gesagt, halte ich umgekehrt Sie für reichlich naiv, auch wenn es mir scheißegal ist, warum Sie sich Ihr bisheriges Leben völlig versaut haben. Jeder ist nun mal seines Glückes Schmied. Fest steht: Sie sind hier drin, und ich bin es nicht. Es ist mir auch scheißegal, warum Sie einem alten Sack und Knastbruder das Bett wärmten, der Ihr Vater hätte sein können, aber nun mal Jessicas und Vanessas Vater ist. Ich bin nur hier, um rauszukriegen, warum ein Neunzehnjähriger sterben musste, der niemandem was getan hat. Krieg ich das in Ihren Schädel rein, dass es jetzt mal einen Augenblick lang nicht um Sie und Ihr schweres Schicksal geht? Ja? Dann beantworten Sie bitte jetzt einfach meine Fragen!»

Vera Voss weiß, dass ihr Monolog so ziemlich allem widerspricht, was sie während ihres Studiums über den Umgang mit Suchtpatienten gelernt hat. Und sie erinnert sich, was Mohr an ihrem ersten gemeinsamen Abend in Köln sagte: *Ich bin darauf trainiert, Menschen zu befragen. Allerdings nicht, um ihre Seelen zu heilen. Sondern um die Wahrheit herauszufinden. Und je näher ich der Wahrheit komme, desto größer wird die Gefahr, dass ich dabei Seelen verletze.* Und auch wenn sie diese ordinäre Sprache hasst: Ihr gespielter Wutausbruch zeitigt die beabsichtigte Wirkung.

Svenja Schultheiß starrt ins Leere. «Nein.»

«Was nein? Könnten Sie bitte in ganzen Sätzen reden?»

«Nein, ich habe keine Ahnung, für wen das Glas bestimmt war. Die Nummer lief ja ständig in dem Laden. Sahen doch alle gleich aus, diese Tussen.»

«Weiter!»

«Aber ich kann Ihnen sagen, welche Rolle der Jamal in dem Laden hatte. Jedenfalls, als ich ihn kennenlernte.»

«Welche denn?»

«Jamal war der Loverboy.»

«Was ist das?»

«Die Mädels anbaggern. Die standen ja nicht automatisch alle auf diese Muskelmänner von den Night Riders. Manche schon. Manche nicht. Wenn Stankovic eine Rekrutin ins Auge gefasst hatte, die eine Sonderbehandlung benötigte, dann wurde eben der Jamal engagiert. Der bekam dann ein Extrahonorar dafür. Frau Doktor, ich weiß ja nicht, ob Sie überhaupt auf Männer stehen. Aber haben Sie den Jamal mal gesehen?»

«Nein.»

«Da haben Sie aber was verpasst. Den stößt man nicht von der Bettkante. Kein Gramm Fett. Und einen kleinen Knackarsch hatte der, meine Güte. Und diese Augen. Kohlrabenschwarze Augen. Wenn der eine ansah, war's um die geschehen. Der Jamal hätte auch als Model Karriere machen können. Und obwohl er in dem

Laden für die Night Riders die Drogen vertickte, nahm er selbst keine. Absolut clean. Im Gegensatz zu seinem völlig durchgeknallten Cousin, der ständig druff war. Und außerdem ziemlich hässlich. Kein Vergleich mit Jamal. Der trank nicht mal Alkohol. Wegen seiner Religion, hat er mir mal gesagt. Mein Gott, jetzt werd ich richtig wehmütig.»

«Waren Sie ebenfalls Opfer?»

«Ich? Opfer? Quatsch. Ich hab doch überhaupt nicht ins Beuteschema der Night Riders gepasst. Viel zu alt, viel zu fett, und außerdem leider zu viel in der Birne.»

Vera Voss wirft einen irritierten Blick auf die junge, völlig normalgewichtige Frau neben ihr. Svenja Schultheiß entgeht das nicht. Wieder taucht der verächtliche Zug um ihren Mund auf. «Das geht nach Angebot und Nachfrage. Und der Markt will diese Magerfrettchen, die aussehen wie Kinder. Achtzehn, neunzehn, gern auch noch jünger. Und möglichst doof. Und möglichst frustriert sollten die Tussen sein, macht die Sache leichter. Dann sind die nämlich hin und weg, wenn sich mal einer ihren albernen Scheiß anhört und ihre kleinen Problemchen ernst nimmt. Glauben Sie mir, die Nummer mit den Loverboys läuft überall. Von Hamburg bis München. Und sie funktioniert. Natürlich nicht bei jeder. Wenn es nur bei jeder zehnten Tusse funktioniert, dann hat sich der Aufwand schon gelohnt. Der Markt benötigt nämlich ständig Frischfleisch. Und Jamal war ziemlich gut darin.»

«Und wie war das mit Ihnen und ihm?»

«Das war was anderes. Ich wollte das Sahneschnittchen einfach mal haben. Ich hab damals nichts anbrennen lassen. Und wenn der Jamal auch nicht süchtig nach Drogen oder Alkohol war: Süchtig nach Sex war er. Glauben Sie mir: Ich hab noch jeden gekriegt, den ich haben wollte. Ich weiß, wie man das macht. Ist gar nicht so kompliziert, wie manche Frauen denken.»

Svenja Schultheiß grinst ihrer Besucherin triumphierend ins

Gesicht. Sie scheint offenbar einen Heidenspaß daran zu haben, die fremde Frau mit der Visitenkarte und dem Doktortitel zu provozieren. Lange währt die Freude nicht.

Vera Voss verzieht keine Miene, als sie sagt: «Haben Sie eine Ahnung, warum die Bassir-Brüder in diesem Augenblick überall nach Ihnen suchen?»

Das Grinsen verschwindet. «Nach mir?»

«Ja. Nach Ihnen.»

Der letzte Rest Farbe weicht aus ihrem Gesicht.

«Also?»

«Was also?»

«Warum suchen die Bassir-Brüder Sie?»

«Das kann ich Ihnen nicht sagen.»

«Können Sie nicht, weil Sie es nicht wissen, oder können Sie nicht, weil Sie nicht wollen?»

«Weil ich nicht will.»

«Okay. Verstehe. Ist ja auch Ihre Sache.» Vera Voss erhebt sich von der Bettkante und greift nach ihrem Mantel. «Viel Erfolg beim Entzug. Und passen Sie gut auf sich auf.»

«Sie müssen mich beschützen!»

«Schwierig. Ist ja Rheinland-Pfalz hier.»

MITTWOCH, 7. NOVEMBER 2018

Ein wunderbarer Herbsttag. Etwas frisch vielleicht, 15 Grad Höchsttemperatur, aber den ganzen Tag strahlt die Sonne vom makellos blauen Himmel. Um 17.05 Uhr stürmen Kräfte der Kölner Bereitschaftspolizei, zwei SEK-Teams aus Köln, zwei SEK-Teams aus Düsseldorf sowie zwei Einheiten der in Hangelar stationierten GSG 9 zeitgleich sechs nicht registrierte Bordelle im Rheinland, allesamt in unscheinbaren, älteren Einfamilienhäusern außerhalb der großen Städte mitten in den Gewerbegebieten des Speckgürtels zwischen Köln und Rheinheim untergebracht.

«Bei solchen Einsätzen wird weder angeklopft noch geklingelt», versichert mit dramatischer Stimme ein Sprecher des Landeskriminalamtes NRW um 19.15 Uhr im für ihn fußläufig erreichbaren WDR-Landesstudio Düsseldorf live vor der Studiokamera der *Aktuellen Stunde.* «Die Türen wurden deshalb robust geöffnet.» Die markigen Sprüche hat er drauf, das mögen die Leute, und deshalb mögen ihn die Fernsehleute. In der Nachrichtensendung des WDR-Fernsehens bezeichnet der LKA-Sprecher den Einsatz als «erfolgreichen Schlag gegen die organisierte Kriminalität». Man habe Dutzende illegale Waffen sichergestellt, von Springmessern über diverse Faustfeuerwaffen bis hin zu drei vollautomatischen Sturmgewehren des Typs Kalaschnikow AK-47, die in Deutschland zu den verbotenen Kriegswaffen zählen. Ferner seien Drogen in beachtlichen Quantitäten sowie Euro-Bargeld in sechsstelliger Höhe sichergestellt worden. Insgesamt habe man in den Räumlichkeiten 23 Personen ohne gültige Aufenthaltserlaubnis angetroffen, in einem Fall liege ein Haftbefehl aus Spanien vor. «Drei Personen versuchten sich der Überprüfung durch Flucht zu entziehen, konnten aber unmittelbar festgenommen werden.»

Um 20.30 Uhr klingelt Mohr an der Tür des schlichten Reihenhauses im Rheinheimer Westen. Heinz Oestrich öffnet und guckt, als hätte er schon auf ihn gewartet. «Komm rein. Hab's eben im Fernsehen gesehen.»

Sie setzen sich in die Küche. Oestrich registriert Mohrs Blick.

«Sie schläft schon. Geht ihr nicht so gut im Moment. Die Schmerzen kriegt man zwar mit den Medikamenten halbwegs in den Griff. Aber die Nebenwirkungen sind natürlich immens. Und die depressiven Phasen nehmen in letzter Zeit zu. Sie hat keinen Lebensmut mehr.»

Mohr weiß nicht, was er sagen soll. Was nicht nach billigem Ratschlag klingt, der mehr schlägt als rät. Was nicht nach schon tausendmal gesagt klingt. Also wechselt er das Thema: «Und deine Enkelin?»

«Ist mit ihrer Mutter für ein paar Tage bei meiner Schwester an der Ostsee. Bisschen Tapetenwechsel. Mal was anderes sehen und fühlen als diesen Tod auf Raten. Ist auch für die Kleine nicht einfach, ihre geliebte Omi so leiden zu sehen. Und für meine Tochter auch nicht. Kommen aber morgen wieder.»

«Wie alt ist die Kleine jetzt?»

«Die Emma? Dreieinhalb. Das hast du mich übrigens schon gefragt, als wir uns vor zwei Monaten mittags beim Italiener getroffen haben. Tom, du musst mich nicht solche Sachen fragen, wenn es dich nicht wirklich interessiert. Du musst hier nicht auf höflich machen. Wir können auch gleich zur Sache kommen. Einverstanden? Also: Weshalb bist du hier?»

«Entschuldige bitte.»

«Angenommen. Bei dir liegen die Nerven blank, bei mir liegen die Nerven blank. Willst du was trinken?»

«Was hast du denn im Angebot?»

«Willste vielleicht ein schönes, eiskaltes Frühkölsch? Oder bist du noch im Dienst?»

«Beide Fragen kann ich mit ja beantworten.»

Sie lachen. Das Lachen tut gut. Heinz öffnet den Kühlschrank und nimmt zwei Flaschen heraus. Mohr blickt durch die Fensterscheibe in die Nacht. Nichts zu sehen. Aber zu hören, selbst durch das geschlossene Fenster. Das stetige Brummen der Stadtautobahn am Ende des winzigen Gartens. Trotz der betongrauen Lärmschutzwand, die Heinz begrünt hat, damit man sie nicht mehr sieht.

«Ich müsste mal Fenster mit moderner Dreifachverglasung einbauen lassen», sagt Heinz und setzt sich wieder. «Aber im Moment fehlt dafür das Geld. Prost.»

Sie trinken aus der Flasche. Weil sie es schon immer so gehalten haben, wenn sie miteinander trinken.

«Tom, da hast du aber echt Glück, mich mal wieder zu ziviler Zeit zu Hause anzutreffen.»

«Wieso?»

«Der alte Mann war zwischenzeitlich zum Hambacher Forst abkommandiert. Und mit mir mal 1000, mal 2000, manchmal auch 3000 Kollegen. Fünf Wochen lang, von frühmorgens bis spätabends, sieben Tage die Woche. Das Rheinheimer Präsidium lief genau wie das Kölner nur noch auf Sparflamme, die Drogendealer im Kurfürstenpark werden sich die Hände gerieben haben. Dass du eine schwer krebskranke Frau zu Hause hast, interessiert keinen, wenn die Staatsräson in höchster Gefahr ist. Aber ist ja jetzt zum Glück vorbei. Vorläufig jedenfalls. Dank des Oberverwaltungsgerichts Münster. Wenn du in deinem Garten einen einzelnen Baum, den du selbst gepflanzt hast, abmachen willst, rückt gleich die städtische Baumkommission an, um das Weltklima zu retten. Wenn aber so ein Konzern Milliarden scheffelt, indem er Wälder und Dörfer schleift, um an die Kohle zu kommen, dann macht sich der Staat zum Büttel.»

«Was hast du denn da gemacht?»

«Im Hambacher Forst?»

«Ja. Ich versuche mir gerade vorzustellen ...»

«Ich haue keine jungen Leute, die gute Gründe haben, einen Wald zu besetzen. Das habe ich der Einsatzleitung gleich gesagt. Ich turne in meinem Alter auch nicht mehr auf Bäumen rum. Also haben sie mich hinter der Front mit Logistikaufgaben betraut. Will heißen: Ich hab mich darum gekümmert, dass unsere Jungs zwischendurch was zu essen kriegten. Und für die Besetzer in den Baumhäusern konnte ich auch schon mal was abzweigen. Trinkwasser in Kanistern zum Beispiel. Denn die kamen ja nicht mehr raus aus dem Wald. Das war alles wie im Mittelalter. Die Belagerung und Eroberung einer feindlichen Stadt.»

«Räumung aus Brandschutzgründen. Zum Schutz der Baumhausbewohner. Wie fürsorglich von der Heimatministerin. Respekt, darauf muss man erst mal kommen.»

«Das Innenministerium hatte zwischenzeitlich verfügt, dass Zwölf-Stunden-Tage für uns jetzt mal eben die Regel sind. Einfach so. Kannste nix gegen machen. Beamtengesetz. Unsere lieben Gewerkschafter von der GdP hatten zwar schon angekündigt, dann könnten wir eben nicht mehr am Wochenende die Fußballstadien in NRW beschützen, wegen der vielen Überstunden, aber das sind natürlich alles nur leere Drohungen. Das wissen die auch ganz genau. Eine Million neue Überstunden durch den Hambacher Forst, hat die GdP ausgerechnet. Wir gehen alle auf dem Zahnfleisch.»

«Glaub ich dir sofort, Heinz.»

«Also? Weshalb bist du hier?»

«Du hattest beim Mittagessen vor zwei Monaten versprochen, dich bei mir zu melden.»

«Stimmt. Und ich hatte dir bei dieser Gelegenheit das Versprechen abgenommen, dich nicht bei mir zu melden.»

«Stimmt. Und jetzt?»

«Jetzt sitzen wir hier und trinken.»

«Wie früher.»

«Nichts ist mehr wie früher.»

«Vielen Dank übrigens für die BKA-Studie.»

«Keine Ursache.»

«Was da drinsteht, hat mich echt geplättet.»

«Mich auch.»

«Wo hast du die her?»

«Nächste Frage!»

«Kann es sein, dass Roman Warnke heute von einem eurer Leute gewarnt wurde?»

«Wie kommst du darauf?»

«Wir haben seit neun Tagen Zielfahnder an ihm dran. Die

sechs Häuser, die wir heute gefilzt haben, gehören alle zu seiner Tour. Er sammelt das Geld ein. Für wen auch immer.»

«Die ganze Aktion heute war also nur dazu da, den Warnke zu erwischen?»

«Behalt's für dich. Wir hatten die Razzia exakt so geplant, dass wir ihn in einem bestimmten der sechs Häuser angetroffen hätten. Das war der Plan. Ihn ganz zufällig bei der Ausübung seines Jobs anzutreffen. Möglicherweise mit Belastbarem zu erwischen. Ihn emotional aus der Reserve zu locken und zu einer unbedachten Handlung zu verleiten. Du ahnst, wie sich das aus nächster Nähe anfühlt, wenn ein Haus von der GSG 9 gestürmt wird.»

«Ich war mal live dabei. Lange her. Vergess ich mein Lebtag nicht.»

«Jedenfalls war der Plan, ihn mitzunehmen, dann vielleicht zwei Stunden in der Arrestzelle schmoren zu lassen und ihn richtig unter Druck zu setzen. Wir haben Leute, die sind da ziemlich gut drin. Hätte vielleicht auch funktioniert. Er war tatsächlich auf dem Weg zu einem Bordell in Hürth, das auf unserer Liste stand, und nur noch 200 Meter vom Haus entfernt, als er einen Anruf auf seinem Handy kriegte und auf der Stelle abdrehte. Zu spät, um die ganze Aktion noch abzublasen. Es soll ja keiner wissen, dass ich das alles nur wegen dem Warnke angestoßen habe.»

«Noch ein Kölsch?»

Oestrich wartet die Antwort nicht ab, sondern steht auf, holt zwei neue Flaschen aus dem Kühlschrank und stellt sie auf dem Küchentisch ab. Dann greift er in einen der Oberschränke, wühlt eine Weile darin herum, bis er findet, was er sucht, und stellt Mohr einen Aschenbecher vor die Nase. «Du kannst ruhig rauchen hier. Ich kann ja später das Fenster aufmachen und die Nacht über lüften.»

Mohr schüttelt stumm den Kopf.

«Du kannst auch gern hier übernachten, Tom. Eine frische Zahnbürste finde ich schon noch für dich.»

«Was ist los bei euch, Heinz?»

«Bei mir hier zu Hause?»

«Nein. Bei dir in der Firma.»

Oestrich nimmt einen Schluck aus der Flasche, stellt sie wieder ab, legt die Stirn in Falten, starrt auf die Tischplatte.

«Ich will's jetzt wissen, Heinz! Was ist los bei euch? Warum wurde der Fall Jonas Barthold nicht aufgeklärt? Warum lief das von Anfang an schief? Das mit der Geldbörse können wir allerdings gleich überspringen. Das hatten wir schon. Wir müssen uns nicht über die Dämlichkeit und Borniertheit der Kollegen bei der Aufnahme des Autounfalls unterhalten, die nicht checken, dass der Junge in seiner panischen Angst damit ein Signal geben wollte. Einen Hilferuf absetzen wollte. Anschließend den Eltern zu erzählen, man habe die Börse am Rheinufer gefunden und man gehe deshalb von Suizid aus, ist zwar unfassbar, aber das überspringen wir jetzt ebenfalls mal. Auch über die völlig vergeigten Ermittlungen in den ersten Wochen brauchen wir nicht zu reden, so unverzeihlich das war.»

«Der Böck hatte damals ...»

«Ja, ich weiß inzwischen auch, dass der Kriminalhauptkommissar Dietmar Böck private Probleme hatte, die Frau war ihm kurz vorher weggelaufen, hat ihn wegen eines Typen mit richtig viel Geld verlassen, dumm gelaufen, da kann so ein kleiner KHK mit seinem Gehalt nicht mithalten, Pech für ihn, tragisch, hat offenbar sein Ego mächtig angekratzt. Aber dann hätte er eine Weile Urlaub nehmen oder sich krankschreiben lassen sollen oder den Fall jemand anderem übertragen und derweil Fahrraddiebstähle bearbeiten. Am besten für immer. Statt mit seiner unglaublichen Arroganz alle Hinweise auf ein Fremdverschulden konsequent zu ignorieren. Heinz, du zum Beispiel hättest wahrlich allen Grund, wegen privater Probleme deinen Job zu vernachlässigen. Und? Vernachlässigst du deinen Job, weil du private Sorgen hast?»

Statt auf die Frage zu antworten, steht Oestrich auf, schließt die Küchentür, setzt sich wieder.

«Entschuldige, Heinz. Ich war wohl zu laut.»

«Alles gut.»

«Über Takt und Anstand und Respekt gegenüber traumatisierten Opferangehörigen will ich jetzt ebenfalls nicht mehr mit dir reden. Nein, ich will was anderes von dir wissen: Wer in deinem Laden hat ein Interesse daran, dass dieser Fall niemals aufgeklärt wird? Wer in deinem Laden hatte ein Interesse daran und damals dafür gesorgt, dass Roman Warnke nirgendwo in der Ermittlungsakte auftaucht? Und wer in deinem Laden könnte ihn heute rechtzeitig vor der Razzia gewarnt haben?»

Mohr sitzt aus alter Gewohnheit so, dass er außer dem Fenster auch die Küchentür im Blick hat. Die Klinke geht nach unten, und augenblicklich versetzen die Rezeptoren seines Nervensystems seinen Körper in höchste Alarmbereitschaft.

Es ist Ellen. Sie lehnt sich gegen den Türrahmen, als fehle ihr die Kraft, länger frei zu stehen. Der Bademantel wird ihr mal gepasst haben, vor langer Zeit. Jetzt ist er drei Nummern zu groß. Ihr Haar ist grau und stumpf, ihr Gesicht einem Totenschädel ähnlicher als dem Gesicht der attraktiven, lebenslustigen Frau, die Mohr in seinem Gedächtnis konserviert hat.

«Hallo, Tom. Schön, dich zu sehen.»

«Hallo, Ellen. Tut mir sehr leid, dass ich dich mit meinem lauten Gequatsche geweckt habe.»

«Ich war sowieso wach. Ich hab vorhin schon dein Auto gehört, auch wenn du extra langsam gefahren bist. Aber das Motorengeräusch des Alfa ist nun mal unverkennbar, jedenfalls für mich. Musik in meinen Ohren.»

Ellen hegte stets schon eine Leidenschaft für schöne alte Autos. Auch dafür liebt Mohr sie.

«Setz dich doch zu uns, Ellen.»

Sie schüttelt den Kopf. Wie in Zeitlupe. Die Stimme klingt

seltsam dünn. «Nein. Ihr habt sicher viel zu besprechen. Ich wollte dich nur noch mal sehen, Tom. Siehst gut aus.»

Mohr geht zu ihr, nimmt sie in den Arm und küsst sie. Als sie sich aus seiner Umarmung löst, lächelt sie.

Heinz bringt seine Frau zurück ins Schlafzimmer im ersten Stock. Mohr hört durch die offene Küchentür, wie er leise mit ihr schimpft, weil sie ohne seine Hilfe die Treppe benutzt hat. Mohr verlässt die Küche, öffnet in der Diele die hintere Tür, die hinaus zum Garten führt, betritt die Terrasse, setzt sich auf die altmodische Hollywoodschaukel, zündet sich eine Zigarette an und nimmt einen tiefen Zug.

Oestrich ist zurück, kaum dass Mohr die Zigarette aufgeraucht hat. Die angebrochenen Kölschflaschen in der Hand, schaukeln und schweigen sie eine Weile, lauschen dem unablässigen Rauschen der Stadtautobahn.

«Die Hollywoodschaukel habt ihr schon ewig, stimmt's?»

«Stimmt. Sind ja inzwischen aus der Mode gekommen.»

«Ich find's schön, hier zu sitzen und zu schaukeln.»

«Ich auch. Ist dir nicht zu kalt?»

«Nein. Machen wir weiter?»

«Tom, was ich dir jetzt erzähle, ist keine Rheinheimer Besonderheit. Auf diese Feststellung lege ich größten Wert. Aus diesem Grund hatte ich dir auch das BKA-Papier mit der wissenschaftlichen Studie geschickt. Das ist ein bundesweites Problem. Ich lege außerdem größten Wert darauf, dass der überwiegende Teil der Kollegen bei der Rheinheimer Polizei einen guten Job macht. Manche sind begabter, manche sind fleißiger, manche sind auch höflicher als andere. Da ist jede Polizeibehörde nichts weiter als ein Spiegel unserer Gesellschaft. Aber es gibt bei uns eine Menge engagierte Kollegen, die sich den Arsch aufreißen, damit der Rechtsstaat diesen Namen verdient. Auch wenn uns die Politiker und diese Karrieristen im Düsseldorfer Innenministerium den Job immer schwerer machen.»

«Hab ich kapiert, Heinz. Hatten wir ja schon lang und breit beim Mittagessen vor zwei Monaten diskutiert.»

Heinz nimmt einen Schluck aus der Flasche. Was er zu sagen hat, fällt ihm sichtlich schwer. «Es gibt innerhalb der uniformierten Rheinheimer Schutzpolizei einen Kreis, der nicht sauber ist.»

«Was heißt das?»

«Die bilden so eine Art inoffizielle Notgemeinschaft. Ja, so nennen die sich untereinander: Notgemeinschaft der Rheinheimer Schutzpolizei. Klingt gut, oder? Klingt doch wie ein harmloser Wohltätigkeitsverein. Klingt so, als hätte das den Segen aller Kollegen. Dem ist nicht so.»

«Okay.»

«Die kamen auch mal auf mich zu, als man bei Ellen den Tumor festgestellt hat und unsere Tochter schwanger wurde und sich der Kindsvater aus dem Staub gemacht hat. Zurück in den Sudan, das Arschloch. Hatte ich dir doch erzählt, oder?»

«Das mit dem Sudanesen ja. Das mit der Notgemeinschaft nicht. Was wollten die denn von dir?»

«Mir finanziell unter die Arme greifen. Klang sehr verlockend, muss ich zugeben. Aber als ich Fragen stellte, haben die ganz schnell einen Rückzieher gemacht. Mir begegnet man sowieso mit einer gewissen Distanz, weil ich ja ursprünglich von der Kripo komme. Du kennst das ja. Zwei Welten. Bis heute.»

«Wer war dein Kontaktmann?»

«Kontaktmann?»

«Wer von dieser Notgemeinschaft hatte denn damals den Kontakt zu dir aufgenommen?»

«So läuft das nicht. Ich hatte eines Tages einen Brief in meinem Spind. Sehr nett formuliert, allerdings ohne Absender, da wurde plausibel erläutert, um was es bei der Notgemeinschaft gehe, nämlich um Solidarität und sich gegenseitig unter die Arme greifen in diesen miesen Zeiten, und dass man von meiner privaten Notlage gehört habe und man mir finanziell helfen wolle. Falls ich Interesse hätte, Mitglied zu werden, dann solle ich einfach über eine angegebene Mailadresse um Kontaktaufnahme bitten. Ich solle mich aber bitte schön beeilen, weil die Mailadresse aus Sicherheitsgründen monatlich geändert werde. Sie lautete damals *pruegelknaben@googlemail.com.*»

«Wie originell. Was hast du gemacht?»

«Ich habe an diese Adresse gemailt. Aber nicht, dass ich einen Kontakt wünsche, sondern dass ich erst einmal genau wissen wolle, welche Gegenleistung man dafür von mir verlange. Daraufhin habe ich nie mehr was gehört.»

«Wie kommen die an ihr Geld?»

«Das fängt doch schon im Kleinen an. Du wirst zur Aufnahme eines Verkehrsunfalls gerufen. Okay, alles erledigt, Schuldfrage geklärt, Zeugen notiert, alles vermessen und fotografiert, reine Routine, aber das Fahrzeug ist nicht mehr fahrtüchtig, muss also abgeschleppt werden. Möglichst rasch, bevor der Feierabendverkehr die Stadt in weiteres Chaos stürzt. Welches der vielen tüchtigen Abschleppunternehmen in Rheinheim und im nahen Umkreis rufst du denn jetzt an? Vielleicht das, das so freundlich war und das Buffet der letzten Weihnachtsfeier auf der Wache gesponsert hat?»

«Verstehe.»

«Versteh mich aber bitte nicht falsch. Ich will das Problem nicht kleinreden. Das Problem kann man nämlich nicht mehr kleinreden. Sondern nur erklären, wie so etwas anfängt. Anfangen kann. Und wenn es einmal angefangen hat, entwickelt das eine Eigendynamik. Erst der Frust. Wir sind die Prügelknaben der Nation und all die Sprüche. Der Überstundenberg, der schwindende Respekt auf der Straße, das Ausbaden politischer Fehlentscheidungen. Ist die Sache einmal angelaufen, kommt ganz schnell die Gier. Die Gier ist wie eine Seuche. Dann folgt die Angst vor der Erpressbarkeit. Damit schließt sich der Teufelskreis, aus dem es kein Entrinnen mehr gibt. Und über allem schwebt dieser verdammte Corpsgeist. Alle schweigen. Omertà. Wie bei der sizilianischen Mafia. Um langsam mal auf den Punkt zu kommen: Zwischen den Night Riders, die nicht mehr zu existieren scheinen, und der Notgemeinschaft der Schutzpolizei, die vielleicht nach wie vor existiert, gab es eine Geschäftsbeziehung. Die Exekutive des Staates und das organisierte Verbrechen arbeiteten Hand in Hand.»

«Wie hat diese Zusammenarbeit konkret ausgesehen?»

«Erst gab es diesen Deal: Wir, die Night Riders, sparen euch, der Polizei, viel Zeit und Arbeit, indem wir uns um Sicherheit und Ordnung im Rheingold und rund um das Rheingold kümmern. Wir nehmen euch freundlicherweise die Drecksarbeit ab. Dafür lasst ihr uns schön in Ruhe. Bei unseren Geschäften im Rheingold. Im nächsten Schritt fließt dann Geld für diverse Dienstleistungen. Anzeigen wegen Körperverletzung werden im Keim erstickt, rechtzeitige Warnung vor der nächsten Razzia. Alles lief wunderbar geschmeidig. Alles hätte so weiterlaufen können. Aber dann kam die Nacht zum 9. November 2013. Und alles lief aus dem Ruder. Die Parallelität der Ereignisse.»

Die Parallelität der Ereignisse. Mohr denkt unwillkürlich daran, was Vera ihm vor anderthalb Monaten gesagt hat: *Wir glauben, unser Leben im Griff zu haben, unsere Gegenwart und unsere nahe Zukunft perfekt geplant zu haben. Und dann wirft uns ein Ereignis völlig aus der Bahn. Und plötzlich haben wir alle einen Grund, die Unwahrheit zu sagen. Oder nur die halbe Wahrheit. Wir müssen improvisieren. Darin sind wir nicht geübt. Lediglich das Schweigen eint uns. Aber unsere Motive sind völlig unterschiedlicher Natur.*

«Tom, hörst du mir noch zu?»

«Klar doch.»

«Verstehst du, was ich meine? Erst der Autounfall vor dem Rheingold. Mehrere Anrufe bei der 110, unter anderem von den Taxifahrern. Anrufe bei der Leitstelle werden automatisch aufgezeichnet, das kann man nicht ignorieren, man war also gezwungen, eine Streife rauszuschicken und die rechtsfreie Zone zu betreten. Dann steht da plötzlich dieser Junge und fleht um Hilfe. Und wenig später ist er tot.»

«Aber dann hatte die Staatsanwaltschaft überhaupt kein Interesse, die Sache zu verfolgen. Und außerdem betraut man bei der Kripo den völlig Falschen mit den Ermittlungen.»

«Den völlig Falschen oder den völlig Richtigen. Ist alles nur eine Frage der Perspektive. Und schon ist die Welt wieder in Ordnung. Fünf Jahre lang. Eine Ewigkeit. Bis du auftauchst.»

«Wie viele Kollegen zählen zu dieser Notgemeinschaft?»

«Wenn ich das mal wüsste.»

«Kannst du es rauskriegen?»

«Tom, ich habe rausgekriegt, was ich rauskriegen konnte. Das ist ein Geheimbund. Die haben ihre Augen und Ohren überall. Ich habe in letzter Zeit eine Menge Fragen gestellt im Präsidium. Leuten, denen ich traute. Aber selbst die, die da nicht mitmachen oder von denen ich zumindest glaube, dass die da nicht mitmachen, und das wird die Mehrzahl sein, halten die Klappe. Niemand will den Corpsgeist in Frage stellen. Niemand will das eigene Nest beschmutzen. Und ich merke, wie ich inzwischen geschnitten werde. Gespräche verstummen, sobald ich einen Raum betrete, im Flur auftauche, den Aufzug betrete, mich in der Kantine an einen Tisch zu anderen setze. Die sind ja nicht doof. Ist ja auch nicht so schwierig, rauszufinden, dass wir beide uns von früher kennen. Tom, ich muss jetzt höllisch aufpassen. Mich eine Weile möglichst unsichtbar machen. Ich habe eine Grenze überschritten.»

«Wer ist der führende Kopf?»

«Ich weiß es nicht. Ich weiß es wirklich nicht.»

Mohr zieht sein Handy aus der Tasche. Er sucht einen Moment, bis er das richtige Foto gefunden hat. «Schau mal, Heinz. Ist ein bisschen unscharf, sozusagen aus der Hüfte geschossen.

Ist auch ziemlich verpixelt, weil wir das Foto wegen der Entfernung digital aufzoomen mussten. Aber vielleicht erkennst du ja trotzdem jemanden.»

Mohr gibt ihm das Handy.

«Klar. Der mit dem breiten Kreuz und der Tätowierung im Stiernacken, das ist der Roman Warnke. Unverkennbar.»

«Unverkennbar, ja. Jeder Rheinheimer Bulle kennt den Warnke, nicht wahr? Nur deine Kollegen, die damals das Videomaterial aus den Überwachungskameras der Diskothek ausgewertet haben, die kannten den dummerweise nicht.»

Oestrich reagiert nicht auf die Bemerkung.

«Die junge Frau, die neben ihm sitzt, die kenne ich allerdings nicht. Schafft die für ihn an?»

«Nein. Das ist seine Tochter. Mit der trifft er sich regelmäßig zum Mittagessen. Ein Herz und eine Seele. Warnke ist eben ein Familienmensch. Manchmal kommt das Enkelkind mit. Dann ist Opa Roman immer völlig aus dem Häuschen. Er nennt sie seine Prinzessin. Diesmal ist die kleine Enkelin nicht dabei. Deshalb war auch noch der dritte Stuhl an dem Bistrotisch frei. Für den korpulenten älteren Herrn, den du auf dem Foto siehst.»

«Wo ist das gemacht worden?»

«In einem Rheinheimer Edel-Schnellimbiss. Unsere Zielfahnder kommen aus dem Schwärmen gar nicht mehr raus, sehr lecker und dabei noch günstig. Warnke trifft sich also mit seiner Tochter in diesem Laden, als sich plötzlich dieser Korpulente dazusetzt. Fröhliches Hallo, man kennt sich. Günther, einer der beiden Zielfahnder an diesem Tag, sitzt an einem der Nachbartische, gut 15 Meter entfernt. Er nimmt sein Handy und hält es so, als checke er mal schnell seine Mails oder sonst was. In Wahrheit schaltet er die Kamera ein und macht ein Foto. Hast du eine Ahnung, wer der Mann ist?»

Oestrich sieht auf. Er muss nicht mehr länger hinschauen. «Noch ein Kölsch, Tom?»

«Nein danke, Heinz. Ich will noch heil nach Hause kommen. Und zwar mit Führerschein.»

«Mein Angebot mit dem Gästezimmer steht.»

«Ich weiß das sehr zu schätzen, Heinz. Und wenn morgen Wochenende wäre, dann würde ich ernsthaft darüber nachdenken, mich jetzt mit dir fürchterlich zu betrinken und dabei von alten Zeiten zu schwärmen. Aber ich muss morgen früh raus und halbwegs bei Verstand sein.»

«Okay.»

«Also? Erkennst du den Mann?»

«Ja. Das ist Uwe Ziegler. Bis zu seiner Pensionierung Polizeihauptkommissar bei der Wache Ost.»

«Ja. Der Mann, der den Pfarrer Dietrich Eckmann zu nötigen versucht hat, keine öffentlichen Gedenkgottesdienste mehr für Jonas Barthold abzuhalten.»

Oestrich sagt nichts.

«Okay, Heinz. Ist schon spät. Ich fahr dann jetzt mal.»

Sie verlassen den Garten und durchqueren die Diele. Oestrich öffnet die Haustür. Sie umarmen sich. Lange. In der Hoffnung, das könnte die Welt für einen Moment anhalten.

«Grüß Ellen noch mal von mir.»

«Mach ich.»

«Also dann.»

«Mehr kann ich im Augenblick nicht für dich tun.»

«Ich weiß.»

«Vielleicht denkst du jetzt, dass ich feige bin. Vielleicht bin ich es ja tatsächlich.»

«Blödsinn. Du bist ...»

«Vielleicht denkst du sogar, dem Oestrich ist doch inzwischen sowieso alles egal, der hat doch nur noch seine Familie im Kopf. Das ist aber ein Irrtum.»

«Heinz, ich unterstelle dir gar nichts.»

«Hast du dich jemals gefragt, wie die Originalakte Jonas Barthold auf deinem Schreibtisch gelandet ist? Warum sie an deinem ersten Arbeitstag im neuen Job in deinem Büro lag? Obwohl die Ermittlungen doch schon längst von der Staatsanwaltschaft eingestellt wurden und niemand in Rheinheim ein Interesse hat, dass der Fall wieder aufgerollt wird?»

Mohr liest die Antwort in Oestrichs Augen.

«Die Sache lässt mir seit fünf Jahren keine Ruhe. Obwohl ich nie in den Fall involviert war. Und als ich hörte, was dein neuer Job beim LKA sein wird, da wusste ich: Wenn es einer schaffen könnte, dann du.»

«Wie hast du das angestellt?»

«War nicht so schwer. Komm gut nach Hause.»

Oestrich sieht Mohr nach, bis der den Alfa erreicht und den Arm zu einem letzten, stummen Abschiedsgruß hebt, bevor er einsteigt und den Motor startet.

Oestrich geht zurück ins Haus und schließt die Tür. Er hat so wenig wie Mohr den Wagen bemerkt, der etwa 20 Meter links vom Haus auf der gegenüberliegenden Straßenseite parkt. Und die beiden Männer auf den Vordersitzen.

DONNERSTAG, 8. NOVEMBER 2018

Mohr liest gerade die Rundmail des Direktors, der sich bei allen Beteiligten der Razzia bedankt und zu dem *großartigen Erfolg im Kampf gegen das organisierte Verbrechen* beglückwünscht, als Hans Gollmann in sein Büro schneit.

«Morgen.»

«Morgen, Hans.»

«Siehst nicht gut aus.»

«Danke für das Kompliment.»

«Als hättest du nicht besonders gut geschlafen.»

«Da ist was dran.»

«Dann richtet dich das Lob des Direktors ja jetzt hoffentlich wieder auf.»

Mohr verdreht stumm die Augen. Dann fällt ihm was auf. «Hans, du stehst doch gar nicht im Verteiler.»

«Ich stehe nicht im Verteiler. Ist dir das noch nie aufgefallen? Ich existiere gar nicht. Meine Arbeit ist offenbar überflüssig. Aber wenn ich darauf angewiesen wäre, in den Rundmails des Direktors im Verteiler zu stehen, um zu wissen, was er per Mail so alles anordnet und begrüßt und tadelt, dann könnte ich meinen Job nicht machen. Sag's ihm aber bitte nicht weiter.»

Mohr grinst und wartet geduldig. Wenn Gollmann sich eigens herabgelassen hat, am frühen Morgen den weiten Weg von seinem zu Mohrs Büro auf sich zu nehmen, statt ihm eine seiner berüchtigt kryptischen Kurzmails zu schicken, dann muss es einen besonderen Grund dafür geben.

«Auch wenn es den Herrn Direktor nicht interessiert und im Einzelfall vielleicht ja auch zum Glück nicht interessiert: Wir waren in der Zwischenzeit keineswegs untätig.»

«Aha.»

«Womit fange ich an?» Gollmann starrt zur Zimmerdecke, als stünde dort geschrieben, womit er anfangen soll. Mohr fällt zum wiederholten Mal auf, dass Gollmann sich in jüngster Zeit sorgfältiger kleidet. Und auch etwas besser gelaunt ist. Was ist passiert? Hat der überzeugte Junggeselle etwa seiner Überzeugung abgeschworen?

«Ich fang mal mit den schlechten Nachrichten an. Nach wie vor keine Spur von Aleksandar Stankovic. Ich leg mich jetzt fest: Der ist längst nicht mehr in Deutschland. Dafür habe ich aber Tarik Milici gefunden. Beziehungsweise seine sterblichen Überreste. Die liegen auf einem Friedhof in Bukarest. Tarik Milici hatte vor knapp zwei Jahren eine Schießerei mit der rumänischen Polizei, die nicht gut für ihn endete.»

Tarik Milici. Es dauert einen Moment, bis Mohr den Namen wieder zuordnen kann. Der Wirt der obskuren, längst geschlossenen Kneipe namens *Scheinbar* im Rheinheimer Norden. Der Mann, zu dem man Ende November 2013 das Ehepaar Barthold geschickt hatte, wenige Tage nachdem die Leiche des Jungen im Rhein gefunden worden war. Der Mann, der die Aufgabe hatte, den Eltern klarzumachen, sie sollten sich besser nicht mit den Night Riders anlegen. Indem er ihnen im Detail schilderte, was die Night Riders mit Leuten anstellen, die ihnen im Weg stehen. Tarik Milici war den Eltern von der Psychiaterin in der LVR-Klinik empfohlen worden. Die Psychiaterin war ihnen vom Opferschutz der Rheinheimer Polizei empfohlen worden. Und der wiederum war ihnen von Polizeihauptkommissar Uwe Ziegler wärmstens empfohlen worden.

Gollmann reißt Mohr aus seinen Gedanken. «Hallo? Erde an Mars? Können wir weitermachen?»

«Klar. Entschuldige.»

«Svenja Schultheiß. Jamal Bassirs Ex-Gespielin. Und zugleich die Ex-Gespielin des Vaters von Jessica Riske.»

«Was ist mit ihr?»

«Ich weiß jetzt, warum die Bassirs die Dame suchen. Beziehungsweise suchten, um korrekt zu sein.»

«Sie hat versucht, die beiden zu erpressen. Wieso suchten? Was ist mit den Bassirs?»

«Immer der Reihe nach, mein Freund. Erst mal: Woher weißt du denn das mit der Erpressung?»

«Nur so eine spontane Idee. Bauchgefühl.»

«Mit deinem Bauchgefühl solltest du im Zirkus auftreten. Außerdem kannst du einem mit deinem Bauchgefühl aber auch jede Freude verderben. Ich habe den Chat-Verkehr. Schicke ich dir nachher per Mail. Sie hat tatsächlich geglaubt, ein bisschen Kapital aus ihrem Wissen über die Vorgeschichte im Rheingold schlagen zu können.»

«Was hast du noch?»

«Immer mit der Ruhe. Du wirst staunen. Birgit Neumann, die Mitarbeiterin im Rheingold, die ja zum Glück inzwischen eine neue, befriedigende Aufgabe in der Eifel finden konnte, hat dem Klaus doch dieser Tage erzählt, sie hätte ihr Gehalt damals monatlich von einem Anwalt überwiesen bekommen. Ich weiß jetzt, wer dieser Anwalt war. Du kennst ihn übrigens. Du bist ihm vor einer Woche begegnet ...»

«Nein! Ich glaub's nicht.»

«Doch, doch. Genau der. Dr. Christoph Emmerich. Der Anwalt, der vor einer Woche höchstpersönlich die Bassirs aus eurer Vernehmung geboxt und mitgenommen hat. Zu der Kanzlei gehört nicht nur eine Steuerberatungs-Abteilung, sondern Emmerich hält die Mehrheitsanteile an einer Gesellschaft für Finanzverwaltung und Unternehmensberatung. Und über diese Gesellschaft liefen nicht nur sämtliche Gehälter des Rheingold-Personals, sondern auch sämtliche finanziellen Transaktionen des Gastronomie-Betriebs.»

«Gute Arbeit, Hans.»

«Kommt noch besser. Wir sprachen ja schon mal über die zahlreichen, hochkomplexen Verschachtelungen mit Hilfe von Strohmännern. Diverse Briefkastenfirmen auf Zypern und Malta. Ich weiß jetzt, wem das Rheingold tatsächlich gehörte. Er hat es zu der Zeit kaufen lassen, als Birgit Neumanns Chef entnervt das Handtuch geschmissen hat und nach Ibiza verduftet ist. Etwa ein halbes Jahr nachdem die Night Riders die Tür übernommen hatten. Das rätst du nie!»

«Dann will ich es auch gar nicht erst versuchen.»

«Kein Bauchgefühl?»

«Kein Bauchgefühl.»

«Wunderbar. Endlich.»

«Jetzt sag schon!»

«Artan Murati.»

«Nein!»

«Doch. Auf dein Gesicht hab ich mich schon den ganzen Morgen gefreut.»

Mohr schießen tausend Gedanken durch den Kopf. Wirres Zeug, Gedankenfetzen wie Lichtblitze, nichts, was im Vorbeiflug festzuhalten oder gar in Worte zu fassen wäre. Er greift in die rechte Außentasche seiner Jacke, die über der Rückenlehne des Bürostuhls hängt, zieht Zigarettenschachtel und Feuerzeug hervor und zündet sich eine an.

«Hey! Rauchen ist im gesamten Gebäude verboten!»

«Halt die Klappe, Hans.»

«Kann ich machen. Aber dann wirst du bedauerlicherweise nicht erfahren, was ich sonst noch auf Lager habe.»

Gollmann hustet dramatisch. Mohr steht auf und öffnet das Fenster. Er setzt sich wieder und kramt aus der untersten Schreibtischschublade einen Miniatur-Aschenbecher hervor. Für Notfälle. Jetzt ist ein Notfall. Er nimmt noch einen tiefen Zug. Dann drückt er die halbgerauchte Zigarette aus.

«Also, Hans: Bringen wir es hinter uns.»

Gollmann lehnt sich zufrieden auf dem Besucherstuhl zurück, streckt die kurzen Beinchen von sich und verschränkt die Arme. «Roman Warnke.»

«Was ist mit dem? Ist der jetzt ebenfalls abgetaucht?»

«Nein, nein, nein, muss der gar nicht. Der muss sich überhaupt keine Sorgen machen. Aber du. Weil man dafür sorgen wird, dass du die Finger von ihm lässt.»

«Was heißt das?» Mohr ahnt, was das heißt. Aber er will es nicht glauben.

«Nun ja. Ich wollte ein bisschen nach dem Herrn forschen. Und wunderte mich, was in diversen deutschen Behörden vom Finanzamt bis zum Einwohnermeldeamt und unserem eigenen Datenspeicher alles an Informationen über ihn gesperrt ist. Unter Verschluss. Aber du weißt ja, wie erfinderisch ich sein kann, wenn mich der Ehrgeiz packt. Nur stellte ich dann plötzlich fest, dass ich mit einem Mal selbst im Netz beobachtet wurde. Okay, das entfachte natürlich meinen angeborenen Spieltrieb. Also gab es ein kleines, wildes Katz-und-Maus-Spiel im Netz. Eigene Spuren verschleiern, fremde Spuren entschleiern. Jetzt denkt die Gegenseite, ich sitze in Sankt Petersburg und betreibe von dort aus ein Botnet. Und ich weiß jetzt, dass Chorweiler die Hand schützend über Roman Warnke hält.»

Köln-Chorweiler. Mohr verspürt den heftigen Drang, sich gleich die nächste Zigarette anzustecken.

In Chorweiler sitzt das Bundesamt für Verfassungsschutz. Der deutsche Inlandsgeheimdienst.

«Du glaubst also, Warnke ist ...»

«Ich glaube gar nichts. Ich weiß es. Roman Warnke steht seit drei Jahren als V-Mann auf der geheimen Gehaltsliste des Bundesverfassungsschutzes.»

Gollmann hat schon die Klinke in der Hand, als Mohr wieder einfällt, was er ihn noch fragen wollte. «Hans?»

«Ja?»

«Du bist mir noch eine letzte Antwort schuldig. Wieso suchen die Bassirs nicht mehr nach der Schultheiß?»

Gollmann tippt sich mit der flachen Hand an die Stirn. «Stimmt. Fast hätte ich es vergessen. Die Schultheiß muss sich jedenfalls keine Sorgen mehr machen.»

«Wieso?»

«Ganz einfach: Rashid und Jamal Bassir sind heute Morgen in eine Lufthansa-Maschine nach Tanger gestiegen.»

«Tanger in Marokko?»

«Klar. Wo denn sonst? Oder kennst du noch ein anderes Tanger auf der Welt mit internationalem Flughafen? IATA-Code: TNG. Die Herrschaften fliegen übrigens erste Klasse. Und sie haben kein Rückflug-Ticket gebucht.»

Warum hat er sich nicht einfach über den Willen seiner Tochter hinweggesetzt? *Christine, ich bitte dich. Ihr seid gestern erst spät am Abend von der Ostsee zurückgekommen. Die lange Fahrt. Und morgen ist doch schon Wochenende. Warum muss die Kleine denn heute unbedingt für den einen Tag in den Kindergarten, wenn sie keine Lust hat? Sie ist doch noch ganz durcheinander von der Reise. Ist doch verständlich. Lass sie doch erst mal wieder in Ruhe hier ankommen. Ich hab doch Zeit, ich hab frei heute, ich muss erst Montag wieder zum Dienst, ich mach was Schönes mit ihr. Fahr du ruhig zur Uni, ich kümmere mich um sie.*

Nein, nichts zu machen, Christine hat ihre Prinzipien, wenn es um ihre Rolle als alleinerziehende Mutter geht. Was will sie ihm mit ihrer Unerbittlichkeit beweisen? Dass er sich gefälligst nicht in ihr Leben einmischen soll? Aber Christine und Emma und Ellen sind doch sein Leben, sie wohnen doch alle unter einem Dach, er hat doch sonst nichts. Will sie ihn vielleicht dafür bestrafen, dass er nie so viel Zeit für sie hatte, als sie selbst noch ein kleines Mädchen war? Nicht annähernd so viel Zeit, wie er heute bereitwillig und mit Freude für seine Enkelin aufbringt? Aber das waren doch andere Zeiten. Er war damals bei der Drogenfahndung, er wollte es zu etwas bringen, wollte Karriere machen bei der Polizei, damit Christine es einmal besser haben würde als er und Ellen früher. Die Diskussion im Hausflur endete schließlich mit einer Drohung: *Ich muss jetzt los, sonst komme ich zu spät. Du weißt ganz genau, wie wichtig der heutige Tag für mich ist. Ende der Diskussion: Du lieferst Emma pünktlich um 8.30 Uhr im Kindergarten ab. Und wage es nicht, sie vor 14 Uhr abzuholen!* Christine schlug wütend die Tür hinter sich zu, als sie das Haus verließ. Heinz Oestrich ging zurück in die Küche, zurück zu Emma. Die war schon fertig mit Frühstück. *Opa, ist die Mama sauer? Warum ist sie denn sauer? Opa, warum kann ich denn nicht heute hier bei dir bleiben?*

Pünktlich um halb neun lieferte er Emma wie befohlen im Kindergarten ab, und pünktlich um zwei stand er dort wieder auf der Matte. Keine Minute früher, keine Minute später. *Was machen Sie denn hier, Herr Oestrich? Wir dachten, Sie sind im Krankenhaus. Bei Ihrer Frau. Da war vor einer Stunde ein Mann hier, der hat gesagt, Ihre Frau sei mit dem Rettungswagen ins Krankenhaus gekommen, und er wäre ein Kollege von der Polizei und habe den Auftrag, die Emma jetzt zu Ihnen ins Krankenhaus zu bringen. Wir waren so erschrocken. Wie geht es Ihrer Frau denn? Herr Oestrich? Ist Ihnen nicht gut?*

Jetzt ist es drei Uhr.

Ellen sitzt auf dem Sofa und schluchzt still vor sich hin, während Heinz Oestrich im Wohnzimmer auf und ab geht. Soll er Christine in der Uni anrufen? Nein. Noch nicht. Das hält er nicht auch noch aus.

Er schaut auf die Uhr. Er schaut ständig auf die Uhr. Erst vor fünf Minuten hat er Paul Wernscheidt im Präsidium angerufen. Einer der wenigen, denen er dort noch traut. *Heinz, du hast doch erst vor einer Viertelstunde angerufen. Ich sagte doch schon, ich melde mich sofort bei dir, sobald es was Neues gibt. Nein, du kommst auf gar keinen Fall ins Präsidium. Du stehst uns nur im Weg. Wir können hier niemanden brauchen, der emotional verwickelt ist. Basta! Wir haben eine Hundertschaft der Bereitschaftspolizei im Einsatz, wir haben die Hunde draußen, wir haben einen Hubschrauber mit Wärmebildkamera in der Luft. Bitte glaub mir: Wir tun alles, was in unserer Macht steht.*

Heinz Oestrich glaubt gar nichts mehr.

Das Telefon klingelt. «Oestrich?»

«Heinz? Hier ist Paul. Wir haben sie.»

«Wo ist sie?»

«Schon auf dem Weg zu dir. Zwei Kolleginnen sind bei ihr. Sie ist wohlauf. Um nicht zu sagen: quietschvergnügt.»

«Oh, Gott sei Dank.»

«Wunder dich nicht: Die Kleine hat einen Hundewelpen dabei. Echt süß. Ganz winzig. Den hat ihr der Entführer geschenkt.»

«Behaltet den verdammten Köter!»

«Da gibt's aber ein Problem. Sie will ihn nämlich nicht wieder hergeben, nichts zu machen. Ein Herz und eine Seele, die beiden. Unser Psychologe meint übrigens, sie verarbeitet die Sache besser, wenn sie den Welpen behält. Wir schicken gleich noch einen Veterinär bei euch vorbei, der den Hund untersucht. Vorsichtshalber. Und den Psychologen, der soll noch mal mit Emma reden. Denn bisher hat sie über den Mann wenig gesagt. Sie war wohl völlig abgelenkt von dem Hund. Ganz schön clever. Die Fahndung läuft. Der Psychologe wird euch auch erklären, wie ihr am besten mit Emma umgeht. Ihr ist nichts passiert. Und das ist jetzt erst mal die Hauptsache. Wir sprechen noch. Bis dann, Heinz.»

«Bis dann. Paul? Danke!»

Oestrich sackt auf das Sofa und greift nach Ellens Hand. Sie sieht ihn mit ihren verheulten, verquollenen Augen an. «Alles gut. Wir haben sie wieder.»

Das Telefon klingelt erneut. «Oestrich? Hallo?»

Eine unbekannte Stimme, elektronisch verzerrt: «Lass dir das eine Warnung sein.»

Die Leitung ist tot.

FREITAG, 9. NOVEMBER 2018

So geht das nicht weiter. Er braucht mehr Leute. Jetzt. Und zwar aus dem LKA und nicht aus dem Rheinheimer Präsidium. Er muss mit dem Direktor reden. Heute noch. 9. November. Heute auf den Tag genau vor fünf Jahren kam Jonas Barthold ums Leben.

Auf Mohrs Schreibtisch liegen zwei DIN-A4-Blätter. Links die Liste mit den inzwischen abgearbeiteten Punkten. Rechts die Liste mit den unerledigten Punkten. Allein schon die Zahl der bislang unerledigten Vernehmungen liegt ihm schwer im Magen:

Angelo Schumacher. Der Geschäftsführer der Diskothek. Den die damals 49-jährige Mitarbeiterin Birgit Neumann aufgrund ihrer beruflichen Erfahrung und ihrer Beziehungen dreimal in die Tasche steckte. Schumacher war im November 2013 erst 32 Jahre alt. Wer hat ihn für den Job ausgesucht? Und warum? Was war seine Aufgabe in dem Laden? Worüber hat sich Jonas Barthold in jener Nacht konkret bei ihm beschwert? Und hat Schumacher ihm tatsächlich Hausverbot erteilt?

Auch die Thekenbesatzung jener Nacht wurde damals nicht vernommen, ebenso wenig die Putzfrau, die im Video immer wieder im Gang zur Toilette zu sehen ist.

Dr. Anne Fischer. Die Psychiaterin in der LVR-Klinik. Wie kam sie nur auf die Idee, die Eltern zu Tarik Milici zu schicken? Oder wurde ihr die Idee nahegelegt? Von wem? Von den Night Riders? Von der Polizei? Was für ein abgekartetes Spiel war das? Welche Kontakte pflegt eine promovierte Medizinerin ins Milieu? Wo ist die gottverdammte Verbindung?

Malte, Fabian, Dennis, Toni und die anderen ehemaligen Schulfreunde, die nach der Geburtstagsfeier in Bad Ahrbrunn mit Jonas nach Bad Hombach gefahren sind. Nicht mal die Hälfte von ihnen hat die Polizei damals vernommen. Hat tatsächlich niemand von ihnen etwas gesehen? Manche sind seit jener Nacht komplett auf Distanz zu den Eltern Barthold gerückt, obwohl sie während der Schulzeit dort ein und aus gegangen sind. Schlechtes Gewissen? Oder mehr?

Vanessa Riske. Die jüngere Schwester von Jessica Riske. Wie hat sie den Morgen des 9. November 2013 erlebt, als ihre Schwester aus dem Rheingold zurückgekehrt ist und im Lauf des Samstags Svenja Schultheiß aus dem Haus geworfen hat? Hat sie mitbekommen, ob Rashid oder Jamal Bassir in den folgenden Tagen oder Wochen zu Jessica Kontakt aufgenommen haben?

Polizeioberkommissar Albert Dreesen. Der in der Nacht den Autounfall vor dem Rheingold aufgenommen hat. Unfallflucht zwar, aber Blechschaden, keine strittigen Unfallgegner. Und dennoch so nervös? Warum hat er in der Nacht einen zweiten Streifenwagen angefordert? Wieso hat er Jonas Bartholds Geldbörse an sich genommen? Wieso ignorierte er dessen Todesangst? Wieso steckte ausgerechnet der Personalausweis nicht in der Geldbörse, sondern lose in der Kleidung der zwei Wochen später im Rhein gefundenen Leiche?

Polizeikommissarin Manuela Müller. In der Nacht zusammen mit Dreesen bei der Unfallaufnahme. Hat sie eine eigene Erinnerung? Vielleicht sogar eine eigene Meinung? Oder plappert sie nur brav nach, was der ältere, ranghöhere Kollege ihr vorgegeben hat? Kann sie sich ebenfalls nicht erinnern, dass Jonas heftig aus der Nase blutete?

Staatsanwältin Anita Wiesemann. Natürlich keine offizielle Vernehmung. Sondern der riskante Versuch eines vertraulichen Gesprächs. Geht sie mittlerweile tatsächlich auf Distanz zu ihrem Vorgesetzten, Oberstaatsanwalt Wieland Piel?

Pat und Patachon. Man müsste die Medien einschalten. Das Fernsehen. Den entsprechenden Ausschnitt aus dem Video zur Verfügung stellen. Das Fernsehen liebt unscharfe Schwarzweiß-Bewegtbilder aus der dunklen, geheimnisvollen Welt des

Verbrechens. Dafür benötigt man einen richterlichen Beschluss, den nur die Staatsanwaltschaft beantragen kann.

So geht das jedenfalls nicht weiter. Mohr will schon zum Hörer greifen, um sich einen Termin bei Köstring zu besorgen, als sein Telefon klingelt. Er kennt die Nummer auf dem Display. Das Vorzimmer des Direktors. Was für ein Zufall. «Guten Tag, Herr Mohr. Herr Dr. Köstring würde Sie gerne persönlich sprechen. In seinem Büro.»

«Jetzt?»

«Wenn es Ihnen möglich wäre.»

«Klar. Bin in zwei Minuten da.»

Als Mohr das Büro betritt, telefoniert Köstring gerade. Der Direktor winkt ihn mit der freien Hand zu sich heran und bedeutet ihm, schon mal Platz zu nehmen. Es gibt also eine private Leitung, eine Direktdurchwahl, die nicht über Köstrings Vorzimmer läuft. Sonst hätte man Mohr eben im Vorzimmer gestoppt.

«Nein, mein Schatz, du kannst dich auf mich verlassen.»

Déjà-vu. Der Schreibtisch. Arbeitsplatzbeschreibung: Jeder Gegenstand auf diesem Schreibtisch ist im rechten Winkel zueinander angeordnet, als seien die Abstände zu den Tischkanten mit dem Lineal vermessen worden. Das Notizpapier. Das Notebook. Die drei Körbchen aus transparentem Plastik.

«Hundertprozentig. Ich werde überpünktlich sein. Versprochen! Jahaaa! Bis dann. Ciao.»

Die Beschriftung der Körbchen: *Eingang Dr. Köstring/Ausgang Intern/Ausgang Poststelle.* Alles exakt so wie vor zwei Monaten. An Mohrs erstem Arbeitstag. Nach der Rückkehr. Als sei der Raum seither bis zum heutigen Tag versiegelt gewesen. Nur Pretzke fehlt. Und Mohrs Personalakte.

Köstring legt auf. «Meine Frau. Sie hat Sorge, dass ich ausgerechnet heute zu spät nach Hause kommen könnte. Meine Tochter hat nämlich heute Theaterpremiere. Ihre erste Hauptrolle. Sie ist schon ganz aufgeregt. Also meine Frau. Haben Sie Kinder?»

«Nein.»

Statt Mohrs Personalakte liegt diesmal mittig auf dem Schreibtisch platziert die Akte mit dem aktuellen Stand der Ermittlungen im *Todesfall Jonas Frederik Barthold, geb. 19. Dez. 1993, gest. 9. Nov. 2013.*

«Gute Arbeit, Mohr. Respekt.»

«Danke.»

«Was machen die anderen Fälle?»

«Andere Fälle?»

«Sie erzählten doch, Sie hätten Ermittlungsempfehlungen an diverse Staatsanwaltschaften auf den Weg gebracht.»

«Aachen hat sich höflich bedankt und mitgeteilt, man werde sich nach intensiver Prüfung meines Papiers wieder melden. Bochum und Mönchengladbach haben sich bislang gar nicht gemeldet.»

«Haken Sie nach!»

«Klar.»

«Werfen Sie nicht frühzeitig die Flinte ins Korn! Das muss sich alles erst noch einspielen, Mohr. Das ist ja auch für die 19 Staatsanwaltschaften in NRW eine völlig neue Situation. Wann war das noch mal, als Sie hier saßen und wir Ihnen die neue Dienststelle Cold Cases schmackhaft machten?»

Schmackhaft machten.

«Vor zwei Monaten. Am 3. September.»

«Zwei Monate! Wie die Zeit rast. Pretzke hatte mich übrigens frühzeitig auf die psychologische Problematik hingewiesen. Welche Staatsanwaltschaft als Herrin des Ermittlungsverfahrens lässt sich schon gern vorführen und bedankt sich auch noch artig dafür? Darüber habe ich übrigens auch schon mit dem Innenminister gesprochen. Wir werden eine Lösung finden. Da bin ich ganz zuversichtlich. Was dies betrifft, ist es ja vielleicht ganz hilfreich, dass Pretzke jetzt im Innenministerium sitzt und die psychologische Problematik kennt.»

Die psychologische Problematik. Mohr erinnert sich, wie er Pretzke mit aller Deutlichkeit auf die psychologische Problematik hingewiesen hatte. Irgendwann Ende September. Anschließend hat dann also Pretzke den Direktor darauf hingewiesen. Guter Mann. So entstehen Karrieren.

«Wie wär's mit einem Kaffee?»

«Muss nicht sein.»

«Doch, doch, den haben Sie sich redlich verdient. Ich kann jetzt ebenfalls einen vertragen. Cappuccino?»

Dr. Köstring umkurvt den Schreibtisch, klopft Mohr im Vorbeigehen auf die Schulter und verschwindet aus dem Büro. Er ruft also nicht im Vorzimmer an und lässt sich zwei Kaffee bringen. Er holt den Kaffee selbst. Das kann zwei Gründe haben. Entweder hält er es für antiquiert, seine Sekretärin damit zu behelligen. Oder aber er braucht eine kleine Denkpause für das, was er Mohr noch zu sagen hat.

Mohr scannt das merkwürdig aseptisch wirkende Büro mit einem schnellen Blick, reine Gewohnheit. Nichts Persönliches, nichts Privates. Kein Familienfoto auf dem Schreibtisch, keine gerahmte Urkunde an der Wand, kein Pokal auf dem Sideboard, keine Golfausrüstung in der Ecke. Als wäre das Büro erst gestern eingerichtet und bezogen worden.

Köstrings Sekretärin öffnet die Bürotür und schließt sie hinter ihrem Chef wieder von außen, während er ein Tablett durch den Raum balanciert und auf dem Schreibtisch absetzt.

«Zucker, Löffel, Kekse, ich hoffe, ich habe nichts Wichtiges vergessen. Greifen Sie zu!»

«Danke.»

«Ich war übrigens gestern in Rheinheim ...»

«Aha.»

«Ein sehr konstruktives Gespräch. Der Polizeipräsident, die

Leiterin der Staatsanwaltschaft sowie Oberstaatsanwalt Wieland Piel. Mit ihm hatten Sie ja bereits Kontakt. Scheint mir ein vernünftiger Mann zu sein. Ich habe übrigens kein Blatt vor den Mund genommen, wie Sie sich denken können.»

Statt nun zu berichten, wie sich das anhört, wenn der Direktor des Landeskriminalamtes in einer solchen Runde kein Blatt vor den Mund nimmt, nimmt Köstring einen Schokokeks und einen Schluck aus seiner Kaffeetasse. «Greifen Sie doch bitte zu, Herr Mohr. Die Kekse sind köstlich. Wir haben uns übrigens gestern gemeinsam auf die Schnelle ein paar Sequenzen aus den Videos der Überwachungskameras angeschaut. Also dieser Roman Warnke ist ja tatsächlich unschwer zu identifizieren. Aber ansonsten ist das gar nicht so einfach, bei der miserablen Bildqualität. Da brennen einem ja binnen Minuten die Augen.»

«So nach vier, fünf Stunden gewöhnen sich die Augen allmählich daran, kann ich Ihnen versichern.»

«Deshalb wundert mich auch nicht, dass man zum Beispiel die beiden Typen aus dem Kassenraum, die den Studenten bei seiner Auseinandersetzung mit dem Geschäftsführer interessiert beobachteten, bislang nicht identifizieren konnte. Wie nannten Sie die noch in Ihrem Bericht?»

«Pat und Patachon. Wegen des Größenunterschieds.»

«Genau, Pat und Patachon! Köstlich.»

«Ist so eine Marotte von mir: Ich gebe unbekannten Personen gleich einen Namen, weil es das Denken erleichtert, und das Sprechen, also das laute Nachdenken mit anderen.»

«Interessant.»

«Herr Dr. Köstring, dass die beiden Figuren noch nicht identifiziert sind, ist die eine Sache. Dass die aber gar nicht erst als mögliche Zeugen in der Ermittlungsakte auftauchen, dass man fünf Jahre lang nicht nach ihnen gesucht hat, steht auf einem ganz anderen Blatt. Hatten sich die Rheinheimer Kollegen die

Videos überhaupt angeguckt? Allein der Umgang mit Pat und Patachon macht schon deutlich, wie schlampig gearbeitet wurde.»

«Pat und Patachon. Das ist wirklich originell. Oberstaatsanwalt Piel meinte übrigens noch scherzhaft, der größere der beiden könne ja glatt sein Sohn sein.»

«Und?»

«Was und?»

«Ist er es?»

«Herr Mohr, das hat Herr Piel nur scherzhaft bemerkt!»

«Herr Dr. Köstring: Abgesehen davon, dass ich in diesem Fall bislang absolut nichts entdecken konnte, was Anlass zu Scherzen geben könnte ... das wäre doch ein mögliches und vor allem sehr starkes Motiv, warum Herr Piel seit fünf Jahren alles unternimmt, um den Fall unaufgeklärt in der Versenkung verschwinden zu lassen.»

«Seien Sie bitte vorsichtig mit dem, was Sie ...»

«Wieso? Bleibt doch unter uns, oder? Es muss doch ein starkes Motiv für sein bisheriges Verhalten geben, oder? Ich jedenfalls finde Piels Bemerkung interessant. Oder halten Sie es per se für ausgeschlossen, dass der Sohn eines Oberstaatsanwalts mit Drogengeschäften zu tun hat?»

«Herr Mohr, leiden Sie neuerdings unter Paranoia?»

«Es in dieser Runde scherzhaft zu erwähnen, wäre ganz schön clever, um sich nicht später dem Vorwurf der Vereitelung auszusetzen, sollte sich der Verdacht erhärten.»

«Herr Mohr! Sie wollen doch wohl nicht unterstellen ...»

«Wichtigste Regel für einen Ermittler: nie etwas unterstellen, aber auch nie etwas ausschließen. Bei diesem Fall ist vor fünf Jahren vieles in aller Eile ausgeschlossen worden. Und weil das so ist, sitzen wir nun hier beisammen.»

«Um ehrlich zu sein, Herr Mohr: Wir sitzen hier beisammen, weil ich Ihnen bedauerlicherweise eine Anweisung erteilen muss. Nehmen Sie diese Anweisung bitte in Ihrem eigenen Interesse sehr ernst. Im gegenteiligen Fall würden Ihnen ernsthafte disziplinarische Konsequenzen drohen ... und dies bei Ihrer jüngeren Vorgeschichte. Sie haben nämlich keinen Schuss mehr frei, das wissen Sie ja.»

«Und wie lautet die Anweisung?»

«Um es kurz zu machen, Herr Mohr: Ab sofort werden sowohl die Observierung als auch sämtliche Ermittlungen gegen Roman Warnke eingestellt.»

«Weil er als V-Mann für Chorweiler arbeitet?»

Köstring verschlägt es für einen Moment die Sprache. Aber er fängt sich schnell wieder. «Nehmen Sie es nicht persönlich. Es gibt diese Momente, da hat die Staatsräson absoluten Vorrang. Der Mann ist als Informant in der Rockerszene von unschätzbarem Wert.»

«So wie diverse Mitglieder der NSU für die Verfassungsschützer von unschätzbarem Wert waren?»

«Werden Sie nicht polemisch, Herr Mohr. Wir wollen jetzt nicht Äpfel mit Birnen vergleichen.»

«Wenn sowohl die Äpfel als auch die Birnen faul sind, ist der Vergleich durchaus angebracht.»

Köstring hört gar nicht weiter hin. Zuhören ist nicht seine Stärke. Zuhören können gehört selten zu den Stärken von Führungskräften. Denn Zuhören birgt die Gefahr, eine schon gefasste Meinung überdenken zu müssen. «Im Übrigen erklärt das im Nachhinein ja auch nachvollziehbar, warum man den Warnke aus den damaligen Ermittlungen im Todesfall Jonas Barthold bewusst ausgeklammert hat.»

«Mit Verlaub, Herr Direktor: Das ist Blödsinn!»

«Wie bitte?»

«Warnke steht erst seit drei Jahren auf der Payroll des Verfassungsschutzes. Also erklärt es nicht, warum man bei den Ermittlungen vor fünf Jahren einen großen Bogen um ihn gemacht und ihn komplett aus der Akte herausgehalten hat.»

«Herr Mohr, kann es sein, dass Sie sich da in etwas verrennen?»

«Sagt Oberstaatsanwalt Piel, nicht wahr?»

«In der Tat, ja. Aber ich stelle mir die Frage inzwischen auch. Kann es vielleicht sein, dass Sie einer Verschwörungstheorie aufsitzen, die von den Eltern, von diesem merkwürdigen Pfarrer und von dieser übereifrigen Bürgerinitiative in die Welt gesetzt und befeuert wurde? Deren ausgelobte Belohnung hat ja offenbar bislang zu gar nichts geführt.»

«Schätzen Sie mich so ein? Dass ich auf Verschwörungstheorien reinfalle?»

«Bislang nicht. Aber dieses Gespräch nimmt gerade einen höchst eigenartigen Verlauf. Mein lieber Herr Mohr, jetzt mal zum Mitschreiben: Unsere Aufgabe ist es, Straftaten aufzuklären. So weit sind wir uns sicher einig, nicht wahr? Und zwar möglichst viele. Auch weil dies neue Straftaten verhindert. Einmal weil Straftäter aus dem Verkehr gezogen werden, bevor sie neue Straftaten begehen können, und weil eine möglichst hohe Aufklärungsquote und deren Publikation in der Öffentlichkeit auf potenzielle Straftäter abschreckend wirken soll. Das ist sozusagen das pädagogische Ziel unserer Arbeit. Das muss ich Ihnen ja nicht im Detail erklären. Aber ...»

«Nein, müssen Sie nicht.»

«Es reicht im Moment, wenn Sie aufmerksam zuhören! Aber wir werden niemals den Idealzustand erreichen, restlos alle Straftaten aufklären zu können. Das ist in einem demokratischen Rechtsstaat auch gar nicht möglich. Ausgeschlossen! Das ist vielleicht in einem totalitären Regime erreichbar. In einem Überwachungsstaat. Aber selbst da hege ich Zweifel. Diese Erkenntnis, dass nicht restlos alle Straftaten aufgeklärt werden können, die ist im Einzelfall natürlich bitter. In diesem Fall besonders für die bemitleidenswerten Eltern des Jungen.»

«Was wollen Sie mir damit sagen?»

«Ich will Ihnen damit sagen: Sie haben viel erreicht. Es wird zum Beispiel jetzt im Rheinheimer Präsidium eine gründliche interne Untersuchung im Hinblick auf mögliches korruptives Verhalten geben. Um die wenigen schwarzen Schafe von der guten Herde zu trennen. Das ist Ihr Verdienst, Herr Mohr. Respekt.»

«Ich brauche mehr Personal.»

«Was?»

«Ich brauche wesentlich mehr Personal.»

«Wozu bitte?»

«Wir sind noch nicht am Ende mit dem Fall. Ich bin sicher, er lässt sich noch aufklären. Aber die Zeit drängt.»

«Mein lieber Herr Mohr, ich schlage vor: Schreiben Sie einfach alles auf und schicken Sie Ihre Empfehlungen nach Rheinheim. Die kümmern sich jetzt darum.»

«Und warum machen wir das nicht selbst? Wir sind doch schon so weit gekommen ...»

«Ganz einfach: Was unsere neue LKA-Dienststelle Cold Cases betrifft, stehen ... rein arbeitsökonomisch betrachtet ... Aufwand und Wirkung allmählich in einem denkbar ungünstigen Verhältnis. Zumal zweifelhaft erscheint, welchen Wert Zeugenaussagen nach fünf Jahren vor Gericht überhaupt noch haben können. Sie kennen doch die jüngsten Studien aus der Kriminalpsychologie. Das menschliche Gehirn ist ein äußerst unzuverlässiger Speicher von Erlebtem. Das Unterbewusstsein verändert eigenmächtig die Erinnerungen im Lauf der Zeit, vermischt Erlebtes mit nachträglich Erzähltem und auch mit unbewusst Erwünschtem. Außer uns beiden kennt natürlich auch jeder Strafverteidiger, der sein Geld wert ist, den aktuellen Stand der kriminologischen Wissenschaft.»

«Was wollen Sie mir damit sagen?»

«Gegenfrage: Was berichte ich dem Minister, wenn er mich bei Gelegenheit fragt, wie es um die Leistungsbilanz der neuen Dienststelle Cold Cases bestellt ist?»

«Sagen Sie ihm zur Abwechslung doch mal die Wahrheit. Vielleicht erträgt er sie ja. Erzählen Sie ihm, wer im Todesfall Jonas Barthold so alles die Aufklärung verhindert hat.»

Köstritz schickt ein gütiges Lächeln über den Schreibtisch, als säße ihm ein ausgemachter Vollidiot gegenüber. «Mein lieber Herr Mohr. Bleiben Sie mal auf dem Teppich. Wie lange sind Sie schon Kriminalbeamter? Nehmen Sie sich ein Beispiel an Ihren Kollegen von der Operativen Fallanalyse. Die checken jeden ungelösten Fall, der von den Präsidien an sie herangetragen wird, zunächst einmal darauf ab, ob noch eine reelle Chance auf Erfolg besteht. Weil die LKA-Profiler auch nicht sonderlich üppig besetzt sind. Wir müssen nun mal mit unseren verfügbaren Personalressourcen sorgsam haushalten. Das gilt für jeden von uns. Auch für Sie.»

Köstring sieht auf die Uhr. «So. Jetzt muss ich aber los. Sie wollen doch nicht verantworten, dass bei mir der Haussegen schief hängt?»

Die Audienz ist beendet. Mohr schickt sich an, das Büro des Direktors zu verlassen. Er hat die Klinke schon in der Hand.

«Herr Mohr? Ich habe nachgeschaut. Sie haben noch 22 Tage Urlaub zu kriegen. Und das Jahr ist schon bald vorbei. Ich schlage vor, Sie nehmen jetzt mal auf der Stelle zwei Wochen. Besser noch drei oder vier. Entspannen Sie mal. Fliegen Sie in den Süden. Lassen Sie sich die Sonne auf den Bauch scheinen. Das wirkt Wunder. Dass macht Körper, Geist und Seele frei. Herr Mohr, Sie sind ein guter Polizist. Ein Mann mit außergewöhnlichen Begabungen. Sie müssen allerdings noch lernen, Ihr beeindruckendes Potenzial effizienter einzusetzen.»

Mohr nickt geistesabwesend.

«Das ist jetzt kein leeres Gerede, das sage ich beileibe nicht jedem: Diese Tür steht immer für Sie offen!»

Mohr nickt.

«Außer ...»

«Außer?»

«Außer ich muss dringend ins Theater!» Köstring lacht herzhaft über seinen Scherz.

Mohr geht wortlos und schließt die Tür. Im Vorzimmer stoppt ihn Köstrings Sekretärin. «Herr Mohr, ich brauche zwei Unterschriften.»

Mohr unterschreibt, dass er heute die Anweisung erhalten hat, sämtliche Ermittlungen gegen Roman Warnke unverzüglich einzustellen. Dann unterschreibt er den Urlaubsantrag, dessen Bewilligung Köstring schon unterzeichnet hat.

Im Treppenhaus gewinnen Pläne fürs Wochenende Gestalt: Computer runterfahren, nach Hause fahren, Auto abstellen, die nächste Kneipe ansteuern, in Ruhe nachdenken und sich dabei ganz fürchterlich betrinken. Alleine? Alleine.

Samstag dann Vera anrufen und ihr sagen, dass er sie ganz fürchterlich vermisst und große Sehnsucht nach ihr hat.

Sonntag: Am späten Nachmittag nach Rotterdam fahren, ein bezahlbares Hotel ansteuern, auf den nächsten Morgen warten und sich auf keinen Fall betrinken.

MONTAG, 12. NOVEMBER 2018

Die Fragen sind vermutlich so alt wie die Menschheit. Was ist ein Verbrechen? Zu welchem Zweck bestraft man Verbrechen? Und wie bestraft man sinnvollerweise ein Verbrechen?

Solche Sachen fragt sich Mohr, während er um halb sechs Uhr morgens in diesem schmuddeligen Frühstücksraum im Souterrain des Budget-Hotels im Norden Rotterdams sitzt und den zweiten lauwarmen Kaffee trinkt. Dass er gestern Abend ausgerechnet in diesem Schuppen gelandet ist, hat drei Gründe:

Erstens: Ganz Rotterdam scheint ausgebucht zu sein.

Zweitens: Das Zimmer ist bezahlbar.

Drittens: Die netten Kollegen der Rotterdamer Kripo haben ihm das Hotel genannt, weil es praktischerweise ganz in der Nähe der Justizvollzugsanstalt liegt.

In der Bibel geschah das erste schwere Verbrechen, das schwerste überhaupt denkbare, schon in der zweiten Generation der Menschheit, gleich nach der Vertreibung aus dem Paradies, unter den Kindern Adams und Evas, als Kain seinen Bruder Abel erschlug. Kein Totschlag, sondern nach heutigen Maßstäben eindeutig Mord. Weil der Täter die Arg- und Wehrlosigkeit seines Opfers ausnutzte. Eines der im Strafgesetzbuch definierten Mordmerkmale. Abels Mörder kam damals billig davon: Gott verpasste ihm das sogenannte Kainsmal und verstieß ihn. Aber er durfte immerhin ein Leben in Freiheit verbringen, eine Frau finden, Kinder zeugen und so den Fortbestand der Menschheit sichern. Der Bibel zufolge stammen wir also allesamt von einem Mörder ab.

Was einem so durch den Kopf geht, wenn man miserabel geschlafen hat. Eigentlich gar nicht geschlafen hat. Um Mohr herum sitzen ausschließlich Männer in dem stickigen Souterrainraum, allein oder zu zweit oder zu dritt am Tisch, und starren, während sie frühstücken, in ihre Smartphones. Keine Touristen. Ein paar Geschäftsreisende in Anzügen, hauptsächlich aber Monteure, der Arbeitskleidung nach zu schließen. Männer, die am Buffet Berge auf ihre Teller häufen, als gäbe es kein Morgen, und anschließend schweigend vertilgen.

Bestechlichkeit ist kein Verbrechen. Verbrechen sind Straftaten, die laut Strafgesetzbuch mit mindestens einem Jahr Freiheitsstrafe bedroht sind. Liegt die Mindeststrafe darunter, ist die Straftat kein Verbrechen, sondern nur ein Vergehen. Fahrraddiebstahl zum Beispiel. Oder Bestechlichkeit. Als wäre Bestechlichkeit so etwas wie ein Kavaliersdelikt.

Rechtsbeugung hingegen ist ein Verbrechen.

Mohr versteht Niederländisch nur rudimentär, also hat es

keinen Zweck, zum Zeitvertreib den Kopf in eine der neben dem Buffet ausgelegten niederländischen Zeitungen zu stecken. Also nimmt er ebenfalls sein Smartphone zur Hand und googelt ein bisschen rum, während er den Kaffee trinkt.

In Europa kommen auf 100000 Einwohner im Durchschnitt rund 116 Gefängnisinsassen. Spitzenreiter auf dem Kontinent ist Russland mit 439 Häftlingen. In den Niederlanden hingegen sind es nur 53.

Mag sein, dass die Menschen hierzulande friedfertiger und rechtschaffener sind als im Rest Europas. Der Hauptgrund für die auffällig geringe Quote ist aber die niederländische Rechtspraxis. Während in Deutschland das Legalitätsprinzip gilt und der mögliche Strafrahmen von Mindeststrafe bis Höchststrafe im Strafgesetzbuch vorgegeben ist, hat man in den Niederlanden 1926 das Opportunitätsprinzip eingeführt: Eine Straftat muss nicht zwangsläufig zur Anzeige gebracht und verfolgt werden, wenn daran kein höheres gesellschaftliches Interesse besteht – wie das auch immer definiert ist. Seit 2009 gilt im Königreich an der Nordsee eine weitere Regel: Nicht jeder zu einer Haftstrafe Verurteilte muss diese auch tatsächlich antreten. Geringe bis mittlere Freiheitsstrafen werden seither immer häufiger ausgesetzt. 250 ungenutzte niederländische Gefängniszellen sind seit 2015 an Norwegen vermietet. Dort sind die Justizvollzugsanstalten nämlich überfüllt, und man will keine neuen bauen, wenn doch anderswo Haftraum leer steht. Ein lukratives Geschäft für beide Seiten: Gut 25 Millionen Euro pro Jahr überweist der norwegische Staat für die Miete. Ein ähnliches Geschäftsmodell hatten die Niederlande zuvor schon mal mit dem Nachbarn Belgien praktiziert. Ansonsten herrscht inzwischen gähnende Leere in den Justizvollzugsanstalten zwischen Arnhem und Leeuwarden. Einige wurden auch schon ganz geschlossen. Der Rest: Geisterhäuser, in denen jetzt die ganz schweren Fälle unter sich sind. Die ganz harten Jungs.

Harte Jungs wie Artan Murati.

Vera hatte am Wochenende mit Engelszungen auf ihn eingeredet, mit klaren Worten, mit klugen Argumenten, aber am Ende vergeblich. Schließlich schlug ihre Angst in ohnmächtigen Zorn um. Sie hatten sich im Streit getrennt, am Vortag, nach dem Frühstück, das um Klassen besser war als dieses Frühstück hier, sie hatte sich sehr viel Mühe gemacht damit.

Daraufhin fuhr er nach Rotterdam, deutlich früher als ursprünglich geplant. Am Nachmittag suchte er den Kriminaldauerdienst der Rotterdamer Polizei auf. Sehr nette und kompetente Leute.

Am Abend rief er aus dem Hotelzimmer Vera an. Sie ging nicht ran.

In der Nacht rissen ihn Albträume aus dem Schlaf. Eigentlich war es immer wieder derselbe Traum in verschiedenen Varianten: Er steht auf der Brücke, als der Junge ins Wasser stürzt, verzweifelt schreit, wild mit den Armen rudert, um sein Leben kämpft. Mohr sieht zu und kann nichts tun. Seine Arme sind gelähmt, seine Beine sind gelähmt. Die anderen auf der Brücke lachen.

Um fünf Uhr morgens stieg er schweißgebadet aus dem Bett, ging unter die Dusche und stellte das Wasser auf kalt, um die Bilder der Nacht wegzuspülen.

Jetzt ist es 7.25 Uhr. Mohr leert die dritte Tasse Kaffee in einem Zug, verlässt den Frühstücksraum, checkt aus, verstaut seine Reisetasche im Kofferraum des Alfa, steckt sich eine Zigarette an und macht sich zu Fuß auf den Weg zur Penitentiaire Inrichting Rotterdam-De Schie im Prof. Jonkersweg 7.

Die Mauer sieht nicht viel anders aus als diejenigen, die deutsche Gefängnisse umschließen. Außer dass der Beton hier mit hübschen Sandstein-Platten verkleidet ist. Dahinter ragt ein Gebäude in die Höhe, das eher an die modernen Bürobauten in den Industrieparks links und rechts der Autobahn erinnert als an eine deutsche Strafvollzugsanstalt. Die Fassaden sind in Himmelblau und Zartorange gehalten, der Architekt wird sich was dabei gedacht haben. 286 Zellen. Dienstlich veranlasste Besuche von montags bis freitags in der Zeit von 8 Uhr bis 11.30 Uhr und von 12.30 Uhr bis 16.30 Uhr.

Mohr checkt um 8.05 Uhr ein. Das Ritual unterscheidet sich nicht wesentlich von dem in Deutschland. Um 8.20 Uhr führt ihn ein Wachmann in einen zitronengelben Raum. Auch sämtliche Flure in diesem Gefängnis sind in fröhlichen Kindergartenfarben gestrichen. Der Fußboden ist aus abwaschbarem Plastik in Schieferplattenoptik. An den Wänden hängen gerahmte Kunstdrucke. Monets Mohnblumenfeld. Cézannes Bucht von Marseille. Renoirs Pont-Neuf. Boudins Strand von Trouville. Nicht dass Mohr das alles gewusst hätte. Aber die Namen der Gemälde und die Namen der Maler stehen unübersehbar auf den Rahmen. Wahrscheinlich hat auch das einen pädagogischen Nutzen.

In der Mitte des vielleicht 30 Quadratmeter großen Raumes stehen ein Tisch und zwei Stühle wie aus dem IKEA-Katalog. Ein dritter Stuhl aus derselben Serie, gleich neben der Tür, ist offenbar für den Wachmann gedacht. Der weist Mohr einen der beiden Stühle am Tisch zu. Mohr würde lieber den anderen Stuhl nehmen, damit er die Tür im Blick und die türlose Wand im Rücken hat. Aber der Wachmann erklärt ihm, dass er von seinem Platz neben der Tür das Gesicht des Häftlings ständig im Blick haben müsse. Aus Sicherheitsgründen. Das sei nun mal Vorschrift. Mohr nickt nur und denkt sich den Rest.

Um 8.20 Uhr wird Artan Murati hereingeführt. Die wenigen Monate im Knast haben ihn um Jahre altern lassen. Sie sehen sich in die Augen. Muratis Blick gibt nichts preis. Weder Überraschung noch Hass. Mohr hat gestern, während der Fahrt nach Rotterdam, lange darüber nachgedacht, wie er sich verhalten soll, falls Murati ihm die Hand reicht. Und keine Antwort gefunden. Aber Mohr hat sich ganz umsonst Gedanken darüber gemacht. Murati wendet den Blick ab, als er genug gesehen hat, und setzt sich auf den ihm zugewiesenen Stuhl.

Der Wachmann, der Murati hergebracht hat, nickt seinem Kollegen neben der Tür zu und verschwindet. Mohr setzt sich ebenfalls.

«Mohr, du bist immer wieder für eine Überraschung gut. Ich hätte nicht gedacht, dich so schnell wiederzusehen.»

«Geht mir genauso. Ich sage Ihnen gleich, warum ich hier bin. Ihnen hat mal eine Diskothek im Rheinland gehört ...»

«Man sagt nicht mehr Diskothek. Man sagt Club. Mir gehören immer noch einige Clubs im Rheinland. In Köln, in ...»

«Bad Hombach. Der Laden hieß Rheingold.»

«Oh ja, ich erinnere mich. Schöner Laden. Schöne Gegend auch. Das romantische Rheintal. Könnte ich mir auch als Altersruhesitz vorstellen, die Gegend. Aber es gibt so viele schöne Gegenden auf der Welt. Da fällt die Entscheidung schwer.»

Er spielt mit dir. Er hat Spaß daran, mit dir zu spielen. Wie es Vera prophezeit hat. Sie hat noch mehr prophezeit.

«Warum haben Sie den Laden zugemacht?»

«Ich nehme mal an, weil meine Finanzberater es für klüger hielten. Das sind tüchtige Leute. Die werden von mir dafür bezahlt, die richtigen Entscheidungen zu treffen. Ich kann mich ja nicht um jedes Detail in jedem einzelnen Geschäftsfeld selber kümmern. Die unterbreiten Vorschläge, ich entscheide.»

«Verstehe.»

«Manchmal muss man sich im Leben von Dingen trennen. Aber was geht dich das an?»

«In der Nacht zum 9. November 2013 besuchte ein neunzehnjähriger Student den Club. Er hat den Besuch mit seinem Leben bezahlt.»

Keine sichtbare Reaktion. «Sagt mir nichts. Hat mir der Club da schon gehört?»

«Ja. Bis zum Frühjahr 2015. Da haben Sie den Laden zugemacht. Der Junge ist in der Nacht zum 9. November 2013 in den Rhein gestoßen worden und ertrunken.»

«Wie ich schon sagte: Manchmal muss man sich von Dingen trennen. So ist das Geschäft.»

«Die Tür im Rheingold besorgten die Night Riders.»

Murati schlägt sich mit der offenen Hand gegen die Stirn.

«Mensch, Mohr, jetzt erinnere ich mich wieder. Das Alter. Man vergisst so viel. Du bist noch jung, du hast keine Ahnung, wovon ich rede. Weißt du eigentlich, dass ich hier im Knast sechzig geworden bin? Die Party zu meinem Sechzigsten hatte ich mir immer ganz anders vorgestellt. Und du hast mir nicht mal Blumen geschickt. War trotzdem ganz nett, den Umständen entsprechend. Meine Verlobte war hier.»

«Wie schön.»

«Einmal die Woche darf ich meine Verlobte empfangen, für zwei Stunden, die haben hier sogar ein extra Liebeszimmer, die Niederlande sind ein liberales Land mit einem liberalen Strafvollzug. Ich bin sehr stolz darauf, Staatsbürger dieses Landes zu sein. Die sind felsenfest davon überzeugt, aus mir noch ein vollwertiges Mitglied der Gesellschaft formen zu können.»

«Und? Sind sie erfolgreich?»

«Ich lass sie gern in dem Glauben. Erstens verschafft mir der ganze Hokuspokus ein bisschen Abwechslung, die Gesprächstherapien und so weiter. Die Therapeuten sind unterhaltsamere Gesprächspartner als all die Deppen in den Nachbarzellen. Ist außerdem ein gutes Training für mich.»

«Training?»

«Wenn man so will, ein Spiel: Wer ist am Ende der talentiertere Manipulator? Sehr unterhaltsam. Außerdem wirkt sich die aktive Teilnahme positiv auf meine Sozialprognose aus. Dann lassen sie mich früher raus. Ich liebe die Niederländer. Die spendieren mir sogar Viagra. Und merken nicht einmal, dass mich jede Woche eine andere Verlobte besuchen kommt.»

«Die Night Riders ...»

«Richtig! Aleksandar Stankovic. Der schöne Sascha. Der hatte mit seiner Truppe die Tür übernommen, kurz bevor wir den Club kauften. Meine Leute haben das natürlich vor dem Kauf geprüft, so wie alles andere auch: Betriebskosten, Personalkosten, Umsatz Vorjahr, Rendite Vorjahr, ungenutztes Marktpotenzial, weitere Mitbewerber auf dem regionalen Markt.»

«Stankovic ist verschwunden.»

«Ja, hab ich gehört.»

«Arbeitet Roman Warnke noch für Sie?»

Für den Bruchteil einer Sekunde zucken Muratis Mundwinkel. Dann hat er seine Mimik wieder im Griff.

«Wer ist das?»

«Damals einer der Türsteher und Stankovics Vize bei den Night Riders. Seine rechte Hand.»

Mohr zieht ein Foto aus seiner Jackentasche und schiebt es über den Tisch. Relativ frisch, Rolf hat es vor zwei Wochen während der Observierung gemacht. Murati bleibt nichts anderes übrig, als es anzuschauen.

«Sagt mir jetzt spontan nichts. Hast du eine Ahnung, wie viele Leute für mich arbeiten? Wo waren wir stehengeblieben? Ah ja. Stankovic. Er bot seine Dienstleistung ausgesprochen preisgünstig an, im Vergleich zu den Preisen, die ich zum Beispiel in Köln zahle. Er hatte den Laden im Griff und hielt uns die Bandidos vom Leib, dank seiner guten Kontakte zu den Hells Angels.»

«Und ging ungestört eigenen Geschäften nach.»

«Zunächst hat uns das nicht weiter gestört. Solange er die Ware von uns bezog. Aber dann fing er an, selbst einzukaufen. Wir haben das bedauerlicherweise zu spät bemerkt. Kann passieren. Dann erschloss er neue Geschäftsfelder im Rheingold. Ohne unsere Beteiligung. Auch das haben wir zu spät bemerkt.»

«Was für neue Geschäftsfelder?»

«Und dann passierten all diese hässlichen Dinge. Die Schießerei in der Rheinheimer Innenstadt. Der Medienrummel um die Schießerei. Und diese dämliche Pressekonferenz der Night Riders. Wir mussten also eine Entscheidung treffen. Meine Finanzexperten hatten dazu verschiedene Szenarien erstellt. Den schönen Sascha und seine Türsteher rauszuwerfen und damit möglicherweise in einen Krieg mit den Hells Angels zu geraten, der zudem die Gefahr barg, auf andere, lukrativere Standorte wie Köln überzugreifen, erschien uns als ein zu großes finanzielles Risiko. Kriege kosten immer viel Geld. Also haben wir auf einen günstigen Moment gewartet, den Laden in aller Stille zuzumachen.»

«Murati, Ihr unternehmerischer Weitblick interessiert mich einen Scheißdreck. Echt. Schreiben Sie doch Ihre Memoiren. Zeit haben Sie ja jetzt genug. Oder erzählen Sie das alles Ihren debilen Zellennachbarn. Vielleicht interessiert die ja, was für ein toller Hecht Sie früher mal waren.»

So spricht man nicht mit Artan Murati. Genau deshalb tut Mohr es. Und er weiß, was jetzt passieren wird. Mohr will, dass es passiert. Er will es, seit er sich entschlossen hat, nach Rotterdam zu fahren.

Murati nickt dem Wachmann zu. Mohr hört, wie sich der augenblicklich von seinem Stuhl erhebt. Mohr hört das hässliche Geräusch der metallenen Stuhlbeine auf dem Fußboden, hört, wie der Wachmann die stählerne Tür öffnet, die quietschenden Schritte auf dem frisch gewischten Boden, unterschiedliche Sohlen, unterschiedliches Gewicht, unterschiedliche Schrittlänge, und er weiß, was die Schritte bedeuten: Der Wachmann ist jetzt raus, und Muratis Hofstaat ist jetzt drin. Zwei? Drei? Vier?

Muratis Gesichtszüge entspannen sich. «Mohr, wenn man genügend Geld hat, kann man im Knast alles kaufen. Sogar Macht. Zuerst werden wir überprüfen, ob du verdrahtet bist. Danach werde ich dir eine Lektion erteilen. Dir etwas Respekt beibr...»

Mohrs linke Hand schießt über den Tisch, Innenhand nach

oben, Zeigefinger und Mittelfinger verschwinden in Muratis Nasenlöchern, Mohr ist schon um den Tisch und hinter Murati, bevor die Typen kapieren, was läuft, Mohr reißt die Hand nach oben und damit Muratis Nase und den Rest des Körpers vom Stuhl, er kickt den Stuhl weg, der durch den Raum poltert, Murati schreit vor Schmerz und vor Wut, aber der Wachmann wird sich nicht blickenlassen, denn er rechnet ja mit Schmerzensschreien. Tatsächlich vier Typen, echte Schränke, erste Wahl. Mohr rammt seine rechte Faust in Muratis Leber. Murati geht in die Knie wie ein nasser Sack. Jetzt hat Mohr ihn, wo er ihn haben will. Seine Finger stecken immer noch in Muratis Nasenlöchern, die Handfläche liegt auf Muratis Gesicht, Mohr fühlt den Schweiß auf Muratis Stirn.

«Sobald deine Leute noch einen Schritt näher kommen, reiße ich dir die Nase aus dem Gesicht. Ist ganz leicht. Wenn du das verstanden hast, dann hebst du jetzt kurz die Hand.»

Murati hebt die Hand. Die Hand zittert.

«Gut. Sehr gut. Deine Nase ist nicht meine einzige Lebensversicherung. In meiner linken Socke steckt ein Plastikmesser. Damit kommt man prima durch den Metalldetektor. Und durch deine Haut. Ziemlich klein zwar, aber scharf, sehr scharf. Geht durchs Fleisch wie Butter. In meiner rechten Socke steckt ein Notfall-Piepser. Wenn ich den Knopf drücke, schlägt der Alarm bei der Rotterdamer Polizei auf. Die wissen, wer ich bin und wo ich bin. Die freuen sich schon darauf, dir deine Sozialprognose und die Haftverkürzung zu versauen, haben sie mir gestern noch gesagt. Die Entscheidung liegt also jetzt ganz allein bei dir. Wenn du das verstanden hast, hebst du jetzt ein weiteres Mal die Hand, um damit deinem Hofstaat zu signalisieren, dass sie sich verziehen und sich in ihren Zellen ein bisschen aufs Ohr hauen sollen. Ich will nachher auf dem Gang niemanden mehr sehen!»

Murati hebt die Hand. Die Typen verschwinden tatsächlich sofort. Die Stahltür fällt ins Schloss. Sie sind allein.

«Sehr gut. Hör mir jetzt aufmerksam zu. Ich biete dir einen Deal an. Du kriegst für mich raus, wo sich die Bassirs verkrochen haben. Rashid und Jamal Bassir. Die Namen werden dir womöglich nichts sagen, denn die stehen am untersten Ende deiner Nahrungskette, aber der feine Herr Dr. Emmerich kann deinem Gedächtnis sicher auf die Sprünge helfen. Ist er noch dein Anwalt? Wenn ja, dann hebst du jetzt die Hand.»

Murati hebt brav die Hand.

«Okay. Also präg dir die Namen ein: Rashid und Jamal Bassir. Sobald Emmerich mir die Information geliefert hat und ich feststelle, dass er die Bassirs nicht gewarnt hat, werde ich dich zwei, drei Wochen später wissenlassen, für wen außer für dich der Warnke sonst noch arbeitet. Seit drei Jahren schon. Du wirst staunen, da bin ich mir ganz sicher. Die Bassirs haben doch inzwischen keinen Wert mehr für dich. Meine Information über Warnkes Nebenerwerb hingegen schon. Wenn der Deal für dich klargeht, dann hebst du jetzt noch mal die Hand.»

Mohr wartet. Aber Muratis Hand bleibt unten. Vielleicht muss der ja tatsächlich ein bisschen über den Deal nachdenken, Chancen und Risiken abwägen. Mohr wartet also weiter. Nichts.

Murati schnauft und hechelt, er kann ja nicht durch die Nase atmen. Außerdem wird ihm der Leberhaken noch zu schaffen machen. So ein Schmerz hält lange vor. Aber die Hand bleibt unten.

Mohrs Hoffnung schlägt in Ernüchterung um. Murati musste keine Sekunde darüber nachdenken. Und Mohr wird schlagartig klar, was das zu bedeuten hat.

Erstens: Die angebotene Information hat keinen Wert für Murati, weil der Albaner längst weiß, dass Roman Warnke für den Verfassungsschutz arbeitet. Und dies für sich nutzt.

Zweitens: Murati wird jetzt höchstpersönlich dafür sorgen, dass die Bassirs endgültig von der Bildfläche verschwinden.

Das war's. Alles umsonst.

Mohr wird in diesem Augenblick ferner klar, auf was er sich mit dem angebotenen Deal eingelassen hätte: Er hätte einen Pakt mit dem Teufel geschlossen. Dazu ist es nicht gekommen. Vielleicht die einzige gute Nachricht. Die schlechte Nachricht: Jetzt hat er den Teufel zum Feind fürs Leben.

MITTWOCH, 15. NOVEMBER 2018

Sie nehmen an dem Esstisch im Wohnzimmer Platz, so wie bei Mohrs erstem Besuch, vor zwei Monaten. Nur steht außer dem Esstisch und dem Klavier und dem gerahmten Foto von Jonas auf dem Klavier kaum noch etwas am gewohnten Platz. Aufeinandergestapelte Kartons nehmen die komplette hintere Wand des Wohnzimmers und eine Ecke der Diele ein.

«Kaffee? Haben Sie Hunger?» Ohne Mohrs Antwort abzuwarten, verschwindet Adela Lorena Macedo de Barthold in der Küche.

«Ziehen Sie um?»

Holger Barthold klingt verlegen, als müsste er sich vor Mohr rechtfertigen: «Ja. In vierzehn Tagen. Ist plötzlich alles ganz schnell gegangen. Ich habe von meiner Dienststelle kurzfristig eine Aufgabe bei der Nato in Brüssel angeboten bekommen. Zunächst für zwei Jahre, aber mit der Option auf Verlängerung. Wir haben uns das kurz, aber reiflich überlegt, nachdem wir ja im vergangenen Jahr das USA-Angebot abgesagt hatten. Wir hoffen einfach darauf, dass uns ein Tapetenwechsel guttut.»

«Davon bin ich überzeugt, Herr Barthold.»

«Mit dem Haus hier sind einfach zu viele Erinnerungen verbunden. Seit fünf Jahren ist das Zimmer von Jonas oben unangerührt. Für meine Frau ist er immer noch da. Brüssel hat im Gegensatz zu den USA den Vorteil, dass wir in zweieinhalb Stunden im Rheinland sein können. Um schnell mal persönlich mit unserem Anwalt reden zu können ... oder mit Ihnen. Mit Brüssel haben wir nicht das Gefühl, unseren Sohn im Stich zu lassen.»

Adela Lorena Macedo de Barthold hat eigens für Mohr Kuchen gebacken. Apfelkuchen. Mohr verspürt keinen Appetit, aber er isst aus Höflichkeit ein Stück.

«Ich bin sicher, Sie haben eine gute Entscheidung getroffen. Die neue Umgebung wird Ihnen guttun.»

Mohr meint, was er sagt. Und er spürt, dass seine Meinung den Bartholds wichtig ist. Sie sehen ihn erwartungsvoll an. Also schildert er in groben Zügen den aktuellen Stand. Er registriert die Enttäuschung in ihren Gesichtern. Und er wüsste auch nicht, womit er ihnen neue Hoffnung schenken könnte, ohne sie zu belügen. Mohr erzählt den Bartholds nichts von seiner gescheiterten Reise nach Rotterdam. Und nichts davon, dass sein Besuch bei Murati möglicherweise dazu führen wird, dass der Tod ihres Sohnes niemals Gegenstand eines Gerichtsverfahrens werden wird. Und er erzählt den Bartholds auch nichts davon, dass er genau deshalb morgen zu einer weiteren Reise aufbrechen wird.

Sie reden eine Weile über Brüssel. Holger Barthold erzählt von seiner künftigen Aufgabe. Das Gespräch nimmt fast schon eine angenehm entspannte Belanglosigkeit an, als Adela Lorena Macedo ihren Mann mitten im Satz unterbricht und mit verbitterter Stimme vom Telefonat mit ihrer in Mexiko lebenden Schwester erzählt:

«Maria sagt, bei euch in Deutschland ist ja alles noch viel schlimmer als bei uns zu Hause!»

«Nein, Frau Macedo. Das ist einfach nicht wahr!»

«Das sehe ich anders.»

«Mexiko hat eine der höchsten Mordraten der Welt. So weit sind wir hier noch nicht. Außerdem funktioniert der deutsche Rechtsstaat in der Regel. In Deutschland lag die Aufklärungsquote bei Mord im vergangenen Jahr bei über 95 Prozent.»

«Und mein Sohn? Der taucht in Ihrer Mordstatistik überhaupt nicht auf. Weil gar nicht erst wegen Mordes ermittelt wurde. Hier ist der Staat doch nicht weniger korrupt. Oder warum hat sich bisher niemand für den Tod meines Sohnes interessiert? Können Sie mir das sagen?»

«Nein, Frau Barthold, ich kann es Ihnen nicht sagen. Trotzdem haben wir hier andere Verhältnisse als in Mexiko. Sie schütteln den Kopf? Sie sind doch in Jalisco aufgewachsen, stimmt's?»

«In Guadalajara, der Hauptstadt des Bundesstaates Jalisco. Aber was hat das denn ...»

«Dann haben Sie doch sicher von Nemesio Oseguera Cervantes gehört oder gelesen. Der stammt doch aus Ihrer Heimat Jalisco, oder? Die USA haben kürzlich das Kopfgeld auf zehn Millionen Dollar erhöht. Osegueras Leute pumpen jeden Monat fünf Tonnen Kokain und fünf Tonnen Methamphetamine in die USA. Nicht pro Jahr, sondern pro Monat! Angeblich hält der Gouverneur des Bundesstaates Jalisco seine schützende Hand über ihn, hat mir ein Kollege vom BKA erzählt. Oseguera war mal Polizeibeamter in Jalisco, haben Sie das gewusst? In Veracruz ließ er die Leichen von ein paar Dutzend Folteropfern auf die Straßen werfen. Nur so, zur Abschreckung. Und die mexikanische Polizei? Unternimmt nichts. Nein, Frau Macedo. So weit sind wir hier noch nicht.»

Warum erzählt er ihr das? Warum ereifert er sich so? Wem hilft das? Ihm selbst, um sein Gewissen zu beruhigen? Sie schweigen. Dann wechseln sie das Thema.

Als Mohr zwei Stunden später aufbricht, begleiten ihn die beiden bis zum Gartentor. Er gibt ihnen zum Abschied die Hand. Die Bartholds bleiben im Vorgarten stehen, sie stehen eng beieinander, sie geben sich gegenseitig Halt.

Bevor Mohr ins Auto steigt, dreht er sich noch einmal zu ihnen um und winkt. Sie winken zurück. Sie lächeln tapfer. Sie lächeln ihm zuliebe und werden ihrer Trauer nicht Herr, nicht ihrer ohnmächtigen Verzweiflung und Wut.

FREITAG, 16. NOVEMBER 2018

All das geht Mohr seit der Landung der Turboprop-Maschine der Royal Air Maroc auf der schmalen Piste zwischen Geröllwüste und Wasserwüste durch den Kopf. 36 Grad im Schatten. Der kleine, graue Kasten über dem Zollschalter in der schmucklosen Betonhalle, der den Wartenden digital Datum, Uhrzeit und Temperatur anzeigt, ist das einzig sichtbare Zugeständnis an das 21. Jahrhundert. Seit der Landung am südlichsten Punkt des Königreichs, nahe der Grenze zum von den bewaffneten Rebellen der Frente Polisario beanspruchten Niemandsland zwischen Marokko und Mauretanien, hat Mohr viel Zeit zum Nachdenken. Weil die Zöllner sich alle Zeit der Welt für die 36 Passagiere nehmen. Vier Stunden dauerte der Flug von Tanger nach Tarfaya, inklusive Zwischenlandung in Casablanca. Aber da hat Mohr halbwegs bequem gesessen. Jetzt steht er sich seit einer Stunde auf dem Betonboden der Halle die Beine in den Bauch. Der unterste Lendenwirbel zickt wieder rum.

Der Zollbeamte nickt. Mohr darf vortreten, seinen Reisepass aushändigen, die Reisetasche auf den Tisch wuchten und den Reißverschluss öffnen. Der Zollbeamte kramt ein bisschen darin herum, dann nickt er gnädig.

Mohr ist der letzte Passagier der letzten Maschine des Tages, der den Zollschalter passieren darf. Draußen wartet zum Glück das letzte Taxi des Tages. Ein Peugeot aus dem 20. Jahrhundert. Er wirft seine Reisetasche auf die Rückbank und nimmt auf dem Beifahrersitz Platz, aus dessen zerschlissenem Kunstlederpolster der Schaumgummi quillt.

Sie folgen der schnurgeraden, immer wieder vom Sand verwehten Küstenstraße. Mohr kurbelt das Seitenfenster ein Stück herunter, doch der Fahrtwind bringt auch nicht viel Kühlung. Der Himmel sieht aus wie geschmolzenes Blei. Der schwarzblaue Atlantische Ozean hat nichts gemeinsam mit dem türkisfarbenen Wasser vor der nur 90 Kilometer entfernten Ostküste Fuerteventuras. Der Strand besteht aus grauem Geröll und buntem Müll. Mohr schaltet sein Handy wieder an. Kein Empfang. Nach acht Kilometern nickt der Fahrer, ein hellhäutiger Berber in Jeans und T-Shirt, über das Lenkrad hinweg in Richtung Windschutzscheibe:

«Tarfaya.»

8000 Einwohner, hat Mohr im Internet gelesen. Von 1916 bis 1958 Verwaltungssitz des spanischen Protektorats Süd-Marokko. Vor drei Tagen kannte er noch nicht einmal den Namen dieser Stadt.

Wie Grabsteine reihen sich rechts der Straße fensterlose, leblose Häuser aus gestampften Lehmziegeln im staubigen Dunst den Hang hinauf. Links liegt der Hafen, umgeben von einer etwa drei Meter hohen Mauer. Vor dem Tor eine Schranke und Soldaten, Maschinenpistolen im Anschlag. Lagerschuppen aus Wellblech. Und die vor einem halben Jahrhundert verlassene Kaserne der spanischen Fremdenlegion.

Die Wachposten winken einen Tanklastzug durch, der aus der Hafeneinfahrt donnert und dem Taxi die Vorfahrt nimmt. Das Recht des Stärkeren. Der Taxifahrer hupt und tritt voll auf die Bremse, der Peugeot rutscht über eine Sandverwehung und gerät ins Schlingern. Aber den Fahrer irritiert das nicht weiter.

«Hotel?»

Mohr nickt.

«El Hotel Casamar. Muy bien. Très bien. Very good.»

Mohr nickt erneut. Er gönnt dem Fahrer die Provision, die er kassiert, wenn er ihn dort abliefert.

Der Berber hetzt das Taxi durch die engen Gassen, als sei der Teufel hinter ihm her. Über der Stadt steht die Hitze des späten Nachmittags wie ein Kubus aus Glas. Sie passieren den Souk. Es riecht nach verbranntem Tabak, nach Leder, nach scharf gerösteten Kaffeebohnen. Ein alter Mann in einer mausgrauen

Djellabah belädt einen Esel mit Benzinkanistern. Der Alte hebt schwer an den Kanistern, und der Esel gibt Laute von sich, als sei er von der Last wenig begeistert. Die zwischen den Hausfassaden gespannten Bastmatten, die vor der sengenden Sonne schützen sollen, verwandeln das Marktviertel in ein düsteres Labyrinth. Bald wird sich schlagartig die Dämmerung über die gesamte Stadt senken, und die kalte Nachtluft aus der Sahara wird in die Gassen strömen.

Mit einer Vollbremsung stoppt der Taxifahrer vor dem Hotel. Ein zweistöckiger Schuhkarton, sandfarben gestrichen. Eine rote Markise über dem Eingang. Mohr zahlt und steigt aus. Das Trinkgeld bemisst er weder zu sparsam noch zu üppig, um nicht mehr als nötig in Erinnerung zu bleiben. Als er die Reisetasche schultert, meldet sich sein Handy. Zumindest rund um das Hotel gibt's also Empfang. Mohr begibt sich in den Schatten der Markise, stellt die Tasche auf dem staubigen Boden ab und lehnt sich mit dem Rücken an die Hauswand. Das Display verrät, wer ihn sprechen will. Klaus Becker.

«Ja?»

«Ich versuche schon seit Stunden, dich zu erreichen!»

«Ich saß im Flieger. Hab's eben erst wieder eingeschaltet.»

«Im Flieger?»

«Ja.»

«Wieso im Flieger?»

«Köstring hat mich in Urlaub geschickt.»

«Urlaub! Unsereins freut sich schon über eine heiße Dusche, nach Tagen der völligen Verwahrlosung. Ich dachte schon, du hättest dich nur frühzeitig ins Wochenende verdrückt. Ich war die letzten Tage nicht im Büro, ständig unterwegs.»

«Zielfahndung?»

«Ja. Amtshilfeersuchen der Kollegen vom LKA München. Nicht besonders aufregend, nur besonders anstrengend. Ich beneide dich. Scheint denn wenigstens die Sonne?»

Mohr blickt nach oben. «Ja. Jetzt wieder. Noch was?»

«Du wirst es nicht glauben: Jessica Riske hat mich heute Morgen angerufen.»

«Und? Was sagt sie?»

«Ich konnte in dem Moment nicht rangehen. Aber sie hat auf die Mailbox gesprochen. Sie will mich treffen. Sie sagt, ihre kleine Schwester Vanessa sei in irgendeinem Club in Köln Opfer von K.-o.-Tropfen geworden. Sie hörte sich ziemlich verzweifelt an. Und wütend.»

«Triff dich mit ihr, solange sie noch in diesem emotionalen Ausnahmezustand ist. Außerdem mag sie dich.»

«Mach ich. Sie hat die neue Adresse der Bassirs, behauptet sie. Marokko.»

«Die hab ich inzwischen auch.»

«Was? Von wem?»

«Von Gollmann.»

«Seit wann?»

«Seit Dienstag. Der pure Zufall. Am Tag nach ...»

«Dann war Rotterdam ja völlig umsonst ...»

«Lass dir die Adresse trotzdem von ihr geben. Vorsichtshalber. Und frag sie unbedingt, woher sie sie hat.»

«Gollmann ist ein Genie. Wie hat er das hingekriegt?»

«Die Bassirs können die Finger nicht von Facebook lassen. Gollmann ist zweifellos ein Genie, aber diesmal war es tatsächlich der pure Zufall, sagt er selbst. Ruf mich bitte sofort an, nachdem du mit Jessica Riske gesprochen hast. Falls ich keinen Empfang habe: Schick eine SMS. Ich rufe dich dann zurück.»

«Mach ich.»

«Gut.»

«Noch was!»

«Sag schon.»

«Mensch, ist die Verbindung miserabel. Kannst du mich noch verstehen? Diese Bürgerinitiative ...»

«Bürgerinitiative?»

«Die sich bei einem der Gedenkgottesdienste gegründet hat und 17 000 Euro Spenden gesammelt hat, für eine Belohnung ... nachdem sich die Rheinheimer Staatsanwaltschaft beharrlich geweigert hatte, eine Belohnung ...»

«Was ist mit denen?»

«Da hat sich jemand gemeldet. Eine Frau. Aber nicht Jessica Riske. Die Frau sagt, sie wisse, was damals passiert ist, und jetzt stünde ihr doch sicher die Belohnung zu.»

«Weißt du den Namen?»

«Noch nicht. Die Vorsitzende der Bürgerinitiative hat mir heute Morgen im Büro auf den Anrufbeantworter gesprochen, während ich noch zu Hause unter der Dusche stand.»

«Prüf das mal schnell.»

«Mach ich.»

«Okay. Bis dann, Klaus.»

«Stopp! Noch eine Frage!»

«Was denn?»

«Wo ... bist ... du?»

«Sagte ich doch. Im Urlaub. Wo die Sonne scheint. Die Verbindung ist tatsächlich miserabel.» Mohr drückt das Gespräch weg.

Aus dem Augenwinkel registriert er, dass sich das Taxi noch keinen Millimeter bewegt hat. Der Fahrer wird warten, bis Mohr eingecheckt hat und auf sein Zimmer verschwunden ist, bevor er aussteigt, um seine Provision zu kassieren. Mohr schultert die Reisetasche erneut und betritt die Lobby des Hotels.

Die Zeit läuft ihm davon. Er muss die Bassirs finden, bevor Murati sie findet. Und dann?

Er hat keinen Plan. Nur die vage Hoffnung, dass er Rashid und Jamal Bassir davon überzeugen kann, dass man vor Artan Murati mehr Angst haben sollte als vor der deutschen Justiz.

Klimaanlage. Immerhin. Hinter dem Tresen der Rezeption steht ein gutaussehender junger Mann im taillierten, beigefarbenen Anzug und strahlt ihn an, als hätte er nur auf Mohr gewartet.

«Herzlich willkommen im Hotel Casamar. Sie haben eine ausgezeichnete Wahl getroffen.» Der junge Mann spricht ein phantastisches Englisch.

«Dann haben Sie also ein Zimmer frei, nehme ich an.»

«Sehr gerne. Wenn Sie mir bitte dieses Formular ausfüllen. Hatten Sie eine gute Anreise?»

«Kann nicht klagen.»

«Das freut mich. Alle Zimmer sind selbstverständlich mit Klimaanlage ausgestattet. Sollte etwas nicht zu Ihrer Zufriedenheit sein, lassen Sie es mich bitte wissen.»

Mohr schiebt ihm das ausgefüllte Formular zu.

«Herr ... Mohr, darf ich Sie fragen: Sind Sie beruflich oder privat in Tarfaya?»

«Privat. Ganz privat.»

NACHWORT

Ich bin Journalist. Als ich mich vor 39 Jahren für diesen Beruf entschied, dachte ich, Journalismus könne die Welt verändern und zum Besseren wenden. Heute denke ich: Hin und wieder kann er das tatsächlich.

Es gibt Themen, die lassen sich auf 300 oder 400 Buchseiten begreifbarer, emotional nachvollziehbarer darstellen als in 80 oder 180 Zeitungszeilen. Deshalb habe ich vor sechzehn Jahren damit begonnen, Romane zu schreiben. Kriminalromane. Weil ich finde, dass Kriminalität den Zustand einer Gesellschaft, deren Veränderungen und Erschütterungen beschreibt wie ein Seismograph die Erschütterungen der Erdkruste.

Im ARD-«Tatort» wird jedes Verbrechen binnen 90 Minuten aufgeklärt. Vielleicht finden Sie das Ende dieses Romans im Vergleich dazu unbefriedigend. Weil es hier keine Lösung gibt. Keine Sühne, keine gerechte Strafe. Es ist nicht so, dass ich mir nicht überlegt hätte, den Roman mit einem Finale wie im «Tatort» enden zu lassen. Doch die Realität sieht eben oft anders aus. Rechtsmediziner und Kriminologen schätzen, dass in Deutschland Jahr für Jahr mehr als tausend Tötungsdelikte überhaupt nicht als solche erkannt werden. So taucht eine Unzahl schwerer Verbrechen erst gar nicht in der Kriminalstatistik auf.

Ein Roman, erst recht ein Roman im Genre Spannungsliteratur, verlangt überraschende Wendungen und dramatische Konflikte, wie sie das reale Leben selten in dieser Dichte und Taktfolge bietet. Zudem lehrt die Erfahrung des Schreibens, dass Wahrheit und Glaubwürdigkeit zwei völlig verschiedene Paar Schuhe sind. So kann es in meinen Romanen gar nicht ausbleiben, dass Geschehnisse, die Sie bei der Lektüre als authentisch wahrnehmen, im Interesse der Dramaturgie oder aus rechtlichen Gründen frei erfunden sind, andere Geschehnisse hingegen, die Sie vielleicht misstrauisch die Stirn runzeln lassen, sich bei einem realen Fall exakt so zugetragen haben. Ersteres freut mich als Schriftsteller, Letzteres bedaure ich als Reporter, aber es ist nicht zu ändern.

Das Verfassen eines Romans unterscheidet sich deutlich vom journalistischen Schreiben. Die vorherige Recherchearbeit hingegen kaum. In beiden Fällen bin ich darauf angewiesen, dass Menschen sich öffnen und mir vertrauen. Und wissen, dass ich dieses Vertrauen nicht missbrauche. Und nicht wenige Menschen haben – auf unterschiedliche Weise – zum Entstehen dieses Buches beigetragen:

Bettina Böttinger danke ich für die alles entscheidende Ermunterung, mit dem Schreiben dieses Romans zu beginnen. Das gelang ihr mit einer einzigen klugen Frage, als ich vom noch unbefriedigenden Stand der Dinge in einer journalistischen Recherche berichtete – in einem geradezu surreal anmutenden Moment, als wir an einem sonnigen Herbstvormittag zum vierten Mal in Folge mit der Rheinfähre übersetzten.

Gernot Lehr von der Sozietät Redeker, Sellner, Dahs danke ich für die hilfreiche juristische Exegese der im Grundgesetz verankerten Freiheit der Kunst, die mich auf halber Strecke ermutigte, mit dem Schreiben fortzufahren.

Ich danke dem Rowohlt Verlag, der mir zur Heimat geworden ist, und den Menschen, die diesen Verlag so besonders machen. Zum Beispiel Katharina Dornhöfer, Gwendolyn Simon, Tessa Martin, Oliver Lange, Michael Töteberg und Marcus Gärtner, der das Buch lektorierte und mir die Freiheit ließ, mit den Regeln des klassischen Kriminalromans zu brechen. Ferner werde ich meinem Entdecker und Mentor Bernd Jost ewig dankbar sein. Ohne sein Vertrauen in das Manuskript meines ersten Romans gäbe es diesen achten Roman nicht.

Georg Simader, Felix Rudloff, Vanessa Gutenkunst, Caterina Kirsten und Lisa Volpp, dem fabelhaften Quintett der Frankfurter Literaturagentur copywrite, danke ich für die Unterstützung seit so vielen Jahren. Ihr seid einzigartig.

Meiner Frau Helga danke ich für das intensive Lesen der ersten Manuskriptfassung, für ihre klugen Gedanken, für ihre Sensibilität und ihr feines Gespür, vor allem aber für ihre grenzenlose Geduld in jenen nicht wenigen Phasen unseres gemeinsamen Lebens, in denen ich mich wieder mal nur physisch in der Realität aufhielt.

Ferner und vor allen danke ich einem Dutzend Menschen, ohne deren Unterstützung bei den umfangreichen Recherchen dieser Roman nie zustande gekommen wäre. Die namentliche Nennung an dieser Stelle könnte diesen Menschen erheblichen Schaden zufügen. Deshalb unterlasse ich das. Sie wissen ohnehin, dass sie gemeint sind. Danke!

Weitere Titel von Wolfgang Kaes

Spur 24

Kommissar Morian ermittelt:

Todfreunde

Die Kette

Herbstjagd

Das Feuermal